HEYNE BÜCHER

W0316941

SCIENCE FICTION

Herausgegeben von Wolfgang Jeschke

Von **SHADOWRUN™** erschienen in der Reihe
HEYNE SCIENCE FICTION & FANTASY:

1. Jordan K. Weisman (Hrsg.): *Der Weg in die Schatten* · 06/4884

TRILOGIE GEHEIMNISSE DER MACHT

2. Robert N. Charrette: *Laß ab von Drachen* · 06/4845
3. Robert N. Charrette: *Wähl deine Feinde mit Bedacht* · 06/4846
4. Robert N. Charrette: *Such deine eigene Wahrheit* · 06/4847

5. Nigel Findley: *2 X S* · 06/4983
6. Chris Kubasik: *Der Wechselbalg* · 06/4984
7. Robert N. Charrette: *Trau keinem Elf* · 06/4985
8. Nigel Findley: *Schattenspiele* · 06/5068
9. Carl Sargent: *Blutige Straßen* · 06/5087

TRILOGIE DEUTSCHLAND IN DEN SCHATTEN

10. Hans Joachim Alpers: *Das zerrissene Land* · 06/5104
11. Hans Joachim Alpers: *Die Augen des Riggers* · 06/5105
12. Hans Joachim Alpers: *Die graue Eminenz* · 06/5106

13. Tom Dowd: *Spielball der Nacht* · 06/5186
14. Nyx Smith: *Die Attentäterin* · 06/5294
15. Nigel Findley: *Der Einzelgänger* · 06/5305
16. Nyx Smith: *In die Dunkelheit* · 06/5324
17. Carl Sargent: *Nosferatu 2055* · 06/5348 (in Vorb.)

Liebe Leser,
um Rückfragen zu vermeiden und Ihnen Enttäuschungen zu ersparen: Bei dieser Titelliste handelt es sich um eine Bibliographie und NICHT UM EIN VERZEICHNIS LIEFERBARER BÜCHER. Es ist leider unmöglich, alle Titel ständig lieferbar zu halten. Bitte fordern Sie bei Ihrer Buchhandlung oder beim Verlag ein Verzeichnis der lieferbaren Heyne-Bücher an. Wir bitten um Verständnis.

Wilhelm Heyne Verlag GmbH & Co. KG, Türkenstraße 5–7.
Postanschrift: 80323 München 2, Abteilung Vertrieb

HANS JOACHIM ALPERS

DIE GRAUE EMINENZ

Dritter Roman der Trilogie

DEUTSCHLAND IN DEN SCHATTEN

Zwölfter Band
des
SHADOWRUN™-ZYKLUS

Originalausgabe

WILHELM HEYNE VERLAG
MÜNCHEN

HEYNE SCIENCE FICTION & FANTASY
Band 06/5106

5. Auflage

Redaktion: Rainer Michael Rahn
Copyright © 1995 by Hans Joachim Alpers
Die Kapitelüberschriften sind Songtitel von The Cream, The Doors, Bob Dylan, Jimi Hendrix und Velvet Underground.
Die Kapiteleinleitungen sind Zitate aus:
Michael Immig & Thomas Römer (Hrsg.) *Deutschland in den Schatten.*
Copyright © 1992 by Fantasy Productions, Erkrath.
Die Verse im 9. Kapitel sind Zitate aus:
Johann Wolfgang Goethe: *Faust. Der Tragödie Erster Teil,*
zitiert nach einer Ausgabe des Deutschen Taschenbuchverlags, dtv klassik 2074, München 1977,
bzw. Johannes Praetorius: Blockes Berges Verrichtung, Leipzig 1669, Faksimile-Nachdruck Müller & Kiepenheuer, Hanau 1968
Die Karten zeichnete Dietrich Limper
Printed in Germany 1999
Umschlagbild: FASA
Umschlaggestaltung: Atelier Ingrid Schütz, München
Technische Betreuung: M. Spinola
Satz: Schaber Satz- und Datentechnik, Wels
Druck und Bindung: Elsnerdruck, Berlin

ISBN 3-453-07971-X

INHALT

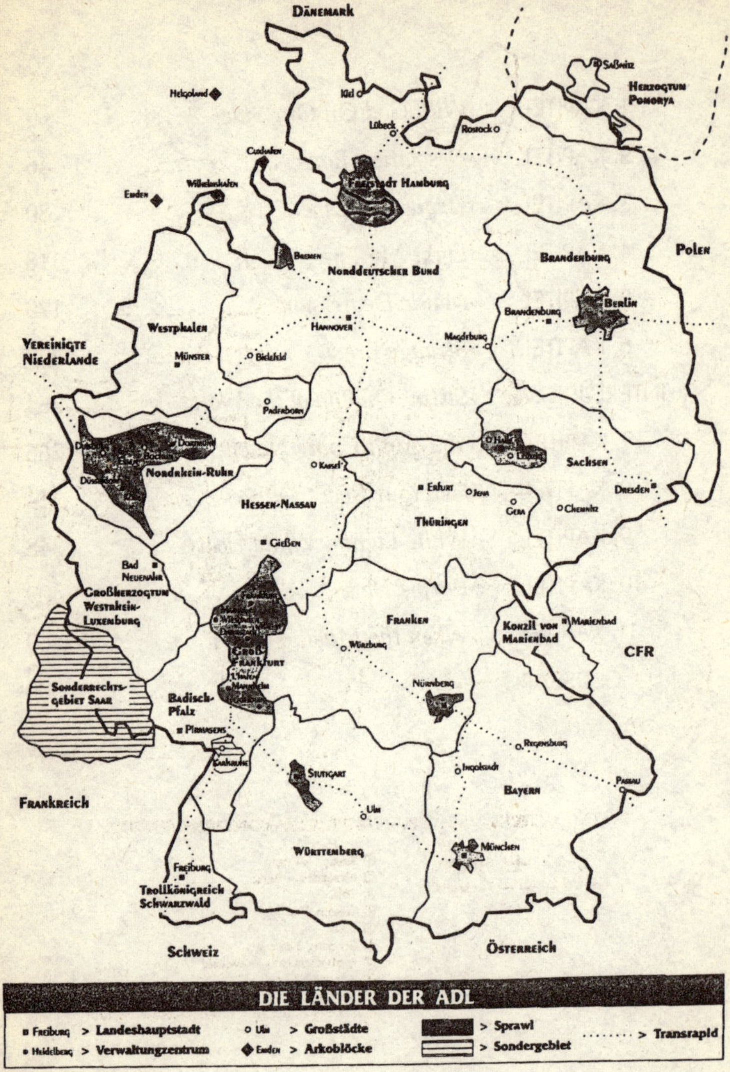

DIE LÄNDER DER ADL

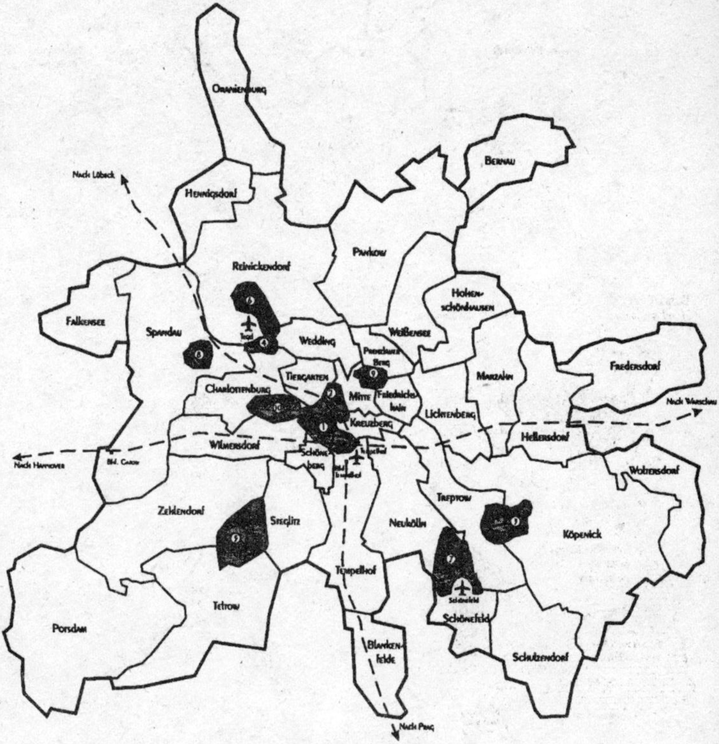

BERLIN: BEZIRKE, VERKEHRSANBINDUNG, KONZERNENKLAVEN

✈ Flughafen

– – – – – Transrapid

① Saeder - Krupp
② Mercedes - Benz
③ EMC
④ Teltech Holding
⑤ Fuchi
⑥ Schering Pharma
⑦ Messerschmitt - Kawasaki
⑧ Aztechnology
⑨ Renraku
⑩ Deutsche Medien - u. Kommunikations AG

1. KAPITEL

›With God On Our Side‹

Berlin gilt – je nach Standpunkt – als funktionierende Anarchie oder als abschreckendes Beispiel für die Folgen einer Laisser-faire-Politik der verantwortlichen Staats- und Konzernpolitiker. Wie man auch zum Konzept der Anarchie stehen mag: Es ist festzustellen, daß das öffentliche Leben Berlins erstaunlich gut funktioniert – wenn auch niemand so genau weiß, warum.

Viele begreifen Anarchie als einen Zustand, der Macht ausschließt. Zumindest für Berlin gilt dies nicht. Dabei sind es nicht die Thesen der Neo-Anarchisten amerikanischer Prägung, die als Grundlage des Berliner Machtgefüges herhalten. Tatsächlich sind die Neo-Anarchisten in Berlin nur eine Gruppe unter vielen. Hier tummeln sich politische Interessengruppen, Poliklubs (immerhin gilt Berlin zumindest unter Berlinern als die eigentliche Wiege der Poliklubs), Gangs und natürlich Interessenvertreter der Megakons. Alle haben Anteil an dem geheimnisvollen Geflecht, das hier allgemein als ›Status F‹ (F für fluxus: lat. fließend, wandelbar, schwankend) bekannt ist. Wer in Berlin etwas – irgend etwas – zuwege bringen will, muß sich die Launen des Status F und seiner Verfechter zunutze machen. Daher gilt der Spruch ›Kontakte sind Macht‹ in Berlin mehr als irgendwo sonst. Liegt anderswo das Bestreben meistens darin, wenigstens den Status quo zu zementieren, zielen die anarchistischen Gruppen Berlins darauf ab, das Machtgefüge in stetiger Veränderung zu halten. Erst wenn eine Verschiebung des Machtgefüges dahingehend droht, einen Status quo zu ermöglichen, werden alle Gruppen emsig aktiv, um die Bedrohung zu eliminieren. Ein Individuum oder eine Gruppe, die als ›BSF‹ (Bedrohung des Status F) erkannt wird, gerät sofort ins Visier sämtlicher anderer Gruppen Berlins. Sich eine wirkliche Machtposition zu erarbeiten, erfordert deshalb eine geradezu geniale Manipulation der jeweils herrschenden Verhältnisse – was um so schwieriger ist, wenn man bedenkt, daß sich im Sinne der Erhaltung des Status F Allianzen und Rivalitäten ständig verändern.

Das wesentliche Merkmal des Status F ist das Mächtegleichgewicht der vielfältigen politischen und sozialen Gruppen, die sich in der Berliner Politszene tummeln. Es lebt aus den starken Ideologien- und Interessenkonflikten dieser Gruppen, die einen ständigen Kriegszustand bewirken. Nur wem es gelingt, in diesem Krieg durch geschicktes Taktieren stets auf der Seite der Sieger zu stehen, hat überhaupt eine Chance, seine individuellen Interessen durchzusetzen. Deshalb sind Koalitionen oftmals die wichtigsten Waffen im Status F. Gleichzeitig sind diese Koalitionen allerdings nicht sehr dauerhaft, da besonders die ideologischen Verfechter der Anarchie ängstlich darauf bedacht sind, jede Möglichkeit einer Machtkonzentration zu verhindern oder zu bekämpfen, denn eine Koalition im Status F bedeutet die Grundlage einer unvergleichlichen Machtposition.

Das einzige ordentliche politische Organ Berlins ist der Berliner Rat, der sich aber entsprechend dem Letzten Gesetz ausschließlich darauf beschränken muß, den verschiedenen Gruppierungen einen offenen Meinungsaustausch zu ermöglichen.

Damit aus dieser politischen Plattform keine neue Regierung entstehen kann, werden auch im Rat entsprechend den Grundsätzen der anarchistischen Lehre im Abstand von sechs Monaten die Aufgaben umverteilt. Aus anarchistischen Grundsätzen abgeleitet, darf der Rat nicht die Struktur einer dauerhaften Organisation haben. So gibt es auch keine öffentlichen Sicherheitsbeamten, die das relativ kleine Verwaltungsgebäude oder die angrenzende riesige Versammlungshalle, deren Architektur an einen überdimensionalen Kuchenteller des 20. Jahrhunderts mit einer darübergestülpten Spiegelhalbkugel erinnert, bewachen. Auch den Mitgliedern des Rates steht kein spezieller Sicherheitstrupp zur Verfügung. Genaugenommen hat jedes Ratsmitglied das

Recht, aus der Berliner Kasse, der Geldquelle des Rates, Mittel zur Finanzierung eines Bodyguards zu entnehmen. Da in Berlin aber keine Einrichtung besteht, die für die Erhebung von Steuern zuständig ist, werden Abgaben auf freiwilliger Basis eingezahlt. Kein Wunder also, wenn nur in den seltensten Fällen Mittel zur Verfügung stehen.

Außer dem Berliner Rat existiert nicht eine einzige Organisation, die nicht in privater Hand ist. Allerdings versuchen hin und wieder Poliklubs oder Megakons in aller Stille, ein System von Organisatoren und ausführenden Organen zu schaffen, das im geeigneten Moment innerhalb von maximal zwei Tagen die Macht übernehmen und Berlin erneut völlig umkrempeln soll. Eine solche Aktion ist mehr als nur gefährlich, da Informanten für gewöhnlich schnell für ein Bekanntwerden dieser Bedrohung des Status F sorgen. Dann ist man am besten ganz schnell auf der Seite seiner Gegner, wenn man keinen Wert darauf legt, die Wirkung einer H&K Urban Combat am eigenen Leib zu erfahren.

Die einzigen, die um ein Haar einen Staatsstreich erfolgreich abgeschlossen hätten, waren im Jahre 2048 die Gebrüder Meaters. Die beiden Elfen waren nach Berlin gekommen, um dort einen Stützpunkt für die väterliche Fluggesellschaft aufzubauen. Durch ihre Zusammenarbeit mit einigen Funktionären bei Tempelhof und Tegel standen ihnen hervorragende Decker und ansehnliche finanzielle Mittel als Rückendeckung zur Verfügung. In monatelanger Kleinstarbeit koordinierten sie Ratssitze, engagierten eine ganze Armee von SOTs und organisierten Unterstützung durch einen heimatlichen Zwergenverband, der zur Stunde X vor den Toren Berlins aufmarschieren sollte. Aber auch ihr Unternehmen wurde rechtzeitig verraten. Von diesem Mißerfolg belehrt, halten sich die meisten Kons an die Devise: Wo kein Laut ist, kann kein Ohr lauschen. Das bedeutet allerdings alles andere als mangelnde politische Aktivität – es darf eben nur niemand erfahren, was man wirklich tut, wieviel man wirklich weiß.

Wer dieses Versteckspiel am besten beherrscht, kann seine Machtposition am weitesten ausbauen und am längsten halten. Wer sich allerdings zuviel zutraut, wird sehr bald damit auf die Nase fallen. Das gilt nicht nur für die Kons, sondern in noch größerem Maße auch für die Poliklubs und Gangs, die sich gegenseitig mindestens ebenso intensiv ausspionieren wie die Kons.

Wichtiger als alle Organisationen aber sind die Vermittler, Informanten und Decker. Ihre Dienstleistungen sind so gefragt wie nie, und um eine wirklich heiße Info zu bekommen, würden viele Geschäftsführer ebenso wie die Anführer von Poliklubs oder Gangs ihre letzte Habe verkaufen.

Dr. Natalie Alexandrescu:
Berlin: Studie in Anarchie
Deutsche Geschichte auf VidChips
VC 2, Erkrath 2051

Der Kerl war unglaublich fett und abstoßend häßlich. Alles in allem sah er aus wie ein überdimensionierter Darmverschluß. Er stank auch so, wie jeder bezeugen konnte, der in seine Nähe kam. Er besaß ein runzliges gelbbraunes Gesicht. Nur er selbst konnte auseinanderhalten, welche der Runzeln Altersfalten und welche Narben waren. Angesichts der fliehenden Stirn konnte man kaum davon ausgehen, daß der Mann ein paar der Falten durch zuviel Grübeln erworben hatte. Das zerknitterte Faltengesicht war mit haarigen Warzen und eiternder Geschwüren durchsetzt. Die matt glühenden Cyberaugen sahen fleckig aus, die kunstmuskelverstärkten Arme mit den Unterarm-Schnappklingen wirkten, als habe er sie gerade aus einem Moderloch gezogen. Das fettige, schmutzigblonde Haar erinnerte an einen Mop. Der Mann trug eine zu allem anderen passende, arm- und wadenfreie braune Kluft aus speckig wirkendem Syntholeder. Sie stand an der Brust weit offen und gestattete den Anblick pelzartiger Brustbehaarung und eines sich vorwölbenden Bauches. Nur die umgehängte Knarre fiel aus dem Rahmen. Eine tschechische Ceska vz 88V, die nachträglich blutrot lackiert worden war.

»Eh, guck mal den«, rief eine magere, strohblonde, glotzäugige Dreizehnjährige, die mit fünf anderen Randalekids an der nächsten Ecke stand. Ihre Arme steckten in Stulpenhandschuhen, die mit Glasscherben und Rasierklingen garniert waren. Ansonsten trug sie nur eine kurze Lederhose und Turnschuhe, aber im Gürtel der Hose steckte eine Stahlzwille. Um den Hals baumelte ein mit Haken versehener Draht, und in den Haken hingen Schraubenmuttern verschiedener Größen als Munition für die Zwille. Mit einem der Arme zeigte sie auf den Mann.

Die anderen Kids, alle zwischen zehn und fünfzehn, wie das Mädchen sämtlich im Gesicht und an den nackten Oberarmen obszön tätowiert, beschäftigten sich mit einer toten Katze, deren Kadaver an einem Elektrokabel hing. Manchmal benutzten sie die Katze als Wurfgeschoß und schleuderten sie unter die Passanten der Wrangelstraße.

»Was is', Alter?« höhnte ein kräftiger Junge, der einen nachgemachten SS-Dolch trug, zu dem Mann mit der roten Knarre herüber. »Haste irgendwo 'nen Job als Klobürste ergattert? Kannst mir mal für'n Heiermann die Ritze fegen!«

Der Mann drehte sich langsam zu den Randalekids herum. Sie feixten ihn an. Plötzlich sauste ein Wurfmesser durch die Luft. Der Mann hatte es mit einer blitzschnellen Bewegung aus dem Stiefelschaft gezogen und noch im Bücken zu den Kids geschleudert. Er traf den Jungen am Oberschenkel, aber das Messer streifte ihn nur, hinterließ eine heftig blutende Fleischwunde und prallte dann an einer Hauswand ab.

Die Randalekids stießen wüste Drohungen aus, vergaßen dabei aber nicht zu flüchten, als sie sahen, daß der Mann sein Sturmgewehr von der Schulter riß. Sie ließen sogar die tote Katze zurück.

Der Mann hängte sich das Gewehr wieder um, bewegte seinen massigen Körper zu der Ecke, wo die Kids gestanden hatten, hob sein Messer auf und steckte es zurück in den Stiefelschaft.

Pandur hatte die Szene verfolgt, ohne sich aus dem Schatten des Eingangs zur Moschee zu lösen. Tojo drängte sich an ihn. Ihre nackten Brustwarzen kitzelten seinen rechten Oberarm. Einige gläubige Moslems warfen ihnen unwillige Blicke zu, als sie die beiden passierten, aber niemand sagte etwas. Auf dem Minarett rief der Muezzin zum Gebet, und Pandur surrten davon die Ohren. Er war froh, als der Mann endlich Ruhe gab.

»Steamhammer«, flüsterte Tojo und deutete mit dem Kopf leicht zu dem Mann mit der roten Knarre.

Pandur nickte. »Für einen Fettsack ist er verdammt schnell.«

»Und tödlich. Wenn er richtig wütend gewesen wäre, hätte der kleine Stinker das Messer in den Bauch bekommen.«

»Hauptsache, der Kerl führt mich zu Ricul.«

»Keine Garantie, Chummer«, gab Tojo zurück. »Ich habe ihn mal mit dem Zigeuner gesehen, das ist alles. Muß nicht viel heißen.«

Pandur schwitzte. 37 Grad Celsius im Schatten, für Ende April ein neuer Rekord. Heißer als in der Türkei. Ein Emirat Kreuzberg gab es nicht mehr, obwohl die Oldies im Sprawl den Stadtteil manchmal noch so nannten. Aber die Temperaturen paßten allmählich dazu. Der Schweiß rann ihm unter dem Brustpanzer in Bächen über die nackte Haut. Über dem Panzer trug er eine Jeansweste. Die Beine steckten ebenfalls in Jeans. Weder die Hose noch die Weste waren vorgebleicht gewesen, inzwischen aber verwaschen hellblau. Er war falsch angezogen. Jedenfalls für die Hitze. Für die Schatten war er richtig angezogen. Viele der Araberdeutschen, die in die Moschee gingen, trugen weiße, burnusähnliche Gewänder. Die meisten anderen Berliner versuchten der Hitze mit weitgehender Nacktheit zu begegnen.

Tojos Blößen gehörten zu ihrer Berufskleidung. Sie arbeitete im Bordell gegenüber. Sie trug einen roten Body mit einem weiten V-Ausschnitt, der die Brüste freiließ. Der Body war im Schritt zu öffnen, für die ganz schnellen Nummern. Der Rest ihrer Kleidung bestand aus Netzstrümpfen, einem Strapsgürtel, hochhackigen Schuhen und einem aufgeplustert wirkenden, breiten roten Plüscharmband. Das Armband sah auf den ersten Blick wie ein modisches Accessoire aus, aber Nutten wie Tojo versteckten darin außer Präsern Schockspitzen, Akkuklingen, Giftpads und ein paar andere kleine Überraschungen für Freier, die allzu derb wurden oder Ripperambitionen hatten.

Steamhammer ging zu einem Imbiß und bestellte sich drei Mega-Soyburger, die er wie Plätzchen in sich hineinstopfte, als sie vor ihm abgestellt wurden.

Pandur beobachtete den Mann. Ein herziges Kerlchen. Er hoffte, daß Steamhammer für heute noch mehr auf dem Plan hatte, als sich vollzustopfen. Pandurs Blick streifte das Mädchen. Er hatte sie gestern zufällig wiedergesehen. Sie wirkte etwas fülliger als vor drei Jahren in Zombietown. Schlampiger, verlebter, bitterer. Drei Jahren sind für eine Nutte eine lange Zeit. Tojo bemerkte seinen Blick und wußte ihn zu deuten. Mit einer trotzigen Geste warf sie den Kopf zurück. Ihr in die Stirn fallendes pinkfarbenes Haar rutschte zur Seite, gab einen Teil der Stirn frei. Neben der Stirnbuchse, die das Mädchen damals schon besessen hatte, bemerkte Pandur etwas anderes. Er hob die Hand und strich Tojo das Haar etwas weiter aus der Stirn. Narben einer Brandwunde. Unwillkürlich ließ er das Haar los.

»Was ist das?«

»Kleines Andenken an Zombietown«, gab Tojo zurück. »Die Drekheads haben mir mit einem Laser ein

M in die Stirn gebrannt, wie 'nem Stück Vieh. Toll was? Auf dem Arsch hab' ich noch eins. Eigentum der Mafia.«

»Meinetwegen?« fragte Pandur.

»Weil du umsonst mit mir gepennt hast? Drek!« Sie schwieg, schien nicht mehr sagen zu wollen. Aber dann fügte sie leise hinzu. »Hab' versucht abzuhauen. Vertragsbruch, du weißt schon. Kann froh sein, daß sie mich nicht allegemacht haben.«

»Dreckskerle! War schlimm, wie?«

»Vorher haben sie zwei perverse Zwerge und einen Ork auf mich losgelassen. Das war schlimmer.«

Pandur schwieg. Er kannte die Methoden der Mafia. Mit ihrem P-Kontrakt war Tojos Körper für sie Betriebskapital, das nach Gutdünken eingesetzt oder auch vergeudet wurde.

Steamhammer setzte einen Maßkrug Chemiebier an die wulstigen Lippen und kippte den Inhalt hinunter. Er rülpste und schob seine Wampe dann langsam die Straße hinunter. Wahrscheinlich versuchte er, einen Agenten auf sich aufmerksam zu machen. In Kreuzberg gab es eine Reihe von kleinen Vermittlern, die mit Freiberuflichen zusammenarbeiteten. Manche holten sich Leute wie Steamhammer von der Straße, ohne lange Fragen zu stellen, wenn sie eine Eskorte oder einen SJT zusammenstellten und knapp an Personal waren.

»Wir sollten uns hier langsam verpissen«, sagte Tojo leise.

Pandur folgte ihrem Blick. Hinter den Stacheldrahtverhauen im Innenhof der Moschee hatten sich drei dunkelhaarige, glutäugige Typen vom Jihad B versammelt, die zu ihnen herüberstarrten, während sie demonstrativ ihre rituellen Krummsäbel wetzten. Die Jihadis waren selbst eine üble Schlitzerbande, aber seit den Metzeleien der White Skins, denen zahlreiche Moslems zum Opfer gefallen waren, wurden sie manchmal zum Objektschutz engagiert.

»So ka.« Pandur nickte dem Mädchen zu. Er legte die Hand um ihre Taille, zog sie leicht an sich und verließ mit ihr zusammen den Eingang zur Moschee. Sie bummelten an überquellenden Müllbehältern vorbei die Straße hinab, wichen einer Pfütze aus, die sich über einem defekten Wasserrohr gebildet hatte, und folgten Steamhammer. Tojo schmiegte sich aufreizend an ihn und wackelte mit dem Hintern. Sie schien das Spiel zu genießen.

»Gefällt mir«, flüsterte Tojo Pandur ins Ohr. »Aber vergiß nicht, daß ich wieder zur Arbeit muß.«

»Nur bis zur nächsten Ecke, da habe ich bessere Deckung«, sagte Pandur.

Gemächlich bewegte sich Steamhammer dahin, vorbei an einer türkischen Bauchtanzkneipe, einer Elfenschwulenbar, einem SimSinn-Laden, der die härtesten chinesischen Sadomaso-Chips der Galaxis (»Geile Trolle und Orks besorgen es dir mit Stachelpeitschen, Riesenschwänzen und Dornenmösen«) anpries, einem Lasertatoo-Shop, einem Puff mit dem bezeichnenden Namen *Spalte,* einem Taliskrämerladen, einem Zwergenpuff, einem türkischen Bad, der Kaschemme *Ghosthunter,* einem Büro der Liberty of Soul and Body. Die Kneipen und Läden waren in heruntergekommenen Wohnhäusern untergebracht, meistens Altbauten aus dem zwanzigsten Jahrhundert, vier, fünf oder sechs Stockwerke hoch, irgendwann mal saniert, aber längst wieder verwohnt. Hier hauste eine multikulturelle Unterschicht, die sich aber noch deutlich von den Habenichtsen in den Slums von Spandau, Wedding und Prenzlauer Berg abhob. Die Straße war mit handgemalten Schildern als Fußgängerzone ausgewiesen, was aber die Motorradgangs und die Luden mit ihren dicken Schlitten wenig kümmerte. Bis sie mal wieder jemanden plattgefahren hatten, dessen Angehörige oder Freunde genug Kies besaßen, um sich einen Selbstjustiztrupp anzuheuern. Dann gingen vielleicht ein paar der schweren BMW-Maschinen samt ihren Jockeys in Flammen auf, oder einige der protzigen chinesischen Limousinen wurden zu Klump geschossen. So lief das im anarchistischen Berlin. Zum Wachtmeister rannte jedenfalls niemand, weil es hier keinen gab. Berlin kam ohne Polizei aus, versuchte es zumindest. Und irgendwie klappte es, wenn auch auf chaotische Art. Im Grunde war es ohnehin egal, ob ein in Agonie dahindämmernder Rumpfstaat versuchte, so etwas wie Ruhe und Ordnung aufrechtzuerhalten, oder, wie in Berlin, darauf gepfiffen wurde. Das Sagen hatten in jedem Fall die Megakons mit ihren Sicherheitskräften. Und denen war es ziemlich schnurz, wie sich der ohnmächtige Rest um sie herum organisierte.

Tojo im Arm, kamen Pandur die Ereignisse vor drei Jahren in den Sinn. Damals war sie Wenzels Mädchen gewesen. Sie wollte ihm, der damals noch Thor Walez hieß, an die Gurgel gehen, als der Jacobi-Run zum Fiasko wurde und Wenzel von Satan auf die Hörner genommen wurde. Tojo hatte schon damals unter einem Prostituiertenkontrakt der Mafia gestanden. Typen wie Wenzel, die sich als heißblütige Lover aufführten und in Wahrheit nur ihre Straßenkarriere im Sinn hatten, waren daran nicht ganz unschuldig. Daß es für Mädchen wie Tojo kein Entkommen gab, wußte jeder. Ihr Ausbruchversuch ehrte sie, aber der Arm der Mafia reichte weit.

»Hat man dich noch im Westen oder hier in Berlin geschnappt?« fragte Pandur das Mädchen.

»In Berlin.«

»Wußte gar nicht, daß die Mafia in Berlin arbeitet«, sagte er. »Es heißt doch immer, hier sei es ihnen zu chaotisch. Keine Regierung und keine Bullen, die man schmieren kann.«

»Sie sind überall«, erwiderte Tojo gleichmütig. »Hier kriegen sie mehr Zunder als anderswo. Aber die SJTs halten sie nicht wirklich davon ab, ihren Drek durchzuziehen.«

Pandur dachte darüber nach, ohne dabei Steamhammer aus den Augen zu lassen. Der stopfte sich gerade im Gehen einen weiteren Soyburger in den Rachen und stieß dann einen abgerissenen Bettler auf Krücken grob zur Seite, als dieser ihn bedrängte. Der Bettler wäre fast zu Boden gegangen und schimpfte wie ein Rohrspatz hinter dem Straßensamurai her. Den schien das wenig zu beeindrucken. Er grinste.

Selbstjustiztrupps schienen wirklich ein taugliches Mittel zu sein, dem organisierten Verbrechen wenigstens ab und zu eins auf die Mütze zu geben. Sie wurden von einzelnen Leuten oder Gruppen aufgestellt, die Gründe für ihren Haß und ansehnliche Ebbies besaßen, aber selbst im dunkeln blieben, ähnlich wie die Schmidts, die Schattenläufer anheuerten. Damit waren die Trupps keine konstante Größe, die man infiltrieren oder durch Terror ausschalten konnte. Aber Tojo hatte recht. Da die SJTs keine wirkliche Gegenmacht verkörperten, blieb es bei Nadelstichen, die vielleicht einzelne Mafiosi bedrohten, aber die Geschäfte nicht ernsthaft stören konnten.

Steamhammer erreichte eine rußgeschwärzte Hausruine, Ergebnis eines Kampfes zwischen Schwarzen Witwen und den Schneewittchen-Schwestern, zwei verfeindeten Lesbengangs. Die Schwarzen Witwen hatten gestern abend die im Keller des Gebäudes gelegene Bar der Schneewittchen-Schwestern in die Luft gesprengt, und dabei war auch der Rest des Hauses abgebrannt. Der braune Samurai blieb vor der Ruine stehen und schaute gelangweilt die Fassade hinauf. Er schien auf etwas zu warten.

Pandur und Tojo hielten an und taten so, als würden sie die Speisekarte eines chinesischen Fastfoodladens studieren. Dem Geruch nach zu urteilen, wurden hier nasse Socken in Kadaverfett aus der Abdeckerei gebrutzelt.

»Was soll das?« fragte Tojo.

»Vielleicht hat er es satt, durch die irdische Scheiße zu wandern«, gab Pandur zurück. »Er betet zu seinem Großen Braunen Kloakengott, er möge ihn erlösen und die brüchige Fassade auf ihn herabregnen lassen.«

»Der nicht«, sagte Tojo. »Er sieht aus wie Scheiße, ist aus Scheiße gemacht und liebt jede Art von Scheiße. Der geht hier nicht weg, solange es bei uns noch Scheiße gibt. Und die gibt es reichlich.«

»Dann wartet er auf jemanden«, meinte Pandur. »Ich dachte, er sucht einen Agenten. Aber wie es scheint, hat er längst eine Verabredung.«

Steamhammer sah die Straße hinauf und die Straße hinunter, schaute dann herüber zur anderen Seite. Pandurs Vermutung schien richtig zu sein. Aber Steamhammer fand seinen Mann nicht. Dafür hatte der andere ihn entdeckt. Aus einer Toreinfahrt auf der gegenüberliegenden Straßenseite löste sich der Schatten eines spindeldürren Riesen, und der Mann ging schnurstracks quer über die Fahrbahn auf Steamhammer zu. Im ersten Augenblick glaubte Pandur tatsächlich, es handele sich um einen wandelnden Schatten, eine Art Geisterwesen. Dann erkannte er, daß der Mann trotz der Hitze von Kopf bis Fuß in Kleidung aus schwarzem Samt steckte. Er war mindestens zwei Meter zwanzig groß, und zu dieser luftigen Höhe mußte noch ein Zylinder gerechnet werden, der auf dem Kopf des Mannes thronte und weitere zwanzig Zentimeter brachte. Auch der Zylinder war natürlich schwarz. Es gab nur einen einzigen weißen Fleck an dieser Gestalt: das langgezogene, spitznasige Gesicht. Das allerdings sah kalkweiß aus, wenn nicht totenblaß. Der Effekt wurde durch die Kleidung verstärkt. Der Mann schien sich dessen bewußt zu sein und setzte offenbar auf die unheimliche Wirkung seiner Erscheinung.

Pandur konnte sich nicht erinnern, jemals einen derart dünnen Mann dieser Länge gesehen zu haben. Es sei denn als Skelett in einem Zombie-Trideo. Das Waffenarsenal, das er mit sich herumschleppte, ließ keinen Zweifel daran, daß es sich bei dem Fremden um einen Straßensamurai handelte. Zwei Ares Predator II, wie in einem Western offen am Gürtel getragen, ein umgehängtes Colt Sturmgewehr, alle Waffen geschwärzt, damit sie das Licht nicht reflektierten, und nur von Eingeweihten auf Anhieb zu identifizieren.

»Heilige Scheiße«, fluchte er. »Der Butcher!«

»Du kennst diesen Galgenvogel?« fragte Tojo.

»Ich habe von ihm gehört. Er wurde mir beschrieben. Ein Irrtum ist nicht möglich.«

Der Butcher hatte sich zu Steamhammer hinabgebeugt und unterhielt sich leise mit ihm.

»Ist er so schlimm wie der Name?« flüsterte Tojo.

»Schlimmer«, sagte Pandur. »Ein gnadenloser Killer, der Star der italienischen Szene. Seine Spezialität sind Wurfsterne mit Vibroklauen, und manchmal benutzt er eine Art Morgenstern, der Satelliten mit eingebauten Knochenfräsen absetzt, die sich durch alles fressen, was weicher als Diamant ist. Alles Eigenentwicklungen. Der Butcher ist ein leidenschaftlicher Bastler. Was zur Hölle macht er hier? Er war noch nie in der ADL.«

Tojo zeigte sich wenig beeindruckt. »Der und Morgenstern? Noch so einen, und ich piß mir vor Lachen in den Body. Der hat doch Mühe, sein klappriges Skelett senkrecht zu halten.«

»Piß dir ruhig in den Body, wenn dir danach ist. Das ändert nichts. Der Eindruck, den dieser Kerl macht, täuscht. Er soll unglaublich stark sein. Angeblich hat er magische Kraftverstärker, wenn nicht sogar einen Dämon in sich.«

Aber vermutlich ist das nur ein bescheuertes Gerücht, Chummer. Legendenbildung. Du kennst das ja.

»Von der Sorte kenne ich viele. Arbeitet er als Mafia-Killer?«

»Er ist kein Mafioso. Was natürlich nicht heißt, daß er nicht Aufträge für die Mafia annimmt.«

Pandurs graue Zellen tanzten Rock'n'Roll. Wenn Steamhammer für Riculs Auftraggeber arbeitete und der Butcher mit Steamhammer Kontakt aufnahm, konnte dies bedeuten, daß die Graue Eminenz auch für ihn einen Kredstab bereithielt. Was hatte der Unbekannte vor? Von den Killerelfen lebte nur noch der blonde Bogenschütze. Pandur hatte ihn ein Jahr lang vergeblich gesucht, genau wie Ricul. Die beiden schienen wie vom Erdboden verschwunden zu sein, seitdem sie Pandur, Jessi und Festus in Prag die Daten abgejagt hatten. Dann, vor einer Woche, war Pandur einem vagen Hinweis auf Ricul gefolgt. Die Spur führte nach Berlin. Und jetzt, da die Spur heiß zu werden versprach, tauchte der Butcher auf.

Was zum Teufel geht hier vor? Die rüsten doch nicht auf, nur weil du in der Stadt bist! Das wäre wirklich zuviel der Ehre. Du willst doch nur, daß Natalies und Imogens Killer zum Skat bei Lucifer erscheinen. Das sollte der Grauen Eminenz eigentlich egal sein.

»Du willst dich hoffentlich nicht mit den beiden anlegen?« fragte Tojo, die Pandur aufmerksam beobachtet hatte.

»Nur wenn es sein muß. Ich will nichts vom Butcher, auch nicht von Steamhammer. Aber wenn sie zu Ricul und dem Killerelfen gehören, komme ich früher oder später nicht daran vorbei, diesen beiden Zombies den Arsch aufzureißen.«

»Oder umgekehrt. Ich an deiner Stelle würde den Drekheads aus dem Weg gehen.«

»Ich bin lange genug davongerannt. Damit muß Schluß sein!«

»Du hast 'nen mordsmäßigen Haß auf Ricul und den Elfen, wie?«

»Gibt keinen Grund, Lucifers Handlanger zu lieben. Das würde nicht mal Jesus bringen. Und ich bin nicht Jesus, klar!«

»Was meinst du, wie viele Chummer Gründe haben, irgendwelchen Scheißtypen die Eier abzuschneiden«, sagte Tojo. »Ich tu's trotzdem nicht oder wenigstens jetzt noch nicht. Mach's wie ich, Chummer. Bleib cool. Laß dich nicht in irgendwas reinziehen.«

»Hat meine Mami auch immer gesagt.«

Tojo grinste. »Ich wette, sie hat damit was anderes gemeint, zum Beispiel bestimmte Löcher, vor denen sie das Bübchen bewahren wollte.«

»Schon möglich.«

»Du hast schon damals nicht auf Mami gehört, wie?«

»Nein, natürlich nicht.«

»Dann solltest du jetzt auf mich hören.«

Die Diskussion begann Pandur auf den Zeiger zu gehen. »Du hast Gründe, das eine zu tun, ich habe Gründe, das andere zu tun. So ka?«

»Ist ja gut, Mann, pack deinen Schwanz wieder ein, du mußt mir nix beweisen. Ich hau jetzt ab.« Tojo löste sich aus seiner Umarmung.

»Sauer, Tojo?«

Das Mädchen lachte. »Drek! Ich muß an die Arbeit, was sonst? Vielleicht sehen wir uns mal wieder. Du weißt, wo du mich findest.«

Tojo trippelte auf ihren Pumps die Straße hinab, ohne sich noch einmal umzusehen. Sie wackelte herausfordernd mit dem Hintern, schon wieder ganz und gar auf Kundenfang eingestellt. Wenn jemand die beiden beobachtet hatte, würde er glauben, sie hätten sich über den Preis nicht einigen können. Steamhammer und der Butcher waren so sehr in ihr Gespräch vertieft, daß sie weder das Mädchen noch sonst jemanden beachteten, der sich von ihnen entfernte, statt sich zu nähern.

Die Geschichte war zu kompliziert, um sie Tojo mit

wenigen Worten zu erzählen, dachte Pandur. Er hatte auch nicht den Drang, sich ihr anzuvertrauen. Trotzdem hätte er ihr gern gesagt, daß er genau wußte, was er tat. Er war Schattenläufer, ein Profi. Seit Jahren reif fürs Aussteigen, aber immer noch dabei. Wieder. Auf eigene Rechnung. Ihn trieb kein *blinder* Haß, der unvorsichtig machte. Er *war* cool. Aber er leistete sich einen *kontrollierten* Haß. Er suchte seine Chance, um es denen heimzuzahlen, die ihn benutzt, gejagt, sein Mädchen und seine Chummer umgebracht hatten. Er wollte die Handlanger in die Hölle schicken, Abschaum wie den Killerelfen und Ricul. Aber vor allem wollte er die Hintermänner zu fassen kriegen. Den Exec der AG Chemie, Natalies Ex-Mann. Und die Graue Eminenz, die verhindert hatte, daß der Klabauterbund die Sauereien der AG Chemie an die Öffentlichkeit brachte.

Pandur war klar, daß er nicht stundenlang die Speisekarte des Fast Lo Feng studieren konnte, ohne aufzufallen. Er mußte sich eine bessere Deckung suchen.

Steamhammer und der Butcher hatten ein Einsehen und lösten das Problem für ihn. Sie beendeten ihre lautlose Zwiesprache und bewegten sich nebeneinander die Wrangelstraße hinauf.

Pandur wandte sich von Lo Fengs Stinkbude ab und wich einem See aus, den einer der Gäste ausgekotzt hatte. Keine gute Reklame für Lo Feng. Den aus seinem Etablissement entweichenden Gestank mit eingerechnet, konnten eigentlich nur Blinde mit einem Stockschnupfen zu seinen Kunden zählen. Ungeachtet dessen herrschte ein reges Kommen und Gehen. Lo Feng hatte nun mal den alles entscheidenden Gourmetkitzel auf seiner Seite: Seine Preise lagen deutlich unter Aldiburger.

Pandur war sich unschlüssig, ob er wirklich versuchen sollte, die Männer zu beschatten. Über Steamhammers Qualitäten konnte er sich noch kein Bild machen. Er hatte nur gesehen, daß er schnell mit dem Messer war und noch schneller im Vertilgen von Nahrung. Was den Butcher anging, machte er sich dagegen keine Illusionen. Niemand, der sich einen solchen Ruf erworben hatte, ließ sich lange von einem anderen Runner verfolgen, ohne etwas davon zu bemerken. Und Pandur mußte seine Phantasie nicht lange strapazieren, um sich auszumalen, wie ein Duell zwischen ihm und den beiden Straßensamurais ausgehen würde. Er war überhaupt nicht neugierig darauf, wie es sich anfühlte, wenn sich ein Vibrostern oder eine Knochenfräse durch seinen Körper fraß. Wenn er das Risiko einging, sich mit der wandelnden Leiche anzulegen, wollte er selbst den Gully aussuchen, der die Ergebnisse des Kampfes zu schlucken hatte.

Drek! Du hast diesen verfluchten Butcher nicht auf der Rechnung gehabt!

Es war unbefriedigend, jetzt aufzugeben. Zu lange suchte er schon nach Ricul und dem Killerelfen.

Ein guter Jäger ist ein geduldiger Jäger. Wenn Ricul in Berlin ist, wirst du ihn auch finden. Du mußt nur nach dem Butcher fragen. Er fällt auf. Dutzende von Chummer können dir sagen, wo er sich aufhält.

Sein innerer Zwiespalt hielt ihn nicht davon ab, weiter die Straße hinaufzugehen. Selbst wenn die beiden Kerle ihn bemerkt hatten, gab es für sie noch keinen triftigen Grund, mißtrauisch zu werden. Es waren genug schräge Existenzen auf der Straße unterwegs, um einen Mann nicht weiter auffällig zu machen, der durch seine Stirnbuchse und das umgehängte Cyberdeck erkennen ließ, daß er keinem alltäglichen Beruf nachging.

Ein merkwürdiges Geräusch lag in der Luft. Es hörte sich an, als würde irgendwo in der Ferne ein Motorradrennen ausgetragen. Aber das Surren hochgezüchteter Motoren und Turbinen kam von allen Seiten, und es näherte sich von überallher. Plötzlich preschten am oberen und am unteren Ende Motorräder in die Wrangelstraße. Weitere Maschinen tauchten aus den Einmündungen der Waldemarstraße und der Eisenbahnstraße auf. Es handelte sich um dreißig, wenn nicht vierzig Motorräder in martialischer Aufmachung: mit schweren Eisenketten behangen, mit Rammspornen versehen, mit Speeren, Lanzen und Spießen garniert. Einige der Maschinen schienen uralt zu sein, andere waren neueren Datums, aber Bemalungen und Verkleidungen aller Art machten es schwer, die ursprüngliche Bausubstanz zu erkennen. Pandur erkannte unschwer mehrere Harley Davidson, aber es gab auch schwere BMW-Maschinen, Auroras und einige Vikings. In den Sätteln saßen Typen, die ohne Ausnahme weiße Umhänge trugen, die vorn und auf der Rückseite mit einem roten Kreuz bemalt waren. Aber es handelte sich keineswegs um die Motorradstaffel eines gemeinnützigen Vereins barmherziger Sanitäter, die unterwegs war, um Pflaster, Pillen, Mullbinden, Medkits und Slap-Patches als milde Gaben an Bedürftige zu verteilen. Das Kreuz war lang und schmal, fast bedrohlich. Kein Kreuz des Erbarmens, sondern ein Kreuz, das langes Leiden versprach.

Jeder der Typen trug unter dem weißen Kittel ein Kettenhemd, das aus den kurzen Ärmeln herausragte und bis zu den Handgelenken reichte. Die Hände steckten in stachelbewehrten Stulpenhandschuhen. Die Köpfe der Männer, die meist zu zweit auf den Maschinen saßen, waren mit Eisenhelmen bedeckt, die bis in den Nacken reichten, oben spitz zuliefen und mit einem breiten Nasenschutz das Gesicht teilten.

Heilige Scheiße – Kreuzritter!

Pandur sprang in einen Hauseingang, bevor ihn eine der Maschinen erfassen konnte. Aus den Augenwinkeln heraus sah er, daß die meisten anderen, die auf der Straße unterwegs waren, genauso handelten, darunter auch Steamhammer und der Butcher. Nur eine alte Frau, die ihr Bein nachzog, war zu langsam. Sie wurde von der ersten Maschine zur Seite geschleudert und von der zweiten Maschine überrollt. Schwer verletzt, stieß die Frau einen gellenden Schrei aus. Die dritte Maschine rollte heran. Fast beiläufig holte der Typ auf dem Soziussitz mit einer Laseraxt aus und knallte sie der Frau im Vorbeifahren mitten ins Gesicht. Der Schrei erstarb, etwas knirschte, und der verstümmelte Kopf sackte in einem unnatürlichen Winkel nach hinten. Die alte Frau rührte sich nicht mehr, und ihr Körper wurde wenig später von einer weiteren Maschine plattgewalzt.

Knapp hinter Pandur kamen die Maschinen zum Stillstand. Die Kreuzritter stellten sie quer und riegelten damit die Straße ab. Es entstand ein Karree, das beidseitig gesperrt war. Die Kreuzungen mit der Waldemar- und der Eisenbahnstraße wurden auf die gleiche Weise blockiert. Nur an einer Stelle in der Waldemarstraße öffnete sich eine Gasse, durch die mit hohem Tempo ein weißer Panzerwagen rollte, der ebenfalls mit dem roten Langkreuz versehen war. Hinter dem Wagen wurde die Lücke sofort wieder geschlossen. Der Panzerwagen bremste scharf. Der infernalische Lärm ebbte ab und verstummte schließlich, als die Motoren der Maschinen nach und nach abgestellt wurden.

Die Kreuzritter auf den Motorrädern streckten lässig die Beine aus, erhoben sich aber nicht aus den Sätteln. Sie warteten auf ihren Troß. Der Panzerwagen stand in der Mitte des Karrees.

Pandur wußte, was sich in Kürze hier abspielen würde. Er hatte seine Walther Secura gezogen und legte einen frischen Munistreifen ein. Dann sah er sich nach Steamhammer und dem Butcher um. Einen wilden Moment lang war er bereit, sich mit den Straßensamurais zu verbünden, um den Kreuzrittern Zunder zu geben. Zu dritt würden sie zumindest die

Blockade aufbrechen, einige der Maschinen in Brand schießen und einige der Gangmitglieder in die Gullys stopfen können, aus denen sie gekrochen waren. Aber die beiden Männer waren nirgendwo zu sehen. Der Erdboden schien sie verschluckt zu haben. Pandur wußte, daß er gut daran tat, ebenfalls zu verschwinden, solange dazu noch Gelegenheit bestand.

Mehrere MAN-Busse tauchten auf, gepanzerte Militärvarianten mit kleinen Sichtschlitzen statt großer Scheiben, weiß umgespritzt und mit dem obligaten Kreuz versehen. Sie hielten außerhalb des Karrees und spuckten ihre Ladung aus. Zweihundert oder mehr Fußsoldaten der Kreuzritter. Das waren die Adepten, die sich erst noch zu bewähren hatten, bevor ihnen eine Maschine anvertraut wurde. Derbe Visagen, blöde Fressen, fanatische Fratzen, aber auch sensationsgeile Gesichter verpickelter Jünglinge oder sendungsbewußte Mienen frustrierter Sararimänner aller Altersgruppen. Nur Männer und nur Norms. Frauen und Metamenschen wurden bei den Kreuzrittern nicht aufgenommen. Die Fußsoldaten trugen die weißen Kittel mit dem Kreuz, aber darunter war ihre normale Straßenkleidung zu sehen. Keine Kettenpanzer. Die Helme fehlten ebenfalls. Aber jeder von ihnen schwang vom Speer bis zum Knüppel, vom Kurzschwert bis zum Krummsäbel, vom Hirschfänger bis zum Dreizack irgendeine archaische Waffe. Ein langer, gebückt gehender Rothaariger mit einer Mönchstonsur und einem einfältigen Backpfeifengesicht schleppte sogar eine zwei Meter lange Hellebarde mit sich herum.

Viele hatten ihren Kittel gegürtelt, und in den Gürteln steckten Stahlruten oder Tranchiermesser.

Lärmend ergoß sich der Troß von beiden Seiten in die Wrangelstraße und sickerte durch die Kette der Motorräder in das Innere des Karrees. Einige der Typen stolperten an Pandur vorbei, grinsten ihn blöde an oder musterten ihn herausfordernd, aber keiner machte Anstalten, sich mit ihm anzulegen. Wenn ihm eine der Waffen zu nahe kam, hob Pandur die Secura und zielte damit zwischen die Augen des Trägers. Die jeweilige Hieb- oder Stichwaffe wurde sofort zurückgezogen. Aber Pandur machte sich keine Illusionen. Wenn er sich mit den Kerlen anlegte, würde er unweigerlich den kürzeren ziehen. Es waren einfach zu viele.

»Kreuzritter!« hallte eine blubbernde männliche Stimme aus den Außenlautsprechern des Panzerwagens. »Wir sind zu christlichem Handeln aufgerufen! Unser Herr will es so, und wir sind seine glühende Lanze wider die Ungläubigen und Gotteslästerer!«

Die Fußsoldaten und die Kerle auf den Motorrädern johlten beifällig, pfiffen und klatschten.

»Gehet also hin und fragt die Bewohner dieser elenden Straße, ob sie denn schon die Botschaft des Herrn vernommen haben!« forderte der unsichtbare Anführer seine Schäfchen oder besser seine Werwölfe auf. Man mußte ihm zubilligen, daß er sich im Gegensatz zu seinen Kollegen in den Amtskirchen nicht mit ellenlangem Salbadern aufhielt, sondern kurz und knapp zur Sache kam. Die Gnade der kurzen Ansprache war allerdings der einzige Akt tätiger Nächstenliebe, den man aus dem Innern des Panzers erwarten durfte.

Die Fußsoldaten reckten die Waffen, grölten durcheinander. Einzelne Rufe waren zu verstehen.

»Im Namen des Kreuzes!«

»Tötet die Hure Babylon!«

»Zur Hölle mit denen, die das Kreuz leugnen!«

»Peinigt das sündige Fleisch!«

»Erlöset die Sünder!«

»Weiche, Satanas!«

Dann schwärmte die Meute aus. Die auf den Motorrädern lümmelnden Gangmitglieder wirkten plötzlich hellwach. Seitliche Verkleidungen wurden heruntergeklappt. Maschinenpistolen und Gewehre tauchten auf. Auf mehreren Motorrädern wurden Maschinengewehre in Stellung gebracht. Einige wenige aus dem Fußvolk beteiligten sich nicht an dem Vormarsch, sondern schleppten aus den Bussen Rohre und Roste aus Aluminium herbei und setzten daraus direkt vor dem Panzerwagen ein Podium zusammen.

In dem abgesperrten Karree war außer den Kreuzrittern kein einziger Mensch mehr zu sehen, obwohl hier zuvor noch Dutzende unterwegs gewesen waren und vor der *Spalte* und dem *Ghosthunter* mehrere Nutten ihre Dienste angeboten hatten. Die Einheimischen hatten sich längst in ihren Wohnungen oder Hotelzimmern verbarrikadiert, während die Passanten in die Kaschemmen, Restaurants oder Läden geflüchtet waren. Einige wenige lehnten sich aus offenen Fenstern heraus und gafften, aber die meisten anderen beschränkten sich darauf, verstohlen hinter den Gardinen hinauszulugen.

Aus den Lautsprechern des Panzerwagens erklang der Choral »Ein feste Burg ist unser Gott, ein' gute Wehr und Waffen ...«

Die Fußsoldaten hatten die ersten verschlossenen Hauseingänge erreicht und hämmerten mit ihren Waffen dagegen. Einige schickten sich an, die Elfenschwulenbar und den SimSinn-Laden zu stürmen. Nur um die Moschee machten sie trotz ihrer Ankündigungen, es den Ungläubigen heimzuzahlen, einen Bogen. Pandur erkannte auch den Grund. Statt der drei Säbelschwinger des Jhihad B, die Tojo und ihn verscheucht hatten, standen dort inzwischen zehn Killer im Bogengang oder halb auf der Straße. Vermutlich hatten sich die Moslems im Innern der Moschee ebenfalls bewaffnet. Das islamische Gotteshaus zu stürmen, würde kein Zuckerschlecken werden. Offenbar reichten diese eindrucksvollen Argumente aus, sich auf die gemeinsamen Wurzeln von Christentum und Islam zu besinnen. Vielleicht gab es auch eine Doktrin der Kreuzritter, wonach nur das Abschlachten unbewaffneter Moslems gottgefällig war.

Daß die Kreuzritter in erster Linie gekommen waren, um die Moschee zu überfallen, entsprach ohnehin nicht ihrer Strategie. Die Gang machte zwar auch Moslems nieder, aber selten gezielt und im großen Stil.

Es mag sonst wenig in die verschissenen Hirne der Gangmitglieder hineingehen, aber sie haben zumindest kapiert, daß sie sich über Mückenstiche hinaus besser nicht mit größeren Organisationen anlegen. Egal, wie viele Teufel sie in ihnen vermuten. Einen regelrechten Feldzug gegen einen organisierten Gegner zu führen, trauen sie sich nicht zu. Ein schönes altes christliches Hobby auszuüben, ist eine Sache, sich dafür den Kopf abschlagen zu lassen, eine andere. Zumindest die Führungsclique der Gang will davon nichts wissen. Die Fußsoldaten werden nicht gefragt. Von ihnen wird christliches Engagement mit entsprechender Risikobereitschaft erwartet.

Die Motorradpfarrer, offenbar die Offiziere der Kreuzritter, brüllten Befehle. Die Fußsoldaten hielten inne, ließen von ihren Versuchen ab, in andere Häuser einzudringen, und wandten sich dann einzig und allein dem *Ghosthunter* zu. Mit wildem Gejohle stürmten sie die Kaschemme.

Sie wurden bereits erwartet. Einzelne Schüsse fielen, eine Maschinenpistole bellte kurz auf, zwei Kreuzritter gingen noch auf der Straße zu Boden. Der eine machte sich mit einem Kopfschuß auf der Stelle daran, seinem Herrn unter die Augen zu treten, um Ihm seine komplizierte religiöse Praxis zu erläutern. Der andere trug nur einen Streifschuß davon und mußte im irdischen Jammertal bleiben. Jedenfalls kroch er ein Stückchen weiter, preßte die Hand auf den blutenden Oberschenkel und feuerte seine Glaubensbrüder aus der sitzenden Position an.

Die machten kurzen Prozeß. Aus dem *Ghosthunter* drangen gepeinigte Schreie von Frauen und Männern. Einige rissen abrupt ab. Geschossen wurde längst nicht mehr. Statt dessen ließ das Krachen und Klirren vermuten, daß die Kreuzritter ein bißchen metzelten, aber wohl in erster Linie das Mobiliar zerlegten.

Der Gangleader im Panzerwagen ließ den Fußsoldaten nur wenige Minuten, um sich auszutoben. Schließlich konnte er nicht zulassen, daß das Material für die Show verhunzt wurde.

»Kreuzritter!« dröhnte es aus den Lautsprechern. »Heraus zum Gottesdienst!«

Die Schäfchen gehorchten aufs Wort und drängten sich aus der Kaschemme. Umgeben von einer Horde Kreuzritter, die mit Spießen, Schwertern und Speeren die Richtung bestimmten, taumelten mehrere blutende Gefangene ins Freie. Es waren insgesamt dreizehn: ein Zwerg mit einer Schürze, der wohl zum Personal gehörte, zwei tätowierte, mit Ringen, Ketten und Designer-Kunstmuskeln auf Macho gestylte Männer, offenbar Zuhälter, drei Männer mit alltäglichem Outfit, wahrscheinlich Gäste, und sieben Nutten, drei splitternackt, der Rest in spärlicher Arbeitskleidung. Eine der leicht bekleideten Frauen war eine Elfin, die ungeachtet der Gefahr gerade einem der Kreuzritter ins Gesicht spie und sich dann blitzschnell zur Seite warf, als der Mann mit dem Messer nach ihr stieß. Zu den völlig nackten Nutten gehörte eine Orkfrau mit riesigen Brüsten und einem stoischen Gesichtsausdruck.

Pandur erstarrte. Eine der beiden anderen nackten Frauen war Tojo. Sie blutete aus Wunden an der Stirn und am Bauch. Offensichtlich hatte man ihr den Body heruntergerissen und sie vergewaltigt oder es zumindest versucht. Selbst das Armband mit den Goodies fehlte. Pandur hoffte, daß Tojo wenigstens noch dazu gekommen war, einem ihrer Peiniger ein Giftpad in die Visage zu drücken oder eine Schockspritze in den Hintern zu jagen.

Verdammt, Tojo, was hattest du in der beschissenen Kneipe verloren? Warum konntest du nicht in dein Edelpuff zurückkehren? Dort wäre dir nichts passiert!

Pandur war völlig von der Rolle und wußte nicht, wie er Tojo heraushauen konnte. Er hatte keinen Augenblick lang daran gedacht, daß sie in Gefahr sein könnte. Ihr Revier lag ein ganzes Stück die Straße hinab, weit außerhalb des abgesperrten Karrees. Sie arbeitete im *Cyberherz,* und wenn sie schon der Mafia gehörte, dann genoß sie dort zumindest auch den Schutz des Syndikats.

Die Drekheads hatten nicht die Traute, eine beschützte Moschee anzugreifen. Beim Anblick von Mafia-Killern hätten sie sich erst recht in die Hosen gepißt. Wahrscheinlich wissen sie sogar, daß das Cyberherz *der Mafia gehört, und haben es von vornherein abgehakt. Verdammt noch mal, Tojo. Du hast ein nicht zu überbietendes Talent, in buchstäblich jeden Scheißhaufen zu treten, der irgendwo herumliegt!*

Das Fußvolk der Kreuzritter trieb die Gefangenen auf die Mitte des Karrees zu, wo sich der Panzerwagen und das Podium befanden. Die Menge schloß einen dichten Kreis um sie. Einige der behelmten Offiziere gesellten sich hinzu und dirigierten die Aktivisten der vorderen Reihe. Die sechs Männer und sieben Frauen wurden gepackt und auf das Podium gehievt, damit sie jedermann sehen konnte.

Die meisten Gefangenen senkten ergeben die Köpfe und machten keinen Versuch, sich zu wehren. Die Orkfrau blickte sich gelassen im Kreise um, machte aber weiterhin den Eindruck, als würde dies alles sie nichts angehen. Nur die Elfin, eine schrill angemalte und am ganzen Körper tätowierte Rothaarige, und Tojo wehrten sich, als sie zu den anderen hinaufbefördert wurden, aber das half ihnen wenig.

»Was haben wir denn da?« höhnte die Stimme aus dem Panzerwagen über die Lautsprecher. »Ein klägliches Häuflein von armseligen, ertappten Sündern, wie? Eine Fleisch gewordene Beleidigung des Herrn der Schöpfung, wie?«

Johlender Beifall seiner Anhänger beantwortete seine Fragen.

»Wie ich sehe, sind darunter auch drei abartige Geschöpfe«, fuhr die Stimme des Anführers fort. »Wenn Gott der Herr gewollt hätte, daß Mißgeburten die Welt bevölkern, hätte er sie selbst erschaffen. Hat er dies getan, meine Brüder in Christo? Oder war es vielleicht Satan, der diese traurigen Karikaturen des Menschen in die Welt gesetzt hat?«

Die Kreuzritter grölten noch lauter und reckten ihre Waffen. Es konnte kein Zweifel mehr daran bestehen, welcher der beiden Alternativen sie zuneigten.

»Fragt euch lieber, was für Mißgeburten ihr selbst seid!« schrie die Elfin. Sie spuckte gegen den Sehschlitz des Panzerwagens. »Du hast wahrscheinlich am meisten Grund, dich in deinem Panzerwagen zu verstecken. Zeig dich mal, du Drekhead! Wenn du so aussiehst, wie du redest, mußt du ein gigantischer Kotzbrocken sein. Wahrscheinlich hat jemand deiner Mutter in die Vagina geschissen, um einen solchen Stinkstiefel in die Welt zu setzen!«

Pandur wußte nicht, ob er den Mut der Elfin bewundern oder als selbstmörderische Dummheit einstufen sollte. Bußfertigkeit und Reue war die einzige Methode, dem Kreuzrittermob von der Klinge zu springen. Schmähungen dagegen bedeuteten den sicheren Tod. Aber wahrscheinlich war der Frau längst klar geworden, daß sie als Metamensch so oder so keine Chance hatte, dem Gesindel zu entgehen. Sie schien es vorzuziehen, aufrecht zu sterben.

Darauf würde sie nicht lange warten müssen. Die

Meute tobte und schrie sie nieder, als sie noch etwas hinzufügen wollte.

»Gebt Satan seine abscheuliche Tochter zurück!« tobte der Gangleader mit verzerrter Stimme. Er brüllte so laut in sein Mikrophon, daß es in den Lautsprechern zu einer Rückkopplung kam.

Im nächsten Moment sprangen vier behelmte Offiziere mit Laseräxten auf das Podium und hackten die Elfin in blutige Stücke. Die vorher so apathische Orkfrau explodierte plötzlich. Sie warf sich auf einen der Killer, drückte ihn mit ihrem Gewicht platt zu Boden, packte ihn unterhalb des Helms am Hals und drückte mit aller Kraft zu. Die drei anderen Typen stürzten sich auf die nackte Orkfrau, hieben ihr den Rücken auseinander, schlugen ihr den Kopf ab, trennten die Arme vom Körper. Aber die breiten Hände der Frau ließen nicht von der Gurgel des Mannes ab und würgten ihn noch, als der Körper schon tot und zur Seite gerollt war.

Pandur hatte schon viel erlebt, aber diese Metzelei war selbst für ihn zuviel. Er übergab sich, immer und immer wieder, bis nur noch grüngelbe Galle kam. Als er, schwer nach Atem ringend, wieder zum Podium schaute, sah er, daß der leblose Körper des Kreuzritters von Fußsoldaten weggeschleppt wurde. Einer der Orkarme hing noch immer an seiner Gurgel. Hatte die Orkfrau die Genugtuung in den Tod mitgenommen, einen der Peiniger erledigt zu haben? Pandur wünschte es ihr.

Der Zwerg schien sich keine Illusionen darüber zu machen, was auf ihn zukam. Er nutzte das Chaos und sprang mit einem gewaltigen Satz vom Podium. Aber er sprang nicht weit genug, landete noch in der Menge der Fußsoldaten. Pandur konnte nicht sehen, was im einzelnen geschah, und legte auch keinen Wert darauf. Den gequälten Schreien des Mannes nach zu urteilen, wurde er noch in der Luft von einer der archaischen

Waffen durchbohrt und anschließend von der entfesselten Meute totgeschlagen oder totgetrampelt.

»Brüder in Christo!« donnerte die Stimme des Gangleaders über die Lautsprecher. »Besinnt euch! Begreift diese Stunde als einen Gottesdienst! Neigt eure Häupter in Demut und vergeßt nicht den Auftrag des Herren!«

Wahrscheinlich sorgte sich der Anführer, daß die Meute seiner Führung entglitt. Ritualmorde wollten sorgsam inszeniert sein. Eigenmächtiges Verhalten untergeordneter Chargen durfte nicht geduldet werden. Die Männer auf den Motorrädern richteten unmißverständlich ihre Waffen auf den eigenen Anhang.

Diese Sprache war unmißverständlich. Allmählich kehrte Ruhe ein, und das Fußvolk wandte sich wieder dem Podium zu.

»Wir sind nicht allein hier, um Satans Kinder zur Hölle zu senden und arme Sünder zu richten«, kam es aus dem Panzerwagen. »Uns ist daran gelegen, reuige Sünder dem Schoß unserer Kirche zuzuführen.«

Spärlicher Beifall. Den Fußsoldaten schien der Sinn eher nach weiteren Bluttaten zu stehen, aber sie fügten sich. Angesichts der auf sie gerichteten Waffen blieb ihnen auch kaum etwas anderes übrig. Außerdem wußten sie wohl aus Erfahrung, daß sie noch auf ihre Kosten kommen würden.

Pandur reckte den Hals und mühte sich, einen Blick auf Tojo zu werfen. Es gelang ihm, sie unter den verbliebenen zehn Menschen ausfindig zu machen und in ihr Gesicht zu sehen. Er versuchte es zu lesen. Ekel stand darin geschrieben. Schock. Im Moment war sie nicht fähig, irgend etwas zu unternehmen. Vergeblich versuchte Pandur, sie durch Winken auf sich aufmerksam zu machen.

»Tojo!« schrie er, aber sie hörte ihn nicht.

Statt dessen wandten sich ihm einige der Kreuzritter auf den Motorrädern zu und richteten die Waffen auf ihn. Sofort schwenkte Pandur seine Secura in ihre Richtung. Sie sollten wissen, daß er sich zu wehren verstand und nicht die Absicht hatte, sich kampflos auf die Rutsche stoßen zu lassen, die auf Lucifers Grill endete.

Die Kerle schienen das zu begreifen und drehten die Mündungen der Waffen langsam wieder zum Podium. Pandurs Finger hatten sich um den Abzug der Waffe verkrampft. Er versuchte sich zu entspannen, sah zu Tojo. Das Mädchen wirkte noch immer wie erstarrt, schien seine Umgebung nicht wahrzunehmen.

Was er tun würde, wenn es ihm gelang, mit ihr einen Augenkontakt herzustellen, wußte Pandur selbst noch nicht genau. Er war Schattenläufer, ging als Decker in die Matrix und kämpfte mit den Ungeheuern der virtuellen Realität. Straßenkampf war nicht sein Metier. Aber im Moment hätte er gern sein Cyberdeck gegen das Waffenarsenal eines Straßensamurai eingetauscht. Ein paar gutplacierte Blendgranaten zur religiösen Erleuchtung, der göttliche Odem eines Flammenwerfers oder die heilige Ansprache einer Crusader oder Combat Gun hätten die bigotten Drekheads zumindest gehörig aufgemischt. Aber Pandur wollte in jedem Fall versuchen, Tojo irgendwie aus dem Karree herauszubringen. Er wußte natürlich, daß die Chancen für ihn und das Mädchen verschwindend gering waren, lebendig davonzukommen. Aber er wußte auch, daß er nicht tatenlos zusehen konnte, wenn sie bestialisch ermordet wurde. Er fühlte sich ihr nicht sonderlich verbunden, aber auf ihre Art war sie für ihn ein Chummer. Er würde es sich niemals verzeihen, einen Chummer diesen Bestien überlassen zu haben. Noch hoffte er allerdings, daß Tojo klug genug war, den Kreuzrittern nach dem Munde zu reden und die reuige Sünderin zu spielen. Dann hatte sie eine Chance, dem Morden zu entgehen. Vielleicht half der

Schock, ihr Temperament im Zaume zu halten und die religiösen Fanatiker nicht unnötig zu reizen.

»Wer von euch Sündern glaubt an Jesus Christus, den die Ungläubigen gekreuzigt haben und der uns aufgetragen hat, seine Lehre mit Feuer, Schwert und automatischen Waffen zu verbreiten?« herrschte der Mann im Panzerwagen die restlichen Gefangenen an.

Bis auf Tojo hoben alle rasch den Arm.

»Du nicht, Tochter des Satans?« fragte der Gangleader Tojo, aber diese reagierte nicht.

»Sie ... sie ... glaubt auch an Jesus«, stotterte eine der anderen Nutten, wahrscheinlich eine Freundin von Tojo. »Sie hört dich bloß nicht. Is' fix und alle, seht ihr doch.«

Der Gangleader beließ es für den Moment dabei und hielt den anderen einen Vortrag. »Wißt ihr Huren nicht, daß es gottlos ist, eure Votzen für Geld zu öffnen? Wißt ihr Luden nicht, daß es gottlos ist, sich an der Sünde zu bereichern? Und wißt ihr anderen Männer nicht, daß der Herr euch verboten hat, zu den Huren zu gehen und ihnen beizuwohnen?«

Aus der Menge kamen lautes Johlen, Pfiffe und Buhrufe. Bis auf Tojo, die starr geradeaus sah, senkten alle eingeschüchtert die Köpfe und versuchten, betreten dreinzuschauen.

»Na schön«, sagte der Anführer. »Der Herr in seiner unendlichen Gnade wird euch vergeben und es dabei belassen, euch von den Jüngern seiner Kirche auspeitschen zu lassen. Zuerst die Männer!«

Die Offiziere stießen die beiden Zuhälter und die drei männlichen Barbesucher nach vorn, rissen und schlitzten ihnen die Kleidung vom Leib. Das Fußvolk johlte und wogte hin und her.

Dutzende hoben die Arme und versuchten, auf sich aufmerksam zu machen. Die Behelmten wählten zehn Männer aus und ließen sie auf das Podium klettern. Diese hielten bereits ihre Stahlruten in der Hand und begannen sofort damit, wie Berserker auf die nackten Männer einzudreschen. Im Nu war die Haut der Männer mit blutigen Striemen übersät. Einer der Zuhälter, dem die Haut bereits in Fetzen vom Hintern herabhing, brach zusammen.

»Genug!« kam die Stimme aus dem Lautsprecher.

Die Offiziere schritten sofort ein, als die Fußsoldaten in wilder Wut weiterprügeln wollten, und trieben ihre eigenen Glaubensbrüder mit drohend erhobenen Laseräxten zurück.

»Geht und lobet den Herrn!« sagte der Gangleader.

Die blutüberströmten Männer kletterten das Podium hinab. Zwei von ihnen halfen dem zusammengebrochenen Luden. Die Menge bildete stumm eine Gasse und ließ die taumelnden Männer passieren. Sie schleppten sich durch das Karree und verschwanden hinter den Motorrädern außer Sichtweite. Jetzt befanden sich außer den Kreuzrittern nur noch Tojo und die vier anderen Frauen auf dem Podium.

»Nun zu euch, ihr Huren!« meldete sich wieder der Lautsprecher. »Auch euch wird der Herr vergeben. Das Auspeitschen sei euch erlassen ...«

Enttäuschtes und zorniges Gemurmel aus der Menge.

»... da ihr in Zukunft für die Kirche des Herrn arbeiten werdet! Geht zu den Motorrädern. Ihr werdet auserwählten Brüder der Kirche zu Diensten sein und dann ein neues Revier erhalten.«

So läuft das also! Wenn die Drekheads selbst den Zuhälter machen, wird aus fleischlicher Sünde plötzlich gottgefälliges Tun.

Aber er traute der Sache nicht. Das Fußvolk war zu aufgeputscht, um sich mit einem Choral und ein paar Oblaten aus dem Gottesdienst verabschieden zu lassen. Sorgenvoll sah Pandur zu Tojo. Er ahnte, was da unvermeidlich kommen mußte.

Außer Tojo beeilten sich alle Mädchen, dem Befehl

nachzukommen, und kletterten vom Podium. Tojos Freundin ging als letzte. Sie versuchte, Tojo bei der Hand zu packen und mit sich zu ziehen. Zögernd setzte Tojo einen Fuß vor den anderen. Sie schien noch immer wie in Trance zu sein.

»Aber die Tochter des Satans wird nie wieder ihre Spalte öffnen, um Christenmenschen zu verderben!« schrie der Gangleader unter dem Jubel der Menge. »Sie soll in die Hölle fahren!«

Erschrocken ließ die Freundin Tojos Hand los, blieb unschlüssig stehen und flüchtete schließlich.

»Zieht der Hure die sündige Haut ab!« schrie einer der Fußsoldaten auf dem Podium. »Häutet die Hure! Häutet die Hure!«

Sofort wurde der Ruf von der Menge aufgenommen. Noch hielten die Behelmten die Fußsoldaten zurück, warteten auf das Signal ihres Anführers. Pandur kannte das bestialische Ritual, mit dem die Kreuzritter ihren Opfern nach und nach die Haut abzogen. Der sadistische Gangleader schien nicht die Absicht zu haben, sich diesen Genuß durch vorschnelle Aktionen seiner Truppe verderben zu lassen. Die Behelmten vertrieben die Fußsoldaten vom Podium. Dann wandten sie sich Tojo zu. Einer der Offiziere, ein gemein grinsender Hüne, dem der weiße Kittel schweißnaß an seinem wuchtigen Brustkorb klebte, zückte sein Tranchiermesser und trat von hinten an Tojo heran. Offenbar hatte man ihn schon vorher als Folterspezialisten ausgesucht. Zwei andere Männer näherten sich Tojo von vorn, um sie festzuhalten.

Pandur richtete seine Waffe auf den Hünen und spannte den Finger an.

Plötzlich kam Leben in Tojo. Ihr glasiger Blick wurde wild. Sie sprang ein Stück nach vorn, bückte sich und reckte den nackten Hintern zum Sehschlitz des Panzerwagens.

»Guck dir meinen Arsch an, du verdammter Perverser!« schrie sie über die Schulter. »Ich bin Mafia-Eigentum! Wage es nur, mich häuten zu lassen! Die Mafia wird dich aus deinem Panzer zerren! Sie wird dir den Schwanz und die Eier abschneiden und dir in dein dreckiges Maul stopfen!« Tojo wirbelte herum und schrie in die Menge: »Das gilt auch für euch, ihr Wichser!«

So ist es richtig, Tojo! Spiel die einen Drekheads gegen die anderen aus! Endlich einmal nützt es dir etwas, daß dein Körper einer Organisation gehört, die für ihre unerbittliche Rache berüchtigt ist!

Pandur hatte überhaupt nicht daran gedacht, daß Tojos M auf der Stirn und auf dem Hintern nicht nur eine viehische Erniedrigung bedeutete, die ihr das Weglaufen erschwerte. Zugleich handelte es sich um eine Art Besitzurkunde mit integriertem Totenschein für unrechtmäßige Benutzer.

Einen Moment lang stand es auf der Kippe. Hin und her gerissen zwischen ihren sadistischen Trieben und der Angst vor den Konsequenzen, zauderten die Kreuzritter. Der Lautsprecher blieb stumm, die Offiziere waren erstarrt, die Fußsoldaten scharrten nervös mit den Füßen. Pandur war überzeugt davon, daß ein einziger anstachelnder Schrei genügt hätte, um alle Hemmnisse hinwegzufegen und die kurzfristige Befriedigung der niederen Instinkte triumphieren zu lassen.

Aber der Schrei blieb aus. Tojo schien gewonnen zu haben. Pandur hielt noch immer die Walther Secura umklammert, den Lauf nach wie vor auf den Kerl mit dem Messer gerichtet. Er hoffte inständig, daß Tojo mit ihrem Sieg zufrieden war und nicht mit weiteren Schmähungen eine Reflexhandlung provozierte. Diese Bestien hatten Blut geleckt, aber noch längst nicht genug davon getrunken. Der kleinste Funke konnte das Pulverfaß jederzeit explodieren lassen.

Es passierte etwas ganz anderes.

Am anderen Ende der Straße ratterten plötzlich Maschinenpistolen. Ein Ruhrmetall Wolf Schützenpanzer rollte mit klirrenden Ketten auf die Barriere aus Motorrädern zu. Das Bordgeschütz spuckte Feuer. Hinter ihm fuhr ein gepanzerter Lastwagen, von dem aus Straßensamurais mit ihren automatischen Waffen feuerten. Über der Pilotenkabine wehte ein rosa Banner mit einem aufgerichteten Penis. Zwischen dem Panzer und dem Lastwagen erkannte Pandur eine Lohnmagierin mit wirrem, abstehenden Haar und einer blutroten Robe. Sie bewegte sich wie ein Panzergrenadier im Schatten des Wolfs. Statt einer Handgranate schleuderte sie einen wabernden Feuerball in Richtung Podium.

Ein SJT der Luden! Sie kamen spät, aber sie ließen sich nicht lumpen. Man hatte an nichts gespart. Selten zuvor hatte Pandur ein derart gut gerüstetes Kommando mit so viel Feuerkraft und magischer Unterstützung erlebt. Er entdeckte noch zwei weitere Magier auf dem Lastwagen.

Pandur hatte längst nicht mehr damit gerechnet, daß ein Selbsthilfetrupp eingreifen würde. Die Kreuzritter folgten bei ihren Exzessen stets einer Strategie, die von nacktem Kalkül bestimmt wurde. Es wurden nur jene getötet, die keine Lobby hatten. Sie hatten sich auch diesmal daran gehalten. Sie töteten Metamenschen, aber keine Luden. Sie hatten das Mafia-Eigentum nicht angetastet. Noch nicht.

Sie haben Fehler gemacht. Die Metamenschen. Zwei Nutten und ein Barkeeper. Sie scheinen Freunde auf dem Kiez gehabt zu haben. Und die Luden wurden zu blutig ausgepeitscht. Vielleicht hat das den Ausschlag gegeben.

Daß in der Eile so viel Feuerkraft aufgeboten werden konnte, mochte erstaunen. Aber in Berlin herrschte ständig Bedarf, und der Berliner Markt gab etwas her. Wie man sah, war für fette Ebbies alles zu bekommen, geklaute Panzer eingeschlossen. Und die Agenten stellten notfalls *schnell* etwas auf die Beine. Sie mußten schnell sein, wenn sie in diesem Geschäft bestehen wollten.

Die ersten Motorräder der Kreuzritter wurden in Stücke geschossen, von dem Wolf Panzer plattgewalzt oder sie explodierten, weil Muni die Tanks durchlöcherte und in Brand schoß. Die Offiziere an dem bedrohten Frontabschnitt spritzten auseinander. Einige erwiderten das Feuer, andere mühten sich vergeblich damit ab, ihre Maschinen zu starten. Die meisten suchten ihr Heil in der Flucht.

Mindestens zehn Kerle starben im Geschoßhagel, drei weitere wurden von dem wabernden Feuerball zu Steaks à la Lucifer verarbeitet. Der Rest wurde vom Panzer überrollt.

Am Podium stoben die foltergeilen Fußsoldaten auseinander.

»He, ihr Domspatzenhirne!« schrie Tojo. »Wolltet ihr mir nicht eben noch die Haut vom Arsch ziehen? Mein Arsch bleibt heil, aber eure Ärsche werden jetzt gegrillt!«

Sie vergaß jedoch nicht, sich mit einem Hechtsprung in Sicherheit zu bringen, bevor das Podium von dem ersten Feuerball der Magierin getroffen wurde. Die Stützen leuchteten rot auf und verglühten, die Plattform krachte hinunter. Die Offiziere, die bis zuletzt ausgehalten hatten, sprangen gerade noch rechtzeitig herab.

Tojo landete auf zwei Flüchtlingen und riß sie zu Boden. Sie rappelte sich schneller auf als die beiden Männer, riß dem einen den Spieß aus der Hand und rammte in mit aller Kraft in seinen Bauch. Der andere Kerl schaute mit offenem Mund zu. Tojo schubste ihn zurück, als er sich aufrichten wollte, sprang ihn wie eine Pantherkatze an, zog blitzschnell sein Tranchiermesser aus dem Gürtel und zog es ihm durch den Schlund.

»Hosianna!« rief ihm Tojo zu, aber der Kreuzritter war schon zu seinem Höchsten Richter unterwegs.

»Angreifen, Soldaten Gottes!« keifte der Mann im Panzerwagen. Dann verlor er total die Contenance und fiel vom Glauben ab. »Angreifen, ihr verdammten Hurensöhne!«

Weder christliche Wünsche noch die Rückkehr zu den angestammten Fachausdrücken vermochten seine Schäfchen aufzuhalten. Die Fußsoldaten warfen die lästigen Werkzeuge weg, die sie sonst gern im Namen Gottes in unchristliche Leiber bohrten, und jagten wie aufgescheuchte Hasen den Bussen entgegen. An den gesperrten Kreuzungen und an Pandurs Seite der Wrangelstraße starteten die behelmten Offiziere ihre Maschinen und brausten davon.

Der Gangleader hörte auf zu zetern und jagte seinen Leuten mit dem Panzerwagen hinterher. Das Nachsehen hatten die Offiziere, die am Podium überrascht worden waren. Ihre schweren Kettenhemden machten sie langsam. Die meisten wurden Beute der Muni, die der SJT freigiebig verteilte. Ein paar schafften es bis zu den Maschinen der Glaubensbrüder und konnten mit ihnen entkommen. Der hünenhafte Folterknecht wurde von seinem eigenen Oberhirten unter die Räder genommen. Damit hatte er definitiv die letzte Gelegenheit verpaßt, anderen Leuten noch einmal das Fell über die Ohren zu ziehen. Ob Lucifer ihm gestatten würde, sich mal an seinem Fell zu versuchen, wagte Pandur zu bezweifeln. Andersherum war es wahrscheinlicher.

Pandur hatte sich wieder in den Hauseingang gepreßt, als die flüchtende Meute an ihm vorbeijagte. Er blieb darin, bis auch die Verfolger ihn passiert hatten und die Luft nicht mehr so penetrant mit Fremdkörpern angereichert war.

Er hielt nach Tojo Ausschau. Auf den Bürgersteigen gestikulierende Leute, die aus den Kneipen, Läden und Wohnungen auf die Straße geströmt waren. Keine

Tojo. Ringsum nur tote Kerle in weißen Kreuzritterkitteln, Blutlachen, archaische Waffen. Die Hellebarde des langen Trottels lag auch im Gully. Der Trottel mit der Tonsur ruhte daneben.

Kann schon mal tödlich sein, die falsche Religion zu haben. Oder ungesunde Hobbies. Manche Leute mögen es nun mal nicht, von Hobbyschlächtern tranchiert zu werden.

Wieder suchte Pandur die Straße nach Tojo ab.

Bittere Ironie, wenn sie die pseudochristlichen Mordbuben überlebt hätte, um im Feuerhagel des SJT zu enden.

»Pandur! Pandur!«

Tojo stand inmitten einer Gruppe von tätowierten Freaks vor dem Eingang des *Schmackes,* einer billigen Freßkneipe. Sie war noch immer splitternackt und blutete. Aber sie winkte, lachte, hüpfte wie ein Gummiball auf und ab.

Pandur winkte zurück und setzte sich in Richtung *Schmackes* in Bewegung. Tojo würde ein paar Ecuscheine gebrauchen können. Vielleicht auch jemanden, der sie in den Arm nahm. Wie damals in Zombietown. Und Pandurs Magen konnte einen Snack vertragen. Ein Bier wäre auch nicht zu verachten. Seine letzte Mahlzeit lag ein paar Meter weiter auf dem Straßenpflaster.

Aber dann würde er gehen. Er hatte eine Aufgabe. Die Aufgabe bestand aus zwei Namen. Steamhammer und Butcher.

2. KAPITEL

›Desolation Row‹

Berlin ist wohl die einzige Stadt, in der die Gesetzlosigkeit nicht darin besteht, daß vorhandene Gesetze von den einzelnen Individuen ignoriert werden. Es gibt in Berlin keine Gesetze mehr, gegen die man verstoßen könnte – bis auf eines: ›Das Letzte Gesetz‹ ist die einzige staatliche Regelung, die in Berlin Gültigkeit hat. In ihr wird die Grundlage für die Anarchie gelegt.

Wer gegen dieses Gesetz verstößt, kann mit an Sicherheit grenzender Wahrscheinlichkeit davon ausgehen, daß einer seiner Lieblingsfeinde die Gelegenheit nutzen wird und er sich spätestens am nächsten Morgen die Erdleitungen der Matrix aus der Nähe betrachten darf. Ähnlich wird es auch demjenigen ergehen, der die Sokaren mißachtet. Die Sokaren wurden nicht von einzelnen Menschen erlassen, sondern werden durch die Handlungsweise aller Individuen bestimmt, so daß kein direkter Angriffspunkt besteht, um gegen die Sokaren zu revoltieren. Deshalb werden sie als unabänderliche Naturgesetze akzeptiert, die sich im Laufe der Kulturrevolution herausgebildet haben. Die Kunst des Überlebens besteht darin, sich die Sokaren zunutze zu machen, denn wer sie ignoriert, wird im Status F niemals das erreichen können, was er sich vorgenommen hat: Seine Aktivitäten würden zu schnell als anti-anarchistisch enttarnt werden.

Weitere Gesetze existieren nicht. Das ist besonders im Hinblick auf die Rechte des einzelnen wichtig. Er ist darauf angewiesen, sich das, was ihm zusteht, selbst zu beschaffen. Dabei ist es absolut unbedeutend, ob eventuell eine Mehrheit der Bevölkerung seine Ansprüche für gerechtfertigt hält oder ob irgendein Wissenschaftler diese oder jene Theorie zu einem derartigen Fall entwickelt hat: Wer sich nicht behaupten kann, wird unweigerlich den kürzeren ziehen, egal ob er von seinem Megakon ungerechtfertigt entlassen, bei einem Geschäft über den Tisch gezogen oder überfallen wird. Ebenso gibt es weder Jugendschutz- noch Gleichheitsgrundsätze. Wenn also jemand Spaß daran hat, Skalps von Trollen zu sammeln, wird die Öffentlichkeit keineswegs empört aufschreien.

Verbrechen jeder Art werden durch engagierte oder eigene Sicherheitstruppen verfolgt, je nachdem, wie viele Mitstreiter man davon überzeugen kann, daß überhaupt ein Verbrechen vorliegt, denn wo kein Gesetz ist, kann es auch kein allgemein anerkanntes Verbrechen geben.

Für die Einhaltung des Letzten Gesetzes bedarf es keiner besonderen öffentlichen Schutztruppe, da niemand dieses Gesetz umgehen kann, ohne sofort die Aufmerksamkeit aller am Status F beteiligten Mächte auf sich zu ziehen, was sich in jedem Fall nachteilig auf die eigene Position auswirkt.

Dementsprechend wurde die Polizei bei der Privatisierung 2040 vollständig aufgelöst. Die arbeitslosen Sicherheitskräfte entdeckten allerdings schnell eine Marktlücke in der neugeschaffenen Ordnung: Privatleute, die sich in Berlin im Gegensatz zu vielen anderen Städten sehr häufig außerhalb der Megakon-Enklaven aufhalten, können sich ohne Bodyguards nur dann frei bewegen, wenn sie selbst im Gebrauch von Waffen oder Selbstverteidigungsarten ausgebildet sind. Zwar bieten viele Megakons für die Mitarbeiter ihrer Berliner Niederlassungen Kurse in Jakaura, einer Mischung aus Karate und Kung-Fu, an, aber eine Sicherheitseskorte bietet dennoch einen wesentlich besseren Schutz.

Die zunächst einzeln arbeitenden Ex-Polizisten gründeten bald Sicherheitsfirmen, da die Nachfrage nach Eskorten und SJTs (SelbstJustizTrupps) überdimensional stieg und sich der Service so erheblich verbessern ließ.

Die Megakons pflegen ihr Recht mit Hilfe eigener Sicherheits- und Ordnungstruppen durchzusetzen. Diese SOTs regeln überwiegend das Leben innerhalb der Enklaven. Dort sind sie ebenso für die Einhaltung der

Hausordnung zuständig wie auch für die Verfolgung firmeninterner Vergehen – kurz gesagt nehmen sie dort all jene Aufgaben wahr, die vor der großen Revolte innerhalb von Berlin von der Polizei erfüllt wurden. Außerhalb der Enklaven arbeiten die regulären SOTs selten, denn als Vermittler oder Informanten kommen fast ausschließlich speziell ausgebildete Kräfte in Frage, die allerdings meistens aus den Reihen der SOTs stammen.

Auf ähnliche Weise arbeiten auch die Poliklubs. Bei ihnen ist jedoch die Sicherheit noch wesentlich größer, da sie sich oftmals mit Gangs gleicher – oder wenigstens nicht gegensätzlicher – Ideologie verbünden, deren Bandenmitglieder nicht nur den Anhängern des Poliklubs jederzeit persönlichen Schutz gewähren würden, sondern auch als Schlägertrupps bei politischen Veranstaltungen dienen.

Dr. Natalie Alexandrescu:
Berlin: Studie in Anarchie,
Deutsche Geschichte auf VidChips
VC 2, Erkrath 2051

Pandur schwitzte, obwohl er auf der Terrasse des Café Tripkick im Schatten saß und so etwas Ähnliches wie ein leiser Lufthauch von der Straße heraufwehte. Gegenüber, im vollklimatisierten Ödnur, wäre es besser auszuhalten. Er schaute durch die tadellos geputzten Plex-Elemente der Glaspyramide. Im Innern des Supermarktes fuhren lifegestylte Tanzgockel und Schickeria-Tussis mit ihren Buggies von Regal zu Regal, luden mit den Waldos kiloweise edle Fressalien in die Transportkörbe. Kein Schweißtropfen brachte ihre hochgetürmten, sorgsam toupierten Strohgarben- und Pyramidenfrisuren in Gefahr.

Müßig beobachtete Pandur, wie die Pinkel ihre Einkäufe von ihren Ebbies oder speziellen Shopping-Chips abbuchten. Einige fuhren mit den Buggies zur untersten Ebene, wo die Wagen parkten, oder zum

Kopterport, der auf halber Höhe die Ödnur-Pyramide mit der KDW-Pyramide verband. Mindestens die Hälfte der Typen unterzog sich nicht der Mühe, die Einkäufe einzuladen, sondern übergab den beladenen Buggy an die Ödnur-Cops, die am Ausgang herumlungerten. Ödnur unterhielt seit geraumer Zeit eigene Auslieferungsdienste in geschützten und eskortierten Fahrzeugen. Seither war es für Straßengangs und Randalekids nicht mehr so lukrativ, in der Nähe des Ödnur auf Beute zu lauern.

Im Ödnur ging es ein paar Ecken nobler zu als im Schweden oder gar im ALDI-REAL. Zum Image gehörte natürlich auch, daß die Klimaanlage nicht nur so hieß, sondern auch funktionierte. Aber Ödnur ließ sich das Klima und den Service teuer bezahlen.

Wo stecken die verdammten Drekheads?

Steamhammer und der Butcher hatten ihren Schlitten auf der Parkebene des Ödnur abgestellt, und dort stand er noch immer. Mandarin XM 50, ein Achtsitzer, wie ihn Puffbesitzer, Mafiabosse und SimSinn-Stars fuhren. Letztere aber nur dann, wenn sich ihre Karriere auf dem absteigenden Ast befand, wobei die Farbintensität und psychedelische Vielfalt der Lackierung in dem Maße zunahmen, wie der VIP-Status absackte. Der Mandarin, den Steamhammer gelenkt hatte, war schlicht schwarz und wirkte bedrohlich. Die Panzerung gehörte zum Lieferumfang der Chinesen, aber das hydraulisch ausfahrbare Bord-MG war Spezialanfertigung. Man mußte schon ein geschultes Auge haben, um die Fugen der Luke zu entdecken. Pandur gab sich nicht der Illusion hin, daß es sich um eine Attrappe handelte. Entweder war der Mandarin geklaut, oder die Straßensamurais arbeiteten für einen Auftraggeber, der maschinell gestotterte Argumente zu schätzen wußte.

Einige zentrale Bereiche der Pyramide bestanden aus Alukeramik und waren nicht einsehbar, aber

Steamhammer und der Butcher hielten sich für Pandurs Geschmack schon zu lange in diesen Zonen auf. Als Pandurs Blick einem weißen Porsche folgte, der aus der Ödnur-Spur in die Friedrichstraße einbog, entdeckte er zwei Gestalten, die sich schon weit hinter der Ödnur-Pyramide befanden und gerade in den Schatten eines gegenüberliegenden Hochhauses eintauchten. Die lange, schwarze Gestalt mit dem Zylinder war auffällig genug. Der Butcher. Die Drekheads hatten ihn verladen! Statt im Ödnur einzukaufen, waren sie auf der anderen Seite wieder herausspaziert.

Pandur fluchte leise in sich hinein. Sich bei der Hitze auch noch abzuhetzen, gefiel ihm überhaupt nicht, aber es mußte sein. Er hatte seinen Soykaf längst ausgetrunken und bezahlt, ohne den Gratisspeed anzurühren, der im Preis inbegriffen war. Jetzt schnellte er sich aus seinem Plastikstuhl hoch und hastete zum Ausgang. Von dort nahm er die Rolltreppe zum ersten Stock, wo ein breiter Rollbandtunnel das Schweden-Center mit dem Lila Star verband, einer weiteren Einkaufspassage. Das Lila Star besaß einen Ausgang zur Friedrichstraße.

Pandur drängelte sich durch die Gruppen von Passanten und erntete einige Proteste und Kampfansagen, kümmerte sich aber nicht darum. Es war kurz vor 16.00 Uhr. Buntes Publikum, aber die meisten sahen so aus, als könnten sie sich einiges mehr als einen Soykaf im Tripkick leisten. Viele Sararileute waren unterwegs, fast immer im Pulk von mindestens vier Leuten. Wer allein oder zu zweit ging, hatte oft einen Sicherheitsmann dabei. Oder man trug selbst eine Waffe und stellte sie gebührend zur Schau. Es gab ein paar Freaks, Frauen wie Männer, die splitternackt durch die Gegend rannten, aber einen Gürtel mit einer Predator umgeschnallt hatten. In den Centern selbst waren diese Sicherheitsvorkehrungen nicht nötig, aber die Leute kamen ja von irgendwoher und mußten irgendwann wieder hinaus auf die Straße.

Die meisten Pinkel trugen ein paar dürftige, aber modische Fetzen, dazu Turmfrisuren, Pyramidenfrisuren, Glatzen, asymmetrische Frisuren und natürlich Gesichtstätowierungen in tausend Varianten. Fast alle schwitzten. Die Klimaanlage im Center hatte längst ihren Geist aufgegeben, und die Glas- und Plexfassaden erwiesen sich als wahrer Fluch bei dieser Hitze.

Randalekids konnte Pandur weit und breit nicht entdecken, Gangmitglieder auch nicht. Im Schweden und im Lila Star patrouillierte CATCH, ein Sicherheitsdienst, der besonders hart durchgriff. Es ging das Gerücht, daß CATCH einen Müllmagier beschäftigte, der die Kadaver der Diebe und Ripper entsorgte, die von CATCH geschnappt und in die Mangel genommen worden waren. Da sich CATCH gelegentlich mit SJTs Gefechte liefern mußte, schien an der Sache etwas dran zu sein.

Pandur nahm die mehr oder minder bizarr aufgemachten Pinkel, die unauffälligen Bodyguards, die uniformierten Sicherheitsleute und die CATCH-Patrouillen nur in dem Maße wahr, wie es zu seiner persönlichen Orientierung und Sicherheit erforderlich schien. Im Grunde verband ihn wenig mit dieser Welt. Früher einmal hatte er selbst dazugehört. Das war vorbei, und allen Fehlern zum Trotz, die er gemacht hatte, trauerte er dieser Zeit nicht nach. Was immer er auch suchte, hinter den Schatten, hinter seinem Job als Decker, hinter dem Blut und der Kotze, hinter der Wirklichkeit eines Schlachthofes, dessen Rituale immer blutiger wurden und immer eindringlicher den Jenseitstrip versprachen, hatte nichts mit dieser gelackten Ausgabe einer kaputten Welt zu tun. Er war kein verlorener Sohn, der sich die Rückkehr wünschte. Die Welt der Heuchler und Opportunisten, die ihre innere Leere mit Konsum betäubten, konnte ihm gestohlen bleiben.

Hör auf mit dem Shit, Chummer. Du bist kein Philosoph, sondern ein Shadowrunner. Und du willst dich rächen. Da brauchst du deine grauen Zellen. Verschwende deinen Grips nicht an Dinge, die du nicht ändern kannst. Überlasse es den gutbezahlten Profs im Elfenbeinturm, sich mit Gesellschaftsanalysen einen abzuwichsen und dann aus Frust einen Mercedes zu kaufen.

Er passierte Modeboutiquen und Waffenläden, Megastores für SimSinn-Produkte, edle und profanere Freßkneipen, einen Laser-Tatoo-Salon, ein Geschäft für Cyberseximplantate, eine ambulante Schnellklinik für Schönheitschirurgie. Dann bewegte er sich durch den im Laserlicht gleißenden, verspiegelten Lila Star mit seinen Action-Shopping-Attraktionen, schlängelte sich gegen die Regeln an den Cablecabs vorbei, mit denen die Besucher durch eine Pseudoabenteuerlandschaft geschleust wurden und unterwegs nach Sonderangeboten schnappen konnten, wobei die vermeintlichen Schnäppchen sportliche Höchstleistungen erforderten. Endlich befand er sich auf der Rolltreppe, die hinaus auf die Friedrichstraße führte. Das Dröhnen der Mega-Fullsurround-Anlage mit den blubbernden, ballernden und zirpenden Fürzen ekstatisch-sterilen Plastikpops wurde allmählich zu einem fernen Hall, und Pandur konnte sogar wieder das Scheppern und Knirschen der Treppe hören, die kurz vor dem Kollaps stand.

Friedrichstraße. Breite Fußwege. Hochhausfassaden. Irgendwo in der Ferne lag der Bahnhof, Dreh- und Angelpunkt für die Ströme des Massenverkehrs. Auf der Fahrbahn ein nicht abreißender Strom von Fahrzeugen, der aber nach fünfzig Metern durch eine Tunnelöffnung im Untergrund verschwand. Rush-hour. Auf den Fußwegen hasteten Sararileute und andere Malocher, die es eilig hatten, nach Hause zu kommen, und überholten andere, die hier zu Hause waren. Typen, die nirgendwohin wollten. Gelangweilte Visagen, offene Gesichter, verschlagene Fressen. Sicherheitsleute und Unsicherheitsleute. Typen, die vielleicht auf irgendwas aus waren. Visagen mit flinken Augen, deren Besitzer auf eine passende Gelegenheit lauerten. Die erst wußten, was sie wollten, wenn sie eine Situation als eine Gelegenheit erkannt hatten.

Pandur war schnell gewesen, aber die Straßensamurai hatten einen riesigen Vorsprung gehabt. Die Hoffnung verblaßte, sie noch zu erspähen, bevor sie in das chaotische Gewirr der Stände, Zelte und Buden des Shadowmarkts eintauchten. Pandur konnte Steamhammer und den Butcher nirgendwo in der Menge der Passanten entdecken. Entweder waren sie irgendwo in der Nähe in einem Geschäft, in einer Bar verschwunden, in eine der Nebenstraßen abgebogen, oder sie bewegten sich bereits mitten durch den Markt.

Fluchen half nichts. Pandur tippte, daß sie sich auf dem Markt aufhielten. So unübersichtlich es dort auch sein mochte, die beiden Samurais würden auffallen. Der schwarze Zylinder des baumlangen Butcher dürfte kaum zu übersehen sein. Und wenn sie ihm wirklich wieder entwischt waren, würde er ihre Spur neu aufnehmen. Er hatte heute den richtigen Tip bekommen und zweifelte nicht daran, morgen einen neuen Hinweis zu erhalten. Zum Ödnur zurückgehen und warten, bis sie den Mandarin abholten, wollte er nicht. Er hatte das Warten satt. Er hatte das Beobachten satt. Er wollte Ricul und den Killerelfen. Vielleicht trafen sich die Samurais mit ihnen auf dem Shadowmarkt. Es war eine gute Chance.

Zügig bewegte sich Pandur die Straße entlang. Nach gut zweihundert Metern erreichte er die Ausläufer des Shadowmarktes. Kids boten verrostete Sturmgewehre an, die sie auf einer Plastikfolie mitten auf der Straße ausgebreitet hatten. Daneben bauten ein paar kahlköpfige Chinesen in roten Gewändern, die mit gestickten Drachen und Mao-Porträts verziert waren, ein Zelt auf. Einer von Ihnen rührte mit stoischem Gesichtsausdruck in einem Kessel herum, der über einer offenen Feuerstelle hing. Der brodelnde Sud verbreitete einen penetranten Gestank. Ein Schild verkündete: »Wu's

Magic Fluid. Mit Original Yak-Piß gegen Reuma und schlaffe Piephahn. Geheime recept aus China. Tausend Prozentig Garanty!«

In einem Punkt versprachen sie nicht zuviel: Es stank tatsächlich nach Urin. Pandur argwöhnte allerdings, daß statt eines Yaks die Chinesen selbst in den Kessel gepißt hatten.

Pandur tauchte hinein in das Chaos. Er passierte Stände und Buden mit gebrauchten Klamotten, mechanischen Wanduhren, Mikrochirurgielasern, elektronischen Bausätzen, Astrologiecomputern, nostalgisch wirkenden CDs aus dem vorigen Jahrhundert, Cyberware und gebrauchten Kunstmuskeln, direkt aus dem Leichenschauhaus und noch blutverschmiert. Der Händler, der die Muskeln anbot, war ein finster dreinblickender Ork. Vermutlich hatte er die Ware selbst herausgeschnitten. Ein paar echte Raritäten waren zu haben: in Plexblöcke eingegossene, hundert Jahre alte *Sigurd*-Piccolo-Comics, eine zweiunddreißig Teile umfassende historische Klodeckel-, Nachttopf- und Klistiersammlung, mehrere uralte Gebißprothesen. Ein Trollkid bot die Romanheftserie *Perry Rhodan* von Band 1 bis 4300 komplett auf VidChips sowie einige zerfledderte und halb zerbröselte Originalhefte aus der Zeit an, als die Serie noch in gedruckten Ausgaben erschienen war.

Auf dem Shadowmarkt gab es so gut wie alles zu kaufen, ob neu, gebraucht, legal, illegal, tot oder lebendig. Knarren aller Art und Muni, junge Katzen, in Spiritus eingelegte abnorme Gehirne und Genitalien, gehäutete Tiere, die als Kaninchen ausgegeben wurden, gebrauchte Särge, frische und tiefgefrorene Organe, magische Utensilien, angeblich echte Steine aus der Ersten Berliner Mauer mit Autogrammen von Janis Joplin, John F. Kennedy, Willy Hagara und Dr. Mengele, Porno-BTLs, Reflexbooster, Säuglinge mit und ohne Schnuller, Krimskrams aller Art, aber auch Raketenwerfer und Schützenpanzer, Mietkontrakte für

Söldnerarmeen und SJTs. Das Ganze war durchsetzt mit Imbißbuden, Soykaf-Tränken, Stehbierhallen, Quickshot-Drogenshops, Highspeed-Steckkontakt-Wänden, Zelten für Stehquickies mit weiblichen und männlichen Akkordnutten. Eine Magierin mit giftgrüner Robe und ebensolchem Hut warb für Einreibetinkturen gegen Vampirbisse, ein männlicher Kollege bot seine Dienste bei der Vertreibung von Herdgeistern an. Zwei fette, schmierige Typen verkauften selbstgebastelte Rattenangeln und ›Spezialköder‹, die einen gräßlichen Verwesungsgeruch ausströmten und sich mit einiger Sicherheit einmal auf den Knochen eines Menschen befunden hatten. Ein riesiges Plakat über ihrem Stand lud zur 5. Berliner Meisterschaft im Rattenangeln ein, die am nächsten Wochenende am Prenzlauer Berg ausgetragen wurde.

Es gab wirklich tausend Sachen zu sehen. Nur Steamhammers braune Kluft und der schwarze Zylinder des Butcher konnte Pandur weit und breit nicht entdecken, so zügig er auch die Gänge des Marktes auf und ab eilte.

Pandur wich einem durchgeknallten, stämmigen Chipper aus, der mit einer Doppelaxt in der Hand, irrem Blick und Schaum vor dem Mund durch die Menge marschierte und nach jemandem suchte, der sich mit ihm anlegen wollte. Ihm auf den Fersen folgte ein dreiköpfiges Trid-Kamerateam des Senders 44, das sich gute Bilder erhoffte. Vielleicht hatten sie dem Kerl vorher auch einen Horror-BTL spendiert, um ihn richtig scharf zu machen. Dahinter bewegten sich zwei gepanzerte und schwerstbewaffnete Bodyguards, deren Flak so schwer war, daß ihnen der Schweiß aus der durchweichten Wäsche tropfte, in munteren Bächen an den nackten Waden entlanglief und in die gespornten Stiefel floß. Man glaubte förmlich zu hören, wie die Sohlen quietschten und quatschten. Aber wenn sie es taten, wurden die Geräusche überlagert vom allgegenwärtigen Shadowmarkt-Sound aus Schreien, Grölen, Kreischen, Zetern, Feilschen, Fluchen, Lachen und einem Klangteppich aus hundert verschiedenen Musikquellen. Das alles zusammen ergab einen Geräuschbrei, der die ganze Friedrichstraße durchwaberte, sich wie eine Glocke über jeden Kopf stülpte und wie dicker Sirup die Ohren verklebte.

Hinter den tropfenden Schwermetalljunkies drängten sich allerlei Schaulustige, und inmitten der schaulustigen Menge klauten professionelle Flinkfinger und Randalekids, was das Zeug hielt. Ein besonders brutales Randale-Trio hatte es auf das echt aussehende goldene Armband einer dicken Frau in einer gepunkteten Korsage abgesehen. Einer der drei, ein pustelübersähtes Bürschchen, das ihr mal gerade bis zu den gewaltigen Brüsten reichte, zückte blitzschnell eine Monofilamentangel, stülpte sie der Frau über die Hand und zog mit einem wilden Ruck daran. Die Hand wurde glatt abgetrennt und fiel mit dem Armband zu Boden. Die beiden anderen Kids, ein Junge und ein Mädchen, stürzten sich auf das Armband. Dann rannten die drei Kids davon.

Die Frau schrie wie am Spieß. Das Blut spritzte in hohem Bogen aus dem Armstumpf. Ihr Bodyguard schoß auf die Kids und traf den Jungen mit den Pusteln. Er knallte auf das Straßenpflaster und rührte sich nicht mehr. Seine Spießgesellen entkamen mit dem Armband.

Jemand schrie nach einem Straßendoc oder Heilmagier, und keine fünf Sekunden später fegte bereits eine rothaarige Elfin in einem weißen Medanzug mit einer fahrbaren Stabilisierungseinheit herbei. Sie versorgte den Armstumpf. Jemand reichte ihr die Hand der Patientin, und die Ärztin warf sie mit gelangweiltem Gesichtsausdruck in den Shockfroster unter der Stabi. Darum würden sich die Kollegen in der BuMoNA kümmern.

Die Trid-Reporter hatten von der Aktion nichts mitbekommen und folgten weiterhin dem Irren mit der Axt. Eine abgetrennte Hand wäre auch zu mager gewesen, sogar für die Nachrichtenshow am Nachmittag. Die Zuschauer waren härteren Stoff gewohnt.

Pandur war froh, als die letzten Nachzügler des Axtmörder-Karnevals an ihm vorbeigezogen waren. Die dicke Frau wurde von zwei Sanis weggetragen. Ihr Bodyguard und die Elfin folgten in ihrem Fahrwasser. Zwei abgerissene Typen, die eher wie das Gegenteil von Sanitätern aussahen, filzten den toten Jungen und schleppten ihn dann weg. Wahrscheinlich würde der Organhändler ein paar Ecken weiter in Kürze frische Ware anzubieten haben.

Alles wieder normal. Nur ein paar Blutlachen erinnerten an den Zwischenfall. Ein Händler, der Duftwässerchen vertickte, sah seine Rendite beeinträchtigt und streute vor seiner Bude die größte der Pfützen mit Sand ab.

Pandur wandte sich nach links, um nicht noch einmal in den Strudel der sensationslüsternen Meute zu gelangen. Fast wäre er dabei mit einem Mann kollidiert, der gerade in diesem Moment mit forschem Schritt aus der Budengasse heraustrat.

Beide froren im gleichen Moment ihre Bewegungen ein. Wie mitten in einem Ausdruckstanz erstarrt, standen sie in einer unnatürlichen, gekünstelt wirkenden Körperhaltung da, Skulpturen eines expressionistischen Bildhauers. Nur ein winziger Luftspalt befand sich zwischen den beiden Körpern. Sie hatten einander nicht berührt.

Sie starrten einander an.

Pandur sah ein glattes, fast feminin schön aussehendes Gesicht, das vielleicht etwas zu ebenmäßig und nichtssagend wirkte. Babyface. Dunkel glosende Cyberaugen, die das Engelsgesicht auch nicht für den Teufel retten konnten. Lange, graue Locken, die dem jugendlichen Eindruck widersprachen.

Es war nicht nötig, den Rest des Körpers zu mustern. Pandur hatte ihn längst aus den Augenwinkeln registriert. Mittelgroß, schlank, drahtig, zu klein für einen Straßensamurai, zu schmal, sollte man meinen. Aber die Kunstmuskeln sprachen eine andere Sprache. Die umgehängte Flak desgleichen. Eine Combat Gun. Der Rigger war seiner Waffe treu geblieben.

»Festus!« stieß Pandur hervor.

Er entspannte sich, zog seinen Körper zurück, ging unwillkürlich auf Distanz.

Festus handelte genauso. Seinen Cyberaugen war nichts anzusehen, aber sein Mienenspiel zeigte die gleiche Überraschung wie Pandurs Gesicht.

Beide Männer brachten ihre Mienen fast gleichzeitig unter Kontrolle und trugen demonstrative Gelassenheit zur Schau.

Die Cyberaugen des Riggers registrierten jede Einzelheit des Mannes, der vor ihm stand. Sie sahen ein paar Dinge mehr, als Pandur erkennen konnte, wenn er in einen Spiegel schaute. Aber Festus benötigte weder Infrarot noch Sichtverstärkung, noch Sektorenvergrößerung, um sein Gegenüber zu erkennen. Aber er leistete sich den Luxus, den anderen Mann beinahe provozierend lange zu mustern.

Ein Mann Anfang der Dreißig, ein bißchen müde aussehend. Etwa ein Meter fünfundachtzig groß. Schlank, beinahe asketisch. Stirnbuchse. Der umgehängte Koffer mit dem Cyberdeck verriet, daß die Buchse professionell genutzt wurde. Das blonde Haar war länger als vor einem Jahr und hinten zu einem kleinen Zopf zusammengebunden. Stoppelbart. Schatten unter den Augen.

Festus verzichtete darauf, Pandur bei seinem Namen zu nennen.

»Hi, Chummer«, sagte er lässig. Er hatte die Pause genutzt, sich zu fangen. Seine Stimme klang freundlich, glatt, ein kleines bißchen überheblich und nicht im mindesten überrascht.

Drekhead!

Pandur entschied sich, ihm die Lässigkeit heimzuzahlen.

»Noch immer alles okay?« sagte er und tippte sich gegen die Stirn. »Nix Gehirnmaden?«

»Sei unbesorgt, Chummer«, antwortete Festus. »Mir geht's blendend. Aber du siehst blaß aus, Alter. Solltest auch mal in einem Golem baden. Wirkt wahre Wunder, wie du an mir siehst. Knallt dir die Gehirnmaden weg und ist obendrein gut für den Schwanz.«

»Ach ja?« meinte Pandur. »Kann man ihn jetzt auch ohne Cyberaugen mit Telemax Specialscanner erkennen?«

Festus grinste selbstzufrieden. »Das Format hat schon immer gestimmt, aber der Druck ist gewachsen, verstehst du. Er bereitet Jessi die allergrößten Wonnen, Tag und Nacht, so oft sie es möchte. Und sie will oft, wie dir bekannt sein dürfte.«

Das hast du nun davon! Hast dir das Thema aufzwingen lassen, ihm sogar noch das richtige Stichwort gegeben.

Pandur zwang sich zur Ruhe. »Ihr seid noch zusammen?« fragte er wie beiläufig, als würde ihn die Antwort nicht sonderlich interessieren.

»Scheint fast so, als seien wir füreinander gemacht. Wir haben 'ne Menge Spaß miteinander.«

Die beiden Männer hatten sich während des Gesprächs instinktiv und ohne sich darüber zu verständigen, in eine Nische zwischen zwei Zelten gedrückt und behielten ihre Umgebung im Auge. Trotzdem spürte Pandur ein leichtes Prickeln auf der Haut, als würde ihn jemand beobachten. Aber er konnte niemanden entdecken.

»Geht's Jessi gut?«

»Wenn ich sage, daß wir 'ne Menge Spaß miteinander haben, wird's ihr ja wohl gutgehen, oder?«

»Bumsen und Gutgehen ist nicht das gleiche, Chummer.«

»Richtig. Aber das eine ist eine gute Voraussetzung für das andere.« Festus schien einzusehen, daß das Thema ausgereizt war, und fragte: »Was macht deine Rache?«

»Ich hätte mir Unterstützung gewünscht.« Pandurs Stimme klang etwas rauh.

Festus ging nicht auf den Vorwurf ein. »Nichts gelaufen, wie?«

»Bin dran. Verfolge gerade eine neue Spur.«

Festus schwieg eine Weile. »Bist du deshalb nach Berlin gekommen?«

»Ich wußte nicht, daß ihr in Berlin seid.« Ironisch fügte Pandur hinzu: »Hätte sonst natürlich auf ein Stündchen vorbeigeschaut. Es geht doch nichts darüber, bei Soykaf und Kuchen über die alten Zeiten zu plaudern.«

»Wir sind auf der Durchreise«, sagte Festus. Es klang überraschend reserviert. »Geschäftlich.«

»Natürlich, Chummer. Sind wir nicht immer auf der Durchreise, wenn wir die Schatten gewählt haben? Und ...«

»Du klingst wie ein Pfaffe, Chummer.«

Pandur ließ sich nicht beirren. »Und immer geschäftlich unterwegs? Obwohl wir wahrscheinlich nicht mehr in der gleichen Branche tätig sind. Ich reise auf eigene Rechnung. Aber ein Geschäft habe ich auch zu erledigen.«

Wieso ist es ihm unangenehm, mich in Berlin zu wissen? Er kann nicht im Ernst glauben, daß ich bei ihm und Jessi aufkreuzen würde. Und er weiß, daß ich mich nicht an ihm rächen will. Es war einzig und allein Jessis Entscheidung. Es war bitter, aber es war okay.

»Jedem das seine.« Festus, der sonst immer für spöttische Bemerkungen gut gewesen war, blieb unpersönlich und knapp. Er schien das Gespräch möglichst schnell beenden zu wollen.

Pandur registrierte einen scharrenden Fuß, eine

kaum merklich zitternde Hand, angespannte Muskeln, die leicht nach vorn gebeugte Haltung des anderen.

Warum zum Teufel bist du so nervös, Chummer?

»Wenn ihr eine Bleibe sucht …«, begann Pandur.

»Danke für die Einladung, aber wir bleiben nicht über Nacht.«

»Ich hätte nicht gewagt, euch mein Loch als Quartier anzubieten«, stellte Pandur richtig. »Aber ich hätte euch etwas vermittelt. Ein Freundschaftsdienst – unter *Chummern*.« Er betonte das letzte Wort genüßlich. Das mußte er haben.

»Wir sind in Eile. Wir bleiben nicht.«

Wenn das stimmt, wenn alles so schrecklich eilig ist, was es hier zu erledigen gibt – wo ist dann Jessi?

Wieder spürte Pandur das leichte Prickeln auf der Haut. Es war das gleiche Gefühl wie vorhin. Er wirbelte herum, aber da war wieder nichts.

Festus hatte ihm finster zugeschaut. Fast schien es, als habe er Pandurs Gedanken gelesen.

»Jessi ist in der Nähe«, sagte Festus. »Sie ist mein Schatten. Wir sind ein Team! So ka? Ich sage es nur für den Fall, daß du Lust bekommen solltest, deinen Arsch in meine Richtung zu bewegen oder mir sonst irgendwie in die Quere zu kommen. Laß es bleiben, Chummer. Es würde deinem Arsch nicht bekommen.«

Einen Moment lang hatte Pandur geglaubt, die Frage nach Jessi sei ihm unbeabsichtigt über die Lippen gerutscht. Aber die restliche Ansprache des Riggers machte ihn ratlos. Er hatte nicht die leiseste Absicht gehabt, Festus zu folgen, und fühlte sich durch die unverhohlen ausgesprochene Warnung vor den Kopf gestoßen. Jetzt hatte ihm der Rigger einen Grund gegeben, ihm tatsächlich auf den Fersen zu bleiben.

Sollten am Ende deine Geschäfte etwas mit meinen zu tun haben, Chummer?

Einen eiskalten Moment lang ging Pandur die Möglichkeit durch den Kopf, daß Festus und Jessi zu Riculs

Truppe stoßen wollten. Daß diese neue Truppe aufgestellt wurde, um einen Mann zu jagen und zu töten. Daß aus irgendeinem schrägen, nur Ricul und seinen Hintermännern bekannten Grund ein Schattenläufer namens Pandur alias Thor Walez das Wild war. Daß Festus dies alles wußte und deshalb nervös und angespannt war.

Nicht wieder die alte Paranoia, Chummer. Du bist für sie nicht mehr wichtig. Sie haben alles, was sie von dir wollten. Du bist für sie nur Drek, wertlose Wetware, keine Patrone wert. Für dich holen sie nicht den Killer Nummer eins aus Italien und *den größten Scheißbrocken in Berlin* und *deine ehemaligen Freunde zusammen. Zuviel der Ehre, viel zuviel der Ehre.*

»Also …« Festus tat einen Schritt aus der Nische.

»Warte.«

Festus sah ihn fragend an.

»Hör zu, Chummer, ich lasse mir von niemandem den Weg verbieten. So ka? Dies ist der Shadowmarkt, nicht dein Vorgarten. Mag sein, du hast hier geschäftlich zu tun. Nimm zur Kenntnis, daß ich hier ebenfalls geschäftlich zu tun habe. Es ist mir scheißegal, wohin du deinen lausigen Kadaver bewegst. Aber wenn du ihn durch mein Revier schiebst, dann bilde dir gefälligst nicht ein, *ich* würde *dir* wie ein Dackel hinterherlaufen. Ich könnte umgekehrt auf die Idee kommen, du klebst an meinen Hacken. Kapiert?«

Festus sah ihn wütend an. »Ich sagte, halte deinen Arsch da raus, und ich meine es so!«

Er drehte sich abrupt um und marschierte davon.

Pandur schaute ihm nach, sah dann die Budengasse auf und ab. Jessi war nirgendwo zu sehen. Wenn Festus nicht geblufft hatte, mußte sie sich irgendwo in der Nähe aufhalten. Obwohl Pandur keine Sehnsucht danach verspürte, ihr über den Weg zu laufen – oder insgeheim etwa doch? –, hätte er gern gewußt, wo sie steckte und ob sie über Cyberheadware oder Zielkom Kontakt mit dem Rigger hielt.

Egal. Pandur ging davon aus, daß Festus sich umsah. Deshalb nahm er die entgegengesetzte Richtung, bewegte sich rasch bis zum nächsten Quergang und kehrte in dem Parallelgang zurück. Er eilte ein gutes Stück voraus und scherte dann über einen weiteren Quergang wieder in die Standreihe ein, in der er den Rigger vermutete.

Das Timing war nahezu perfekt. Festus drückte sich nur wenige Schritte vor ihm durch die Menge. Pandur schlüpfte unter das Vordach eines Würstchenstands und ließ sich eine Soycurry geben, als die Bedienung ihn fragend ansah. Er reichte einen Schein hinüber, nahm die Wurst und biß hinein. Sie schmeckte wie aufgeweichte, in Motoröl getränkte Pappe, aber wenigstens der Curry hatte Ähnlichkeit mit einem Gewürz, war zumindest scharf.

Er ließ Festus einen vertretbaren Vorsprung, bummelte dann hinter ihm her, klammerte sich dabei an seiner Pappwurst fest und nahm scheinbar interessiert mal hier, mal dort irgendwelche Waren in Augenschein.

Verdammt, Chummer, was tust du eigentlich? Du bist hier, um Steamhammer und den Butcher zu suchen. Laß die Vergangenheit ruhen. Laß Festus und Jessi doch miteinander selig werden.

Er wollte es, aber er konnte es nicht. Die Vergangenheit war wieder auferstanden. Seit Wochen, wahrscheinlich seit Monaten, hatte er nicht mehr an Jessi gedacht. Aber jetzt kam alles zurück. Der Frust. Eine Enttäuschung mehr in seinem Leben. Er wußte nicht einmal genau, ob die Beziehung zwischen ihm und Jessi wirklich Liebe oder nur eine Illusion von Liebe gewesen war.

Er drängte die Gedanken an Jessi beiseite. Er konnte sich nicht den Luxus leisten, seine grauen Zellen in der Vergangenheit wühlen zu lassen. Auch wenn die Gegenwart im Moment keine großen Anforderungen an seine grauen Zellen stellte. Auf Unaufmerksamkeit stand in den Schatten fast immer die Todestrafe.

Der Rigger vor ihm bewegte sich auffallend langsam. Er tat so, als würde er sich an einem Stand für eine Lederriemengarnitur mit Cockringen interessieren, die eigentlich eher für Schwule in Frage kam. Er nahm die Riemen in die Hand und breitete sie aus. Aber er war nicht bei der Sache. Er legte die Riemen wieder hin. Es war unübersehbar, daß Festus wartete. Auf etwas oder auf jemanden. Zu allem Überfluß schaute er genau in diesem Moment auf sein Multifunktionsarmband. Seine Miene wirkte wie versteinert, aber dahinter verbarg sich Ungeduld, wie Pandur wußte. Er sah sich um.

Pandur duckte seinen Kopf rasch hinter einen schäbigen, von Ratten zerfressenen Dudelsack, der zusammen mit anderem Klimbim von der Markise eines Standes herabbaumelte. Als er sich wieder aufrichtete und an den Dudelsackpfeifen vorbei zu dem Stand mit den Homo-Klamotten schaute, war Festus verschwunden. Es schien, als habe ihn der Erdboden verschluckt. Statt dessen entdeckte Pandur wenige Meter von dem Fleck entfernt, an dem der Rigger gestanden hatte, einen schwarzen Zylinder auf dem Schädel eines ganz in Schwarz gekleideten Kerls. Er bewegte sich langsam durch die Menge, abwartend, lauernd. Sein Gesicht, seine Körperhaltung, sein Gang drückten die Überheblichkeit eines Storches aus, der durch einen Froschtümpel stakst.

Der Butcher!

Direkt neben dem finsteren Straßensamurai bahnte sich wie ein getreuer Paladin ein brauner Koloß seinen Weg, drückte grob mit seiner Leibesfülle alles beiseite, was nicht schnell genug auswich. Steamhammer. Der Braune und der Schwarze. Das Duo infernale.

Ein untrüglicher Instinkt verriet Pandur, daß die beiden Straßensamurais trotz ihrer demonstrativen Lässigkeit im Einsatz waren. Sie suchten, sie waren zielgerichtet unterwegs. Er fragte sich, ob das merkwürdige, blitzartige Verschwinden des Riggers etwas mit dem Auftauchen der beiden zu tun hatte. Ihm fiel sein Gedanke von vorhin ein. Es sah nicht so aus, als wollte sich Festus mit den beiden zu einem Team vereinigen. Ganz und gar nicht.

Es war leicht, den beiden Männern zu folgen. Selbst aus dem dichtesten Gewühl ragte der lange Butcher mit seinem Zylinder wie eine Landmarke heraus. Unter anderen Umständen hätte man den Langen als traurige Gestalt bezeichnen können, dem der Zylinder eine tragikomische Note verlieh. Aber die eisige Miene des Mannes und seine eindeutige Bewaffnung bewahrten ihn vor dem Spott seiner Umgebung. Selbst die Randalekids, die vor ihnen körperlich überlegenen Erwachsenen selten Respekt hatten, schienen dies zu kapieren. Pandur sah, daß eine Gruppe von ihnen zum Butcher hinüberstarrte, sich tuschelnd beriet und dann verdrückte, statt zu versuchen, ihn anzupöbeln oder ihm den Zylinder herunterzuwerfen.

Wo steckt Festus?

Weder an der Art, sich zu bewegen, noch an ihrem Tempo war erkennbar, ob die Samurais jemandem folgten oder jemanden suchten. Wenn sich Festus nicht seitlich verdrückt hatte und irgendwo dort vorn seinen Weg nahm, dann mußte er sich ein gutes Stück voraus befinden. Pandur konnte ihn nicht ausmachen. Zu viele Menschen bewegten sich zwischen ihm und den Messerklauen. Was vor den Straßensamurais lag, konnte er erst recht nicht einsehen. Zwischen Steamhammers feistem Leib, dem Vogelscheuchenmast des Butcher und den seitlichen Buden- und Zeltwänden blieb nur ein Stück Himmel übrig.

Falls die Samurais Festus im Visier hatten, war dies eine absurde Situation. Jedenfalls empfand Pandur dies so. Verfolger, die selbst verfolgt wurden.

Fehlt nur noch, daß mir selbst jemand am Arsch hängt.

Beinahe wäre er dem Impuls gefolgt, sich umzudrehen und nachzusehen. Er ließ es bleiben. Vorn spielte die Musik. Daß ihm von hinten keine unmittelbare Gefahr drohte, sagte ihm sein sechster Sinn. Aber er dachte an das Gefühl von vorhin, das Prickeln auf der Haut, das Wissen, beobachtet zu werden. Irgendwo mußte Jessi stecken, wenn ihm Festus nicht einen Bären aufgebunden hatte. Offenbar verfolgte auf diesem dreimal verdammten Shadowmarkt wirklich jeder jedem. Kein Wunder, daß es hier so voll war.

Was für Geschäfte hatte der Rigger zu erledigen? Oder war er auf eine Schießerei aus, auf ein Showdown wie in einem guten alten Western? War es das? Hatte der Drekhead sich eine Überdosis BTLs mit Western-Showdowns reingezogen und anschließend Leute angemacht? Steamhammer einen reinkarnierten Haufen Kinderkacke genannt? Ein VidKom-Gespräch mit Italien geführt und den Butcher als schwulen Zylinderzombie bezeichnet? Beiden gesagt, sie könnten ihr High Noon auf dem Shadowmarkt erleben, sollten aber besser ihre großen Brüder mitbringen, wenn sie eine Chance haben wollten? Pandur traute dem Rigger so etwas zu. Seit er mit dem Golem verschmolzen war und in dieser magischen Vereinigung seine Cyberviren verloren hatte, platzte er vor Selbstvertrauen. Aber warum sollte er so etwas Verrücktes tun? Um Jessi zu imponieren? Die hatte er doch längst in der Tasche.

Schluß mit dem Drek, Chummer. Warte ab, dann weißt du mehr.

Der italienische Leichenbestatter und sein verfressener Paladin, Pat und Patachon im Horrorkabinett des Professor Bondi, schleppten ihr Waffenarsenal unverdrossen über den Markt. Steamhammer wischte sich gelegentlich mit dem Unterarm den Schweiß aus der Stirn und aus den Cyberaugen. Ansonsten schien er guter Dinge zu sein. Der Butcher stierte nach vorn. Er schwitzte nicht. Papa Frankenstein hatte offenbar vergessen, die Schweißdrüsen anzuschließen, als er ihn zusammennähte. Oder er kam direkt aus der Hölle und war ganz andere Temperaturen gewöhnt.

Pandur bemerkte aus den Augenwinkeln, wie sich eine bunte, schlanke Hand seiner Hüfte näherte. Die Hand gehörte einer hohlwangigen jungen Frau, die sich an ihn gedrängt hatte. Sie schien einen enganliegenden Kapuzenanzug zu tragen, dessen Muster einem persischen Teppich glich. Als Pandur genauer hinsah, erkannte er, daß es sich keineswegs um einen Anzug handelte. Die Frau war splitternackt und totalrasiert, besaß jedoch eine bunte Ganzkörpertätowierung, die nur von der Stirn bis zum Kinn einen schmalen Streifen Gesichtshaut freiließ. Menschenhaut-Täbris. Rote Kontaktlinsen leuchteten wie glühende Kohlen aus der Teppichkapuze.

Die Hand legte sich auf seine Hüfte, umrundete sie, glitt zwischen seine Beine und begann mit einer sanften Massage.

»Einfach nur geschehen lassen, Chummer«, flüsterte ihm die Frau zu.

Pandur kannte den Trick. Er ließ seine linke Hand herabfallen und versetzte der Frau einen Schlag auf den Unterarm. Gleichzeitig wirbelte er herum. Gerade noch rechtzeitig. Ihr Komplice hatte bereits das Messer an den Gurt des Cyberdecks gesetzt. Der Kerl kam offenbar auch aus Täbris, schützte allerdings sein Heiligstes, ob tätowiert oder nicht, mit einem schmutziggelben Lendenschurz. Bevor sich die beiden etwas Gemeineres einfallen lassen konnten, hatte Pandur seine Walther Secura aus der Brusttasche gezogen. Er richtete den Lauf auf die Firma Klau & Täbris.

»Immer schön auf dem Teppich bleiben, Leute«, sagte er.

Er mußte überhaupt nicht laut werden. Die wandelnden Teppiche hatten die Situation kapiert, drückten sich flugs in die Menge und waren im nächsten Moment verschwunden.

Ärgerlich über die Ablenkung, hielt Pandur Ausschau nach dem Zylinder. Er fand ihn sofort in der Menge. Pandur beruhigte sich wieder. Offenbar hatte er nichts verpaßt. Um ihn herum hielten ein paar Typen Maulaffen feil. Als kein Blut floß und Pandur die Waffe einsteckte, kümmerten sie sich bald wieder um ihren eigenen Mist.

Pandur fühlte sich unter den vielen Leuten nicht wohl. Die Aktion der Teppichfreunde hatte bewiesen, wie schwer es war, mitten in der Menge unfreundliche Messer von sich fernzuhalten. Aber Pandur benötigte keine Beweise und keine Gründe. Er hielt aus eigenem Antrieb lieber Abstand, hatte gern den Rücken und die Flanken frei. Als Einsamer Wolf mißtraute er Leuten, die er nicht kannte. Leuten, die er kannte, mißtraute er ebenfalls. Mit einigem Recht, wie sich oft genug herausgestellt hatte.

Selbst Natalie war bereit, dich zu verkaufen, Chummer.

Plötzlich tauchte der Zylinder des Butcher nach unten und bewegte sich dann blitzschnell nach rechts. Im gleichen Moment warf Steamhammer seinen massigen Körper nach links. Es war, als hätten rundum alle nur darauf gewartet. Die Marktbesucher spritzten nach allen Seiten auseinander. Zwischen Pandur und den Straßensamurais bildete sich eine Gasse. Pandur sah, daß die Samurais schräg nach vorn stürzten und in der Bewegung ihre Gewehre von der Schulter über die Oberarmmuskulatur laufen ließen, bis die Stützen an den Schultern und die Anzüge an den Fingern lagen. Der Zylinder rollte in den Staub, und Pandur sah, daß der Butcher schwarzes, speckiges, halblanges Haar besaß, das aussah, als hätten die Ratten daran gefressen.

Die Gasse öffnete sich rasend schnell nach vorn, an den Samurais vorbei, wie ein Keil, der von einer unsichtbaren Kraft in die Menge getrieben wurde. An der Spitze des Keils wurde ein Mann sichtbar, der im Schritt verharrte und über die Schulter zurücksah, als er die Bewegungen in seinem Rücken spürte.

Der Mann war Festus.

Für den Bruchteil einer Sekunde erstarrte der Rigger. So lange brauchte sein Gehirn, um zu akzeptieren, was ihm die Cyberaugen meldeten. Er sah einen langen Kerl in schwarzem Samt und einen dicken Kerl in brauner Kluft. Er sah, daß die beiden sich fallen ließen und im Sturz ihre Gewehre in Schußposition brachten. Er registrierte, daß sich die Mündungen der Gewehre in seine Richtung bewegten.

Festus begriff. Er war das Ziel.

Er sprang mit einem Satz zur Seite. Prallte gegen den Verkaufstisch eines Händlers. Riß den Tisch mitsamt den Auslagen um. Der ganze Trödel – Kruken, Kaffeebecher, Weingläser, Kerzenleuchter, Schreibtischlampen, Nippes aus Kunststoff und anderen Materialien – krachte zu Boden. Metall klirrte. Porzellan und Steingut zerbarst. Plastik schepperte. Glas splitterte. Der Händler, ein schmächtiger Bursche mit Halbglatze, giftgrünen Kontaktlinsen und gelben Zahnstummeln im weit geöffneten Mund, schrie empört auf.

Der Rigger strauchelte kurz, stürmte weiter, duckte sich unter den ersten Schüssen hinweg und warf sich hinter eine Budenwand. Der Händler hörte auf zu zetern und brachte seinen mageren Hintern in Sicherheit, indem er sich der Länge nach hinter den umgeworfenen Tisch fallen ließ.

Ein roter Laserzielpunkt suchte Beute. Das Colt Sturmgewehr des Butcher begann zu sprechen. Steamhammers blutroter Tscheche stotterte wie ein hastiges Echo hinterher. Jeder der Männer gab zwei Schüsse ab. Ein Geschoß krachte in die Spanplatte des Tisches, das nächste zischte einen halben Zentimeter über den Kopf des Riggers hinweg, das dritte traf ihn im rechten

Oberarm und ließ die Kunstmuskeln wie überdehnte Trossen auseinanderreißen. Blut spritzte. Das vierte Geschoß verirrte sich im Himmel. Ein untauglicher Versuch des Braunen, der Erde einen tschechischen Satelliten zu verpassen.

Der blutende Rigger verschwand hinter der Budenwand. Das infernalische Duo erreichte die Horizontale und war damit beschäftigt, Hardware, Wetware und Vermischtes neu zu organisieren. Der magere Händler ließ sich nicht blicken. Klug von ihm. Dafür begann sein lädierter Tisch zu wandern, als würde er von Magie bewegt. Aber es war nur sein Besitzer, der mitsamt seiner Deckung aus dem Schußfeld kroch. Links und rechts, weiter vorn und auch in Pandurs Rücken wogte die Menge wie ein Kornfeld, in das eine Gewitterbö hineindrückte. Dem Tod wurde eine Gasse geschaffen, eine schöne, breite Schneise für Transporte aller Art, vornehmlich für die explosive Ausweitung des Luftverkehrs.

Der ließ nicht lange auf sich warten. Seitlich der Budenwand tauchte eine Gesichtshälfte mit einem glühenden Cyberauge auf, weiter unten gesellte sich eine Hand hinzu, die eine Sturmschrotflinte umklammerte. Dann zeigte Festus, daß er auch mit links schießen konnte. Sein Munimix fegte den Gang des Shadowmarkts entlang.

Es blieb nicht mehr als eine Geste. Der Rigger schoß nur Trostpreise, machte Schrott aus Sachwerten. Die Straßensamurais befanden sich längst außerhalb des Streuwinkels seiner Waffe, rappelten sich auf und stürmten schießend voran, brachen durch alles, was im Wege war, oder sprangen darüber hinweg.

Pandur hatte sich wie die anderen Marktbesucher zur Seite geworfen, als der Trubel begann. Der explosive Cocktail des Riggers prasselte ein gutes Stück von ihm entfernt gegen das Straßenpflaster. Selbst die Querschläger ließen ihn in Ruhe.

Wie feuerspeiende Dampfwalzen rückten die Samurais in weitem Bogen gegen die Bude vor, hinter der sich der Rigger verschanzt hatte. Er hörte sie, aber er konnte sie nicht sehen. Selbst wenn er mit einem Glückstreffer einen der beiden erwischte, würde er dem anderen nicht entgehen.

Festus hat nicht die Spur einer Chance. Wenn nicht ein Wunder geschieht, ist er erledigt!

Der Rigger war selbst ein in vielen Kämpfen erprobter Samurai. Die Instinkte des Samurais standen ihm im Wege. Hinzu kam sein neues, golemgebadetes Selbstbewußtsein. Hätte sich Pandur in seiner Lage befunden, wäre er losgerannt, statt sich zu verschanzen und zu feuern.

Drekhead! Der Golem hat dir die Würmer aus dem Gehirn gezogen, aber die Löcher sind geblieben! Lauf!

Pandur wußte nicht, ob er die Worte nur gedacht oder laut herausgeschrien hatte. Es spielte auch keine Rolle. Die Szene war zu kompakt für Nuancen.

Egal, was zwischen uns steht. Wir haben uns gegenseitig den Arsch gerettet. Letzten Ende sind wir noch immer Chummer!

Entschlossen zog Pandur seine Walther Secura und stürmte los. Er war kein Selbstmörder, der sich opfern wollte. Aber er saß im Nacken der beiden Straßensamurais, die es auf Festus abgesehen hatten. Er hoffte, einen von ihnen ausschalten zu können. Dann hatte es der Rigger nur noch mit einem zu tun und bekam wenigstens eine winzige Chance.

Pandur entschied sich für Steamhammer. Er war langsamer und noch nicht so weit von Pandur entfernt wie der Butcher. Vor allem jedoch war Steamhammer dicker. Pandur sah eine Chance, den feisten Leib des Samurais zu treffen.

Für sorgfältiges Zielen fehlte die Zeit. Im vollen Lauf drückte er ab. Die Kugel verfehlte den Dicken um einen halben Meter. Sofort schoß Pandur ein zweites

Mal. Wieder daneben, obwohl er ein paar Meter gegenüber dem Samurai gutgemacht hatte. Ein halbes Dutzend Schüsse in Serie, um den Erfolg zu erzwingen. Nichts, das Wirkung zeigte. Zwei Kugeln wurden von Steamhammers Panzerweste abgefangen.

Drek! Laufen, schießen und gleichzeitig aufpassen, daß dich die Muni deines Chummers nicht erwischt. Selbst für einen Meisterschützen kein Zuckerschlecken. Und du bist nun mal kein Meisterschütze!

Statt des neunten Schusses kam nur ein hohles Klicken. Das konnte nicht sein! Er hatte erst vorhin einen frischen Munistreifen eingeführt.

Er drückte erneut den Abzug durch. Ein Schuß löste sich. Wieder daneben, wenn auch denkbar knapp. Das Geschoß pfiff über Steamhammers Kopf hinweg. Die Blindpatrone abgezogen, blieben Pandur noch zwei Schüsse. Gerade genug, um sich zu wehren, wenn Steamhammer sich umdrehte und ihn als Gegner annahm. Und es blieb keine Zeit, einen neuen Munistreifen einzulegen!

Nur noch ein Dutzend Schritte trennten die Straßensamurais von der Bude, hinter der Festus kauerte. Sie konzentrierten sich voll und ganz auf ihr Opfer. Nichts ließ erkennen, daß sie Pandur und seine Schüsse überhaupt wahrgenommen hatten. Sie kümmerten sich nicht um ihn.

Der Rigger schien endlich begriffen zu haben, daß sein blindes Sperrfeuer keinen Sinn machte. Vielleicht ahnte er, wie nahe ihm das Verhängnis bereits gerückt war. Oder seine hochgerüsteten Cybersinne hatten registriert, daß Lucifers beste Akkordheizer herandampften.

Richtig, Chummer. Was dein Zeiss Alround-Speedzoomer dir rasend schnell in die Birne knallt, ist keine Vergrößerung! Es kommt wirklich so schnell näher!

Er tat, was Pandur ihm von Anfang an geraten hätte. Die Schrotflinte verstummte und verschwand, das halbe Gesicht mit dem einen Cyberauge tauchte weg. Stiefel klackten mit hoher Frequenz auf dem Straßenpflaster. Festus suchte sein Heil in der Flucht.

Es würde ihm nichts helfen. Sobald die Straßensamurais die Bude umkurvt und freie Schußbahn hatten, würden sie ein Tontaubenschießen auf ihn veranstalten.

Pandur hatte die entscheidende Zehntelsekunde zu lange gezögert. So dick sein Ziel auch sein mochte, es bewegte sich verdammt schnell. Und selbst dicke Körper verschwinden irgendwann außer Sicht. Der Butcher befand sich bereits links von der Bude. Steamhammer erreichte den rechten Rand. Dann versperrte die Bretterwand Pandur die Sicht und das Schußfeld.

Verzweifelt überlegte er, ob er Festus jetzt noch helfen konnte oder sich nur sinnlos opferte, wenn er weiterlief. Gleichzeitig trieben ihn seine Beine mechanisch weiter, als hätten sie das Kommando über seinen Körper übernommen.

Er erreichte den Rand der Bretterbude. Er sah einen zwei Meter hoch aufgetürmten Stapel Plastikkisten, randvoll mit Krimskrams. Dahinter Steamhammer, der stehengeblieben war, um besser zielen zu können, und sein rotes Gewehr in Position brachte. Pandur sah den Rigger, ein kleines Stück voraus. Festus schlug Haken wie ein Hase. Keiner der Stände, die den Gang begrenzten, war hoch und massiv genug, um ihm Deckung oder ein Versteck zu bieten. Der Rigger sah über die Schulter zur linken Seite der Bude. Vermutlich nahm ihn dort der Butcher ins Visier.

Dies alles erlebte Pandur als Momentaufnahme im Bruchteil einer Sekunde. Er wußte, er würde Zeuge einer Hinrichtung werden. Er wußte, daß er sie mit seiner Waffe nicht mehr verhindern konnte. Der verdammte Kistenstapel nahm ihm die allerletzte Chance, Steamhammer mit einem Glücksschuß auszuschalten.

Und noch etwas nahm er wahr. Vorn, keine zwanzig

Meter vor Festus, war der Markt zu Ende. Genau dort, am Kopf der Gasse, parkten zwei schwere, gepanzerte Limousinen. Sie lauerten dort. Pandur empfand es so. Irgend etwas sagte ihm, daß sie schon seit einiger Zeit dort standen. Daß ihre Passagiere auf etwas warteten, auf jemanden warteten. Der Rigger hatte nicht zufällig diesen Weg genommen. Dort hockte seine Verabredung. Nur leider würde er sie nicht mehr wahrnehmen können.

»He, Kotzbrocken!« schrie Pandur, so laut er konnte, in Steamhammers Richtung.

Gleichzeitig sprang er mit aller Wucht gegen den Kistenstapel.

Überrascht wirbelte die Messerklaue zu ihm herum, schwenkte den roten Tschechen gegen das neue Ziel. Ihm nächsten Moment prasselten die Kisten auf ihn herab. Reflexartig hob er die Arme, um die Kisten abzuwehren. Aus seinem vz 88 V löste sich ein Schuß. Das Geschoß raste in den Himmel.

Der Drekhead kapiert einfach nicht, daß ein Sturmgewehr keine Satellitenabschußrampe ist!

Pandurs zweites Ich empfand den notorischen Sarkasmus des Schattenläufers als reichlich unpassend.

Paß lieber auf, Chummer! Der dritte Versuch könnte darin bestehen, deinen Kopf auf eine Umlaufbahn zu schicken!

Die Messerklaue schleuderte die schweren Kisten wie leere Pappkartons zur Seite. Pandur war nach seinem gezielten Sprung gegen die Kisten ein Stück zurückgeprallt, aber sicher gelandet. Jetzt wurde er sich bewußt, daß es zwischen ihm und Steamhammer keine Barriere mehr gab. Der Kerl stand nur noch zwei Meter von ihm entfernt und senkte seinen roten Tschechen gegen Pandurs Bauch. In wilder Verzweiflung versuchte Pandur, den Lauf seiner Secura, der nach unten zeigte, gegen den fetten Wanst der Messerklaue aufzurichten. Er hatte den kürzeren Weg, aber Steamhammer hatte Kunstmuskeln und Reflexbooster.

Plötzlich ratterten Maschinenpistolen. Vom Ende der Gasse, wo die Limousinen parkten, näherten sich Leute in breiter Front, fünf oder sechs an der Zahl. Grimmig entschlossene, behelmte, gepanzerte Sicherheitsmänner, wild spuckende Totmacher in den Fäusten und freigiebig mit der Muni. Die Türen der vorderen Limousine standen offen. Ihr Inventar marschierte den Shadowmarkt hinauf. Diese Kerle wollten auf dem Markt nichts verkaufen. Aber sie hatten Geschenke mitgebracht. Alles eilige Luftpost.

Erste Geschosse pfiffen Pandur und Steamhammer über die Köpfe hinweg. Offenbar versuchten die Männer, Festus, der sich in ihrer Schußlinie befand, zu schonen.

Der Fettkloß war nur noch wenige Mikrosekunden davon entfernt gewesen, den Abzug seines roten Tschechen zu betätigen, um Pandurs Därme über den Shadowmarkt zu verteilen. Aber die neue Situation erforderte praktisches Handeln und ließ keinen Raum für Luxuswünsche. Mit allem, was Steamhammer an Stahl, Plastik und elektronischem Klimbim in seinem Wanst stecken hatte, unterwarf er die Fettmassen seinem Willen. Er katapultierte sich ruckartig zur Seite, und der Ziellaserpunkt wanderte mitsamt dem Lauf des Sturmgewehrs von Pandurs Bauch zur neuen Frontlinie, ohne daß Steamhammer den Anzug betätigt hatte.

Pandur wäre ohnehin nicht mehr rechtzeitig zum Schuß gekommen. Er entspannte den Finger am Abzug und warf sich zur anderen Seite. Möglichst weit weg von den Sicherheitsmännern, möglichst weit weg von Steamhammer. Die Rückwand der Bude bot einen passablen Kompromiß für beides.

Bevor er hinter der Bretterwand verschwand, deren obere Kanten bereits munter von der heransausenden Muni zerfetzt und zersplittert wurden, bekam er noch etwas zu sehen. Er hätte sich gewünscht, dies nicht sehen zu müssen, aber es blieb ihm nicht erspart. Es brannte sich in seine Netzhäute und verharrte dort noch eine Weile, als sein Horizont längst mit Brettern vernagelt war. Eine kurze Bildsequenz, die in Slow motion ablief.

Er sah den Rigger, der über die Schultern zurückschaute. Dieses schöne, glatte Gesicht, trotz grauer Haare, Stoppelbart und ein paar Falten fast ohne jeden Makel. Dieses Gesicht, das durch die Cyberaugen noch an Vollkommenheit gewann. Die Mundwinkel hatten sich zu einem Lächeln verzogen. Triumph. Er glaubte sich schon so gut wie in Sicherheit. Und im nächsten Moment wurde dieses Gesicht durch einen Gegenstand verdeckt, der von der linken Seite der Bretterbude heranflog, wo sich der Butcher aufhielt. Im übernächsten Moment fraß sich der Gegenstand in das göttliche Antlitz des Riggers. Ein Wurfstern mit Turbodiamantfräsen, die aus jedem Knochen Mehl machten und aus jeder Stahleinlage Späne.

Der Butcher war nicht aus Italien angereist, ohne seine geliebten Spielzeuge mitzubringen.

Als Pandur sich hinter der Bretterwand abrollte, hatte er einmal mehr das Bedürfnis, seinen Mageninhalt dem Straßenpflaster anzuvertrauen. Er kämpfte den Impuls nieder.

Ich könnte eine Woche Kotzurlaub, einen Gedächtnisblock und anschließend einen Monat Tiefschlaf gebrauchen.

Er kam wieder auf die Beine und war froh, daß er keine Zeit zum Grübeln hatte. Trotzdem wurde er die Bilder nicht los. Er hatte versagt. Er hatte dem Chummer die saubere Muni des roten Tschechen erspart und ihn damit dem Butcher an die Turbofräsen geliefert.

Welch bittere Ironie! Festus ist seinen Gehirnmaden entkommen, um sich von einem mechanischen Haifischmaul das Gehirn wegschnappen zu lassen.

Pandur hastete zur nächsten Bude. Weg von dem toten Rigger. Ihn bloß nicht noch einmal sehen müssen.

Weg von dem Butcher mit seinen fliegenden Henkerswerkzeugen. Weg von Steamhammer, diesem dicken Stinker. Weg von den ballernden Sicherheitsmännern.

Es fielen keine Schüsse mehr, obwohl die Sicherheitsmänner nach dem Fall des Riggers freies Schußfeld hatten und keine Rücksicht mehr nehmen mußten. Ringsum schepperte es, klirrte Stahl, knirschte Leder, trampelten Stiefel über das Pflaster.

Die verdammten Drekheads schwärmen aus. Sie wollen uns lebend!

Ihm war längst klar, daß die kleinen Hirne hinter den unförmigen Helmen die wahre Sachlage nicht kapieren würden. Für sie war er einer von drei Typen, die den Mann verfolgt hatten, den sie schützen sollten. Vielleicht hielten sie ihn sogar für den Maestro der Wurfsterne, für den Killer. Gestern hatte er sich die beiden infernalischen Messerklauen als Chummer gegen die Kreuzritter gewünscht. Jetzt war er tatsächlich in ihrem Team. Zwangsverpflichtet. Aus dem Duo infernal war ein Trio geworden. Und nach allem, was Pandur in den Schatten über göttliche Gerechtigkeit erfahren hatte, würde das schwächste Glied alles ausbaden müssen. Und er hatte beste Aussichten, den Gutschein für die Badekur zu bekommen.

In dem kurzen Moment, den Pandur benötigte, um von der Rückwand der einen Bude zur nächsten zu hasten, sah er in einem Spalt zwischen den Gängen den Rigger. Festus lag regungslos am Boden. Was von seinem Gesicht geblieben sein mochte, wurde gnädig von einem Schatten verdeckt. Ein Mann hatte sich über den Toten gebeugt und richtete sich gerade wieder auf. Er schien mit den Sicherheitsmännern gekommen zu sein. Einer der Behelmten stand neben ihm. Er selbst trug eine gepanzerte Weste, aber keinen Helm. Das ungebändigte schwarze Haar schien ihm Helm genug zu sein. Er stützte sich auf sein Gewehr und wandte Pandur das Profil zu.

Ricul! Der Drekhead, den du seit einem Jahr suchst!

Pandur war viel zu überrascht, um die Situation zu nutzen. Aber die Distanz wäre ohnehin zu groß gewesen, um Natalies Halbbruder mit einem Schuß aus der Secura in die Hölle zu schicken, wo er zweifellos schon sehnsüchtig erwartet wurde. Pandur wußte auch nicht, ob seine Rache wirklich so anonym ausfallen sollte. Er würde den Drekhead gern wissen lassen, welchem großzügigen Spender er den allerletzten Trip verdankte.

Was macht Ricul auf der anderen Seite der Front? Du hast doch geglaubt, er gehört zu Steamhammer und Butcher!

Ricul wandte blitzschnell den Kopf und schaute in Pandurs Richtung. Hatte er den Blick des anderen gespürt? Vielleicht verfügte er über den gleichen Instinkt wie Pandur. Oder er hatte Pandurs Bewegung aus den Augenwinkeln wahrgenommen.

Pandur tauchte bereits wieder hinter die neue Deckung. Er bezweifelte, daß Ricul mehr von ihm wahrgenommen hatte als einen flüchtigen, huschenden Schatten. Vorsichtig lugte er hinter der Wand hervor. Das Verhalten des Mannes schien Pandur zu bestätigen. Riculs Blick blieb starr an einer Stelle hängen, die sich ein gutes Stück vor und zugleich links von Pandur befand. Als Pandur zu der Stelle hinübersah, konnte er zuerst nur Schatten erkennen, die von einem Sonnenschirm und einem gegenüberliegenden Zelt geworfen wurden. Dann entdeckte er einen dunkleren Schatten, der sich in den anderen Schatten bewegte. Ein langes, schwarzes Etwas, das sich in den nächsten Quergang hineingleiten ließ.

Der Butcher! Der Mörder von Festus!

Die Art, in der sich Ricul versteifte, ließ erkennen, daß der Mafioso den anderen Mann erkannt hatte. Kein Zweifel, er wußte, wer dort flüchtete.

Ricul rührte keinen Finger, um die Messerklaue aufzuhalten. Anders sein gepanzerter Begleiter. Er hob die MP. Bevor er jedoch dazu kam, einen Feuerstoß abzugeben, schlug ihm Ricul mit einem Fußtritt den Lauf der MP zur Seite.

»Nicht schießen, Drekhead!« herrschte er den anderen an.

Pandur wußte zunächst nicht, was er von der Szene halten sollte. Aber die Dinge sprachen für sich. Ricul wollte den Butcher entkommen lassen. Wenn es dafür keine taktischen Gründe gab, konnte dies nur bedeuten, daß es zwischen ihm und der Messerklaue ein stilles Einverständnis gab.

Ein beidseitiges Geschäft. Es hätte ein leichtes für den Butcher sein müssen, aus den Schatten heraus die beiden Männer zu töten, die bei der Leiche des Riggers standen. Daß er kein Pazifist war, mußte er nicht mehr beweisen. Und an Muni oder weiteren Wurfsternen fehlte es wohl auch nicht. Es mochte sein, daß er einen Vertrag besaß, Festus zu töten, und dafür einen fetten Ebbie erhielt. Aber ein Profi seines Kalibers ließ ohne guten Grund niemanden am Leben, der in der Lage war, bei seiner Flucht ein Gewehr auf ihn zu richten. Wenn der Butcher die beiden verschont hatte, gab es dafür Gründe.

Am Rande registrierte Pandur das Poltern, mit dem Steamhammer alles niederwalzte, was im Wege war. Der Dicke verschwand. Nervös lauschte er auf die Geräusche der anderen Sicherheitsmänner. Sie schienen Steamhammer zu folgen.

Zeit, sich abzuseilen, Chummer. Bevor die Drekheads von hinten kommen! Noch hast du freie Bahn!

Diese Einschätzung erwies sich als Irrtum. Pandur erhielt einen harten Schlag gegen den Hinterkopf, kippte nach vorn und verlor das Bewußtsein.

3. KAPITEL

›Drifter's Escape‹

Der Sport ist das Freizeitvergnügen Nummer eins. Jeden Tag finden im 2008 gebauten Olympiastadion Wettkämpfe und Ausscheidungen statt. Besonders populär ist momentan wieder das Zwergencatchen, das in den letzten Jahren etwas aus der Mode gekommen war. Während die drei Kontrahenten knietief im Schlamm stehen und versuchen, sich die Nasen einzuschlagen, können die Zuschauer für etwas Geld mit Hartgummi gefüllte Beutel erwerben, um mit ihnen als Wurfgeschosse den Ausgang der Kämpfe zu beeinflussen. Natürlich werden ständig Wetten angenommen.

Für Teilnehmer aller Art offen ist der Berliner Zehnkampf. Jeden Tag gehen einhundert Sportler an den Start. Auf dem Plan steht als erste Disziplin das Durchschwimmen des Teufelssees. Auf die Überlebenden, die am Giftgeist vorbeigekommen sind, warten ausgebildete Magier, die durch den See hervorgerufene Verätzungen heilen. Es folgt das Mauerwandern auf der Zweiten Berliner Mauer, wobei innerhalb von 20 Minuten eine vier Kilometer lange Strecke auf der zwei Meter breiten Mauerkrone erlaufen werden muß. Jeder Läufer erhält eine Keule und kann seine Mitkonkurrenten beiseite stoßen. Die 40 bis 50 Sportler, die bis zu diesem Zeitpunkt nicht heruntergestoßen wurden, können sich beim U-Bahn-Surfen außerhalb der Stoßzeiten beweisen. Benotet werden Haltung, Erfindungsgeist und Mut, außerdem das geschickte Ausweichen vor den Erdgeistern. Die vierte Disziplin besteht im Waldlauf. Der Grunewald, inzwischen zu einem der größten experimentellen Gentest-Freigebiete erklärt, bietet dafür eine angenehme Kulisse, da die pflanzlichen Kreationen von Schering und anderen kleineren Konzernen jeden Menschen an der Passage zu hindern versuchen. Weiter geht es mit dem Bananentest in der Universität. Jeder der Mitspieler erhält eine Banane und muß versuchen, sie dem universitätseigenen Schimpansen schmackhaft zu machen, wobei die Anwendung von sinnloser Gewalt nicht genehmigt ist. Die ersten zehn, die ihre Bananen (und einige Finger) verfüttern konnten, stehen im Finale (deswegen heißt der Wettbewerb Zehnkampf). Für die Endausscheidung gibt es keine Regeln. Gewonnen hat, wer am Ende als einziger stehenbleibt. Das Ereignis wird täglich live im Trid und in vielen Radiosendungen gezeigt und kommentiert.

Dr. Natalie Alexandrescu:
Berlin: Studie in Anarchie,
Deutsche Geschichte auf VidChips
VC 2, Erkrath 2051

Als Pandur wieder zu sich kam, fühlte sich sein Kopf an, als sei er als Fußball benutzt worden. Von einem Trollteam in einem harten Match, mit Verlängerung und Elfmeterschießen. Er bewegte ihn vorsichtig. Er stöhnte leise. Noch ein Elfmeter, mit der Pike geschossen. Trotzdem hatte er den unbestimmten Eindruck, daß er zumindest keinen Schädelbruch davongetragen hatte.

Er öffnete die Augen und sah einen Meter über sich Segmente einer Decke, die aus Blechteilen bestand. Miteinander verschraubte, gerillte Formpreßteile, olivgrün, zweckorientiert. Sah aus, als würden sich darunter nachträglich eingebaute Panzerplatten befinden. Keine sachliche Nüchternheit wie in einem Krankenhaus, erst recht keine häusliche Behaglichkeit. Sah eher nach Militär aus.

Ohne den Kopf zu bewegen, versuchte er weitere Einzelheiten seiner Umgebung aufzunehmen. Er lag in einer Art Koje, und die Koje befand sich in einem engen, fensterlosen Raum, möglicherweise einem Fahrzeug. Der Raum wirkte eng und schmal. Von irgendwoher kam das Summen einer Klimaanlage. Es war warm hier drinnen, aber bei weitem nicht so heiß wie draußen.

»Gebt ihm was, bevor er wieder alles vollkotzt«, sagte die Stimme eines Mannes. Sie klang hart und schneidend. Der Mann befand sich außerhalb von Pandurs Blickfeld.

Jetzt spürte Pandur auch seinen restlichen Körper. Er schien an dem Fußballmatch beteiligt gewesen zu sein. Wohl als Schiedsrichter, der von den aufgebrachten Trolls der Verlierermannschaft anschließend gelyncht worden war.

»Keine Pillen«, antwortete eine weibliche Stimme. »Davon übergibt er sich garantiert. Laßt mich mal ran. Ich mache das mit Magie.«

Das fahle, faltige Gesicht einer Zwergin, mit allerlei Warzen bedeckt, umrahmt von grauem Haar, dick und störrisch wie Draht, tauchte in Pandurs Gesichtsfeld auf. Sie murmelte etwas vor sich hin und berührte ihn mit einem weichen Gegenstand. Er sah aus wie der mit einem Pulver gefüllte Finger eines rotem Samthandschuhs und roch durchdringend nach Kräutern. Die Zwergin betupfte damit seine Stirn, die Wangen, den Oberkörper, die Hüften, die Beine, unablässig dabei murmelnd. Offenbar handelte es sich bei dem Gegenstand um einen Fetisch.

Die Wirkung setzte augenblicklich ein. Der Schmerz wich zurück wie Wasser, das von einem Wachstuch abperlt. Er verschwand nicht völlig, wurde aber auf einen dumpfen Kopfdruck und einen mäßigen Muskelkater reduziert.

»Man hat Sie hart angefaßt, aber nicht zu hart«, sagte die Zwergin und verstaute ihren Samtfinger in einer Tasche irgendwo in den bunten, weiten Röcken, von denen sie eine ganze Anzahl übereinander trug. Ihre Stimme klang weder freundlich noch unfreundlich, sondern unbeteiligt. »Sie hatten eine Gehirnerschütterung, aber die ist kuriert. Sonst keine Blessuren. Sie haben einen harten Schädel, Freundchen. Es werden nur eine Beule und ein paar blaue Flecken zurückbleiben. Falls man Sie leben läßt. Falls nicht, kann es Ihnen ja sowieso egal sein, oder?«

»Wo Sie recht haben, da haben Sie recht«, krächzte Pandur, der sich erst wieder darin üben mußte, seine Stimme zu gebrauchen. Er wußte jetzt zumindest, daß er sich in den Händen von Leuten befand, die nicht unbedingt seine Freunde waren. Vermutlich die Sicherheitsmänner, ob nun mit oder ohne Ricul. Daß sie ihn nicht gleich umgebracht hatten, ließ hoffen. Offenbar wollten sie etwas von ihm.

»Verschwindet nach nebenan«, sagte der Mann, der vorhin gesprochen hatte. »Alle. Ich will allein mit ihm reden.«

Pandur sah von dem Mann nur zwei gestikulierende Hände, sorgsam manikürt, fast alle Finger mit edelsten Sachen beringt, die Nägel der kleinen Finger lang und spitz als Symbol dafür, nicht mit den Händen arbeiten zu müssen.

Die Zwergin setzte sich in Bewegung. Zwei gepanzerte Kerle schoben sich kurz in Pandurs Blickfeld und verschwanden gleich darauf wieder. Schritte hallten metallisch, entfernten sich, eine Blechtür wurde ins Schloß gedrückt.

Pandurs Geruchssinn kehrte zurück. Die Bemerkung des Mannes, der mit ihm im Raum zurückgeblieben war, schien ihre Berechtigung zu haben. Es roch nach Kotze. Pandurs Kleidung roch danach. Er richtete sich in der Koje auf.

»Okay«, sagte der Mann und kam näher. Er hatte einen Schockhandschuh über die Linke gestülpt und damit das halbe Sortiment seiner Ringe aus dem Verkehr gezogen. In der Rechten hielt er eine Ares Predator II. Als Pandur Anstalten machte, aus der Koje zu klettern, wedelte er mit der Waffe.

»Liegenbleiben! Und keine Dummheiten.«

Pandur betrachtete sein Gegenüber. Anfang Vierzig, auf Dreißig geliftet, kurzes wasserstoffblondes Haar mit dunkelroten Spitzen, vorgerecktes Kinn, harte, wasserblaue Augen, schmaler Mund. Smarter Typ, superschlank, körperlich gut in Schuß, in teuren Zwirn gehüllt. Sein dunkelblauer Maßanzug mußte ein Vermögen gekostet haben. Die Schuhe, die Socken, die breite Krawatte, die Krawattennadel, die Ringe und Kettchen, alles vom Feinsten. Die Stirnbuchse war natürlich vergoldet, und auf der linken Wange trug er ein implantiertes Symbol aus Platindraht, fein wie Spinnweben. Wenn Pandur sich nicht täuschte, handelte es sich um das Logo einer elitären Burschenschaft. Absolut passend.

Organisieren, befehlen und gelegentlich die Sau rauslassen. Das ist deine Welt, Drekhead. Dich kann ich mir gut auf Saufabenden im Haus deiner Burschenschaft vorstellen, wo die Kotzbecken größer sind als Badewannen. Prost, Kamerad, Prost, Prost, Kamerad. Und die Woche darauf wird eine Austern-Kaviar-Diät durchgezogen, damit unser edler Body nicht aus den Fugen gerät.

Zugleich erkannte Pandur, daß der Mann offenbar mitnahm, was er kriegen konnte, aber keineswegs verweichlicht und dekadent war. Er wirkte zäh und gefährlich. Hemmungslos. Vielleicht sadistisch. Irgend etwas steckte in diesen Augen, das Pandur überhaupt nicht gefallen wollte.

Wenn der Pinkel die Absicht hatte, ihn zu erschießen, wäre es nicht nötig gewesen, ihn vorher mit Magie aufzupäppeln. Pandur richtete sich vollends auf und schwang die Beine aus der Koje.

»Ich verhandle nicht im Liegen.«

Der feine Herr mit den harten Augen sah ihn wütend an. »Hier wird nicht verhandelt, hier werden Fragen beantwortet. Im übrigen sind Sie wohl kaum in der Lage, Forderungen zu stellen. Richtig?«

»Ich stehe trotzdem auf.«

Pandur setzte die Ankündigung in die Tat um, stellte die Füße auf den Boden und richtete sich vollends auf. Instinktiv strich er sich dabei über den Körper und stellte fest, daß sein Cyberdeck vorhanden war. Die Walther Secura jedoch fehlte. Das Messer im Stiefelschacht befand sich auch nicht mehr am Platz. Dies war zu erwarten gewesen.

Einen Moment lang sah es so aus, als würde die Wut den Pinkel übermannen, als würde er einfach abdrücken und hinterher bedauernd die Schultern zucken, weil er keine Fragen mehr beantwortet bekam. Aber er überlegte es sich anders und ließ Pandur gewähren. Dieser sah sich bestätigt, weil er den Mann richtig eingeschätzt hatte, und fühlte sich besser nach dem kleinen Sieg. Er konnte es nicht ertragen, vor anderen im Staub zu liegen. Zuweilen ging er dafür sogar das Risiko ein zu sterben. Manchmal brauchte er das, und wenn wieder zu viele auf ihm herumgetrampelt hatten, mußte er es ganz einfach haben.

Ja, ja, die Drüsen ...

Er ging zu einem Tisch mit zwei Sitzen, alles aus der Wand herausgeklappt, und setzte sich. Er mußte jetzt nicht mehr stehen. Es genügte ihm, aufrecht gestanden zu haben.

Der andere hatte sich gefangen, kam heran, setzte sich ihm gegenüber auf den anderen Klappsitz. Die Mündung seiner Waffe zeigte immer noch auf Pandur.

»Vergessen wir die Ouvertüre«, sagte der Mann und lächelte dünn. »Es ist überaus erfreulich, Sie endlich mal persönlich kennenzulernen, Thor Walez.«

Die harten Augen fixierten Pandur lauernd, registrierten jede Kleinigkeit. Aber sie suchten vergeblich nach einem Zucken, nach einem Flackern in Pandurs Augen, nach einer nervösen Geste.

Pandur war keineswegs überrascht, daß der Kerl seinen Namen kannte, nur unangenehm berührt. Bei dem

Drekhead, der ihm gegenübersaß, handelte es sich mit hoher Wahrscheinlichkeit um den Kerl, mit dem Festus verabredet gewesen war. Andere Drekheads hatten Steamhammer und den Butcher geschickt, um den Rigger daran zu hindern, diesen Typen hier zu treffen. Mit durchschlagendem Erfolg, wie sich herausstellte. Riculs Rolle in diesem Spiel blieb undurchsichtig, aber seine Verwicklung darin bedeutete einen weiteren Hinweis. Pandurs Gegenüber war eine wichtige Figur, möglicherweise sogar eine zentrale Figur in einem Machtspiel, das für Pandur besondere Bedeutung hatte.

»Wer bist du?«

»Hjalmar Pederson.«

Es kam ein wenig gepreßt, fand Pandur. Wieder empfand er den Blick des anderen als lauernd. So starrte ein Habicht auf das Versteck eines Vogels, von dem er erwartet, daß dieser in Panik auffliegen, flüchten und in den Krallen des Jägers enden wird. Aber er wurde enttäuscht. Pandur zeigte keine Reaktion.

»Du erwartest hoffentlich nicht, daß ich ›angenehm‹ sage? Meine Manieren hebe ich mir für Leute auf, die darauf verzichten, mir Totmacher und Schockhandschuhe vor die Nase zu halten.«

»Hjalmar Pederson«, wiederholte der andere ungeduldig.

»Sagt mir nichts.«

»Nicht? Hat sie meinen Namen nie erwähnt?«

Jetzt wurde Pederson belohnt. Pandur hatte den Namen nie zuvor gehört. Nein, *sie* hatte ihn nie erwähnt, nie den Namen, nur die Handlungen des Kotzbrockens, seine Funktion. Pandur wußte jetzt, wen er vor sich hatte. Seine Finger krallten sich in den Tisch. Er mußte hart mit sich ringen, dem Kerl nicht an die Gurgel zu gehen. Er haßte sich beinahe dafür, daß sein vernünftiges Ich den Kampf gewann.

»Ist der Groschen gefallen?« spottete Pederson, der

mit Vergnügen registriert hatte, was sich in Pandur abspielte. »Ich bin Natalies Mann.«

Das Schwein, daß dir und Natscha die Killer auf den Hals gehetzt hat. Der Mann hinter all den Morden!

Pandur zwang sich mühsam zur Ruhe. Aber er brauchte eine Weile, um sich zu sammeln und einigermaßen kontrolliert zu sprechen. »Falsch. Du *warst* Natalies Mann. Sie hat dir einen Tritt in den Arsch gegeben.«

Pedersen lachte. »Hat sie Ihnen das erzählt? Das sieht ihr ähnlich. Sie ist meine Frau.«

»Sie hat sich scheiden lassen.«

»Unbedeutend. Man läßt sich nicht von mir scheiden. Ich entscheide, wann eine Beziehung zu Ende ist. Diese ist es nicht.«

Pandur starrte Pedersen an. Der Mann sah hart und skrupellos, aber eigentlich nicht verrückt aus, auch jetzt nicht.

»Natalie ist tot, wußtest du das nicht? Mann, du hast Nerven! *Du* hast uns vom Rhein-Ruhr-Sprawl bis Marienbad wie räudige Hunde jagen lassen! *Deine* Schergen haben sie umgebracht.«

Wieder lachte Pederson. »Aber gewiß doch, gewiß doch. Ich an Ihrer Stelle würde auch nichts anderes sagen.«

Dieses Arschloch hat es wirklich nicht kapiert. Entweder weiß er es nicht, oder er will es nicht wahrhaben.

»Sie ist tot, Pederson! In deinem Auftrag getötet! Tot! Tot! Tot! Frag den Killerelf, der für dich arbeitet. Er hat ihr einen Pfeil durch den Kopf gejagt. Frag Ricul, Natalies Halbbruder. Er hat ihre Leiche in den Armen gehalten!«

Pederson zeigte sich so unbeeindruckt, als hätte Pandur behauptet, die Erde sei doch eine Scheibe.

»Ich habe Ricul gefragt. Er sagt, sie lebt. Er sagt, Sie wissen, wo sie sich aufhält.«

Siedendheiß fiel Pandur ein, was ihn Ricul in Prag

gefragt hatte: ›Wo ist sie, Walez? Wo hast du sie versteckt?‹

Was ist das für ein verdammtes Spiel? Ist Ricul verrückt? Hat er den Tod seiner Halbschwester verdrängt?

Pandur hatte gesehen, wie Natalie gestorben war. Nichts in der Welt, auch nicht die Magie ihrer Mutter, nicht die Magie von tausend Müttern und tausend Wolfsgeistern hätte diesen geschundenen Körper in die Welt der Lebenden zurückbringen können.

Verfolgt Ricul einen Plan, wenn er behauptet, Natalie sei noch am Leben? Wenn ja, welchen? Er muß wissen, daß er dich als Augenzeugen nicht von diesem Irrsinn überzeugen kann, Chummer! War seine Frage, damals in Prag, Teil einer Inszenierung, die für Pederson bestimmt war? Vielleicht ist Natalie für ihn ein Faustpfand gegenüber dem Exec der AG Chemie, ein Mittel, um irgend etwas für sich herauszuschlagen.

»Lassen wir das für den Moment«, sagte Pederson. »Es ist wirklich nur eine Bagatelle. Frauen sind immer Bagatellen, womit ich nicht sagen will, daß mir nicht manchmal auch Bagatellen wichtig sind. Wo ist der Chip?«

Auch einem besseren Schauspieler als Pandur wäre es schwergefallen, seine Verblüffung zu verbergen. Der plötzliche Themenwechsel hatte ihn kalt erwischt. Er konnte nur an einen bestimmten Chip denken, der etwas mit Pederson zu tun hatte. Aber der war Schnee von gestern. Jagte der Drekhead immer noch einer Geschichte hinterher, die vor einem Jahr passiert war?

»Was für eine Art von Traumtänzer bist du, Pederson? Wenn du *den* Chip meinst: Frag Ricul. Es scheint manches zu geben, was du Ricul fragen sollten. Bist du hier eigentlich der Boß, oder stehst du auf der Soldliste des Mafioso?«

»Halt die Fresse, Walez, sonst sehe ich mich leider gezwungen, sie dir mit dem Schocker zu polieren!«

Trotz der starken Worte klang es eher kalkuliert als emotional.

»Das sind ja ganz neue Töne, Drekhead. Ich muß mich doch sehr wundern. Spricht man so auf den Chefetagen der Megakons? Oder sollte sich die AG Chemie ihren Exec aus der Gosse gezogen haben?«

Der Mann hatte sich beispiellos unter Kontrolle. Er handelte wie ein Roboter, der ein Exempel statuieren wollte. Er schlug Pandur mit dem Handschuh mitten ins Gesicht, gezielt und wohlüberlegt, aber nur ganz leicht, mit geringer Entladung. Trotzdem kam es dem Runner so vor, als hätte ihn erst ein Preßlufthammer getroffen und ihm anschließend eine Filetiermaschine ein paar Millimeter Gesichtshaut heruntergeschält. Er brauchte Minuten, um wieder klar denken zu können, und noch länger, um sich zu vergewissern, daß weder seine Nase noch seine Wangenknochen gebrochen noch seine Zähne zersplittert waren. Auch die Haut stand nicht in Flammen. Es fühlte sich nur so an. Also kein Grund zur Beunruhigung. Aber er nahm sich vor, Pederson das nächste Mal ein halbes Volt weniger zu provozieren.

»Sie schulden mir noch eine Antwort«, erinnerte ihn Pederson. »Wie war das mit dem Chip?«

»Wenn du knapp bei Kasse bist, Arschloch, dann bediene dich. Ich habe drei Chips in meinem Cyberdeck. Alle noch ganz frisch. Was kriege ich dafür? Deinen Schockhandschuh? Möchte mich nämlich gern revanchieren. Du ahnst nicht, wie erfrischend das ist.«

Was ist los mit dir, Chummer? Todessehnsucht? Der Mann ist gefährlich! *Er ist amoralisch. Eine Ratte. Er hat die Killerelfen und Ricul bezahlt. Er hat mit Natalie sadistische Spielchen gespielt. Er hat Natalie töten lassen. Dutzende von Toten gehen auf sein Konto. Denk an die Elfen in der Heide-Enklave. Er hat Frauen und Kinder bombardieren und verbrennen lassen, die nicht das geringste mit seinem Machtpoker zu tun hatten.*

Pederson schien keine Lust zu haben, auf den Handel einzugehen. »Ihr verblichener Chummer, der leider viel zu früh und viel zu jung von dieser Welt gegangen ist…«, begann er mit salbungsvoller, vor Zynismus triefender Stimme. Er brach ab und fuhr nüchterner fort: »Die Leute, die ihn getötet haben, sind unsere gemeinsamen Feinde, wissen Sie das? Aber das wird mich nicht zu Ihrem Freund machen, wie? Egal, zurück zu Festus, dem Mann, der buchstäblich sein Gesicht verloren hat. Er wollte mir den gesuchten Chip verkaufen. Eine Kopie natürlich, aber das ist unerheblich. Wo ist dieser Chip? Festus hatte ihn nicht bei sich. Wir haben Sie ebenfalls gefilzt und nichts gefunden. Ich nehme an, Sie verwahren den Chip an einem sicheren Ort auf?«

Diese Nachricht mußte Pandur erst einmal verdauen. Es konnte nicht sein. Es war alles falsch. Total falsch, vom Anfang bis zum Ende.

»Hören zu, Pederson. Ich würde dich umbringen, wenn ich es könnte. Das dürfte dir auch bekannt sein. Ich würde dich nach Strich und Faden belügen, wenn ich dir damit schaden könnte. Aber was den Chip angeht, sehe ich keinen Sinn darin, dir nicht die Wahrheit zu sagen. Verdammt, ich wußte nicht, daß Festus dir einen Chip geben wollte. Ich habe Festus heute zum ersten Mal seit einem Jahr wiedergesehen, und dieses Zusammentreffen war purer Zufall. Es gibt keine Kopie des Chips. Der Rigger hat dich verscheißert. Den Originalchip haben sich Ricul und der Killerelf in Prag unter den Nagel gerissen. Drek, ich muß mich hier dauernd wiederholen. Frag Ricul, verdammt noch mal. Nimm den verfluchten Drekhead in die Zange, dann erfährst du eine Menge über die Dinge, die in der wirklichen und wahrhaftigen Realität ablaufen!«

Zum erstenmal ließ Pederson so etwas wie Unsicherheit erkennen.

»Sie wollen mir ernsthaft weismachen, Ricul und

Boris hätten Krumpf getötet? Einen guten Geschäftsfreund übrigens, aber das nur nebenbei. Was soll das? Denken Sie sich etwas Besseres aus!«

Das darf doch nicht wahr sein! Er weiß es wirklich nicht! Hält sich für den großen Guru, spielt Bowling mit Menschenköpfen und ist ein solcher Blindfisch, daß er von Riculs doppeltem Spiel nichts ahnt! Aber es paßt zusammen. Das stille Einverständnis zwischen Ricul und dem Butcher. Natürlich konnte Ricul nicht dulden, daß Festus zu Pederson gelangte und plauderte. Steamhammer und der Butcher waren bestellt, um Festus abzufangen. Entweder von Ricul oder von Riculs zweitem Auftraggeber, der Grauen Eminenz. Nur dich hatte niemand auf der Rechnung …

Trotzdem blieb die Geschichte der helle Wahnsinn. Es gab keine Kopie der Daten! Der Originalchip landete bei der Grauen Eminenz. Was wollte der Rigger Pederson verkaufen? Wollte er nur an ihn herankommen, um ihn zu töten? Um sich für irgend etwas zu rächen? War das auch Riculs Grund für sein doppeltes Spiel? Rache? Will er Pederson vernichten, um den Tod seiner Halbschwester zu rächen? Aber wenn er ihn wirklich töten will, warum hat er es dann nicht längst getan?

Verdammte Scheiße, du brauchst einen größeren Kopf für dieses Spiel. Vielleicht sollte der Bauer damit aufhören, die Motive der Spieler zu verstehen. Ein Bauer schlägt, wird geschlagen, wird geopfert, kann sogar den gegnerischen König schachmatt setzen. Wie es dem Spieler gefällt, oder wie es ihm vom Gegenspieler aufgezwungen wird. Du hast die Regeln geändert. Dieser Bauer versucht, den eigenen König zu schlagen. Dieser Bauer muß *denken. Und das mit seinem verdammten Bauernschädel, der nichts kapiert …*

Am wenigsten wollte Pandur einleuchten, warum Pederson so erpicht darauf war, eine Kopie der Daten zu erhalten, die aus dem strategischen Computer seines eigenen Megakons stammten und die obendrein längst bei einem Gegenspieler gelandet waren. Pederson hatte dies eingestanden, als er von einer Kopie sprach.

»Warum brauchst du Daten, die du dir jederzeit auf den Screen holen kannst? Ist dir der Speicher verreckt?«

Pederson würdigte ihn keiner Antwort. Aber als Pandur die Fragen formulierte, fiel ihm selbst schlagartig die Antwort ein.

Es geht nicht um die Daten selbst, sondern um die Art der Zusammenstellung!

Er hatte damals im Auftrag von GreenWar gehandelt, war jedoch zugleich unbewußt den traumhypnotischen Befehlen der Grauen Eminenz gefolgt und hatte zusätzliches Material abgespeichert. Pederson interessierte sich natürlich nicht für die Daten selbst. Die *Art* der zusätzlichen Daten war für Pederson interessant. Sie erlaubte Rückschlüsse auf die Graue Eminenz. Vor allen Dingen dann, wenn gewisse Schachzüge von Gegenspielern in einen Zusammenhang mit diesen Daten zu bringen waren. Plötzlich erkannte Pandur, daß es Sinn machte, mit diesem Drekhead zu paktieren, um die Graue Eminenz zu enttarnen. Er erschrak über diesen Gedanken. War es die Sache wert? Konnte er mit dem Mann, der den Mord an Natalie befohlen hatte, zusammenarbeiten, um den Großen Manipulator zu finden? Brachte er das über sich? War es nicht ein Verrat an Natalie, an allen Opfern, für die Pederson verantwortlich war, an allem, was in Pandurs unbelehrbarem Romantikerschädel noch an idealistischem Bodensatz verblieben war?

Shit, irgendwo muß es eine Grenze geben! Lieber gleich in einem Pappkarton zur Prodep, als mit diesem Scheißkerl gemeinsame Sache machen!

Natalies Ex schien mehr mit sich selbst beschäftigt zu sein als mit Pandur. Mehr auch als Pandur mit dem Zermartern seines Bauernschädels. Pederson wirkte geistesabwesend, vergaß aber keinen Moment lang, die

Mündung der Predator weiter auf sein Gegenüber zu richten. Schließlich aktivierte er das Multifunktionsarmband, das er am linken Arm trug. Er benutzte dazu den langen Nagel des kleinen Fingers seiner Schußhand. Selbst diese Handlung gab dem Lauf der Predator kein neues Ziel. Trotz aller demonstrierten Überlegenheit schien er einen Heidenrespekt vor den Instinkten und Reflexen seines Gegenübers zu haben.

»Ist Ricul in der Nähe?« sprach Pederson in das Armband, nachdem er mit einer Handbewegung den Sensor aktiviert hatte.

»Noch unterwegs«, kam es aus dem winzigen Lautsprecher des Geräts. »Er verfolgt die Straßensamurais.«

»Soll sofort zu mir kommen, wenn er zurückkehrt«, befahl Pederson. »Und ihr achtet darauf, daß er ohne Waffe eintritt!«

Er desaktivierte das Armband.

Jetzt wußte Pandur, was den Exec beschäftigt hatte. Offenbar waren ihm die Vorwürfe gegen seinen Killer nicht aus dem Sinn gegangen. Vielleicht hatte er längst Verdacht geschöpft. Oder er wollte einfach nur sehen, wie Ricul reagierte, wenn er mit Pandur zusammentraf.

»Verfolgt die Messerklauen!« Pandur lachte laut heraus. »Noch so eine Lachnummer, und ich kippe aus den Latschen. Du hättest mal sehen sollen, wie er den Butcher verfolgt hat. Er hat einem deiner Cops die MP aus der Hand getreten, als der auf den Kerl feuern wollte.«

»Walez, Sie verfolgen doch einen Plan, wenn Sie mir solche Märchen erzählen. Ich nehme Ihnen nicht ab, daß Sie mich selbstlos warnen wollen.«

»Warum nicht? Ich bin nun mal ein selbstloser Typ. Und wer weiß? Vielleicht mag ich dich und will dich vor Schaden bewahren? Vielleicht bin ich dein Schutzengel? So was soll es geben.«

»Wenn sich Ihre Vorwürfe als haltlos erweisen,

werde ich Ihnen mit Vergnügen noch einmal die Fresse bohnern. Aber mit mehr Power und mehr Genuß. Und anschließend überlasse ich Sie dem Zigeuner. Er wird Ihnen den Schwanz scheibchenweise abschneiden, das kann ich Ihnen versprechen. Wie gefällt Ihnen das?«

Pandur zuckte mit den Schultern. »Ich halte nichts davon. Aber ich stelle fest, daß deine Phantasie mächtig in Schwung kommt, wenn es um meinen Schwanz geht. Ist schon irgendwie eigenartig, oder?«

Einen Moment lang sah es so aus, als würde Pandur die angedrohte Gesichtsmassage schon vorzeitig verabreicht werden. Aber Pederson hatte sich wirklich gut im Griff. Der Schockhandschuh zuckte, schlug aber nicht zu.

»Na schön«, sagte er schließlich. »Kehren wir zum Thema zurück. Ich will den Chip. Wo ist er?«

»Du brauchst keinen Chip, sondern einen Satz Cyberohren. Oder eine Outboard Memory als Ausgleich für deinen Alzheimer. Ich sagte bereits, daß ich nichts von einem Chip weiß, daß es keine Kopie geben kann, daß alles gequirlte Kacke ist.«

Zum erstenmal hob Pederson die Stimme an, schrie beinahe, zeigte unkontrollierte Emotionen. »Walez, dein verschissenes Leben hängt an einem verdammt dünnen Faden. Ich will dir mal was sagen, Mann. Du sitzt hier rum und bildest dir ein, du könntest mir das Wasser reichen, weil du meine Frau gevögelt hast. Mann! Ich glaube dir ja, daß du einen Schwanz hast, jedenfalls im Moment noch. Ich weiß auch, daß du unverschämtes Glück hattest und aus ein paar brenzligen Situationen wieder rausgekommen bist. Aber das reicht nicht, du asoziale Nullnummer, um hier deine Kodderschnauze aufreißen zu können, klar!« Er wischte sich Speichel aus dem Mundwinkel und fuhr mit deutlich leiserer Stimme fort. »Was haben Sie in Ihrem Leben schon großartig erreicht? Sie sind eine Straßenratte, eine Deckernutte, die von ihren Auftraggebern beliebig benutzt wird. Sie müssen für andere – für *uns!* – die Kastanien aus dem Feuer holen, die Drecksarbeit machen. Ich dagegen leite eines der wichtigsten Unternehmen der Chemiebranche. Ich gehöre zu den *Mächtigen* dieser Welt. Ist Ihnen überhaupt bewußt, *wie* mächtig ich bin, Walez? Ein Wort von mir, und Konzerntruppen marschieren. Ich kann Sie zertreten wie eine Laus. Zertreten lassen. Kapiert?« Er wurde noch leiser, sprach fast geschäftsmäßig. »Hören Sie genau zu, Walez, hier kommt Ihre dicke Chance. Ich könnte Sie zwingen, mir alles zu sagen, was Sie wissen. Ich könnte meine Magier auf Sie loslassen. Und zwar richtig, ohne Rücksicht auf Verluste. Ich könnte Sie mitsamt ihrem verdammten Astralnetz auseinandernehmen lassen. Oder Sie von meinen Chemikern mit Drogen vollpumpen lassen.«

Pederson machte eine kleine Pause, um seine Worte wirken zu lassen. Sie wirkten.

Wie kann der Drekhead wissen, daß dir die Graue Eminenz ein Astralnetz angehängt hat, Chummer? Seine verdammten Zauberer müssen dich askennt haben, als du bewußtlos warst! Scheiße! Aber offenbar sind sie an den Resten des Netzes genauso gescheitert wie Manda Alexandrescu.

»Ich könnte das alles veranlassen«, fuhr der Exec fort, »und vielleicht mache ich es auch. Aber ich will Ihnen das geben, was ich Ihrem Chummer versprochen habe: zweihunderttausend Ecu für den dämlichen Chip und dafür, daß Sie sich von Spezialisten in einer Ritualsitzung zu unserem Gegenspieler befragen lassen. Ist doch auch in Ihrem Interesse.«

Pandur wußte nicht, was ihn mehr verblüffte. Die Sprunghaftigkeit des Mannes, seine Selbstkontrolle oder seine Arroganz. Pederson schien wahrhaftig zu glauben, Leute wie Pandur erst heruntermachen und anschließend mit einem fetten Ebbie ködern zu können. Dieses Angebot zeigte deutlich, wie sehr der Exec andere verachtete und auf sie herabschaute. Wie sehr er sich Pandur überlegen fühlte.

Das ist eine Chance, Chummer. Arrogante Feinde sind leichte Gegner. Hochmut kommt bekanntlich vor dem Fall.

Er versuchte, Zeit zu gewinnen. Wenn Pederson unbedingt glauben wollte, daß seine Welt – in der alles mit Geld zu kaufen war, Chips, kleine Fußsoldaten wie Pandur, selbst die Loyalität von Killern wie Ricul, wenn nur die Summe stimmte – in Ordnung war, mochte es von Vorteil sein, seine Illusionen zu hegen. Zumindest so lange, bis Ricul eintraf.

»Fünfhunderttausend«, sagte er, »und ich fange an, darüber nachzudenken.«

Pedersons Lippen brachten ein sparsames, zynisches Lächeln hervor. »Eherne Grundsätze wanken, und ganze Lügengebäude brechen wie Kartenhäuser zusammen, wenn es um gutgenullte Kredstäbe geht, wie? Zweihundertfünfzig, mein letztes Wort. Und dafür will ich nicht nur den Chip, sondern eine gute Story mit ausführlichen Hintergründen. Und die magische Befragung durch ein Ritualteam.«

Es wollte Pandur nur schwer in den Kopf, daß ein Mann, der es so weit gebracht hatte, so blind sein konnte, die Realitäten nicht zu erkennen. Waren alle Execs so? Gefangen in ihren eigenen Dogmen?

Einen Moment lang mußte er an seinen Traum denken, den er vor einem Jahr im Pottonghetto von Wildost geträumt hatte. Das war in der Nacht vor dem Run auf die AG Chemie gewesen. Er war darin selbst ein Exec gewesen, der sich an Strukturen berauschte, an der Größe und Funktionalität ›seines‹ Megakons, an seiner Schlagkraft, an seiner Überlegenheit. Er wußte inzwischen, daß die Graue Eminenz ihm diesen Traum beschert hatte, um ihn für die Daten zu sensibilisieren, die er scheinbar aus eigenem Interesse rauben sollte. O nein, er war nicht in die Haut des Drekheads geschlüpft, der vor ihm saß. Davor hätte er sich gewiß zu sehr geekelt und wäre aufgewacht. Er war sich als Thor Walez vorgekommen, den es in eine andere Rolle verschlagen hatte, nicht als arroganter Scheißhaufen Hjalmar Pederson. Aber er hatte die Macht gespürt, die mit einem solchen Job verbunden war. Er hatte zumindest eine Ahnung davon, wie ein solcher Mann dachte. Und er konnte sich vorstellen, daß dieser Glaube an die Macht keinen Zweifel duldete.

Für dich gibt es nur die Macht deines Willens, Pederson. So hast du auch deine Frau behandelt. Als Untergebene, als Rädchen, als Ding, das zu funktionieren hat und dir zu Diensten sein muß. Wenn deine Sararimänner bei der AG Chemie nicht spuren, werden sie gefeuert. Wenn dir jemand ernsthaft im Weg ist, läßt du ihn durch deine Cops in die Grube befördern. Und für die Sonderfälle engagierst du Leute wie Ricul und den Elf, der jetzt einen Namen hat, Boris. Und nichts macht dich so fuchsteufelswild wie eine Frau, die sich deinen sadistischen Müll nicht mehr gefallen läßt. Daß Werkzeuge wie Ricul und Boris dich betrügen könnten, will dir ums Verrecken nicht in den Kopf. Aber du wirst es schlucken müssen, Pederson. So ka, du wirst es in dein Weltbild einbauen. Ein anderer hat einen fetteren Ebbie geboten. Dürfte es eigentlich nicht geben, war aber so. Du wirst daran zu knabbern haben. Und du wirst dich rächen. Oho, Ricul, ich sehe schwarz für dich. Mit deiner Karriere geht es steil nach unten, direkt auf den Schaschlikspieß von Onkel Lucifer.

Pederson Armband fiepte. Er wischte wie vorhin mit der Handfläche darüber, betätigte damit einen Sensor. »Ja?«

»Ricul ist hier«, sagte die Stimme von vorhin.

»Soll reinkom...« Er brach ab und korrigierte sich. »Nein, er soll warten. Wir kommen raus.«

Er wischte wieder über den Sensor und sah auf.

»Also, Walez, Ihre Chance. Packen Sie aus, verkaufen Sie mir den Chip, kassieren Sie. Oder ich überlasse Sie Ricul.«

»Leck mich.«

»Na schön, Sie haben es so gewollt.«

Pederson richtete sein Armband gegen die Tür und tippte es kurz an. Der Türsensor registrierte den Code und entriegelte das Schloß. Mit einem trockenen, metallischen Klicken sprang die Tür einen Spalt auf. Der Exec zog sie nach innen, ohne dabei seinen Gefangenen aus den Augen zu lassen.

»Nach Ihnen, Walez«, sagte er ironisch und winkte mit dem Schockhandschuh.

Schwerfällig bewegte Pandur die Beine. Ihm war, als würde er Stiefel mit Bleisohlen tragen. Einen Moment lang war ihm schwindlig, und er glaubte schon, das Gleichgewicht zu verlieren. Aber er fing sich wieder. Unsicher stolperte er weiter, passierte Pederson, der ihn wachsam beobachtete. Der Schockhandschuh lag in Lauerstellung. Die Ares Predator zielte auf Pandurs Kopf.

Schlechte Karten für Action. Muß da raus. Muß da durch.

Pandur erreichte die Türöffnung und sah hinaus. Er blinzelte in das Licht eines Scheinwerfers. Das Licht des Niederfrequenzstrahlers war eher milchig als grell, und seine Augen hatten sich schnell darauf eingestellt. Mechanisch registrierte er, wo er sich befand. Als erstes nahm er die Backsteinmauer eines heruntergekommenen, vermutlich stillgelegten Fabrikgebäudes wahr, fünfzehn Meter entfernt, der Tür genau gegenüber. Wie er vermutet hatte, war sein Gefängnis ein Panzerfahrzeug, eine Art fensterloser Bus, rundum gekapselt, Panzerblenden über den Reifen, eine dicke Plempe vorn, eine dicke Plempe hinten, beides Sturmgeschütze, Ruhrmetall SF20, lasergesteuert. Wahrscheinlich ein Wagen aus Armeebeständen, aber im Inneren umgebaut und außen nachtschwarz gespritzt.

Links und rechts standen zwei Lastwagen mit Kastenaufbauten, ebenfalls gepanzert, ebenfalls schwarz, jeder mit zwei Niederfrequenzstrahlern bestückt, die das Gelände ausleuchteten. Einer davon war auf die Tür des Busses gerichtet. Mit dem Bus zusammen bildeten die Trucks eine Wagenburg in Form eines U, dessen offene Seite durch die Mauer versperrt wurde. Sechs Meter über dem Boden befanden sich verrostete Lüftungsklappen in der Backsteinwand. Noch weiter oben, beinahe schon außerhalb der Reichweite der Scheinwerfer, gab es matte Lichtreflexe auf staubverkrustetem, beinahe blindem Glas. An anderen Stellen gähnten dunkle Höhlen. Reste von Fenstern.

Das trainierte Unterbewußtsein des Schattenläufers nahm die Lüftungsklappen – geöffnet und groß genug, einen Mann hindurchschlüpfen zu lassen – und die Fensterreihe wahr, prüfte sie als möglichen Fluchtweg. Beides zu hoch.

Auf der bewußten Ebene verwertete Pandurs Gehirn die Information, daß es außerhalb des Scheinwerferbereichs stockdunkel war. Eine warme, feuchte, wolkenverhangene Nacht. Als ihn die Sicherheitscops niedergeschlagen, hatte die Sonne vom Himmel heruntergebrannt. Er war mindestens zehn Stunden bewußtlos gewesen.

Pederson war hinten ihn getreten und stieß ihm die Mündung der Predator hart zwischen die Rippen.

»Vorwärts!«

Nur dieses eine Wort hinter ihm. Sonst war alles gespenstisch ruhig, obwohl sich diffuse Schatten hinter den Scheinwerfern bewegten.

Die ideale Szenerie, um Leute zu erschießen, die Leichen liegenzulassen und mit dem Troß wieder wegzufahren. Richtig zünftig für so was, fast schon romantisch. Erinnert an die alten Filme aus dem vorigen Jahrhundert. Dieser Pederson hat irgendwie Stil, muß man ihm lassen. Wird schon seine verschissenen Gründe haben, daß er seine Soldateska an diesem trostlosen Fleck kampieren läßt. Diese Art von Landschaft spart die Fuhre zur nächsten Prodep.

Pandur stieg die dreißig Zentimeter hinab, die den Ausstieg vom Boden trennten. Seine Knie fühlten sich noch immer wie Gummi an, und er wäre beinahe eingeknickt, als er sein Gewicht auf den Fuß verlagerte, der den Schotter des ehemaligen Fabrikgeländes berührt hatte. Kiesel knirschten leise.

Wieder streifte Pandurs Blick über das Gelände. Aber es war zu duster, um mehr als ein paar hingekauerte Schemen von Gebäuden in einiger Entfernung zu erkennen. Düstere Hallen, unregelmäßige Linien, wahrscheinlich nur noch Ruinen. Nichts, das vertraut wirkte. Wedding? Irgendein Bezirk im Osten, der vergessen und vergammelt war? Es gab viele solcher Ecken in Berlin, wie in anderen Megaplexen auch. Aber in Berlin waren sie so zahlreich wie Blatternarben im Gesicht eines Aussätzigen.

Neben ihm senkten sich Pedersons Stiefel in den knarzenden Kies.

»He, Ricul«, sagte er mit fast samtener, aber klar akzentuierter Stimme so nahe an Pandurs Ohr, daß dieser unwillkürlich zusammenzuckte. »Unser Freund hier hat mir ein paar Geschichten erzählt, die du dir unbedingt anhören mußt. Du wirst dich entweder kaputtlachen oder schrecklich wütend werden.«

Mit einem kurzen Seitenblick vergewisserte sich Pandur, daß die Augen des Mannes ihn unverändert fixierten, daß Schockhandschuh und Ares Predator II weiter auf ihn zeigten. Er ging davon aus, daß hinter den Scheinwerfern ein paar weitere Waffen auf ihn gerichtet waren.

Keine Chance. Du kannst dem Drekhead nicht geichzeitig die Predator aus der Hand schlagen und *den Schockhandschuh herunterreißen* und *den Mann vor dir als Schild aufbauen. Drek, Drek, Drek!*

Eine Gestalt löste sich aus der Gruppe der Schatten neben dem rechten Truck.

Ricul! Keine Nacht konnte dunkel genug sein, um

Pandur nicht sofort den Mann erkennen zu lassen. Und die Nacht war nicht mehr dunkel, als Ricul in das ausgeleuchtete Viereck trat. Natalies Halbbruder, das schwarze Haar hinter die Ohren gekämmt, die Mafianarbe glänzte, die Nieten an der Lederweste glitzerten. Hinter ihm bewegte sich ein zweiter Mann in das Licht. Ihn haßte Pandur noch mehr. Natalies Mörder. Der Killerelf, der sie von Rhein-Ruhr bis Burg Königsberg gejagt hatte, der sich zwei Jahre später zusammen mit Ricul wieder an seine Fährte geheftet hatte, von Hamburg bis Prag. Pfeil um Pfeil, Mord um Mord.

Auf diesen Moment hast du seit einem Jahr gewartet. Die beiden Drekheads auf Schußweite vor dir, wie auf einem Präsentierteller. Und was ist? Du hast keine Waffe. Du *stehst auf* ihrem *Präsentierteller.*

Ricul hielt eine Ruger 100 im Arm, der Elf hatte Pfeilköcher und Bogen geschultert. Beide bewegten sich langsam, lässig, aber geschmeidig, wie Dschungeltiere.

Das Gesicht des Elfs wirkte starr und undurchdringlich. Seine Augen lagen wie Stahlkugeln in den Höhlen, das Licht reflektierend, aber leblos.

Die Augen des Mafioso funkelten, ohne daß sich Licht in ihnen brechen mußte. Sein Gesicht war wutverzerrt. Aber hinter der Wut steckte noch etwas anderes, das Pandur nicht deuten konnte. Angst? Unentschlossenheit?

»Ohne Waffen, sagte ich!« sagte Pederson scharf. Er wandte sich zur Seite. »Rugalla, ich habe Anweisung gegeben ...« Er brach ab. Wahrscheinlich war ihm eingefallen, daß er Befehl gegeben hatte, Ricul ohne Waffen in den Bus zu führen. Sie befanden sich nicht im Bus.

Eine Stimme im Hintergrund versuchte sich zu rechtfertigen, aber Pederson schnitt ihr das Wort ab.

»Waffen weg, Ricul! Das gilt auch für dich, Boris! Wir wollen nur ein bißchen plaudern. Wenn es hinterher etwas zu schießen…« Er bedachte Pandur mit einem spöttischen Seitenblick. »…oder vielleicht zu schneiden gibt, machen wir ein kleines Fest daraus. Aber zuerst…«

»Ich will die Scheiße nicht hören, die dieser Walez sich herausdrücken wird«, unterbrach ihn Ricul. »Boß, du kennst uns. Boris und ich waren immer treue und zuverlässige Mitarbeiter. Ich denke, du weißt das zu schätzen. Dieser Kerl da hat Unglück über meine Familie gebracht. Ich bin verpflichtet, mich an ihm zu rächen. Im Namen meiner Mutter! Laß mich ihn töten, sobald er uns gesagt hat…«

Beunruhigt registrierte Pandur, daß weder Ricul noch Boris Pedersons Anordnung befolgten. Sie legten die Waffen nicht ab.

Die Augen des Execs verengten sich unmerklich. Für Pandur ein sicheres Zeichen, daß Pederson die Mißachtung seines Befehls sehr wohl zur Kenntnis genommen hatte. Aber er wiederholte ihn nicht. Er gab Rugalla nicht die Anweisung, die beiden zu entwaffnen. Aus welchen Gründen auch immer. Für den Moment verzichtete er darauf, es zu einem Eklat kommen zu lassen.

»Deine Mutter…« Es klang verächtlich, und Pandur hatte den Eindruck, daß Pederson sich gerade noch davor zurückgehalten hatte auszuspeien. »Ricul, du bist ein Narr. Wenn es um deine Mutter geht, müßtest du *mich* töten, oder? Erst recht deinen Partner Boris. Und das willst du doch nicht. Oder etwa doch?« Pederson sah den Mafioso forschend an. Dann lächelte er herausfordernd. Spöttisch.

Riculs Augen war nichts anzusehen. Sein Gesicht verriet mehr. Unkontrollierte Muskeln ließen es leicht zucken. Es sah aus, als würden sich die Kreuznarben der Mafia wie Würmer auf seinen Wangen winden. »Es… es war ein Unfall«, brachte er mühsam hervor. Seine Stimme klang rauh. »Boris hat nur getan, was verlangt wurde. Und du ... Du wolltest Natscha bestrafen. Das war dein gutes Recht. Jeder von uns hätte genauso gehandelt. Jeder von Ehre. Jeder Roma.«

Abrupt wandte Ricul den Kopf zur Seite und sah Pandur an. Der blanke Haß sprang aus seinen dunklen Augen. »*Du* bist für den Tod meiner Mutter verantwortlich, Walez! *Du* hast Natscha entehrt, indem du sie ihrem Mann weggenommen hast. *Du* hast das ehrlos gewordene Miststück der gerechten Bestrafung ihres Mannes entzogen. *Du* hast die Jäger zur Burg geführt. Es ist an der Zeit, daß du stirbst – Drekhead!«

Noch war es nur Kraftmeierei mit Worten. Aber Pandur wußte genau, daß die Situation jederzeit kippen konnte. Er wollte kein Öl ins Feuer gießen. Er tat es doch. Die groteske Verdrehung der Tatsachen erforderte eine Antwort.

»Wer soviel Drek redet, dem hat man ins Gehirn geschissen!«

Bevor Ricul zu irgendeiner Gegenreaktion, in Worten oder in Taten, fähig war, schaltete sich Pederson ein.

»Aufhören, verdammt noch mal!« sagte er. Seine Stimme klang kalt, verächtlich, beinahe angewidert. »*Ich* entscheide, wer wann etwas sagt. Noch ein Wort, noch eine Geste, noch eine Störung von euch, und ich lasse euch alle drei über den Haufen schießen.«

Pandur wußte, daß der Exec meinte, was er sagte. Er wollte etwas von ihm, und er wollte etwas von Ricul. Aber seine Autorität stand in Frage. Ricul hatte sich schon einmal seinem Befehl widersetzt. Ein zweites Mal würde es nicht geben. Pedersons krankhaftes Bedürfnis, andere zu beherrschen, überwucherte alles andere. Um es zu befriedigen, würde er jedes geschäftliche und private Interesse hintanstellen und alle Nachteile in Kauf nehmen, die sich daraus ergaben.

Ricul schien die Situation ähnlich einzuschätzen. Der Mafioso kannte seinen Boß lange und gut genug, um zu begreifen, was eine zweite Revolte für Folgen haben würde. Er verhielt sich ruhig. Aber es war eine angespannte Ruhe. Das Damoklesschwert hing über seinem Haupt. Was Ricul in Pedersons Diensten hielt, das wußte allein nur er. Aber die Grundlagen des Dienstverhältnisses waren durch Pandurs Erscheinen ins Wanken geraten. Wenn sein Boß dem Schattenläufer Glauben schenkte, wartete Schlimmeres auf Ricul und Boris, als im Geschoßhagel zu verbluten.

Einen Moment lang war es totenstill. Dann hörte man nervöses Scharren von Lederstiefeln auf Beton hinter einem der Scheinwerfer, wo die Sicherheitscops kauerten.

»Ricul«, sagte Pederson leise und wie beiläufig. »Walez behauptet, *ihr* hättet Krumpf getötet und den Chip an euch genommen. Was sagst du dazu?«

Es klang zu leise, dachte Pandur. Zu beiläufig. So sprach jemand, der sich schon entschieden hatte. Jemand, der nicht mehr vertraute.

Ricul und Boris mochten Abschaum der Hölle sein. Aber in ihrer Art waren sie äußerst fähig. Sie hatten den Instinkt der Killer. Und den Instinkt, sofort zu reagieren, wenn ein anderes Raubtier angriff. Bevor es angriff. Die Gefahr zu riechen. Das war die Geschäftsgrundlage ihres Jobs.

An den Augen war nichts abzulesen. Weder an denen des Mafioso noch an denen des Killerelfen. Es gab keine ruckhaften Bewegungen und kein Zucken. Doch plötzlich, wie durch Zauberei oder durch einen Zeitsprung in die Zukunft, lag der Gewehrstutzen von Riculs Ruger 100 an seiner Schulter, und der Lauf zeigte auf Pederson. Als hätten sich die beiden Killer durch Telepathie verständigt, war der Kompositbogen des Elfs aus der Rückenlage nach vorn gerutscht, während die andere Hand einen Pfeil aus dem Köcher riß, ihn gegen die Sehne führte und die Sehne straffte. Der Mikroprozessor im Bogenschaft kompensierte in

Nanosekunden alle Ungleichgewichtigkeiten, veränderte die Molekularstruktur der Sehne, errechnete die Flugbahn, korrigierte den Abflugwinkel des Pfeils durch Senkung der Arretiervorrichtung. Der Elf schien die Zielentfernung schon vorher programmiert zu haben. Nur für ihn sichtbar, leuchtete das grüne Bereitschaftssignal am Bogenschaft.

Die Pfeilspitze zeigte ebenfalls auf Pederson.

»Wenn ihr auf uns schießt, stirbt euer Boß!« schrie Ricul zu den Sicherheitsleuten hinüber.

Pandur spannte unwillkürlich die Sehnen, um sich beim ersten Schuß unter den gepanzerten Bus zu hechten. Er erwartete einen gnadenlosen Geschoßhagel.

Statt dessen breitete sich lähmende Stille aus. Diesmal war nicht einmal das Scharren einer Stiefelsohle zu hören. Die Lautlosigkeit lastete wie ein Alp über dem Gelände der ehemaligen Fabrik. Sekunden verrannen, lautlos wie alles andere, auf den Screens der VidKoms.

»Niemandem passiert etwas!« sprudelte Ricul hervor. Jetzt merkte man ihm deutlich seine Nervosität an. »Auch eurem Boß nicht. Wir wollen nur freien Abzug.«

Er hatte sich um eine Winzigkeit bewegt, reckte den Hals. Die Mündung des Gewehrs schwankte um ein paar Millimeter.

»Feuert!« schrie Pederson, schoß mit seiner Ares Predator auf die beiden Killer, sprang los, schnellte an Pandur vorbei, nutzte dessen Körper als Deckung, landete auf dem Boden, zog sich hinter eine der gepanzerten Radblenden des Busses.

Pandur warf sich im gleichen Moment zu Boden, prallte im Fallen mit der Schulter gegen Pedersons Hüfte.

Ein Pfeil jagte heran, sauste um wenige Millimeter an Pedersons rechtem Ohr vorbei und hätte Pandurs Arm durchbohrt, wenn er eine Zehntelsekunde früher eingetroffen wäre. So prallte er mit unglaublicher Wucht gegen die Seitenwand des Busses, brachte den

Bus wie eine Glocke zum Dröhnen, prallte von dem Panzerblech zurück, jagte in steilem Winkel dem Nachthimmel entgegen.

Ricul riß im letzten Moment das Gewehr herum, richtete es gegen den nächsten Scheinwerfer und gab Muni.

Der Scheinwerfer zersplitterte.

Von zwei Seiten schepperte Muni in das Karree. Mehrere Schützen ballerten aus der Ecke, wo Rugalla sich aufhielt. Weitere Sicherheitscops der AG Chemie antworteten von schräg gegenüber.

Die beiden Killer hatten sich geduckt und sprangen wie hakenschlagende Hasen aus der Mitte des Hofes zu den Rändern. Weg vom Licht der verbliebenen Scheinwerfer, weg von den Mündungsblitzen der Waffen.

Ein zweiter Scheinwerfer schepperte und erlosch. Der Killerelf hatte ihn im Laufen mit seinem zweiten Pfeil erwischt.

Pandur rechnete jeden Augenblick damit, mit Muni gefüttert zu werden, irgendwo am Körper einen Schlag zu spüren, wenn ein Geschoß in ihn eindrang, ihn durchschlug. Oder den allerletzten Flash im Gehirn aufblitzen zu sehen. Er dachte nicht. Seine Instinkte ließen ihn handeln. Er zog sich den letzten halben Meter zur anderen Seite der Radpanzerung.

Irgendwann registrierte Pandur, daß er sich hinter den Panzerplatten befand, hörte das metallfressende Schrappen der Querschläger auf den Blechen des Busses. Auf der anderen Seite des Radkastens leuchtete das Weiße in den Augen eines Mannes, der an Pandur vorbei in den Hof starrte. Pederson.

Wenn Pandur im Besitz einer Waffe gewesen wäre, hätte er den Exec auf der Stelle erschossen. Dieser Kerl war eines der schlimmsten Viren im Softwareprogramm Universum. Aber Pandur besaß keine Waffe. Pederson dagegen umklammerte nach wie vor seine

Predator. Der Lauf irrte unstet umher. Sein Besitzer schien unschlüssig, ob er dem Inferno auf dem Hof ein paar Nuancen hinzufügen oder besser den Körper des Runners mit Blutabflußlöchern versehen sollte. Der Exec trug seinen Schockhandschuh nicht mehr, und das Ding war auch nirgendwo in der Nähe zu entdecken. Vermutlich hatte er ihn im Strudel der Ereignisse abgestreift und verloren.

»Jetzt überzeugt, daß Ricul für jemand anderen arbeitet?« rief Pandur über den Lärm hinweg.

»Und wenn schon«, preßte Pederson hervor. Er war gut durchtrainiert, rang aber nach Luft. »Sie verstehen überhaupt nichts!«

»Aber du, was?«

»Was ich nicht weiß, kriege ich raus. Aus Ihnen oder aus Ricul.«

»Ricul mußt du erst mal kriegen. Und ob du meine Gegenwart noch lange genießen kannst ...«

»Machen Sie keine Sperenzchen, Walez. Ich schieße Sie über den Haufen, wenn Sie flüchten wollen!«

»Obwohl mein Arsch so kostbar für dich ist?«

»Probieren Sie es lieber nicht aus.«

Leider wußte Pandur nur zu gut, daß der Exec ihn lieber töten als entkommen lassen würde.

Draußen verstummten allmählich die Waffen. Hastige Schritte von Männern, die im Laufschritt davonstürmten, prasselten auf Beton. Hin und wieder fiel ein Schuß, oder es kam eine kurze MP-Salve, jetzt weiter entfernt. Das Geschehen verlagerte sich. Offenbar waren Ricul und Boris entkommen und wurden verfolgt.

Unwillkürlich spannte sich Pandur an. Wenn Pederson sich die kleinste Blöße gab, wollte der Runner seine Chance nutzen, bevor die Sicherheitscops zurückkehrten.

»Rugalla!« schrie Pederson. »Sind Sie noch da?«

»Okay, Boß«, kam die Antwort. »Alles sauber, Sie können rauskommen.«

»Bewegen Sie sich, Sie Idiot! Übernehmen Sie den Gefangenen, verdammt noch mal!«

»Bin schon unterwegs, Boß.«

Schritte näherten sich. Pandurs Hoffnungen sanken in den Keller.

»Raus!« herrschte ihn Pederson an und winkte mit der Predator. »Na los doch. Oder dachten Sie, wir veranstalten hier ein Picknick unter dem Bus?«

Das ist deine Chance, Chummer!

Pandur krabbelte in Richtung der hochgeschnürten Stiefel, die vor dem Bus aufgetaucht waren, und sorgte dafür, daß er in der Nähe des Rads blieb. Ein Herumwerfen nach links würde das Rad zwischen ihn und Pederson bringen. Wenn er sich dann nach vorn gegen die Stiefel hechtete … Er hoffte, daß Rugalla zu verblüfft sein würde, um sofort zu schießen.

Bevor er seinen Plan in die Tat umsetzen konnte, fiel draußen ein einziger trockener Schuß. Die Stiefelspitzen bewegten sich nach oben. Dann krachte ein schwerer Körper zu Boden. Das Gesicht mit den starren Augen war Pandur zugewandt. Diese herabhängenden Wulstlippen würden keinen Soyburger mehr passieren lassen. Rugallas fragwürdige Art, für Sicherheit zu sorgen, war wie alles an ihm entschieden antik geworden.

Pandur reagierte sofort auf die neue Situation. Er stieß sich vom Rad ab, schnellte links an Rugallas Leiche vorbei und warf sich dahinter zu Boden. Unglücklicherweise war der muskulöse, schwere Mann auf seine umgehängte MP gefallen und hatte sie unter sich begraben. Wahrscheinlich hatte er weitere Waffen bei sich, aber Pandur sah keine davon in Reichweite. Was sich nicht in raschem Zugriff aneignen ließ, war uninteressant.

Wer zum Teufel hat geschossen?

Der Exec pumpte Muni in den feisten Kadaver seines Chefcops. Die Steckschüsse verursachten ein unangenehmes, beinahe obszön wirkendes Geräusch. Rugallas Körper erbebte, als wollte er sich über die Störung beschweren.

Pandur sprang nach links, nutzte die Deckung des hinteren Radkastens, hastete zur Vorderseite des Busses, warf sich nach vorn. Einen verrückten Moment lang überlegte er, zur Tür der Fahrerkabine zu rennen. Unfug! Wenn nicht gerade die Wahrscheinlichkeitsgesetze einen Handstand machten, würde die Chipkarte wohl kaum im Bordcomputer stecken und den Start ermöglichen. Und ohne Blitzstart wäre die Kabine eine Falle.

Wer zum Teufel hat geschossen? Ein Freund? Ein Irrer, der alles abknallt, was sich bewegt? Wo lauert der Schütze?

Pederson kroch an Rogallas Leiche vorbei, richtete sich auf, fuchtelte mit der Predator herum, suchte sein Ziel.

Wieder fiel ein Schuß, aber nicht aus der Predator. Er kam aus dem Fabrikgebäude, das Pandur in Augenschein genommen hatte, als er den Bus verließ. Der Schütze hatte nicht auf Pandur gezielt, sondern auf Pederson. Aber dieses Mal fehlte er. Pederson war schlanker als Rogalla und hektischer in seinen Bewegungen als der vierschrötige und phlegmatische Cop.

Der Exec zeigte keine Wirkung. Statt dessen wirbelte er herum, richtete die Predator auf das Gebäude und gab zwei Schüsse ab. Gleichzeitig rannte er am Bus entlang und verschwand hinter dem Heck.

»Hier rüber, Pandur!« rief eine helle Frauenstimme. »Setz deinen Hintern in Bewegung! Wir sollten uns absetzen, bevor die anderen Partygäste zurückkehren. Ich mag sie nicht. Sie sind zu laut.«

»Jessi?« stieß er ungläubig hervor.

Ich hätte mir denken können, daß sie in der Nähe ist. Drek!

»Wen hast du sonst erwartet? Die Heilige Mutter Maria?« Die Stimme kam aus einem der Fenster des Fabrikgebäudes.

Pederson feuerte hinter dem Bus hervor. Pandur zog den Kopf ein. Aber die Schüsse galten Jessi. Eine Scheibe zersplitterte. Tausend Scherben prasselten auf den Beton.

Jessi erwiderte das Feuer aus ihrer Mossberg Combat Gun. Zwei Splittergeschosse der Sturmschrotflinte schrammten über die Karosserie des Busses. Der Exec tauchte weg. Ein paar Sekunden lang blieb alles ruhig.

»Komm jetzt, Pandur!« rief Jessi. »Ich gebe dir Feuerschutz.«

Pandur hatte ohnehin nicht die Absicht, auf seiner Seite des Busses Wurzeln zu schlagen. Er mußte jeden Moment damit rechnen, daß Pederson auf der Rückseite des Busses zu ihm herüberwechselte. Er rannte los.

Jessi feuerte. Pandur zählte die Schüsse. Er ging davon aus, daß sie einen frischen Streifen Muni eingelegt hatte. Acht Schüsse. Bis dahin mußte er die Fabrik erreicht haben.

Er schaffte es nach fünf Schüssen.

Eine graue Wand im Restlicht der beiden verbliebenen Scheinwerfer. Die Schüsse kamen aus dem Fenster mit der zerborstenen Scheibe. Vor Pedersons Attacke war es nur einen Spalt geöffnet gewesen. Jetzt gähnte dort eine dunkle Höhle.

Jessi feuerte erneut. Nummer sechs. Pandur sah ein schmales, blasses Gesicht und zu einem Zopf nach hinten gebundene wachsblonde Haare. Unverkennbar Jessi. An der Gewehrmündung vorbei warf sie Pandur einen Gegenstand zu.

»Du mußt hier hoch!« raunte sie. »Am besten drei Fenster weiter.«

Noch bevor er den Gegenstand aufgefangen hatte, erkannte Pandur, daß es sich um eine Enterpistole handelte. Er griff zu, bevor sie auf dem Boden aufschlug, und rannte damit die schmutzgraue Wand entlang. Jessi war gut ausgerüstet. Ihm war inzwischen klar, daß ihre Anwesenheit eigentlich Festus gegolten hatte. Vermutlich sollte sie den Troubleshooter spielen, falls etwas schieflief. Oder ihm den Chip mit den Daten bringen, sobald er das Geschäft abgeschlossen hatte. Aber die Ereignisse hatten Jessi überrollt. Nichts war nach Plan verlaufen. Der Tod von Festus hatte die Dramaturgie der Inszenierung in der Luft zerfetzt.

Verdammt. Wollte sie ums Verrecken nicht wiedersehen. Und jetzt bin ich dankbar, daß sie da ist. Drek!

Immerhin mußte er ihr hoch anrechnen, daß sie nicht einfach kehrtgemacht und sich in Sicherheit gebracht hatte, als die Sache mit Festus passierte. Offenbar war sie statt dessen der Karawane der AG Chemie gefolgt und hatte abgewartet, wie sich die Dinge entwickeln würden.

He, Alter. Ganz schön anhänglich, wenn man bedenkt, daß sie dir den Laufpaß gegeben hat. Riskiert den Arsch für ihren Ex-Lover. Kann nicht jeder von sich behaupten.

Über sich, drei Fenster von Jessis Stellung entfernt, stand eines der Fenster halb offen. Im Laufen hatte Pandur den Enterhaken ertastet. Er schätzte die Fensterhöhe – gut sechseinhalb Meter – und programmierte das Griffterminal. Während Jessi erneut einen Schuß abgab, fand Pandur den Abzug der Enterpistole und drückte ihn durch. Mit einem leisen *Plop* schnellte der Haken hoch und krallte sich in die Fensterbank. Die Automatik zog mit leisem Surren das Maschennetz aus Zombienylon straff. Im nächsten Moment krabbelte Pandur das großmaschige, dreißig Zentimeter breite Netz hinauf, als handle es sich um die Wanten eines Schiffes. Ein auf die Molekularstruktur einwirkender Frequenzer im Schaft der Pistole bewirkte, daß die Großmoleküle des Stoffes sich versteiften. Das vorher hochelastische Material verdickte sich um das Hundertfache und war jetzt hart und straff wie ein Stahlgitter.

Pandur schwang sich durch das Fenster und zog den

Haken aus der Verankerung. Sensoren meldeten den Gegenzug, das Terminal schaltete den Frequenzer aus und spulte das zusammenfallende Netz, jetzt nur noch ein Konglomerat aus Spinnwebfäden, auf. Die Pistole saugte sich zum Haken empor und lag Augenblicke später in Pandurs Hand. Obwohl er im Moment wenig Sinn für Einzelheiten hatte, war Pandur fasziniert. Er hatte von diesen großmolekularen Zombienetzen gehört, aber noch keines zu sehen bekommen. Die üblichen Enterpistolen arbeiten mit konventionellen Nylonleinen oder Draht.

Als Jessi die letzte Patrone ihres Streifens verschossen hatte, wagte sich Pederson aus der Deckung und schickte Pandur einen Abschiedsgruß durch das Fenster. Um ein Haar hätte er ihn erwischt. Das Geschoß pfiff an seinem rechten Ohr vorbei und detonierte an der Decke.

Pandur sah sich um. Obergeschoß einer Fabrikhalle. Duster bis auf das wenige Licht, das durch die Fenster von draußen einfiel. Leer. Hinten, an der gegenüberliegenden Wand, ein paar Türen. Pandurs Fenster war das letzte in einer Reihe von sieben Fenstern. Ein Stück weiter erhob sich Jessi aus ihrer knienden Position, schob die Combat Gun vom Fensterbrett, wo sie die höchst effiziente Sturmflinte aufgestützt hatte.

Sie fiel sofort in einen Laufschritt, lief auf ihn zu, stoppte nur für Sekunden kurz ab.

»Für Erklärungen ist jetzt keine Zeit«, sagte sie. »Die Chemiecops können jeden Moment zurückkehren. Und wer weiß, was dem Drekhead alles einfällt, wenn man ihn zum Nachdenken kommen läßt.«

Sie setzte sich wieder in Bewegung, eilte den Türen entgegen. Pandur schloß sich ihr an.

»Wer ist das überhaupt?« fragte Jessi, ohne den Bewegungsrhythmus zu verändern. »Der Fuzzie, mit dem sich Festus treffen wollte?«

»Pederson.« Pandur wartete vergeblich auf eine Reaktion. Offenbar sagte Jessi der Name so wenig, wie er ihm gesagt hatte, als der Exec ihn nannte.

»Festus hat keine Namen genannt. War überhaupt alles sein Plan. Ich wollte so wenig wie möglich davon wissen und damit zu tun haben.«

»Es ist der Drekhead, der Natalie und mich hat jagen lassen.«

»Natalies Ex?«

»Ja.«

»Tut mir leid, daß ich vorbeigeschossen habe.«

»Mach dir nichts daraus. Wäre ohnehin zu sauber gewesen. Einen so leichten Tod gönne ich ihm nicht.«

Draußen blieb alles ruhig. Jessi hatte die erste der Türen erreicht, beachtete sie jedoch nicht. Erst vor der dritten Tür hielt sie an, riß sie auf und schlüpfte hindurch.

Pandur folgte ihr dichtauf und bemühte sich, die Stahltür hinter sich so leise wie möglich wieder zu schließen. Es war stockdunkel. Pandur glaubte, Konturen einer Treppe erkannt zu haben, bevor er die Tür schloß.

Jessi hakte einen Niederfrequenzer vom Gürtel und ließ ihn aufleuchten. Sie befanden sich in einem engen Treppenschacht. Treppen führten nach oben und nach unten. Der Griff zum Gürtel schien Jessi an etwas erinnert zu haben. Sie zog den Reißverschluß ihres Overalls aus dunklem Kunstleder auf. Weiße kleine Brüste, immer noch so schön und straff wie vor zwei Jahren, leuchteten verführerisch. Jessi griff unter die linke Brust, wo mit einem milchigen Klebeverband etwas auf der Haut befestigt war. Sie riß den Klebestreifen ab und drückte Pandur eine Waffe in die Hand. Am eckigen Profil erkannte Pandur sofort, daß es sich um einen Colt Manhunter handelte. Gute Waffe. Etwas schwerer, aber ansonsten seiner Walther Secura vergleichbar. Sie war hautwarm, brustwarm.

Stop, Junge, nicht weiter. Laß es gut sein.

Er lenkte sich ab, indem er die Reste des Klebestreifens entfernte. Kein gute Methode. Der Streifen duftete nach Jessis Deocreme und nach ihrem Schweiß. Auch ihr Schweiß roch angenehm, erinnerte ihn an ekstatische Nächte mit ihr, in denen er ihr nach anstrengenden Liebesspielen den Schweiß von den Brüsten und von der Scham geküßt hatte...

Schluß, verdammt noch mal.

Als hätte Jessi seine Gedanken gelesen, schloß sie den Overall züchtig bis zum Kinn. Dann eilte sie die Treppe hinab.

Gegen seinen Willen stellte Pandur fest, daß sie so schlank und schön war, wie er sie in Erinnerung hatte. Vielleicht etwas schmaler, etwas blasser als damals. Die Gesichtstattoos – Monde, Sterne, Regenbogen auf den Wangen – schienen stärker hervorzutreten als damals. Aber das mochte auch am Licht liegen.

Aber warum solltest du eine Ausnahme bilden, Jessi? Die Schatten hinterlassen bei jedem ihre Spuren. Zwei Jahre in den Schatten sind eine halbe Ewigkeit. Für jeden von uns.

Er zwang seine Gedanken in die Wirklichkeit zurück. Früher war das nicht nötig gewesen. Früher irrten seine Gedanken in solchen Situationen nicht ab. Ein Indiz mehr, daß er nicht mehr für die Schatten taugte. Unkonzentriertheit und Überleben waren Dinge, die einander ausschlossen.

»Scheint eine einsame Gegend zu sein«, sagte Pandur. »Wie kommen wir von hier weg?«

»Wie ich hergekommen bin. Der BMW ist drei Blöcke weiter in einer halb verfallenen Tiefgarage geparkt.«

»Blöcke?«

»Besser Ruinen von ehemaligen Lagerhallen und Fertigungshallen. Hier ist alles verfallen. Sanierungsgebiet.«

Jessi hatte das Ende der Treppe erreicht und führte Pandur durch einen engen, schlauchartigen Flur.

»Wie bist du in die Fabrik gelangt?«

»Ich hatte viel Zeit, und irgendwann ließ ihre Wachsamkeit nach. Weißt du überhaupt, daß du schlappe 35 Stunden in dem verdammten Bus warst?«

»Nein. Ich war weggetreten.« Pandur schüttelte den Kopf. »Ich dachte, ich sei zehn Stunden bewußtlos gewesen und hielt das schon für eine lange Zeit. Was haben die dort mit mir angestellt?«

»Wenn du es nicht weißt – ich habe null Ahnung.«

Die Magier haben sich die Zähne an dir ausgebissen. Das hat Zeit gekostet.

Der Flur knickte ab und endete vor einer angelehnten Stahltür. Jessi drückte sie auf. Sie befanden sich im Freien. Eine unter Schutt und Mörtel kaum noch auszumachende Treppe führte in den Fabrikhof.

»Warum hast du so lange gewartet? Dachtest du, sie hätten Festus?«

»Quark. Hab' doch gesehen, was mit ihm passiert ist.« Es klang rauh, aber nüchterner, als Pandur erwartet hatte. Redete so eine Frau, die vor knapp zwei Tagen ihren Lover verloren hatte? Dazu einen, der sich damit gebrüstet hatte, daß sie ihm verfallen war, seinen übergroßen Schwanz anbetete?

»Du …«

Jessi bedeutete ihm, still zu sein, und lauschte in den Wind. Irgendwo in der Ferne, auf der anderen Seite der Fabrik, fielen gelegentlich immer noch Schüsse. Die Sicherheitscops der AG Chemie hatten die Verfolgung von Ricul und Boris nicht aufgegeben. Zumindest gab es keine Geräusche, die sich näherten. Beruhigend zu wissen. Von Pederson war nichts zu hören. Vermutlich hatte er sich in den Bus zurückgezogen. Pandur konnte sich nicht vorstellen, daß er sie verfolgte. Er war kein Cop, kein Bodyguard, kein Runner. Er war der Boß. Selbst wenn viel auf dem Spiel stand, selbst wenn die Jagdleidenschaft ihn packte: Er war zu klug, um ihnen zu folgen. Er riskierte zuviel dabei. Es war unter seiner Würde. Aber ein Rest Unsicherheit blieb. Execs seiner Kategorie hielten sich auf Dauer nur oben, wenn sich Intelligenz und Rücksichtslosigkeit mit einer Spur Unberechenbarkeit paarten.

Jessi war es zufrieden. Im Schatten einer Mauer pirschte sie weiter. Richtung Nordost, hin zu den größten der Ruinen, die den Komplex umgaben.

»Warum also?« wiederholte Pandur seine Frage.

»Vielleicht wollte ich in Erinnerung an alte Zeiten deinen Kadaver begraben, falls sie ihn herauswerfen würden«, sagte Jessi patzig.

»Danke.« Pandur sagte es aufrichtig, ohne eine Spur Ironie, und meinte es auch so.

Beide schwiegen eine Weile, konzentrierten sich ganz darauf, unter Vermeidung überflüssiger Geräusche so schnell wie möglich voranzukommen. Die schwüle Nacht setzte Pandur zu. Der Schweiß triefte ihm aus allen Poren. Jessi schien die Witterung weniger auszumachen. Sie behielt ihr Tempo bei, während Pandur immer häufiger stolperte und zurückfiel.

»Kannst du noch? Wir sind gleich da.«

Pandur nickte. Er riß sich zusammen.

Unkonzentriertheit, physische Schwäche. In dieser Verfassung bist du ein gefundenes Fressen für Leute wie Ricul und Boris. Erst recht für Steamhammer und den Butcher.

Er beschloß, die mangelnde Kondition auf die Nachwirkungen der Bewußtlosigkeit zu schieben. Vielleicht hatten sie ihn auch unter Drogen gesetzt, um ihn zum Reden zu bringen. Er weigerte sich, andere Ursachen für seinen Leistungsabfall in Erwägung zu ziehen. Nicht bevor er mit Pederson, Ricul und Boris abgerechnet hatte. Nicht bevor er die Graue Eminenz gefunden hatte. Er stellte bei sich fest, daß der alte Spruch, wonach die Feinde deiner Feinde deine Freunde sind, für ihn nicht galt. Für ihn noch niemals gegolten hatte.

Du bist Pandur. Fußsoldat, Statist. Du spielst im Macht-

spiel keine Rolle. Die Einteilung in Freund und Feind ist nicht für dich gemacht.

Sie erreichten den gut versteckten BMW. Jessi öffnete die Tür mit ihrer Chipkarte, startete den Motor und fuhr sofort los. Keine Schüsse von versteckten Heckenschützen, keine Verfolger. Nach einigen Minuten, in denen sie noch immer mit aufgeblendeten Scheinwerfern und sich nähernden Verfolgerfahrzeugen auf dem Vidscreen rechneten, löste sich die Spannung.

Für den Augenblick hatten sie es geschafft.

Kein Grund, sich Illusionen zu machen.

Pederson wollte den Chip, Pederson wollte Pandur ausquetschen, um an die Graue Eminenz heranzukommen. Ricul, Boris, wahrscheinlich auch Steamhammer und der Butcher wollten Pandur daran hindern, Pederson zu Diensten zu sein. Vielleicht würde die Graue Eminenz ein neues Netz spinnen. Man würde Pandur nicht in Ruhe lassen.

So ka. Er würde sie auch nicht in Ruhe lassen.

4. KAPITEL

›Light My Fire‹

Keine zwei assoziierten Länder sind auf dieselbe Art und Weise mit der ADL verbunden – im Falle der Elfen von Pomorya ist die Verbindung eine sehr lockere: Der Assoziationsvertrag von 2045 beinhaltet nicht viel mehr als einen Nichtangriffs-, Freundschafts- und losen Beistandspakt sowie Zoll- und Reiseerleichterungen und die Regelung, daß die deutschen Botschaften auch für die Elfen zuständig sind. Ansonsten schotten sich die neuen Herren der Ostsee von allen menschlichen Affären und Querelen weitgehend ab.

Das international weitgehend anerkannte Herzogtum umfaßt in den heutigen Grenzen die Inseln Rügen, Usedom und Wolin sowie das ehemalige Neu-Vorpommern nördlich der Flüsse Recknitz, Trebel und Peene. Die einzigen legalen Grenzübergänge sind Ribnitz, Demmin und Anklam sowie der Fährhafen Saßnitz. Bis vor wenigen Jahren noch teils deutsches, teils polnisches Staatsgebiet, wurde diese Gegend vor allem nach der erfolgreichen Revitalisierung der Ostsee von zahlreichen Elfen besiedelt – Elfen deutscher Herkunft, aber auch zahlreichen Flüchtlinge der Eurokriege aus Polen, Rußland und dem Baltikum.

In die seit dem Umkippen der Ostsee und vor allem dem Erscheinen der ersten freien Giftgeister fast menschenleeren Dörfer und Städte kehrte endlich wieder Leben zurück, neue Lieder erklangen unter den alten Dächern.

Zum sichtbaren Zeichen der Eigenständigkeit verwendeten die Elfen wie fast überall auf der Welt die alten Traditionen und Mythen, um Neues zu schaffen.

Statt der fremden keltischen wurde allerdings die einheimische pomoranische Tradition wiederbelebt: Die neue Landessprache entstand aus dem Polnischen und dem Deutschen, vermischt mit zahlreichen Begriffen aus längst toten slawischen Dialekten. Ebenso ist man bei den Ortsnamen oft zu älteren Formen zurückgekehrt. Der Landesname Pomorya schließlich ist sowohl mit dem deutschen Pommern wie dem polnischen Pomorze verwandt und heißt einfach ›Land am Meer‹ – ein trefflicher Name für ein so insel- und wasserreiches Gebiet. Das Hauptanliegen der Elfen von Pomorya ist denn auch weniger das Land als das Meer: Ihre Aufgabe sehen sie in der Wiederherstellung des früheren Lebens und des Artenreichtums in der Ostsee, während sie dem Boden um sie herum wenig Aufmerksamkeit schenken: Weite Teile Pomoryas sind menschen- und elfenleere Wildnis, in der allerlei normale und paranormale Tiere umherstreifen, während sich die Elfen vor allem in kleinen Küstenorten und der Stadt Saßnitz, die Menschen in den Städten Gora (Bergen auf Rügen), Strelasund (Stralsund), Greifswald und Vineta (Swinoujscie/Swinemünde) konzentrieren.

Die Hauptstadt Pomoryas ist das überwiegend von Elfen bewohnte Saßnitz. Hier an der Ostsee befinden sich der kleine Verwaltungsapparat und die offizielle Residenz des Staatsoberhaupts Herzog Jaromar Greif, während die vier anderen Städte mit ihrem Umland jeweils von einem Grafen regiert werden: In Gora sitzt Graf Ratibur Dreikopf, in Strelasund Graf Ladislas, in Greifswald Graf Kasimir Tyrminski sowie in Vineta Graf Wratislas Greif.

Von den Grafen ist besonders letzterer recht einflußreich unter den jüngeren und/oder elitär eingestellten Elfen Pomoryas: Ihm sind die etwa 54 % menschlichen Einwohner Pomoryas seit langem ein Dorn im Auge, und er plädiert offen für ihre Vertreibung nach dem Vorbild Ţir Tairngires, um einen reinrassigen Elfenstaat zu errichten. Bislang hat sich Graf Wratislas von Vineta mit seinen weitreichenden Vorstellungen allerdings nicht durchsetzen können.

Offizielle ›Staatsreligion‹ ist ein pantheistischer Glaube an die Lebenskraft der Natur, verwoben mit alten einheimischen Göttern – so haben die Elfen etwa bewußt den alten Tempel auf Kap Arkona wiedererrichtet und den Göttern der Natur geweiht.

Dr. Natalie Alexandrescu:
Das Herzogtum Pomorya,
Deutsche Geschichte auf VidChips
VC 10, Erkrath 2051

Pandur hatte die Augen geschlossen und lauschte dem Geräusch des Rotors. Die gleichmäßige Schrappen wirkte entspannend. Er versuchte diesen Moment ganz bewußt zu genießen.

Für kurze Zeit warst du der Jäger, hast dir das zumindest eingebildet. Jetzt ist alles wieder wie früher. Der Jäger ist zum Gejagten geworden. Du wolltest Ricul, um über ihn an die Graue Eminenz heranzukommen. Jetzt will Ricul dich, Jessi, den Chip. Die Graue Eminenz weiß inzwischen, daß sein aus dem Spiel genommener Bauer für Pederson interessant geworden ist. Der Bauer wird wieder ins Spiel genommen. Um vernichtet zu werden.

Er öffnete die Augen und wandte sich träge dem Bordscreen zu, auf dem ein TV-Programm lief.

Eine glatzköpfige Lady in rotem Lederanzug verkaufte mit wichtigtuerischer Miene Schnittabfälle aus einer News-Sendung: »... zeigen wir auf speziellen Wunsch von Detlev und den Tripkick Hasardeuren Kellinghusen noch einmal die Ermordung des Sektenführers Moses II., diesmal aus der Perspektive von Kamera 3.«

Schnitt.

Ein Rednerpodium, dahinter ein junger Mann mit wirrem schwarzem Haar und einem ellenlangen Bart, der eine blaue Uniformjacke mit Goldtressen trug.

»Und ich sage euch, die alten Weisheiten der Bibel müssen wieder Geltung erlangen! Auge um Auge,

Zahn um Zahn! Wer stiehlt, dem soll man die Hand abhacken. Wer die Frau eines anderen vögelt, dem soll man das Glied abhacken! Und wer …«

»Wer Scheiße im Kopf hat, dem soll man den Kopf abhacken!« brüllte jemand.

Schwenk auf einen schwarz Vermummten mit einer Laseraxt, der von der Seite auf das Podium stürzte, ausholte und seine Prophezeiung an Moses II. wahr machte. Die entscheidende Szene wurde sofort in Slow motion wiederholt. Beim dritten Durchlauf war die Slow motion nochmals verlangsamt, damit Detlev und die Tripkick Hasadeure Kellinghusen genau sehen konnten, wie der Laserstrahl in den Hals eindrang, die Schlagader durchtrennte und das Blut majestätisch zu quellen begann.

Schnitt. Werbung.

Eine strahlende Mutter mit Stirnbuchse, ein kleines Mädchen an der Hand, küßte einen Säugling.

»Nur die allerschönsten Seiten des Mutterglücks. Ohne Schwangerschaft, Wehen, Windeln und Babygebrüll. Frei wählbare Szenen mit über hundert gespeicherten Wonneproppen. Jetzt kaufen: ›Mutterliebe‹ von Rabkin Productions – SimSinns der Extraklasse.«

Pandur schaute nicht mehr auf den Vidscreen, sondern nach draußen. Die ersten Strahlen der Morgensonne brachen sich auf dem Plexglas der Pilotenkanzel. Die Rotoren des Kolibri peitschten den Wind, der mit Stärke 4 von Nordwest gegen die Küste der Ostsee drückte. Der Helikopter schwankte leicht, aber die Stabilisatoren nahmen den Böen ihren Biß. Der Bordrechner hielt die Maschine sauber auf Kurs.

Festus hat gewußt, daß er sich mit dem Chip-Deal zur Zielscheibe verschiedener Machtgruppen machte. Er hat einkalkuliert, daß Pederson ihn reinlegen oder versuchen würde, ihm den Kredstab wieder abzunehmen, wenn er erst einmal den Chip besaß. Er hat in Rechnung gestellt, daß die Graue Eminenz, GreenWar, sogar sein ehemaliger Chummer sich für den Verrat rächen könnten. Er hat alles bedacht und die Flucht perfekt organisiert. Nur den Sprung zu Onkel Lucifer hat er nicht einkalkuliert. Wie sollte er auch. Die Wetwarekomponente Tod ist ein Risikofaktor, der sich durch planerische Maßnahmen minimieren, aber nicht abdecken läßt.

Pandur war zum Nutznießer dessen geworden, was Festus und Jessi in die Wege geleitet hatten. Der Kolibri stand startklar auf dem Parkdeck des Kopterports in Tegel, als sie nach einer halben Stunde Fahrt dort eintrafen und den Mietwagen abstellten. Sie mußten nur umsteigen. Da Jessi den Kopter gemietet hatte, waren ihre ID-Daten in den Startchip integriert worden. Es gab keine Probleme.

»Woher hatte Festus die Daten der AG Chemie?« war die erste Frage, die Pandur stellte, als der Kopter aus der weiten Startschleife auf Kurs gegangen war. »Oder war alles nur ein Bluff?«

»Kein Bluff«, erwiderte Jessi. »Es gibt diese Kopie.«

Sie griff zum Reißverschluß ihres Overalls, überlegte es sich anders, deutete auf ihre Brust und sagte: »Ich habe sie. Sie ist hier.«

»Du scheinst ein ganzes Warenlager dort aufzubewahren«, sagte Pandur trocken. »Ich hoffe nur, du hast dir keine deiner hübschen Brüste amputieren und durch ein Kofferimplantat ersetzen lassen.«

Was er vorhin flüchtig gesehen hatte, wirkte allerdings überzeugend echt. Andererseits gab es Brustimitationen, die mit Waffen und Elektronik vollgestopft waren und trotzdem kaum von natürlich gewachsener Biomasse unterschieden werden konnten.

»Drek.« Es klang ärgerlich. »Jetzt kommt wohl der Vorschlag, mal fühlen zu dürfen, ob alles echt ist, wie?«

Unausweichlich kamen Erinnerungen hoch, Erinnerungen daran, wie er die Brüste dieser Frau mit den Händen umfaßt, sie gestreichelt, ihre Brustwarzen mit der Zunge umspielt und die Spitzen zur Erektion gebracht hatte. Zärtliche Bilder, lustvolle Bilder. Und ebenso unvermeidlich schlossen sich andere Bilder an. Wie er nichtsahnend die Hecktür des EMC Blitz geöffnet hatte.

Jessi und Festus schauten erschrocken auf. Beide waren nackt. Festus lag auf der Holzpritsche. Jessi hockte auf ihm. Sie hielt mitten in der Aufwärtsbewegung inne. Festus' Glied rutschte aus der Scheide. Ungerührt führte er es wieder ein. Er starrte Pandur an. »Mach die Tür zu, es zieht!« schrie er.

Pandur hatte die Tür ins Schloß geworfen.

»Danke, kein Interesse«, sagte er schroff. »So ka, es gibt also tatsächlich diesen Chip. Es ist mir trotzdem ein Rätsel, wie ihr daran gekommen seid.«

»Nicht ich, sondern Festus. Ich weiß erst seit ein paar Tagen davon, als er mich in den Plan einweihte. Du willst wissen, woher er den Chip hat? Überleg doch mal.«

»Tut mir leid, in meiner Birne sind dafür ein paar Windungen zu wenig. Ich schaffe es mal grade, Taste A auf meinem Cyberdeck zu drücken, sofern mir jemand sagt, daß ich A und nicht B drücken soll. Für einfache Kreuzworträtsel reicht's vielleicht auch noch. Aber mehr ist nicht drin. Das hier ist mir entschieden zu hoch.«

»Mit Dreißig geht's bergab, wie? Na schön, Dummrunner, ich will es dir verraten. Erinnerst du dich an den Golem?«

»So verkalkt bin ich denn doch noch nicht.«

»Gut. Dann wirst du auch wissen, wie sehr wir Festus gelöchert haben, uns zu erzählen, was passiert ist, als er sich im Innern des Golems befand.«

»Er hat immer nur gesagt, er könne sich nicht erinnern.«

»Er wollte sich nicht daran erinnern. Er hat das Geheimnis mit ins Jenseits genommen. Aber eines ist klar: Als er aus dem Golem zurückkehrte, schien er wie unter Trance zu handeln. Das war gespielt. Er war voll dabei. So viel hat er zugegeben. Und er hatte Zeit genug, sich eine kleine Strategie zu überlegen. Weißt du, was ihm eingefallen ist? Er hat sich eine Kopie der Daten gezogen, nur so, für alle Fälle. Vielleicht auch damals schon mit dem Plan, die Daten irgendwann zu verhökern, wenn Gras über die Sache gewachsen war und sich trotzdem noch jemand dafür interessierte. Er hat mir nicht verraten, was er sich dabei gedacht hat. Wir haben in letzter Zeit wenig miteinander geredet.«

»Dafür um so mehr gebumst«, sagte Pandur und gab sich keine Mühe, die Ironie aus seiner Stimme zu verbannen.

Jessi, die auf dem Pilotensitz saß, wandte sich zur Seite und sah Pandur voll ins Gesicht. »Okay, ich weiß, daß du noch immer auf mich sauer bist, und kann das gut verstehen. Es war dir gegenüber nicht fair. Aber es ist vorbei, lange schon. Ich habe seit mindestens einem Jahr nicht mehr mit ihm geschlafen, wenn du es genau wissen willst. Ich weiß, was der Dreckskerl dir auf dem Shadowmarkt erzählt hat. Aber das war nichts als miese Prahlerei, Wunschdenken, von A bis Z erlogen, mehr für meine Ohren als für deine bestimmt. Er wollte sich an mir rächen.«

»Du mußt dich nicht rechtfertigen. Es ist deine Sache, und ich will damit nichts zu tun haben. Wieso weißt du überhaupt...« Pandur brach ab. Natürlich. Festus hatte mit Jessi Funkkontakt gehalten, vielleicht sogar Vidkontakt.

»Seine tollen Augen«, sagte Jessi bitter. »Als er die verseuchte Software los war, hat er die Augen sofort wieder aufgerüstet. Er konnte sie auf Vidfunktion schalten. Ich bekam alles auf den Screen, was er sah.

Du warst auch dabei. Der Ton lief über Audio-Headware. Muß ich dir ja nicht erklären.«

»Hat ihm trotzdem nichts genützt.«

»Es ging ihm weniger um den Nutzen. Er war einfach geil auf das Zeug.«

Gewohnheitsmäßig zappte Jessi während des Gesprächs durch die Kanäle, ohne dem Angebot der Sender mehr als einen Bruchteil ihrer Aufmerksamkeit zu schenken. Zwischendurch schaltete sie auf Bordfunktionen um. Aus reinem Interesse, obwohl es nicht nötig war. Falls etwas nicht dem Programm entsprach, würde sich der Computer von allein melden. Pandur widmete sich dem Screen noch weniger als sie. Eher am Rande nahm er wahr, daß die Bilder und Geräuschhintergründe wechselten. Plötzlich, durch irgendeinen Umstand, war Pandur alarmiert.

Irgend etwas ist falsch!

Im nächsten Moment wußte er, was sein Unterbewußtsein schon die ganze Zeit registriert hatte und beschäftigt hielt.

Alle Funktionen des Kolibri werden durch einen Fuchi Fly-8 gesteuert. Gute Hardware. Schnell. UND DIESES GOTTVERDAMMTE UMSCHALTEN VON STATUS AUF KOM DAUERT EINE EWIGKEIT!

Was Pandur wie eine Ewigkeit vorkam, war real nur eine Zeitspanne von einigen Zehntel Sekunden. Aber als Decker besaß er einen feinen Sinn für die Zeitintervalle und die Abfolge der Interrupts. Es gab nur eine Erklärung dafür, daß der Fuchi so langsam reagierte.

»Ich steige in den Bordcomputer ein«, erklärte er und nahm das Cyberdeck auf den Schoß.

Jessi zog die Augenbrauen hoch. »Was ist los?«

»Der Fuchi wird durch eine massive Fremdfrequenz in seiner Funktion beeinträchtigt.«

»Von außen?«

»Kaum vorstellbar. Intern. Angelagert. Jemand hat daran herumgefummelt.«

»Du glaubst doch nicht etwa, daß jemand eine Bombe ...«

»Doch, das glaube ich.«

Er hatte sein Cyberdeck seit Wochen nicht mehr benutzt. Es war unbeaufsichtigt gewesen, als Pandur bewußtlos in Pedersons Bus lag. Ein Wunder, daß sie es ihm nicht weggenommen hatten. Ein Wunder, daß es die Ereignisse der letzten Stunden überstanden hatte.

Vielleicht hatte Pederson Gründe, es dir zu lassen. Seine Experten könnten eine kleine Überraschung vorbereitet haben.

Pandur kannte Decker, die ihr Deck einschalteten, ein irres Funkeln in den Augen bekamen und niemals mehr aufgehört hatten, verrücktes Zeug zu stammeln.

Mit wieselflinken Fingern startete er ein maßgeschneidertes Selbsttestprogramm, in dem seine Erfahrungen aus all den Jahren in den Schatten steckten.

Keine Fehlermeldungen. Das Deck schien in Ordnung zu sein. Falls Pedersons Lakaien sich nicht etwas total Neues ausgedacht hatten, bestand für Pandur kein Risiko, in den Cyberspace zu gehen. Zumindest kein größeres Risiko als sonst.

Jessi sah ihn nach dem Kabel greifen.

»Pandur, bitte sei vorsichtig!«

»Angst? Irgendwann erwischt es uns sowieso. Warum nicht jetzt? Würde uns vieles ersparen.«

Nur weiter so. Spiel den coolen Helden. Dabei sind deine Sprüche nichts weiter als sarkastische Medizin für deinen Flattermann.

»Sei trotzdem vorsichtig. Und ... ich habe keine Angst davor, daß die Bombe hochgeht. Nicht mehr jedenfalls, als wenn irgendwelche Straßensamurais und Sicherheitsbullen uns als Zielscheiben benutzen. Ich habe Angst, daß es gar keine Bombe ist, sondern eine Teufelei, die man sich für dich ausgedacht hat.«

Sie schafft es wahrhaftig, es echt klingen zu lassen.

»Ach was, Mädchen. Und wenn schon. Kipp ins

Meer, was von mir übrigbleibt, und sprich ein Gebet, wenn du eines kennst. Vielleicht erschrickt Lucifer und läßt mich sausen.«

Er stöpselte sich ein, verband das Cyberdeck mit dem Bordcomputer und sprang. Gleißende, flimmernde Lichter umgaben ihn, hüllten ihn ein, preßten ihn wie durch einen Schlauch, jagten mit ihm durch den I/O-Port des Fuchi Sky-8. Vor ihm lagen die verschiedenen Lichttunnel der Datenströme wie sich windende, regenbogenfarbene Larven. In der Ferne pulste orangerot die CPU des Systems. Rechts und links blinkten verschieden große SPUs. Der Bordcomputer des Helikopters war nicht mit den großen Anlagen vergleichbar, mit denen Pandur auf seinen Runs Bekanntschaft gemacht hatte, und er rechnete allenfalls mit simplem Barrieren-Ice, mit denen Verleihfirmen die CPUs ihrer Maschinen vor Sabotage durch Amateurdecker zu schützen suchten.

Pandur interessierte sich weder für die CPU noch für die Datenspeicher. Er jagte durch die Lichttunnel und prüfte im Dahingleiten die einzelnen Slave Mods auf Abweichungen. Es gab Hunderte davon. Er vermutete, daß sich ein Sprengsatz im Cyberspace ebenfalls als kugelrunder SN darstellen mußte. Er konnte aber auch eine SPU sein, wenn der Sprengsatz einen eigenen kleinen Rechner besaß. Pandur hatte keine Erfahrung mit Bomben, die mit Computersystemen gekoppelt waren.

Drek, ich weiß ja nicht einmal, ob es sich wirklich um eine Bombe handelt.

Er suchte die CPU der Audiokom-Einheit, die aus Sicherheitsgründen mit einem eigenen Computer versehen war. Er konnte nichts Ungewöhnliches entdecken.

Plötzlich entdeckte er eine Anomalie. Im Hintergrund blinkte eine CPU sporadisch auf, um sofort wieder zu erlöschen. Dabei lösten sich abgehackte Datensegmente von dieser CPU wie abgesprengte Eisschollen. Die Datenschollen jagten durch die Datenströme zwischen Audiokom und verschiedenen Slave Nods und störten auch den Hauptstrom zur CPU. Die Datenströme wurden fragmentiert, flossen um die Segmente herum oder verloren Daten an die Schollen. Diese kehrten mit den geraubten Daten in einer weiten Schleife zu ihrer CPU zurück.

Er hatte die Ursache für die Interrupt-Änderungen entdeckt. Die CPU mußte die eingehenden Datenströme neu ordnen und fehlende Daten interpretieren oder nachfragen. Das kostete jene Zehntelsekunden, die ihm beim Umschalten zwischen Vidkom und Statusanzeigen aufgefallen waren.

Pandur schoß auf die Datenschleuder zu. Im ersten Moment hatte er die SPU für den Minicomputer eines defekten Servicegeräts gehalten. Aber das konnte nicht sein. Wenn die SPU regulär mit der blinkenden CPU verbunden war, wäre die Ursache der Störung entdeckt und angezeigt, notfalls die CPU abgeschaltet worden.

Er drang in die SPU-Wabe ein, die kaum sichtbar wie ein fast erloschenes Feuer vor ihm lag. Im gleichen Moment flammte sie auf und spuckte Datenschollen aus. Die Datenschollen kehrten zurück und wurden in eine Datenbank gelenkt. Wenig später glimmte die SPU wieder mit kleinster Erhaltungsenergie. Pandur spürte schwache Fremdenergie. Die SPU war durch einen Unterbrecher mit dem Netz verbunden und wurde in den Ruhephasen durch eigene Batterien gespeist. Pandur entdeckte hinter der Datenbank einen SN, der zu einem nicht aktivierten Schaltkreis führte. Dafür gab es nur eine sinnvolle Erklärung. Ein Zünder.

Er hegte keinen Zweifel mehr, als er sich in der Datenbank befand. Die Datenblöcke gruppierten sich zu Dateien, die zwei voneinander getrennte Gitter bildeten, das eine rot, das andere blau. Die einzige fragile Verbindung zwischen den Gittern bildeten zwei durchscheinende Nulldatenblöcke, die mit einer Reihe von Smart Frames gekoppelt waren. Intuitiv erkannte Pandur die Wirkungsweise der Anordnung, noch bevor er mit seinen Sensorutilities die Dateien und Smart Frames abtastete. Die Störungen der Fremd-SPU waren so dosiert, daß sie die Systemüberwachung des Fuchi Sky-8 unterliefen. Die eingehenden Daten wurden je nach ihrer Herkunft in das rote oder blaue Gitter abgelagert. Er prüfte die Dateien. Rot stand für passive Daten des Vidkoms und anderer Bordgeräte, Blau für Daten aus anderen Infoströmen. Beide Gitter waren etwa zu siebzig Prozent angefüllt. Die durchscheinenden Würfel der Nulldateien waren für Anweisungen der CPU an das Vidkom vorgesehen.

Sobald wir in audiovisuelle Kommunikation mit einem Empfänger außerhalb des Kopters treten, füllen sich die Nulldateien an, die Gitter vereinigen sich, aktivieren die Smart Frames, und diese schließen den inaktiven Schaltkreis. Dann geht die Bombe hoch. Bleibt der Funkkontakt aus, passiert das gleiche, wenn die Gitternetze angefüllt sind und weitere Daten in den Nulldateien angelagert werden. Wir hätten nur eine Chance gehabt, wenn wir ohne Funkkontakt nach wenigen hundert Kilometern wieder gelandet wären. Bis Rügen hätte es nicht gereicht. Bis dahin wären die Datengitternetze voll gewesen.

Pandur verlor keine Zeit. Seine Finger hasteten über die Tastatur. Er lud sein Werkzeugprogramm, zerstörte als erstes die Smart Frames, dann die Gitterstrukturen. Ziellos trieben die Datenwürfel durch den Raum. Neu eintreffende Daten wurden nicht mehr bearbeitet.

Nachdem er sich davon überzeugt hatte, daß die SPU keine anderen Mittel besaß, um den Schaltkreis zu aktivieren, versiegelte er den SN des Schaltkreises und stöpselte sich aus.

Ihm war etwas schwindlig, als er das Kabel verstaute und sich das Deck wieder umhängte. Dann schaute er Jessi in die fragenden Augen. »Es handelt sich mit einiger Sicherheit um einen Sprengsatz. Wahrscheinlich irgendwo an der Außenhaut angebracht. Wir können uns darum nach der Landung kümmern. Das Ding kann jetzt höchstens noch durch mechanische Impulse hochgehen. Den datengesteuerten Zünder habe ich außer Funktion gesetzt.«

Sie trug es mit Fassung. »Wie sollte die Bombe hochgehen?«

»Durch Datenakkumulation. Oder bei unserem ersten Funkspruch.«

»Das wäre spätestens beim Anflug auf Rügen passiert.«

»Hübsch ausgedacht, nicht wahr?«

»Eine Ahnung, wer dahintersteckt? Pedersons Meute?«

»Wann hast du den Kopter gemietet?«

»Unmittelbar bevor Festus zum Shadowmarkt aufbrach.«

»Dann kann es nicht Festus gegolten haben, sondern uns beiden. Mir vor allem. Ich tippe auf Ricul, auf die hinter ihm stehende Graue Eminenz. Pederson will uns lebend, will den Chip, obwohl... Wenn er glaubt, daß wir für ihn nicht mehr greifbar sind, könnte er auch auf solche Ideen kommen. Egal. Unwichtig, wer es war. Immerhin wissen wir jetzt, daß sie uns längst auf der Spur sind. Jemand wußte, daß du diesen Kopter gemietet hast, und er wollte die Sache in der Luft bereinigen, nicht am Boden. Wollte Schweinkram vermeiden, andere Verfolger vielleicht noch ein bißchen an der Nase herumführen. Drek, Jessi! Du solltest mit dem Schwachsinn aufhören, dich wie jemand zu benehmen, der nichts zu verbergen hat. Die kennen dich doch längst. Wenn du einen Wagen oder einen Kopter mit deiner ID-Card mietest, kannst du es auch gleich als Werbespot über Trid ausstrahlen lassen. Hast du gedacht, Interessierte wüßten über dich und Festus nicht längst Bescheid?«

Jessi steckte die Vorwürfe kommentarlos weg und zappte wieder durch die Programme.

Was für ein Glück, daß sie Jessis Gewohnheiten nicht kennen. Hätten sie die Bombe mit dem TV-Chip gekoppelt, wären wir längst über die Klinge gehüpft.

»So ka«, sagte Pandur und lehnte sich zurück. »Wie war das nun mit Festus und dem kopierten Chip?«

Rasches Umschalten war Jessi gewohnt. Mühelos nahm sie den Faden wieder auf. »Festus hat die Daten entweder im Golem kopiert oder später. Er hatte Zeit genug dafür, als die Killer hereinplatzten und Vladek mit ihnen beschäftigt war.«

Stimmt, dachte Pandur. Die Prager Szene tauchte in seinem Kopf auf. Er konnte sich nicht erinnern, was Festus gemacht hatte, als Ricul und seine Kumpane eintrafen. Der Rigger hatte sich die ganze Zeit hinter Vladek aufgehalten, das Cyberdeck direkt vor ihm auf dem Marmorschreibtisch. Er schien unter Schock zu stehen. Niemand hatte auf ihn geachtet.

Es war möglich. Außerdem ist es ziemlich egal, wie du es geschafft hast, Rigger. Aber es hat dir kein Glück gebracht. Du hättest es besser nicht tun sollen.

»Und er gab dir den Chip, obwohl ihr nichts mehr miteinander hattet?«

»Wir waren noch Partner, gezwungenermaßen. Wir hatten uns darauf verständigt, daß ich ihm dieses eine Mal noch aus der Scheiße helfe. Auf das Versprechen hin, daß er sich mit dem Ebbie nach Pomorya abseilt und mich in Ruhe läßt. Es war alles vorbereitet. Ich hätte ihn auf Rügen runtergebracht, wäre zurückgekehrt und hätte endlich wieder mein eigenes Leben geführt.«

Pandur schwieg. Er war sich nicht sicher, ob Jessi die Wahrheit sagte oder ihn anlog.

Der einzige, der etwas dazu sagen könnte, ist über den Jordan gegangen. Verdammt, was geht es dich an, ob Jessi und Festus am Ende noch ein Herz und eine Seele waren!

Merkwürdige Geräusche drangen aus dem Audiokom. Der Vidscreen zeigte eine bayrische Volkstanzgruppe, die zu deftiger Blasmusik und orgiastischem Jodeln einen Schuhplattler hinlegte.

»Solche strammen Waden können Sie auch haben. Kunstmuskeln von Künstlerhand. Natürlich von Hubert & Lebert. Fragen Sie Ihren Doc oder einen Biotechniker Ihres Vertrauens.«

Jessi schaute auf den Vidscreen und zappte zum nächsten Sender.

Ein leicht angegrauter Nachrichtensprecher mit unbewegtem Gesicht las mit leiernden Stimme seinen Text ab.

»... bezeichnete Berichte über einen Zusammenhang zwischen der Radioaktivität in der Sperrzone Gorleben und den im Wendland gesichteten Wolfsratten sowie bislang unbekannten Crittern als unwissenschaftliche Panikmache. Wörtlich sagte der Professor: ›Es hat auch in früheren Zeiten durch Launen der Natur immer mal wieder ein paar Ratten gegeben, die größer als andere waren. Und daß es Critter gibt, dürfte allgemein bekannt sein. Mit Radioaktivität hat das absolut nichts zu tun.‹ Prof. Heise setzte sich im Gegenteil dafür ein, das nach der Katastrophe im Endlager Gorleben gesperrte Gebiet wieder zur industriellen und landwirtschaftlichen Nutzung freizugeben. Eine Gefahr für Menschen sei völlig auszuschließen und der Verzehr von Früchten aus der Region für Mensch und Tier unbedenklich. Prof. Heise nannte anderslautende Untersuchungen unseriös und ...«

»Geschmierter Lakaie«, sagte Jessi verächtlich und zappte weiter.

Ein junger Bursche mit Bürstenhaarschnitt, einer klodeckelgroßen Sonnenbrille und einem Rüschenhemd hatte sich auf ein Sofa gelümmelt und plapperte munter drauflos.

»... weisen wir aus rechtlichen Gründen darauf hin, daß die Typen Computersimulationen sind, die aus historischem Vid-Material generiert wurden. Unsere Producers sind dabei äußerst sorgfältig zu Werke gegangen, das könnt ihr uns glauben. Wenn es zum Beispiel keine Nacktszenen mit unseren männlichen Akteuren gab, hat man eben anders ermittelt, was ihnen zwischen den Beinen herumhing. Man macht das, indem man mit einem speziellen Programm die sich unter der Kleidung abzeichnenden Konturen analysiert, den Penistyp ermittelt und dann die Erektion typenspezifisch simuliert. Ist euch zu wissenschaftlich? Egal, dafür wird's gleich schweinisch, Leute. Aber nicht vergessen, alles Fiction, gelle? In ihrem Real Life haben diese Typen natürlich auch ihre Schweinereien getrieben, aber eben andere. Also Freunde, jetzt wieder ein paar spitzenmäßige Virtuals mit Promies aus dem vorigen Jahrhundert. Erst seht ihr, wie Arnold Schwarzenegger es in einer Triole Elvis Presley und Marilyn Monroe besorgt, dann läßt sich Richard Nixon von Madonna einen blasen, und schließlich erlebt ihr noch, wie Papst ...«

Jessi wechselte erneut den Kanal.

Ein mausgesichtiger Moderator: »... selbst Finanzmogule wie der Drache Nachtmeister äußern ja inzwischen Besorgnis über die Turbulenzen auf dem Aktienmarkt.«

Eine behäbig wirkende Matrone mit hochgestecktem grauen Haar und einem brillantenbesetzten Nasenring: »An denen Nachtmeister und andere Finanzdrachen in der Vergangenheit nicht ganz unschuldig waren.«

Moderator: »Was wohl auch für einige große Banken gilt. Auch für das Bankenkonsortium, deren Vorstandssprecherin Sie sind, Frau Stüeler-Waffenschmidt?«

Bankerin: »Lassen Sie den Frankfurter Bankenverein mal aus dem Spiel, mein Bester. Wir sind ein seriöses Konsortium. Wenn Sie aber andeuten wollen, daß die Spekulation nicht von Drachen erfunden wurde, haben Sie natürlich recht. Tatsache ist aber, daß einige Drachen, wie natürlich auch einige andere einflußreiche Privatpersonen, gewaltige Kapitalströme kontrollieren, ohne den vom Kooperationsrat der Megakonzerne beschlossenen Börsenkontrollmechanismen zu unterliegen. Das unterscheidet sie von uns Banken.«

Moderator: »Glauben Sie, daß die derzeitige Situation mit der vor zwei Jahren zu vergleichen ist, als die Aktien einiger großer europäischer Konzerne massiv unter Druck gerieten und die Kurse in den Keller sackten?«

Bankerin: »Damals ging es um eine Kampagne gegen europäische Konzerne, speziell die AG Chemie, und die Kurse erholten sich schnell wieder, als die Vorwürfe, die AG Chemie sei an illegalen Experimenten beteiligt, nicht belegt werden konnten und ...«

»Hältst du Pomorya wirklich ...«, begann Pandur, aber Jessi unterbrach ihn.

»Moment, das ist interessant.« Sie stellte den Ton lauter.

Moderator: »GreenWar blieb die angeschuldigten Beweise damals schuldig. Aber es gab Gerüchte über Dokumente, die sich in anderen Händen befanden und letztlich nicht ausgespielt wurden, weil es zu einem Agreement mit der AG Chemie kam.«

Bankerin: »Ach wissen Sie, GreenWar und dieses Gewäsch über illegale Absprachen ... Ich halte nichts von solchen Räuberpistolen. Tatsache ist, daß damals riesige Aktienpakete europäischer Konzerne zu einem unrealistischen Tiefstkurs den Besitzer gewechselt haben. Für mich war dies eine gezielte Kampagne.«

Moderator: »Dann sollten Sie uns Roß und Reiter nennen.«

Bankerin: »Ich habe keine PSI-Talente. Die Aktien wurden in atemberaubendem Tempo hin und her geschoben, und es waren zu viele Käufer und Verkäufer involviert. Es ist undurchschaubar und nicht mehr nachvollziehbar, wer davon im einzelnen zu welchem Zeitpunkt profitiert hat. Aber ich bleibe dabei, daß bestimmte Kreise damit bestimmte Absichten verfolgten.«

Moderator: »Sie wollen uns doch nicht weismachen, daß Ihnen die Besitzverhältnisse der AG Chemie nicht bekannt sind.«

Bankerin: »Werden Sie mal nicht unverschämt! Tatsache ist, daß sich ein erheblicher Anteil der Aktien im Besitz von Einzelpersonen, kleineren Banken und undurchsichtigen Gruppen befindet, die allesamt keiner der großen Finanzgruppen angehören. Im übrigen geht es nicht um den Besitz der AG Chemie, sondern um das Geld, das mit den Kurssprüngen gemacht wurde.«

Moderator: »Vielleicht sollten wir uns wirklich wieder der Gegenwart zuwenden. Sie halten also Manipulationen wie vor zwei Jahren für ausgeschlossen?«

Bankerin: »Ganz und gar ausschließen läßt sich so etwas natürlich nicht. Aber zumindest schadet der Kursverfall diesmal nicht bestimmten, sondern allen Werten, und zwar weltweit. Wenn wirklich die Hintermänner von damals wieder am Werke sind, dann müßten sie ihr verfügbares Kapital inzwischen gigantisch vermehrt haben und den großen Coup planen. Ich glaube nicht daran. Es deutet vielmehr einiges darauf hin, daß es zu der üblichen nervösen Kettenreaktion …«

Jessi zappte weiter, bis sie einen Sportsender auf dem Screen hatte, der Zwergencatchen in einem Schlammbecken zeigte. Sie fuhr die Lautstärke nach unten und wandte sich Pandur zu.

»Was hältst du davon?«

»Vom Kurzen Goliath? Oder ist das der Kleine Würger?«

»Von dem Interview mit der Stüeler-Waffenschmidt.«

»Ich habe weder satte Ebbies noch das nötige Wissen, um an der Börse zu spekulieren.«

»Stell dich bitte nicht blöd, Pandur. Du weißt, was ich meine.«

»Dieses Arschgesicht von einem TV-Quatscher hat keine Ahnung. Stochert wild herum. Agreement! Meint der uns?«

»Kaum. Vielleicht ist damals mehr gelaufen, als wir ahnten. Womöglich hat die Graue Eminenz die Daten angeboten oder mit ihnen gedroht.«

»Und wenn schon. Das ist Schnee von gestern.«

»Sollte es aber nicht sein, Pandur. Oder ist dir außer deiner verdammten Rache alles gleichgültig geworden? Sie haben Tausende von Menschen für genetische Experimente geopfert. Sie machen es wieder, wenn man sie nicht daran hindert.«

Pandur ging auf den Vorwurf nicht ein. »Was willst du hören? Wir sind nun mal mit unserem Versuch gescheitert, die Medien zu informieren. Drek, wir haben wirklich alles probiert. GreenWar hat es versucht, ohne Beweise zu haben. So ka. Und dem Klabauterbund war die Kiste zu heiß. So ka. Die Medien haben ein bißchen gebohrt und das Thema dann sofort wieder fallenlassen, als Druck kam. Kann man ihnen nicht mal verdenken, wenn die Informanten anonym bleiben und keine Fakten vorlegen. Das haben wir doch vor zwei Jahren schon tausendmal durchgekaut. Verdammt noch mal, wir haben es nicht einmal geschafft, daß sich irgend jemand ernsthaft mit dem Kern der Sauereien beschäftigt hat.«

»Was Wunder, wenn die in Kenia vermutete Anlage von Bombern unbekannter Herkunft dem Erdboden gleichgemacht und damit alle Beweise vernichtet werden.«

»Wenn ich daran denke, daß Festus die ganze Zeit eine Kopie der Daten hatte und uns nichts davon gesagt hat, wird mir kotzübel. Dieser verdammte Drekhead! Läßt uns im Regen stehen und hat dann noch die Chuzpe, die Daten später dem Feind anzubieten, um sich eine goldene Nase zu verdienen! Dein Lover ist schuld, wenn noch mehr Menschen krepieren. Also mach mich nicht dafür verantwortlich.«

Jessi sah ihn mit verzerrtem Gesicht an. »Schrei mich nicht an, du blöder Runner! Ich weiß, daß Festus Scheiße gebaut hat. Aber er ist tot, verstehst du?! Mausetot.« Sie beruhigte sich wieder etwas. »Er war am Ende ziemlich fertig. Persönlichkeitszerfall, vielleicht Schizophrenie. Steckte wohl schon immer in ihm, und die Cyberheadware hat das ihrige dazu beigetragen. Vielleicht hat der Golem ihn doch nicht völlig heilen können, und die Gehirnmaden kehrten zurück. Auf jeden Fall spielte er oft verrückt, tobte herum, fiel unmotiviert von einer seiner vielen Rollen in die nächste. Oder er saß einfach nur da, starrte in die Luft, hing durch. Außer seinem Cyberspielzeug lief nichts mehr so, wie er es sich dachte. Zwischen uns war es aus. Keine Freunde, keine Moneten, keine Ziele mehr, nichts machte ihm mehr Spaß. Er wollte sich nur noch abseilen, egal wohin. Unbewußt vielleicht dorthin, wo er jetzt gelandet ist.«

»Hast du ihm den Floh mit Pomorya in den Kopf gesetzt?« fragte Pandur. »Ausgerechnet Pomorya! Ein Rigger in Pomorya ist so absurd wie eine Kuh auf einem Baum.«

»Es war seine Idee, und das Absurde daran wird ihn in seinem kranken Kopf gereizt haben.«

Der Bordcomputer fiepte kurz und wischte die Zwergencatcher vom Vidscreen. Das Johlen der Zuschauer riß ab. Im nächsten Moment erschien das Gesicht einer jungen, blassen Elfin auf dem Screen.

»Registriertes Flugobjekt 005734-789-127, Sie nähern sich dem Herzogtum Pomorya«, sagte sie unfreundlich. »Ihr Flug wurde nicht angemeldet. Gemäß Artikel 27 des Assoziationsvertrags von 2045 machen wir Sie darauf aufmerksam, daß ein Eindringen in unser Hoheitsgebiet nur mit der Genehmigung von Herzog Jaromar erfolgen darf. Drehen Sie sofort bei, wenn Sie nicht den Einsatz von Magie gegen Ihr Flugobjekt provozieren wollen.«

Jessi beugte sich nach vorn und aktivierte den Sprechmodus. »Sondergenehmigung Code DF-795-11«, sagte sie ungerührt, nahm eine Chipkarte aus der Brusttasche ihres Overalls und schob ihn in das Funkmodul. »Vergleichen Sie die Daten. Wenn Sie sich von der Rechtmäßigkeit unseres Flugs überzeugt haben, verbinden Sie mich bitte mit Herzog Jaromar Greif.«

»Setzen Sie Ihren Autopiloten auf STAY und erwarten Sie weitere Anweisungen.« Das Bild der Elfin erlosch.

Während Jessi der Aufforderung nachkam, pfiff Pandur leise durch die Zähne. »Herzog Jaromar? Bißchen hochgegriffen, wie?«

»Vielleicht. Aber wir haben genug für die Erlaubnis abgedrückt. Außerdem wurde mir gesagt, daß sich der Herzog persönlich für Festus interessiert – warum auch immer.«

»Das ist wirklich merkwürdig. Was reizt einen Elf, der sich der Mystik und der Magie verschrieben hat, an einem Rigger? Ich kann nur hoffen, daß er nicht zu den Spielern gehört.«

»Jaromar ist in der Tat ein leidenschaftlicher Spieler«, erwiderte Jessi.

»Mit ›Spieler‹ meinte ich die Leute, die uns als Schachfiguren benutzen«, sagte Pandur.

»Pomorya hält sich aus den Auseinandersetzungen der Megakons heraus. Das ist die Basis für den exterritorialen Status. Alles andere würde das Gleichgewicht verschieben und auf Selbstmord hinauslaufen.«

»Was einschließt, daß man normalerweise keine Flüchtlinge aufnimmt, die von Konzernen gejagt werden.«

»Richtig. Deshalb ist es möglich, daß Jaromar kneift und seine Erlaubnis zurückzieht. Aber bei allem, was wir an Konzernpower erlebt haben, solltest du nicht vergessen, daß unsere Feinde zwar einflußreich sind, aber gern anonym bleiben. Wenn Pederson ein offizielles Auslieferungsersuchen stellt, riskiert er, daß andere Konzerne davon erfahren und hellhörig werden. Vor allem riskiert er, daß die Graue Eminenz eingreift.«

»Es gibt andere Wege. Er kann den Herzog inoffiziell unter Druck setzen.«

»Warten wir's ab.«

»So ka, was anderes bleibt uns sowieso nicht übrig.« Pandur fiel wieder ein, was er vorhin schon hatte fragen wollen. »Hältst du Pomorya wirklich für eine gute Wahl? Es ist besser geschützt als das Trollkönigreich oder das Konzil von Marienbad, aber vor Assassinen sind wir dort keineswegs sicher. Und du weißt, daß die Elfen uns allenfalls dulden, aber nicht wirklich bei sich aufnehmen würden.«

»Es hat sich einiges geändert. Man hat Teile von Rügen wieder für den Tourismus geöffnet.«

»Wir wollen aber nicht in einer Urlauberenklave festhängen, oder?«

Jessi seufzte. »Ach weißt du, Pandur, warte doch einfach ab und zerrede es nicht. Ich muß mich selbst erst an den Gedanken gewöhnen, daß es nicht Festus ist, der nach Kap Arkona geht, sondern daß wir seinen Part übernehmen.«

»Kap Arkona also, hmm.«

»Festus war fasziniert von dem Gedanken, den Tempel des Santevit zu besuchen – na ja, ein Teil von ihm war es, eine seiner Personae.«

Was war los mit dir, Rigger? Wie wird ein Zyniker zum Mystiker?

Pandur schüttelte den Kopf. Aus Festus war er nie schlau geworden. Er dachte statt dessen über Herzog Jaromar Greif nach. Auch kein leichter Brocken auf der Couch eines Psychiaters.

Als hätte Jessi seine Gedanken erraten, fragte sie: »Was weißt du über den Herzog?«

»Eigentlich eine ganze Menge. Ich habe mir vor langer Zeit einen Bio-VidChip über ihn reingezogen und ansonsten zugehört, wenn über ihn geredet oder im Vid berichtet wurde. In seiner Art ein interessanter und schwer durchschaubarer Mann. Ein Öko-Romantiker. Ein Fundmentalist, der das Rad der Geschichte zurückdrehen möchte. Hochintelligent, aber auch irrational. Ein beachtlicher Magier und Mystiker. Er hat an seinem Hof eine eigene Magierschule begründet, die eine elfentypische Spielart der Magie erforscht. Sie arbeiten mit Tarotsymbolen als Fokus.«

»Vor allem jedoch ist er, wie gesagt, ein Spieler«, ergänzte Jessi. »Im klassischen Sinne. Unberechenbar, gewiß, aber offen für neue Ideen. Ein *wirklicher* Spieler.«

Der Bordcomputer meldete sich. Der Screen hellte sich auf und zeigte das Gesicht eines Mannes. Dieses Gesicht, schmal und harmonisch, von beinahe klassischer Schönheit und Strenge, mit der nötigen Spur Arroganz durch und durch aristokratisch, gehörte einem Mittfünfziger und war von braunen, sorgsam ondulierten Locken eingerahmt. Wahrscheinlich trug der Mann ein Langhaarimplantat, vielleicht auch nur eine altmodische Perücke. Ihm schien auch in der Wahl der Kleidung daran gelegen, den Glanz des Adels vergangener Jahrhunderte für sich zu reklamieren. Er war mit einem rüschenverzierten Hemd bekleidet, das am Hals mit einer kostbaren Rubinbrosche zusammengehalten wurde, und über dem Hemd trug er eine Brokatweste. Die spitzen Ohren wurden von den Locken verdeckt, aber es blieben genug andere Merkmale, die den Elf verrieten.

Er mußte sich nicht vorstellen. Sowohl Pandur als auch Jessi erkannten ihn sofort. Herzog Jaromar Greif.

»Der Mann, der mir angekündigt wurde, befindet sich nicht an Bord«, stellte er fest.

Er ist verdammt gut informiert. Magie? Oder hat Pederson schon Kontakt mit ihm aufgenommen?

»Der Mann, der an Bord sein sollte, ist tot«, erklärte Jessi.

»Schade«, meinte Jaromar mit flüchtigen Bedauern. »Ich hatte mir von der Begegnung mit ihm interessante Anregungen versprochen.«

»Wir bitten um das, was Sie diesem Mann gewähren wollten«, sagte Jessi. »Wir bitten um Asyl.«

Der Herzog sah sie eine Weile schweigend an, als wollte er sich ihr Gesicht genau einprägen. »Sie und Ihr Begleiter möchten also Asyl im Herzogtum Pomorya beantragen«, sagte er gedehnt. »Hmm, hmm… Man nennt Sie Jessi, nicht wahr? Und Ihr Begleiter… Ich nehme an, Sie möchten Pandur genannt werden, nicht wahr?« Er sah den Runner an.

»Exakt«, antwortete Pandur. »Herzlichen Glückwunsch zu ihren kurzen Informationswegen.«

»Aber ich bitte Sie…«, meinte der Herzog. »Wir leben hier nicht auf dem Mond, wissen Sie.«

»Manche Leute sagen, Rügen sei für Fremde unzugänglicher als der Mond«, sagte Pandur.

»Was die Leute so reden…« Jaromar machte eine blasiert wirkende Handbewegung.

»Sie könnten uns das Gegenteil beweisen, indem sie uns das erbetene Asyl gewähren«, warf Jessi ein.

Der Herzog wandte ihr wieder seine Aufmerksamkeit zu. »Sie werden gesucht, Jessi«, sagte er mit leisem Vorwurf. »Und Sie auch, Pandur.«

»Genau deshalb bitten wir um Asyl«, sagte Pandur.

»Gewiß, gewiß«, meinte der Herzog. Er schien zu überlegen, aber Pandur war überzeugt, daß die Entscheidung längst gefallen war, bevor Jaromar auf dem Screen erschienen war. »Nun, wir haben einen Handel getroffen, und es wurde Asyl gewährt. Ich könnte mich auf die Position zurückziehen, daß die Erlaubnis für einen galt und nicht für zwei und zudem auf die Person dieses einen bezogen war. Aber ich will nicht kleinlich sein. Ich gewähre Ihnen Asyl unter der Bedingung, daß Sie selbst dieses Asyl wollen.«

»Das ist ja wohl keine Frage!« rief Jessi aus.

»Was zu beweisen ist«, erwiderte der Herzog. »Wir werden ein Spiel spielen. Gewinnen Sie das Spiel, dürfen Sie auf Rügen bleiben, und ich werde Sie beide meinem persönlichen Schutz unterstellen. Verlieren Sie, müssen Sie das Herzogtum auf der Stelle verlassen.«

»Welche Chance haben wir, das Spiel zu gewinnen?« fragte Jessi.

»Jeder, der das Spiel spielt, hat seine ihm eigene Chance.«

»Was ist das für ein Spiel?« wollte Pandur wissen.

»Ein magisches Spiel.«

»Dann haben wir keine Chance«, gab Pandur zurück. »Ich selbst beherrsche keine Magie, und Jessi ist nur Adeptin.«

»Die Strukturen des Spiels sind magisch. Es bedarf jedoch keiner Magie, es zu spielen. Es bedeutet weder einen Vorteil noch einen Nachteil, wenn die Spieler über magische Kräfte verfügen.«

Jessi blickte Pandur an. Pandur blickte zurück. Sie hatten ohnehin keine Wahl. Beide sahen die Bestätigung in den Augen des anderen.

»So ka«, sagte Jessi. »Was müssen wir tun?«

Herzog Jaromar lächelte, wie nur ein Spieler lächeln kann, der durch die Tür seines Spielsalons tritt und auf den Roulettetisch zugeht.

»Es sei«, sagte er. »Geben Sie Ihren Autopiloten für Leitsteuerung aus unserer Station Saßnitz frei. Wir werden den Kopter landen. Und keine Nervosität, bitte. Sie haben viel Zeit. Das Spiel hat noch nicht begonnen, und der Beginn wird Ihnen rechtzeitig mitgeteilt. Auch dann müssen Sie nicht nervös sein. Lassen Sie sich Zeit, wenn man Ihnen Zeit läßt. Handeln sie so, wie Sie handeln müssen.«

»Was ist mit den Regeln?« fragte Pandur.

»Die Regeln bestimme ich. Es ist für Sie nicht nötig, sie vorher zu kennen. Seien Sie unbesorgt, ich ziehe daraus keinen Profit und schade Ihnen damit nicht. Und Sie schaden sich nicht, wenn Sie spielen. Sie können nichts verkehrt machen, sondern sich nur offenbaren. Das Spiel wird durch das entschieden, was sie offenbaren.«

Pandur hatte das Gefühl, dieses Spiel bereits zu kennen. Die Regeln wurden wieder einmal von anderen festgelegt.

Jessi wies den Bordcomputer an, den Anweisungen der Bodenstation zu folgen. Gleichzeitig aktivierte sie die Sicherheitsüberwachung. Der Rechner würde den Kopter aus der Leitsteuerung nehmen, falls er Crash-Befehle erhielt.

Der Kolibri schwankte leicht, als er sich dem von der Station Saßnitz vorgegebenen Kurs fügte und in einer harten Schleife nach Norden abschwirrte. Unter ihnen kam die Insel Rügen in Sicht, aber der Kopter flog zu hoch, um mehr als grünbraune Flächen, ein paar schmutziggraue, verödete Strände und vereinzelte Gruppierungen von roten Dächern auszumachen. Der Kurs führte an der Westküste entlang und sparte den Kern der Insel aus. Es ging über Schären, Haffs, Nehrungen und Halbinseln hinweg.

Zehn Minuten später war der Norden erreicht. Dahinter gab es nur noch die dunkelgrüngraue Brühe der Ostsee. Die dänischen und schwedischen Küstenlinien konnte man hinter den giftigen Dämpfen und Dünsten, die aus dem Meer aufstiegen, nur ahnen. Computergesteuerte U-Tanker, haushoch beladene Containerschiffe und schwerfällige Erzfrachter pflügten durch das Wasser. Der Kopter blieb auf Küstenlinie und folgte einem nordöstlichen Kurs. Zwei Fähren mit Skandinavienkurs kamen in Sicht. Weiße Klippen tauchten auf.

»Kap Arkona«, sagte Jessi.

Sie hatten den äußersten Nordzipfel Rügens erreicht.

Der Kopter legte sich in eine Rechtskurve und schraubte sich nach unten, einem sandgelb und mattgrün schimmernden Areal entgegen, das sich unweit des Kaps befand.

»Wenn wir dort landen, ist der Haupttempel des Svantevit nicht weit«, meinte Jessi. »Herzog Jaromar hält sich an die Abmachungen. Der Tempel war Festus' Ziel.«

»Ist Svantevit ein Gott? Ich kenne nur einen legendären Drachentöter des Ostens, der diesen Namen trug.«

»Genau der ist gemeint. Ein slawischer Gott, der mit der Christianisierung des Ostens verfemt wurde und nach dem Erwachen der Sechsten Welt wieder zu Ehren kam. Es gab in grauer Vorzeit einen Svantevittempel an den Kreidefelsen des Kaps. Jaromar hat einen neuen Tempel aus lebendem Holz bauen lassen – Jaromarsburg. Svantevit wird heute als Feind der Giftgeister in der Ostsee verehrt. An einem See in der Nähe liegt außerdem ein Heiligtum der Großen Mutter, in dem allmonatlich Rituale der Schamanen und Naturmagier stattfinden. Herzog Jaromar leitet sie. Vermutlich ist er auch jetzt irgendwo dort unten.«

»Was du alles weißt«, meinte Pandur mit gutmütigem Spott. »Schlaues Mädchen, wie?«

»Auszüge aus den Predigten, die Festus mir gehalten hat«, gab Jessi zurück.

»Festus und Magie! Ich kann es immer noch nicht fassen. Vor zwei Jahren hat er keine Gelegenheit ausgelassen, abfällig über Magie und Magier zu quatschen.«

»Ich sagte ja, er hatte sich verändert. Ein verdrängter Teil seines zerrissenen Ichs hatte begonnen, die anderen Teile zu dominieren. Oder sagen wir mal, alles andere war so ausgebrannt, daß die letzten Reste seiner Persönlichkeit eine Chance bekamen.«

»Sachen gibt's …«

Der Sicherheitsschaltung des Bordcomputers wurde kein Grund geliefert einzugreifen. Der Kopter landete sanft in der Mitte einer betonierten, kreisrunden Fläche, die einen Durchmesser von etwa hundert Metern besaß. Sie wirkte wie ein Anachronismus. Kein anderer Kopter. Kein Tower, keine Abfertigungsgebäude, keine Wartungsschuppen. Einfach nur eine Betonpiste inmitten einer Wildnis aus karger Grassteppe, verkrüppelten Büschen und Dornensträuchern, die sich außerhalb des Betonrings in den sandigen Boden krallten. Wenn man genauer hinsah, entdeckte man einzelne Grasbüschel als Inseln im rissigen Beton. Es sah nicht danach aus, als würden hier tagtäglich Helikopter starten und landen. Noch weniger sah der Betonring aus, als würde er regelmäßig gewartet.

Jessi und Pandur befanden sich höchstens drei oder vier Kilometer vom Kap entfernt. Während der Landung war ihnen in der Nähe der Klippen ein dunkles, festungsähnliches Objekt aufgefallen, bei dem es sich entweder um den Tempel des Svantevit oder den Komplex handelte, in dem der Großen Mutter gehuldigt wurde. Während der Landung hatten Jessi und Pandur in der Ferne Häusergruppen entdeckt. Eine Siedlung, vielleicht eine Wohnburg für Schüler und Besucher von Jaromarsburg, vielleicht auch eine kleine Stadt der pomoryanischen Elfen. Die Siedlung lag weiter südlich im Innern der Insel, mindestens doppelt so weit entfernt wie der Komplex an den Klippen.

»Seltsam«, meinte Jessi. »Nicht eine einzige Straße führt an den Landeplatz heran.«

»Wundern bringt nichts«, sagte Pandur. »Vergiß nicht, Jaromar spielt mit uns.«

Der Rotor stockte und stand schließlich still. Da andere Steuerimpulse ausblieben, schaltete der Bordcomputer nach einem Verzögerungsintervall den Antrieb aus. Gespenstische Ruhe breitete sich aus. Ein vom Wind verursachtes leises Scheppern der Verkleidung war das einzige Geräusch weit und breit, da Jessi aus nur ihr bekannten Gründen die TV-Programme vom Bordscreen verbannt hatte. Die Sonne brannte durch die Plexglasscheiben der Pilotenkanzel.

Pandur schnallte sich los. »Ich glaube nicht an ein Empfangskomitee. Außerdem möchte ich den Sprengsatz loswerden.«

Jessi nickte und ließ die Türen des Kopters aufgleiten. Die beiden kletterten heraus und begannen den Rumpf der Maschine abzusuchen.

Pandur rutschte unter das Heck und wurde rasch fündig.

»Nett«, sagte er und winkte Jessi herbei. Er deutete auf eine winzige Ausbuchtung des Bodenblechs. Ein Kontaktzünder war nicht zu entdecken. Man schien ganz und gar auf den aufwendigen Datenzünder gesetzt zu haben. Er ließ sich von Jessi ein Messer geben und löste den aufgeklebten Sprengstoffsatz vorsichtig vom Rumpf. Er kappte zwei Drähte.

»Zweihundert Gramm Plastiksprengstoff, schätze ich. Brisant-FX oder ein ähnliches Powerzeug. Hundert Gramm würden genügen, um den Kopter als Pulver vom Himmel rieseln zu lassen.«

»Bißchen übertrieben, oder?«

»Aber irgendwie aufmerksam. Sprengung mit integriertem Bestattungsritual, bei dem die Asche über der See ausgestreut wird.«

»Man kommt sich direkt betrogen vor, daß es nicht geklappt hat. Wer bietet einem schon sonst so etwas?«

Die Masse war mit einem kleinen Rechner und einer Batterie verschmolzen. Zwei vernickelte Kontaktfräser, Mikromechanik vom Feinsten, hatten sich programmgesteuert ihren Weg zu einem Stromkabel sowie zu einer Datenleitung gebahnt und den Kontakt hergestellt.

»Saubere Arbeit, aber zu kompliziert gedacht. Einen blöden Primitivzünder, mit dem Saftkabel verschaltet, hätten wir nicht bemerkt. Die überschätzen uns.«

»Oder die Graue Eminenz wollte dich testen. Sie scheint Spiele zu mögen, bei denen dir eine kleine Chance bleibt.«

»Irgendwie ziehe ich Typen an, die Lust haben, ihre Spielchen mit mir zu treiben.«

Er löste erst die Batterie, dann den Rechner aus dem Sprengstoff und warf die beiden Teile auf den hinteren Sitz. Den Sprengstoff behandelte er etwas vorsichtiger, obwohl er ohne Zünder harmlos war. Er legte ihn ebenfalls auf den Sitz. »Kann man vielleicht noch mal gebrauchen.«

Pandur sah sich um. Nichts bewegte sich. Er begann unruhig zu werden. Sie standen mit dem Kolibri wie auf einem Präsentierteller. Er vertraute weder Herzog Jaromar noch sonst jemandem, der den Himmel von Rügen für sich beanspruchen mochte.

»Ich bezweifle, daß man uns erlauben wird, mit dem Kopter zu starten«, sagte Pandur. »Sonst hätte man uns nicht hier niedergehen lassen. Also machen wir uns zu Fuß auf den Weg zum Tempel oder was immer sich in der Festung an den Klippen verbergen mag.«

»Sprichst du immer für andere mit?« fragte Jessi.

Aber dann nickte sie. Sinnvolle Alternativen schienen sich nicht anzubieten.

Als sie ein paar Schritte Richtung Norden getan hatten, gab es jenseits des Betonkreises eine Bewegung. Im ersten Moment dachte Pandur, ein Fahrzeug würde sich nähern und schickte eine vom trockenen Boden aufgewirbelte Staubwolke voraus. Aber die am Boden entstehende Wolke wuchs an, ohne daß ein Fahrzeug zu hören oder zu sehen war. Die Wolke war zu groß für jede Art von aufgewirbeltem Staub und verhielt sich eher wie weißer Rauch oder Nebel. Sie waberte und wogte, quoll über das Land und dehnte sich mit atemberaubender Geschwindigkeit aus. Bald füllte sie den nördlichen Horizont aus. Sie wuchs immer noch. Dann jagte sie heran und hüllte Jessi und Pandur, den Kopter, die Betonpiste und alles, was sie umgab, in einen schier undurchdringlichen Nebel ein.

»Magie«, sagte Jessi. »Ich spüre es deutlich.« Sie hatte instinktiv nach Pandurs Hand gegriffen und hielt sie fest umklammert, um ihn nicht zu verlieren.

Der Nebel war so dicht, daß Pandur Jessis Gesicht, das sich dreißig Zentimeter von seinem entfernt befand, nur noch schemenhaft erkennen konnte.

»Das Spiel beginnt«, sagte er.

Als habe er damit ein Zauberwort gesprochen, sackte der Nebel in den Boden und war im nächsten Moment verschwunden. Sie befanden sich auf einer nackten Felsebene ohne jeden Bewuchs. Der Himmel leuchtete lindgrün, ohne daß irgendwo eine Lichtquelle zu entdecken war. Die Betonpiste war fort. Den Helikopter schien es nie gegeben zu haben. Es war weder warm noch kalt. Es gab nicht den leisesten Hauch einer Luftbewegung. Die Szenerie hatte etwas Unwirkliches an sich, als würden sie auf dem Felsplateau eines kargen, fremden Planeten stehen, der seinen eigenen, fremdartigen Gesetzen gehorchte.

Pandur fühlte sich unwohl. Er griff nach seinem Colt

Manhunter, obwohl er wußte, daß dieser ihm nicht helfen konnte, das Problem zu lösen. Lieber im unbarmherzigen Dschungel der Megaplexe, die Gefahren der Schatten vor Augen, als diese nackte Ebene. Selbst die härtesten Schatten boten Nischen und Höhlen für den, der sich in ihnen auskannte.

Die Szene kippte. Aus dem leuchtenden Grün formte sich das Gesicht einer Frau. Sie kam Pandur fremd und zugleich vertraut vor. Das den Himmel ausfüllende Gesicht veränderte sich unablässig. Kurze schwarze Haare wechselten mit honigblonden langen Haaren ab. Ausgeprägte Wangenknochen, dann wieder sanft gerundete Wangen, schmale Lippen, volle Lippen. Tätowierungen auf den Wangen leuchteten auf und verblaßten. Eine Narbe am Hals leuchtete auf und verblaßte. Konstant blieben allein die warmen Augen. Und die Stirnbuchse. Aber die Buchse war keine Höhlung, sondern ausgefüllt. Ein schwarzer Fleck mit einem weißen Punkt, ein weißer Fleck mit einem schwarzen Fleck, einander umschlingend und einen Kreis formend, weiblich und männlich, Yin und Yang, das Universum in einem Punkt.

Pandur erkannte die Frau. Es war Natalie-Jessi oder Jessi-Natalie.

»Siehst du auch das Gesicht einer Frau?« fragte er Jessi. »Einer Frau, die zur Hälfte deine Züge und zur Hälfte die von Natscha trägt?«

»Ich sehe dich und Festus«, erwiderte Jessi leise, beinahe andächtig. Oder war es Angst, was in ihrer Stimme mitschwang?

Ein gigantisches, eingerissenes Stück Pergament jagte über den Himmel, verdeckte das Gesicht, nahm den gesamten Horizont für sich in Anspruch. Das Blatt war mit zwei riesigen, künstlerisch gestalteten, mit Blattgold ausgelegten griechischen Buchstaben bemalt.

A – Ω

Das Blatt rollte sich zusammen, raste dem Boden entgegen. Die offene Seite der Rolle stülpte sich wie ein Köcher über Jessi und Pandur, setzte sie gefangen, rammte sich in den Boden, veränderte die Struktur zu makellos glatten, exakt zusammengefügten Steinquadern. Die Ebene war jetzt mit einer runden, in den Himmel ragenden Mauer umschlossen, hundert Meter im Durchmesser, in etwa den Ausmaßen der Betonpiste entsprechend, auf der sie sich zuvor befunden hatten. In der Mauer, in gleichmäßigen Abständen von hundertzwanzig Grad, befanden sich drei Tore aus kunstvoll ziseliertem Schmiedeeisen. Auf jedem der Tore standen die gleichen Buchstaben.

A – Ω

A – Ω

A – Ω

Im kreisrunden Ausschnitt des Himmels über ihnen schimmerte gelbgoldenes Licht, das von den sandfarbenen Quadern absorbiert wurde und mit beinahe unerträglicher Intensität auf den Buchstaben aus Gold gleißte.

Wählt!

Pandur erkannte an Jessis Augen, an dem unwillkürlichen Druck ihrer Hand, daß sie die Stimme ebenfalls in ihrem Kopf gehört hatte. Obwohl die Stimme keine akustischen Eigenschaften besaß, transportierte sie eine Information über ihren Besitzer. Herzog Jaromar Greif hatte gesprochen. Der Spielleiter hatte ihnen seine erste Anweisung erteilt.

»Was ist das für eine Wahl!« schrie Pandur. »Die Tore sind identisch!«

Herzog Jaromar ließ den Einwand nicht gelten.

Wählt!

Jessi und Pandur suchten die Tore erneut nach Unterscheidungsmerkmalen ab, konnten jedoch keine entdecken.

Wählt!

»Wir waren auf dem Weg nach Norden, zu den Klippen, zum Tempel, als dies alles passierte«, sagte Jessi leise. »Laß uns das nördliche Tor wählen.«

»So ka«, willigte Pandur ein.

Es sei!

Pandur spürte, daß ein fremder Wille seine Beine bewegte, als die Entscheidung gefallen war. Jessi schien es genauso zu ergehen. Hand in Hand bewegten sie sich wie Roboter auf das nördliche Tor zu, bis es riesengroß vor ihnen aufragte und zum Greifen nahe war.

Die Goldbuchstaben begannen plötzlich zu schmelzen. Ein goldener Bach umspülte ihre Füße, wurde zu einem Strom, hob sie an, trieb sie den letzten Meter auf das Tor zu. Die Flügel des Tores schwangen weit auf, vor ihnen war nichts als weißes Licht. Der goldene Bach spülte sie weit in das Licht hinein.

Pandur wurde schwindlig. Dann verlor er das Bewußtsein.

Als er zu sich kam, sah er als erstes Jessis Gesicht. Sie kniete neben ihm, hatte sich über ihn gebeugt, rief seinen Namen und tätschelte seine Wangen.

»Pandur!« rief sie erleichtert, als er die Augen öffnete. »Ich dachte schon, du würdest überhaupt nicht mehr zu dir kommen.«

»Was ist passiert?« fragte Pandur. »Wo sind wir?«

»Wir sind beide ohnmächtig geworden, aber ich bin schon vor einer Weile wieder zu mir gekommen. Ich weiß nicht, wo wir uns befinden, aber es ist phantastisch.«

Pandur erhob sich. Er schaute in die Runde.

Sie befanden sich in der Mitte eines von Mauern und zierlich anmutenden Türmen umgebenen Hofes. Eher der Hof eines zierlichen Schlosses denn einer Burg. Nichts daran wirkte wehrhaft und düster. Alles war lichtdurchflutet und machte einen seltsam verspielten Eindruck. Dichter Efeu und Dornenhecken hatten die Mauern überwuchert. Weder Menschen noch Tiere ließen sich blicken. Es war still, unnatürlich still. Eine zauberhafte Atmosphäre ruhte auf diesem Schloß.

»Ich habe mich schon ein bißchen umgesehen«, sagte Jessi. »Es ist wie das Dornröschenschloß, das vor sich hin schlummert. Allerdings gibt es keinen Koch, der gerade seinem Lehrling eine Ohrfeige versetzen wollte und mitten in der Bewegung erstarrt ist. Es gibt überhaupt keine anderen Lebewesen außer uns beiden.«

»Keine Türen mit Buchstaben, keine Symbole?«

»Nichts. Es gibt überhaupt keinen Ausgang. Das Tor, durch das wir gespült wurden, ist verschwunden.«

»Illusionsmagie?«

»Vermutlich.«

»Stark. Erinnert mich an die Welten im Cyberspace.«

Daß diese scheinbar so reale Welt nichts weiter als eine astrale Projektion war, machte Pandur wenig zu schaffen. Wer in der virtuellen Realität zu Hause war, kam nicht darum herum, den Begriff Realität neu zu definieren. Entweder nahm er jede Art von Welt, die sich seiner Wahrnehmung anbot, als Ausformung einer universellen Realität, oder er begann jeder Art von Realität zu mißtrauen. Oder er entwickelte zu Realitäten ein ambivalentes Verhältnis, wie es Pandur getan hatte. Er respektierte jede der verschiedenen Realitäten als gültig im Rahmen der für sie definierten Gesetze, ohne sie als letztgültige Ausformung zu akzeptieren.

Die Welten der Magie waren ihm bisher vor allem in ihren kämpferischen Anwendungen begegnet. Meistens hatte er sich ihrer zu erwehren gehabt. Er hatte jedoch keine Schwierigkeiten, sie so zu akzeptieren, wie er die Software anderer Designer akzeptierte. Er war bereit, die künstlerische Kreativität anderer anzuerkennen und sie als Kosmos auf Zeit anzunehmen.

So besehen war dies eine meisterliche Intro, mein lieber Herzog Jaromar!

Eine Antwort blieb aus, obwohl Pandur glaubte, daß der Herzog seine Gedanken zumindest dann lesen konnte, wenn sie deutlich formuliert wurden. Der Elf besaß offenbar ausgeprägte PSI-Kräfte. Oder er beherrschte Zaubersprüche, die seinen Geist zu einer Sonde machten.

»Ich frage mich, was man von uns erwartet«, sagte er.

Gemeinsam verließen sie den Schloßhof. Bogengänge führten in zwei Gemächer. Das eine stellte sich als Waffenkammer mit rostigen Schwertern und Ritterrüstungen dar, das andere als fürstlich eingerichtetes Schlafgemach. Der Rest des Schlosses schien nur Kulisse zu sein, die ihnen nicht zugänglich war. Wie Jessi bereits herausgefunden hatte, gab es keine Türen nach irgendwohin.

Was wird von uns erwartet? Wie können wir dieses Spiel gewinnen?

Pandur verstand die Regeln nicht. Er erinnerte sich an die Leidenschaft des Herzogs für das Tarot. Eine Reihe von schamanistischen Magiern der Roma benutzten Tarotkarten als Kraftfokus oder bedienten sich der Tarotsymbole zur Stabilisierung von Illusionszaubern. Aber Jaromar hatte eine auf Tarot basierende mystisch-magische Schule begründet. Es lag auf der Hand, daß Tarot eine der Grundlagen dieses Spiels darstellte.

»Wie spielt man Tarot?« fragte er unvermittelt Jessi.

»Tarot wird nicht wie ein Kartenspiel gespielt. Die Karten werden gelegt und gedeutet.«

»Das weiß ich. Aber ich bin überzeugt, daß Jaromar ein Spiel daraus gemacht hat. Unser Spiel.«

»Der Herzog liebt Tarot. Wenn er Tarotelemente benutzt, dann gewiß nicht als puren Gag und nicht gegen die Symbolik dieser Karten.«

»Und das bedeutet?« versuchte Pandur sie auf eine konkrete Antwort festzunageln.

»Laß mich, das weiß ich auch nicht so genau.«

»Tarot meint Deutung. Sich selbst einbringen, Symbole auf sich und die eigene Situation beziehen.«

»Man kann bei Tarot nicht gewinnen und auch nicht verlieren.«

»So ka«, sagte Pandur. »Man erhält allenfalls eine Warnung oder eine Bestätigung. Es gibt Hilfestellung bei der Suche nach dem richtigen Weg. Vielleicht hat er das gemeint, als er sagte, wir könnten nichts verkehrt machen, sondern müßten uns nur offenbaren.«

Er wußte plötzlich, was er wollte. Sein Unterbewußtsein hatte es ihm signalisiert. Und ihm war egal, ob er damit die Regeln eines Spiels einhielt oder sie brach. Er wandte sich Jessi zu, legte die Arme um sie und küßte sie auf den Mund.

Du bist komplett durchgeknallt, Chummer! Nimm deinen Samenkoller woanders! Du wirst nicht ernsthaft mit dieser Frau schlafen wollen! Jessi hat dir einen Tritt in den Arsch gegeben, als sie zu dem zurückkehrte, der es ihr besser besorgte! Brauchst du noch einen Tritt? Diesmal in die Eier?

Jessi war von seiner Attacke derart überrascht, daß sie sich nicht wehrte. Aber sie lag stocksteif in seinen Armen, als wüßte sie nicht, wie sie sich verhalten sollte.

»Ich will dich«, sagte Pandur und küßte sie wieder auf den Mund mit den starren Lippen.

Sie begann sich zu regen. Pandur wußte nicht, welche Reaktion er erwartet hatte. Spott vielleicht. Widerstand. Aggression. Aber Jessi überraschte ihn. Sie entspannte ihre Muskeln, ihre Lippen wurden weich, sie küßte zurück. Ihre Zungenspitze tastete über seine Lippen, berührte seine Zunge, spielte mit ihr.

Dann zog sie die Lippen zurück und löste sich sanft, aber bestimmt aus seinen Armen. Sie nahm seine beiden Hände in die ihren und sah ihm aus nächster Nähe ins Gesicht.

»Ich hatte gehofft, du würdest mich wieder lieben können und mit mir schlafen wollen«, sagte sie leise. »Ich will dich auch. Aber nicht jetzt. Es wäre … es wäre irgendwie öffentlich. Jaromar sieht uns zu. Und wer weiß, wie viele Magier noch an diesem Spiel beteiligt sind.«

»Laß sie doch. Sollen sie ihren Spaß daran haben.«

Ist das der wahre Grund? Wolltest du es schon immer mal mit einer Frau vor Publikum treiben?

Pandur glaubte nicht, daß in ihm derartige Wünsche schlummerten. Und doch spürte er, daß seine Erregung angesichts der besonderen Situation wuchs.

»Glaube ja nicht, daß dir niemals jemand dabei zugeschaut hat«, sagte er. »Es gibt ungezählte hochgerüstete Spanner und perverse Magier. Wer unbemerkt bei anderen zuschauen will, der kann es jederzeit, ob mit Magie oder HighTech. Dann darfst du nie mehr.«

Pandur spürte, wie sehr sie ihn wollte. Ihr Widerstand floß dahin.

Womöglich hat sie die Wahrheit gesagt. Vielleicht ist sie wirklich schon lange nicht mehr mit Festus ins Bett gegangen, hat es sich selbst besorgt, wenn es nötig war. Sie scheint es genauso dringend zu brauchen wie du.

Sie taumelten in das Gemach mit dem Bett und rissen sich gegenseitig die Kleidung vom Leibe. Das breite, prunkvoll geschnitzte Bettgestell mit den hochaufgetürmten Federbetten unter einer Überdecke aus Seide schien für die Liebe gemacht zu sein. Sie nahmen sich nicht die Zeit, die Seidendecke herunterzunehmen. Wozu auch? Zudem war sie ja eigentlich nur die magische Projektion einer Seidendecke.

Pandur fühlte sich an den ersten Beischlaf mit Jessi erinnert, nach dem Run auf die AG Chemie. Damals hatte Jessi ihn eingeladen, ihn förmlich überreden müssen. Aber es war genauso ekstatisch gewesen. Ausgehungert. Wild. Gierig. Ungehemmt.

Auch damals gab es einen Spanner, allerdings ungewollt. Festus im Raum nebenan. Er schien zu schlafen, aber er hat alles mitbekommen. Eine verblüffende Parallele.

Einen Moment lang fragte Pandur, ob sie beide wirklich ihrem eigenen Willen gehorchten oder die Werkzeuge des Mannes waren, der die Spielregeln aufstellte. Aber der Anblick von Jessis nacktem, erhitzten Körper fegte jede Grübelei beiseite. Er warf sie aufs Bett und fiel ungestüm über sie her. Sie schien jedoch nicht die Absicht zu haben, sich leicht, schnell und passiv nehmen zu lassen. In wilder Lust preßte sie ihn an sich, drückte seinen Kopf in ihren Schoß, wand sich unter seinen Küssen, zerkratzte ihm den Rücken und wehrte einen Versuch ab, in sie einzudringen. Sie balgten sich wie Raubkatzen. Sie warf ihn auf den Rücken, biß ihn spielerisch in den Hals, bedeckte seine Brust mit Küssen, bewegte sich tiefer und nahm seinen steil aufragenden Penis in den Mund. Endlich lud sie ihn ein, zu ihr zu kommen. Er drang so tief in sie ein, wie es ihm möglich war. Sie erbebte und stöhnte. Mit schnellen, harten Stößen trieb er sie zu einem ersten Orgasmus und ergoß sich in ihr, als sie ein zweitesmal kam.

Er dirigierte ihren Körper sorgsam auf die Seite. Willig folgte sie seinen Bewegungen. Er streichelte sie noch eine Weile, jetzt voller Zärtlichkeit, und bekam von ihr die gleiche Art von Zärtlichkeit zurück. Mit wortlosem Bedauern tastete sie die Kratzer ab, die sie ihm auf dem Rücken zugefügt hatte. Dann zog er sich zurück. Entspannt schmiegte sie sich an ihn. Er schloß die Augen.

Ihr habt gewählt!

Jaromars Stimme erklang in Pandurs und in Jessis Kopf. Sie fuhren nicht einmal zusammen. Sie hatten damit gerechnet, daß er sich melden würde, früher oder später.

»Soviel Taktgefühl findet man heute selten«, sagte Pandur. »Ein Grobian hätte sich vielleicht früher gemeldet. Uns angefeuert. Oder uns abgetörnt.«

»Nicht, Pandur«, wehrte Jessi mit einem schwachen Lächeln den Sarkasmus ab. »Rede es nicht kaputt. Es war einfach schön. Und beachte ihn nicht. Er sagte vorhin, wir hätten Zeit. Dann nehmen wir sie uns einfach.«

Pandur beschloß, es mit ihren Augen zu sehen.

Verdammt, es war wirklich schön. Und notwendig. In jeder Beziehung.

Er spürte, daß er jetzt wieder unbefangen mit Jessi umgehen konnte. Zuviel hatte zwischen ihnen gestanden. Das war nicht weggewischt. Er hielt es nicht für selbstverständlich, noch einmal mit ihr zu schlafen. Es würde ein langer Weg sein, bis sie wieder zu dem alten Vertrauensverhältnis zurückfinden würden. Wenn überhaupt. Aber er spürte, daß er sie jetzt nicht mehr haßte. Und erkannte dabei zum erstenmal, daß er sie heimlich für das gehaßt hatte, was sie ihm angetan hatte. Er hatte ihr verziehen.

»Weißt du, warum ich zu Festus zurückgekehrt bin?« sagte Jessi leise, als hätte sie gespürt, was er empfand, in welche Richtung sich seine Gedanken bewegt hatten. »Er hat mich angefleht, und er tat mir leid. Und ich war irgendwie geblendet, fasziniert von den neuen Eigenschaften, die er zu entwickeln schien. Ich dachte, seine vielen Persönlichkeiten seien endlich zu einer verschmolzen worden. Zu der einen, nach der ich gesucht hatte, als ich mich das erstemal mit ihm einließ. Aber nach wenigen Wochen war alles wie zuvor, wie in der schrecklichen Zeit vor unserem Run auf die AG Chemie.«

Pandur antwortete nicht, sondern streichelte nur sanft mit den Fingerkuppen ihre Wange. Sie verstand die Geste und schwieg.

Als sie sich wieder angezogen hatten, sagte Pandur: »Ich wüßte gern, ob wir diese Prüfung bestanden haben.«

»Indem wir die Liebe gewählt habe?«

»Möglich, daß wir die Wahl zwischen Waffenkammer und Schlafgemach hatten.«

»Ein bißchen simpel, finde ich.«

»Simpel muß nicht falsch sein. Wir sind einfach unseren Instinkten gefolgt, ohne lange zu überlegen. Und wenn es ein Fehler war, so möchte ich ihn doch nicht missen.«

»Geht mir genauso, Chummer.«

Mit Erleichterung nahm Pandur zur Kenntnis, daß sie ihn nicht mit einem Kosenamen bedachte.

Sie hat es genauso verstanden wie du. Jessi ist schon eine tolle Frau. Du könntest dich glatt in sie verlieben.

Die beiden kehrten in den Burghof zurück. Es hatte sich nichts verändert. Es gab noch immer keine Tür nach irgendwohin. Pandur rief sich ins Gedächtnis zurück, daß diese Welt eine magische Illusion war. Er fragte sich, woraus das Bett bestanden hatte, auf dem er Jessi geliebt hatte. Er hoffte nur, daß sie es nicht auf der nackten Betonpiste getrieben hatten.

Der Himmel wurde von einem Moment zum anderen blutrot. Die überwucherten Mauern des Dornröschenschlosses sackten in sich zusammen, wurden zu Staub, den ein imaginärer Wind emporwirbelte.

Ein Meer aus glühender Lava umgab Pandur und Jessi. Inmitten der düsterroten Lava loderten einzelne weißgelbe Brandherde. Die Runner standen auf einer Felsscholle, die in der Lava schwamm. Flammen schlugen nach ihnen. Instinktiv duckten sich die beiden, aber sie spürten nichts, wenn ihnen die feurigen Zungen über das Gesicht leckten.

Als Pandur sich umwandte, entdeckte er eine zweite Felsscholle. Eine Frau stand darauf und winkte. Sie war nackt und kam Pandur auf seltsame Art vertraut vor, obwohl er ihr Gesicht im Widerschein der Flammen nicht erkennen konnte.

Aus dem Himmel sauste etwas Dunkles heran, schwebte über ihnen, spritzte auseinander. Zehn speerähnliche Stäbe fielen auf die fremde Frau herab, bohrten sich in die Felsplatte. Keiner schien sie verletzt zu haben, aber die Stäbe bildeten einen hautengen Käfig, der ihr jede Bewegungsmöglichkeit nahm.

Pandur sah das Gesicht der Frau. Er erstarrte. Es war Natalie.

Jessie starrte in die gleiche Richtung.

»Wen siehst du?« fragte Pandur. »Festus?«

Sie nickte.

Herzog Jaromar meldete sich.

Wählt!

Pandur wußte, daß alles Illusion war. Er wußte, daß Natalie tot war. Es gab keine Frau auf der Felsscholle, und wenn es eine gab, dann konnte es nicht Natalie sein. Aber er ließ sich von seinem Instinkt führen. Er sprang in die Lava, die sich kühl und weich anfühlte wie Wasser. Er schwamm zu der schwimmenden Insel, schwang sich hinauf und begann an den Stäben zu zerren. Dann sah er, daß die Frau verschwunden war. Er selbst sah sich plötzlich von den Stäben gefangengesetzt.

Jessi hatte ihm tatenlos zugeschaut. Erst jetzt, als sie sah, daß Pandur der Gefangene der Stäbe war, sprang sie in die Lava und schwamm auf ihn zu.

Die Stäbe versanken im Boden, die Inseln lösten sich auf, das Meer aus Lava verkochte.

Der Himmel färbte sich blau. Aus dem Blau formte sich das Gesicht eines uralten Mannes mit langen weißen Haaren und großen Augen, die Weisheit ausstrahlten und zugleich mystisch entrückt ins Leere blickten. Die Stirn trug eine Tätowierung. Es handelte sich um eine liegende Acht: ∞

Jessi und Pandur, die noch am Boden lagen, standen auf. Der Mann hob beide Hände und streckte den Runnern ein Tablett entgegen, auf dem zwei Kelche, zwei Stäbe, zwei Schwerter und zwei Pentakelscheiben lagen.

Wählt!

»Laß uns eine gemeinsame Entscheidung treffen«, sagte Jessi leise. Die Unstimmigkeit bei der letzten Entscheidung schien sie verunsichert zu haben.

»Nicht die Stäbe«, sagte Pandur. Er dachte an Natalie im Käfig.

»Nicht die Schwerter«, entschied sich Jessi. Sie war bereit zu kämpfen, aber nicht in Pomorya. »Festus, jener Festus kurz vor seinem Tode, hätte ein mystisches Symbol gewählt...«

»Dann nehmen wir die Kelche?« sagte Pandur.

»Ja.«

Jeder nahm einen der Kelche, die sich mit allem anderen in Luft auflösten, sobald sie in den Händen der Runner lagen.

Gelbes Licht und gelber Sand. Vor ihnen befand sich ein auf dem Sand ausgebreiteter schwarzer Teppich mit einem Webmuster aus Halbmonden und Sternen. Auf dem Teppich lagen sechs Schwerter.

Den Runnern gegenüber, am anderen Ende des Teppichs, kauerten vier Gestalten, jede von Kopf bis Fuß in einen Burnus gehüllt, die Gesichter gesenkt und nicht zu erkennen. Gleichzeitig hoben die Gestalten die Köpfe. Links saß Ricul und grinste. Neben ihm hockte mit bösen Augen der blonde Killerelf. Sein Nachbar, regungslos starrend, war der dürre, baumlange Butcher. Der letzte in der Reihe zeigte das feiste, grobe Gesicht von Steamhammer.

Wählt!

»Was haben wir denn für eine verschissene Wahl!« schrie Pandur.

Er hechtete sich auf den Teppich und griff das Heft des Schwertes, das ihm am nächsten war. Aus den Augenwinkeln sah er, daß Jessi seinem Beispiel gefolgt war und ebenfalls ein Schwert an sich riß.

Das infernalische Quartett sprang auf. Einer nach dem anderen schlug den Burnus zur Seite. Jeder war seine eigene Privatarmee und mit allem gerüstet, was zum Kampf in den Schatten nötig war.

Schnappklingen fuhren aus, MPs und Sturmgewehre wurden von den Schultern gerissen.

In nackter Verzweiflung reckten die Runner den beiden ihre Schwerter entgegen.

Die Feinde, der Teppich, der Sand verschwanden von einem Moment zum nächsten im Nichts.

Der Himmel wurde weißblau. Milchiger Dunst stieg vom Boden auf und hüllte alles andere ein.

»Mir reicht es!« schrie Pandur. »Ich habe die Schnauze voll! Ich hänge meinen Arsch nicht länger in

Spielchen, deren Regeln mir nicht erklärt werden! Ich will meine eigenen Regeln!« Er verstummte, weil ihm bewußt wurde, daß sich dieses Spiel nur in Nuancen von seinem Leben unterschied, seit die Graue Eminenz die Regie übernommen hatte.

»Er will uns doch nur testen«, meinte Jessi. »Laß es doch zu. Wir haben nichts zu verlieren.«

Nichts passierte. Der undurchdringliche Nebel gab keine Gesichter, keine Gestalten, keine Landschaften, keine Schlösser, keine Gegenstände frei.

»Ich hasse es, über meinen Kopf hinweg getestet zu werden«, sagte Pandur. Er hatte seine Stimme wieder unter Kontrolle. »Schon als Kind habe ich die Spielchen verabscheut, in denen überhebliche Psychologen dich auffordern, Tintenklekse zu interpretieren, um anschließend ein geiles Seelenhoroskop aus der Tasche zu ziehen, das angeblich etwas mit dir zu tun haben soll. Ich habe sie regelmäßig verarscht, indem ich behauptete, die absurdesten Monster in den Kleksen zu sehen.«

Sein Zorn hatte sich gelegt. Aber das änderte nichts an seinem Wunsch, dies alles auf der Stelle zu beenden. Er hatte das Gefühl, seine Zeit zu verschwenden. Verschwendete Zeit nutzte dem Gegner.

»Ich scheiße auf Jaromars Asyl! Unser Asyl sind die Schatten.«

»Schatten? Wo denn? Hast du vergessen, daß Pederson die Flutlichtstrahler auf uns gerichtet hat? Wir brauchen ein Loch, in dem wir uns verkriechen können. Wir müssen warten, bis das Licht nicht mehr so grell ist. Sonst kommen wir darin um.«

»Wir müssen ein paar Leute am Arsch packen, bevor sie uns packen«, erwiderte Pandur. »Das ist die einzige Methode, unsere Probleme zu lösen. *Meine* Probleme, Mädchen. Du solltest mir den verdammten Chip geben und dich verpissen. Es reicht doch wohl, wenn einer genug stinkt, um die Hyänen anzuziehen.«

»Quatsch! Ich könnte auch dann nicht aussteigen, wenn ich es wollte. Stecke schon viel zu tief drin. Aber ich will ja gar nicht raus. Wir haben jetzt die Daten. Was immer in den zwei Jahren an Beweisen vernichtet wurde, es wird genug brisantes Material geblieben sein, um ihnen Knüppel zwischen die Beine zu werfen.«

Pandur verzichtete auf eine Antwort. Mißmutig starrte er in den Nebel, versuchte irgend etwas zu erkennen. Ohne Erfolg.

»Herzog Jaromar!« schrie er in den Nebel hinein. »Was ist los? Ist das bescheuerte Spiel zu Ende? Kriegen wir eine Eins? Oder tagt die Zeugniskonferenz noch?«

Plötzlich kam Bewegung in die wabernde Nebelwand. Sie schrumpfte zu einzelnen Schwaden zusammen, die sich zusehends verkleinerten und schließlich ganz auflösten. Metallstreben wurden sichtbar. Durchsichtige Scheiben aus Glas oder Plex. Die Runner standen im Zentrum eines filigranen Rundbaus aus Stahl und Glas. Pandur fühlte sich weniger an moderne Bauten als an die Glashausarchitektur des frühen zwanzigsten Jahrhunderts erinnert. Kaum eine Scheibe glich in ihrer Form der anderen. Verspielte Bögen und geschmiedete Blumenranken in immer neuen Varianten zauberten einen Hauch von Jugendstil.

»The Show must go on«, sagte Pandur resigniert. »Jaromar denkt gar nicht daran, sie abzubrechen. Die Regie hat noch ein paar Spezialeffekte in petto, die wir nicht verpassen dürfen. Hat schließlich alles eine Menge Geld und Astralenergie gekostet.«

Der Boden bestand aus einem makellos gefügten, blitzblanken hellen Holzparkett. Man glaubte förmlich, den Bohnerwachs zu riechen.

Ein weites, leeres Rund ohne Türen. Für den Moment gab es keinen Hinweis, welche Aufgabe zu lösen war.

»Passend wäre ein verschnörkeltes Bettgestell aus Messing, vielleicht mit einer rustikalen Flickendecke. Oder eine weinrote Chaiselongue mit Fransen …«

»Vergiß es. Eine Lifeshow reicht mir.«

Ein Spalt bildete sich an der Decke der Kuppel. Gemächlich öffnete sich der Dom, öffnete sich wie eine Auster, lud den Himmel ein wie ein Observatorium.

Aus dem Himmel schwebte gemächlich ein Objekt zu Boden, das weich und rund und ätherisch wie ein riesiger Kokon aus Spinnenweben oder Watte aussah.

Weniger als zehn Meter von den Runnern entfernt setzte der Kokon auf. Die Unterseite gab leicht nach, verformte sich wie ein Ball, der zu wenig Luft hat. Das Objekt war groß genug, um zehn Menschen oder mehr bequem Platz zu bieten. Und es schien auf Passagiere zu warten. Drei Löcher bildeten sich in der amorphen Hülle, als würde ein Riese drei Finger in die weiche Masse stippen. Die Löcher waren vom Boden aus leicht erreichbar und groß genug, um einen Menschen einzulassen.

Über dem ersten Loch bildeten sich die Buchstaben

A – Ω

über dem zweiten das Symbol

∞

über dem dritten eine Schlange, die sich in den Schwanz biß.

Wählt!

Ein zweites Objekt schwebte vom Himmel herab. Es sah aus wie ein großer Helikopter mit zwei Rotoren, wie ihn der Grenzschutz und die Sicherheitstruppen großer Konzerne einsetzten. Die Maschine wirkte in dieser Szenerie deplaciert. Pandur fragte sich, ob sie eine Erinnerung an die Kräfte der Realität darstellen sollte. Sie näherte sich rasch und wirkte so bedrohlich, daß Pandur das Knattern der Rotorblätter zu hören glaubte. Auf den Seitenflächen und auf der Unterseite der Maschine prangten kotzige rote Buchstaben: AG CHEMIE.

Verdammt noch mal, du bildest dir nichts ein! Du hörst es! Das ist ein gottverdammter Hubschrauber, den uns Pederson auf den Hals geschickt hat!

»Pandur!« schrie Jessi, um ihn noch rechtzeitig zu warnen.

Er hatte sich bereits vom Boden abgeschnellt. Im Sprung packte er ihren Arm, riß sie mit sich, drückte sie in die Deckung des merkwürdigen Kokons, hechtete über sie hinweg und riß im Fallen den Colt Manhunter aus dem Brusthalfter.

Der Helikopter hing knatternd über dem Kokon. Wie eine Sturmböe drückte die zusammengepreßte Luft gegen die flach am Boden liegenden Runner. Der Kokon bewegte sich nicht. Er schien der Luft nicht den geringsten Widerstand zu bieten. Ein MG ratterte. Der Kokon explodierte stumm und verging in einem grellen orangefarbenen Blitz. Im nächsten Moment verblaßten der Dom und das Parkett, wurden ausgelöscht wie eine Kreidezeichnung, über die ein feuchter Schwamm hinwegwischte. Pandur spürte den harten, rissigen Beton der Landepiste unter der Hand, mit der er sich abstützte.

Jessi hatte eine Beretta 200ST in der Hand und feuerte auf den Helikopter. Die Waffe hatte ein 26er Magazin und war für vollautomatisches Dauerfeuer ausgelegt.

Sie war nur um Sekundenbruchteile schneller als Pandur. Sein Munistreifen erlaubte ihm 16 Schüsse. Aber es war nur eine Verzweiflungsgeste.

Die Muni des MG-Schützen gravierte Linien in den

Beton und ließ abgelöste Brocken durch die Gegend spritzen.

Zurück in der Wirklichkeit. Zu einem letzten Besuch. Wir sind dran! Diesmal wird uns der Arsch abgehobelt!

Niemals zuvor hatte sich Pandur in einer derart verzweifelten und aussichtslosen Lage befunden. Weit und breit kein Fitzelchen Deckung, und der Gegner senkte sich aus der Luft herab. Zwei armselige Faustfeuerwaffen gegen ein MG und eine unbekannte Zahl von anderen automatischen Waffen.

»Das ist kein Kampf, sondern eine Hinrichtung!« stieß Jessi hervor.

»Verdammt, Jessi, warum setzt du deine Magie nicht ein?«

»Ich kann nicht. Bin nicht mehr im Geschäft.«

Pandur hatte sich schon gefragt, warum Jessi gegen Pederson nicht mit magischen Mitteln vorgegangen war. Wurde sie von irgend jemandem magisch blockiert? Es war wohl kaum der richtige Zeitpunkt, sich nach Einzelheiten zu erkundigen.

Vergeblich schaute sich Pandur nach dem Kolibri um. Vermutlich war er von den Pomoryanern zum Festland zurückgeschickt worden, während Herzog Jaromar seine magische Spielchen spielte. In dem Helikopter lagen der Sprengstoff, die Combat Gun und weitere Ausrüstung. Auf und davon.

Egal. Wir hätten ohnehin nicht die Chance gehabt, ihn zu erreichen.

Wieder testete das MG die Bereitschaft des Betons, sich in einen Streuselkuchen zu verwandeln. Die Einschußrillen gruben sich nur Zentimeter von den Runnern in die Piste.

Sie wollen uns lebend! Der MG-Schütze hätte uns längst ausradieren können, wenn das sein Befehl wäre!

»Werft die Waffen weg!« dröhnte es blechern aus dem Hubschrauber der Angreifer. »Es ist eure einzige Chance.«

Pandur überlegte keine Sekunde.

»Weg damit, Jessi!« schrie er und warf seinen Manhunter in hohem Bogen von sich.

»Du gibst auf?« keuchte sie.

»Ich gebe nie auf!« sagte er, schlug ihr die Beretta aus der Hand und kickte sie mit dem Fuß weg. »Ich will die Graue Eminenz. Und wenn ich dafür mit dem Teufel paktieren muß!«

Der MG-Schütze stellte das Feuer ein. Der Helikopter landete. Gepanzerte Sicherheitscops sprangen heraus, die Sturmgewehre im Anschlag.

Pandur erhob sich langsam aus dem Staub. Er zog Jessi mit sich. Dann hob er die Arme. Zögernd schloß sich Jessi an.

Es fiel kein Wort, aber auch kein Schuß. Die Cops umringten die beiden, wachsam und bereit, jeden Trick mit flinker Muni im Ansatz zu ersticken. Jemand riß Pandurs Arme nach unten, drehte sie grob nach hinten und legte ihm Handschellen an. Ein anderer Sicherheitscop kümmerte sich um Jessi.

Mit Schlägen und Fußtritten teilten die Cops ihren Gefangenen mit, was sie von ihnen erwarteten. Die beiden stemmten sich gegen den Luftstrom der Rotoren und stolperten zum Helikopter, wo sie bereits von anderen Cops erwartet und ins Innere gezogen wurden.

Das Bodenkommando kletterte hinter ihnen in die Maschine. Der Helikopter hob sich in die Luft und schwirrte nach Süden davon.

Pandur und Jessi kauerten nebeneinander im Heck der Maschine auf dem Boden

Es tut mir leid, sagte eine Stimme in Pandurs Kopf. *Sie haben die Landung erzwungen. Es wäre nicht opportun gewesen, sich ihnen zu widersetzen.*

Pandur sah Jessis Augen an, daß sie Herzog Jaromar ebenfalls hörte. Er versuchte, einen klaren Gedanken zu formulieren.

Verräter!

Der Herzog schwieg eine Weile. *Ich muß an Pomorya denken!*

Pandur verzichtete auf einen Kommentar. Statt dessen dachte er:
Hätten wir das Spiel gewonnen?

Nein, sagte der Herzog.

Was haben wir falsch gemacht?

Nichts, sagte Herzog Jaromar. *Sie konnten nichts falsch machen. Ich habe es Ihnen von Anfang an gesagt. Sie haben so gehandelt, wie Sie handeln mußten. Beide. Es war in Ihnen. Sie wollten nicht wirklich ein Asyl. Sie müssen Ihren Weg gehen, und der besteht nicht darin, sich zu verstecken.*

Dann hatten wir nie eine Chance?

Nein, sagte Jaromar. Seine Gedankenstimme hatte an Intensität verloren. Er schien den Kontakt nicht mehr lange aufrechterhalten zu können.

Es war nur Amüsement für Sie? fragte Pandur bitter.

Sie haben Ihre eigenen Karten gespielt. Ihnen wurde jede Chance gelassen, aber Ihre Aura hat Ihnen keine erlaubt.

Ach wirklich? Worin bestand dann für Sie der Reiz dieses Spiels?

Herzog Jaromar meldete sich ein letztes Mal. ***In einer Wette. Ich habe auf Ihre und Jessis ... nennen wir es mal Wahrhaftigkeit gesetzt.***

Und? Haben Sie gewonnen oder verloren?

Pandur bekam keine Antwort mehr.

5. KAPITEL

›Manic Depression‹

Der Raum um Münster, Paderborn und Osnabrück bis hin zur (heutigen) Nordseeküste war viele Jahrhunderte lang fast ausschließlich in den Händen der jeweiligen Bischöfe – heute ist wieder ein ähnlicher Zustand eingetreten: Je mehr sich die Regierung Nordrhein-Westfalens auf die Probleme des Ruhrgebiets konzentrierte, desto stärker murrten die Bauern der übrigen Landesteile. Im Jahre 2013 kam es dann zum Bruch, als die Honoratioren der Regierungsbezirke Münster und Detmold ein eigenes Land mit dem archaischen Namen ›Westphalen‹ ausriefen, das trotz der Proteste aus Düsseldorf ein Jahr später allgemein anerkannt und in die ADL aufgenommen wurde.

Hatten am Anfang die Gründer noch den damaligen Bischof von Münster, Klaus Klein-Schmeinck, als unparteiischen Schiedsmann und ›Staatsoberhaupt‹ gewinnen können, sah es mit seinem Nachfolger auf dem Bischofsstuhl ganz anders aus: Bernhard Freiherr von Heeremann war ein ehrgeiziger Politiker, der wie selbstverständlich auch den Vorsitz in Westphalen beanspruchte und erhielt. Sein erstes großes Werk war der Gebietstausch von 2022 mit Niedersachsen, als die evangelischen Gebiete um Bielefeld gegen das traditionell münsteranische Emsland getauscht wurden. Danach widmete er sich eher dem Inneren: Seit 2024 gelten in Westphalen die strengsten Metamenschen-Gesetze nördlich des Main.

Heute ist der Freistaat Westphalen ein einflußreicher Spieler im politischen Geschehen, der seine Macht vor allem aus einem Fakt bezieht: Mehr als ein Drittel der in Deutschland verzehrten Nahrung wird hier produziert – von den berühmten ›Bauer Bernd‹-Schinken und Wurstspezialitäten über gesichtsloses Treibhausobst und

-gemüse bis hin zu billigem Soja- und Proteinzeug. Nordrhein-Ruhr ist sogar zu mehr als der Hälfte von Importen aus dem Münsterland abhängig.

Zwar gibt es formell einen Landtag, der von allen ansässigen Menschen gewählt wird, die wahre Macht aber teilen sich zwei Gruppen. Die eine Gruppe besteht aus den reichen Großlandwirten, denen die großen Nahrungsquellen gehören: Treibhäuser, Fleischfabriken, Massenställe für Schweine, Hühner und Kälber – alles was Geld bringt. Die beliebte Bezeichnung ›Fleisch-‹ oder ›Freßbarone‹ ist sogar insofern richtig, als nicht wenige von ihnen tatsächlich altem Kleinadel entstammen.

Die andere – keinesfalls zu unterschätzende – Macht ist die Deutsch-Katholische Kirche, deren Priester überraschenden Einfluß auf das Volk haben und ihm unablässig versichern, alles sei eine Prüfung Gottes, die das Münsterland aber offensichtlich bestehen könne – nicht zuletzt dank seines Bischof-Präsidenten: Seine Eminenz Bernhard Kardinal Freiherr von Heeremann steht seit über dreißig Jahren an der Spitze Westphalens. Als Spitzenmann sowohl der Kirche wie der Fleischbarone – ihm selbst gehören acht große Kälbermasthöfe – kann er sich auf die beiden entscheidenden Kräfte im Land stützen. Als Landespräsident und Vorsitzender des Herrentags (der dem Landtag vorgesetzten Kammer der Großverdiener) hat er der Agrar-Industrie erst zu ihrer heute beherrschenden Stellung verholfen.

Die Mentalität der Westphalen kreist um das alte Motto »Wat de Bur nit kennt, dat frett he nit«: Den meisten Neuerungen steht man erst einmal lange ablehnend gegenüber. Cyberimplantate etwa werden von der Kirche mit extremem Mißtrauen betrachtet und sind fast völlig verboten – so kann man auch in ganz Westphalen keinen legalen BodyShop finden. Kosmetische Veränderungen mittels Cyberimplantaten gelten als eine der ›Sieben Todsünden‹ und können einen sofortigen Ausschluß von den Sakramenten nach sich ziehen, sind aber offiziell nicht verboten. Eine kirchlich gebilligte Ausnahme gibt es allerdings: Die gefürchtete Bischofsgarde ist auch cybertechnisch gut gerüstet.

Der Magie steht man ähnlich reserviert gegenüber, lehnt sie aber nicht völlig ab – statt dessen wurde 2041 nach langem Zögern ein Lehrstuhl für ›Theurgie‹ (Weiße, ›gottesfürchtige‹ Magie der hermetischen Schule) an der Uni Münster geschaffen. Hier finden die in Westphalen überraschend häufigen magischen Talente (›Spökenkieker‹) eine Ausbildung, die sie zum Einsatz im bischöflichen Dienst befähigt. Andere Magier sind in ihren Aktionen sehr eingeschränkt, Schamanen und erklärten Hexen gar ist als ›Blasphemikern‹ die Einreise verboten.

Dr. Natalie Alexandrescu:
Der Freistaat Westphalen,
Deutsche Geschichte auf VidChips
VC 9, Erkrath 2051

Die monotonen Geräusche der beiden Rotoren der Dornier Hornisse F-III dröhnten in den Ohren und ließen kaum eine Unterhaltung zu. Einige der Sicherheitscops zogen Jessi mit den Augen aus und riefen ihr über den Lärm hinweg obszöne Aufforderungen zu. Pandur kam nicht besser weg. Er wurde darüber informiert, was sich mit seinem Hintern alles anstellen ließe, und daß er ihn danach getrost wegwerfen könnte. Aber ansonsten wurden die Gefangenen in Ruhe gelassen. Beim Filzen hatten die männlichen Cops johlend Jessis Brüste aus dem Overall geschält, begrabscht und ihr zwischen die Beine gegriffen. Zu mehr war es dank eines gebrüllten Befehls aus der Pilotenkanzel nicht gekommen. Eine der Frauen zog Jessi sogar den Reißverschluß wieder bis ans Kinn zu, vielleicht ein Akt, der aus einem Rest weiblicher Solidarität erfolgte. Pandur wurde nur abgetastet, aber einer der Kerle versetzte ihm einen Schlag auf die Hoden, bei dem er vor Schmerz fast an die Decke gegangen war.

Pandur hatte weitaus Schlimmeres erwartet. Die meisten Cops putschten sich vor den Einsätzen mit

Drogen auf oder zogen sich Sado-SimSinns rein. Wer ihnen in die Finger geriet, mußte mit allem rechnen. Pandur kannte eine Reihe von Chummern, die sich lieber selbst in den Mund ballern oder eine implantierte Cyberbombe im Kopf zünden würden, als sich von Sicherheitsleuten gefangennehmen zu lassen. Er hatte auch mit einigen gesprochen, die gefangen und später wieder freigelassen worden waren. Simple Vergewaltigungen, bei denen der geschlechtliche Status des Opfers kaum eine Rolle spielte, gehörten noch zu den harmlosen Dingen, die ihnen widerfahren waren.

Die Enge des Helikopters würde die Cops kaum gehindert haben, sich aller vorhandenen Körperöffnungen der Gefangenen zu bedienen und hier und da an ihren Körpern ein wenig zu schneiden oder zu bohren. Wenn sie es nicht taten, mußte es dafür Gründe geben. Offensichtlich hatte Pederson angeordnet, die beiden nicht anzurühren. Dahinter steckten wohl weniger humanistische Motive als einschlägige Erfahrungen. Wenn die Soldateska erst einmal in Stimmung geriet, wurde leicht übertrieben. Es konnte passieren, daß die Vergnügungsobjekte oder deren Reste hinterher nur noch für die Müllabfuhr taugten. Und Pederson brauchte sie noch.

Die Pilotenkanzel war durch eine Blechtür vom Rumpf getrennt, aber die Tür stand meistens offen. Von vorn drang etwas Tageslicht ins Innere des Kopters. Im wesentlichen sorgten jedoch vergitterte Lampen an der Decke für ausreichende Beleuchtung. Manchmal war über den Krach hinweg, den die Rotoren erzeugten, das schrille Fiepen von Code- und Navigationssignalen aus der Pilotenkanzel zu hören. Ein paarmal gesellten sich abgehackte Fragmente von Funkanweisungen hinzu.

Es war heiß und stickig. Von der Ostsee aufsteigende Chemiedämpfe bahnten sich ihren Weg in das Innere des Helikopters. Im Kolibri, während des Hinflugs, waren Pandur die Dämpfe kaum aufgefallen. Wahrscheinlich führte der Kurs des Konzernkopters über ein Areal, das besonders stark verseucht war. Außerdem stank es nach Motoröl, billigem Parfüm, Menstruation, Urin, kalten Fürzen und Schweiß. Vermutlich war die Crew bereits seit Stunden im Einsatz. Die Sicherheitsinteressen eines Megakons schlugen sich in Einsätzen an einer Vielzahl von Schauplätzen nieder. Wenn ein Exec wie Pederson obendrein mehr oder weniger private Sonderaktionen befahl, kamen die Cops wahrscheinlich oft tagelang nicht aus ihren Klamotten heraus.

Jessi verhielt sich ruhig. Es war gewiß auch klüger, die Cops nicht durch eine Privatunterhaltung mit Pandur oder durch Gesten zu reizen. Da Pandur sonst nichts zu tun hatte, studierte er unter halb geschlossenen Augenlidern die Cops, die es sich auf Sitzbänken im Mittelteil des Kopters bequem gemacht hatten. Die meisten der etwa zwanzig Männer und Frauen hatten die Integralhelme und die Panzerwesten abgelegt, um sich ein wenig Erleichterung zu verschaffen. Bis auf einen weiblichen und zwei männliche Orks handelte es sich um Norms. Ein paar waren verdrahtet, allerdings nicht so hochgerüstet wie Messerklauen in den Schatten. Bei den meisten Cops dieser Einsatzgruppe handelte es sich um Söldnertypen mit degenerierten Visagen, die ihren Sold wahrscheinlich lieber für grobschlächtiges Vergnügen ausgaben, als sich auf eigene Rechnung Cyberware zu leisten. Es gab auch ein paar Milchgesichter, die sich beim Umgang mit ihren Sturmgewehren einzig und allein auf ihre jugendlichen Reflexe und dicken Munigürtel verließen. Diese Fraktion würde bald ausgedünnt sein und durch Nachschub ergänzt werden müssen.

Vergeblich grübelte Pandur über das Problem Handschellen nach. Die MagSchlüssel hatte der feiste weibliche Feldwebel nach dem Start von ihren Leuten einkassiert und sich anschließend in den vorderen Teil des

Rumpfes begeben. Dort hockte sie auf einem breiten Sitzsegment aus Hartschaum, die Knarre im Arm, und döste vor sich hin. Sie hatte sich auch Pandurs Cyberdeck umgehängt und verwahrte in einem Plastikbeutel alles andere auf, was die Cops bei Jessi und Pandur gefunden hatten, als sie durchsucht wurden. Die Frau anzugreifen war sinnlos. Es wäre selbst für jemanden ohne Handschellen aussichtslos gewesen, sich an den anderen vorbei auf den Feldwebel zu stürzen.

Nachträglich fragte Pandur sich, was in ihn gefahren war, sich gefangennehmen zu lassen. Aber dort unten, im Staub der Betonpiste, die Hornisse über sich, die Einschüsse des MGs in nächster Nähe, hatte er seinen Weg – wenn es einen gab, der nicht in den Tod führte – ganz deutlich gesehen. Er fürchtete den Tod nicht, sehnte ihn vielleicht sogar herbei. Aber er wollte nicht sterben, bevor er nicht wußte, welches Arschloch ihn für seine abgewichsten Interessen wie einen wertlosen alten Handschuh benutzt hatte.

In der Gewalt der Sicherheitscops, eine erneute Begegnung mit Pederson vor Augen, verblaßte die klare Linie, verlor selbst die Abrechnung mit der Grauen Eminenz an Bedeutung. Er fragte sich, ob es nicht das beste war, die erstmögliche Gelegenheit zur Flucht zu ergreifen und sich für immer in ein Versteck zurückzuziehen. Rems Rattenlöcher auf Zombie0 fielen ihm ein. Alles andere als schön, aber sicher. Er fragte sich, warum ihm das nicht auf dem Weg nach Rügen eingefallen war. Pomorya war ein Fehler gewesen. Rem dagegen war noch nie ein Fehler gewesen. Idyllischer wäre es natürlich im Zwergenreich Hvaldos. Aber dort wollte man Verfolgte ebensowenig dulden wie in Pomorya. Mit gutem Grund. Er hatte dort sowieso nichts verloren. Hvaldos war untrennbar mit der Erinnerung an Natalie verknüpft. Für Natalie Alexandrescu und Thor Walez hätte Hvaldos eine Perspektive sein können. Vielleicht, trotz aller Vorbehalte. Für Pandur allein war Hvaldos nur eine schöne Erinnerung und fern wie ein Traum.

Mach dir nichts vor, Alter. Wenn du aus dieser Sache rauskommst, verpißt du dich nicht in Rattenlöcher. Dann ist wieder Jagen und Flüchten angesagt. Alles eine Sache der Perspektive. Wenn du bis zur Halskrause in der Scheiße steckst, greifst du nach jedem Strohhalm. Bist du draußen, willst du mehr.

Pandur behielt die Digitaluhr über der Tür zur Pilotenkanzel im Auge. Die Zeit schien sich zu dehnen, doch allmählich addierten sich die Minuten zu Stunden. Er widerstand der Neigung einzunicken.

Plötzlich gab es eine Veränderung im Rotorgeräusch und im Flugverhalten. Der Helikopter setzte zur Landung an. Der dösende Feldwebel schreckte auf, in die Reihe der Cops kam Bewegung. Sie redeten, fluchten, scharrten mit den Füßen. Metall schepperte gegen Metall.

Jessi nutzte das allgemeine Durcheinander. Sie neigte sich zur Seite, um seinem rechten Ohr näher zu sein, und sagte, ohne die Lippen zu bewegen: »Wir sind gut zweieinhalb Stunden geflogen. Berlin hätten wir schneller erreichen müssen.«

Pandur nickte. Ihm fehlte jede Vorstellung, welchen Kurs die Hornisse eingeschlagen hatte. Er schätzte ihre Reisegeschwindigkeit auf 250 km/h ein. Alles in allem mochten sie sechshundert Kilometer zurückgelegt haben. Berlin lag nur etwa halb so weit von Rügen entfernt. Doch weder Pederson noch die AG Chemie waren auf Berlin festgelegt. Als Pederson mit Natalie zusammen war, leitete er die Hamburger Niederlassung. Das konnte sich natürlich geändert haben.

»Vielleicht bringt man uns in die Zentrale«, gab er leise zurück. »Frankfurt-Höchst.«

Jessi schüttelte unmerklich den Kopf. »Dafür war der Flug zu kurz.«

»Egal, wir können sowieso nur abwarten.«

Pandur konnte sich kein klares Bild davon machen, welche Position Pederson in der Hierarchie der AG Chemie Europa einnahm. Auf jeden Fall verfügte er über weitreichende Befugnisse. Soweit sich Pandur erinnerte, hieß der oberste Boß des Megakons Meinhard Beilstein. Aber das hatte nicht viel zu sagen. Oft war es der zweite oder dritte Mann von oben, der die Fäden zog und die wirkliche Macht ausübte. Manchmal sogar einer darunter. Und zuweilen wußten die Männer darüber nicht einmal, daß es so war. Bis sie abserviert wurden.

Die Hornisse tanzte auf der Stelle und senkte sich langsam nach unten. Pandur und Jessi sahen nur ein paar Schatten hinter einem verglasten Segment der Pilotenkanzel am anderen Ende des Kopters. Sie konnten sich die Landung auch so ganz gut vorstellen. Das Bild der auf Rügen heruntergehenden Hornisse stand ihnen noch allzu lebhaft vor Augen.

Pandur versuchte die wenigen visuellen Eindrücke zu sortieren, die einen Hinweis auf die Umgebung gestatteten. Er glaubte, ein paar Bäume, einen Acker und verkarstete Hänge zu erkennen. Das deutete auf eine Mittelgebirgslandschaft hin. Der Harz würde in Frage kommen. Mit Sicherheit fehlten die Büro-, Wohn- und Arbeitstürme eines Megaplexes. Die Skyline von Frankfurt sah anders aus, der Komplex der AG Chemie in Höchst erst recht.

Der Kopter setzte auf, schwankte leicht und stand still. Das Brummen der Motoren erstarb, die Rotorblätter kamen zum Stillstand.

Jemand schrie einen Befehl, ein Sicherheitsbügel wurde zurückgeschlagen, und eine der Seitentüren des Kopters glitt auf. Vier Cops sprangen hinaus.

Der Feldwebel hatte sich auf dem Weg ins Heck gemacht und stieß jeden beiseite, der nicht rechtzeitig Platz machte. Die korpulente Frau baute sich vor den Gefangenen auf. »Ärsche hoch, ihr Ungeziefer, und vorwärts.«

Derb drückte sie Pandur den Lauf ihres Gewehrs in die Rippen, um ihren Worten Nachdruck zu verleihen.

Pandur wurde wütend. Provozierend langsam erhob er sich auf die Beine. »Verpiß dich. Ich kann ohne deinen Schießprügel stehen.«

Die Frau verpaßte ihm einen Stoß mit dem Gewehrkolben zwischen die Beine. »Noch so ein rotziger Spruch, und ich schieße dir die Eier weg, du Kakerlak. Ich soll dich mit heilem Kopf abliefern, und das werde ich. Aber dein Gehänge brauchst du nicht, um dir was aus der Birne zu drücken, oder?«

Obwohl Pandur der vollen Wucht des Schlags ausgewichen war, tat es höllisch weh, und er krümmte sich vor Schmerz. Zum zweiten Mal innerhalb weniger Stunden. Am liebsten hätte er der Frau die Schultern gegen das feiste Doppelkinn gerammt.

Verdammt noch mal, Alter. Reiß dich zusammen. Laß es nicht darauf ankommen. Die Elefantenkuh könnte es ernst meinen.

Schweigend trottete er los. Er spürte Jessi hinter sich. Seine Widerborstigkeit hatte immerhin bewirkt, daß sie ohne Schläge davonkam.

Als sie den Ausgang erreichten, bestätigte sich, was Pandur vermutet hatte. Sie befanden sich in einer Gegend fernab der Megaplexe. Hügel, die bis auf ein paar abgesplitterte Baumruinen kahl waren. Die unzähligen Orkane der letzten Jahren hatten in den wenigen Baumbeständen aufgeräumt, die dem Waldsterben trotzten. Aber die Hänge waren sanfter gerundet als im Harz. Vielleicht befanden sie sich im Weserbergland. Oder in der Eifel. Oder im Teutoburger Wald.

›Kahle Höhen‹ wäre passender als ›Wald‹.

Der Feldwebel und die Gardisten warteten nur darauf, daß die Gefangenen ihnen durch Widerspenstigkeit Anlaß gaben, auf sie einzudreschen. Jessi und Pandur taten ihnen nicht den Gefallen, sondern kletterten so zügig aus dem Kopter, wie ihnen das in Handschellen möglich war. Draußen wurden sie von dem Vorauskommando umringt. Gewehrmündungen zeigten auf Bäuche.

»Keiner ballert ohne meinen Befehl!« schrie der Feldwebel an der Tür des Kopters. »Sonst reiße ich euch den Arsch auf. Und mehr!«

Hinter ihnen sprangen weitere vier Cops aus der Hornisse. Zuletzt gesellte sich der Feldwebel hinzu.

Der Landeplatz befand sich am Fuß eines zerklüfteten Felsmassivs. Er war nichts weiter als eine Schotterfläche am Rande einer schmalen Straße, die sich mehr aus Löchern als aus Asphalt zusammensetzte. Die Straße wand sich in einem weiten Bogen, stieg leicht an und war nach beiden Seiten höchstens hundert Meter einzusehen. Dahinter versperrten Felsen die Sicht. Kein regulärer Kopterport, sondern eher ein provisorischer Parkplatz für Trucks oder Ernteroboter. Die Gegend schien einigermaßen abgelegen zu sein. Weit und breit waren weder Menschen noch Fahrzeuge zu sehen.

Die Cops machten keine Anstalten, sich in Marsch zu setzen. Sie schienen auf etwas zu warten.

Vielleicht auf eine Anweisung, die Gefangenen zu erschießen?

Es wäre absurd gewesen, sie den langen Weg hierher zu transportieren, um sie dann auf die Große Flatter zu schicken, dachte Pandur. Aber vielleicht hatte Pederson seine Pläne geändert?

Verdammt, daß der Kopter den Schriftzug AG CHEMIE spazierenführt, hat überhaupt nichts zu sagen. Vielleicht sind wir ganz anderen Leuten in die Hände gefallen, die unter falscher Flagge segeln. Der Grauen Eminenz zum Beispiel.

Es ergab trotzdem keinen Sinn, sie erst durch die Gegend zu kutschieren und dann zu erschießen. Pandur entschied sich für die harmlosere Variante. Die Gardisten warteten auf ein Fahrzeug, das sie abholte oder zumindest die Gefangenen übernahm. Das gefiel ihm besser und entsprach mehr der Logik.

Tatsächlich drang Minuten später Motorengeräusch von der Straße herauf. Wenig später kam ein olivgrüner Truck an der Straßenbiegung in Sicht. Ein gepanzerter Lastwagen mit hohem, kastenartigem Aufbau, wie ihn das Militär, die Konzerngardisten und private Sicherheitsdienste zum Transport ihrer Leute oder schweren Geräts benutzten. Ihm folgten zwei weitere Trucks der gleichen Bauart. Keine Insignien, keine Schriftzüge. Offensichtlich wollte man anonym bleiben.

Der Feldwebel setzte sich in Bewegung und stolperte den Fahrzeugen entgegen. Der erste Truck hielt, als er die Frau erreichte. Ein Mann in olivgrünem Tarnzug und einem Stahlhelm, ebenfalls in Tarnfarben, sprang aus der Fahrerkabine.

Der Feldwebel der Sicherheitscops machte Meldung, übergab Pandurs Cyberdeck, die MagSchlüssel und den Plastikbeutel mit dem Eigentum der Gefangenen.

Beim Anblick des Beutels schoß Pandur etwas durch den Kopf, das er in den vergangenen zweieinhalb Stunden völlig verdrängt hatte.

Sie haben Jessi halb ausgezogen, aber den Chip nicht gefunden!

Pandur fragte sich, ob Jessi ihn vor der Gefangennahme weggeworfen oder woanders versteckt hatte. Oder war er schon verlorengegangen, als sie in der Dornröschenwelt miteinander geschlafen hatten? Er konnte sich nicht erinnern, ihn an Jessi entdeckt zu haben. Und damals war sie nicht nur halbnackt, sondern ganz und gar nackt gewesen. Möglicherweise bewahrte sie ihn in einem Geheimversteck ihres Kunstlederoveralls auf. Die Cops hatten hauptsächlich nach Waffen und Kom-Geräten Ausschau gehalten. Es gab offenbar keinen Befehl, gezielt nach einem Chip zu suchen.

Du überschätzt Pederson. Wie soll er ahnen, daß Jessi den

Chip hat? Festus hätte ihn überall verstecken können. Pederson geht davon aus, daß seine Gegner dieselbe Haifischmentalität haben wie er. Pederson hätte in Festus' Lage niemandem das Versteck des Chips verraten. Also kommt er auch nicht auf die Idee, daß es anders sein könnte.

Solange Pederson den Chip nicht besaß und aus der Zusammenstellung der Dateien Rückschlüsse über die Graue Eminenz ziehen konnte, war er auf Informationen von Pandur oder Ricul angewiesen. Vielleicht versprach er sich auch etwas von Jessi. Der Chip half ihnen, am Leben zu bleiben. Vielleicht lange genug, um eine Möglichkeit zur Flucht zu finden. Der Chip durfte Pederson auf keinen Fall in die Hände fallen! Pandur nahm sich vor, Jessi danach zu fragen, sobald sich eine Möglichkeit dazu ergab.

Der Offizier schrie einen Befehl nach hinten, wo die beiden anderen Trucks ebenfalls angehalten hatten. Im mittleren Truck klappte das Hecksegment herunter, und ein halbes Dutzend Gardisten mit Sturmgewehren im Anschlag sprang heraus. Gehorsam wie Soldaten einer Eliteeinheit bauten sie sich in einer Reihe vor dem Truck auf. Soviel Disziplin hatte Pandur bei den Sicherheitstruppen selten gesehen. Höchstens bei Cops, die auf dem Werksgelände stationiert waren und strammstanden, wenn die Execs vorfuhren.

Der Feldwebel kehrte zurück, baute sich vor den eigenen Cops auf und rief: »Gefangeneneskorte marsch!«

Zwei der Cops stupsten Jessi und Pandur an, aber die hatten sich bereits in Bewegung gesetzt. Sie waren froh, dem Verein zu entrinnen. Pandur machte sich keine Illusionen, was das Empfangskomitee anlangte. Sicherheitscops und Runner paßten nicht in ein gemeinsames Boot. Aber mit normalen Sicherheitsaufgaben befaßte Bodengardisten würden ihre animalischen Instinkte ein bißchen besser unter Kontrolle haben als Sturmtruppen, für die Morden, Brandschatzen und

Vergewaltigen zum Alltag gehörten. Er hoffte zumindest, daß er es mit normalen Gardisten zu tun hatte und nicht mit einem Sonderkommando.

Die Eskorte umringte die Gefangenen und trottete neben ihnen her. Die Kopter-Soldateska versuchte erst gar nicht, einen zackigen Eindruck zu erwecken. Die Übergabe erfolgte formlos. Die Eskorte wartete, bis zwei der Cops vom Truck neben Pandur und Jessi getreten waren, und schlenderte davon. Der Feldwebel ließ sich von dem Offizier einen Daumenabdruck auf sein Handyquit geben und zog grußlos von dannen.

Der Offizier, ein angegrauter Mann mit einer breiten Nase und harten Augen, kam heran, musterte Jessi und Pandur mit unverkennbarem Interesse, vielleicht sogar Respekt, und wandte sich dann einem seiner Leute zu.

»Die ganze Fahrt über bewachen und im Auge behalten«, sagte er. »Und keine Unterhaltung mit ihnen. Das sind gefährliche Terroristen, bei denen man auch gefesselt mit faulen Tricks rechnen muß. Delmario, Sie sind für die Gefangenen verantwortlich.« Er deutete auf sein Kom-Armband. »Melden Sie mir sofort, wenn etwas Ungewöhnliches vorfällt. Abtreten.«

Die Gardisten führten Jessi und Pandur zum Heck ihres Lastwagens.

»Rauf«, sagte Delmario, der ein Dutzendgesicht hatte und sich nur durch eine etwas schmalere Statur von den anderen Gardisten unterschied.

Jessi kletterte zuerst die seitlich in das Hecksegment integrierte schmale Treppe hinauf. Gar nicht so einfach, wenn die Hände auf den Rücken gefesselt sind. Einer der Cops stützte sie, ein anderer, der in der Öffnung stand, zog sie ins Innere. Mit Pandur wurde genauso verfahren.

Im Inneren gab es hinter der Fahrerkabine und in Längsrichtung zu beiden Seiten Hartschalen-Sitze mit Haltegriffen. Delmario wies ihnen Sitze hinter der Fahrerkabine zu und bestand darauf, daß zwischen ihnen beiden ein Sitz freiblieb. Die Gardisten setzten sich auf die Sitze an den Längsseiten, behielten die Gewehre im Anschlag und starrten die Gefangenen an. Insgesamt waren es acht junge Burschen und zwei Frauen, alle Norms. Ein paar besaßen Stirnbuchsen, zwei hatten sich mit Kunstmuskeln aufgerüstet.

Delmario betätigte einen Sensor, der die Heckklappe hydraulisch verschloß. Diffuses indirektes Licht kam von der Fahrzeugdecke. Es war warm, aber nicht so stickig wie im Kopter. Offenbar wurde das Innere von einer Klimaanlage belüftet.

Draußen knatterten die Rotorblätter der Hornisse. Der Kopter war gestartet. Das Geräusch wurde schnell leiser. Als die Dieselmotoren der Lastwagen ansprangen, war es gar nicht mehr zu hören. Wenig später setzte sich der Truck ruckend in Bewegung.

»Schönes Wetter heute«, sagte Pandur in die Runde.

»Ruhe!« herrschte ihn Delmario an. »Sonst gibt's was in die Fresse.«

»Was hast du denn gegen schönes Wetter?« fragte Jessi unschuldig.

»Gilt auch für dich, Votze!«

»Na, na, was sind denn das für grobe und unanständige Wörter«, meinte Jessi tadelnd. »Lernt man die auf eurer Copschule?«

Statt ihm zu antworten, sprach Delmario in sein Kom-Armband. »Gruppenführer Delmario. Die Gefangenen versuchen uns zu provozieren.«

»Wenn sie nicht Ruhe geben, spritzen Sie ihnen Senson-K und geben ihnen dann was mit der Peitsche«, kam die Antwort aus dem Kom. »Aber übertreiben Sie nicht.«

Senson-K machte die Nerven in höchstem Maße schmerzempfindlich. Selbst die kleinste Berührung der Haut wurde unter dieser Droge zu einer Tortur.

»Ihr habt es gehört!« sagte Delmario.

»So ka«, sagte Jessi. »Schon überzeugt. Wir halten die Klappe.«

»Euer eigener Schaden, Leute«, stimmte Pandur zu. »Derart charmante Gesprächspartner wie uns kriegt ihr so schnell nicht wieder.«

Delmario nahm seinen Auftrag ernst. Er unterband sogar Versuche der Gardisten, sich miteinander zu unterhalten.

Pandur machte sich einen Spaß daraus, einzelne Gardisten so lange anzustarren, bis sie den Blick senkten oder gegen die Decke richteten. Nach einer Weile begann ihn das Spiel zu langweilen, und er schloß die Augen. Er fragte sich, warum man sie in diese Einöde gebracht und welches Ziel die Kolonne hatte.

Ihm fiel wenig dazu ein.

Vielleicht hat Pederson irgendwo in der Nähe einen Landsitz. Aber warum hat er uns dann nicht mit dem Kopter direkt dorthin bringen lassen? Und was soll der Verzicht auf Enbleme der AG Chemie? Hat uns die AG Chemie an einen anderen Interessenten überstellt?

Nach einer halben Stunde Fahrt kam der Lastwagen zum Stehen, und das Motorengeräusch verstummte.

»Ziel E-48 erreicht«, nölte die Stimme des Offiziers aus Delmarios Kom-Armband. »Gefangene rausbringen.«

»Jonski und Lambers, ihr macht den beiden Beine«, befahl Delmario. »Renke und Bubert, ihr geht als erste raus.«

Zwei stämmige Cops erhoben sich und traten mit zu allem entschlossenen Gesichtern auf Jessi und Pandur zu. Die Runner hielten es für ratsam, keine Schwierigkeiten zu machen.

»Pfoten weg«, sagte Jessi und erhob sich. »Wir brauchen keine Extraeinladung. Wir sind nicht geil darauf, in dieser Blechbüchse zu überwintern.«

»Genau«, pflichtete Pandur ihr bei. »Der Service ist viel zu mies. Keine Zigaretten, kein Schnaps, kein

Dope, nicht mal Trid. Und die Kellner sind alle schwul und hängen nur faul in der Gegend rum. Man kann euer Reiseunternehmen wirklich nicht weiterempfehlen.«

Jonski – oder war es Lambers? – versetzte ihm ein Ding in die Magengrube.

Pandur war auf den Schlag vorbereitet und hatte seine Bauchmuskeln verhärtet. Zugleich wich er zurück, als die Faust kam. Es tat nur so halb so weh, wie es beabsichtigt gewesen war, aber er krümmte sich theatralisch, um nicht noch mehr einzufangen. Immerhin war er froh, daß sich der Cop nicht wieder die neuralgische Stelle zwischen den Beinen ausgesucht hatte.

»Ruhe da hinten!« schnauzte Delmario.

Er strich über den Kontrollsensor, und das Hecksegment senkte sich nach unten.

Delmario und die beiden von ihm bestimmten Gardisten sprangen hinaus. Die Cops packten zuerst Jessi, dann Pandur rauh an den Armen und zerrten sie ins Freie. Jonski und Lambers kletterten nach ihnen aus dem Wagen. Die anderen Gardisten blieben auf ihren Sitzen kleben, schauten aber neugierig nach draußen. Viel gab es für sie in dem viereckigen Ausschnitt nicht zu sehen, aber das wenige war immerhin interessanter als die Backpfeifengesichter der Cops auf den Sitzen gegenüber.

Auf den ersten Blick sah Pandur kaum einen Unterschied zu der Szenerie am Landeplatz. Sanft ansteigende Hügel, ein paar kränkelnde Bäume, ein Parkplatz, eine Straße, die hier endete. Die drei Lastwagen parkten nebeneinander.

Als er sich zur Seite wandte, erstarrte er. Hundert Meter vor ihm ragten mehrere bizarre Felstürme wie kariöse Zähne im Maul eines Ungeheuers auf. Die Gruppe stand völlig isoliert in der Landschaft. Die beiden mittleren, ein großer, dünner Felsen und ein kleinerer, etwas breiterer, fielen besonders auf, da die Kluften zwischen ihnen und den anderen bis zum Boden oder zumindest in dessen Nähe reichten. Ihm war sofort klar, wo sie sich befanden.

»Die Externsteine!« stieß er hervor.

Er wußte, daß die in einzelne Segmente zerbröselte Felsgruppe aus Osningsandstein bestand und Teil einer ansonsten abgeschliffenen Schichtrippe des Gebirges war. Sie befand sich irgendwo in der Nähe von Detmold. Teutoburger Wald. Einer seiner Tips bei der Landung.

Altes Heiligtum der Germanen. Seit Urzeiten eine Kultstätte. Hier trieft es vor Magie!

Er ahnte, weshalb man sie an diesen Ort gebracht hatte. Pederson wollte es also wissen. Wenn seine Magier es unter normalen Bedingungen nicht schafften, Pandurs Unterbewußtsein das Geheimnis der Grauen Eminenz zu entreißen, blieb nur die Möglichkeit, ein magisches Ritual an einem solchen Ort zu veranstalten. Hier waberte Naturmagie, und darin eingebettet wirkte noch immer die Magie der Vorväter, die an den Felsen ihre heidnischen Riten abgehalten hatten. Diese geballte Magie sollte helfen, die Kräfte der Konzernmagier zu verstärken.

Dann sah Pandur die Frauen und Männer in den scharlachroten Roben. Er mußte sich korrigieren.

Keine Konzernmagier. Pederson hat es geschafft, ein Bataillon von Magiern der Doktor-Faustus-Verbindung heranzukarren. Meine Fresse, hat der Drekhead Macht und Beziehungen!

Jessi stieß ihn an. »Denkst du das gleiche wie ich?« flüsterte sie.

»Doktor Faustus will mich auseinandernehmen«, murmelte Pandur zurück.

Im Prinzip hatte er dagegen nichts einzuwenden. Im Gegenteil. Er jagte der Identität der Grauen Eminenz genauso hinterher wie Pederson. Aber die Umstände gefielen ihm absolut nicht. Er wurde als Gefangener in

Handschellen an diesen Platz geführt. Nur allzugut konnte er sich vorstellen, was mit ihm und Jessi passieren würde, wenn Pederson erst einmal den Namen seines mächtigen Gegners kannte.

Wahrscheinlich sind wir nicht die ersten Opfer, die im Laufe der Jahrtausende an diesen Ort gebracht und zu Schaschlik verarbeitet wurden.

»Ich dachte immer, die Bischofsgarde hätte das Areal um die Externsteine abgesperrt und würde niemanden hineinlassen«, sagte Jessi leise.

»Pedersons Arm reicht weit«, gab Pandur zurück. »Ein fetter Ebbie für den Bischof wird es gerichtet haben. Die bigotten Kirchenfuzzies waren noch nie Kostverächter, wenn es um Geld, Weiber, Knaben, Macht und andere geile Sachen ging.«

Delmario sah finster zu ihnen herüber, versuchte aber nicht, ihre Unterhaltung zu unterbinden. Vielleicht genügte es ihm, daß sie sich leise verhielten, oder, was wahrscheinlicher war, er fühlte sich in Anwesenheit eines Vorgesetzten nicht mehr allein für die Gefangenen verantwortlich.

Pandur überlegte. Er war sich nicht mehr sicher, ob seine Einschätzung der Dinge wirklich zutraf. Die deutsch-katholische Kirche, die im Freistaat Westphalen das Sagen hatte, verbot jede Anwendung von Magie in ihrem Machtgebiet, sofern sie sich nicht strengen Auflagen fügte. Unchristliche Magie konkurrierte mit der dogmatischen Auffassung von einer reinen christlich-katholischen Religion und war in ihren Augen Teufelswerk. Ob die obersten Würdenträger selbst an die von ihnen verkündeten Dogmen glaubten, blieb dahingestellt. Aber sie wußten sehr gut, daß ihre rigorose Haltung gegenüber heidnischer Magie, ihre Intoleranz gegenüber Andersgläubigen und vor allem gegen Metamenschen die Grundlage ihrer Macht im Freistaat bildete. Ein magisches Ritual an den Externsteinen zu dulden, kam einem Sakrileg gleich. Es biß sich mit dem Kern ihrer Ideologie. Einen so fetten Ebbie, der diesen Zwiespalt überbrückte, konnte es eigentlich gar nicht geben. Oder etwa doch?

Auf ein Kommando des Offiziers hin wurden Jessi und Pandur in Richtung der Externsteine geführt. Die Lastwagen versperrten den beiden nicht mehr die Sicht auf den Rest der Szenerie.

Kein fetter Ebbie. Pederson hat das Problem mit dem Schwert gelöst.

Pandur konnte jetzt den gesamten Parkplatz überblicken. Der Parkplatz war riesengroß, für Hunderte von Fahrzeugen ausgelegt, und stammte wohl noch aus den Zeiten, bevor der Freistaat Ernst gemacht und die Externsteine abgesperrt hatte. Damals strömten die Touristen bei gutem Wetter aus allen Himmelsrichtungen herbei. Damit war es vorbei. Die Touristen, die heute in Dutzenden von Lastwagen gekommen waren, hatten ihre Ebbies nicht mit der Parkgebühr belastet. Sie hatten mit Muni bezahlt.

Am Rande der Parkzone lagen die Leichen von mindestens einem Dutzend Bischofsgardisten. Die auffälligen Uniformen machten es leicht, sie zu identifizieren. Über schwarzen Kampfanzügen trugen sie ein blaues Cape mit einem weißen Christuskreuz. Hinzu kam ein mit Federn verziertes breites Barett, ebenfalls mit einem Kreuz versehen. Wären nicht die klobigen Kampfstiefel und die modernen Schnellfeuergewehre gewesen, hätte man sie für Musketiere aus dem 17. Jahrhundert halten können. Ein Kommando der olivgrünen Sicherheitscops, wie die Bewacher der Runner ohne Konzernenblem, trug gerade die Leichen zusammen, steckte sie in Müllsäcke und lud sie in einen Lastwagen.

Pietät? Will man ihnen ein Begräbnis mit den Ritualen der Religion zukommen lassen, für deren Interessen sie über den Jordan gegangen sind? Wohl kaum. Dürfte sich eher um Spurenbeseitigung handeln.

Pandur entdeckte zersplitterte Schlagbäume, drei Panzerspähwagen der Cops, die wohl an der Aktion mitgewirkt hatten, und ein Stück weiter ein Wachhaus der Bischofsgarde. Die meisten Fenster hingen leer und schief in den Rahmen, und die Straßenfront des Bungalows war mit Einschüssen übersät. Pandur fiel ein, daß ein normaler Bürger gar nicht auf Sichtweite an die Externsteine herankam. Bei den Bischofsgardisten, die hier stationiert waren, mußte er sich um eine Reservetruppe handeln. Der eigentliche Sperrgürtel lag einige Kilometer entfernt. Pandur konnte sich gut vorstellen, wie es dort aussah. Ihm war schleierhaft, wie es den Konzerngardisten gelungen war zu verhindern, daß die Angegriffenen Alarm gaben.

Die Aktion muß minutiös geplant worden sein. Ein Blitzangriff aus der Luft, gleichzeitiger Angriff der Bodentruppen, Störung der Komfrequenzen. Wieviel Zeit bleibt Pederson für die Zeremonie? Eine Stunde, zwei Stunden, drei Stunden? Irgendwann wird eine Meldung im Hauptquartier fällig werden, muß ein Kontrollcode eingegeben werden. Oder sind die Cops so clever, daß sie das türken können und weiter Zeit schinden, bis in Detmold oder Münster jemand mißtrauisch wird?

Auf einen Wink des Offiziers brachte ein Cop aus seinem Lastwagen den Plastiksack mit dem Eigentum der Runner und Pandurs Cyberdeck. Er reichte beides an Delmario weiter. Der stopfte das Cyberdeck zu den anderen Sachen und drückte Jonski den Sack in die Hand. Wortlos gab der Offizier Delmario die Mag-Schlüssel für die Handschellen. Die bekam nicht Jonski. Delmario behielt sie und steckte sie in seine rechte Brusttasche.

Pandur hatte den Vorgang aufmerksam verfolgt. Delmario, Brusttasche. Das war eine Adresse, die noch einmal wichtig werden konnte.

Der Offizier der Gardisten sprach in sein Kom. »Achtung! Aktionsplan E-4 beginnt! Raus und marsch!«

Die Runner wußten nicht, was der Aktionsplan E-4 im einzelnen bedeutete. Sie waren auf alles gefaßt. Sie entspannten sich etwas, als ihnen keine besondere Aufmerksamkeit zuteil wurde. Offenbar hatte der Plan nicht unmittelbar mit ihnen zu tun. Oder zumindest nicht sofort.

Die Gardisten wußten mehr. Sie sprangen jeweils zu zweit aus den Lastwagen, die Gewehre im Anschlag, schwärmten im Laufschritt aus und verteilten sich im Gelände. Offensichtlich war diese Aktion vorher eingeübt worden, und jeder wußte, was er zu tun hatte. Wahrscheinlich sollten die Cops ihre Kameraden bei der Absicherung des Geländes unterstützen. Das bestätigte Pandurs Vermutung. Früher oder später rechnete man mit Störungen.

»Verdammt großer Aufwand«, sagte Pandur. »Pederson hat blitzschnell gehandelt. Oder schon vorausgedacht und Plan E-4 oder was immer in seinem Computer gehabt.«

»Alles für dich, Pandur«, meinte Jessi. »Hunderte von Cops, jede Menge Action, Tote. Da siehst du mal, wie wichtig du bist. Freust du dich?«

»Ich könnte kotzen.«

Die Runner hatten sich bemüht, so leise wie möglich miteinander zu sprechen. Ihre Bewacher hatten das Tuscheln geduldet, ohne einzugreifen. Aber jetzt bedachte Delmario sie mit einem warnenden Blick. Dann wandte er seine Aufmerksamkeit rasch wieder seinem Vorgesetzten zu.

Der Offizier gab dem Gruppenführer lediglich mit einer Daumenbewegung zu verstehen, was er von ihm erwartete. Auch dieser Teil des Einsatzes schien im Aktionsplan festgelegt zu sein.

Delmario wandte sich den Runnern zu: »Wir gehen jetzt zu den Steinen hinüber. Wenn ihr keine Schwierigkeiten macht, kommt ihr dort heil an. Andernfalls kommt ihr beschädigt an. Mir ist das egal. Ankommen werdet ihr in jedem Fall, das könnt ihr mir glauben. Macht, was ihr für richtig haltet.«

»Was gibt es so Interessantes an den Steinen?« sagte Pandur. »Hüpfen dort oben Steinböcke mit drei Köpfen herum oder so was?«

»Wirst du schon sehen, wenn wir da sind.«

»Onkel, kriegen wir als Belohnung ein Eis, wenn wir artig mitgehen?« spottete Jessi und imitierte die Stimme eines kleinen Mädchens.

Delmario reichte es. Er drehte sich um und schrie: »Zu den Steinen! Ohne Gleichschritt marsch!«

Die Eskorte setzte sich in Bewegung. Die Runner hielten es für ratsam, Delmarios Drohungen ernst zu nehmen. Sie gingen los, bevor einer der Gewehrkolben in Reichweite kam.

Pandur schaute sich im Gehen um, ob sich Pederson irgendwo sehen ließ. Er war überzeugt davon, daß der Exec an dem Ritual teilnehmen würde, um die Information aus erster Hand zu bekommen. Aber er konnte ihn nirgendwo entdecken. Allerdings standen genügend gepanzerte Busse und Limousinen auf dem Parkplatz. Pederson und seine Bodyguards würden in einem der Fahrzeuge sitzen und abwarten, bis die Zermonie begann.

Aus einigen der Limousinen stiegen weitere Männer und Frauen in scharlachroten Roben und begaben sich gemessenen Schrittes zu den Felsen. Zusammen mit denen, die sich dort schon versammelt hatten, mochten es vierzig oder fünfzig Magier sein.

»Die haben Nerven«, sagte Pandur. »Wie hat Pederson das geschafft?«

»Eine Hand wäscht die andere«, meinte Jessi.

Natürlich steckte dahinter die Klüngelei zwischen den Bossen der Megakons, Politikern, Militärs und Polizeipräsidenten. Eine Aktion von diesen Ausmaßen konnte nicht unbemerkt ablaufen und war ohne vorherige Absprachen kaum denkbar. Pandur fiel kein Einsatz vergleichbarer Größenordnung ein, bei denen ein Megakon sich so dreist über alle Gesetze hinweggesetzt hatte. Konzernsonderrechte hin, Konzernsonderrechte her. Hier ging es nicht darum, ein paar Runner zu eliminieren oder eine Enklave der Metamenschen auszulöschen. Nach denen krähte kein Hahn. Aber bei diesem Unternehmen hatte es wahrscheinlich schon jetzt Hunderte von Opfern gegeben, die im Sold des Freistaates Westphalen oder der Kirche standen. Und die Aktion war noch nicht zu Ende. Die Sache mußte ein Nachspiel haben. Man würde einen Untersuchungsausschuß bilden. Aber die neutralen Uniformen deuteten die Lösung bereits an. Am Ende würde sich der Ausschluß für unfähig erklären, die Urheber des Überfalls zu identifizieren. Oder man würde ihn hinlänglich bekannten Terrorgruppen in die Schuhe schieben.

»Wirklich erstaunlich ist nur, daß die Faustus-Magier mitspielen«, sagte er.

»Man wird ihnen nicht gesagt haben, daß es Tote gibt. Jetzt scheißen sie sich in die Hosen, aber sie können nicht mehr aussteigen.«

Pandur erinnerte sich an das Logo aus Platindraht, das in Pedersons Wange implantiert war. Er hatte es als Symbol einer Burschenschaft interpretiert. Es mochte ein Teil der Erklärung sein, weshalb die Magier Pederson keinen Korb gaben. Die Doktor-Faustus-Verbindung war ein Policlub, der sich ein liberales Mäntelchen umgehängt hatte, aber im Kern als konservativ galt. Um hier Mitglied zu werden, genügte es nicht, Magier der hermetischen Schule zu sein. Man mußte auch zur gesellschaftlichen Elite der ADL gehören. Es lag auf der Hand, daß sich unter den Faustianern viel Alte Herren von Burschenschaften befanden, ganze Seilschaften, die dort herumhangelten, wo es etwas zu entscheiden gab. Auf dieser Schiene hatte Pederson wahrscheinlich seine Magier rekrutiert.

Davon mal abgesehen, reizt es bestimmt jeden Magier, an

einem Ritual an den Externsteinen teilzunehmen. Keinem anderen magischen Ort in der ADL wird ein ähnliches magisches Potential beigemessen. Höchstens eine Walpurgisnacht am Brocken soll damit vergleichbar sein. Aber die ist auf einen Tag im Jahr terminiert und außerdem fest in den Händen der schamanistischen Magie, speziell der Hexen und Hexer des Hohen Coven. Genau deshalb hat Pederson ja die Externsteine für sein Ritual ausgesucht. Mit weniger wollte er sich nicht zufriedengeben. Und die faustianischen Drekheads sind ihm willig zu Diensten, um den großen magischen Kick zu erleben. Einmal im Leben an den Externsteinen zaubern! Geil! ›Ach wissen Sie, Herr Kollege, in diesen Fragen können Sie wirklich nicht mitreden. Haben Sie jemals die Magie der Externsteine gespürt? Natürlich nicht! Ich schon! Ich war damals dabei! Jawoll! Ha!‹

Die beiden mittleren Felsen waren ihr Ziel. Der rechte Felsen erinnerte an einen erigierten Phallus. Delmario führte seine Leute zu der Kluft zwischen den beiden Felstürmen, die einige Meter über dem Bodenniveau auf einem erhalten gebliebenen Verbindungsstück endete. Zehn Meter vor der Felskluft ließ er anhalten. Der linke Felsen ragte knapp dreißig Meter empor, sein Nachbar brachte es auf vierzig Meter. Reste einer kleinen Brücke für Fußgänger verbanden den Kopf des kleinen Felsens mit einer Fuge, die man in den größeren Felsen geschlagen hatte. Sie verstärkte den Eindruck, es mit der Eichel eines Phallus zu tun zu haben. Man sah deutlich, daß im Boden des Übergangs Bretter fehlten. Das verbliebene Holz war seit Jahrzehnten nicht mehr gestrichen worden und wirkte morsch, die rostüberzogenen Stahlträger und das schmiedeeiserne Geländer sahen wenig vertrauenerweckend aus. Pandur entdeckte am Fuße des kleineren Felsens eine in den Fels geschlagene Treppe, die nach oben führte.

»Die Brücke hat null Chancen, durch den nächsten Orkan zu kommen«, sagte er zu Jessi.

»Meinst du, die führen uns dort hinauf?«

»Keine Ahnung.«

Insgeheim hoffte er darauf. Selbst in Handschellen rechnete er sich und Jessi Chancen aus, die Bewacher loszuwerden. Notfalls mochte es gelingen, sich dort zu verbarrikadieren. Wenn alles nichts half, konnten sie immer noch aus freiem Entschluß den Großen Abgang machen, indem sie sich vom Felsen in die Tiefe stürzten. Das war besser, als nach dem Ritual von Sturmgewehren durchsiebt zu werden und in den Müllsäcken der Sicherheitscops zu landen.

Er wünschte sich, Jessi könnte Magie einsetzen. Bislang hatte er keine Gelegenheit gefunden, sie zu fragen, warum sie ›nicht mehr im Geschäft‹ war. Auch jetzt war nicht der richtige Zeitpunkt dafür. Zu viele Ohren hörten mit. Wenn Delmario erfuhr, daß Jessi eine Magieadeptin war, konnte er leicht in Panik geraten und unüberlegte Dinge tun.

Der Gruppenführer machte keine Anstalten, seine Gefangenen zur Treppe zu führen. Er blieb mit ihnen vor den Felsen stehen und wartete. Er schien seine Befehle zu haben.

Delmario und seine vier Cops waren die einzigen Konzerngardisten, die sich der Kultstätte so weit genähert hatten. Alle anderen waren auf dem Parkplatz zurückgeblieben. Pandur fragte sich, wie es auf der anderen Seite der Felsen aussah. Dann sah er durch den Spalt zwischen den Felsen olivgrüne Kampfanzüge und Helme. Aus der Traum. Natürlich hatte Pederson auch dort Truppen stationiert. In gebührendem Abstand, wie auf dieser Seite, aber sichtbar präsent.

Die Magier hatten sich am Fuße der linken Felsengruppe versammelt, die aus vier noch nicht völlig separierten Felstürmen bestand. Die Frauen und Männer in ihren roten Roben standen dicht aneinandergedrängt und wirkten aus der Ferne wie eine Blutlache am Fuße eines Opfersteins.

Plötzlich entdeckte Pandur in ihrer Mitte einen Fremdkörper. Genauer gesagt drei, die zusammen einen kleinen schwarzen Fleck im Rot bildeten. Drei Männer in schwarzen Kapuzenumhängen. Einer wandte den Runnern das Gesicht zu. Obwohl er eine Augenmaske trug, erkannte Pandur das Gesicht sofort.

Pederson!

Bei den breitschultrigen Männern neben ihm handelte es sich vermutlich um Bodyguards. Sie blickten nicht zu den Runnern herüber, sondern sondierten wachsam ihre nächste Umgebung. Sie sorgten mit Gesten dafür, daß die Magier ein paar Schritte Abstand von der Gruppe hielten.

»Der Drekhead ist schon da«, sagte Pandur leise zu Jessi und deutete mit dem Kopf zu den Männern hinüber.

»Der Teufel soll den Kerl holen«, flüsterte Jessi.

»Keine Sorge, den Gabelbissen läßt sich Lucifer bestimmt nicht entgehen. Fragt sich nur, wann endlich ein Platz in seiner Lieblingspfanne frei ist.«

»Wenn ich könnte, würde ich nachhelfen.«

Delmario hantierte hektisch an seinem Gürtel herum und zog ein Stilett hervor. Es sah ziemlich spitz und ziemlich scharf aus. »Ich schneide euch die Zunge ab, wenn ihr während der Zeremonie quatscht!«

»Das wäre aber gar nicht nett, Delmario«, beschwerte sich Pandur. »Und es spritzt so. Dein Boß trägt teuren Zwirn unter der Kutte. Wenn du ihm mit Blutspritzern den Anzug versaust, knallt der durch. Der wird zum Berserker, Cop, glaube es mir. Also laß es lieber bleiben.«

Delmario hatte ein mörderisches Funkeln in den Augen. Es fehlte nicht viel, und er hätte sich auf Pandur gestürzt.

»Das mit dem Zungenabschneiden könnte ein Fehler sein«, sagte Jessi schnell. »Kann sein, daß wir sie brauchen, um Auskünfte zu erteilen.«

»Wir versprechen auch, lieb zu sein und nicht zu quatschen, wenn die Show losgeht«, versprach Pandur. »Es sei denn, man fragt uns was. Okay?«

Der Gruppenführer beruhigte sich ein wenig. Aber sie mußten aufpassen. Offenbar stand er kurz davor auszurasten. Der ungewöhnliche Auftrag überforderte ihn. Er war simplere Befehle gewohnt. Wache schieben, auf alles schießen, was sich bewegte – Dinge dieser Art. Gefangene, die zu wichtig waren, um abgemurkst zu werden, wenn sie aufmüpfig wurden, gehörten nicht zu seinem Erfahrungshorizont. Und für Ironie hatte er erst recht keine Ader. Auf der werkseigenen Schule für Sicherheitskräfte waren solche Varianten auch nicht behandelt worden.

Dieser Kerl kann gefährlich werden. Oder nützlich sein. Er läßt sich provozieren. Solche Leute begehen Fehler, sind unvorsichtig. Und Delmario hat die MagSchlüssel. In der Brusttasche. Vielleicht läßt sich das eine mit dem anderen verknüpfen. Die Aufgeregtheit mit den MagSchlüsseln in der Brusttasche.

Pandur hatte keine Ahnung, wie das konkret vor sich gehen sollte. Aber ein Schimmer von Hoffnung, selbst der absurdeste Abglanz eines solchen Schimmers, war immer noch besser als nackte Verzweiflung.

Die Gruppe der Magier war auf siebzig oder achtzig angewachsen. Zwei Nachzügler reihten sich ein. Im Vorfeld der Felsen und auf dem Parkplatz gab es keine weiteren roten Roben zu entdecken. Die Versammlung schien komplett zu sein.

Alle anwesenden Magier trugen Kopfbedeckungen. Flache Doktorhüte stellten das größte Kontingent. Barette, Käppis und Zylinder, alle mit magischen Symbolen verziert, waren zu sehen. Pandur fielen einzelne Magier mit besonders großen und besonders kostbaren Spitzhüten auf.

Einzelne Magier stimmten einen monotonen Singsang an. Es klang wie eine Litanei in lateinischer Sprache. Nach und nach fielen die anderen Magier ein. Der Chor schwoll an und wurde lauter. Pandur konnte nicht erkennen, wer der Dirigent war, wer das Ritual leiten würde. Er tippte, daß sich einer der Spitzhüte als Oberguru erweisen würde.

Langsam kam Bewegung in die Gruppe. Immer noch singend, immer noch eng zusammengedrängt, löste sich der rote Fleck von der Felsengruppe, floß wie ein Blutgerinsel auf den kleinen isolierten Felsen zu. Pederson und seine Leibwächter achteten sorgsam darauf, in der Mitte des Pulks zu bleiben.

Am Fuße des kleinen Felsens floß die Gruppe in zwei Strömen auseinander und gruppierte sich zu einem Halbrund um den kleinen und den Phallusfelsen. Im Zentrum standen die Gardisten mit ihren Gefangenen. Pandur schaute in starre, entrückte und fanatische Gesichter. Zwei Drittel Männer, der Rest Frauen. Nur wenige waren jünger als dreißig, die meisten schienen in mittlerem Alter zu sein. Aber es gab auch ein paar gebrechliche Greise mit herrischen, steinalten, verwitterten Gesichtern. Metamenschen konnte Pandur nicht entdecken, aber das überraschte ihn nicht. Magiebegabte Metamenschen folgten in der Regel dem schamanistischen Pfad. Er erkannte keinen der Magier, obwohl sich darunter mit einiger Sicherheit Personen befanden, die im Licht der Öffentlichkeit standen.

Keiner trägt eine Maske! Sie müssen damit rechnen, von uns identifiziert und angeprangert zu werden. Aber sie wissen, daß ein Runner für die Polizei und die Staatsanwaltschaft ein Krimineller oder Terrorist ist. Daß man seinem Zeugnis keine Bedeutung beimißt. Das macht sie sorglos.

Wahrscheinlicher war jedoch etwas anderes.

Sie gehen davon aus, daß hinterher keiner quatschen wird.

Die Faustianer selbst waren eine verschworene Gemeinschaft, die Verräter zur Rechenschaft zog. Pederson stand außerhalb jeder Diskussion. Die Cops und die Bodyguards lagen an Pedersons Kandare. Und die Runner?

Wie es aussieht, gehen die Magier nicht davon aus, daß wir heil aus der Sache herauskommen! He, Alter, wieso schockt dich das? Ist doch nichts Neues für dich!

Wenn Pandur es sich recht überlegte, erstaunte ihn nur die Heuchelei der Faustianer. Viele dieser Leute arbeiteten als Richter, Staatsanwälte, Politiker, Unternehmer oder Hochschullehrer. Sie standen für die bescheidenen Reste einer verfassungsmäßigen Ordnung ein, die in der ADL pro forma noch Gültigkeit besaßen.

Hirnmüll, Chummer. Reste deiner Erziehung. Reste deines Denkens, als du selbst noch eine bürgerliche Existenz geführt hast. Irgendwo im Hinterkopf hatte er wohl immer noch Illusionen gepflegt. Illusionen über Leute, die sich mit den Realitäten arrangiert hatten, aber einen anständigen Kern besaßen.

Begreife endlich: Du bist ihnen scheißegal. Es geht ihnen nur um ihren eigenen Kick. Die Leichen der Bischofsgardisten werden ihnen keine schlaflosen Nächte bereiten. Deine und Jessis Leiche noch weniger. Ihr seid für sie nichts als wertloses Ungeziefer, das durch die Schatten läuft. Scheiße auf Beinen. So ka, gewöhne dich endlich daran, daß sie dich so sehen.

Der schwarze Kern der roten Pulks hatte sich wie selbstverständlich aus der Mitte gelöst. Pederson und seine Bodyguards bewegten sich auf die Treppe und damit auf die Runner und ihre Bewacher zu. Die Fäuste der Bodyguards krallten sich um Browning Ultra-Powers mit Laserzielvorrichtung. Sie sicherten nach allen Seiten, als würden sie selbst unter den scharlachroten Roben der Magier Unheil wittern.

Aus der Nähe gab es überhaupt keinen Zweifel mehr, daß es sich bei dem Mann mit der Augenmaske um Pederson handelte. Selbst Jessi, die von dem Kerl kaum mehr als ein schattenhaftes Gesicht in der Zieloptik ihrer Combat Gun gesehen hatte, erkannte die Züge wieder.

Um die ersten Stufen der in den Fels gehauenen Treppe zu erreichen, mußte sich das Trio den Gefangenen bis auf wenige Zentimeter nähern.

Ungewollt starrte Pandur auf das in die Wange implantierte Platinzeichen der Burschenschaft. Es erschien ihm wie ein geheimes Entree zum Club der Mächtigen, und in gewisser Weise war es dies wohl auch.

Einen Moment lang sah es so aus, als wollte der Exec die Runner ignorieren. Aber dann blieb er stehen und sah Pandur an.

»So sieht man sich wieder«, sagte er selbstgefällig. »Scheint so, als hätte sich die kleine Schießerei nicht ausgezahlt, wie? Sie hätten den Kredstab akzeptieren sollen, Walez. Damit ist es natürlich vorbei. Jetzt bekomme ich auch ohne Ihre Einwilligung, was ich haben will.«

»Drekhead!« sagte Pandur und bewegte sich unwillkürlich einen Schritt auf den Mann zu.

Die Bodyguards und zwei der Cops rissen die Waffen hoch. Jonski und Renke packten ihn von hinten an der Schulter und rissen ihn zurück.

Jessi nutzte die Situation für sich. Sie sprang nach vorn, rempelte Pederson an und spuckte ihm gleichzeitig ins Gesicht. Dann brachte einer der Bodyguards sie zu Fall, kniete über ihr und drückte ihr die Browning ins Genick.

Pederson winkte ab. »Helft ihr wieder hoch, aber haltet sie fest«, sagte er.

Lambers und Bubert erledigten den Auftrag. Rauh zerrten sie Jessi auf die Beine. Bubert riß ihr mit einem Ruck die auf den Rücken gefesselten Arme hoch. Jessi schrie vor Schmerz auf und beugte den Oberkörper nach vorn. Ihr blondes Haar fiel aus dem Nacken und bedeckte ihr Gesicht.

Der Exec ließ sich von dem anderen Bodyguard ein Taschentuch geben und wischte sich den Speichel von der Wange. Dann wandte er sich Jessi zu.

»Nicht so fest!« befahl er den Cops. »Ich will ihr Gesicht sehen.«

Bubert ließ Jessis Arme los und hielt sie statt dessen an den Schultern fest. Pederson trat ganz nahe an sie heran und drückte ihr Kinn hoch. Erst jetzt bemerkte Pandur, daß der Exec unter seinem schwarzen Cape einen Frack trug und die Hände in weißen Glacéhandschuhen steckten. Der Drekhead war gekleidet, als wollte er eine Galavorstellung der Oper besuchen.

Jessi versuchte den Kopf wegzudrehen, aber Pederson zwang sie, ihn anzusehen.

»Keine Manieren, wie?« fragte er und drückte die Finger so fest in Jessis Kinn, daß diese leise aufstöhnte. Mit der anderen Hand öffnete er den Reißverschluß ihres Overalls bis zum Bauchnabel, griff ihre linke Brust, legte die Finger wie Krallen um Brustwarze und Vorhof und preßte sie brutal zusammen.

Jessi schrie. Pandur bäumte sich auf, um den Drekhead anzufallen. Aber die Arme der Cops hielten die Gefangenen wie in stählernen Zwingen. Sie hatten keine Chance.

Das Funkeln in Pedersons Augen zeigte, daß er seinen sadistischen Spaß an der Tortur hatte. »Ich wußte gar nicht, daß Festus' Flittchen so hübsch ist. Bestimmt hast du es auch mit Walez getrieben. Bist nicht wählerisch, wie? Unter anderen Umständen hätte ich gewiß meinen Spaß an dir gehabt. Ich bin sicher, du magst es, wenn es dir einer auf die harte Tour besorgt, stimmt's? Gefällt es dir, wenn man dir die Peitsche zu schmecken gibt und dabei Blut fließt? Aber ja doch, ich sehe es deinen Augen an.«

Pandur sah, daß Jessi weinte. Der Schmerz allein konnte das nicht bewirkt haben. Die Erniedrigung durch den Exec hatte sie so weit gebracht.

»Du perverses Schwein!« schluchzte sie. »Nimm mich doch in dein Bett! Ich würde die erstbeste Gelegenheit nutzen, um dir dein Ding abzuschneiden!«

Pederson lachte leise. »Leider wirst du keine Chance dazu bekommen, meine hübsche Terroristin.« Abrupt ließ er ihr Kinn und ihre Brust los und drehte sich um. »Wir haben keine Zeit mehr zu verlieren. Es gibt Dinge zu erledigen, die wichtiger sind als private Vergnügungen.«

Mit wenigen Schritten erreichte er die Treppe, dichtauf gefolgt von seinen Bodyguards. Er warf einem davon das benutzte Taschentuch zu, strich sein Cape glatt und stieg dann aufreizend langsam die Steinstufen hinauf. Die schmalen, unregelmäßigen Stufen zwangen ihn allerdings, sich am Eisengeländer abzustützen. Den beabsichtigten theatralischen Effekt schmälerte dies kaum. Die Bodyguards wollten ihm folgen, aber der Exec zischte ihnen einen Befehl zu. Daraufhin blieben sie auf den unteren Stufen zurück.

Pandur sah Jessi an. Ihr Overall klaffte noch immer auseinander, aber sie drückte die Schultern nach innen und erreichte damit, daß nur die Brustansätze zu sehen waren. Pandur konnte ihr nachempfinden, wie sie sich fühlte. Sie hatte einen schönen Körper und keine Scheu, ihn zu zeigen. Aber hier, vor den Männern und Frauen in den roten Roben, war ihre Nacktheit so demütigend wie vor den Gardisten im Kopter, als diese sie durchsucht und begrapscht hatten. Er versuchte, Blickkontakt mit ihr aufzunehmen. Erst sah sie nur zu Boden, aber dann hob sie den Kopf. Ihre Blicke trafen sich. Pandur lächelte ihr aufmunternd zu, und sie lächelte zaghaft zurück.

Pederson stieg die Treppe hinauf, bis er in zehn Metern Höhe eine Felsgrotte erreicht hatte. Im Hintergrund der Grotte führten Stufen zur Rückseite des Felsens. Pederson ignorierte sie. Er hatte seinen Logenplatz gefunden und wußte, daß ihm die Aufmerksamkeit der Magier sicher war. Er breitete die Arme aus. Der Singsang brach ab.

Der Exec ließ die plötzlich einsetzende Stille ein paar

Sekunden lang nachwirken. Dann senkte er die Arme, blickte in die Runde und rief: »Das magische Ritual mag beginnen!«

Einer der Magier, ein großer, leicht gebeugter Mann mit kurzem grauen Bart, trat in den Halbkreis. Wie Pandur vermutet hatte, gehörte er zu den Spitzhutträgern. Sein Hut sah besonders prächtig aus und war mit einer Vielzahl kleiner Brillanten besetzt, die in der Sonne glitzerten.

Der Magier hob die Arme, wie es zuvor Pederson getan hatte, und begann mit einem monotonen Singsang, in den die anderen Magier an bestimmten Stellen einfielen. Anders als zuvor folgte der Singsang keiner bestimmten Melodie, sondern erinnerte an die Liturgie einer katholische Messe. Die Benutzung der lateinischen Sprache verstärkte diesen Eindruck.

Die wenigen lateinischen Brocken, die Pandur beherrschte, ließen ihn erkennen, was ohnehin auf der Hand lag. Der Magier rief keinen Gott an, sondern leierte eine Vielzahl von kunstvoll gedrechselten, sorgsam ziselisierten Zaubersprüche herunter, die aufeinander aufbauten und sich zu einem magischen Wortteppich verflochten. Allein ein Magier konnte diese Sprüche nachvollziehen, deren Wirkung nur zum kleineren Teil auf dem Inhalt der Worte beruhte. Es kam vielmehr auf Betonungen, Reime und barock anmutende Sprachstrukturen an, die ein fein nuanciertes Klangmuster ergaben.

Die Gesichter der Magier wirkten seltsam entrückt. Die Augen schienen in eine andere Welt zu blicken. Pandur wußte, daß dies tatsächlich der Fall war. Die Magier askennten, blickten in den Astralraum, bewegten sich in ihm, wie sich ein Decker im Cyberspace bewegt. Eine Weile schien die Beschwörung der Magie keine Auswirkungen auf die Realität zu haben. Pandur ahnte jedoch, was die Magier in dieser ihm verschlossenen Welt trieben. Sie suchten ihn.

»Ich spüre eine unglaublich starke Magie«, flüsterte Jessi. Als Adeptin war ihr der Blick in den Astralraum verschlossen, aber ihr magisches Bewußtsein nahm die aktivierten magischen Kräfte wahr. »Und das wenigste davon stammt von den Magiern. Es kommt von den Felsen und vom See. Es steckt im Boden. Es ist wie ein Nebel, der von tief unten im Gestein nach oben steigt. Es ist... phantastisch.«

Allmählich geriet Pandur in Panik. Er hatte keine Ahnung, was mit ihm passieren würde, aber er ahnte nichts Gutes.

Jessi spürte seine Unruhe, nahm seine Hand und drückte sie. »Es ist nicht böse oder auch nur aggressiv. Es ist nur neugierig. Es wird dir nichts antun.«

Pandur erinnerte sich an die geistigen Finger, die schon oft nach ihm gegriffen hatten, wenn er es mit Magiern zu tun bekommen hatte. Aber diesmal würde es anders sein. Vielleicht so wie damals, als der Runenthing Tungritas Magie aktiviert hatte. Der Gedanke war wenig hilfreich. Er erinnerte sich, was die Magie mit den von Proteus geschickten Konzerngardisten angestellt hatte.

Die Felsen begannen von innen heraus zu leuchten. Obwohl sie nicht wirklich durchsichtig wurden, sahen sie jetzt aus wie riesige Kristalle, in denen dunkelrotes Licht pulsierte. Unter dem Einfluß der Energie, die aus den Felsen floß, geschah irgend etwas mit dem Sonnenlicht. Es verfärbte sich allmählich zu einem Orangerot. Pandur schaute zum Himmel. Direkt über den Externsteinen hatte sich ein dichtes Wolkengebirge gebildet, welches das Sonnenlicht filterte. Die Wolke sackte herab. Das Licht wurde purpurrot. Aus der Wolke lösten sich mindestens ein Dutzend Lichtbälle, die wie glosende, pulsierende Wattekugeln auf den oberen Rändern der Felsen tanzten. Sie sackten tiefer, näherten sich den Magiern, verharrten, änderten ihren Kurs. Die Bälle verschmolzen zu einem einzigen wabernden Ellipsoid, das in einem unirdischen, durchdringenden, unfaßbar intensiven violetten Licht erstrahlte.

Der Singsang der Magier schwoll an. In immer schnellerer Folge wechselten sich der Chefmagier und der Chor ab. Es klang, als würde der Kapitän eines Schiffes immer neue Navigationsbefehle geben und von seinen Untergebenen wiederholen lassen, um die Kollision mit einem Eisberg zu verhindern.

He, Chummer, was ist damals eigentlich aus der Titanic *geworden?*

Das Ellipsoid senkte sich auf Pandur hinab.

Die Gardisten spritzten in Panik auseinander, ließen die Runner am Fuß der Treppe allein. Die Bodyguards flüchteten ein paar Stufen die Treppe hinauf und verharrten dort, hielten die Runner mit ihren Brownings in Schach.

Pandur starrte dem herabschwebenden Ellipsoid entgegen. Er hatte nicht die Absicht, irgendwohin zu fliehen. Er wußte, daß er diesem Objekt nicht entkommen konnte. Es bewegte sich im Astralraum auf ihn zu. Eine Ortsveränderung in der realen Dimension würde es nicht aufhalten.

»Was ist das für ein Ding?« krächzte er.

»Sie haben aus der Magie der Steine eine Geistsonde erschaffen«, antwortete Jessi.

»Wenn dieses Ding in meinen Kopf eindringt, macht es aus mir einen sabbernden Idioten!«

»Nein, das wird es nicht tun!« beschwor ihn Jessi. »Es ist immateriell. Es durchsucht nur dein Unterbewußtsein. Du wirst es kaum spüren.«

Pederson stand oben in der Felsgrotte und schaute fasziniert nach unten. Er beobachtete Pandur, widmete ihm seine ungeteilte Aufmerksamkeit. Etwa so, wie ein Labortechniker ein Versuchstier betrachtet, dem er eine Injektion verabreicht hat.

Wahrscheinlich rechnet er mit etwas Spektakulärem. Daß

du mit einem lauten Knall explodierst. Oder in Rauch aufgehst. Oder dein Arsch sich absprengt, davonfliegt und dabei Beethovens Neunte furzt.

Pandur wartete. Was sollte er auch sonst tun. Er hatte nicht den Nerv, jetzt an Flucht zu denken.

In der Nähe hörte er eine leise quäkende Stimme, die aus dem Lautsprecher eines Koms kam: »Delmario! Ich befehle Ihnen, sofort mit Ihren Leuten zu den Gefangenen zurückzukehren!«

Offenbar beobachtete Delmarios Vorgesetzter auf einem Screen die von Vidkameras aufgenommene Szene. Oder er besaß andere Goodies, mit denen man Leute aus der Ferne beim Nasenpopeln erwischen konnte.

Delmario, der sich in Pandurs Nähe zu Boden geworfen hatte, stand auf. Sein Gesicht war von Angst und Ekel verzerrt, als er sich Pandur und Jessi näherte, den Blick starr auf das violette Gebilde über den Köpfen der beiden gerichtet. Aber die Angst vor seinem Vorgesetzten schien größer zu sein.

Er zischte einen Befehl, laut genug für die Gardisten, leise genug, um die Zeremonie nicht zu stören. Zögernd lösten sich die anderen Cops aus der Deckung des Felsens und stolperten zu ihrem Gruppenführer.

Pandur spürte noch immer nichts. Er sah nach oben. Das Gebilde verharrte, senkte sich nicht tiefer herab. Ihm schien auch, als sei es kleiner geworden und würde nicht mehr zu intensiv strahlen.

Von einem Moment auf den anderen implodierte das Ellipsoid und wurde durch ein verwirrenden Geflecht bunter Linien ersetzt. Pandur fühlte sich an die Lichttunnel der Datenströme im Cyberspace erinnert. Die Linien über seinem Kopf waren unendlich dünner als die Lichttunnel und unentwirrbar ineinander verschlungen, schimmerten aber in den gleichen Regenbogenfarben. Es sah aus, als habe jemand verschiedenfarbige Lichtfäden wild durcheinander um eine zwei Meter große Wattekugel gewickelt.

»Was ist passiert?« fragte er Jessi. »War das schon alles? Haben sie sich mein Unterbewußtsein gekrallt und fangen jetzt an zu sortieren?«

Jessi spürte nicht nur die Struktur und Zielrichtung der eingesetzten Magie. Als Adeptin konnte sie auch die von den Magiern gesprochenen Zaubersprüche zumindest dem Sinn nach interpretieren.

»Sie sind auf das Netz der Grauen Eminenz gestoßen und versuchen es zu analysieren«, sagte sie aufgeregt. »Sie haben die Geistsonde zurückgezogen.«

Das Netz der Grauen Eminenz!

Pandur besaß eine vage Vorstellung, wovon die Rede war. Natalies Mutter hatte versucht, es ihm zu erklären. Die Graue Eminenz verfügte über mächtige Magie, mit deren Hilfe Pandur manipuliert worden war. Die Graue Eminenz hatte die Fäden gekappt, als er Pandur nicht mehr benötigte. Pandurs Manipulator wollte damit verhindern, daß andere Magier die Fäden bis zu ihm zurückverfolgten und seine Identität enthüllten. Genau das versuchten jetzt die Magier der Doktor Faustus Verbindung. Die mächtige Magie der Steine sollte eine Brücke schlagen über die Abgründe des Astralraums. Oder in die Vergangenheit? Pandurs Verständnis von Magie reichte nicht aus, diese Frage zu klären. Es würde niemals ausreichen. Einem Blinden kann man nicht beschreiben, wie Farben aussehen. Ein Magier kann die Welt des Cyberspace nicht begreifen. Und ein Decker kann nicht verstehen, was im Astralraum vor sich geht. Er will es auch nicht. Es interessiert ihn nicht. Solange sich das, was im Astralraum vorgeht, nicht für ihn interessiert.

Für den Moment war Pandur damit zufrieden, daß die Geistsonde nicht in ihn eingedrungen war. Er hatte nicht den Eindruck, daß magisches Hantieren mit Fäden für ihn eine große Gefahr darstellte. Auch dann nicht, wenn das Knäuel direkt über seinem Kopf sortiert werden sollte.

Vielleicht ist jetzt der Moment gekommen, nach einem Fluchtweg zu suchen.

Er schaute sich um. Die Magier waren beschäftigt. Delmario und seine Cops hatten mehr Angst als alles andere. Sie würden sich bei dem kleinsten Scheppern in die nächstbesten Mauselöcher verkriechen. Noch allerdings harrte Delmario aus, blieb in Tuchfühlung zu Pandur.

Die Bodyguards hielten die Mündungen ihrer Ultra-Power Brownings in Richtung der Runner. Aber sie schauten mehr auf das Farbknäuel als auf die Gefangenen.

Pandur sah zu Pederson hinauf. Der Exec schaute herab. Aber auch er schien nur auf das Fadenknäuel zu achten.

Plötzlich erstarrte Pandur. Hinter Pederson war etwas aufgetaucht. Im ersten Moment hielt er es für eine Erscheinung, hervorgerufen von der Magie der Felsen. Ein Wesen aus der tiefsten Vergangenheit dieser Kultstätte. Ein Höhlenmensch, nackt, schmutzig, mit zottigen, verfilzten Haaren, die bis zu den Hüften reichten. Er stand jetzt schräg hinter Pederson. Ein Mann. Daran ließ sein herabhängendes Gemächt keinen Zweifel.

Er sieht so gottverdammt real aus. Und er ist viel zu groß für einen prähistorischen Höhlenmenschen. Das kann keine Erscheinung sein. Der Mann ist real!

Der Nackte mit dem wirren Haar streckte einen muskulösen Arm aus und legte ihn von hinten um Pedersons Kehle. Im nächsten Moment zappelte der Exec in seinem Schwitzkasten. Der Angriff erfolgte so überraschend, daß Pederson nicht einmal Gelegenheit hatte, einen erstickten Schrei auszustoßen.

Unwillkürlich zuckte Pandur in einer heftigen Bewegung nach vorn, um Jessi aufmerksam zu machen.

Die Bewegung rettete ihm das Leben.

Ein Pfeil kam von der linken Felsengruppe herangeschwirrt und traf genau die Stelle, an der sich den Bruchteil einer Sekunde zuvor Pandurs Kopf befunden hatte. Er bohrte sich in einen anderen Kopf, der hinter Pandur postiert war und sich nicht bewegt hatte. Der Kopf gehörte Delmario. Der Pfeil hatte sich knapp unter dem Rand des Stahlhelms in die Schläfe gebohrt. Es gab ein Geräusch, als würde ein dumpfer Gong geschlagen. Das andere Ende hatte Delmarios Schädel durchschlagen und war auf das Innere des Helms geprallt. Der Gruppenführer kippte mit starrem Blick und offenem Mund zur Seite.

Der Singsang der Magier riß von einem Moment auf den anderen ab. Eine Sekunde lang schien die Zeit stillzustehen. Dann brach die Hölle los.

Pandur warf sich gegen Jessi und riß sie mit sich zu Boden. Mehrere Schüsse fielen gleichzeitig. Die Magierschar spritzte schreiend auseinander. Die meisten roten Roben jagten wie aufgescheuchte Hühner, die man in einen Topf mit roter Farbe getunkt hatte, in Richtung Parkplatz. Das leuchtende Farbknäuel war verschwunden, als hätte es nie ein solches Gebilde gegeben. Die Sonne schien wieder, in normalem Licht und heiß. Die Felsen leuchteten nicht länger von innen heraus, sondern lagen schwer und düster wie gegossenes Blei unter der grellen Sonne. Pederson und der Höhlenmensch waren verschwunden. In die Reihen der auf dem Parkplatz postierten Konzerngardisten kam Bewegung, aber die Unruhe galt nicht den Ereignissen an den Externsteinen.

Ein blauer Panzerspähwagen rumpelte auf einer Hügelkuppe in Sicht. Er trug das weiße Christuskreuz der Bischofsgardisten. Hinter ihm bewegte sich eine Lastwagenkolonne die Straße entlang auf den Parkplatz zu. Infanteristen rannten mit wehenden Capes den Hügel herab, blaue Barette auf dem Kopf, feuerspuckende Sturmgewehre in den Fäusten.

Zwei Magier der Konzerngardisten, die sich bisher

verborgen gehalten hatten, traten aus dem zerschossenen Bungalow und schleuderten den Bischofsgardisten wabernde Feuerbälle entgegen. Die Konzerncops gingen in Stellung und schickten den Feuerbällen substantiellere Ladungen hinterher. Feuerbälle und Munigarben rasierten Capes und Barette auseinander. Aber so viele Bischofsgardisten auch fielen, es blieben genug, das Feuer zu erwidern, den Hügel hinabzurobben und die Reihen der Konzerncops zu lichten. Ein Granatwerfer spuckte, Laserstrahlen fraßen sich in Materie, ein Lastwagen explodierte, aus zwei getroffenen Limousinen jagten Stichflammen gen Himmel.

Das grüngelbe verdorrte Gras zwischen den Felsen und dem Parkplatz, auf dem die Magier zu ihren Wagen hasteten, brannte an einigen Stellen. An anderen Stellen blieben rote Roben mit und ohne Inhalt liegen, als seien großblättrige Rosen aus dem Boden geschossen.

Drei sprudelnde Muniquellen konnte Pandur in dem allgemeinen Chaos in nächster Nähe ausmachen. Zwei davon hatten ihren Ursprung in den Brownings der Bodyguards. Der erste Schuß des einen Ultra-Powers entsprang einem Reflex des Schützen und hatte Pandurs Hechtsturz gegolten. Er traf weder Pandur noch Jessi. Die weiteren Geschosse spritzten in die Felsengrotte, als die Bodyguards wild feuernd die Treppe hinaufstürmten, ihrem geklauten Boß auf der Spur.

Die dritte Muniquelle sprudelte auf dem rechten Felsen, von dem der Pfeil abgeschossen worden war. Die Geschosse kamen aus der Höhe und frästen Rillen in den Sandstein des kleinen Felsens im Zentrum der Steine. Einige drangen mit satten, schmatzenden Geräuschen in Delmarios Leiche ein oder wurden von seiner Panzerweste eingefangen. Alle Schüsse zielten auf den Fleck, an dem sich Pandur und Jessi aufgehalten hatten. Der Hechtsprung hatte sie aus der Schußlinie gebracht. Im Schatten der Treppe schienen sie für den Schützen unerreichbar. Er schien es noch nicht wahrhaben zu wollen.

Es bedurfte keiner besonders lebhaften Phantasie, um Vermutungen über die Urheber der Geschosse aufzustellen. Der Pfeil, der in Delmarios Kopf steckte, sprach eine allzu deutliche Sprache.

»Ricul und der Killerelf!« stieß Pandur hervor. »Um ein Haar hätte mich Killerboris erwischt. Weiß der Henker, wie die Drekheads an diesen Ort kommen. Das geht doch nicht mit rechten Dingen zu!«

»Du hast Gegner, die über große Macht und Magie verfügen«, erinnerte ihn Jessi. »Wenn Pederson schnell sein kann, dann ist die Graue Eminenz erst recht dazu in der Lage.«

»Sie haben eingegriffen, als die Magier begannen, das Netz der Grauen Eminenz zu untersuchen.«

»Eben. Wenn du tot bist, gibt es kein Netz mehr, das jemand untersuchen kann.«

»Drek! *Ich* wollte die Graue Eminenz aufspüren. Es sollte nicht umgekehrt laufen.«

»Scheint so, als hätten wir Ricul und Boris wieder am Hals. Diesmal mit dem eindeutigen Auftrag, dich zu töten.«

»Was soll's«, sagte Pandur. »Auf ein paar Killer mehr kommt es jetzt auch nicht mehr an. Wir kommen aus dieser Scheiße ohnehin nicht mehr raus.«

Auf dem Parkplatz entwickelte sich der Kampf zu einem Stellungskrieg. Keine Seite gewann die Oberhand, und jetzt wurde Muni gespart.

Die vier Gardisten, die Delmario befehligt hatte, schienen minutenlang desorientiert zu sein. Sie hatten sich vor den Schüssen in Sicherheit gebracht und kauerten untätig in der Deckung. Als am Parkplatz der Kampflärm abebbte, erwachten die Männer aus ihrer Lethargie. Als erster steckte Jonski sein Sturmgewehr aus der Deckung. Er nahm den Felsen unter Feuer, auf dem der unermüdliche Schütze noch immer keine Ruhe gab.

Jonskis Beispiel steckte an. Vielleicht fiel den Cops auch ein, daß es auf dem Parkplatz einen Offizier gab, der alles beobachtete und schon Delmario zur Schnecke gemacht hatte. Jetzt beharkten vier Gewehre den Felsen mit den Attentätern.

Der Schütze, vermutlich Ricul, gab auf. Das machte die Gardisten mutig. Sie verließen die Deckung und robbten in bessere Schußpositionen. Weg von den Schattenläufern. Im Augenblick schien niemand an den Gefangenen interessiert zu sein.

»Jetzt oder nie!« flüsterte Pandur. Er deutete mit dem Kopf auf den toten Delmario. »Wir holen uns die MagSchlüssel.«

Jessi nickte. Sie streckte sich neben Pandur aus. Gemeinsam zogen sie mit den Beinen Delmarios Leiche so nahe wie möglich zu sich heran. Jessi hockte sich auf ihn. Im aufklaffenden Overall halb entblößt, sah es irgendwie obszön aus, aber Fragen des guten Geschmacks besaßen in solchen Momenten keinen hohen Stellenwert. Es gelang ihr, mit den gefesselten Händen den Verschluß von Delmarios Brusttasche zu öffnen und die MagSchlüssel herauszuziehen.

Pandur robbte zu ihr und nahm einen der Steckschlüssel zwischen die Zähne. Er dirigierte ihn in die MagSchleuse von Jessis Handschellen. Er hatte auf Anhieb Glück. Es war der richtige Schlüssel. Jessis Handschellen sprangen auf.

»Endlich!« Jessis Hände schnellten nach vorn. Als erstes schloß sie den Reißverschluß ihres Overalls. Pandur rollte sich auf den Bauch. Sie kniete neben ihm und öffnete seine Handschellen. Erst dann löste sie die verbliebene Schelle von ihrer linken Hand, feuerte das Ding in die Felsspalte hinter der Treppe, massierte ihre Handgelenke, die Armmuskeln und die Schultern. Pandur befreite sich auf gleiche Weise von den Fesseln, die ihnen seit Stunden die Arme auf den Rücken gezwungen hatten.

Die Lebensgeister kehrten zurück.

»Die Lage ist immer noch beschissen, aber wir haben eine winzige Chance, heil aus diesem Tohowabohu herauszukommen«, sagte Pandur. »Aber zunächst einmal müssen wir uns das holen.«

Er deutete auf einen grauen Fleck am Fuß des Felsens, nur wenige Meter von ihnen entfernt. Jonski hatte den Sack zurückgelassen, in dem sich das Cyberdeck und die Waffen befanden. Sie würden wohl niemals erfahren, warum die Cops ihnen die Sachen hinterhergeschleppt hatten. Vielleicht gab es bei den Konzerngardisten eine entsprechende Dienstvorschrift. Oder Pederson hatte es angeordnet. Vielleicht war ihm doch noch der Gedanke gekommen, der Chip könnte bei den Sachen sein, zum Beispiel in Pandurs Cyberdeck stecken.

Pandur schlich zu dem Plastikbeutel. Niemand beachtete ihn. Vielleicht sah jemand bei den Lastwagen, was er tat. Oder der Offizier mit der breiten Nase beobachtete den VidScreen. Zumindest versuchte keiner, es zu unterbinden. Die Konzerncops sollten eigentlich auch genug andere Sorgen haben.

Die Runner nahmen an sich, was man ihnen abgenommen hatte. Als erstes die Waffen und die Muni. Pandur hängte sich das Cyberdeck um. Jetzt fühlte er sich wieder komplett. Zum ersten Mal wurde ihm bewußt, daß Jessi kein Cyberdeck mit sich führte. Es fehlte schon, als sie ihn in Berlin befreite. Offenbar hatte sie sich nicht nur von der Magie verabschiedet.

Obwohl von der linken Felsengruppe nicht mehr geschossen wurde, surrte eine Menge Muni durch die Luft. Die vier Gardisten liefen an der linken Felsengruppe entlang und sparten dabei nicht an Muni. Es schien im Moment wenig ratsam, die Nische hinter der Treppe zu verlassen und auf sich aufmerksam zu machen. Die Waffen schußbereit, verstauten sie den Rest ihrer Habe.

»Was ich dich die ganze Zeit fragen wollte«, sagte Pandur. »Wo ist eigentlich der Chip geblieben?«

Jessi lächelte und zeigte ihm eine Packung Tampons, bevor sie diese in der Brustinnentasche ihres Overalls unterbrachte. »Ich dachte mir, dort würden sie am wenigsten nachsehen.«

»Genial.«

»Nicht? Außerdem ist das eine kleine, okay, wirklich nur eine ganz kleine Rückversicherung gegen Vergewaltigung. Die meisten Männer mögen keine Frau bumsen, die ihre Tage hat.«

»Aber ...«

Jessi erriet, was er sagen wollte. »Ich sagte nicht, daß ich sie habe, sondern daß ich versuchen könnte, diesen Anschein zu erwecken.«

Pandur hatte seine Zweifel, daß sich die Konzerncops in der Hornisse um solche Details gekümmert hätten. Zum Glück waren sie von ihren Vorgesetzten an die Kette gelegt worden.

Die Cops waren mindestens hundert Meter von den zentralen Felsen entfernt und suchten die linke Felsformation nach einem Zugang ab. Jonski hatte den Befehl übernommen und trieb seine Kameraden an. Vermutlich erhoffte er sich eine Prämie und Beförderung, wenn er die Attentäter schnappte, die Delmario getötet und das Ritual gestört hatten.

Auf der Rückseite der Felsen krachten Schüsse. Entweder griff die Bischofsgarde auch dort an, oder die Attentäter versuchten auf der anderen Seite zu flüchten und wurden mit Muni empfangen.

»Dort!« sagte Jessi und deutete zu den Cops vor den Felsen. Dreißig Meter vor den Gardisten reichte eine Buschkette bis an die Felsen heran. Aus diesen Büschen brachen drei Männer hervor. Zwei von ihnen trugen MPs und schickten Feuerstöße in Richtung der Gardisten. Der dritte hatte einen Kompositbogen und einen Pfeilköcher geschultert und sprintete über das freie Feld. Er erreichte den Schutz einer Mauer und verschwand im dahinter liegenden Dickicht.

Der Mann war unglaublich schnell und dauernd in Bewegung gewesen. Sein Gesicht konnte Pandur aus der Entfernung nicht erkennen, aber er sah die weißblonden Haare und die spitzen Ohren. Er hatte keinen Zweifel, daß es sich um den Killerelf handelte, der ihn töten wollte und statt dessen Delmario in den Müllsack der Konzerngardisten geschickt hatte.

Dann erkannte er einen weiteren Assassinen. Einer der MP-Schützen, die ebenfalls zu der Mauer rannten, sich aber immer umwandten und auf die Verfolger feuerten, war fett, schmierig, mit einer braunen Lederweste bekleidet und hatte ein grobschlächtiges Gesicht. Steamhammer. Den dritten Mann konnte er nicht einordnen. Er trug außer seiner MP Stiefel, Shorts, Munigurte über dem nackten Oberkörper und eine Kapuzenmaske. Ricul war das nicht, der Butcher erst recht nicht. Entweder hatten sich die beiden nicht an dem Überfall beteiligt, oder sie waren an einer anderen Stelle vom Felsen geflüchtet. Denn daß es den Attentätern zu brenzlig geworden war, stand außer Frage.

Einer der Gardisten, wahrscheinlich Renke, fiel den ersten Feuerstößen zum Opfer. Er hatte sich zu weit aus der Deckung des Felsen gelöst. Weder der Stahlhelm noch die Schutzweste halfen ihm, als ihn eine volle Salve erwischte. Er schlug auf das Gesicht und blieb regungslos liegen.

Ein zweiter Cop – Lambers oder Bubert – wurde von Steamhammer erwischt, bevor er sich hinter einen Felsbrocken in Deckung werfen konnte. Er fing sich mindestens einen Bauchschuß ein, bewegte sich aber noch. Jonski und der verbliebene Cop hatten mehr Glück. Sie verschanzten sich hinter einer Hütte, die früher als Souvenirladen gedient haben mochte. Ihre Munivorräte reichten noch für Dauerfeuer. Sie besaßen

H&K Sturmgewehre mit integriertem Laserzielfernrohr und wußten damit umzugehen. Ein Geschoß erwischte Steamhammer an der Schulter. Die Wucht des Stoßes ließ ihn zurückprallen. Der Fleischkoloß brüllte vor Schmerz oder vor Wut, warf sich aber im nächsten Moment hinter die Mauer und verschwand. Der Mann mit der Kapuzenmaske wurde von den beiden Cops gleichzeitig in Brust und Bauch getroffen. Er brach zusammen. Die Gardisten durchsiebten die Leiche noch eine Weile, um sicherzugehen, daß der Kerl wirklich seinen Abgang gemacht hatte.

Die Attentäter bildeten keine Gefahr mehr. Die zur Bewachung der Gefangenen abgestellten Gardisten waren anderweitig beschäftigt, ausreichend weit entfernt und besaßen kein freies Sicht- und Schußfeld zu den zentralen Felstürmen der Externsteinen. Ihre Kameraden hatten sich gegen die Bischofsgardisten verschanzt, die inzwischen von Koptern aus der Luft unterstützt wurden. Vorerst beschränkten sich die Kopter in den Farben der Bischofsgarde darauf, über den eigenen Leuten zu kreisen. Die Konzerncops besaßen die schwereren Waffen. Das wurde respektiert.

»Wir machen unseren Abgang, Chummer!« sagte Jessi und richtete sich auf.

»So ka«, antwortete Pandur. »Bevor man einen Waffenstillstand schließt und sich gemeinsam um uns kümmert.«

»Auf die andere Seite der Felsen!«

»Nein, Jessi. Dort lauert eine weitere Hundertschaft von Konzercops.«

»Dann nehmen wir den Weg, den die Drekheads genommen haben.«

»Es muß eine bessere Lösung geben.« Einen Moment lang kam Pandur in den Sinn, die Treppe hinaufzurennen.

Nein, du Blindgänger! Das wäre das Dümmste überhaupt. Hinter der Grotte führt die Treppe auf der Rückseite des Felsens ins Freie. Eine Einladung für die Gardisten auf der anderen Seite, ein Zielschießen zu veranstalten.

Er fragte sich, wohin der Nackte mit Pederson verschwunden war. Gab es eine zweite Treppe? War der Felsen hohl?

Und wenn schon. Keinen Bock auf Schwitzkasten. Erst recht nicht auf die Bodyguards, die ihrem Boß gefolgt sind!

»Dann bleiben nur die Felsen links von uns.«

Es war die naheliegendste Lösung. Aber sie besaß einen Nachteil. Von allen Felsen war dieser vom Parkplatz aus am besten einzusehen. Und es gab hinter dem Felsen einen See. Deshalb hatte dieser Weg in seinem Denken bisher keine Rolle gespielt.

»Okay. Los.«

Gebückt rannten sie aus der Nische zum Sockel des benachbarten Felsmassivs. Das Ducken würde wenig helfen, wenn sich ein Scharfschütze auf dem Parkplatz langweilte. Oder ein Kopterpilot der Bischofsgardisten Lust bekam, Mutter Maria gnädig zu stimmen, indem er ihr statt einer Kerze zwei Heiden opferte.

Jessi blieb so plötzlich stehen, daß Pandur gegen sie prallte.

»Eine Nische!«

Ein paar Stufen führten zu einer in den Fels geschlagenen Grotte. Davor stand eine aus dem Gestein gemeißelte Statue. Ein Heiliger, ein Bischof und sonstwer. Rechts gähnte ein Loch, das tiefer ins Innere führte.

»Nicht!« Pandur hielt Jessi fest, als sie die Stufe hinaufrennen wollte. »Die Öffnung ist vergittert. Da sitzen wir in der Falle. Ein Stück weiter! Da ist noch eine Öffnung.«

Er lief weiter, übernahm die Führung. Sie passierten ein Relief, das die Kreuzigung Christi darstellte.

»Ich weiß jetzt, was das ist«, rief er Jessi zu. Er hatte den zweiten Zugang zum Fels erreicht. Der war nicht vergittert. Eine Höhle gähnte ihm entgegen. Er schoß seinen Körper ins Innere und zog Jessi mit sich.

Kein Schuß war gefallen. Nichts deutete darauf hin, daß jemand ihre Flucht registriert hatte. Pandur hoffte, daß die Screens der Konzerngardisten mit dringlicheren Szenarien bestückt waren. Diffuses Licht von der vergitterten Öffnung in der Grotte tauchte die Höhle in ein dumpfes Zwielicht. Nach dem grellen Sonnenlicht mußten sich die Augen erst daran gewöhnen.

»Eine Kapelle«, sagte Pandur. »Man hat sie in den Fels geschlagen, als die Christen die Externsteine für sich okkupierten. Ich glaube, sie wurde der Grabkapelle in Jerusalem nachgebildet, in der das Kreuz Christi gefunden wurde.«

»Woher weißt du das?«

»Gelesen, VidChip, irgendwo aufgeschnappt – keine Ahnung.«

Die beiden hatten geflüstert. Die stille Höhle forderte ihren Tribut. Die Umrisse eines Felsaltars schälten sich aus dem Dämmerlicht.

Pandur zog geräuschvoll die Luft durch die Nase. »Wonach riecht das hier?«

»Nach Weihrauch, würde ich sagen. Und nach Stearin.«

»Genau, das ist es.« Pandur schüttelte den Kopf. »Verstehe ich nicht. Halten sich solche Gerüche derart lange? Die Externsteine sind seit Jahren gesperrt. Hier finden schon seit Ewigkeiten keine Gottesdienste mehr statt.«

»Offenbar doch.«

Jessi hakte ihren Niederfrequenzer vom Gürtel und ließ den Lichtkegel über die Wände gleiten. Kein Wandschmuck, keine Statuen, kein Mobiliar. Nur der aus dem Fels geschlagene Altar.

»Sieht mehr nach einer Mausefalle als nach einem Fluchtweg aus«, meinte Jessi. »Früher oder später wird man auf die Idee kommen, hier nach Flüchtlingen zu suchen.«

Sie brachte den Satz gerade noch zu Ende, als ein

schabendes Geräusch aus einer der leeren Nischen drang. Ruckartig wandte sie sich dem Geräusch zu und richtete den Lichtkegel der Lampe in die Nische. Die Waffen der Runner zeigten in die gleiche Richtung.

Ein viereckiger Steindeckel hob sich, wie von Geisterhand bewegt, aus dem Boden, wanderte zur Seite und gab ein Loch frei. Aus dem Loch drang mattes Licht. Muskulöse Arme tauchten auf, die den Deckel dirigierten. Zwischen den Armen wurde ein ungebändigter Haarschopf sichtbar.

»Nicht schießen!« kam die Stimme eines Mannes aus dem Loch. »Ich will euch helfen!«

Das Wesen, das auf den ersten Blick nur aus Armen und langen, verfilzten Haaren zu bestehen schien, richtete sich auf und steckte den und die Schultern aus dem Loch. »Kommt mit mir. Ihr werdet erwartet.«

Jessi und Pandur starrten den seltsamen Mann an. Von der Haarmatte abgesehen, die ihm weit über die Schultern fiel, schien der Mann nackt zu sein. Er war nicht mit dem zotteligen Wesen identisch, das Pederson mit sich gezerrt hatte. Dessen Haar war krauser und dunkler gewesen, während dieser schmutzigblondes, eher glattes Haar besaß. Aber es konnte kein Zweifel daran bestehen, daß die beiden Männer zusammengehörten.

»Wer bist du?« fragte Pandur. Was ihn am meisten erstaunte, war die Tatsache, daß der Mann sich klar artikulieren konnte. Er sprach ein in Pandurs Ohren fast altmodisch klingendes, reines Deutsch, das wenig mit der Citysprache der Megaplexe gemein hatte.

»Ein CiC. Ein Chummer. Kommt.« Der Mann wirkte ungeduldig und schielte zum Eingang.

»Ein Zick?« fragte Jessi leise, aber der Nackte antwortete ihr nicht. Vielleicht hatte er ihre Frage auch nicht gehört.

Teufel noch mal, in was für eine Scheiße bist du da hineingeraten! Genügt es nicht, daß Pederson dir eine magische

Geistsonde setzen wollte? Daß dich die Schergen der Grauen Eminenz in die Große Matrix pusten wollen? Daß du mit Jessi in ein Wahnsinnsgefecht zwischen Konzerncops und Bischofsgardisten geraten bist? Mußt du dich jetzt auch noch mit Pseudo-Höhlenmenschen herumschlagen?

»Ich vertraue ihm«, sagte Jessi und ging zu dem Loch.

Pandur kam hinterher. »Habt ihr Pederson in eure Gewalt gebracht?« fragte er den haarigen Menschen. »Den Mann mit der Maske«, fügte er hinzu, als der Mann ihn ratlos anblickte.

»Der Frevler, der die Andacht störte und unseren Herrn Jesus Christus beleidigt hat? Ja. Der Prediger hat seine Aura gelesen. Er sagt, dieser Mann sei verdorben, ein Geschöpf der Hölle.«

»Ein kluger Mann, euer Prediger.«

Auweia. Die Höhlenmenschen scheinen religiös zu sein, und ihr Prediger dürfte magische Kräfte besitzen. Was ist das für ein Verein? Kryptochristen? Eine Art CVJM mit Nudismus und Magie?

Obwohl der Mann schon weggetaucht war, um Jessi Platz zu machen, lag sein Odeur noch schwer in der Luft, als Pandur das Loch erreichte. Der Geruch überlagerte mühelos die Reste des Weihrauchs. Es roch noch schlimmer als im Kopter. Offenbar gehörten für den Mann nicht nur Andachtsfrevler, sondern auch Wasser und Seife zu den Ausgeburten der Hölle.

Wenn Stinken seine einzige Passion ist, soll es mir recht sein. Es gibt Zeitgenossen mit schlimmeren Hobbies. Boris zum Beispiel mit seiner Manie, anderen Leuten Pfeile durch den Kopf zu schießen.

Der Gedanke an den Killerelf vertrieb den Sarkasmus. Dieser Kerl war eine Pestbeule. Er mordete, wie und wo es ihm paßte. Er hatte Natalie umgebracht! Unfaßbar, daß Ricul mit dem Mörder seiner Halbschwester zusammenarbeitete. Pervers. Es wurde Zeit, die beiden aus dem Verkehr zu ziehen. Pandur wünschte, die Konzerncops hätten nicht die Messerklaue mit der Kapuzenmaske, sondern den Elf erwischt.

Die Magie ist in die Welt zurückgekehrt, aber Wünsche werden noch immer nicht wahr.

In dem Loch befanden sich aus dem Fels geschlagene Stufen. Die Treppe führte steil in die Tiefe. Der sie umgebende Stollen war gerade hoch genug, um auf Händen und Füßen rückwärts nach unten zu kriechen. An einer etwas breiteren Stelle ließ der Nackte Pandur und Jessi passieren und krabbelte wieder nach oben. Er hievte den schweren Verschlußdeckel in Position. Von unten sah der Deckel weniger rustikal aus. Er besaß einen Schnellverschluß aus Stahl und einen batteriegespeisten Servomotor. Der Mann betätigte einen Sensor. Der Motor surrte. Ein Dutzend Stahlklauen schnappten in die Nuten eines Wandrings. Dieser Zugang, wenn er denn je entdeckt werden sollte, war von oben nur mit Sprengstoff zu öffnen. Das Licht im Stollen kam von mehreren Niederfrequenzern, die in Abständen an den Stufen klebten.

Parbleu, die Steinzeit ist auch nicht mehr das, was sie mal war.

Der Mann quetschte sich, da half kein Naserümpfen, erneut an den Runnern vorbei und legte Tempo vor.

Sie erreichten eine Nische, in die ein weiterer Stollen mündete. Seine Treppen führten ebenso steil nach oben, aber in einem anderen Winkel. Pandur schwante etwas.

»Geht's dort zu dem kleinen Felsen?« fragte er. »Habt ihr euch auf diese Weise Peder ... den Frevler geschnappt?«

»So ist es«, gab der Nackte zur Antwort. Es klang außerordentlich zufrieden.

»Auch seine Bodyguards?«

»Natürlich.«

Pandur konnte es kaum glauben. »Wie seid ihr denn mit denen fertig geworden?«

»Gott der Herr hat uns Hände gegeben, oder?«

»Ja, aber die Firma Browning hat den Händen UltraPowers gegeben!«

»Die Firma Browning war damit recht erfolgreich. Aber Gott der Herr war mit Seinem Werk erfolgreicher.«

»Hast du auch einen Namen?« fragte Jessi.

»Ich heiße Johannes – ›Gott ist gnädig‹.«

»Ein schöner Name«, sagte Jessi.

»Ich habe ihn mir selbst erwählt«, gab der Mann zur Antwort. »Jessi ist auch ein schöner Name. Wußtest du, daß Jessica ›Gott sieht an‹ bedeutet?«

»Nein«, sagte Jessi verdutzt. »Ich hatte bisher auch nicht den Eindruck, daß Gott mich oft ansieht. Vor allen Dingen wußte ich nicht, daß du meinen Namen kennst.«

Johannes ging nicht darauf ein. »Die Bedeutung deines Namens kenne ich nicht, Pandur.«

»›Gott sieht weg‹«, sagte Pandur.

»Du solltest keine Scherze mit dem Namen Gottes treiben«, tadelte ihn der Nackte. »Aber du heißt in Wahrheit Thorbjörn, nicht wahr? Das ist allerdings auch kein Name aus der Bibel. Oder täusche ich mich, Thorbjörn?«

Pandur glaubte seinen Ohren nicht zu trauen. Seit seiner Kindheit hatte ihn niemand mehr mit seinem vollständigen Vornamen angeredet. »Ein germanischer Name, ein heidnischer Name«, gab er mechanisch zur Antwort. Dann stellte er klar: »Ich heiße Pandur, okay?«

»Schon gut, Pandur. Du bist auch eine Art Wiedertäufer, allerdings nicht im christlichen Sinne.«

»Eine Art was … egal. Drek! Woher weißt du so gut über uns Bescheid?«

»Habe Geduld, Chummer.«

Pandur wurde aus dem Mann, der sich Johannes nannte, nicht schlau. Sein Mißtrauen war erwacht. Dieser nackte Wilde sah aus wie ein weltabgeschieden lebender Eremit und wußte dabei mehr, als jemand wissen durfte, der Pandur mit einem Arsenal von Wanzen und Vidkameras observierte.

Hoffentlich sind wir nicht vom Scheißeregen in die Kloake geraten.

Es wollte ihm überhaupt nicht gefallen, daß sie mit dem Rücken voran in unbekanntes Territorium vorstießen. Heimlich tastete er nach seinem Colt Manhunter und war froh, als er den Griff spürte.

Johannes erreichte den Fuß der Treppe und richtete sich auf. Als die Runner seinem Beispiel folgen konnten, wandten sie sich sofort um und nahmen den Raum in Augenschein, in den Johannes sie geführt hatte. Es schien sich um eine natürliche Höhle im Gestein zu handeln, die keinerlei Spuren einer Bearbeitung aufwies. Abgesehen von den an den Wänden installierten Niederfrequenzern, wies nichts auf eine Nutzung durch Menschen hin.

Was hast du erwartet? Felsmalereien aus der Steinzeit? Wilde, die sich gerade ein Mammut grillen? Eine Außenstelle der Duckschen Geldspeicher? Oder Aliens, die unter den Externsteinen ihre Europazentrale eingerichtet haben?

Es war feucht hier unten. Wasser lief von den Wänden, sammelte sich in einem Rinnsal und versickerte ein Stück weiter im Boden.

»Über uns befindet sich ein See«, erklärte Johannes. »Er reicht bis an die Felsen heran.«

»Also doch«, antwortete Pandur. »Ich sah vorhin zwischen den Felsen etwas in der Sonne glitzern, war mir aber nicht sicher. Kann man die Höhle nur von den Felsen aus erreichen?«

»Es gibt weitere Ausgänge. Und was ihr hier seht, ist nur der kleinste Teil des Ganzen. Kommt.«

Johannes führte sie zu einem weiteren, komfortableren Stollen im Hintergrund der Höhle. Er fiel schräg nach unten ab und vollzog nach wenigen Metern eine sanfte Biegung nach rechts. Man konnte aufrecht darin gehen, bekam aber feuchte Füße. Weiteres Sickerwasser von der hinteren Höhlenwand nahm den gleichen Weg.

Nach einer zweiten Biegung, diesmal nach links, erweiterte sich der Stollen zu einem Schlauch, der auch einem Lastwagen die Durchfahrt ermöglicht hätte.

Plötzlich, nach einer weiteren, diesmal scharfen Rechtskurve, standen sie in einer großen Tropfsteinhöhle mit Dutzenden von Stalagmiten und Stalaktiten. In weiten Bereichen war die Höhle fünf oder sechs Meter hoch, und sie umfaßte ein Oval, das an der engsten Stelle acht Meter, an der weitesten gut zwanzig Meter maß. Im hinteren Teil und an den Seiten schlossen sich flachere Höhlen an, deren Ausmaße nicht abzuschätzen waren, da sie im Dunkeln lagen. Ein wahres Höhlenlabyrinth.

Pandur hätte nie vermutet, daß so etwas unter den Externsteinen zu finden war. Er hatte niemals davon gehört, daß es hier Höhlen gab. Er hoffte, die Konzerncops und die Bischofsgardisten teilten seine Informationslücke. Unwillkürlich kam ihm Hvaldos in den Sinn, so wenig die vor ihm liegenden Höhlen auch mit der Wunderwelt des autonomen unterirdischen Zwergenreichs vergleichbar waren.

Bad Luck Walez mag eine Menge Pech in den Schatten haben, aber manchmal wartet auf ihn dann doch eine freundliche Höhle.

Unvermeidlich kam ihm Natalie in den Sinn. Hvaldos war nur eine Atempause während einer erbarmungslosen Hetzjagd gewesen, an deren Ende Natalies Tod stand. Er hoffte, daß es dieses Mal nicht wieder so knüppeldick kommen würde. Er wünschte sich, daß es für Jessi glimpflicher ausgehen möchte. Daß sie ihm den Chip gab und sich abseilte, falls es ihnen gelang, die Höhle unbeschadet zu verlassen.

So einfach wird das nicht laufen, Chummer. Sie steckt schon zu tief drin. Aussteigen ist nicht. Man wird sie jagen, wie man dich jagt. Mit oder ohne Chip.

Die beiden Runner konnten sich noch immer keinen Reim darauf machen, wohin Johannes sie führte. Seelisch richtete sich Pandur auf einen längeren Marsch durch das Höhlenlabyrinth ein.

»Sollte mich nicht wundern, wenn wir irgendwann in München wieder ans Tageslicht kommen«, meinte er.

Das Licht der wenigen Niederfrequenzer reichte bei weitem nicht aus, die Höhle auszuleuchten. Es herrschte ein mattes Dämmerlicht, das nur in unmittelbarer Nähe der Lampen von weißen Lichtflecken durchbrochen wurde. Die Stalagmiten und Stalaktiten warfen bizarre Schatten. Hohl hallten die Schritte der Runner auf dem Felsboden, während Johannes auf nackten Sohlen keine Geräusche verursachte.

»Richtig unheimlich«, sagte Jessi. »Hoffentlich hausen hier keine Critter.«

»Keine Sorge«, antwortete Johannes. »Die CiC sind die einzigen Critter weit und breit.« Er schien das für einen ausgezeichneten Scherz zu halten und lachte lautlos.

»Du hast diesen Ausdruck schon mal benutzt«, sagte Pandur. »Zick oder so ähnlich. Was ist das?«

»Chummers in Christo«, gab Johannes zur Antwort.

Pandur hätte beinahe gefragt, ob der Nackte zu einer Art Heilsarmee gehörte, die sich darauf spezialisiert hatte, die Seelen der Schattenläufer zu retten. Dann hatten sich die CiC mit den Höhlen unter den Externsteinen allerdings ein denkbar schlechtes Revier ausgesucht. Aber dann fiel ihm ein, daß der Name Chummer nicht nur in der Subszene der Megaplexe beliebt war. In der Provinz ahmten vor allem die Kids gern nach, was sie über Runner und Straßensamurais gehört hatten.

»Was macht ihr?«

»Wir dienen Gott.«

»Und sonst?«

»Ist Gott zu dienen nicht genug?«

»Der Bischof von Paderborn behauptet auch, Gott zu dienen. Erst recht der Erzbischof von Münster. Sie halten es für einen Dienst an Gott, eine Garde zu befehligen und sie auf alles zu hetzen, was nicht ihrer Auslegung der Bibel entspricht. So ka, heute kam uns der Einsatz ganz gelegen, aber ansonsten sind die Konzerngardisten im Vergleich zu den bischöflichen Musketieren ein geradezu toleranter und liberaler Haufen.«

Johannes spie aus. »Die Deutsch-Katholen wird der Teufel holen«, reimte er. Offenbar wiederholte er eine oft rezitierte Kampfparole seiner Sekte. »Sie besudeln die Gebote des Herrn.«

»Ihr macht es also anders?« fragte Pandur. Er hatte wenig Lust auf einen theologischen Disput, war aber neugierig, welche Ziele die CiC verfolgten. Immerhin konnte es sein, daß sie es für eine christliche Tat hielten, das Fleisch von Andersgläubigen einzupökeln. Daß sie aus den Knochen von Andersgläubigen Seife herstellten, gab dagegen nur Sinn, wenn ihnen seit geraumer Zeit die Knochen ausgegangen waren. Sonst würde Johannes besser riechen.

»Wir folgen der Ersten Reformation von Martin Luther und der Zweiten Reformation von Jeremias Brambeck.«

»Brambeck?« Pandur hatte den Namen noch nie zuvor gehört.

»Unser Religionsstifter und Erster Prediger. Der Erzbischof von Münster hat ihn vor zehn Jahren vor dem Dom zu Münster foltern und dann verbrennen lassen. Vater Jeremias Brambeck war eine Persönlichkeit, die schon in jungen Jahren …«

Bevor Johannes dazu kam, die Kirchengeschichte der CiC in allen Einzelheiten auszubreiten, flammte an der Höhlendecke ein großer Scheinwerfer auf.

Johannes brach sofort ab. »Wir sind da«, sagte er.

Im nächsten Moment traten hinter Stalagmiten und Stalaktiten, aus nahen und fernen Nischen einige Dutzend nackte Männer und Frauen in das Licht. Die meisten Körper wirkten jung, soweit die ungepflegten Haare und Dreckschichten auf der Haut diese Einschätzung zuließen. Ein Mann sah älter aus. Er hatte tief eingegrabene Falten im Gesicht und graue Haare, strahlte Ruhe und eine natürliche Autorität aus. Die anderen Nackten behielten ihn – bei aller Neugier für die Neuankömmlinge respektvoll im Auge. Pandur tippte darauf, daß der Alte Brambecks Nachfolger als Erster Prediger der CiC war.

Der Mann schaute Pandur und Jessi freundlich an und breitete die Arme aus. »Willkommen«, sagte er schlicht.

Hinter ihm schob sich ein stämmiger Zwerg ins Licht. Er besaß struppiges rotes Kopfhaar, dicht und abstehend wie eine Löwenmähne, und einen genauso struppigen Bart. Er war nicht nackt wie die anderen, sondern trug ein Lederwams. Pandur sah ihn sprachlos an und konnte es nicht glauben.

»He, Chummer, dachte schon, ich müßte selbst nach oben und dich aus der Scheiße rauspauken!« sagte Rem.

6. KAPITEL

›Strange Brew‹

Die Doktor-Faustus-Verbindung ist ein bundesweit operierender Zirkel hermetischer Magier und in erster Linie ein Diskussionsforum für neue und unkonventionelle Ansätze im Bereich der theoretischen hermetischen Zauberei. Wenn ein Magier Literatur, Zaubermaterialien oder Kollegen für ein Ritualteam benötigt, dann ist die Doktor-Faustus-Verbindung zur Stelle, aber auch finanzielle Unterstützung und Förderung des geselligen Vereinslebens gehören zum Programm der Faustianer. Die Zulassung erfolgt nur auf Empfehlung eines Mitglieds und durch den Beschluß des örtlichen Zirkels.

Mitglieder der Doktor-Faustus-Verbindung sitzen angeblich in jedem Fakultätsrat magischer Universitätsabteilungen und in vielen, in magische Forschungen involvierten Unternehmen und Forschungsinstituten. Man muß nicht Mitglied bei den Faustianern sein, um eine gutdotierte Stelle oder einen Doktorandenplatz zu erhalten, aber wer es sich mit der Verbindung verscherzt, der kann seinen Job als Zauberer an den Nagel hängen oder in den Schatten verschwinden.

Politisch und gesellschaftlich sind die Faustianer kaum aktiv, sie gelten aber allgemein als liberal und verschiedenen gesellschaftlichen Strömungen gegenüber aufgeschlossen. Es ist jedoch ein offenes Geheimnis, daß es bei den Faustianern verschiedene Fraktionen gibt, darunter einen nationalistischen Flügel, der eng mit verschiedenen elitären Burschenschaften an den Universitäten zusammenarbeitet.

Dr. Natalie Alexandrescu:
Magie und Gesellschaft,
Deutsche Geschichte auf VidChips
VC 22, Erkrath 2051

Pandur hatte Rem zuletzt vor drei Jahren gesehen. Damals lebte der Zwerg in Wuppertal und hatte die Verdammten der untersten Ebene von Zombietown um sich geschart. Nach dem verkorksten Jacobi-Run, als kein Herr Schmidt mehr auf Thor Walez setzen wollte, war Rem seine letzte Hoffnung gewesen. Der Zwerg hatte ihm den Tip gegeben, daß ein durchgeknallter Auftraggeber Runner suchte. Rem warnte ihn davor, den Job anzunehmen, aber Pandur sah damals keine andere Möglichkeit, als die Warnung in den Wind zu schlagen. Heute wußte er es besser. Der irre Magier und Cybertechniker mit undurchschaubaren Kapitalinteressen, der mal als Jacobi, mal als Vladek, mal als Krumpf in Erscheinung trat, hatte sein Spielchen mit ihm gespielt. Erst ließ er ihn für einen Run auf das eigene Unternehmen engagieren, um ihn zu testen und ihn gleichzeitig als Bad Luck Walez in den Schatten zu diskreditieren. So trieb er ihn in den mörderischen Renraku-Run, in dem seine Rolle längst festgelegt war, bevor Thor Walez überhaupt von diesem Run hörte. Jacobi/Vladek/Krumpf glaubte, sein eigenes Spiel zu spielen, aber in Wahrheit war auch er nur eine Marionette in der Hand eines Mächtigeren, der Grauen Eminenz.

Pandur wußte noch immer nicht, wie die einzelnen Stücke des Mosaiks genau zusammenpaßten, würde vielleicht nie alle Zusammenhänge herausfinden. Er wußte nur, daß er immer wieder von anderen benutzt wurde und obendrein nur eine drittrangige Figur war. Ein Bauer, den man dann zog, wenn andere Figuren unterstützt werden mußten oder die allgemeine Strategie dies erforderlich machte.

Dies alles hatte nicht mit Rem angefangen, aber der Zwerg nahm einen Platz am Beginn der Verwicklungen ein. Ungewollt, wie es schien. Es hatte in den letzten beiden Jahren viele einsame Nächte für Pandur gegeben. Nächte, in denen er nicht schlafen konnte, weil ihn die Erinnerungen plagten. Nächte, in denen er sein Hirn nach der Identität der Grauen Eminenz zermarterte. Er hatte Steinchen für Steinchen umgedreht, um eine Spur zu finden, jeden Feind in seine Überlegungen einbezogen, aber auch jeden Freund.

Rem war davon nicht verschont geblieben. Er gehörte zu Pandurs ältesten und zuverlässigsten Freunden. Verrat schien nicht vorstellbar. Und dennoch… Der Zwerg verfügte über beste Kontakte in der Subkultur. Er hörte das Gras wachsen. Waren es wirklich nur die Bettler, kleinen Diebe, verkrachten Existenzen, Arbeitslosen, Obdachlosen und sonstigen Verfemten der untersten Schicht, die ihm die Nachrichten zutrugen? Oder steckte mehr dahinter? Zumal sich die Gerüchte über Rems geheimnisvolle Abstammung als wahr erwiesen hatten. Der Zwerg kam wirklich aus Hvaldos, dem unterirdischen Reich der Zwerge. Er war kein goblinisierter Mensch wie die anderen Zwerge der erwachten Sechsten Welt, sondern gehörte dem alten Stamm magischer Wesen an. Was immer dies bedeuten mochte…

Damals, in einer dieser Nächte des Grübelns, hatte Pandur für sich die Entscheidung getroffen, daß Rem zu trauen war. Der Zwerg mochte seine eigenen Interessen verfolgen, aber er steckte nicht mit der Grauen Eminenz unter einer Decke. Pandur hatte sich so entschieden, weil er sich so entscheiden wollte. Es genügte, daß Natalie am Ende bereit war, ihn zu verraten. Sollte sich gegen jede Vernunft und Überzeugung erweisen, daß auch Rem ein Verräter war, sah Pandur keine Basis mehr, sich in irgendeiner Weise in dieser Welt einzurichten. Dann verlor sogar Rache ihren Sinn.

Die beiden Männer verzichteten auf große Gesten. Sie blickten einander nur freundlich in die Augen. Es war, als hätten sie sich zuletzt vor einer Woche getroffen und im Aldiburger einen Soykaf geschlürft.

»Das ist Jessi«, sagte Pandur und deutete auf seine Begleitung.

»Ich weiß«, gab Rem zur Antwort.

Das überraschte Pandur nicht. Wenn Rem hier unten auf ihn gewartet hatte, konnte dies nur bedeuten, daß er umfassend unterrichtet war. Zu den Kerndaten einer solchen Information mußte gehören, wer wen aus welchem Grund jagte und wer mit wem verbündet war.

»He, was geht hier vor?« wunderte sich Jessi. »Müßte ich den Chummer kennen, wenn er schon von mir gehört hat? Hilf mir, Pandur.«

»Rem«, sagte Pandur knapp. »Ich habe dir von ihm erzählt. Der verrückte Zwerg, der sich gern in Löcher unter den Megaplexen verzieht, wenn er nicht gerade Rockkonzerte veranstaltet.« Er deutete auf Johannes. »Von ihm weiß Johannes meinen richtigen Namen.«

»Wurde arschlangweilig hier unten, und ich hab' den CiCs ein paar Stories aus deinem verschissenen Leben erzählt«, erklärte Rem. »Natürlich nur die harmlosen.«

»Erklärt mir vielleicht trotzdem mal jemand, wieso Rem ...«, begann Jessi.

Rem unterbrach sie: »Später. Für den Moment muß dir genügen, daß ich euer Chummer bin und euch helfen will, in diesem Narrentanz die Rübe auf den Schultern zu behalten. So ka?«

Jessi nickte.

»Ist Pola ...?« fragte Pandur vorsichtig.

»Is' einen Monat nach deinem Besuch in die Kiste gesprungen und inzwischen vermodert, schätze ich mal. Wir haben sie in Zombietown verscharrt.« Es klang beiläufig, als würde er nicht von seiner Gefährtin, sondern von irgendeiner Fremden reden. Aber in Rems Augen glimmte etwas, das niemals erlöschen würde. Keine stille Trauer, sondern unterdrückte Wut.

Pandur wußte, wie sehr der Zwerg trotz seiner rauhen Art an seiner Gefährtin gehangen hatte. Bei dem letzten Zusammentreffen mit den beiden war Pola todkrank gewesen. Ein vorprogammierter genetischer Defekt, der sie vorzeitig vergreisen ließ. Die Frau war kleiner als eine Zwergin gewesen, gehörte aber nicht zur Metamenschheit. Ein genetisches Labor hatte sie ausgebrütet. Ein menschliches Versuchskaninchen. Vor den Genetikern war sie geflüchtet. Vor ihren verdrehten Genen hatte sie nicht flüchten können.

Pandur schoß plötzlich durch den Kopf, daß sich Rem nicht allein aus Freundschaft so intensiv für ihn und Jessi interessieren könnte.

Pola war das Ergebnis eines illegalen Genetikexperiments. In den Daten der AG Chemie ging es ebenfalls um illegale Experimente an Menschen. Weiß Rem davon?

Kein Thema für eine öffentliche Diskussion, entschied sich Pandur. Außerdem gab es dringendere Probleme.

»Was ist aus Pederson und seinen Bodyguards geworden?« fragte er.

Rem grinste und deutete dann auf den grauhaarigen CiC. »Laßt es euch von Petrus erzählen. Pete is' übrigens gut drauf, wie der ganze Verein hier. Am besten find' ich ihre Klamotten. Alles Unikate. Maßgeschneidert.«

»Der Satan im Frack ist unser Gefangener«, sagte der grauhaarige Prediger. Er besaß eine eher rauhe Stimme, die nicht auf einen geübten Redner hindeutete, schon gar nicht auf einen salbadernden Pfarrer. »Die Seelen seiner verblendeten Diener haben wir der Obhut unseres Herren Jesus Christus anvertraut.«

Er deutete in eine Ecke der Höhle. Dort gab es zwei Erhebungen, die Pandur zunächst für Felsen gehalten hatte. Jetzt sah er, daß es sich um künstlich aufgeschichtete Haufen handelte. Der eine bestand aus der zerrissenen, blutigen Kleidung der Bodyguards und ihren sonstigen Besitztümern. Dazu gehörten Panzerwesten, die Brownings, ein Arsenal kleinerer Waffen und reichlich Muni. Was man halt so brauchte, wenn man unterwegs war.

Der zweite Stapel war höher und bot einen grausigeren Anblick. Er bestand aus nackten menschlichen Körpern oder besser den Resten davon. Eigentlich handelte es sich eher um eine kompakte blutige Masse, aus der Blut in einem dünnen Bach zu einer tiefer gelegenen Stelle floß. Einzelheiten konnte man aus der Entfernung nicht ausmachen, und Pandur hatte nicht den Wunsch, näher heranzutreten, um sich genauer zu informieren. Aber die Körper wirkten so deformiert, daß sie an einen einzigen großen Kadaver in einem Schlachthof erinnerten. Als hätten Metzger einen Ochsen zerlegt und die einzelnen Fleischbrocken aufeinandergetürmt.

»Die Drekheads sind hier plötzlich reingeplatzt und haben auf alles geballert, was sich bewegte«, erklärte Rem. »Vier CiC mußten dran glauben. Aber dann haben sich die restlichen Chummer auf die beiden gestürzt und sie mit bloßen Händen auseinandergenommen.« Er deutete mit einer Kopfbewegung auf den Grauhaarigen. »Pete ist nicht nur Prediger, sondern auch Schamane, weißt du. Bevor der Zirkus losging, hat er 'n bißchen rumgezaubert, alles in Christo, versteht sich. Ist echt der erste Schamane, den ich kennengelernt hab', dessen Totem der Heilige Geist ist. Jedenfalls haben seine Jungs dadurch für 'ne Weile Bärenkräfte, und ihre Finger sind hart wie Stahlklauen. Als erstes haben sie sich an den Panzerwesten vorbei die Herzen der Dreks gekrallt. Einfach rausgerissen. Das hat die Typen total verblüfft, kann ich euch sagen. Hatten überhaupt nix mehr dagegen, zu Fleischklopsen verarbeitet zu werden.«

Rems Plauderton war für Pandur nichts Neues. Der Zwerg spielte jedes Thema herunter. Über seine innere Beteiligung sagte dies überhaupt nichts aus. Die kumpelhafte Art, über den Prediger zu reden, schien weder

Petrus selbst noch seine Anhänger zu stören. Vermutlich wußten sie inzwischen, daß Rem vor nichts und niemandem in der Welt Respekt hatte.

Pandur fühlte Jessis Hand in die seine gleiten. Sie hatte sich von den blutigen Resten der Bodyguards abgewandt. Er drückte ihre Hand. Sie erwiderte den Händedruck. Es war ein stummes Einverständnis.

Die Kerle waren brutale Mörder, die nichts anderes verdient haben. Petrus täuscht sich. Sein Gott wird nichts mit ihnen zu tun haben wollen. Sie gehören Lucifer. Und doch graust es uns, wenn wir ihre blutigen Überreste sehen. Gut so. Zeigt irgendwie, daß wir, umgeben von Tod und Gewalt, noch nicht völlig abgestumpft sind.

Der Moment ging vorbei. Der Alltag kehrte zurück.

In der Ecke liegen ein paar Leichen. Übel zugerichtet, zugegeben. So ka, vor den Externsteinen liegen ebenfalls Leichen. Die sehen nicht viel besser aus. Schöne Leichen gibt es nicht. Und Leichen sind nicht eitel.

Pandur hatte schon viele Menschen sterben sehen, Freunde wie Feinde. Wenn man nicht verdammt aufpaßte, wurde man schnell zu einem Fleischklops verarbeitet. Metzger waren in großer Zahl unterwegs. Und etliche davon schienen versessen darauf, ihr Handwerk an ihm und Jessi auszuüben.

»Und Pederson?« fragte Jessi. »Wo ist er?«

Sie hatte ihre Hand zurückgezogen. Pandur sah ihren Augen an, daß sie sich den Realitäten stellte. Die Erinnerung an Pederson brachte Härte und Zorn in ihre Pupillen. Der Exec hatte sie auf eine Art gedemütigt, die nach Genugtuung verlangte.

»Kommt«, sagte der Prediger.

Er setzte sich in Bewegung. Die Runner und der Zwerg schlossen sich an. Hinter ihnen drängten sich die CiC zusammen, hielten aber respektvollen Abstand zu ihrem Führer und den Gästen. Johannes hatte sich bei seinen Leuten eingereiht und war von Pandur nicht mehr auszumachen. Aus einigem Abstand ließen sich die CiC nur noch dem Geschlecht nach unterscheiden. Langes, wirres, schmutziges Haar trugen hier alle. Der Hüne, der Pederson entführt hatte, wäre Pandur vielleicht aufgefallen. Aber er schien sich nicht in der Menge zu befinden. Wenn er nicht zu den Opfern der Bodyguards gehörte, war er vielleicht Pederson als Bewacher zugeteilt.

Der Prediger schritt zügig aus. Er trug einen Niedrigfrequenzer und leuchtete ihnen voraus. Auch einige seiner Leute hatten sich mit Lampen ausgerüstet. Das erwies sich als sinnvoll. Sie erreichten bald Bereiche des Höhlenlabyrinths, die im Dunkeln lagen. Die Ausmaße des Labyrinths aneinandergereihter Höhlen verblüffte Pandur immer mehr. Ohne die Lichter in den Haupthöhlen würde man sich hier unten schnell verirren. Der Prediger zeigte allerdings keine Unsicherheit bei der Wahl des Weges. Er schien sich bestens auszukennen.

Trotz seiner Skepsis gegenüber religiösen Fanatikern gefiel Pandur die Art des Mannes, der sich Petrus nannte. Er strahlte eine innere Ruhe aus und hatte nichts von der Selbstgefälligkeit an sich, die Sektenführern oft zueigen war. Und Pandur schätzte die fast bescheiden wirkende Wortkargheit des Mannes.

»Wir haben euch noch gar nicht für eure Hilfe gedankt«, versuchte Pandur schließlich, mit dem Mann ins Gespräch zu kommen. »Ich weiß nicht, warum ihr uns geholfen habt, aber wir wissen es zu schätzen. Und es tut uns leid, daß ihr Opfer zu beklagen habt.«

Der Mann nickte leicht, sagte aber nichts.

»Tod is' für sie nicht das gleiche wie für uns«, sagte Rem statt dessen. »Und du solltest dir nich' einbilden, daß sie es für dich oder für Jessi oder für mich getan haben. Dieser Arsch von Pederson hat ihr Heiligtum entweiht. Als die Armada anrückte, war'n sie zum Gottesdienst in der Felsenkapelle versammelt. Sie haben es in erster Linie für ihren Gott getan.«

»Und in zweiter Linie?« fragte Jessi.

»Sie sind Chummer«, sagte Rem leichthin. »Ich hab' ihnen auch schon mal 'nen Gefallen erwiesen. Eine Hand wäscht die andere. Stimmt's, Pete?«

»Wenn sich der Dienst an Gott dem Herrn mit einem guten Werk für Freunde verbinden läßt, liegt darin doppelter Segen«, antwortete Petrus.

»Und was ist mit dir, Rem?« fragte Pandur. »Erzähle mir bloß nicht, du seist zufällig hier vorbeigekommen!«

»Es gab verschiedene Informationen«, wich Rem aus. »Ich konnte mir dies und jenes zusammenreimen und die richtigen Schlüsse ziehen. Trotzdem wär' ich beinahe zu spät gekommen. Und ich konnte nur 'n paar Weichen stellen. Ansonsten hab' ich darauf gesetzt, daß ihr eure Ärsche selbst aus dem Gröbsten heraushieven könnt, wenn man euch 'ne Chance gibt.«

Sie waren seit zehn Minuten unterwegs. Pandur hatte mehrmals auf den Status-Screen seines Multi-Armbands gesehen. »Wir kehren auf einem anderen Wege zu den Externsteinen zurück, oder?«

»Schlaues Bürschchen. Wir hatten keine Böcke, mit dem Konzernarsch 'ne Sightseeingtour durch die Höhlen zu veranstalten. Er sitzt noch immer in der Nähe des Felsens fest, wo ihn die CiCs gegriffen haben. Seine hirnrissigen Bodyguards sind an der Höhle vorbeigetappt, ohne was zu merken.«

Rem wandte sich Jessi zu. »Gleich gehört er dir. Willste ein Messer?«

Jessi schüttelte den Kopf. Sie besaß ein eigenes Messer. Aber sie wußte selbst noch nicht, in welcher Weise sie dem Kerl mit Zinseszins zurückgeben wollte, was er ihr angetan hatte. Es gab hier unten noch andere Interessenten, die Grund hatten, mit dem Exec abzurechnen. Pandur fragte sich, ob er es fertigbringen würde, einen Gefangenen zu töten, mochte der es auch tausendmal verdient haben.

Petrus führte sie durch einen Stollen in eine benachbarte Grotte. Hinter einem Felsen befand sich ein Loch im Boden. Darunter lag eine weitere kleine Höhle, wie geschaffen für ein Versteck und leicht in einen Kerker zu verwandeln.

Der Prediger bückte sich und leuchtete in die Höhle. »Jeremias?« rief er. »Markus? Rebecca?«

Er erhielt keine Antwort.

»Drek!« rief Rem, riß dem Prediger die Lampe aus der Hand und sprang in die Höhle hinab. Wenig später tauchte er wieder aus dem Loch auf. »Sie sind verschwunden! Dieser Hurensohn von 'nem Exec ist geflüchtet. Ich wette, er hat deinen Chummern goldene Berge versprochen, Pete!«

Der Prediger stand wie versteinert da. »Jeremias, Markus und Rebecca sollen ihren Glauben verleugnet haben? Das ist unvorstellbar. Der Satan muß sich auf andere Art befreit haben!«

Rem kletterte aus der Höhle. »Und wie? Wir haben ihm die Waffen abgenommen und ihn gefesselt. Er is' kein Magier!«

»Die Konzerncops können ihn gesucht und befreit haben«, sagte Jessi.

»Jeremias hatte 'nen Kom bei sich«, widersprach Rem. »Er hätt' uns verständigt.«

»Vielleicht ging alles zu schnell«, meinte Pandur.

»Unsinn«, sagte Rem. »Nicht in diesen engen Höhlen. Außerdem sind da unten keine Leichen. Die drei CiC, der Teufel soll sie holen, haben Pederson befreit und sind mit ihm abgezogen.«

Die anderen CiC tuschelten miteinander. Ein derartiger Verrat mußte die Sekte hart treffen. Pandur war nicht minder überrascht. Außenseiter wie die CiC, die alles aufgegeben hatten, was sie mit dem normalen Leben verband, pflegten beinharte Überzeugungen zu haben. Aber Pederson war gerissen. Er besaß Macht und randvolle Ebbies. Vielleicht hatte er ihnen eine eigene Kirche versprochen, geschützt und gespeist von der AG Chemie. Oder die drei hatten insgeheim schon lange nach einer Chance gesucht, mit ihrer Vergangenheit zu brechen. Dann konnte schon die Aussicht auf eine Karriere bei den Konzerngardisten genügt haben, dem Exec zur Flucht zu verhelfen.

Der Prediger hob die Hände, ließ seine Chummer verstummen und verfiel in eine Art Trance. Er murmelte minutenlang Gebete, und seine Augen blickten in die Ferne, wie das bei Magiern der Fall war, die sich in den Astralraum begaben. Rem schien recht zu haben. Wie es aussah, folgte Petrus einem schamanistischen Pfad, dessen Zauber durch Gebete aktiviert wurde. Pandur bezweifelte jedoch, daß es sich um christlich-spirituelle Magie handelte. Die Gebete ersetzten die Beschwörung des Totems oder eine Zauberformel. In ihrer Art konnten sie die Stufen der Leiter bilden, die den Magiebegabten in den Astralraum führte. Vielleicht hatte Petrus seine eigene magische Schule entwickelt.

»Ich sehe ...«, murmelte der Grauhaarige.

»Es gibt 'ne besondere Beziehung zwischen ihm und Rebecca«, flüsterte Rem. »Sie war sein Medium. Wenn die Verbindung noch besteht ...« Er brach ab.

»Ich sehe einen Parkplatz mit Lastwagen«, sagte Petrus. »Der Satan ist bei ihnen. Ich sehe Jeremias. Und ich sehe Markus.«

»Hellsicht«, hauchte Jessi. »Er nimmt durch Rebeccas Augen die Umgebung wahr.«

»Es is' also wahr!« fluchte Rem leise. »Diese Arschgeigen denken, Pederson würde sie reich belohnen! Verdammte Narren.«

Er verstummte, als der Prediger fortfuhr.

»Soldaten eilen ihnen entgegen ... Sie nehmen den Satan in Empfang ... geleiten ihn zu einem gepanzerten Fahrzeug ...«

Plötzlich versteifte sich der Grauhaarige, stieß einen

heiseren Schrei aus, taumelte und wäre um ein Haar in die Kerkerhöhle gestürzt.

Rem und Pandur halfen Petrus auf die Beine. Sein Blick war wieder klar. Der Kontakt schien abgerissen zu sein. Das Gesicht des Predigers sah aschfahl aus, die Miene wirkte wie versteinert.

»Sie sind tot«, sagte Petrus. »Der Satan hat seinen Leuten einen Wink gegeben. Dann wurde von allen Seiten geschossen. Der Satan hat sie töten lassen.«

»Was anderes war von dem Schwein auch kaum zu erwarten«, sagte Rem grimmig.

Die CiC nahmen die Nachricht schweigend auf. Es war nicht zu erkennen, ob in dem Schweigen Trauer für die Chummer lag oder Genugtuung, daß der Verrat gesühnt wurde. Wahrscheinlich deuteten sie das Ganze als Gottesurteil und sahen sich in ihrem Glauben bestätigt. Der Grauhaarige schien ähnlich zu denken. Aber wenn Pandur ihn richtig einschätzte, würde er viel Zeit benötigen, um den Verrat und den Verlust seines Mediums zu verwinden. Pandur wußte nicht, wie die CiC es mit der Sexualiät hielten. Wenn Rebecca zugleich die Geliebte des Predigers gewesen war, würde das Chaos im Innern des Mannes perfekt sein. Wenn es jemanden gab, der einen solchen Verlust nachempfinden konnte, dann Pandur.

Verrat und Tod. Wie es mir mit Natalie ergangen ist.

Der Grauhaarige ging stumm davon. Seine Gemeinde zog mit ihm. Einige murmelten Gebete vor sich hin.

Pandur, Jessi und Rem folgten den Nackten in einigem Abstand. Sie wollten sich nicht aufdrängen. Und sie nutzten die Chance, sich unbelauscht miteinander zu unterhalten. Der strenge Geruch der CiC spielte auch eine Rolle, war aber der unwichtigste der Gründe.

»Wir müssen also wieder mit Pederson rechnen«,

sagte Pandur. »Ich wundere mich nur, daß die Konzerngardisten so lange ausgehalten haben.«

Rem winkte ab. »Ich wette, die Bischofsgardisten sind längst zurückgepfiffen worden.«

»Wie kommst du darauf?«

»Verständigung auf höchster Ebene.«

»Warum haben sie dann überhaupt angegriffen?« fragte Jessi.

»Konfusion auf unterer Ebene«, meinte Rem.

»Das mußt du näher erklären«, forderte Pandur.

»So ka. Was meint ihr denn, warum die angegriffen haben?«

»Warum?« fragte Jessi. »Die Konzerncops sind hier eingefallen, haben die bischöflichen Wächter zu Dutzenden massakriert und wollten ein im Freistaat Westphalen streng verbotenes magisches Ritual an den Externsteinen veranstalten. Wenn das keine Gründe sind!«

»Okay, okay«, wehrte der Zwerg ab. »Stimmt ja alles. Aber zufällig weiß ich, daß dem Bischof von Paderborn 'n dicker Ebbie in Aussicht gestellt wurde. Man hat ihm nix Genaues mitgeteilt, ihm aber empfohlen, die Schnauze zu halten, falls es irgendwo in seinem Gebiet zu 'nem kleinen Regelverstoß kommen sollte.«

»Dann hat eben der Erzbischof von Münster Wind von der Sache bekommen«, meinte Jessi.

»Der?« erwiderte der Zwerg. »Der wird sich hüten einzugreifen. Er hält 'n strammes Aktienpaket der AG Chemie.«

»Sie haben die Posten abgeknallt, und irgendwann wurde Alarm ausgelöst«, sagte Pandur. »Die Bischofsgardisten wurden ohne Wissen der Bischöfe in Marsch gesetzt.«

»So ungefähr. Und als die Chose nach oben gemeldet wurde, hat man die Aktivisten zurückgepfiffen.«

»Gut für uns, daß überhaupt Alarm gegeben wurde«, meinte Pandur. »Hast du deine Finger darin gehabt, Rem?«

»Du überschätzt mich, Alter. Den Angriff habt ihr Ricul und seinen Spießgesellen zu verdanken. Hat eben auch seine Vorteile, wenn man von vielen Feinden gejagt wird, die untereinander ihren Zoff haben.«

»Verdammt, woher weißt du eigentlich, daß Ricul uns jagt?«

»Ich bin eben auf dem laufenden, Alter.« Rem grinste. »Daß er zu den Kerlen gehörte, die vom Felsen herabgeballert und dich beinahe erwischt hätten, war allerdings nur 'ne Vermutung. Die Szene selbst hat Rebecca beobachtet. Und was Rebecca sah, das konnte auch Petrus sehen. Sie war sein Medium, du erinnerst dich. Und der hat es mir und den anderen verklickert. Du siehst, es geht auch ohne komplizierte Technik. Man sitzt in 'ner düsteren Höhle und kriegt trotzdem alles mit.«

»Arbeitet denn Ricul mit den Bischofsgardisten zusammen?« fragte Jessi.

»Kaum. Die Killer brauchten Unterstützung und haben den Alarm ausgelöst. Oder ihr Auftraggeber hat's getan. Der Große Unbekannte, Pandurs Graue Eminenz.«

»Du weißt über all diese Dinge Bescheid?« Pandur schüttelte den Kopf. »Selbst über die Graue Eminenz? Drek. Hast du denn tausend Augen und tausend Ohren?«

»Ja«, sagte Rem schlicht.

»Du kannst mir nicht zufälligerweise sagen, wer die Graue Eminenz ist?«

Rem schwieg, um es spannend zu machen. »Nein«, sagte er dann. »Das kann ich nicht. Aber ich wüßt' es selber gern.«

Pandur sah den Zwerg an. »Warum das alles? Du willst mir hoffentlich nicht einreden, du hättest Langeweile gehabt und dich entschlossen, den Schutzengel für mich zu spielen.«

»Das wär' mir bei deinem Lebenswandel viel zu anstrengend. Ich hab' meine eigenen Gründe.«

»Die du uns nicht verraten willst«, vermutete Pandur.

»Doch«, sagte Rem. »Ich will die Ratte, die Pola auf dem Gewissen hat. Ich glaub', daß wir den gleichen Feind haben, Chummer.«

Also doch. Genetische Experimente. Das ist der Schlüssel zu allem!

»Der Chip!« rief Pandur. »Jessi hat den Chip mit den Daten, die ich vor zwei Jahren aus dem Computer der AG Chemie geholt habe. In diesen Daten sind Infos über die genetischen Experimente einer Firma enthalten, die mit Krumpf und der AG Chemie in Verbindung stand. Ich wußte damals nicht, wie wichtig diese Informationen waren, und habe sie nur flüchtig überflogen. Dann war mein Cyberdeck blockiert. Schließlich wurden uns die Daten abgejagt. Jetzt sind sie uns zum erstenmal zugänglich. Wir müssen die Gelegenheit nutzen und sie auswerten.«

»Später«, sagte Rem. »Es eilt nich'.«

»Vergiß Pederson nicht«, sagte Pandur. »Was hindert ihn daran, die Höhlen stürmen zu lassen?«

»Alles. Der Bischof von Paderborn kann nicht allzulange stillhalten. Er muß an seine Schäfchen denken. Alles kann er seiner Herde nun doch nich' zumuten. Pederson hatte seine Chance an den Externsteinen. Er hat sie verpaßt. Er muß seine Cops rasch abziehen, sonst bleibt dem Bischof gar nichts anderes übrig, als die Sache mit der Garde zu regeln.«

»Und wenn Pederson durchknallt, alles auf eine Karte setzt?« Jessi blieb skeptisch. »Der perverse Kerl schert sich einen Scheißdreck darum, wie viele seiner Cops dabei draufgehen.«

»Die Konzerncops hätten hier unten keine Chance.

Was weiß denn Pederson? Daß es in einem der Externsteine 'nen Schacht und darunter 'ne Höhle gibt. Die Cops würden sich hier nich' zurechtfinden. Das Labyrinth kann eine tödliche Falle sein, wenn man die Lichter löscht. Sie kennen keinen der anderen Ausgänge. Keine Sorge, die erwischen uns nich'. Sie kommen gar nicht erst. Wenn Pederson Bock gehabt hätte, uns hier unten 'nen Kampf zu liefern, wär' er pfleglicher mit den CiC umgegangen, die ihn befreit haben. Die hatten wenigstens Ortskenntnisse. Von den Konzerncops kriegen wir erst wieder Zunder, wenn wir uns an der Oberfläche zurückmelden.«

Rems Einschätzung der Lage schien richtig zu sein. Es gab keine Detonationen an den Externsteinen, keine Schüsse, keine Geräusche von Gardistenstiefeln, die über Felsen und Geröll marschierten. Außerdem schienen zwei CiC den Auftrag zu haben, alle Lampen in der Höhle auszuschalten. Die Nachzügler mußten sich beeilen, um den Anschluß nicht zu verlieren und im Dunkeln zurückzubleiben. Wer immer ihnen folgte, würde sich im Labyrinth verlaufen.

Der Weg wurde beschwerlicher. Es ging auf und ab, unregelmäßig geformte Felsbrocken und Geröll behinderten die Wanderer. Die lichte Weite der Höhle hatte sich erheblich verringert. Immer häufiger mußten die Köpfe eingezogen werden, und oft konnten längere Strecken nur gebückt zurückgelegt werde. Es gab Passagen, in denen es nur auf allen vieren voranging, Spalten, durch die man sich zwängen mußte. Pandur hatte eine Heidenangst um sein Cyberdeck und versuchte es so gut wie möglich zu schützen. Immerhin verstand er jetzt, daß hochgerüstete Cops in diesen Höhlen scheitern mußten. Im dicken Körperpanzer endete der Höhlentrip schnell in einer zu engen Felsspalte.

Allmählich machte sich in Pandur eine Art von Klaustrophobie breit. Die Enge und der tief hängende, immer wieder das Genick berührende Felsenhimmel machten ihm zu schaffen. Er fieberte dem Moment entgegen, in dem er unbeengt wieder frei durchatmen und unter einen freien, grenzenlosen Himmel treten konnte.

Dem Zwerg schien die Situation wenig auszumachen. Wenn die anderen sich bücken mußten, spazierte er ungebeugt dahin. Seine kräftigen, kurzen Beine meisterten mühelos jede Unregelmäßigkeit des Bodens. Seine Augen waren fähig, infrarotes Licht aufzunehmen. Was die anderen als undurchdringliche Dunkelheit empfanden, hatte für ihn scharfe Konturen.

Sie waren erst eine halbe Stunde unterwegs, aber den Runnern kam es bereits wie eine Ewigkeit vor. Endlich schimmerte in der Ferne helles Tageslicht. Erst fiel es nur durch schmale Felsspalten in die Höhle. Dann öffnete sich die Höhle an einer Abrißkante des Felsens. Mehrere unregelmäßig geformte Ausgänge standen zur Auswahl.

Die CiC schienen es nicht eilig zu haben. Sie versammelten sich um ihren Prediger unweit der größten Höhlenöffnung, knieten nieder und beteten.

Die Runner und der Zwerg folgten einem Pfad, der durch eine Nebenhöhle verlief und durch einen der kleineren Ausgänge ins Freie führte. Jessi schien es nicht schnell genug zu gehen. Sie packte Pandurs linke Hand und zog ihn mit sich ins Freie. Stumm standen die beiden nebeneinander und schauten sich um. Hinter ihnen trat Rem aus der Höhle.

Sie standen auf einem schmalen Felssockel. Zwei Meter unter ihnen lag der Wasserspiegel eines kleinen Sees und spiegelte das Sonnenlicht wieder. Der See war ringsum von anderen Felsen umgeben und an keiner Stelle breiter als zweihundert Meter. Höhlenlöcher schien es nur auf ihrer Seite zu geben. Gebäude oder sonstige Spuren menschlicher Nutzung waren nicht zu entdecken. In Ufernähe wuchs Schilf. Vereinzelt hatten sich Büsche und andere Pflanzen in Felsnischen und nicht allzu steil abfallenden Böschungen angesiedelt.

»Eine Idylle«, sagte Jessi.

»Naturschutzgebiet«, erläuterte Rem. »Was nich' viel zu sagen hat. Aber diese Stelle liegt 'n gutes Stück von der nächsten Straße und einige Kilometer mehr von der nächsten Siedlung entfernt. Es is' ziemlich beschwerlich, hier raufzukommen. Wichtiger is' jedoch, daß der Bischof von Paderborn die Hand auf dem Gebiet hat. Es gehört zur erweiterten Sperrzone um die Externsteine. Die Nutzung für Freizeitvergnügen und Tourismus is' untersagt.«

»Was die CiC wenig zu kümmern scheint«, meinte Jessi. »Ich nehme an, sie hausen hier?«

»Richtig. Weiter unten in den kleineren Höhlen.«

»Völlig unbemerkt?« Pandur wunderte sich.

»Natürlich nich'«, antwortete der Zwerg. »Sie werden geduldet.«

»Doch nicht etwa vom Bischof?« fragte Pandur.

»Genau von dem.«

»Das paßt doch nicht zusammen!«

»Sie bezahlen dafür. Schisma und Häresie verschwimmen zur Bedeutungslosigkeit, wenn die Kasse stimmt. Das Thema hatten wir vorhin schon mal. Der Bischof hat eine Leidenschaft für exquisite Gaumenfreuden und rare Antiquitäten sowie einen unersättlichen Hunger auf immer wieder frische kleine Jungen. Das kostet ihn mehr, als selbst der reichlich bemessene Pegel von 'nem bischöflichen Kredstab zuläßt. Also beschafft er sich 'n paar Nebeneinkünfte.«

»Aber doch nicht ausgerechnet von den CiC«, meinte Jessi. »Was haben die ihm denn zu bieten? Es heißt doch, Nackten kann man nicht in die Tasche fassen. Wie kommen die CiC an Kredstäbe?«

»Drogenhandel«, sagte Rem schlicht.

»Was?«

»Irgendwie muß der Schornstein ja rauchen. Drogen

sind etwas, womit sich Petrus und seine Gemeinde gut auskennen. Eine der Frauen ist Chemikerin und 'ne begnadete Designerin von guten Sachen, bei denen dir vor Vergnügen der Hirndeckel wegfliegt. Warum auch nich'? Die Freaks gönnen sich ja sonst nichts. Aber was Sex und Drogen angeht, sind sie echt gut drauf. Was lag da näher, als einen Teil des Zeugs, das sie hier brauen, zu vermarkten? Der Bischof kriegt den Großteil des Verkaufserlöses, und alle sind zufrieden.«

»Ich schätze mal, der Drogenweg ist auch deine Connection zu den CiC?« meinte Pandur.

»He, he«, sagte Rem. »Der Kandidat bekommt hundert Punkte. Du kennst mich wirklich gut.«

Pandur lächelte.

»Wieso stinken die eigentlich so infernalisch?« sagte Jessi leise, damit niemand außer den dreien es hören und sich beleidigt fühlen konnte. »Wo sie doch eine klasse Badewanne vor der Haustür haben?«

»Selbstkasteiung«, sagte Rem. »Die waschen sich wochenlang nich', treiben es nich' miteinander, fasten und schlucken in der Zeit auch kein Dope. Dann springen sie ins Wasser, schrubben sich gegenseitig ab. Danach wird gerammelt und gekifft, bis sie vor Erschöpfung umfallen. That's life.«

»Ich sehe nirgendwo Kinder, und keine der Frauen scheint schwanger zu sein«, sagte Jessi.

»Wer Kinder haben will, wohnt in der Nähe auf 'nem ehemaligen Gutshof und mehreren Bauernhöfen drum herum. Dies ist nur die Außenstelle für die ganz harten Vögel. Unfreiwillige Schwangerschaften gibt es nich'. Wenn sie nach dem wilden Gerammel wieder zu sich kommen, veranstaltet Petrus einen magischen Gottesdienst, bei dem befruchtete Eizellen sterilisiert werden.«

»Erstaunlich, daß ein solches Konzept funktioniert.« Pandur konnte sich nur schwer vorstellen, daß Kommunen dieser Art auf Dauer Bestand hatten.

Zumal in einer Umwelt, die von ganz anderen Gesetzmäßigkeiten diktiert wurde. Aber die CiC schienen zumindest für den Moment eine Nische gefunden zu haben.

»Konzepte, die auf Ficken basieren, funktionieren immer.« Rem grinste. »Außerdem sind die meisten CiC noch jung. Es gibt den Laden erst seit zehn Jahren. Vielleicht erklären sie irgendwann 'n Leben in Saus und Braus für heilig, ziehen in 'nen Megaplex, schneiden sich die Matten ab, waschen sich wieder regelmäßig, reiben sich mit Parfüm ein, besorgen sich geile Klamotten und mischen bei der Mafia mit. Wer weiß? Alles ist möglich.«

Pandur konnte nicht davon ablassen, immer wieder zum Himmel zu schauen. Aber er berauschte sich nicht mehr allein an der unendlichen Weite. Mißtrauisch wanderte sein Blick von Norden nach Süden, von Westen nach Osten. Er rechnete damit, irgendwo in der Ferne die Silhouette eines Kopters zu entdecken, der Kurs auf den See nahm. Er sah nichts, was Ähnlichkeit damit hatte. Nichts drang an seine Ohren, was auch nur entfernt an das Schrappen von Rotorblättern erinnerte. Aber das Gefühl der Unruhe, das ihn ergriffen hatte, wollte nicht von ihm abfallen.

»Der Chip«, sagte er. »Ich muß mir die Dateien ansehen!«

»So ka«, antwortete Rem. »Gehen wir. Sie haben mir eine der kleineren Höhlen als Schlafplatz gegeben. Sie is' groß genug für uns drei. Ruht euch aus.« Er wandte sich Pandur zu. »Und wenn du zu viele Hummeln im Arsch hast, dann zieh dir meinetwegen deine geilen Chemiedaten rein.«

Rem führte sie in die große Höhle zurück und von dort einen steilen Pfad hinab zu den Wohnhöhlen. Die Versammlung der CiC hatte sich aufgelöst. Die Chummer zogen sich in Gruppen in die einzelnen Höhlen zurück. Der Grauhaarige war bereits verschwunden.

Niemand kümmerte sich um den Zwerg und die Runner. Den dreien konnte es nur recht sein.

Die Höhle des Zwergen erwies sich als etwa acht Quadratmeter große Kaverne, die sich zum See hin öffnete und nur über einen schmalen Felssims zu erreichen war. Die Hälfte der Grundfläche lag im Einstrahlbereich der Sonne, während im restlichen Teil schummriges Zwielicht herrschte. Es war heiß. Die Einrichtung bestand aus einer Luftmatratze, einem Schlafsack, einem Wasserkrug und einer Batterie von Bierdosen in Sechserpacks. Starkbier. Halbliterkannen. Zwergennahrung.

Wenig später brachten zwei CiC-Frauen zwei weitere Luftmatratzen und Schlafsäcke sowie eine Art Fladenbrot. Ganz und gar vergessen hatte man sie offenbar doch nicht.

Jessi teilte das Brot zwischen den dreien auf und begann zu kauen. Die Runner schlangen die Nahrung herunter und tranken Wasser aus dem Krug. Rem verzichtete auf beides und lüpfte lieber ein Bier. Daß es warm war, schien ihn wenig zu stören.

Die Runner hatten zuletzt etwas zu sich genommen, als sie mit dem Kolibri nach Rügen unterwegs waren. Pandur kam es so vor, als sei das irgendwann in grauen Vorzeiten gewesen.

Dann ließ sich Pandur von Jessi den Chip geben. Erleichtert stellte er fest, daß er sich tatsächlich, gut versteckt zwischen zwei Tampons, in der Packung befand, die ihm Jessi reichte.

Während sich Jessi und Rem damit beschäftigten, die Luftmatratzen aufzublasen, setzte sich Pandur auf einen Felsen, der dem direkten Sonnenlicht entzogen war. Er nahm das Cyberdeck auf die Knie, überprüfte die Energiereserven, schaltete es ein und schob den Chip in den Eingabeschlitz. Er kopierte als erstes die Daten aus dem Chip in die Speicherbank. Es dauerte nur Nanosekunden. Schon kam die Bestätigung, daß die Speicherung erfolgt war. Pandur fühlte sich irgendwie erleichtert. Seit die Magie der Grauen Eminenz sein Cyberdeck blockiert hatte, rechnete er bei jedem Einschalten des Decks mit einer erneuten Blockade.

Diese verdammten Daten, um die sich alle Welt reißt. Diese Scheißdaten, die den Drekheads so viele Tote wert sind.

Es war für ihn ein Akt der Genugtuung, daß sich die Daten jetzt im Speicher seines Decks befanden. Eigentlich war dadurch nicht viel gewonnen. Wer den Chip in seinen Besitz brachte, würde sich auch das Cyberdeck krallen, wenn es sich in Reichweite befand. Aber die Verdopplung der Daten wirkte wie eine Art Tranquillizer auf die Seele. Wie unter Zwang stehend, kopierte Pandur die Daten gleich noch einmal auf einen freien Chip. Dann nahm er Jessis Chip aus dem Deck, verstaute ihn in der Tamponpackung und gab ihr die Packung zurück. Den kopierten Chip verstaute er in einem Geheimfach seines Stiefels.

Schließlich wandte er sich wieder dem Deck zu, lud die Dateien aus der Speicherbank in den aktiven Speicher und verstöpselte sich mit seinem Deck. Das Deck besaß keine eigene Matrix, in die er eintauchen konnte, aber Pandur hatte es mit einem VidScreen Display aufgerüstet, auf dem Dateien so betrachtet werden konnten, wie ein Decker sie in der Matrix zu sehen bekam. Wenn er verstöpselt war, konnte er seine schnellen Sensorutilities routinierter einsetzen. Er nutzte das Display und die Werkzeuge, um sich die Datenwürfel anzusehen und sie blitzschnell nach zusammengehörigen Gruppen zu sortieren. Dann machte er die interessantesten Dateien lesefertig.

Rem schlürfte sein zweites Bier, während sich Jessi auf der Luftmatratze ausgestreckt und die Augen geschlossen hatte. Daß Rem sich nicht für Cybertechnik interessierte, wußte Pandur zur Genüge. Die einzige Art von Technik, die den Zwerg auf Touren brachte, bestand im Einstöpseln von E-Gitarren in altmodische Amps und Boxen. Schon ein simpler Synthesizer war ihm ein Graus. Jessis Desinteresse konnte Pandur weniger gut verstehen. Er glaubte nicht, daß sie so müde war, wie sie tat. Aber dann fiel ihm ein, was ihm schon vorher aufgefallen war. Jessi trug kein Cyberdeck mehr, Jessi hatte die Magie aufgegeben. Er wußte nicht, was sie dazu gebracht hatte.

Okay, der Astralraum hat ihr als Magieradeptin nie gehört, obwohl sie seine Macht spürte und anwandte. Aber die Matrix war ihr zugänglich. Wie kann jemand zwei komplette zusätzliche Welten aufgeben und sich nur noch mit der Realität zufriedengeben? Kann man freiwillig darauf vernichten? Oder nur unter Zwang? Wer hat die Macht, einer Zauberin das Zaubern zu verbieten? Und einer Deckerin die Matrix?

Ihm wurde bewußt, daß er sich selbst lange Zeit von der Matrix ausgesperrt hatte. Weil er Angst vor ihr hatte? Weil er fürchtete, wieder Robertis Fratze sehen zu müssen? Offenbar gab es doch gute Gründe, die virtuelle Realität zu meiden.

Pandur konzentrierte sich auf die Daten. Wie bei der ersten flüchtigen Durchsicht, als er im Chilehaus in den Computer der AG Chemie eingestiegen war, entdeckte er Daten, die noch immer ihren Wert für GreenWar haben mochten. Sie dokumentierten eine Reihe von Umweltsauereien schwersten Kalibers, hinter denen der Megakon steckte. Zugleich wußte er, daß diese Daten niemals der Grund gewesen waren, Jessi, Festus und ihn zu jagen.

Rem kam mit der Bierdose in der Hand näher und setzte sich neben Pandur auf den Felsen.

»Na, was spricht das Siliziumgehirn?« fragte er und rülpste.

»Es kann leider nur speichern und nicht denken. Letzteres müssen wir besorgen. Die Infos sind alle hier drinnen. Sie müssen nur miteinander verknüpft werden.«

»Dann mach mal, Alter.«

»Meine Rübe ist zu klein dafür.«

»Dann machen wir es eben gemeinsam«, sagte Rem. Er nahm einen Schluck Bier. »Wo liegt das Problem?«

»Ich habe hier einen Wust von Daten, die offenbar nicht einzeln interessant sind, sondern in der Summierung«, gab Pandur zur Antwort.

»Aber nur für bestimmte Interessenten, oder? Wer deren Interessen nicht teilt, wird nich' verstehen können, was an den Daten interessant is'.«

»Von GreenWar mal abgesehen. Die wollten Fakten, und diese Fakten sind vorhanden. Aber ich habe damals mehr Dateien kopiert, als GreenWar haben wollte.« Pandur erzählte dem Zwerg von dem seltsamen Traum vor dem Run, der ihn dazu gebracht hatte, eine Fülle von Material zu kopieren, das nichts mit den Umweltverbrechen zu tun hatte.

»Hmmm«, machte Rem. »Wenn ich dir helfen soll, mußt du mir erst mal erklären, was du über eure Feinde rausgefunden hast. Ich weiß nur das, was mir von meinen Chummern zugetragen wurde. Das sind Fakten über Gruppierungen, die euch jagen. Das sind eure verschiedenen Aktivitäten. Und einiges mehr. Aber ich bin sicher, daß mir viele Einzelheiten verborgen geblieben sind.«

»So ka.« Pandur versuchte die Fraktionen der Jäger und ihre Motive zu ordnen. »Da gab es diesen irren Magier, der den Renraku-Run organisiert hat. Ein Mann, der viele Masken und viele Namen trug. Jacobi, Roberti, Krumpf und Vladek.«

Rem nickte. »Krumpf war sein richtiger Name. Er hat in Prag 'ne Cyberware-Klitsche gehabt, die von MCT geschluckt wurde. Formell war er bei denen angestellt, aber in Wahrheit besaß er 'n dickes Aktienpaket von MCT Europa. Er war 'n Spitzendecker und zugleich 'n Magier. Irre, schizophren. Er mußte ja irre werden. Man kann nich' auf zwei Hochzeiten tanzen, schon gar nicht, wenn beide Bräute total geil sind und dir die Klöten brechen wollen.«

Jessi wälzte sich herum und kehrte ihnen jetzt den Rücken zu. Pandur war sicher, daß sie zugehört hatte.

»Die Modefirma Jacobi in Düsseldorf ...«

»Eines seiner vielen bizarren Hobbies.«

»Okay. Krumpf und die Graue Eminenz scheinen für eine Weile die gleichen Interessen gehabt zu haben. Die Killer haben Krumpf umgelegt, bevor er die Identität der Grauen Eminenz lüften konnte. Er hat die Graue Eminenz mit Sicherheit nicht nur gekannt, sondern vermutlich mit ihr zusammengearbeitet, ohne zu wissen, daß er selbst von ihr manipuliert wurde.«

»Was macht dich so sicher, daß Krumpf nich' allein gearbeitet hat?« fragte Rem.

Pandur erzählte ihm, was Natalies Mutter über den Manipulator im Astralraum herausgefunden hatte. »Krumpf mag auch als Magier eine Leuchte gewesen sein. Er konnte sogar den Golem beschwören. Aber für das astrale Geflecht kann er nicht verantwortlich sein.«

Rem zuckte die Schultern. »Wer weiß? Wenn er den Golem beherrschte, dann vielleicht auch andere Geister oder magische Wesen. Er könnte sie gezwungen haben, ihre Magie auf dich anzuwenden.« Er feuerte die leere Bierdose in eine Ecke, stand auf und holte sich Nachschub, diesmal den ganzen Rest des Sechserpacks.

»Nein«, erwiderte Pandur. »Krumpf hat den Renraku-Run organisiert, und wir haben seiner Frau Schmidt die Daten abgeliefert. Er hatte alles, was er haben wollte. Erst danach begann die Jagd auf uns. Natalie mußte sterben, damit die Graue Eminenz an die Kopie der Daten kam.«

Der Zwerg hatte sich wieder hingehockt. Als Natalies Name fiel, sah er auf. Sein Gesichtsausdruck war schwer zu deuten. »Natalie ...«, begann er.

»Eine Riggerin, die bei Renraku dabei war. Ich war anschließend mit ihr zusammen, bis zu ihrem Tod.«

»Ich weiß das«, brummte der Zwerg ungnädig.

»Wir waren in Hvaldos«, sagte Pandur. »Dank deiner Empfehlung.«

»Mir bekannt.«

»Was ist dann mit Natalie?«

»Was soll mit ihr sein?«

»Du wolltest etwas sagen.«

»Vergiß es!« fuhr ihn der Zwerg an. »Sagtest du nicht, sie hätte den Arsch zugekniffen? Na also. Wozu über Tote reden?«

Pandur konnte sich keinen Reim darauf machen, weshalb der Zwerg so gereizt reagierte.

»Okay, Alter«, fuhr Rem versöhnlicher fort. »Jemand hat sich also 'ne Kopie der Daten besorgt. Du konntest nicht erkennen, wer es war?«

»Doch, natürlich. Killerelfen. Zwei sind tot, der letzte treibt noch immer sein Unwesen. Das war der Drekhead, der mir vorhin einen Pfeil durch die Birne jagen wollte.«

»Pfeilgeil-Boris? Ein extrem dreckiges Arschloch. Der hat damals Spezialaufträge für die AG Chemie erledigt.«

»Richtig. Natalie war früher Pedersons Frau, und deshalb ließ er uns jagen. Mit der ganzen Power der AG Chemie und obendrein von ein paar privaten Killern.«

»Wer hat euch denn nun gejagt? Die AG Chemie oder die Graue Eminenz?«

»Beide, verdammt noch mal!« Pandur war laut geworden. »Das macht es ja so verflucht tricky, verstehst du. Diese lausige Graue Eminenz bleibt immer im Hintergrund, hängt sich an andere dran, schiebt sie vor, kooperiert und läßt die Kooperationen wieder platzen. Nicht zu greifen. Aber dieser Boris und Natschas Halbbruder Ricul sind zwei Konstanten. Mit denen arbeitet die Graue Eminenz schon länger zusammen, obwohl die beiden zugleich auf der Lohnliste der AG Chemie standen. Bis vor zwei Tagen, als Pederson durch mich von dem Doppelspiel erfuhr und die beiden sich absetzen mußten.«

»Dann würd' ich mich doch auf die Spur der beiden setzen, um die Graue Eminenz aufzustöbern« sagte Rem und grinste.

»Sehr witzig!« explodierte Pandur. »Was meint du denn, was ich die vergangenen zwei Jahre gemacht habe?!«

Rem grinste noch breiter. Zu spät erkannte Pandur, daß der Zwerg ihn gefoppt hatte. Natürlich wußte Rem, was Pandur in den letzten beiden Jahren getrieben hatte.

»Du wolltest mit irgendwelchen Daten jonglieren, die dir dein Außenbordgehirn unter die Nase reibt«, erinnerte ihn Rem freundlich und deutete auf das Cyberdeck.

Pandur konzentrierte sich und nahm den Faden wieder auf. »Also, noch einmal. Krumpf und die Graue Eminenz hetzten mich auf Renraku, um das Sicherheitssystem der AG Chemie zu knacken. Das konnte nur mir gelingen, weil ich früher für Renraku gearbeitet habe und die Kontrollen mit meiner alten ID-Backup zu überlisten waren. Der Renraku-Run brachte die Infos, um den Run auf die AG Chemie zu planen. Das Ziel waren also von Anfang an die Daten der AG Chemie.« Pandur deutete auf den Screen. »Diese Daten.«

»Weiter«, sagte Rem.

»Ich weiß nicht, ob mein Einsatz gegen die AG Chemie von Anfang an geplant war oder nicht. Wenn ja, dann hat mir die Graue Eminenz so lange Knüppel zwischen die Beine geworfen, bis ich reif dafür war, den Job anzunehmen. Auftraggeber war allerdings ein Schmidt, der für GreenWar arbeitete. Aber wie es aussieht, wurde GreenWar ebenfalls von der Grauen Eminenz – oder von Krumpf, oder von beiden – manipuliert. Auf jeden Fall hatte ich vor dem Run auf die AG Chemie diesen seltsamen Traum, von dem ich dir erzählt habe. Was aber für mich nichts Neues war. Vor dem Jacobi-Run hatte ich schon mal einen verrückten Traum, einen Traum, der mich ausrasten ließ, als mir in der Matrix ein Typ namens Roberti begegnete. Dieser neue Traum brachte mich wie gesagt dazu, gegen meinen eigenen Willen Daten zu kopieren, die für meinen Auftraggeber GreenWar uninteressant sein mußten. Was hältst du davon, Rem? Das sieht doch nach einem ähnlichen Muster aus, oder?«

»Hmm, hmm«, machte der Zwerg wieder. »Klingt wirklich nach hypnotischer Magie. Aber damit kommst du nicht weiter. Du weißt ja schon, daß dein Gegner über machtvolle magische Mittel verfügt. Die Daten sind der Schlüssel. Was zum Henker macht die Daten der AG Chemie so interessant?«

»Ja, was?« fragte Pandur. »Ich kriege es einfach nicht auf die Reihe. Krumpf wollte Cyberware für Magier entwickeln. Die AG Chemie wußte davon. Mehr noch, sie hat heimlich mit Krumpfs Unternehmen zusammengearbeitet. Und es gab ein drittes Unternehmen, mit dem man kooperierte. Eine Firma, die Interessen im Cyberwarebereich oder in der Genetik haben könnte.«

»Wie heißt dieser dritte Verein?«

»Das geht aus den Daten nicht hervor.«

»Sicher?«

»Nein.«

»Dann solltest du das überprüfen. Der Name könnte der Schlüssel für das Ganze sein. Ich wette, die Graue Eminenz hat mit dem dritten Unternehmen zu tun.«

»Dann hätte sie ebensowenig Grund wie Krumpf, Daten der AG Chemie anzuzapfen, die sie längst kennt.«

Rem schüttelte den Kopf. »Das ist dein Denkfehler. Die Dreks wollten nich' nachgucken, ob die AG Chemie die Zusammenarbeit zwischen den einzelnen Klitschen wahrheitsgemäß protokolliert hat. Sie wollten etwas anderes. Was waren das für zusätzliche Daten, die du kopiert hast?«

»Jede Menge Statistik, Unternehmensstrategien, Beteiligungen. Nichts, was für die MCT oder die unbekannte Genetikfirma interessant sein könnte.«

Rem stöhnte. »Du siehst den Wald vor Bäumen nich'! Du denkst einfach zu ehrlich. Versuch doch mal Hai zu sein, im Ozean der Großen Fische nach Beute zu schnappen. Du hältst offenbar die Kooperation von drei Firmen für 'ne Art nobles Bündnis gegen andere. 'n Bündnis ist es zunächst auch mal, okay. Aber Noblesse? Was ist das? Haie werden nich' friedlich, weil sie Treibjagd auf 'nen gemeinsamen Gegner oder 'ne Beute machen, die für einen allein zu groß is'. Wenn sich die Gelegenheit bietet, fallen sie übereinander her. Kapiert? Die AG Chemie ist offenbar das größte Unternehmen in der Troika. Sie wird versuchen oder hat versucht, die kleineren Partner zu schlucken. Und was machen die beiden kleineren Partner? Sie verbünden sich gegen den dritten, versuchen ihn auszuhebeln. Sobald sie das geschafft haben, fallen sie übereinander her. Natürlich nie offen, sondern verdeckt, denn der Gegner darf ja erst was merken, wenn es zu spät ist. Wenn deine Graue Eminenz was über die Beteiligungen und Geschäftsinteressen der AG Chemie wissen wollte, dann zu dem Zweck, den Riesen in die Knie zu zwingen.«

Unter diesem Aspekt hatte Pandur die Sache noch nicht betrachtet. »Dann ist die Graue Eminenz gescheitert. Die AG Chemie ist putzmunter.«

Der Zwerg schüttelte den Kopf. »Das denkst du. In Wahrheit gab es vor zwei Jahren Turbulenzen am Aktienmarkt. Jemand hat die Aktien der AG Chemie in den Keller gejagt und dann in rauhen Mengen zu 'nem Spottkurs aufgekauft. Es ging nich' darum, den Megakon zu ruinieren, sondern ihn auf kaltem Wege zu übernehmen.«

»Rem hat recht«, meldete sich Jessi unvermittelt. Offensichtlich hatte sie aufmerksam zugehört. Sie richtete sich auf der Luftmatratze auf. »Erinnerst du dich an die TV-Sendung im Kopter? Da wurde genau das gleiche behauptet.«

»Und Krumpf?« fragte Pandur. »Wollte der auch die AG Chemie schlucken?«

»Keine Ahnung.« Der Zwerg zuckte die Achseln. »Das kann er uns nich' mehr verraten. Ich nehme aber an, daß er noch an das Bündnis mit der Grauen Eminenz geglaubt hat. Sie wollten es gemeinsam durchziehen – dachte Krumpf. Er war zu langsam. Die Graue Eminenz hat ein paar Etappen übersprungen und den Partner abgeschüttelt. Vielleicht wollte sie Krumpf auch einfach loswerden. Der Kerl war total irre und in seinem Irresein unberechenbar. So einen hat man nich' gern im Rucksack. Ich kann mir auch vorstellen, daß Krumpfs Forschungen sich als Sackgasse erwiesen haben. Noch 'n Grund, ihn abzuservieren. Wer weiß, wer sein MTC-Aktienpaket geerbt hat oder welchen Einfluß es auf den MCT-Kurs hatte, falls es an der Börse angeboten wurde.«

»In den Schatten sind die Dinge nicht so kompliziert«, seufzte Pandur.

»In den Schatten werden die komplizierten Sauereien der Megakons mit 'ner Menge Muni in Leben und Tod von kleinen Arschlöchern umgesetzt. In einfache Wahrheiten, wenn du so willst. Insofern hast du recht. Es gibt keine fundamentalere Weisheit als den Satz: ›Mein Arsch ist noch dran, also lebe ich.‹ Wenn der Arsch erst ab ist, hast du schon deine Chance verpaßt, schlaue Sätze darüber zu quasseln.«

Rem stand auf und nahm den Rest seines Sechserpacks mit. »Ich geh' jetzt pissen und danach ein bißchen spazieren. Such du inzwischen nach dem Namen der verfickten Genetikfirma. Wenn die MCT erwähnt wird, muß der andere Name auch vorkommen.«

»Es scheint Absicht gewesen zu sein, den Namen außen vor zu lassen.«

Den Einwand ließ Rem nicht gelten. »Irgendein Trottel wird irgendein Dokument vergessen haben, in dem der Name vorkommt. Das is' immer so. Du wirst schon sehen!«

Rem schlug draußen geräuschvoll sein Wasser ab. Dann kletterte er über dem Felssims zur großen Höhle hinauf.

Pandur wandte sich wieder den Daten auf dem Screen zu. Jessi trat hinter ihn und sah ihm über die Schultern.

»Rem hat recht«, sagte Pandur. »Der Name muß irgendwo zu finden sein.«

Als erstes las er noch einmal die Datei, in der er die Hinweise auf die Schweinerei in Afrika gefunden hatte. Es handelte sich zum einen um eine Aufstellung der Investitionen, die von der AG Chemie für das Tochterunternehmen GENERA in einem Kalenderjahr getätigt wurden. Es handelte sich um die Summe von 1,8 Milliarden Nuyen. Aus einem Pachtvertrag ging hervor, daß die GENERA in einer Randzone des kenianischen Megaplexes Nairobi angesiedelt war.

Zweitens war ein Rechenschaftsbericht des Vorstandes der GENERA gespeichert worden, aus dem in nüchternen Worten klipp und klar hervorging, daß für die ›Forschungsaufgaben‹ im zurückliegenden Kalenderjahr 3843 Versuchspersonen ›eingesetzt‹ worden seien, von denen 679 ›negativ reagiert und durch Exitus für die Versuchsreihe verlorengegangen‹ seien. Die Familien seien entschädigt worden. Weitere ›Negativreaktionen‹ unter den verbliebenen Versuchspersonen seien ›nicht auszuschließen‹. Als Problem wurden 1022 Personen bezeichnet, die ›indifferent‹ reagiert und ›irreparable Defekte‹ davongetragen hatten. Es wurde um Weisung gebeten, was mit diesen Personen zu geschehen habe.

Drittens gab es eine Vorstandsnotiz von einem Dopkens, Assistent der Geschäftsleitung, wonach alle Informationen über die GENERA als *top secret* zu behandeln seien und der höchsten Geheimhaltungsstufe der AG Chemie unterlagen. Wörtlich hieß es: »Es darf unter keinen Umständen bekannt werden, daß unser Unternehmen an genetischen Experimenten beteiligt ist.«

Der Rest der Datei bestand aus Kapitalanalysen zu der getätigten Investition, Wirtschaftlichkeitsrechnungen, Gewinnerwartungen. Alles datiert aus der Zeit vor der Anweisung des Vorstands, den Vorgang als geheim einzustufen. Wie es aussah, war die Speicherung der Daten mit Dopkens' Anweisung abgeschlossen worden.

Hier wurde er nicht fündig. Die GENERA war offensichtlich eine Tochter der AG Chemie und nicht die Firma, die Pandur suchte.

Also weiter im Text.

Seite für Seite ließ Pandur die Datenbanken ihren Inhalt über den Screen ausschütten. Zunächst die anderen brisanten Dateien. Protokolle von Konferenzen der Execs, geheime Kartellabsprachen, Strategiepapiere, Marktanalysen, Schmiergelderlisten, Anweisungen, wo Umweltgifte verscharrt oder im Meer versenkt werden sollten. Alles Zündstoff, wenn es in die richtigen Hände gelangte. Aber auch beim zweiten Durchlauf entdeckte er nur das eine, schon bekannte Geheimprotokoll über Krumpfs Cyberaugen, das den einzigen Hinweis auf zwei Unternehmen ›A‹ und ›B‹ bot, mit denen die AG Chemie kooperierte. Der Zusammenhang ließ vermuten, daß die Mitsuhama CT, für die Krumpf tätig war, eines der beiden genannten Unternehmen war.

Offensichtlich war das Protokoll aus Versehen gespeichert worden. Jemand hatte einen Fehler begangen.

Pandur durchsuchte die Dateien mit den Routinendaten. Endlose Aufstellungen von Rechnungen und Gutschriften. Nichtssagende Protokolle von wöchentlichen Sitzungen irgendwelcher Abteilungsleiter, Werkmeister, Bezirksvertreter, Einkäufer, Verkäufer ... Tarifvereinbarungen ...

Und plötzlich hatte er etwas.

»Das ist merkwürdig«, sagte er. »Eine Stornierung.«

»Was ist an einer Stornierung so aufregend?« fragte Jessi.

»Die Begründung. Sieh doch. ›Rechnung G-9679 an Fa. P., Storno gemäß Anweisung von Abteilung Komposit-B, Daten entfernen.‹ Ich bin kein Buchhalter, aber der Henker soll mich holen, wenn dies ein normaler Stornovermerk ist. Die Firma wird abgekürzt, wie in einem geheimen Einverständnis; eine ominöse Abteilung Komposit-B hat die Anweisung erteilt. Die Daten sollten entfernt werden. Aber jemand hat Murks gebaut oder die Sache mißverstanden. Die Daten wurden nicht entfernt, sondern nur verstümmelt.«

Pandurs Finger flogen über die Tasten.

»Was tust du?« fragte Jessi.

»Die Backup-Dateien hochladen«, sagte Pandur. »Ich habe die Backups ebenfalls kopiert, das weiß ich genau.«

Die Backup-Datensätze waren verschlüsselt, aber Pandur hatte keine Mühe hineinzukommen. Er rief die Rechnung G-9679 auf. Sie lautete auf stolze Ecu 37.089.676,– und betraf drei Schiffsladungen verschiedenster Chemikalien, die von der AG Chemie nach Nairobi auf den Weg gebracht worden waren. Der Rechnungsempfänger war ebenfalls angegeben.

»Proteus!« rief Pandur. »Firma P. ist Proteus! Ich hätte von allein darauf kommen können. Druse hat erwähnt, daß Proteus mit genetischem Material arbeitet!«

»Wer zum Teufel ist Druse?«

»Ein Chummer, der mich umbringen wollte.«

»Aha.«

»Er ist okay.«

»Na ja, wenn du es okay findest, daß dich einer umbringen will.«

»In gewisser Weise ist er dafür verantwortlich, daß wir uns kennengelernt haben.«

»Das macht ihn allerdings sympathisch.«

»Ach, laß das jetzt, Jessi. Die Story erzähle ich dir ein anderes Mal. Proteus! Verdammt! Verdammt! Verdammt! Der Kreis schließt sich.«

»Aha, fündig geworden?« Unbemerkt war der Zwerg in die Höhle zurückgekehrt.

Pandur berichtete ihm, was er entdeckt hatte.

»Hmm, hmm«, machte Rem. »Proteus also. Hmm, ja, das würde passen. Proteus setzt eine Arcologie nach der anderen an die Nordseeküste, und keiner weiß so genau, womit die Drekheads ihr Geld machen.«

»Offenbar bin ich zu blöd, um das zu kapieren«, sagte Jessi. »Warum flippt ihr wegen einer Rechnung der AG Chemie an Proteus aus? Das beweist doch nicht, daß Proteus Unternehmen ›B‹ ist.«

»Hör zu, Jessi«, sagte Pandur. »Natürlich könnte die AG Chemie ganz normale Geschäftsbeziehungen zu Proteus unterhalten. Es könnte sogar vorkommen, daß die AG Chemie Proteus versehentlich Lieferungen berechnet, die für die GENERA in Afrika bestimmt waren. Aber dann hätte man die Rechnung normal storniert, ohne daß eine mysteriöse Abteilung Komposit-B eingegriffen hätte. Es hätte keinen Grund gegeben, den Namen Proteus zu kürzeln, und erst recht wäre nicht die Anweisung erfolgt, die Daten zu vernichten.«

»Genau«, gab ihm Rem recht. »Der Vorgang kann nur eines bedeuten: Eine mit diesen Dingen befaßte Kontrollabteilung, die sich Komposit-B nennt, hat erkannt, daß Proteus zu unrecht belastet wurde, weil diese Lieferungen an die GENERA gingen. Komposit-B war die Brisanz des Vorgangs klar. Der Name Proteus mußte herausgehalten, die Daten mußten vernichtet werden? Was schließt ihr daraus? Na?«

»Daß Proteus an GENERA beteiligt ist, aber niemand davon erfahren darf!« sagte Pandur. »Wie niemand davon erfahren darf, daß die AG Chemie an GENERA beteiligt ist und vermutlich MCT der dritte im Bunde ist. Ich war auf dem Holzweg, als ich dachte, die GENERA sei eine hundertprozentige Konzerntochter der AG Chemie. Sie gehört der AG Chemie, Proteus und der MCT, wahrscheinlich zu gleichen Teilen. Die Lieferungen der AG Chemie gehören zu ihrem Anteil an den Investitionen. Das konnte die Buchhaltung nicht wissen und wurde deshalb zurückgepfiffen.«

»Hervorragend«, lobte ihn der Zwerg. »Damit hast du das Bündnis der drei Megakons auf dem Tisch, dieses Bündnis, das die Beteiligten unter allen Umständen geheimhalten wollen. Das Ziel sind gemeinsame genetische Experimente an Menschen, zu welchem Zweck auch immer.«

Jessi nickte. »So ka, jetzt hab' ich es auch gerafft. Aber warum diese Elefantenhochzeit? Schafft die AG Chemie so etwas nicht allein. Oder Proteus?«

»Der Projekt muß Dimensionen besitzen, die einen Konzern allein überfordern«, sagte Rem. »Oder aber die Idee kam nicht aus den Konzernen selbst, sondern von 'nem Außenseiter, von Krumpf zum Beispiel. Proteus könnte das auch angeleiert haben, als der Laden noch 'ne Klitsche war – kein anderes Unternehmen is' in wenigen Jahren so gigantisch gewachsen.«

»Habt ihr noch einen Zweifel daran, daß die Graue Eminenz hinter Proteus steckt?« fragte Pandur.

»Nein«, sagte Rem.

Jessi schüttelte stumm den Kopf.

»Wenn wir die Kapitalverhältnisse von Proteus durchleuchten, haben wir den Namen der Grauen Eminenz!« Pandur sah zum erstenmal seit Jahren einen klaren Weg, seinen Gegner zu entlarven und sich aus seinen Fängen zu befreien.

»Vergiß es«, zerschlug der Zwerg seine Hoffnungen. »Nach Polas Tod hab' ich Infos über alle Firmen gesammelt, die sich mit Genetik beschäftigen. Es gab Hinweise, daß Proteus in diesem Geschäft mitmischt. Ich hab' versucht rauszukriegen, wem der Laden gehört. Aussichtslos. Schachtelbeteiligungen der seltsamsten Anleger. Ich bin sicher, daß Proteus mehrheitlich 'nem einzelnen Arschloch gehört, aber dieses Arschloch hat sich so gut hinter Strohmännern verschanzt, daß man ihm nich' auf die Spur kommt. Und diese Ratte ist nich' identisch mit einem der Execs, die den Laden leiten. Das hab' ich abgecheckt.«

»Das hat der Banker im TV auch von der AG Chemie behauptet«, sagte Jessi. »Ich meine, daß jemand über Strohmänner Aktienpakete gekauft hat und schon mindestens eine Sperrminorität besitzt.«

»Ein Beweis mehr, daß meine Theorie richtig is'«, antwortete der Zwerg. »Ein einziger Drekhead steckt dahinter, 'n Einzelkämpfer, der ganz groß rauskommen will, ein Finanzjongleur von der ganz harten Sorte, ein total verschissenes Arschloch, aber in seiner Art 'n Genie.«

»Die Graue Eminenz«, sagte Pandur.

»Du sagst es.«

»Und wie schnappen wir uns diesen Misthaufen?« fragte Jessi.

»Indem wir uns bei Proteus umsehen«, sagte Pandur. »Ich steige in das Proteusnetz und fische mir heraus, was ich brauche.«

»Genauso machen wir es.« Rem grinste. »Als hätt' ich es geahnt! Ich hab' mir grade Petes Kom ausgeliehen und 'nen Chummer belabert, uns abzuholen. Ich dachte eigentlich an 'nen kleinen Urlaub in Zombietown, aber er kann uns genausogut an die Küste fahren.«

›Sittin' On Top of the World‹

Draußen peitschte der Sturm das Wasser gegen die Felsen. Gischt spritzte so hoch hinauf, daß einzelne Spritzer auf dem Panzerglas der riesigen Glasfront des Bungalows landeten. Das flache Gebäude kauerte wie eine unzugängliche Festung auf halber Höhe der Steilküste in einer in das rote Gestein geschlagenen Nische. Wie das Nest eines ausgestorbenen Riesenvogels.

Er bemerkte die Spritzer und lauschte eine Weile stumm und still dem Heulen des Sturms. Die Urgewalt der Elemente war das einzige, was ihm Respekt abnötigte, obwohl er auch sie nicht fürchtete. Die Elemente waren nicht auszurechnen, und das faszinierte ihn. Alles andere war berechenbar. In diesen Kreis des anderen schloß er seinesgleichen ein. Es gab darunter viele, die länger im Geschäft waren, die mehr Geld und mehr Macht angesammelt hatten. Aber er zweifelte nicht daran, daß sie alle zu besiegen waren. Er würde sie überflügeln, einen nach dem anderen. Er war bereits auf dem Wege. Sein Plan war komplex und verästelt, bis ins letzte ausgetüftelt. Die wenigen Unwägbarkeiten waren doppelt und dreifach abgesichert.

Seine einzige Sorge bestand darin, daß die Konkurrenten zu früh aufmerksam wurden. Sie durften nicht vor der Zeit erkennen, daß jemand versuchte, sich zu ihnen emporzuschwingen. Sie konnten ihn nur stoppen, wenn sie ihn in der Akkumulationsphase entdeckten. Als die Gefahr für ihre Pfründe einstuften, die er tatsächlich darstellte. Aber das alles hatte er in seinem Plan berücksichtigt.

Er stand kurz davor, die Stufe zu erklimmen, die ihn stark genug machte, auch massivste Gegenschläge wegzustecken. Bald konnte er die Maske fallen lassen und die Konkurrenten wissen lassen, daß der Meister kam, um den ihm gebührenden Platz einzunehmen. Er freute sich auf das Duell mit gerüsteten Gegnern. So sehr das Wirken im verborgenen Spaß machte, so sehr gierte er nach dem offenen Schlagabtausch.

Er spielte alle Varianten durch. Sie gefielen ihm alle. Denn alle führten zum Ziel.

Er wartete.

7. KAPITEL

›*You Ain't Going Nowhere*‹

Deutschland bietet eine relativ reichhaltige Fauna, die sich kaum von der anderer Landstriche unterscheidet. Wie in den meisten stark industrialisierten Gebieten sind auch hier die Vielfalt und das Vorkommen der Tiere rückläufig. Über die Jahre hin ändern die Tiere ihr spezifisches Verhalten und passen sich den neuen Gegebenheiten an, oder sie sterben aus.

Jagen ist in Deutschland nur Personen mit einem offiziellen Jagdschein gestattet, aber in manchen unwegsamen, einsamen Gebieten kann man sich dieser Kontrolle leicht entziehen und muß nur befürchten, auf militante Tierschützer zu stoßen, kann dann allerdings selbst schnell zum Gejagten werden. Eine kurze Übersicht der wichtigsten in der ADL vorkommenden Erwachten Wesen:

Alpkatze *(Felis mutabilis)*
Bisher wurden diese Tiere nur in Süddeutschland, vor allem in der Nähe der Ballungsräume, gesehen. Insgesamt dürfte es etwa zwei Dutzend von ihnen auf dem Gebiet der ADL geben.

Barghest *(Canis inferni)*
In allen Wäldern der Mittelgebirge sind größere Barghest-Populationen heimisch. In Westrhein-Luxemburg sind Prämien für das Erlegen eines Barghest ausgesetzt. Es ist bisher noch nicht gelungen, Barghests zu domestizieren.

Bergeinhorn *(Unicornus magnus)*
Diese Einhörner kommen in Deutschland ausschließlich im Alpenraum vor. Ihre Zahl wird auf etwa 200 geschätzt. Sie stehen unter Naturschutz. Berichte, daß es

gelungen sei, Bergeinhörner zu zähmen und zu reiten, können bisher nicht bestätigt werden.

Brackwasserqualle *(Plagyodus scopelide)*
Im Gegensatz zur amerikanischen Fideal ist die Brackwasserqualle, wie ihr Name schon sagt, in den Tümpeln und Teichen heimisch, die die große Sturmflut hinterlassen hat, und demzufolge hochgradig immun gegen Gifte aller Art.

Dracoformen
Die einzigen in Deutschland heimischen Dracoformen sind Westliche Drachen *(Draco occidentalis)*, von denen es etwa ein Dutzend gibt, von denen fünf zur Gattung Große Drachen *(Draco sapiens)* gerechnet werden müssen. Alle bekannten Drachen leben in den Wäldern der Mittelgebirge und den Vorgebirgen der Alpen. Der prominenteste Drache ist sicherlich Lofwyr, der die größten Aktienanteile an Saeder-Krupp und kleinere Anteile an einigen anderen Konzernen hält. Lofwyrs Hort soll in der Eifel liegen, er selbst ist aber häufig unterwegs. Ein weiterer bekannter deutscher Drache, der sich im Wirtschaftsleben engagiert hat, ist Nachtmeister.

Einhorn *(Unicornus validus)*
Es soll eine wandernde Herde von Einhörnern, etwa zehn an der Zahl, geben, die zwischen der Lüneburger Heide und Polen hin und her wandert. Bisher ist diese Herde aber jedem Kontaktversuch ausgewichen.

Eiswurm *(Draco algoris arcticus)*
Die einzigen Sichtungen von Eiswürmern, die mit den Vulkanwürmern verwandt sein sollen, stammen aus abgelegenen Alpentälern und sind mit Vorsicht zu genießen.

Feuerfalke *(Buteo celeris)*
Diese erwachte Falkenart ist in Deutschland vor allem in den Mittelgebirgen heimisch. Es ist nicht bekannt, ob die Tiere abgerichtet werden können.

Fledermäuse *(Myotis lucifugus/eptesicus avehomo* und *andere)*
Die Vorgängerspezies dieser Erwachten Wesen galt in Deutschland schon fast als ausgerottet, ist aber heute alles andere als selten. Neben den gewöhnlichen Fledermausarten existieren in Deutschland noch die gefährlichen Speifledermäuse *(Myotis saxi)* und zwei Arten von Riesenfledermäusen *(Eptesicus gigantus)*. Alle Fledermäuse bevorzugen dunkle Ruinen und Höhlen in der Nähe menschlicher Zivilisation und müssen als Kulturfolger angesehen werden. Gerüchte über Vampirfledermäuse sind zwar häufig zu hören, konnten aber bisher nicht bestätigt werden.

Gargyl *(Gargylo saxi)*
Sowohl im Bayerischen Wald als auch in den Alpen wurden bereits Exemplare dieser Spezies gesichtet. Die Berichte nehmen in letzter Zeit an Häufigkeit zu.

Geisterluchs *(Lynx caligae)*
Geister- oder Nebelluchse sind vor allem im Bayerischen Wald und im Hunsrück heimisch. Es heißt, daß einige Tiere sogar die Begleitung von Menschen suchen und über längere Zeit in ihrer Gesellschaft leben. Von einer echten Zähmung kann man allerdings nicht sprechen. Genausowenig sind allerdings Angriffe von Geisterluchsen auf Menschen bekannt.

Gestaltwandler *(Bestiaforma mutabilis)*
Aus allen abgelegenen Gebieten Deutschlands gibt es Berichte über Gestaltwandler, Werwölfe und ähnliche Kreaturen. Bestätigt werden konnte noch keine dieser angeblichen Sichtungen. Es muß jedoch als sicher gelten, daß es auf dem Gebiet der ADL sowohl Wolf- als auch Bären-Gestaltwandler gibt.

Greif *(Alatusleo aquila)*
Zur Zeit sind zwei Pärchen von Greifen bekannt, die am Nebelhorn bzw. am Watzmann leben sollen. Ungeachtet der Proteste einiger Bergbauern stehen Greifen unter strengstem Naturschutz.

Große Eule *(Bubo crepusculi)*
Diese erwachte Abart der gewöhnlichen Eule soll im Hunsrück und im Sauerland recht verbreitet sein.

Grottenschrat *(Pan speluncae)*
Sowohl im Erzgebirge als auch in der ›Unterwelt‹, den ehemaligen Schachtanlagen des Ruhrgebiets, sollen Gruppen dieser menschenähnlichen Wesen gesehen worden sein.

Grottentroll *(Homo saevitias)*
Im Schwarzwald und im Gebiet des Konzils von Marienbad leben insgesamt etwa 200 dieser mit dem MMVV infizierten Trolle, die in den UCAS als Dzoo-Noo-Qua bezeichnet werden. Im Trollkönigreich sind sie als vollwertige Mitglieder der Gesellschaft anerkannt, werden aber von ihren nichtinfizierten Brüdern unter strenger Beobachtung gehalten. Im Böhmerwald bilden sie einzelne, zurückgezogen in der Wildnis lebende Banden. In allen anderen Bundesländern sind sie unerwünscht, in Sachsen und Westphalen sind sogar Kopfgelder auf sie ausgesetzt.

Harpyie *(Harpyia gregaria)*
Harpyien wurden bisher in größerer Zahl im Schwarzwald und in den Alpen beobachtet. Einzelne Exemplare leben aber auch in Norddeutschland. Alle Exemplare gelten als recht angriffslustig.

Höllenhund *(Canis tartari)*
Diese Tiere sind in Deutschland nur als Wachhunde verbreitet, in der freien Wildbahn kommen sie nicht vor.

Irrlicht
In allen Sumpfgebieten verbreitet, aber selten. Die Irrlichter der Giftmarschen gelten als besonders aggressiv.

Kanalkrake *(Incubus praetexti)*
Dieser Krakenart ist es egal, ob das Wasser um sie herum süß, salzig, brackig oder gar verseucht ist. Aus diesem Grund hat sich die Kanalkrake in den Flüssen

angesiedelt und ist in fast jedem großstädtischen Kanalisationsnetz zu finden. Die europäische Variante des amerikanischen Incubus ist resistent gegen Gifte.

Lindwurm *(Alatuserpens pili teutoniensis)*
In den Voralpen und im Riesengebirge, aber auch in der Eifel und der SOX sollen einige dieser drachenähnlichen Wesen leben.

Dr. Natalie Alexandrescu:
Erwachte Wesen,
Deutsche Geschichte auf VidChips,
VC 25, Erkrath 2051

Pandur hatte den Rest der Daten durchgesehen, aber keine weiteren Hinweise auf Proteus oder MCT gefunden. Nach Stunden der Konzentration reichte es ihm. Er war es leid, den verschlungenen Pfaden einer Konzernpolitik zu folgen, die er nicht verstand, oder sich mit komplizierten Buchungsvorgängen und smarten Steuerbetrügereien auseinanderzusetzen. Hinzu kam, daß er die zurückliegenden Stunden und Tage in den Knochen spürte. Vor allem die Schultern und der Rücken taten ihm weh. Nachwirkungen der Zeit, die er mit auf den Rücken gefesselten Händen verbracht hatte.

Jessi ging es nicht anders. Außerdem hatte sie das Bedürfnis, sich nach den Strapazen gründlich zu säubern. »Was hältst du davon, ein paar Runden im See zu schwimmen?« fragte sie Pandur. »Das entspannt die Muskeln. Außerdem stelle ich fest, daß wir uns auf der Geruchsebene allmählich in Richtung der CiC entwickeln. Ein Bad würde Abhilfe schaffen.«

»Gute Idee«, meinte Pandur. »Bedauerlicherweise habe ich meine Badehose nicht dabei. Meinst du, wir können es riskieren, nackt zu baden, ohne die Schamgefühle der Einheimischen zu verletzen?«

Jessi lachte. »Aber keine neckischen Spielchen, klar?

Auch nicht unter Wasser. Wir wollen doch nicht dazu beitragen, daß die Rammel- und Dopesaison der CiC vorzeitig eröffnet wird.«

Pandur lachte. »Dafür könnte unter Umständen schon allein der Anblick deines göttlichen nackten Körpers sorgen. Fragt sich, wie lange sie schon auf dem Trocknen sind.«

»Nach dem Geruch zu urteilen – lange«, sagte Jessi. »Die sollen mir bloß vom Leibe bleiben. Aber ich glaube, du überschätzt meine Wirkung auf Männer. Vor allem auf solche, die den Anblick nackter Frauen gewohnt sind. Sie haben wirklich selbst genug hübsche Frauen. Wenn man sich den Schmutz wegdenkt. Sperr die Augen auf, Pandur. Dann entdeckst du, wie viele schlanke, gut gewachsene junge Mädchen hier nackt durch die Gegend spazieren. Paß lieber auf, daß du die Mädchen nicht in Verlegenheit bringst, indem du ... zu intensiv reagierst.«

»Ich reagiere nur auf dich, Mädchen.«

»Eben.«

»Ich könnte auch 'n Bad vertragen«, meinte der Zwerg. »Wenn ihr nichts dagegen habt, schließ' ich mich an. Falls sich die männlichen CiC an Jessi aufgeilen, wird sie mein Anblick wieder gehörig abtörnen.«

Pandur grinste. »Vielleicht ist ein Schwuler dabei, der auf Zwerge steht.«

»Was? Echt? Wer? Wo?« rief Rem. »Bringt ihn mir sofort her!«

Die drei fackelten nicht lange, zogen sich aus und sprangen vom Eingang der Höhle direkt in den See. Das Wasser war warm, aber trotzdem erfrischend. Von kristallklarer Reinheit konnte keine Rede sein. Mit jedem Regen bekam der See reichlich von allem, was in der Luft an Dreck und Gift vorhanden war. Trotzdem durfte man mit der Wasserqualität zufrieden sein.

Bis auf eine schmale Zone am gegenüberliegenden Ufer war der See so tief, daß sie nicht darin stehen konnten, sondern schwimmen mußten. Einige CiC standen in den Höhleneingängen und sahen zu ihnen herüber. Besonders aufregend schienen sie den Anblick nicht zu finden. Die meisten wandten sich wieder dem zu, was sie vorher getan hatten. Beten zum Beispiel. Oder in der späten Nachmittagssonne dösen.

Die drei waren eine Weile geschwommen und hielten sich an einem vorspringenden Felsen fest, um sich auszuruhen. Plötzlich hörte Pandur ein fernes Geräusch, das sein Unterbewußtsein seit Stunden erwartet hatte. Seine Nackenhaare richteten sich auf. Das Geräusch war so charakteristisch, daß es keinen Zweifel geben konnte.

»Ein Kopter!« rief Pandur den anderen zu.

Der Zwerg stieß einen Fluch in einer fremden Sprache aus.

»Hinter dem Felsen in Deckung bleiben!« beschwor Jessi Pandur, als dieser Anstalten machte, zu den Höhleneingängen zu schwimmen. »Wenn wir Glück haben, sehen sie uns nicht oder halten uns für CiC.«

Pandur befolgte ihren Rat. Er ärgerte sich über sich selbst. Wo zum Teufel waren die Instinkte des Schattenläufers geblieben? »Drek! Das haben die fein abgepaßt! Sie erwischen uns nackt und ohne Waffen! Verdammt noch mal, wir haben uns wie blöde Pinkel verhalten, die Erlebnisurlaub machen. Auf den verdammten Badespaß hätten wir verzichten sollen.«

»Halt die Freßluke, Chummer!« fuhr ihn der Zwerg an. »Für Selbstkasteiung sind die CiC zuständig.«

Jessi hatte fieberhaft nach einer besseren Deckung Ausschau gehalten. »Zwischen diesem und dem nächsten Felsen gibt es einen Spalt. Dort sind wir sicher. Tauchen, Chummer!«

Sie holte tief Luft, steckte den Kopf unter Wasser und schwamm los. Als die beiden Männer das Ziel des Mädchens entdeckt hatten, tauchten sie ebenfalls ab.

Jessi machte es ihnen vor. Sie drückte ihren Körper tief genug unter Wasser, um unter einen Felsüberhang zu gelangen, der einen Meter weit unter den Wasserspiegel reichte. Dahinter tauchte sie wieder auf. Prustend erreichte sie die Wasseroberfläche, dicht gefolgt von Pandur und Rem.

Die Spalte bot gerade Platz genug für die drei und verengte sich oben und nach vorn. Es war praktisch unmöglich, sie aus der Luft oder von den anderen Ufern einzusehen. Nur wer sich vom Wasser her der Stelle näherte, konnte etwas erkennen.

Das Geräusch der Rotorblätter drang knatternd, fast schmerzhaft laut an ihre Ohren. Der Helikopter mußte sich in geringer Höhe direkt über dem See befinden. Die drei hielten sich an dem Felsen fest und kauerten sich eng aneinander, machten sich so klein wie möglich.

»Sind das die Mistkerle von der AG Chemie?« flüsterte Rem.

Für den Bruchteil einer Sekunde hatte Pandur ein Stück von der Flanke des Helikopters sehen können. »Glaube ich nicht. Die Kiste ist blau lackiert. Außerdem ist es keine Hornisse, sondern eine leichtere Ausführung mit nur einem Rotor. Könnte ein umgerüsteter Grashüpfer sein.«

»Die Bischofsgarde«, stellte Rem fest. »Das is' ihr Blau.«

»Was wollen die hier?« fragte Jessi. »Ob die gezielt nach uns suchen?«

Der Zwerg zog die Stirn kraus. »Ich nehm' an, sie wollen die CiC daran erinnern, daß die Duldung durch den Bischof Grenzen hat.«

Pandur hielt sich mit einer Hand fest. Die andere hatte er zur Faust geballt. »Ich kann mir nicht vorstellen, daß sie es riskieren, auf so engem Raum zu landen. Die Plattform vor den Höhlen ist verdammt schmal. Sie müßten schon einen Rigger als Piloten haben. Aber ich sage euch eines. Wenn sie landen, versuche ich vor ihnen zu unserer Höhle zu kommen!«

»Die werden ja mächtig Schiß kriegen, wenn 'n Nackter auf sie zustürmt«, spottete Rem.

»Flip nicht aus, Pandur!« beschwor ihn Jessi. »Selbst wenn sie uns alles wegnehmen, haben wir immer noch unsere Köpfe mit dem, was drinsteckt. Wenn du dich töten läßt, hat die Graue Eminenz ihr Spiel gewonnen!«

Pandur antwortete nicht. Er wußte nicht, wie er sich verhalten sollte.

Du mußt in das Proteusnetz, Chummer. Es wird ein hartes Netz mit jeder Menge Ice sein. Ohne dein Cyberdeck, ohne deine Utilities, in denen die Erfahrungen aus einem Dutzend Schattenjahren stecken, brauchst du es gar nicht erst versuchen!

Der Kopter stand endlose Minuten über dem See. Checkten die Kerle die Lage mit Horchsonden und Ultraschall? Hatten sie einen Magier an Bord, der Hypersinn-Zauber beherrschte und nach verborgenen Feinden forschte?

Dann wurde Pandur aus seinem Zwiespalt erlöst. Die Maschine hob sich in die Lüfte und schwirrte ab. Im Nu war das Geräusch der Rotorblätter zu einem fernen Rascheln geworden, und auch das verging.

Die drei hatten vor Erleichterung tief durchgeatmet. Dann tauchten sie um die Felsnase herum, erreichten die offene Wasserfläche und schwammen zu dem Plateau vor den Höhlen der CiC.

Die CiC, die sich vor den Höhlen aufhielten, wirkten gelassen. Es gab kein Durcheinanderlaufen, kein lautes Rufen, kein Fragen. Wahrscheinlich waren sie es gewohnt, daß Kopter auftauchten und die Lage erkundeten. Einige steckten die Köpfe zusammen, als die Runner und der Zwerg aus dem Wasser kletterten. Das war auch alles.

Pandur war sich seiner Nacktheit bewußt, als er an den CiC vorbeiging.

Sei nicht albern, Chummer. Hier sind alle nackt.

Sie wurden kaum beachtet. Nur ein Mann winkte freundlich von einem der Höhleneingänge herüber. Es war Johannes. Dann bemerkte Pandur die verstohlenen Blicke zweier Frauen. Aber sie galten weder ihm noch Jessi. Die Frauen starrten Rem an. Als der Zwerg zu ihnen aufsah, wandten sie sich schuldbewußt ab.

Pandur konnte den beiden keinen Vorwurf machen. Vermutlich hatten sie noch niemals einen nackten Zwerg gesehen. Ohne Kleidung fielen die unproportional kurzen Beine besonders auf. Vielleicht überraschte die Frauen auch, daß Rem am ganzen Körper dicht behaart war. Oder sie hatten auf seinen Penis geschaut. Er war nach Zwergenart sehr kurz, aber doppelt so dick wie der eines Normmannes und mit einer breit ausgeformten, wulstigen Eichel versehen.

»Ich bin mir nicht sicher, ob du die CiC abgetörnt hast«, meinte Pandur, als sie ihre Höhle erreicht hatten und sich etwas überzogen. »Bei den beiden Frauen könntest du das Gegenteil erreicht haben.«

»Unfug«, brummte der Zwerg. »Komm mir bloß nich' mit dem Shit, daß sich Normfrauen angeblich danach sehnen, mit 'nem Metamenschen zu bumsen. Mir hat noch keine Avancen gemacht, und ich hab' auch wenig Bock auf Norms. Von Pola mal abgesehen, aber Pola war ein Freak, keine Norm. Unser gegenseitiges Schönheitsideal läßt das sonst kaum zu. Und nur, um 'nen sexuellen Kick zu haben? Vergiß es.«

»Orks sehen das offenbar anders«, sagte Pandur bitter.

»Hör endlich damit auf, alle Orks für das verantwortlich zu machen, was 'n paar vertierte Söldner deinen Alten angetan haben!« explodierte Rem.

»Denk an die Konzerncops in der Hornisse, Pandur«, sagte Jessi. »Das waren Norms, keine Orks. Die meisten jedenfalls. Und ich wette, sie hätten nicht nur uns beide vergewaltigt, wenn es ihnen erlaubt worden wäre, sondern auch jeden Zwerg, Elf, Ork, sogar Troll, der ihnen in die Finger gefallen wäre, egal ob Mann oder Frau.«

»Ihr habt ja recht«, sagte Pandur. Er *wußte*, daß sie recht hatten. Natürlich.

Aber es waren nun mal Orks, die ihnen das angetan haben. Es fällt so schwer, das zu vergessen. Wird offenbar Zeit, Chummer, daß dich mal ein perverser Norm vergewaltigt. Damit deine Maßstäbe wieder zurechtgerückt werden. Damit dein Unterbewußtsein kapiert, welchen Mist es verzapft.

Allmählich verschwand die Sonne hinter der gegenüberliegenden Hügelkuppe. Dann senkte sich die Dunkelheit schnell herab. In den Höhlen der CiC glimmten Niederfrequenzer auf. Ihr Licht spiegelte sich matt auf dem Wasser des Sees.

Rem verschwand kurz und kehrte mit Brot, ein paar Nußriegeln und einer Lampe zurück. Dann widmete er sich wieder seinen Biervorräten, die beängstigend schnell dahinschwanden. Ein Grund mehr für ihn, bald von hier zu verschwinden. Er erzählte die ganze Zeit Anekdoten über bizarre Underground-Freaks, die Pandur nur flüchtig oder gar nicht kannte. Mit leuchtenden Augen redete er von neuen Rock- oder Bluesbands, die angeblich noch besser als die *Fickenden Höllenteufel* waren, die Pandur in Zombietown erlebt hatte.

Vergeblich versuchte Pandur, das Gespräch auf Hvaldos zu lenken. Der Zwerg wollte diesen Faden einfach nicht aufnehmen. Genausowenig ließ er sich entlocken, wie er erfahren hatte, daß Pandur und Jessi zu den Externsteinen gebracht wurden. Wie er es geschafft hatte, an Ort und Stelle zu sein, bevor das magische Ritual begann. Was die CiC ihm schuldig waren. Warum er Pandur und Jessi half. Pandur glaubte ihm, daß er Pola rächen wollte. Aber war das wirklich Rems einziges Motiv?

Jessi gelang es schließlich, den Redefluß des Zwergs zu bremsen.

»Seid ihr euch eigentlich im klaren darüber, wie schwer es ist, in eine Arcologie von Proteus einzudringen? Dagegen ist Renraku das reinste Zuckerschlecken. Nicht umsonst weiß kaum jemand, was bei Proteus ausgebrütet wird. Es kommt keiner hinein!«

»Und die drinnen sind, quatschen nicht«, gab Rem ihr recht. »Man würde die meisten auch kaum verstehen. Proteus beschäftigt jede Menge Hirnies aus Asien, Afrika und weiß der Henker woher und tauscht sie gegen andere aus, bevor sie Deutsch oder Citysprache gelernt haben.«

»Ich weiß das«, sagte Pandur. »Ich war als Pirat unterwegs und kenne die Ecke. Die Proteusleute kapseln sich ab. Kaum Kontakte zu den Einheimischen. Und die Sicherungssysteme sind gigantisch. Die Arcologien liegen wie Schlachtschiffe im Meer. Sie husten mit ihren Schnellfeuerkanonen, Lasern und Alphas jeden von den Platten, der ihnen zu nahe kommt.«

Jessi sah ihn mit vor Staunen weit geöffneten Augen an. »Du *weißt* das alles, Chummer? Und trotzdem bildest du dir ein, daß *wir* da reinkommen?«

»Na und?« erwiderte Pandur leichthin. »Man kann es doch mal versuchen, oder?«

Bevor sie Gelegenheit hatte, aus der Haut zu fahren, fuhr er fort: »Langsam, Mädchen. Ich bin nicht ganz so blöd, wie ich aussehe. So ka. Ich weiß, daß es mit Gewalt nicht geht. Da müßten wir schon Pederson zu unserem Verbündeten machen und ihn dazu bringen, daß er die Hälfte seiner Konzerntruppen gegen Proteus in die Schlacht wirft. Und mit dem wollen wir ja nun wirklich nicht gemeinsame Sache machen.«

»Aber?« fragte der Zwerg.

»Aber was?«

»Du wolltest uns sagen, wie du dir den Einstieg denkst.«

»Du sitzt so ruhig da, Rem, als würde dich das alles nichts angehen. Verrat mir doch mal, wie *du* es drehen würdest. Schließlich ist es auch *dein* Problem! Oder war dein Angebot mitzumachen gar nicht ernst gemeint?«

Der Zwerg sah ihn finster an. Offenbar hatte ihn Pandur an einer empfindlichen Stelle erwischt. »Du verdammtes Arschloch weißt genau, wie ernst es mir damit is'! Wag es bloß nicht noch mal, mich auf eine Stufe mit windigen Norms zu stellen, die dir die Hucke vollügen und in Wahrheit nur dein Fell an den Meistbietenden verscheuern wollen!«

»Sorry, Chummer«, sagte Pandur betroffen. »Es war nicht so gemeint.«

Rem warf ihm noch einen wütenden Blick auf, griff sich eine weitere Bierdose, öffnete sie und nahm einen Schluck. Dann lachte er dröhnend. »Eh, Alter. Hast du jetzt Schiß gekriegt? Du hast mich geärgert. Das stimmt. Aber ich war lange nich' so sauer, wie ich getan habe.«

Er wischte sich Schaum aus dem Bart und fuhr fort. »Egal. Zurück zu Proteus. He, ich hab' keinen *Plan*, wenn du das meinst. Aber ich bin bis jetzt noch überall hingekommen, wo ich hinwollte. Meine Armee der Verdammten, verstehst du? Scheiße sickert überall durch. Meine Leute werden derart verachtet, daß sie fast unsichtbar sind. Und sie sind überall. *Überall*, kapiert? Ich bin sicher, da läßt sich was drehen. Aber okay, Proteus is'n Sonderfall. Wird haarig. Kann schiefgehen. Wenn du was Besseres hast, bin ich sofort dabei.«

Pandur vertraute dem Zwerg, und er glaubte ihm. Zugleich war er der Meinung, daß Rem sich täuschte. Seine Truppe spielte in der Gosse und nicht in der Championsleague, wo die Graue Eminenz zu Hause war. Er war sicher, daß der Zwerg die Fähigkeit der Verdammten überschätzte.

»Ich habe keine Armee«, sagte er, »sondern nur einen einzigen Mann. Aber ich bin mir ziemlich sicher, daß er uns bei Proteus reinbringen kann. Wenn er will. Und er ist mir was schuldig!«

»Was is' das für 'n Supermann?« fragte Rem. »Jesus?«

»Druse«, antwortete Pandur. »Ein Kerl, der für Proteus gearbeitet hat und gefeuert wurde. Er könnte die Rolle einnehmen, die ich beim Renraku-Run gespielt habe. Er weiß Sachen über Proteus. Wichtige Sachen. Und er hat sie schon einmal aufs Kreuz gelegt, sie abgezockt. Proteus hält ihn für gefährlich genug, daß man Jahre nach seinem Abgang noch versucht hat, ihn umzulegen. Mit großem Aufwand.«

»Klingt gut«, sagte der Zwerg. Einzelheiten schienen ihn für den Moment nicht zu interessieren. »Versuchen wir's bei diesem Druse. Wo finden wir ihn?«

»Als ich ihn zuletzt sah, hatte er ein Messer im Bauch und wurde mitten im stinkenden Bauch von Wildost operiert.«

»Im Pontonghetto? Hamburg-Megaplex? Wenn er sich da noch rumtreibt, werden wir ihn finden. Das haben wir schnell. Wildost is' mein Revier. Da hocken meine Leute und prügeln sich mit den Ratten um die besten Brocken, die in der Kloake schwimmen.«

Jessi hatte aufgehorcht, als Druses Name fiel. »Ist das der Typ, der dich umbringen wollte?« fragte sie, als der Zwerg sich wieder seinem Bier widmete.

»Genau der.«

»Du meinst, er wird uns helfen, obwohl er dich umbringen wollte?«

»Er wird es tun, *weil* er mich umbringen wollte.«

»Pah, männliche Logik!«

Der Zwerg hatte genug Starkbier eingefüllt. Er

wankte nach draußen, erleichterte sich, legte sich auf seine Luftmatratze und war im Nu am Schnarchen.

Bevor ihm Jessi ebenfalls abhanden kam, nutzte Pandur die Chance, das Mädchen unter vier Augen sprechen zu können. »Was ist los mit dir, Jessi? Du zauberst nicht mehr, und du hast mindestens seit Berlin kein Cyberdeck bei dir.«

Sie wich ihm aus. »Laß mich. Ich bin müde.«

»Zwingt dich jemand, die Finger davon zu lassen?«

»Nein, verdammt, es zwingt mich keiner!« Sie wollte sich abwenden, aber dann überlegte sie es sich anders. Sie sah ihn lange an.

»Okay«, sagte sie schließlich. »Ich glaube, du könntest mich verstehen. Bist der einzige Mann, dem ich das zutraue. Kannst dir was darauf einbilden. Festus zum Beispiel hätte es nicht verstanden. Ich habe auch gar nicht erst versucht, es ihm zu erklären.«

Pandur wartete.

Ihre Stimme war leise, fast weich, aber zugleich eindringlich. »Kein machtvoller Zauber, der auf mir liegt, Pandur. Niemand zwingt mich. Ich will einfach nicht mehr. Kannst du das verstehen? Ich habe Angst davor, so zu enden wie Festus, der auf allen Hochzeiten zugleich tanzen wollte. Oder wie dieser ekelhafte Krumpf, der verrückt wurde, weil er meinte, die Matrix *und* den Astralraum in den Griff zu bekommen. Ja, ich habe gehört, was Rem zu diesem Thema gesagt hat. Und er hat recht. Ich bin kein Genie wie Krumpf, und ich bin auch nicht so weit gegangen wie er. Aber ich wollte auch von beidem ein Stückchen haben. Und das geht nicht. Man kriegt es einfach nicht.«

Pandur hatte den Eindruck, daß sie kurz davor stand zu weinen. Aus Wut oder Frust oder warum auch immer.

»Warum konzentrierst du dich nicht auf eine Sache und läßt die andere sein?« fragte er leise. »Warum wirfst du beide fort?«

Jessi sah ihn an. »Hast du dich nicht auch schon gefragt, warum mich Typen wie Festus faszinieren? Trotz allem? Das ist meine Natur, verstehst du? Ich sehe in einen Spiegel. Ein bißchen wenigstens. Eines allein ist mir nie genug. Und das muß aufhören. Ich glaube, ich schaffe es nur, da rauszukommen, wenn ich auf beides verzichte.«

Sie erhob sich. »Und nun Schluß damit. Und danke, daß du mir zugehört hast. Ohne mich gleich für verrückt zu erklären.«

Sie ging zu ihrer Luftmatratze. Sie ließ sie dort, wo sie sich befand. Pandur hatte auch nicht damit gerechnet, daß sie damit zu ihm kommen würde. So eng war ihr Verhältnis noch nicht wieder.

Irgendwann in der Nacht kam Jessi dann doch zu ihm. Pandur wachte auf, als sie ihm den Slip herunterzog, sein Glied in die Hand nahm und es leicht zu massieren begann.

Sie schmiegte sich an. Sie war nackt. Pandur stellte fest, daß sie seinen Schlafsack geöffnet und aufgeklappt hatte.

»Ich bin es«, hauchte sie, als sie merkte, daß er aufgewacht war.

»Ich hätte auch kaum vermutet, daß es Rem sein könnte«, flüsterte er zurück.

Jessi kicherte leise.

»Meinst du, der kleine Mann in meiner Hand mag schon wieder?«

»Frag ihn doch.«

»Das werde ich tun.«

Sie legte ihren Kopf auf seine Brust, küßte erst seine Brustwarzen, dann seinen Bauchnabel und schließlich seinen Penis. Dann umschloß sie die Eichel mit ihren Lippen und ließ die Zunge über das Vorhautbändchen gleiten.

Als er es nicht mehr auszuhalten glaubte, entließ sie

seinen Penis aus ihrem Mund und setzte sich auf ihn. Er kam schon nach wenigen Auf- und Abwärtsbewegungen ihres Beckens. Zu seiner Überraschung hatte sie ebenfalls einen Orgasmus. Sie schien sich schon vorher stimuliert zu haben.

Pandur glaubte nicht, daß sie ihm etwas vorgespielt hatte. Dazu bestand kein Grund. Und sie hatte sichtlich Mühe, einen Schrei zu unterdrücken, um Rem nicht aufzuwecken.

Sie löste sich von ihm, legte den Kopf auf seine Brust und war wenig später eingeschlafen.

Pandur lauschte noch eine Weile in die Nacht hinein, nahm Rems gleichmäßiges Schnarchen wahr, genoß die friedvolle Nacht. Dann schloß ihn Morpheus erneut in seine Arme.

Jessi schlief noch, als Pandur aufwachte. Er löste sich vorsichtig von ihr, deckte sie mit dem Schlafsack zu und erhob sich. Rem hatte sein Schlaflager schon verlassen.

Pandur trat vor die Höhle, reckte sich und atmete tief durch. Erst als er sich zur Seite wandte, entdeckte er den Zwerg, der auf dem schmalen Felssims saß und die kurzen Beine hinabbaumeln ließ.

»Hallo, Chummer, wußte gar nicht, daß du Frühaufsteher bist«, sagte Pandur.

Rem ging nicht darauf ein. »Ernste Sache mit Jessi?« fragte er.

Pandur zuckte die Schultern. »Schien mal was Ernstes zu werden, wurde abgebrochen, ist jetzt wieder aufgeflammt.«

»War sie nich' das Mädchen des Riggers?«

»Was du alles weißt …«

Der Zwerg sah ihn mit einem Gesichtsausdruck an, der schwer zu deuten war. »Ich kenn' das, Alter. Einsame Wölfe klammern sich fest, wenn sie sich erst mal an was gewöhnt haben. Aber du solltest dich mit Jessi nich' festlegen.«

»Was hast du gegen das Mädchen?«

»Nichts. Sie is' angenehm, nach den Maßstäben von euch Norms sicher auch apart.«

»Na also. Außerdem geht dich meine Libido einen feuchten Drek an, Chummer.«

»Okay, okay, war nur 'n Ratschlag. Vergiß ihn.«

Pandur hatte nicht vor, sich von einem Zwerg in sein Liebesleben hineinreden zu lassen. Auch dann nicht, wenn dieser Zwerg ein so guter Freund wie Rem war. Trotzdem überlegte er, was hinter Rems Einmischung stehen mochte. »Du traust ihr nicht, oder?«

»Drek! Sie is'n Chummer, und ich traue ihr!«

»Dann verstehe ich nicht, was du meinst. Wenn es dich gestört hat, daß wir es in der Höhle ...«

»Is' mir doch scheißegal, wo und wie ihr's macht, Alter. Meinetwegen könnt ihr euch dumm und dämlich bumsen. Ich wollt' dich nur davor warnen, dich zu tief in die Sache reinzuhängen. Es könnte sonst alles verflixt kompliziert werden.«

»Was könnte verflixt kompliziert werden?« Pandur wurde aus dem Zwerg einfach nicht schlau.

»Nix, vergiß es. Hör nich' auf das Gebrabbel von senilen Zwergen.«

»Rem – verschweigst du mir etwas, das ich wissen müßte?«

»Schluß mit dem Scheiß, verdammt noch mal. Kommen wir zu den praktischen Problemen. Seht zu, daß ihr in die Klamotten steigt. Wir woll'n aufbrechen. Wahrscheinlich wartet Cisco schon.«

Es paßte Pandur nicht, daß sich der Zwerg vor der Antwort gedrückt hatte. Aber er sah ein, daß im Moment aus Rem nicht mehr herauszuholen war. »Was für ein Cisco?«

»Der Chummer, der uns abholen kommt.«

Pandur weckte Jessi. Die Runner machten sich reisefertig, was keine große Sache darstellte. Pandur und Jessi zogen sich an und luden ihre Waffen nach. Pandur hängte sich sein Cyberdeck um. Das war schon alles. Der Zwerg, der bisher weder Rüstung noch Waffen getragen hatte, förderte aus einer Ecke einen Duster, eine Art Südwester, eine Streitaxt, Munigurte und eine dickbauchige Heckler & Koch MP-5 hervor. Als er alles angelegt hatte, erkannte ihn Pandur kaum wieder. Er hatte sich Rem nur schwer als Straßensamurai vorstellen können, aber der Zwerg machte einen rundum durchsetzungsfähigen Eindruck. Duster und der mit einem langen Nackenschutz versehene Südwester, beide anthrazitfarben, wirkten leicht und flexibel.

»Spezialanfertigung«, meinte Rem und grinste, als er Pandurs Blick bemerkte. »Wird aus Basiliskenhaut hergestellt.«

Pandur glaubte ihm keine Wort. »Sieht mir mehr nach Garn aus Blei-Teflon aus.«

Der Zwerg zuckte die Achseln. »Kann auch sein. Vielleicht hab' ich das irgendwie verwechselt. Jedenfalls is' das Zeug hitzeabweisend und transportiert den Schweiß nach außen. Sonst würd' ich bei der Hitze eingehen.«

Jessi starrte fasziniert auf den Südwester. »So einen Hut habe ich noch nie gesehen.«

»Tja, Mädel«, sagte Rem. »Ich brauch' ne heile Birne, weißt du. Und zugleich 'ne kühle Birne. Solltest auch so was tragen. Apropos Ausrüstung. Hab' Cisco gesagt, er soll was mitbringen. Dicke Plempen und so was. Mit euren Erbsenwerfern kommt ihr nicht durch, wenn's richtig knallt. Leider hatten die Bodyguards von diesem Pederson auch nur Spielzeugpistolen. Sonst hättet ihr euch gleich an Ort und Stelle ausrüsten können.«

»Wir sind keine Messerklauen, Rem«, sagte Jessi.

»Pah«, machte der Zwerg. »Bin ich das vielleicht? Man muß flexibel sein.«

»Sieht aus, als würdest du mit einem Stahlgewitter

rechnen«, sagte Pandur. »Besteht Grund zu der Annahme?«

»Dazu besteht immer Grund, wenn man 'ne Höhle verläßt«, sagte Rem. Er marschierte zum Höhleneingang und kickte eine leere Bierdose zur Seite. Sein Duster knirschte leise. »Die CiC wissen Bescheid. Die sind eh froh, uns wieder loszuwerden. Spart euch also den Abschiedsschmus.«

Die wenigen CiC, die an den Höhleneingängen saßen oder standen, schauten nur flüchtig auf, als die drei über den Sims zur großen Höhle gingen. Rem führte die Runner durch die Höhle, schaltete einen Niederfrequenzer ein und folgte einem Stollen in westlicher Richtung, der Pandur noch gar nicht aufgefallen war. Er führte Hunderte von Metern in unzähligen Windungen stetig bergab. Niemand begegnete ihnen. Hinter einer letzten Biegung wartete Sonnenlicht auf sie, das durch eine Felsspalte hereinfiel. Eine Stahlgittertür versperrte den Ausgang.

Rem suchte den Boden ab, bis er einen langen, altmodischen Bartschlüssel gefunden hatte. Er schaltete die Lampe aus und befestigte sie wieder am Gürtel. Dann führte er den Schlüssel in das Schloß, öffnete die Tür und schloß sorgsam wieder ab, als sie auf der anderen Seite standen. Den Schlüssel warf er schwungvoll durch das Gitter in die Höhle zurück.

Sie befanden sich am Fuß einer Bergkuppe. Irgendwo dort oben, hinter der Anhöhe, mußte sich der See befinden. Hier unten wies nichts darauf hin. Weit und breit gab es nichts als erodierte Felsplatten und Geröll.

»Zehn Minuten Fußmarsch«, sagte der Zwerg. »Dann erreichen wir 'nen Weg, der breit genug is' für Ciscos Karre. Hab' ihm die Stelle beschrieben.«

Rem schritt munter aus. Der Duster schien ihn nicht zu behindern, obwohl er ihm bis über die Waden fiel. Nicht zum erstenmal fragte sich Pandur, wie alt der

Zwerg eigentlich war. Nach einigen Angaben war er über fünfzig. Er sah aus wie ein munterer Vierzigjähriger und besaß die Kondition eines durchtrainierten Dreißigers. Wenn auch nur ein Bruchteil der Erzählungen, die über ihn im Umlauf waren, der Wahrheit entsprachen, mußte er allerdings mindestens hundert Jahre alt sein. Wahrscheinlich war er genau die vierzig oder fünfzig Jahre alt, die sich in sein Gesicht geschrieben hatten, und besorgte den Rest durch seine zähe Konstitution.

Den Wagen sahen sie schon von weitem. Ein unförmiger Klotz, lilafarben lackiert. Er parkte neben einem Felsbrocken von etwa der gleichen Größe.

»Ein Müllwagen?« fragte Pandur, dem die großen Hydraulikzylinder der Heckklappe auffielen.

»Was haste erwartet, Chummer? Die achtspännige Kutsche des englischen Königs?« fragte Rem. »Du weist doch, der Müll is' mir näher als die Krone.«

»Ich habe gar nichts erwartet.« Das stimmte, aber wenn Pandur ehrlich war, dann hatte sein Erwartungshorizont alles mögliche eingeschlossen, nur keinen Müllwagen.

»Macht auf jeden Fall einen stabilen Eindruck«, sagte Jessi.

Pandur beschloß, es positiv zu sehen. »Ich glaube nicht, daß uns Pederson in einem Müllcontainer vermuten wird.«

»He, he«, sagte der Zwerg und grinste. »Es wird nich' von uns erwartet, daß wir hinten einsteigen. Vorn is' auch noch Platz. Wahrscheinlich sogar mehr Platz als hinten. Ich kann mir nich' vorstellen, daß Cisco leer fährt. Er versucht immer, zwei Fliegen mit einer Klappe zu schlagen.«

Als sie näher kamen, konnte Pandur den Schriftzug entziffern, der in ungelenken gelben Buchstaben nachträglich auf das Lila gemalt worden war: CIAO … CISCO.

»Ungewöhnlicher Name für die Müllabfuhr«, sagte Jessi.

»Cisco arbeitet nich' für die Müllabfuhr, sondern is' freier Unternehmer«, sagte Rem. »Eine Nomadenratte, ständig auf Achse, jückelt von den Alpen zur Nordsee, je nachdem, wo es was wegzuräumen gibt. Er karrt dir alles weg, ohne viele Fragen zu stellen. Muß kein Müll sein. Bevor sie ihm auf die Schliche gekommen sind, hat er mit seiner Kiste Illegale über die Grenze gebracht.«

»Im Laderaum?« fragte Jessi.

»Inmitten einer Ladung Müll. Das war die Tarnung.«

»Wie viele haben überlebt?« fragte Pandur trocken.

»Keine Ahnung. Für solche Bagatellen interessiert sich der Arsch nicht. Er hat den Leuten 'ne Fahrt über die Grenze versprochen, und die haben sie gekriegt. Hat natürlich vorher kassiert.«

»Reizender Zeitgenosse«, sagte Jessi.

»Cisco ist brutal und gemein, aber er haßt die Bullen, den Staat, die Pinkel, die Megakons, selbst die Mafia und Yakuza, einfach alles, was oben is' und ihn tritt. Mit denen paktiert er nich'. Du mußt bei ihm damit rechnen, ein Messer ins Kreuz zu kriegen, wenn ihm dein Kom-Armband gefällt. Aber er wird dich nich' an Leute wie Pederson verraten.«

»Ist doch schon mal was«, meinte Pandur.

Niemand rührte sich, als sie an den Wagen herantraten. Die Fahrerkabine war leer, aber dahinter gab es ein Kabuff, durch einen Vorhang gegen Einsicht von draußen geschützt.

»Er wird drinnen sein und pennen«, sagte Rem. Dann schrie er: »Cisco, du Kanalratte, wach auf! Jemand will deine Karre klauen!«

»Wäre ihm nicht gelungen!« Ein breitschultriger, etwas gebeugter Mann trat hinter dem Felsen hervor, eine japanische Shin Chou Kogyo im Anschlag, eine MP mit Smartgunadapter, die angeblich von der Eliteeinheit der Roten Samurai benutzt wurde. »Hi Chummers.«

Cisco war ein schmierig wirkender Typ mit flinken, gierigen Augen in schmalen Schlitzen. Sein graublondes, zu einem langen Zopf gebundenes Haar wirkte fettig. Seine Stirn glänzte speckig. Selbst die Stirnbuchse sah irgendwie ölig aus. Er trug einen Stoppelbart, der einen Teil seiner Gesichtstätowierungen verdeckte. Nicht genug allerdings, um die Herkunft zu verbergen. Diese Mischung aus Sex- und Gewaltmotiven trugen nur die ganz harten Kerle aus der Gosse, die allerlei Söldnerjahre und diverse Knäste hinter sich gebracht hatten.

»Steck deinen Japsentöter weg, du Arschloch!« fuhr ihn der Zwerg an, als die Mündung von Ciscos Waffe immer noch auf die drei zeigte.

Zu Pandurs Überraschung gehorchte Cisco sofort. »War mir zu heiß in der Kiste«, sagte er. »Ihr habt euch Zeit gelassen.«

»Quatsch, du warst zu früh da«, sagte Rem. »Hast du die Sachen?«

Cisco nickte, kletterte in das Fahrerhaus und von dort hinter den Vorhang. Als er wieder zum Vorschein kam, trug er zwei Sandler MPs auf den Armen. »Hier«, sagte er. »Muni und die anderen Sachen sind auch da. Hab' alles selbst ausprobiert. Sind gebraucht, aber okay.«

»Laß sie hinten«, sagte Rem. »Da gehen wir auch gleich hin.« Er wandte sich an Pandur und Jessi. »Is' nur für den Notfall, falls wir uns aus irgendeiner Scheiße freischießen müssen. Dachte mir, die Sandler seien okay, weil sie nich' zu schwer sind.«

Die Runner nickten.

Cisco öffnete die Beifahrertür und ließ sie einsteigen. Pandur gefiel nicht, wie Cisco Jessi musterte. Das war kein Angucken, sondern visuelles Betatschen. Aber er sagte nichts. Außerdem wußte er, daß Jessi sich gegen solche Kerle ganz gut allein wehren konnte.

Die Runner rutschten nach hinten durch, wo sich zwei ausklappbare Sitzbänke befanden. Auf einem davon lag schmuddeliges Bettzeug. Schmale Sichtfenster ließen genug Licht, aber keine Luft herein. Es war knallheiß und roch ranzig, als hätte Cisco irgendwo einen Sack alter Speckschwarten gebunkert. Alles starrte vor Dreck, und in den Ecken türmte sich der Müll. Jessi riß die Fenster auf. Rem gesellte sich zu ihnen, nachdem er Cisco einen Kredstab zugeworfen hatte.

»Ich buch' ihn frei, wenn wir in Hamburg sind. Erinner mich dran.«

»Worauf du einen lassen kannst«, sagte Cisco, grinste und steckte den Ebbie in die Tasche seiner Jeansjacke. »Moment mal, sagtest du Hamburg?«

»Genau. Plan geändert. Und nun schmeiß endlich den Motor an, und fahr die Klimaanlage hoch. Hier kriegt man ja 'nen Hitzschlag.«

Cisco startete den Diesel.

»Hamburg!« nörgelte er. »Scheißpflaster für 'nen Nomaden. Zuviel Konkurrenz. Wie soll ich da 'ne Fuhre kriegen?«

»Nun fahr schon los. Ich besorg' dir 'ne Ladung in Wildost. Rote Wolke hat immer was wegzukarren.«

Cisco fuhr an, wendete und fuhr den Wagen in mäßigem Tempo den holprigen Weg entlang.

»Du kennst Rote Wolke?« fragte Pandur den Zwerg. »Wen kennst du eigentlich nicht?«

Rem grinste. »Die Graue Eminenz.«

»Chef?« meldete sich Cisco.

»Was gibt's?«

»Können wir vorher zur Prodep Celle? Ist nur ein kleiner Umweg.«

»Warum zu 'ner Prodep? Ich denke, die sind dir zu teuer?«

»Sind sie auch«, sagte Cisco. »Muß aber hin. Brauche die Quittung.«

»Verstehe. Meinetwegen. Sag uns aber sofort Bescheid, wenn irgendwas Ungewöhnliches zu sehen is'.«

»In Ordnung, Chef.«

Cisco stöpselte sich in einen SimSinn-Sender ein und zuckte im Takt der Musik, die ihm ins Hirn geblasen wurde.

Rem zog den Vorhang zu. Als er Jessis fragenden Blick spürte, meinte er: »Neu für dich? 'ne Prodep is'ne professionelle Mülldeponie, die besondere Lieferungen annehmen darf und den Anlieferern das quittiert, was sie abliefern.«

»Sondermüll?« fragte Jessi.

»Könnte man sagen«, meinte Rem. »Kalte Kameraden, wenn du's genau wissen willst. Prodeps haben 'ne Lizenz für deren Entsorgung. Private Müllkutscher wie Cisco brauchen solche Quittungen, um glaubhaft zu machen, daß sie ihre Fracht nich' irgendwo verscharren. Giftmüll kannst du leicht illegal entsorgen. Bei kalten Kameraden sind die Behörden pingeliger. Wegen der Seuchengefahr.«

Jessi hatte das Gesicht leicht verzogen. »Willst du damit sagen, daß Cisco ... Leichen geladen hat?«

»Klar doch«, sagte Rem. »Vielleicht sogar welche von denen, die euch gestern, als sie noch lebendig waren, in den Arsch getreten haben. Gardisten, egal von welcher Fraktion, landen meistens in Mülldeponien, es sei denn, ihre Angehörigen sind mit Kies und Pietät gesegnet. Wenn nich': Prodep. Is' billiger.«

Jessi schüttelte sich.

»Ganz normal«, sagte der Zwerg. »Besser kalte Kameraden, die noch einigermaßen frisch sind, als irgendein Zeug, das bestialisch stinkt.«

»Sind die MPs etwa auch ...«, wollte Jessi wissen.

»Schon möglich«, gab Rem zur Antwort. »Aber wenn, dann hat Cisco sie nich' gefleddert, sondern unter der Hand gekauft. Das Filzen besorgen schon die eigenen Kumpel.«

Pandur hatte kaum zugehört. Er wußte, wie diese Dinge gehandhabt wurden.

Sie gehen mit dir im Leben nicht gut um. Warum sollten sie es tun, wenn du ins Gras gebissen hast? Nicht schön, aber was soll's?

»Denk einfach nicht dran, Jessi«, sagte er. »Es gibt unangenehmere Reisegefährten. Denk an die Cops in der Hornisse. Diese Dreks hinter uns sind bedeutend friedlicher. Sie halten die Klappe, und du mußt auch nicht befürchten, daß sie dich vergewaltigen oder abmurksen wollen. Es sei denn, es sind ein paar Zombies dabei. Auf jeden Fall sind wir durch dickes Stahlblech von ihnen getrennt.«

»Jawoll, so muß man es sehen«, meinte der Zwerg.

»Hier«, sagte Pandur und reichte ihr eine der Waffen. »Denk immer daran, Mädchen. Wir machen das nicht, weil es uns Spaß macht, sondern weil sich andere mit uns ihren Spaß erlauben und wir die Schnauze davon voll haben. So ka?«

Jessi nickte, prüfte die Waffe, lud sie nach und legte sie zur Seite.

Pandur schaute sich an, was Cisco sonst noch besorgt hatte. Zwei Dolche, zwei Rotor-Wurfmesser, reichlich Muni für die MPs und die Handfeuerwaffen, ein Schockhandschuh, eine Laseraxt. In einem Sicherungsfutteral steckte ein weiterer Handschuh mit einem Geflecht aus rasiermesserscharfem Vibrodraht, mit dem man jedem Gegner die Knochen aus dem Fleisch schälen konnte. Der Vibrodraht reagierte auf Körpertemperatur.

»Beachtliches Sortiment«, lobte Pandur.

Rem nickte. »Alles Sachen, die du nich' im Sonderangebot bei ALDI REAL findest. Bedient euch.«

Jessi teilte die Waffen auf. Von den Handschuhen nahm sie den aus Vibrodraht, legte ihn aber nicht an. Pandur zog den Schockhandschuh zu sich herüber. Er wünschte sich, Pederson vor die Faust zu bekommen. Er blieb ungern etwas schuldig.

Nur die Laseraxt fand keinen Abnehmer. Das war etwas für Spezialisten mit guter Körperbeherrschung und Nahkampfausbildung. Sie erforderte keine Kraft, aber die Virtuosität eines Chirurgen.

Das wäre etwas für Natalie gewesen. Sie konnte mit diesen Dingern umgehen.

Rem zuckte die Schultern und nahm die Laseraxt an sich. Zwerge interessierten sich für alle Arten von Äxten, obwohl sie meistens Streitäxte bevorzugten, wie Rem eine am Gürtel führte.

»Irgendwie schon beruhigend, was?« sagte der Zwerg.

»Wie man's nimmt«, gab Jessi zur Antwort. »Der ganze Scheiß nützt dir kein bißchen, wenn dein Feind einen guten Magier hat, der dir aus dem Astralraum ein Manageschoß in den Kopf jagt. Da hilft dir kein Waffenarsenal und kein Panzer.«

»Du sagst es«, meinte Pandur.

»Der Magier muß erst mal wissen, wo du bist, und dich sehen können«, sagte Rem gelassen. »Und bis dahin is' vom Magier oft schon nix mehr übrig, was böse Feuerkugeln aus was für Räumen auch immer schleudern könnte.«

Als Pandur sah, daß Jessi von Rem mit einem nachdenklichen Blick bedacht wurde, sagte er: »Ach ja, Jessi ist übrigens Magieadeptin, hat sich aber selbst außer Dienst gestellt.«

»Hmm, hmm«, machte der Zwerg. »Das erklärt einiges.«

»Wieso?« fragte Jessi.

»Weil ich deine Feuerbälle an den Externsteinen vermißt hab'.«

Pandur hatte es aufgegeben, sich über Rem zu wundern. Der Zwerg schien sich in jeder Beziehung gründlich auf sein Eingreifen vorbereitet zu haben. Ob es nun um Waffen, Duster, Südwester oder Informationen ging.

Wenn ein Zwerg seine Höhle verläßt, rechnet er mit allem. Und versucht das Risiko zu minimieren. Das Risiko, das von Feinden ausgeht. Und das Risiko, das von Chummern ausgeht.

Cisco hatte inzwischen eine gut ausgebaute Straße erreicht. Das Schaukeln des schweren Gefährts hörte auf.

Hin und wieder schaute Pandur durch die schmalen Seitenfenster nach draußen. Vor allem dann, wenn ihnen andere Fahrzeuge begegneten, wenn sie von schnelleren Wagen überholt wurden oder Ortschaften passierten. Cisco fuhr Nebenstrecken, auf denen wenig Verkehr herrschte. Vermutlich wußte er, daß seine Fahrgäste eine brisantere Fracht darstellten als die stummen Passagiere im Laderaum des Fahrzeugs. Pandur nahm jedoch an, daß er es gewohnt war, solche Straßen zu benutzen. Für langsame Trucks war die Autobahn ohnehin tabu. Und für einen Nomaden, ständig auf der Suche nach Aufträgen, war eine Straße, die durch viele Ortschaften führte, sinnvoller als eine schnelle Route, die diese Orte umging.

»Ich kann mir nicht vorstellen, daß unsere Verfolger aufgegeben haben«, sagte Pandur. »Sie wissen doch, wo wir verschwunden sind. Sie müssen hier irgendwo auf der Lauer liegen.«

»Aber sie rechnen nicht damit, daß wir in einem Mülltruck in der Gegend herumkutschieren«, meinte Jessi. »Hoffe ich jedenfalls.«

»Wenn ich Pederson oder die Graue Eminenz wäre, würde ich mit allem rechnen«, gab Pandur zur Antwort. »Ich frage mich, ob die Graue Eminenz das Netz im Astralraum wieder aufgebaut hat, mit dem ich markiert wurde. Magier könnten mich dann jederzeit orten.«

»Kaum«, sagte Jessi. »Die Graue Eminenz wird wissen, daß sie sich damit verwundbar macht. Andere Magier könnten die Fäden des Netzes zurückverfolgen.«

»Daß Ricul und seine Galgenvögel so rasch an den Externsteinen auftauchten, gibt mir zu denken.« Pandur schaute den Zwerg an. »Ich frage mich, ob die Graue Eminenz weiß, daß wir jetzt zu dritt sind.«

»Und wenn schon«, sagte Rem gleichgültig. »Es wird sie wenig kümmern. Ich bin nur 'n Zwerg. Davor scheißt sie sich nich' ins Hemd.«

Noch knapp zwei Stunden Fahrt erreichte der Truck das eingezäunte Gelände der Prodep Boye bei Celle. Die Mülldeponie war mindestens so groß wie zwei Fußballfelder. Der Haupteingang wurde durch einen Schlagbaum abgesperrt.

Eine hagere Sicherheitsgardistin trat mit umgehängter MP aus einem Unterstand. Cisco stöpselte sich aus der SimSinn-Sendung aus, die er sich ohne Unterbrechung die ganze Fahrt hindurch reingezogen hatte.

»Freier?« fragte die Frau.

Cisco nickte.

»Lizenz«, wurde er aufgefordert.

Die Sicherheitsgardistin nahm Ciscos Lizenzchip und seinen Daumenabdruck entgegen und prüfte beides an seinem stationären Terminal, das mit Scanner und Datencontroller ausgerüstet war.

»Kredstab«, sagte die Frau mit unbewegtem Gesicht. Sie war entweder mundfaul oder hatte keine Lust, sich mit dem Nomaden zu unterhalten. Der Nomade reagierte genauso.

Cisco reichte ihr seinen Kredstab.

Die Frau tippte einen Code und steckte den Kredstab in einen Kontrollslot. Ein Piepton bestätigte die geforderte Mindestdeckung.

»Frachtchip.«

Cisco hatte ihn schon in der Hand. »Da, Schwester.«

Die Frau schob den Chip in den Controller. Dann wurde sie doch noch redselig. »Was sind das für Figuren bei Ihnen in der Fahrerkabine? Sollen die auch gebunkert werden? Sehen noch halbwegs lebendig aus.« Sie lachte meckernd.

»Trauernde Angehörige«, sagte Cisco.

Die Frau lachte wieder. »Okay«, sagte sie und gab ihm die Chips zurück. Der elektronisch markierte Kredstab blieb in seinem Slot. »Fahren Sie an Rampe E, und folgen Sie dort den Anweisungen des Platzwarts. Er wird die Körper zählen und quittieren. Ihren Ebbie kriegen Sie nach der Abbuchung bei der Ausfahrt zurück.«

»Bin nicht neu in dem Geschäft, Schwester.« Cisco warf ihr einen unfreundlichen Blick zu und fuhr an, als sich der Schlagbaum hob. Die Frau zog sich mit gleichgültigem Gesicht in ihren Unterstand zurück.

Es stank nach Müll und Verwesung. Ein Stück weiter weg ebneten zwei Planierraupen eine frisch angefahrene Müllhalde ein. Möwen kreisten über diesen Stellen. Rechts gab es ein Dutzend flacher Rampen mit jeweils einer grauen Baracke aus Betonfertigteilen. Jede der Rampen war mit einem riesigen Buchstaben gekennzeichnet. An zwei Rampen parkten mehrere Trucks.

»Alles Kommunale«, sagte Cisco verächtlich. Vielleicht hatte er gehofft, hier einen Kollegen zu treffen.

Er fuhr zu Rampe E und hupte. Eine Weile tat sich nichts, aber dann schlurften drei Arbeiter aus der Baracke. Sie trugen schmutziggraue Schutzkleidung und einen Mundschutz. Es war genug von ihnen zu erkennen, um zwei als Orks und einen als Norm zu identifizieren. Einer der Orks hatte einen Besen in der Hand, der Norm einen Schauerhaken in der Faust. Dem anderen Ork war der rechte Arm amputiert worden. Eine ramponierte Prothese, deren Stahlschienen und Schläuche bloßlagen, endete in einem ebensolchen Haken, wie ihn der Norm trug.

»Kipp ab«, sagte der Ork mit der Prothese. Er schien der Vorarbeiter zu sein.

Cisco startete den Servomotor für die Hydraulik. Die hintere Klappe des Lasters öffnete sich, während gleichzeitig der Container angehoben wurde.

»Pandur!« sagte Jessi, die aus dem linken Fenster gesehen hatte, und deutete auf einen Hügel in der Landschaft aus Müll. »Harpyien!«

Als Pandur in die von Jessi gezeigte Richtung schaute, entdeckte er sie ebenfalls. Es waren drei. Zwei erwachsene Critter und ein Junges. Sie hockten auf dem Müll und schienen zu warten. Worauf sie warteten, konnte er sich gut vorstellen.

Rem hatte ebenfalls hingeschaut. »Nichts Besonderes«, sagte er. »Sie werden auf vielen Deponien geduldet. Machen sich nützlich. Wenn man sie nicht angreift und sie genug zu fressen kriegen, verhalten sie sich friedlich. Meistens jedenfalls.«

Jessi sah aus, als müsse sie sich gleich übergeben.

»Keine angenehme Vorstellung, Jessi«, sagte Pandur. »Aber was soll's. Zu verfaulen und von Würmern gefressen zu werden, ist auch nicht appetitlicher.«

»Aber mit anzusehen, wie diese Bestien ...«

»Mußt du ja nicht«, meinte Rem. »Guck einfach nicht hin.«

Der Reihe nach plumpsten blaue Plastiksäcke zu Boden. Der letzte hatte sich verklemmt. Der Ork schlug seinen Haken in den Sack und drehte ihn so, daß er ebenfalls herausrutschen konnte. Als alle Säcke auf dem Boden lag, zählte der Vorarbeiter sie durch, zog ein Handy aus der Tasche und sprach hinein. »Olga? Hier Akim. 17 Klopse von Cio ... von Chico. Alles klar?«

»Kannst du nicht lesen, Chummer?« murrte Cisco. »Cisco, nicht Chico. Mein Unternehmen heißt Ciao Cisco.«

»Olga? Hier Henry. Chico heißt Cisco, sagt er«, korrigierte sich der Vorarbeiter. Er steckte das Handy weg. »Das war's, Chummer! Kannst die Fliege machen.«

»Nicht so hastig, Chummer«, kam eine tiefe Stimme vom Eingang der Baracke.

Erst schob sich nur eine blutrot lackierte vz 88 V ins Freie, dann kam eine in braunes Leder gehüllte Wampe. Unterarm-Schnappklingen wurden sichtbar. Ein Oberarm war mit einem blutdurchtränkten Medkit-Verband umwickelt. Schließlich sah man eine fliehende Stirn unter einer mopartigen Frisur.

»Scheiße, das ist Steamhammer!« fluchte Pandur und griff nach der Sandler.

»Nich'!« zischte der Zwerg. »Duckt euch! Er hat uns noch nich' gesehen.«

Die drei preßten sich gegen die Seitenwand der Fahrerkabine, die Waffen schußbereit.

»Was is'?« fragte Cisco ungnädig. »Hab's eilig, Chummer. Große Fuhre in Aussicht, wenn ich pünktlich bin.«

»Klopse gibt's überall und reichlich«, entgegnete die Messerklaue. »Kein Grund für Hektik. Woher kommst du, Chummer?«

Pandur hob den Kopf so weit, daß er die Szene mit einem Auge verfolgen konnte. Er sah, daß Steamhammer die Baracke verlassen hatte und langsam auf Cisco zuging. Die Mündung der MP zeigte auf Ciscos Bauch. Cisco hatte seine Waffe im Truck gelassen.

»Aus Münster. Was soll das Verhör?«

»Weiter Weg, Chummer.«

»Nicht wenn man hier zu tun hat.«

»Du bist nicht zufällig bei den Externsteinen vorbeigekommen?«

»Hab' keine Zeit für Touristik. Muß malochen.«

»Hätte sich aber gelohnt. Soll ein größeres Geeken stattgefunden haben.«

»Drek, da scheint mir ein Geschäft durch die Lappen gegangen zu sein.«

»Wohl wahr«, sagte Steamhammer. »Hätte sogar noch besser werden können, weil Flüchtlinge 'ne

Transportmöglichkeit suchten.« Steamhammer spuckte aus. »Aber was soll's, Chummer. Ist nun mal ohne dich gelaufen.«

»Kann man nix machen. Gibt andere Geschäfte.«

Cisco wandte sich um und ging zu seinem Truck.

»He, Chummer!« rief Steamhammer. »Was dagegen, wenn ich mir mal die Klopse ansehe? Könnte ja sein, daß du dich nicht richtig erinnerst und doch an den Steinen warst.«

Cisco hatte genug Grips, um zu wissen, daß die Leichen ihn verraten würden. Die meisten trugen noch die zerfetzten Uniformen der Bischofsgarde. Er rannte los.

Er kam nicht weit. Ein Feuerstoß nagelte ihn gegen die Fahrertür seines Trucks. Blut spritzte gegen die Scheibe. Einige der Kugeln prasselten gegen den hinteren Teil der Kabine, ohne das Blech zu durchschlagen.

Rem sprang auf, schob seine MP-5 durch das Seitenfenster und feuerte auf die Messerklaue.

Die Arbeiter brachten sich mit Hechtsprüngen aus der Schußbahn und verschanzten sich hinter den blauen Säcken mit den Leichen.

Steamhammer erwies sich als unglaublich reaktionsschnell. Seine Verdrahtung war erstklassig. Er hatte Rems Bewegung im ersten Ansatz wahrgenommen. Seine Reflexverstärker Zeiss XR-7 zuckten, seine Kunstmuskeln Titan-666 ließen ihn herumwirbeln. Sein massiger Körper verschwand hinter einem riesigen fahrbaren Müllbehälter. Im nächsten Moment ratterte seine tschechische MP schon wieder los. Die Einschüsse lagen ein Stück zu hoch, aber die Scheiben auf der rechten Seite zerbarsten. Die nächste Salve fegte die Bruchstücke auseinander.

Pandur war nach vorn gerobbt, schob die Sandler durch die Reste der zerschossenen Scheibe, erhob sich kurz und feuerte. Dann duckte er sich wieder. Er hatte keine gute Schußposition. Die Einschüsse ritzten die

Betonfassade der Baracke, konnten Steamhammer jedoch nichts anhaben.

Jessi blieb nicht genug Platz, um ihre Sandler einzusetzen. Sie lag neben Rem und gab gelegentlich einen Schuß aus ihrer Beretta 200ST ab.

»Wir müssen aus der Blechbüchse raus!« rief Pandur. »Ich steige als erster aus. Auf der Rückseite. Gebt mir Feuerschutz!«

»Laß mich das machen«, sagte Rem. »Ich kann 'n paar Kugeln einfangen, ohne gleich den Arsch dichtzukneifen.«

»Bis wir die Plätze getauscht haben, ist es zu spät«, entgegnete Pandur.

Er rutschte auf dem Boden zur Beifahrertür und öffnete sie, während Rem und Jessi den Müllcontainer unter Feuer nahm, hinter dem sich Steamhammer versteckt hielt. Er setzte zum Sprung an.

»Nicht, Pandur!« schrie Jessi, die einen Blick in seine Richtung geworfen hatte. »Da kommt noch so ein Typ!«

Pandur richtete sich auf. Um ein Haar wäre er in sein Verderben gesprungen. Von links näherte sich ein dürrer Riese, ganz in schwarzen Samt gekleidet, einen albernen Zylinder auf dem Kopf, das Sturmgewehr im Anschlag. Der rote Lichtpunkt des Ziellasers huschte über Pandurs Stirn. Im nächsten Moment riß der Kerl den Abzug des Gewehrs durch.

Pandur warf sich unter die Scheibe, die im nächsten Moment zerbarst.

»Das ist der Butcher!« keuchte er. »Jetzt haben sie uns in der Zange.«

Er stieß die angelehnte Tür ein Stückchen auf und schoß, ohne richtig zielen zu können. Immerhin zwang er den Butcher, sich zur Seite zu werfen. Aber der Riese hechtete sich gleichzeitig ein Stück nach vorn und landete hinter dem Truck. Nur der herabgefallene Zylinder blieb in Pandurs Schußfeld. Jetzt hatten sie einen hundsgemeinen und einfallsreichen Feind in nächster Nähe, ohne ihn selbst erreichen zu können. Pandur war sich sicher, daß dem Butcher etwas einfallen würde, um den Belagerten einzuheizen.

»Wir kommen hier nur lebend raus, wenn es mir gelingt, den Truck zu starten!« rief Pandur. Er hoffte inständig, daß Cisco den Chip nicht aus dem Bordcomputer gezogen hatte.

Das schaffst du nicht, Chummer! Ein Himmelfahrtskommando! Bevor der Truck schnell genug ist, haben sie dich ein dutzendmal durchsiebt.

Zugleich wußte er, daß ihm keine andere Wahl blieb.

Egal, Chummer. Wenn du schon den Löffel abgeben mußt, warum nicht hier. Du bist gleich an Ort und Stelle. Auf einer Mülldeponie. Äußerst rücksichtsvoll von dir. Der Ork schlägt seinen Haken in deinen Kadaver, um ihn wegzuräumen, und das war's dann schon. Futter für die Harpyien.

»Die Harpyien!«

Im ersten Moment glaubte Pandur, er hätte den Gedanken laut ausgesprochen und Jessi habe ihm geantwortet. Aber dann sah er die geweiteten Augen des Mädchens durch die Frontscheibe des Trucks starren.

Die Harpyien, die vorhin auf dem Müllberg gesessen hatten, kreisten über ihnen. Pandur hatte die Critter noch nie so nahe gesehen und bisher auch nicht den Wunsch dazu verspürt. Ob der Lärm sie angelockt hatte? War es Ciscos blutige Leiche direkt neben dem Truck? Oder waren sie so ausgehungert, daß sie sich auf die blauen Säcke stürzen wollten, bevor ihnen andere zuvorkamen?

Sie besaßen Ähnlichkeit mit riesigen Fledermäusen, hatten jedoch dämonische Fratzen, pelzige Körper und einen langen nackten Schwanz wie Ratten. Die Flügelspannweite betrug bei den beiden erwachsenen Tieren drei Meter oder mehr, während der Körper kaum größer als einen Meter war. Sie bleckten ein Maul mit scharfen Zähnen und zischten wütend.

Steamhammer schob sich aus der Deckung, richtete die MP gen Himmel und feuerte auf die Critter. Sie schienen ihn zu stören.

Das Jungtier kreischte auf und fiel wie ein Stein herab. Der Körper klatschte auf den Containerteil des Trucks und bewirkte einen dumpfen Nachhall.

Die älteren Tiere stießen ein infernalisches Kreischen aus und stürzten sich auf Steamhammer. Es gelang ihm, einen der Critter mit einem weiteren Feuerstoß vom Himmel zu holen, aber der andere streckte ihn mit einem schweren Flügelschlag zu Boden. Er hockte sich auf sein Opfer und hätte im nächsten Moment die Fänge in Steamhammer Hals geschlagen.

Bevor es dazu kam, brach die Harpyie kreischend und wild um sich schlagend zusammen. Ein Wurfstern des Butcher hatte ihre Halsschlagader getroffen.

Pandur nutzte die Situation. Er warf sich auf den Fahrersitz und hieb auf den Startsensor des Bordcomputers. Der Diesel sprang an. Ein weiterer Wurfstern des Butchers verfehlte Pandur und die Computerkonsole nur knapp und bohrte sich in das Blech der seitlichen Verkleidung der Fahrerkabine. Die vibrierenden Klauen fraßen sich weiter, bis der Stern durch das von ihm gefräste Loch ins Freie fiel. Pandur preßte den Sensor des Autopiloten und duckte sich weg. Der Truck ruckte an und fuhr stur geradeaus. Der Butcher, der geduckt nach vorn gekrochen war und schon fast die Beifahrertür erreicht hatte, wäre um ein Haar überrollt worden. Er warf sich zur Seite.

Dann schien sich der Himmel zu verdunkeln. Ein schrilles Kreischen aus mehr als fünfzig Kehlen lag in der Luft.

»Die abgeschossenen Harpyien haben vor ihrem Tod telepathisch um Hilfe gerufen, und die ganze Kolonie ist angerückt!« rief Rem.

Der Butcher, Steamhammer und die Arbeiter flüchteten in die Baracke. Der Mann mit der Prothese entging nur um Haaresbreite den rasiermesserscharfen Zähne einer der Bestien. Zornig umschwirrten die Harpyien das Gebäude. Um den Truck kümmerten sie sich nicht.

Pandur richtete sich auf und übernahm die Lenkung. Er fuhr am Ende der Rampe nach links und kehrte in einem großen Bogen zum Haupteingang zurück.

»Gib Stoff«, brummte der Zwerg, der sich auf den Beifahrersitz geschoben hatte. »Wir haben keine Zeit für lange Erklärungen.«

Sie passierten eine Gruppe von aufgeregten Arbeitern, die durcheinanderliefen, aber keine Anstalten machten, den in der Baracke Eingeschlossenen zu helfen.

Die Sicherheitsgardistin starrte ebenfalls zu den Harpyien. Sie hielt ihre MP umklammert, blieb aber auf ihrem Posten. Sie winkte heftig, als sie den Truck mit hohem Tempo auf den Schlagbaum zurasen sah. Dann schoß sie zur Warnung in die Luft. Schließlich sprang sie entnervt zur Seite.

»Ducken und gut festhalten!« rief Pandur.

Der Truck prallte gegen den Schlagbaum. Es gab einen Ruck. Kunststoff splitterte. Die Reste des Schlagbaum wirbelten zur Seite. Sie befanden sich auf der Straße. Der Truck hatte Beulen und zerborstene Scheinwerfer davongetragen. Die Fahrfunktionen schienen nicht beeinträchtigt zu sein.

»Die Drek wird gleich Alarm auslösen«, sagte Pandur.

»Verdammte Kacke!« fluchte Rem. »Woher konnten diese beiden Abfallhaufen wissen, daß wir auf der Prodep auftauchen?«

»Sie scheinen es eher vermutet als gewußt zu haben«, meinte Jessi.

»Ich habe Ricul und Boris vermißt«, sagte Pandur. »Vielleicht lauern sie uns anderswo auf.«

»Was ist mit Cisco?« fragte Jessi.

»Er is' da, wo wir alle hingehen.« Rem schüttelte den Kopf. »Hat in seinem Leben 'ne Menge Scheiße gebaut und bestimmt viele Typen massakriert, die mehr taugten als er. Aber jetzt, wo er sich ein bißchen aufgerappelt hatte, erwischt es ihn. Wirklich Pech.«

»War er ein Freund von dir?« wollte Pandur wissen.

»Unfug, er gehörte nich' mal zu meinen Kanalratten. Und ich sage euch, das war mein Fehler. Wir sind zu nobel gereist. Eine Stufe zu hoch. Das hat uns verraten.«

»Eine Fahrt im Leichentransporter nennst du nobel?« Jessi verzog das Gesicht. »Was ist dann bei dir die Zweite Klasse?«

»Es geht nich' um den Komfort, sondern um den Status«, erwiderte Rem. »Den Rest der Reise organisieren wir anders.«

»Ich hänge in letzter Zeit immer in Gegenden fest, in denen es nicht viel zu organisieren gibt«, sagte Pandur. »Ein Runner sollte dort unterwegs sein, wo er sich auskennt: in einem Megaplex.«

»Nich' auf die wehleidige Tour, Alter«, bekam er von dem Zwerg zu hören. »Wenn du Sehnsucht nach deinem abgefuckten Megaplex hast, dann darfst du nich' zur Jagd auf fette Machtfuzzies blasen. Hättest zufrieden sein sollen, für andere Daten zu klauen und irgendwann für andere in der Gosse zu krepieren. Betrachte es positiv: Hier kannst du auch krepieren, aber wenigstens in frischer Landluft.«

»Die Landluft stinkt nach Chemie und Müll«, merkte Jessi an.

»Und der Bleigehalt ist zu hoch«, sagte Pandur. »Außerdem kann ich mir letzte Ruhestätten vorstellen, die idyllischer sind als eine Müllkippe.«

Der Zwerg machte eine lässige Handbewegung. »Was willst du? Die haben wir doch locker hinter uns gelassen. Wenn sie uns in Celle erwischen, kannst du nich' meckern. Nettes Kaff mit mittelalterlichen Häusern. Vielleicht klimpert irgendwo 'n Glockenspiel oder 'ne Kirchturmuhr zu deinem letzten Furz. Idylle genug?«

»Irgendwie müssen wir uns mißverstanden haben.«

Der Zwerg musterte die Umgebung. »He, wir sind schon am Stadtrand von Celle. Wird Zeit, daß wir die Karre verschrotten.«

Am linken Straßenrand lag eine Fabrik mit flachen Hallen und einigen Silotürmen. Hinter den Hallen ragten Sandberge und eine Kieshalde empor. Offenbar wurden hier Plastzement oder Flüssigbeton, vielleicht auch Fertigbauteile für den Hausbau hergestellt. Ein paar verstaubte Trucks, ein VW Integra und ein größerer Mercedes parkten vor einer Halle. Ein weiterer Truck stand unter einer Silоöffnung, um beladen zu werden, aber niemand ließ sich blicken.

Ciscos Truck besaß eine Vidkamera, die am Heck montiert war. Sie hatte die Schießerei heil überstanden. Jessi holte ihr Bild auf den Hauptscreen und zoomte die hinter ihnen liegende Straße ab. Auch die weiteste Einstellung zeigte keine Verfolger. Noch nicht.

»Ich fahre hinter der Fabrik rechts ab«, sagte Pandur. »Zu der Kieshalde.«

Ein Sandweg führte von der Straße ab. Markante Reifenprofile von Schwerlasttrucks hatten sich in den Sand gegraben. Der Weg führte an der Halde vorbei.

Pandur wollte den Truck hinter die Halde fahren, damit man ihn von der Straße aus nicht entdecken konnte. Dann sah er, daß man den Kies an Ort und Stelle ausgebaggert hatte. Hinter dem Berg lag eine tiefe Kuhle. Der Weg führte in die Kuhle hinein. Noch besser.

Er hielt an. »Aussteigen. Ich lasse die Kiste allein nach unten fahren.«

Jessi und der Zwerg nahmen ihre Waffen und zwängten sich durch die Beifahrertür ins Freie. Pandur stieg an der Fahrerseite aus, nachdem er den Autopiloten auf Geradeausfahrt gestellt hatte. Beim Aussteigen griff er in etwas Feuchtes. Ciscos Blut. Er wischte die Hand am Polster des Fahrersitzes ab, startete den Autopiloten und sprang aus dem Truck.

Gemächlich rollte der Müllwagen nach unten, bis eines der Räder zu nahe an eine Abbruchkante geriet. Sand und Kies gaben nach, der Truck legte sich schief, kippte um und rutschte geradezu majestätisch den Hang hinab, bis er unten zur Ruhe kam.

»Ciao ... Cisco Truck«, sagte Pandur. »Kriegst ein besseres Begräbnis als dein Besitzer.«

»Wie man's nimmt«, meinte Rem. »Den einen pflücken die Harpyien auseinander, den anderen werden sich Stück um Stück die Schrottsammler holen. Nichts kommt um.«

Die drei machten sich in leichtem Joggingtrab davon.

»Wohin?« fragte Jessi.

»Zum Schloßpark«, antwortete Rem.

Pandur sah den Zwerg an. »Enten füttern?«

»Wenn wir Glück haben, finden wir dort die fette Sybil oder Jussuf die Kralle.«

»Was sind das für Typen? Die Schloßherren?«

»Bettler.«

Pandur fragte den Zwerg nicht, wie ihnen Bettler gegen Steamhammer, den Butcher und andere wandelnde Festungen helfen konnten. Er hoffte darauf, daß Rem seinen Grips beisammen und einen Plan hatte.

Einen der an der Fabrik geparkten Wagen zu klemmen, schien keine gute Idee zu sein. Wenn es schiefging, hatten sie weitere Verfolger am Hals. Ihnen genügte das vorhandene Sortiment.

Von der Grube aus führte ein Trampelpfad parallel zur Straße in Richtung Stadt. Es schien auch andere zu geben, die es vorzogen, eigene Wege zu gehen.

Rechts lag unbebautes Land. Frisch gepflügte, sandige Äcker, auf denen nicht viel gedeihen würde. Eingezäunte Wiesen mit gelbbraunem, vertrocknetem Gras, auf denen kein Vieh weidete. Ödland, auf dem überhaupt nichts wuchs. Die Äcker stanken nach Gülle und Chemie.

Links erstreckten sich Gewerbebetriebe. Die Fabrikhallen und Schuppen boten Sichtschutz. Nur selten bestand Sichtkontakt zur Straße. Dort brauste gelegentlich ein Fahrzeug vorbei.

Pandur fragte sich, ob es den Messerklauen schon gelungen war, den Harpyien zu entkommen. Er zweifelte nicht daran, daß sie früher oder später auftauchen würden. Was für ein Fahrzeug sie benutzen würden, wußte er nicht. Er nahm an, daß sie irgendwo auf der Prodep einen fahrbaren Untersatz geparkt hatten. Sie würden kaum zu Fuß gekommen sein.

Immer wieder schaut Pandur zum Himmel. Ein Kopter würde auf dem flachen Land besonders unangenehm sein. Irgendwo im Süden glaubte er ab und zu Rotorengeräusche zu hören, aber nichts davon näherte sich.

Jessi blieben Pandurs mißtrauische Blicke nicht verborgen. »Wahrscheinlich Privatmaschinen, die von Hannover nach Hamburg unterwegs sind und umgekehrt«, sagte sie.

»Mir egal, wer da rumkurvt. Hauptsache, man läßt uns in Ruhe.«

»Allergisch... gegen Kopter... Chummer?« fragte der Zwerg scheinheilig. Er schnaufte ein bißchen von der Anstrengung und dosierte seine Worte.

»Die hab' ich erst mal satt bis zur Halskrause«, sagte Pandur.

»Gilt auch für Leichenwagen«, ergänzte Jessi.

»Ach was«, meinte Rem. »Man muß nehmen... was kommt.«

Sie überquerten einen ausgetrockneten Graben und passierten die ersten Wohnhäuser, heruntergekommene Mietskasernen mit jeder Menge Graffiti auf den Wänden. Einschußlöcher von MP-Garben und Lasernarben gab es auch zu sehen. Die Runner fielen vom Trab in rasches Gehen. Eilmarschtempo.

Ein paar Randalekids lungerten herum. Sie kümmerten sich nicht um die Chummer.

Noch ein Wohnblock. Der sah wüster aus als die anderen. Ein paar Wohnungen waren ausgebrannt, die Fensterhöhlen von Rauch geschwärzt, mit Plastfolie abgedeckt. Sie passierten eine Gruppe von glatzköpfigen Kids, die Jacken mit Hakenkreuzen und SS-Runen trugen. Zwei Burschen besaßen Revolver, die anderen lange Messer oder Dolche. Ein Mädchen warf einen Stein nach dem Zwerg und traf ihn am Kopf. Als Rem mit grimmigem Gesicht die Mündung der MP-5 in ihre Richtung schwenkte, verdrückten sich die Glatzen.

Ein Busbahnhof kam in Sicht. Zwei Elektrobusse und ein großer Hovercraft warteten am Terminal. Ein paar Typen stiegen ein. Die Elektrobusse fuhren Richtung Innenstadt. Der Hovercraft wartete noch.

»Wäre das nicht die einfachste Lösung?« fragte Jessi. »Der Hover fährt bestimmt in die nächste größere Stadt. Hannover. Mit Glück sogar zum Hamburger Megaplex.«

Pandur schüttelte den Kopf. »Ich wette, der Hover hält bald wieder an. Weil die Straße nicht frei ist. Weil ein paar Drekheads einen Blick auf die Fahrgäste werfen wollen.«

»Dann mieten wir uns einen Wagen«, sagte Jessi. »Wenn es sein muß, sogar einen Kopter. Sie können nicht den Verkehr einer ganzen Stadt kontrollieren.«

»Die AG Chemie kann«, sagte Pandur. »Ich rechne eher mit denen als mit Riculs Galgenvögeln.«

»Pah, Pederson ...«, machte Jessi. »Meinst du nicht, der macht erst mal halblang, nachdem das Ritual geplatzt ist?«

»Kaum«, erwiderte Pandur. »Zu viele offene Rechnungen zwischen uns. Der Drek kann nicht verlieren.«

»Jessi, die Ärsche haben uns unheimlich schnell aufgespürt.« Der Zwerg sprach eindringlich. »Ich weiß nich' wie, aber es muß etwas mit Magie zu tun haben. Mir hing schon mal 'n magischer Aufspürer im Nacken, der meine Fürze Hunderte von Metern gegen den Wind riechen konnte. Bin ihm trotzdem entkommen. Weißt du wie? Ich bin mitten in 'ner Horde von Verrückten aus'm Hospital gegangen, in dem er mich beinahe festgenagelt hatte. Die hatten so schräge Hirnströme, daß ich überhaupt nich' auffiel. Hat ihn fix und fertig gemacht. Dies könnte 'n ähnlicher Fall sein. Also brauchen wir was Schrilles in unserer Nähe, das ihn ablenkt.«

»Finde erst mal einen Konvoi von Irren, der die Stadt verläßt«, sagte Pandur.

»Es sind haufenweise Irre unterwegs, Alter. Is' dir das noch nich' aufgefallen? Aber du hast recht. Sie müssen schrill und paranoid und schizophren sein. Pfaffen, Politiker, Psychiater. Richtig geil verrückt. Critter würden es auch tun. Ah, das is' überhaupt die Erklärung, weshalb die Ärsche sich auf der Prodep nich' sicher waren. Die Harpyien haben es schwer gemacht, uns zu orten. So ka, Irre oder Critter. Irgend was wird uns schon einfallen.«

Rem entdeckte einen Fußgängertunnel, der zur Fußgängerzone der Altstadt führte. »Schau'n wir mal, ob es hier Bettler gibt. Dann können wir uns den Schloßpark schenken.«

Ein paar Pinkel glotzten kariert, als die Runner und der Zwerg in seinem wadenlangen Duster an ihnen vorbeimarschierten. Selbst in einer kleinen Stadt wie Celle liefen allerlei Typen mit Waffen durch die Gegend. Es gab auch ein paar Provinzmatadore, die an Sonn- und Feiertagen eine große und schnelle Plempe spazierenführten, mit der sie nicht umgehen konnten.

Aber drei hochgerüstete Chummer am Stück, wachsam und allem Anschein nach munispendabel, fielen auf.

He, Leute. Bleibt noch ein bißchen. Dann kriegt ihr mehr von der Sorte zu sehen. Richtige Messerklauen. Böse Jungs aus den Megaplexen. Ein dicker Scheißbrocken und der klapperdürre Gevatter Tod. Die sehen nicht nur so aus, als würden sie jeden umnieten, dessen Visage ihnen nicht gefällt. Sie tun es auch.

In dem Tunnel roch es nach Urin, Erbrochenem und schlimmeren Sachen. Die Wänden waren von oben bis unten mit den Insignien und Parolen der örtlichen Gangs sowie einiger Policlubs beschmiert. Besonders die Volksdeutsche Reinheitspartei und der Siegfriedbund schienen in Celle stark zu sein. Diese oder noch härtere Aktivisten der neonazistischen Szene forderten die Vergasung aller Metamenschen, Juden, Russen, Polen, Türken, Feministinnen, Schwulen, Süchtigen, Penner, Obdachlosen, Zigeuner, Italiener – das würde den Butcher freuen –, Alten, Pflegebedürftigen, Schwerkranken, Asozialen, Behinderten, Bolschewisten und Kriminellen. Ein Witzbold hatte die einzelnen Losungen zusammengefaßt: GAS FÜR ALLE!

Den in dem Tunnel hausenden Obdachlosen schien egal zu sein, was an den Wänden stand. Ein paar menschliche Wracks wälzten sich in ihren Exkrementen. Einige schnüffelten, schluckten oder spritzten Drogen. Ein ausgebrannter SimSinn-Freak hatte seine Stirnbuchse an einen Trafo angeschlossen und stimulierte sich mit Stromstößen. Ein oder zwei Typen schliefen. Vielleicht waren sie auch tot.

Die Pinkel und Sararileute, die zwischen Busterminal und Innenstadt unterwegs waren, kümmerten sich weder um die Parolen noch um das menschliche Inventar des Tunnels. Wenn sie von beidem überhaupt etwas wahrnahmen, bewirkte es höchstens, daß sie sich noch mehr beeilten, den ungastlichen Ort hinter sich zu bringen.

Die Runner hatten es nicht so eilig. Rem musterte die Penner und Bettler, die auf dem Betonboden kauerten. Die meisten waren kaum ansprechbar, einige schienen geistig nicht ganz auf der Höhe zu sein. Schließlich wandte er sich an eine einäugige Frau mit einem krebszerfressenen Gesicht, die steif und teilnahmslos dasaß, als versuche sie, ihre Umgebung zu ignorieren. Er nahm ihre Hand und machte etwas damit. Pandur konnte nicht genau erkennen, was es war. Es schien sich um ein geheimes Erkennungssignal zu handeln.

Die Frau erwachte aus ihrer Starre, sah den Zwerg mit ihrem einen, herabhängenden Auge an. In dem Auge spiegelte sich ein intakter Verstand. Die Frau schien noch jung zu sein. Wenn man sich die Zerstörungen wegdachte, die ihr das Gesicht und wohl auch einen Teil des restlichen Körpers weggefressen hatten, konnte man erkennen, daß die Frau einmal hübsch gewesen war.

Rem tuschelte eine Weile mit ihr. Schließlich griff er in die Tasche seines Dusters und drückte ihr etwas in die Hand. Die Frau steckte beides in einen Brustbeutel. Pandur sah, daß es sich um ein paar größere Ecu-Scheine und eine Kapsel handelte.

Rem kehrte zu den Chummern zurück. »Durch den Tunnel und zum Frachtbahnhof.«

Wortlos eilten die drei durch das letzte Teilstück des Tunnels und stiegen die Betontreppe hinauf ins Freie. Die total verdreckten Rolltreppen waren außer Betrieb. Der Zwerg orientierte sich kurz und wählte dann eine schmale Straße mit düsteren, grauen Hausfassaden, die von der Innenstadt wegführte.

»Gehört die Frau zu deinen Leuten?« fragte Jessi. »Zu deiner Armee der Verdammten, wie du sie nennst?«

»Ja.«

»Wie konntest du das erkennen?«

»Unwichtig. Ich kann es eben.« Der Zwerg wirkte nicht sehr gesprächig.

Die Wohnhäuser wurden von Schuppen abgelöst. Gleise und Gleitrinnen für Hovercraft-Schwerlastgleiter deuteten darauf hin, daß sie sich dem Bahnhof näherten.

Nach einer Weile fragte Pandur: »Was war das für eine Kapsel, die du der Frau gegeben hast?«

»Hast deine Augen wohl überall, Alter?«

»Was war es?«

»Softjump. Sie wollte es. Damit sie die Große Flatter machen kann, wenn sie die Schmerzen nich' mehr aushält.«

Jump war das perfekteste von allen Blitzgiften. Es schaltete zuerst das Gehirn aus, dann die anderen Körperfunktionen.

»Wußte gar nicht, daß du Gift dabei hast, Chummer.«

»Gift? Auf Zwerge wirkt es potenzfördernd. Man kann ja nie wissen, was kommt.«

»Arschloch.«

»Laß endlich hören, was dir die Frau für einen Tip gegeben hat«, sagte Jessi.

»So ka. Sie wußte von zwei Sachen, die derzeit laufen. Zum einen wird 'n Transport mit Alten und Schwachsinnigen zusammengestellt. Ein Pflegekonzern hat eines der Heime aufgelöst und verfrachtet die Leutchen in 'ne Bruchbude an der Küste, weil's dort billiger is'. Wahrscheinlich spekuliert man auch darauf, daß die Sterblichkeit am neuen Standort größer sein wird. Liegt nämlich in 'ner chemisch verseuchten Zone mit vielen netten Giftgeistern. Wie auch immer, man sucht 'n paar rabiate Reisebegleiter, die die Leutchen zur Raison bringen, falls sie unterwegs aufmüpfig werden oder sonstwie ausrasten.«

»Du meinst im Ernst, das sei ein Job für uns?«

»Kaum. Wäre vielleicht 'ne gute Tarnung gewesen, aber der Kon is' die Provinzial Caritas, und die gehört zur AG Chemie.«

»Und die zweite Gelegenheit?« fragte Jessi.

»Irgendwelche dubiosen Geschäftemacher haben 'nen Ghul gefangen und an die Yakuza verkauft. Sie müssen ihn aber erst mal nach Hamburg bringen, wo er von der Yakuza übernommen und über Osteuropa nach Asien geschleust wird. Sie haben schon genug Bewacher, aber auch gehörig Schiß. Ich denke, sie werden nichts dagegen haben, wenn drei Typen mit MPs mitreisen, ohne daß es sie was kostet.«

»Erst ein Leichenwagen, jetzt ein Ghul ...«, murrte Jessi. »Muß das sein?«

»Ja«, sagte der Zwerg. »Critter strahlen wilde Magie ab. 'ne bessere Abschirmung gibt es nich'. Selbst wenn die Graue Eminenz uns keinen Aufspürer geschickt hat, ist der Transport 'ne erstklassige Gelegenheit, unbehelligt den Hamburger Megaplex zu erreichen.«

Pandur wußte, daß es streng verboten war, Ghule zu fangen oder gar mit ihnen zu handeln. Wer erwischt wurde, dem drohte standrechtliche Erschießung. Andererseits boten die Chinesen horrende Summen für Ghule, um sie in illegalen Arenen gegen Nagas und andere Schlangencritters kämpfen zu lassen.

Der Transport war riskant, aber er bot für Illegale gute Chancen. Die Hintermänner hatten mit Sicherheit ein paar Beamte geschmiert, und man würde den Transport von nichts und niemandem kontrollieren lassen.

»Haben sie den Ghul auf der Prodep gefangen?« fragte Jessi.

»Nein, auf'm städtischen Friedhof. Er wohnte im Mausoleum des Grafen von Stroyck. Wer immer das gewesen sein mag.«

»Er wird uns und die anderen abmurksen und dann fressen wollen«, meinte Pandur.

»Er hat keinen Hunger. Sie haben Leichen als Verpflegung gebunkert. Magische Angriffe sind auch nich' zu befürchten. Man hat ihm 'nen Hypnoblock verpaßt.«

»Wann geht der Transport ab?« fragte Pandur.

»In 'ner halben Stunde.«

»Wie für uns gemacht.«

Rem grinste. »Man muß auch mal Glück haben.«

8. KAPITEL

›*Get Your Rocks Off!*‹

Von Harburg aus erreicht man die City über die A7 oder über den Theodor-Storm-Damm. Hier schlägt das Herz von Hamburg. Bei der Sturmflutkatastrophe 2011 wurden der Innenstadtkern sowie das Hafengebiet inklusive der Speicherstadt vollständig überflutet.

Große Teile des Hafens mußten vollständig erneuert werden, so z. B. der Petroleumhafen nach der Zerstörung 2021 durch den Wasserdrachen Kaltenstein. Mit 85 qkm nimmt der Hafen über ein Zehntel der Hamburger Stadtfläche ein. Seit 2040 ist das gesamte Hafengebiet offiziell zur militärischen Zone deklariert worden. Eine eher symbolische Maßnahme, denn faktisch ist das mit der Sicherung beauftragte 3. Kieler Küstenschutzgeschwader kaum präsent. Die Hauptlast des Schutzes wurde dem ADL-Grenzschutz übertragen, der mit Schnellbooten, Luftkissenpanzern, Kampfhubschraubern und militärischen Aufklärungsdrohnen immer wieder harte Gefechte mit dem Klabauterbund und anderen Hovercraftpiraten austrägt.

Unzählige Anlegeplätze, Lagerhallen, Containerumschlaganlagen und Raffinerien sowie Fleete, Kanäle und Brücken prägen das Erscheinungsbild dieses Welthafens, der sich rühmt, einer der schnellsten Warenumschlagplätze in der Welt zu sein. Im Inneren des Hamburger Hafens befindet sich der Freihafen, der 2053 sein 175. Jubiläum feiert. Er ist rund 16 qkm groß und vollständig umzäunt. Der Freihafen, in dem überwiegend Stückgüter umgeschlagen und gelagert werden, bietet den Inlands- und Auslandskunden als Zollfreigebiet eine ideale Möglichkeit, Waren aus aller Welt zu lagern, zu veredeln oder sie im Transitgeschäft in andere Länder weiterzuleiten.

Importierte Waren können ohne Zollformalitäten im

Freihafen gehandelt, besichtigt, bemustert, gelagert und im östlichen Freihafenteil sogar ohne zollrechtliche Beschränkungen be- und verarbeitet werden. Das Prinzip ›zollfrei lagern‹ gilt auch für die 350 offenen Zollager rund um den Hafen. Kern des Freihafens ist immer noch die Speicherstadt, der einst größte Speicherkomplex der Welt mit rund 320 000 m2 Speicherboden und Kontorfläche. Hierbei handelt es sich heute um ein Areal aus wuchtigen, geklinkerten Speicherhäusern aus der Zeit der Jahrtausendwende. Die Untergeschosse dieser Speicherhallen sind ebenfalls überflutet, und das Areal ist von Fleeten durchzogen.

Mit hauseigenen Kränen ausgerüstet, sind viele der Häuser weitgehend autonome Festungen von Neoanarchisten und Hovercraftpiraten oder auch von Firmen, die eng mit den Piraten zusammenarbeiten. Tatsächlich ankern hier zum Be- und Entladen von Konterbande viele Hovercraftfahrzeuge von Piraten, die vom Grenzschutz oft stillschweigend toleriert werden und ganz offen ihre Totenkopfflaggen zeigen.

Dr. Natalie Alexandrescu:
Hamburg, Venedig des Nordens,
Deutsche Geschichte auf VidChips
VC 5, Erkrath 2051

In der Frachtkabine des Hovercraft stank es beißend nach Knoblauch. Und das war noch der angenehmste der Gerüche. Was vom Käfig des Ghul herüberwehte, roch betäubend süßlich nach Aas, Verwesung, Schweiß und Kot. Dutzende von Knochlauchzwiebeln, zusammengeflochten zu Strängen, hingen am Käfig und darüber. Auf dem Boden vor dem Käfig lagen aufgeschnittene Knoblauchzehen.

Pandur hatte keine Ahnung, ob die Bewacher mit dem Knoblauch nur die üblen Gerüche abwehren wollten oder mehr im Sinn hatten. Lust, sie zu befragen, verspürte er noch weniger. Vermutlich gingen sie schlicht davon aus, daß alles, was gut gegen Vampire war, auch Ghule abwehren konnte. Pandur hatte seine Zweifel. Womöglich mundete einem Ghul mit Knoblauch gewürztes Menschenfleisch gleich doppelt so gut.

Der Ghul selbst äußerte sich nicht zu dem Thema. Er saß apathisch in einer Ecke und grübelte über sein Los nach. Oder darüber, warum seine Magie keine Wirkung zeigte. Manchmal schaute er aus Pupillen, die milchig trüb schimmerten, grimmig zu der Magierin oder einem der Bewacher herüber und bleckte die Zähne. Viel erkennen konnte er allerdings nicht. Ghule waren beinahe blind. Die weißen Pupillen paßten zu dem leichenblassen Schädel und ließen das Wesen unheimlicher wirken, als das bei lebendig wirkenden Augen der Fall gewesen wäre.

Der Critter war auch sonst keine Augenweide. Er trug ein derb kariertes, zerrissenes Hemd, das vor Schmutz starrte. Die einstige Farbe konnte man nur erraten. Hellblau vielleicht. Die Hose, früher eine Art Bermuda-Shorts, war speckig und verkotet. Er schien es nicht für nötig zu halten, sie auszuziehen, wenn er Geschäfte zu verrichten hatte. Der Kram lief ihm an den Beinen herab. Warum er überhaupt Klamotten trug, blieb Pandur ein Rätsel. Daß er möglichst wenig von seiner räudigen Haut preisgeben wollte, mochte ein Grund sein.

»Vielleicht will er seinen Schwanz nich' zeigen«, meinte Rem, als ihn Pandur darauf ansprach. »Hält ihn für zu klein. Hat zu viele Leichen verzehrt, die 'nen größeren besaßen. Oder er schämt sich, daß er keine Sackhaare hat. Weiß der Teufel, was in diesem kahlen Schädel vor sich geht.«

Bei der Goblinisierung verloren Ghule die komplette Körperbehaarung, die Finger verlängerten sich, die Nägel verhärteten sich zu Krallen, der Mund wurde größer, die Zähne verwandelten sich zu den schartigen

Reißwerkzeugen eines Aasfressers. Ghule waren zu einer eigenen Spezies geworden, die sich untereinander fortpflanzen konnte und dies auch tat. Ursprünglich waren Ghule jedoch beliebige Menschen oder Metamenschen gewesen und konnten ihr Erbe nicht ganz verleugnen. Dieser knapp zwei Meter große Kerl stammte von der weißen kaukasischen Rasse ab.

Theoretisch könnten dein Alter und sein Alter zusammen die Schulbank gedrückt haben. Dann haben VITAS, UGE *und Goblinisierung zugeschlagen. Scheinbar blind. Oder ihren eigenen vertrackten Regeln folgend. Jeder trug einen unsichtbaren genetischen Zettel mit sich herum, den nur die geheimen Kräfte der sechsten Welt lesen konnten. Auf dem stand: Du bleibst ein Norm. Du wirst ein Zwerg. Du wirst ein Ork. Du wirst ein Troll. Du wirst ein Elf. Du wirst ein Ghul. Auf vielen Zetteln stand auch schlicht: Du wirst gar nichts – her mit der Kiste.*

Pandur starrte den Ghul an. Er war intelligent und konnte reden. Das war bekannt. Aber er wollte nicht.

Redest du mit einem Steak, bevor du es dir in die Pfanne haust? Er ist ein Ghul, Chummer. Hat seine eigenen Gewohnheiten. Egal, ob sie dir passen oder nicht.

»Ob Ghuls eine eigene Ethik haben?« Unversehens hatte er den Gedanken laut ausgesprochen.

»Warum nich'?« meinte Rem. »Aber es ist keine Menschenethik und keine Zwergenethik. Ghulethik eben. Steckt aber sicher noch in den Kinderschuhen. He, he, die haben bisher noch keine namhaften Philosophen, Schriftsteller oder Moralisten hervorgebracht. Dafür sind ihnen auch die Ghulpfaffen erspart geblieben. Trotzdem können sie ethische Maßstäbe haben. Ansatzweise. Vielleicht verzehren sie keine Leichen mit Osteoporose, weil es unfein ist, sich bei Tisch die Knochensplitter aus dem Maul zu ziehen. Oder gerade die gelten als ethisch akzeptabel, weil das Geräusch der splitternden Knochen in Ghulohren ästhetisch klingt.«

»Also wirklich, Rem!« sagte Jessi. »Ich glaube, es reicht jetzt. Noch ein Wort, und ich kotze dir auf die Stiefel.«

»Na gut«, willigte Rem ein. »War nur 'n Versuch, es mit den Augen eines Ghuls zu sehen.«

»Du solltest wirklich darauf verzichten, Rem«, meinte Pandur. »Außerdem hast du Ethik mit Etikette verwechselt.«

Wir futtern tote Tiere und sind trotzdem fähig zu Liebe und Zärtlichkeit, Fürsorge, Mitleid und manchmal sogar zu Friedfertigkeit. Du solltest einem Ghul zubilligen, daß er zu ähnlichen Dingen in der Lage ist. Auch wenn du es ihm nicht ansiehst. Du solltest es sogar einem Ork zubilligen, Chummer!

»Ihr redet vielleicht 'nen Stuß zusammen«, brummte eine der Bewacherinnen, eine Straßensamurai, die zu ihnen geschlendert war und zugehört hatte. »Gehört ihr 'ner neuen Kirche an? In den Verein würd' ich bestimmt nich' eintreten. Guckt euch das Viech doch an. Frißt Klopse und scheißt in die Hose. Abartig.«

Pandur sah die Messerklaue an. Grobes Gesicht mit kalten Cyberaugen, eines davon inaktiv, wahrscheinlich durch einen Defekt ausgefallen. Verfilztes Haar. Verlotterte Erscheinung. Die Stirnbuchse war das einzige, was makellos blank aussah. Nicht gerade eine Zierde ihres Geschlechts. Eine Expertin für ethische Fragen erst recht nicht. Für Hygiene auch nicht unbedingt. Er verkniff sich eine passende Bemerkung. Er wollte keinen Streit, er wollte nach Hamburg.

»Wir sind keine Kirchenfuzzies, sondern ganz normale Irre«, sagte Rem. »Und jetzt verpiß dich, Schwester.«

»Kleiner Mann mit großer Fresse, was?« Die Frau sah verächtlich auf den Zwerg herab. Als sie keine Antwort erhielt, beherzigte sie Rems Rat und machte einen Abgang.

Die Chummer schwiegen. Sie waren hier nur geduldet. Pandurs Gedanken kehrten zu dem Ghul und vergleichbaren unangenehmen Zeitgenossen zurück.

Als die Magie in die Welt zurückkehrte, wurde alles wahr, was die Materialisten früher als Wunder- und Aberglauben abgeschoben haben. Elfen, Nixen, Zwerge, Einhörner, Drachen sind Realität. Die Märchen haben sich als Erinnerungen an magische Zeiten erwiesen, die zurückgekehrt sind. Gut, mit Elfen, Nixen, Zwergen und Einhörnern kommen wir meistens ganz gut zurecht, obwohl sie nicht dem entsprechen, was die Grufties daraus in ihren Kinderbüchern gemacht haben. Drachen sind schon problematischer. He, ihr Grufties aus der Mottenkiste der Geschichte. Daß Drachen furchterregend sein können, wußtet ihr. Daß sie so ungeheuer intelligent, so überaus gerissen und damit ungemein gefährlich sein können, habt ihr uns unterschlagen. Wir können froh sein, daß die meisten Drachen uns putzig finden und unsere Kultur schätzen. Sonst würden wir alt aussehen.

Aber es gibt andere Wesen, die erwacht sind. Wir müssen der Tatsache ins Auge sehen, daß auch jene Kreaturen real sind, die unsere Ahnen in ihre Alpträume verdrängt hatten. Die haben wir jetzt alle am Hals. Geister, Wendigos, Vampire, Harpyien, Ghule. Und mehr. Schlimme Unholde. Nehmen wir sie einfach als das, was sie sind. Als Realität. Wie unsere eigenen Bösen Buben auch.

Der Ghul begann im Käfig auf und ab zu gehen. Drei Schritte nach links, Drehung, drei Schritte nach rechts. Die Magierin, eine Frau um die Vierzig mit giftgrün gefärbten Haaren, murmelte einen Bannspruch. Der Ghul setzte sich wieder hin. Obwohl die Frau wie eine Provinzpomeranze wirkte, die mit dicken Klunkern und hautengem Paillettenmini vergeblich versuchte, auf mondän zu machen, schien sie ihr Handwerk zu verstehen. Bis jetzt hatte sie den Ghul jederzeit im Griff.

Das Sagen hatte ein kleiner, dicklicher Mann mit Kinnbart. Er sah eher nach einem Filialleiter von ALDI REAL als nach einem Kriminellen aus. Das neben ihm liegende Ruger 100 Sportgewehr, das er niemals aus den Augen ließ, wirkte deplaciert. Immerhin besaß er inmitten seiner sechsköpfigen Bewachungscrew so ziemlich die beste Waffe, wenn man von der weiblichen Messerklaue absah, die als einzige professionell wirkte. Sie war mit einer Steyr MP verdrahtet, besaß Smartgunadapter, Reflexbooster, Schnappmesser in den Fingern und ein paar Kunstmuskeln in den Armen. Aber die Messerklaue befand sich am äußersten Ende ihres absteigenden Astes und zuckte gemeingefährlich. Entweder hatte sie sich ein Virus eingefangen, oder die Nerven waren von SimSinns und Drogen zerrüttet. Ihre TÜV-Plakette war schon lange abgelaufen. Die Cyberware vergammelte, die Wetware war am verfaulen. Sturzflug zum Schrottplatz war angesagt.

Die anderen Bewacher, drei machomäßig gestylte Rotzlöffel aus einer Motorradgang, eine wahrhaftig mit einem Eispickel bewaffnete Orkfrau und ein höchstens fünfzehnjähriges Glatzenmädchen mit flächendeckender Akne und Schuppenflechte, besaßen nur veraltete Revolver oder Pistolen. Bis auf den Boß und die Magierin wirkten alle wie Gossengewächse, die vielleicht die Bereitschaft zum Geeken mitbrachten, aber nicht unbedingt die Fähigkeiten.

Seine Crew ist hingeschissener Müll, aber wahrscheinlich das Beste, was in Celle zu finden war. Kein Wunder, daß Mr. Ruger 100 uns sofort als Begleiter akzeptiert hat, ohne groß Fragen zu stellen. Unsere Kanonen kamen ihm wie gerufen. Trotzdem ziemlich leichtsinnig von ihm. Immerhin könnten wir die Absicht haben, uns den Ghul unter den Nagel zu reißen, um selbst das Geschäft mit der Yakuza zu machen. Bringt bestimmt fünfzigtausend Nuyen ein. Offenbar meint der Typ, seine Connections seien einmalig.

Der Ghul und seine Bewacher waren in der hintersten der zehn Frachtkabinen des Hovercraft untergebracht. Es gab keine Fenster, aber man konnte durch zwei der Belüftungsluken nach draußen sehen. Der

Schwerlaster machte einen Heidenlärm und rubbelte ohne Federungskomfort durch die Betonrinne, die ein Stück weit aus Celle herausführte. Fahrgäste waren die Ausnahme, und für Ausnahmen wurde nicht investiert.

Wenig später fuhr der Schlitten auf einer kaum befestigten Trasse, die neben der Bahnstrecke verlief, durch die Lüneburger Heide. Der Lastgleiter gehörte der NORDHOVER, die mit der Bahn kooperierte.

Anfangs hielten die Runner ihre MPs umklammert, warteten auf den Moment, in dem Steamhammer, der Butcher und anderes Gesindel den Schlitten stoppten und die Frachtkabinen durchkämmten. Als nichts dergleichen geschah und die Südheide erreicht war, entspannten sie sich ein wenig.

»Das Ding ist kaum schneller als ein Truck«, beklagte sich Jessi.

»Kommt aber überall gut durch und hält nur kurz in Uelzen und Lüneburg«, sagte Rem. »In einer guten Stunde sind wir im Megaplex. Und zwar mitten in der Speicherstadt. Was willst du mehr?«

Pandur blieb skeptisch. Er rechnete immer noch mit unliebsamen Überraschungen. Ricul und Konsorten. Die AG Chemie. Oder andere. Sie mußten über den Theodor-Storm-Damm, und das war manchmal kein reines Vergnügen. »Vorausgesetzt, GreenWar hat sich nicht grade diesen Schlitten für einen kleinen Terroranschlag ausgeguckt. Oder die Piraten räumen nicht mal wieder den Damm ab.«

»Die hätten wenig Freude an uns«, meinte Rem.

Uelzen war kein Problem. Sie hielten in einem Automatikport. Waldos zogen ein paar Container aus dem mittleren Segment des Hovercraft, drückten andere Container hinein, klinkten einen Magnetcaddy aus, zwei andere ein. Das war's. Keiner, der Stunk machte. Keiner, der überhaupt nur seinen Rüssel sehen ließ.

In Lüneburg lief es genauso. Nur die Container und Caddys, die verschoben wurden, waren andere.

Es gab einen einzigen Zwischenfall, als drei Randalekids im Lüneburger Automatikport aufkreuzten und in Windeseile versuchten, ausgerechnet die letzte Frachtkabine des Hovercraft aufzubrechen. Die Messerkralle öffnete von innen, beugte sich kurz heraus und schlug einem der Burschen die kunstmuskelverstärkte Faust in die Visage. Die Kids ließen vor Schreck ihre Brechstangen fallen und rannten davon.

Der Krach, den die Schubdüsen machten, schottete während der Fahrt fast alle Außengeräusche ab. Nur einmal hörte Pandur deutlich das Geräusch von Rotorblättern direkt über dem Schlitten. Er griff sofort zu seiner Sandler und lugte aus der Belüftungsklappe. Zu sehen war nichts.

»Er steht direkt über uns.« Jessis Finger umspannten den Abzug ihrer MP. Die Knöchel traten weiß hervor.

Der Zwerg runzelte die Stirn. Unwillkürlich schaute er zu dem Ghul. Er schien zu überlegen, ob die Bann- und Blockierzauber der Magierin das magische Feuer des Critters beeinträchtigten.

Wir haben nichts als eine vage Vermutung, dachte Pandur. *Vielleicht hat die Graue Eminenz andere Methoden, um uns aufzuspüren. Peilsender zum Beispiel. Jeder von uns kann irgendwo am Körper oder in der Kleidung einen Mikrosender haben, ohne davon zu wissen.*

Es gab andere Möglichkeiten, weshalb der Kopter über ihnen hing. Die Maschine konnte der AG Chemie oder einem anderen Megakon gehören. Oder den Bullen. Oder dem Grenzschutz. Routineüberprüfung. Die Drekheads checkten den Frachtgleiter mit Infrarottastern. Stellten fest, daß Leute an Bord waren. Fragten sich, was das für Leute sein konnten. Illegale, Terroristen, Räuber. Oder die Gesuchten.

Der Kopter hob sich in die Luft. Das Knattern der Rotorblätter wurde von den fauchenden Düsen des Hovercraft absorbiert. Pandurs Theorien war der Teppich unter den Füßen weggezogen worden. Vorerst.

Falls die Typen im Kopter Verdacht geschöpft hatten, konnten sie Maßnahmen einleiten, den Hovercraft zu stoppen.

Nichts geschah. Der Hover erreichte den Theodor-Storm-Damm. In spätestens zwanzig Minuten würden sie im Herzen des Megaplex sein.

Pandur hatte beinahe das Gefühl, nach Hause zu kommen. Rückkehr in die Schatten.

Wenn wir erst einmal auf St. Pauli sind, kann sich die Graue Eminenz mit dem magischen Aufspürer den Arsch abwischen. Und etwaige Peilsender dabei gleich als Schmirgelnoppen benutzen. In den Schatten tanzen die Irren. In den Schatten knattern die Frequenzen. Fick dich selber, Eminenz!

Pandur sah es rosiger, als es war. Weil er es so sehen wollte. Aber im Megaplex war er zu Hause. In den Schatten kannte er sich aus. Kein Zuckerschlecken, gewiß nicht. Aber man hatte eine gute Chance, Jäger frühzeitig zu entdecken und selbst Jagd auf sie zu machen.

Wird verdammt Zeit, daß wir wieder die Rollen tauschen.

Jessi stand auf und schaute aus der Luke nach draußen.

»Nix GreenWar, nix Piraten«, sagte sie. »Wir sind schon mitten im Megaplex, gerade an Big Willi vorbeigerauscht. Die Innenstadt liegt vor uns. Ich konnte sogar einen der abgeknickten Pfeiler der bescheuerten Musikinsel erkennen. Weißt du noch, wie uns Festus mit dem Delphin reingesteuert hat?«

Pandur nickte. »Das war ja noch gemütlich. Aber dann kamen die Killer und begannen damit, uns zu jagen. Scheiße, wir drehen uns wirklich im Kreis.«

»Warst du seitdem wieder in Hamburg?«

Er schüttelte den Kopf.

»Irgendwie ist es unsere Stadt, nicht? Hier haben wir uns kennengelernt.«

Frauen! Sie werden immer dann romantisch, wenn dazu

absolut kein Anlaß besteht. Und keine Gelegenheit, die Stimmung auszuleben.

Trotzdem fühlte sich Pandur berührt. Er wußte noch immer nicht, was er Jessi bedeutete. Er wußte nicht einmal, was er für sie empfand. Ihm war lediglich klar, daß diese Fragen nicht hier und nicht jetzt beantwortet werden konnten. Im Moment hatte eines absoluten Vorrang: Hier raus und Druse finden!

Bahntrasse, Gleitertrasse und Autobahn lagen nebeneinander und bildeten die Krone des Theodor-Storm-Damms. Links davon ragten die Stützpfeiler der Magnetschwebebahn aus der Elbe, die seit der Sturmflut von 2011 an dieser Stelle ein Binnenmeer bildete. Irgendwo weiter links mußte sich das Neugrabener Pontonghetto befinden. Pandur glaubte nicht, daß Druse sich dort noch aufhielt. Aber die Suche nach ihm sollte im Ghetto ansetzen. Rote Wolke würde wissen, wohin sich Druse abgesetzt hatte.

Der Damm gabelte sich. Der Hauptstrang führte nach Altona, wo sich der zentrale Frachtterminal befand. Die Gleitertrasse führte in einem weiten Bogen zur Speicherstadt.

Der Hovercraft folgte der Trasse, glitt in einer Kolonne mit Dutzenden von Lastgleitern an Containerstellplätzen und rot geklinkerten Speicherhäusern vorbei. Viele der düsteren, hoch aufragenden Gebäude wirkten abbruchreif, aber die Fassaden strahlten noch immer einen Hauch des Glanzes einer vergangenen Epoche aus. Der Hovercraft erreichte einen Terminal und glitt in eine der Abfertigungsboxen der NORDHOVER. Die Turbinen verstummten. Das Fauchen der Düsen erstarb. Endstation.

»Macht euch fertig, Leute!« rief Mr. Ruger 100 aufgeräumt. »Man wird uns schon erwarten.«

Von dem Boß der Reisegruppe war während der Fahrt kaum etwas zu sehen und zu hören gewesen. Er hatte meistens vor sich hin gedöst, während seine

Truppe sich mit Saufen und Virtual-R-Zocken beschäftigte. Vermutlich hatte er im Geiste die Piepen gezählt, die er einsacken würde. Natürlich nur symbolisch. Die Zeiten, in denen mit im Aktenkoffer transportierten gebündelten Banknoten bezahlt wurde, waren vorbei. Auch die Yakuza pflegte den Umgang mit Kredstäben.

Nur die Magierin hatte die ganze Zeit stumm, aber wachsam vor dem Käfig gehockt. Jetzt hüllte sie sich in ein Seidencape, das Hunderte von Augen in psychedelisch ineinander verlaufenden Farben zeigte, und erhob sich.

Der Ghul schaute auf und bleckte wieder die Zähne. Das schien seine Lieblingsbeschäftigung zu sein. Vom Leichenknabbern mal abgesehen. Als hätten die zurückgezogenen Lippen dem Pestatem der Kreatur wieder freie Bahn verschafft, wurde Pandur mit einem Schlag der längst verdrängte Gestank in der Kabine bewußt. Es wurde höchste Zeit, daß sie nach draußen kamen und wieder frei durchatmeten. Selten zuvor hatte er sich so sehr nach den Chemiedünsten und dem urbanen Gestank des Megaplexes gesehnt.

Die Ansprache von Mr. Ruger 100 zeigte Wirkung. In die Reihen der Bewacher war Bewegung gekommen, obwohl keiner zu wissen schien, was zu tun war.

Die Messerklaue, obwohl verlottert und mit kaputten Nerven, tat das einzig Praktische. Sie ging zur Schiebetür und schlug die Riegel zurück.

Pandur spürte plötzlich ein alarmierendes Kribbeln im Nacken. Er kannte es von anderen Gelegenheiten her. Es hatte ihn selten getäuscht.

»Nicht!« flüsterte er, als Rem und Jessi Anstalten machten, sich wie die anderen der Tür zu nähern. »Wir gehen hinten raus.«

Die Messerklaue schien vergessen zu haben, wie man die Tür entriegelte. In Lüneburg war ihr die Lösung des Problems besser gelungen. Vielleicht hatte sie im Rausch des Erfolgs die Riegel auch einfach zu fest heruntergedrückt. Wer Kunstmuskeln und flatternde Nerven hat, verliert mitunter die Maßstäbe.

Niemand kümmerte sich um die drei. Sie quetschten sich an einem Container vorbei, der Reiseproviant für den Ghul enthielt. Man dachte besser nicht näher darüber nach.

Hinter dem Container befand sich die Hecktür der Frachtkabine. Zu schmal, um den Container hindurchzuschieben. Erst recht zu schmal für den Stahlkäfig des Ghuls. Die Tür war verriegelt. Die Riegel hatte man mit einem MagSchloß gesichert und zusätzlich verplombt.

Rem fegte die Plomben, Schloß und Riegel mit ein paar raschen Bewegungen seiner Laseraxt auseinander und drückte die Tür auf.

Im gleichen Moment gelang es der Messerklaue, die breite Schiebetür zu öffnen.

Aus mindestens acht Maschinenpistolen wurde das Feuer eröffnet. Die MPs ratterten nur zehn Sekunden lang, aber das genügte. Muni spritzte in rauhen Mengen durch die Gegend, bohrte sich in weiche Leiber und zerfetzte das Blech der Frachtkabine. In dem höllischen Lärm hörte man nicht, wie die Körper zu Boden plumpsten. Aber sie plumpsten. Die Magierin, Mr. Ruger 100, die Orkfrau samt Eispickel und einer der Machos fielen in den ersten fünf Sekunden. Die beiden anderen Gangmitglieder und das Aknegirl schafften es bis in die zweite Runde. Dann standen auch sie vor Onkel Lucifer. Am längsten hielt sich die Messerklaue. Ihretwegen dauerte das Feuer zehn Sekunden. Sonst hätten sechs oder sieben genügt. Sie war auch die einzige, die zurückschoß. Dank ihrer Reflexbooster und ihres Smartgunadapters konnte sie eine Garbe aus ihrer Steyr MP herausstottern. Sie traf nichts. Zu tatterig. Aber der gute Wille war vorhanden gewesen. Damit rettete sie einen Ehrenpunkt für die Crew. Was aber weiter keine Bedeutung für den Ausgang der

Auseinandersetzung hatte. Als sie fiel, schnappten in einem letzten Reflex die Schnappmesser aus ihren Fingern. Sie riß sich damit selbst die Kehle auf, aber das spielte keine Rolle mehr. Ihr Körper hatte schon genug blutige Löcher.

Die Yakuza war offenbar der Meinung gewesen, daß man einen Ghul auch billiger bekommen konnte. Nämlich für ein paar Streifen Muni. Und sie machte ihren Standpunkt klar, daß Amateure in diesem Geschäft nichts zu suchen hatten.

Die Runner hatten sich sofort aus dem Hinterausgang gehechtet, als die ersten MP-Garben die Frachtkabine auskehrten. Der Verpflegungscontainer schützte sie vor Sicht. Es flogen ihnen auch keine Kugeln um die Ohren. Die Typen von der Yakuza erwiesen sich als fähige Profis, die Anweisungen befolgen und kompetent umsetzen konnten. Keiner gab einen Schuß in eine Richtung ab, die den Ghul hätte gefährden können. Gegen Querschläger war auch der Käfig des Ghuls nicht gefeit, aber der dahinter stehende Container hätte die Runner in jedem Fall geschützt.

In dem infernalischen Rattern der MPs und dem Dröhnen und Kreischen des malträtierten Blechs gingen die von den Runnern verursachten Geräusche unter. Die Yakuzakiller hörten weder das leise Klatschen der in der Betonrinne auftreffenden Körper noch das Poltern der Stiefel. Das Klirren der Waffen blieb ebenso unbemerkt wie das Knarzen von Rems Duster, das Schaben von Kunstleder auf Beton, das dumpfe Scheppern des Cyberdeckfutterals.

Sie hatten genau diese zehn Sekunden, in denen die Killer sich ganz und gar auf das Geeken der Celler Ghulisten konzentrierten und ihre Ohren mit dem von ihnen selbst verursachten Krach verstopften.

Die Runner nutzten die Zeit, so gut es eben ging. Obwohl sie zugleich abgesprungen waren, trafen sie an verschiedenen Stellen auf, rollten sich ab und kamen auf die Beine, ohne sich gegenseitig zu behindern. Nur der Zwerg hätte sich um ein Haar in seinem langen Duster verheddert. Bevor er ins Stolpern kam, griff Pandur zu und zog ihn mit sich.

Eine etwas hastige Art, Hamburger Boden zu betreten. Aber besser so, als gleich wieder durchzustarten und in die Große Matrix abzuschwirren.

Sie befanden sich am hinteren Ende der Terminalbox. Keine fünf Meter von ihnen entfernt befand sich die viereckige Öffnung der Box. Fahlgelbes Sonnenlicht vermischte sich mit dem weißen Licht der Scheinwerfer im Terminal. Die Betonrinne, eher eine Wanne, die auf einer Seite von einer Laderampe abgeschlossen wurde, führte durch das Tor hinaus. Rechts, über der Rampe, hingen hydraulisch gestützte Metallarme an der Wand. Wie Klauen eines Riesen, die zur Untätigkeit verurteilt waren. Offenbar verhinderten Sensoren, daß die Waldos mit der Arbeit begannen, solange ihnen Wetware den Weg versperrte.

Pandur duckte sich und rannte als erster los. Er bewegte sich am rechten Rand der Betonrille, um möglichst lange im toten Winkel zu bleiben. Noch verhinderten der Container in der Frachtkabine sowie das Heck des Hovers, daß die Killer die Flüchtenden entdecken konnten. Noch hatte keiner von ihnen die offene Hecktür entdeckt. Oder kapiert, was für Konsequenzen damit verbunden waren.

Dann waren die zehn Sekunden vorbei. Die letzte MP schwieg. Rote Lichtpunkte von Ziellasern irrten die Wände der Frachtkabine hinauf und hinab, auf der Suche nach letzten Abschiedsgrüßen der Reisegruppe ins Jenseits oder ersten Rückmeldungen über Luft- und Wassertemperaturen in der Hölle, Statements über Unterbringung und Service. Nichts. Jedenfalls nicht von den Reisenden.

Einer der Killer sah eine Bewegung im Spalt zwischen Container und Hecktür. Jessis Overall, ihre blonden Haare. Er brüllte irgend etwas, aber er schoß nicht. Der Spalt war zu schmal, zu weit weg, und der Ghul war im Weg. Aber er rannte los. Zwei andere rannten mit ihm.

Die Killer hatten das Heck erreicht und begannen sofort damit, Muni aus ihren MPs zu jagen.

Pandur hatte eine Sekunde zuvor das Freie erreicht und sich über die Seitenwand der Betonwanne geworfen. Er packte Jessi an beiden Handgelenken und zog sie auf seine Seite der Wand. Eine Salve polierte das Kunstleder über Jessis Hintern. Dann war der Hintern kein Ziel mehr.

Rem war nicht so schnell gewesen. Einer der Drekheads erwischte ihn mit einer vollen Breitseite. Der Zwerg prallte gegen die Seitenwand der Betonwanne, als die Geschosse ihn trafen. Im nächsten Moment richtete er sich wieder auf, die MP-5 im Anschlag. Der Duster und der Südwester hatten den Begrüßungscocktail der Yakuza abgefangen. Jetzt grüßte der Zwerg zurück.

Pandur riß seine Sandler über die Betonbrüstung und ballerte ebenfalls. Nur Jessi war noch nicht soweit. Sie mußte sich erst wieder aufrappeln. Dann stimmte sie neben Pandur in das Konzert mit ein.

Die Runner besaßen keine Smartgunadapter, keine Reflexbooster, nicht einmal Laserzielsucher an ihren Waffen. Aber ihnen zuckten die Nerven nicht so sehr wie der Messerklaue, die mit Ghul-Erweckungskirchen nichts am Hut gehabt hatte. Sie trafen.

Einer der Killer brach zusammen. Es handelte sich um einen Norm mit Irokesenfrisur, Stirnnarbe und Bleiweste. Die Weste hatte den Körper hinlänglich geschützt. Die Irokesenfrisur, die Stirnnarbe und die ganze verbogene Visage hätte er besser unter einem Helm verstecken sollen. Hätte ihm Punkte bei der Damenwelt eingetragen und das Hirn an Ort und Stelle gelassen.

Die beiden anderen Killer verschanzten sich am Heck des Hovercraft. Sie hielten auch nichts von Helmen, verstanden sich aber auf flinke Bewegungen. Es handelte sich um eine stachelköpfige Normfrau und einen jungen, etwas affektiert wirkenden Elf mit Elvistolle. Abwechselnd lösten sie sich ein Stück aus der Deckung, gaben einen Feuerstoß ab und tauchten hinter das Heck des Fahrzeugs zurück.

Stiefelsohlen klackten in hitzigem Rhythmus auf dem Betonboden der Laderampe. Die restlichen Killer eilten herbei. Einige verstärkten ihre Kumpane am Heck, die anderen versuchten, den Hovercraft zu umrunden, um von der anderen Seite heranzustürmen.

Rems Duster, ob nun aus Basiliskenleder oder nicht, mochte erstklassige Ware sein, und sein Südwester erst recht. Das änderte jedoch nichts daran, daß sich seine Lage schon in nächster Zukunft dramatisch verschlechtern würde.

»Wartest du auf ein Taxi, oder was ist los?« schrie Pandur. Er schlug die Sandler nach hinten und streckte die Arme über die Brüstung.

Jessi hielt die Killer mit Dauerfeuer in Schach. Der Zwerg ließ seine MP-5 los, nahm einen Anlauf, packte Pandurs Hände und ließ sich von ihm über die Brüstung ziehen.

Rem rollte sich ab und war im Nu wieder auf den Beinen.

»Weg hier!« sagte Pandur.

Er duckte sich hinter die Brüstung und rannte los. Rem lief dicht hinter ihm. Jessi schickte einen letzten Feuerstoß zum Heck des Frachtgleiters. Dann eilte sie den Chummern hinterher.

Pandur entfernte sich von der Betonwanne, durchquerte das Ödland zwischen dem Terminal der NORDHOVER und einem benachbarten Terminal. Er sicherte mit seiner Sandler nach vorn. Immerhin war denkbar, daß die Yakuza weiteres Personal in der Nähe postiert hatte.

Rem und Jessi drehten sich beim Laufen so, daß die Mündung ihrer MPs auf die Brüstung am Eingang des Terminals zeigte. Noch ließ sich dort niemand blicken.

Jessi hatte zu den beiden aufgeschlossen. Leichtfüßig überspurtete sie den kurzbeinigen Zwerg. Sie übernahm die Sicherung der Flanke.

Die Chummer erreichten den Terminal der Konkurrenzfirma. GLP HANSE stand in fetten Lettern auf der Seitenwand. Eine firmeneigene Gleiterrinne führte ins Innere, aber der Zugang war mit einem Tor versperrt. Pandur kletterte in die Rinne, durchquerte sie und stieg auf der anderen Seite über die Brüstung. In Abständen von wenigen Sekunden rutschten Jessi und Rem über die Brüstung. Sie gönnten sich einen kurzen Moment, um zu verschnaufen.

»Sie scheinen uns nicht zu verfolgen«, sagte Jessi. Ihre Brust hob und senkte sich heftig, aber sie machte noch einen recht frischen Eindruck. »Wozu auch? Sie wollten den Ghul, und den haben sie.«

»So schnell geben die nicht auf«, erwiderte Pandur, nachdem er zweimal tief durchgeatmet hatte. »Unliebsame Zeugen mag die Yakuzu nicht.«

Rem schnaufte heftiger als Jessi und Pandur. Er hatte einige Mühe beim Sprechen. »Heilige Scheiße ... die haben uns gerade noch gefehlt! ... Als ob ... uns nich' schon ... genug Drekheads ... den Arsch aufreißen wollten!«

Wie sollen wir Druse finden, wenn uns dieses Gesindel am Hintern hängt? Wir müssen die Drekheads loswerden!

»Weiter!« sagte Pandur. »Die werden wohl kaum einen magischen Aufspürer beschäftigen. Wenn es uns gelingt, in der Speicherstadt unterzutauchen, müssen sie zu ihrem beschissenen Ghul zurückkehren. Sie haben uns nur flüchtig gesehen und kennen unsere Namen nicht.«

Er orientierte sich kurz. Sie befanden sich auf einem aufgeschütteten Gelände mitten in der Speicherstadt.

Man hatte durch Kahlschlagsanierung, eine alte Hamburger Tradition, eine Schneise in die Phalanx der historischen Speicherhäuser geschlagen. Das überschwemmte Gebiet war mit Sand und Schutt aufgefüllt worden. Auf den so entstandenen Flächen entstanden Containerstellplätze und fünf oder sechs Terminals verschiedener Firmen. Ringsum erhoben sich die Klinkerbauten jener Speicher, die nicht der Abrißbirne weichen mußten. Die Erdgeschosse waren überflutet oder landseitig aufgeschüttet. Die meisten wurden noch immer als Lagerplätze genutzt. Viele standen allerdings leer. Sie dienten Piraten als Unterschlupf, die flexibel auf Säuberungsmethoden reagierten. Wenn die Terminalbetreiber und die Lagerhausgesellschaft bewaffnete Trupps aufstellten und einzelne Speicher durchkämmten, erreichten sie im Grunde wenig. Manchmal fielen ihnen die Häuser kampflos in die Hände, erwiesen sich dann aber auch als längst geräumt. Manchmal gab es blutige Scharmützel, endlose Partisanenkämpfe, bei denen Geschoß für Geschoß, Raum für Raum erobert werden mußten. Aber selbst solche Erfolge erwiesen sich als Pyrrhussiege. Wenn die Piraten aus einem Haus vertrieben wurden, okkupierten sie wenig später ein anderes. Es gab genug davon.

Insgesamt präsentierte sich die Speicherinsel auf engstem Raum als krasse Front zwischen zwei höchst unterschiedlichen Welten. Den Kern der Insel und die Zufahrtskorridore beherrschte die Lagerhausgesellschaft, in den Randzonen und den Wasserwegen dominierten die Piraten.

»Zu den Speicherhäusern!« sagte Pandur und setzte sich in Bewegung. Ihm war klar, daß sich die Yakuza weder von den Regeln der Lagerhausgesellschaft noch denen der Piraten beeindrucken ließ. Die Killer würden nicht umkehren, wenn die Flüchtlinge Piratengebiet erreichten. Im Gegenteil. Die Yakuza würde sich sogar mit den Piraten handelseinig werden, falls die Runner denen in die Hände fielen. Aber wo Piraten Verstecke fanden, mußte dies auch Schattenläufern gelingen.

Sie mußten über keine weiteren Spurrinnen hinwegklettern. Der GPL HANSE-Terminal lag am obersten Ende des Hovercraftports. Hunderte von Containern standen auf der Stellfläche vor dem Terminal und boten ausgezeichnete Deckungsmöglichkeiten. Die Runner schlängelten sich an den kreuz und quer aufgestellten Container vorbei und legten einen vertrackten Parcours durch den Irrgarten.

Die hinter ihnen aufkommenden Geräusche machten es inzwischen zur Gewißheit, daß sie verfolgt wurden. Sehen konnten sie die Verfolger allerdings nicht.

Der chaotische Stellplatz bot Vor- und Nachteile. Er machte es den Verfolgern schwer, die Position der Flüchtlinge zu orten und ihnen gezielt auf die Pelle zu rücken. Den Geräuschen nach zu urteilen, schwärmten die Yakuza-Killer jedoch aus. Je länger die Runner in dem Container-Irrgarten blieben, desto größer wurde die Wahrscheinlichkeit, einem oder mehreren der herumstreunenden Killer in die Arme zu laufen.

Pandur führte die Runner an. Behende und so geräuschlos wie möglich bahnte er sich den Weg durch die Lücken zwischen den Containern. Die Chummer folgten ihm dicht auf den Fersen. Der Zwerg sicherte weiterhin mit seiner MP-5, deren Mündung ständig in Bewegung blieb, jedem verdächtigen Geräusch, jedem Schatten und jeder vermuteten Bewegung auf der Spur. Pandur und Jessi hatten die MPs zur Seite geschlagen und die Handfeuerwaffen gezogen. Auf engem Raum und kurze Distanz fühlten sie sich damit besser. Der Colt Manhunter und die Beretta 200ST waren ihnen vertrauter als die Sandlers. Sie lagen leicht in der Hand, und die gut ausbalancierten Waffen strahlten Kompetenz aus.

Ein letzter Container lag zwischen Pandur und dem ersten der Speicherhäuser. Er wandte sich zur Seite, um Jessi auf einen offenen Zugang im ehemaligen ersten Stock des Gebäudes hinzuweisen.

Im nächsten Moment lief er in einen der Yakuza-Killer hinein, eine muskulöse Amazone mit grell bemaltem und tätowierten Gesicht sowie tiefschwarzem langen Haar, das sie zu einem Pferdeschwanz nach hinten gebunden hatte. Die Frau war gerade um die Ecke gebogen und genauso überrascht wie er.

Pandur prallte gegen ihre MP und drückte den Lauf zur Seite, ohne sich dies als Verdienst anrechnen zu können. Gleichzeitig wurde sein Colt Manhunter nach unten gedrückt. Auch das ein Ergebnis der Aufprallenergie. Er fühlte das speckige Leder ihrer Nietenjacke, roch das dünne Leder und spürte sogar ihre großen Brüste, deren ungemein spitze Warzen sich erst in das Leder, dann in seine Jacke und schließlich in seine Haut bohrten.

Tittenkappen aus Metall! Die Amazone ist eine Heavy-Metal-Walküre und steht auf harten, blutigen Sex!

Die Frau stieß einen wilden Schrei aus, der aber nur gepreßt und verstümmelt über die schmalen Lippen rutschte. Dann rammte sie ihm einen kunstmuskelverstärkten Ellbogen in den Magen.

Pandur klappte wie ein Taschenmesser zusammen und ging zu Boden. Die Amazone schwenkte die zur Seite gedrückte MP zurück. Der Finger krallte sich um den Abzug. Die Mündung näherte sich Pandurs Kopf.

Jessi war Pandur so dicht gefolgt, daß sie in die Kollision verwickelt wurde. Sie prallte gegen ihn. Die Beretta 200ST flog ihr aus der Hand. Als er zuammenklappte, brachte er auch sie zu Fall. Die Amazone würde Muni sparen. Sie konnte zwei Körper mit einem Feuerstoß durchsieben.

Der Zwerg hatte sich in Jessis Schatten bewegt. Er sah sich nicht in der Lage, seine MP-5 einzusetzen. Er hätte die eigenen Chummer getroffen. Die Amazone sah ihn erst, als Pandur und Jessi zu ihren Füßen lagen. Sie versuchte, den Lauf ihrer Ingram Smartgun herumzureißen und gegen Rem zu richten.

Sie war zu langsam. Sie hätte besser in Reflexbooster als in Sexspielzeuge investieren sollen. Der Zwerg war aus dem Stand abgesprungen und saß ihr im nächsten Moment an der Gurgel. Sie versuchte ihn abzuwehren, aber Rem drückte mit der Linken ihren Kehlkopf zusammen. Mit der Rechten zog er seine Streitaxt.

Die Amazone drückte reflexhaft den Abzug ihrer Ingram. Ein Feuerstoß jagte aus der Mündung. Die Geschosse pfiffen über die Köpfe der am Boden liegenden Runner hinweg. Sie bohrten sich in den Sand des Stellplatzes und wirbelten ihn auf. Eine Kugel streifte den gegenüberliegenden Container und surrte als Querschläger in den Himmel.

Rem schlug der Yakuzafrau die Streitaxt in den Schädel. Es war für sie der letzte große Flash. Sie kippte nach hinten und rührte sich nicht mehr. Es sah nicht schön aus. Die Pferdschwanzfrisur war hinüber.

Pandur und Jessi sprangen auf. Jessi angelte nach ihrer Beretta 200ST, die ein Stück unter den Container gerutscht war.

»Was is' los?« fragte der Zwerg und wischte die Axt am Hosenbein der Amazone ab. »Wartet ihr auf 'n Taxi? Wir müssen weiter!«

»Arschloch!« fluchte Pandur.

»1 : 1«, sagte Rem und grinste.

Der Lärm würde die Spießgesellen der Amazone in Null Komma nichts auf den Plan bringen. Es ging um Sekunden. Es grenzte an ein Wunder, daß keiner der anderen Killer Kontakt zu der Lady mit den Stahlkappenbrüsten gehalten hatte. Vielleicht waren die Kappen zu spitz gewesen und hatten Liebhaber abgeschreckt.

Die Runner ließen das Versteckspielen bleiben. Sie

rannten los. Sie legten alles, was sie hatten, in diesen Spurt. Entweder sie schafften es zu dem Speicherhaus und mischten die Karten neu. Oder sie wurden auf freier Strecke abgeschossen wie flüchtende Hasen.

Von den dreien brachte Jessi das geringste Gewicht auf die Wage, und sie besaß den größten Vorrat an jugendlichem Feuer. Sie legte die Strecke am schnellsten zurück, sprang aus dem Lauf hoch und hechtete sich durch das Sprossenfenster in das Innere des dunklen Gebäudes. Die Scheiben fehlten schon so lange, daß nicht einmal mehr Splitter in den Rahmen steckten. Kleinliche Überlegungen darüber, was hinter den Mauern auf sie warten mochte, stellte sie gar nicht erst an. Sie würde es früh genug erfahren.

Morsches Holz krachte und splitterte, als sie aufkam und sich abrollte. Sie hatte Glück gehabt. Ein Stück weiter nach links, und sie wäre durch ein Loch im Boden gefallen. Das Loch setzte sich im Zwischenboden fort, und darunter gluckste die trübe Brühe des Elbwassers. Etwas Quiekendes plantschte im Wasser und verschwand.

Sekunden später tauchte Pandurs Silhouette im Fenster auf. Er warf sich vornüber in das Gebäude. Jessi griff nach ihm, während sich sein Körper noch in der Luft befand, und korrigierte seinen Flug. Er landete neben ihr im sicheren Bereich.

Hinter ihm krabbelte der Zwerg ins Innere und kroch wieselflink zu Pandur und Jessi, fort aus dem Lichtviereck, das die Sonne auf den Boden malte.

Kein Rattern von MP-Salven, kein Schreien und kein Fluchen. Sie waren schneller gewesen als die Drekheads. Trotzdem gab es keinen Grund, es sich gemütlich zu machen und die Däumchen zu drehen. Früher oder später würden die Yakuzakiller ihre Kumpanin finden und damit beginnen, die nächstliegenden Häuser abzusuchen.

Es roch nach Staub, Rattenkot und dem unguten

Gebräu aus Fäkalien und Chemiemüll, das in dem Loch gluckerte. Der Raum war dreißig oder vierzig Quadratmeter groß und besaß noch zwei weitere Fenster. Eine Türöffnung führte nach nebenan. Die Runner mieden den Bereich der von draußen einsehbaren Fensteröffnungen, umrundeten das Loch im Fußboden und drängten sich durch die Türöffnung. Vor ihnen erstreckte sich ein mindestens hundert Quadratmeter großer Raum mit einer eigenen Fensterfront auf der anderen Seite des Gebäudes. Es schien sich um einen ehemaligen Stau- und Lagerraum zu handeln. Zwei der Fenster reichten bis zum Fußboden und ließen sich zu einer Tür erweitern. Ein verrosteter ausschwenkbarer Galgen mit Haken, Kette und einem Elektromotor zeigten, daß die früheren Mieter diese Gelegenheit genutzt hatten. In einer Ecke führte eine gemauerte Treppe mit Metallgeländer in das darüber liegende Stockwerk. Auch hier gab es Löcher im Boden, allerdings kein so großes wie nebenan, größere und kleinere Kothaufen und anderen Schmutz. Der herumliegende Müll, darunter Verpackungen von selbstgarenden Fetigmenüs, schien neueren Datums zu sein und war mit Sicherheit nicht vom Wasser heraufgespült worden. Wie es aussah, gab es Leute, die den Raum zumindest gelegentlich als Picknickhöhle und Kloake benutzten, möglicherweise beides zugleich. Pandur hoffte zumindest, daß es sich um Leute handelte. Mißtrauisch betrachtete er die Kothaufen. Einige deuteten auf beunruhigend große Darmvorräte hin.

»Ich hoffe, hier hausen keine Critter. Ghule zum Beispiel.«

»Ach was«, erwiderte Rem. »Wenn Ghule in der Speicherstadt zu fangen wären, hätte die Yakuza längst die Häuser gefilzt. Außerdem seh' ich Packungen, in denen Soypampe von ALDI REAL gesteckt hat. Abgenagte Schenkelknochen kann ich nich' entdecken.«

»Wie lange muß ich mir diesen Mist über Ghulfutter noch anhören!« protestierte Jessi.

»Darüber zu quatschen is' besser, als selbst verfüttert zu werden«, entgegnete Rem.

»Nach oben!« sagte Pandur. »Hier unten werden sie zuerst nach uns suchen.«

Die Runner eilten zur Treppe und stiegen nach oben. Keinen Moment zu früh! Als sie das obere Stockwerk und damit einen beinahe identischen, aber weniger verschmutzten Raum erreicht hatten, waren unten Geräusche zu hören. Geräusche, die keinen Platz für Illusionen ließen. Hastige Schritte, das Klirren und Schaben von Metall, leise Orientierungsrufe, das Rauschen eines voll aufgedrehten Koms, eine quakende, phonetisch verzerrte Stimme, die Funkanweisungen gab. Die Geräusche kamen aus dem kleineren der beiden Räume.

Die Yakuza hatte beängstigend schnell die richtigen Schlüsse gezogen und ihnen Konsequenzen folgen lassen.

»Verdammte Scheiße!« fluchte Rem leise. »Das kann ja wohl nur 'n Blindschuß gewesen sein. Oder das Gesocks hat das *I Ging* befragt.«

»Davon hat die europäische Yakuza bestimmt noch nie gehört«, flüsterte Pandur. »Wenn die überhaupt etwas lesen, dann die Gebrauchsanweisungen von Ingram oder Heckler & Koch.«

Dieser Raum besaß keine Treppe, aber einen Durchgang zu einem weiteren Stauraum. Die Runner hasteten zu dem Durchgang und bemühten sich, so leise wie möglich aufzutreten.

Nächster Raum. Weiter. Ein kleineres Zimmer. Weiter. Eine Tür, die schief in der Füllung hing. Dahinter ein Treppenhaus, dürftig erhellt durch schmale Schlitze im Mauerwerk.

»Nich' nach oben!« raunte der Zwerg, als Pandur hinaufstürmen wollte. »Wir sollten versuchen, auf der Wasserebene zu bleiben.«

»Warum?«

»Vielleicht ankert irgendwo 'n Boot.«

»Traumtänzer«, kommentierte Pandur.

»Manchmal werden Träume wahr, Alter.«

»Nach meinen Erfahrungen gilt das nur für Alpträume.«

»Aber die Killer ...«, begann Jessi.

»Wir sind schon in 'nem andern Gebäudetrakt«, sagte Rem. »Es gibt nur hier oben in den Stauräumen Querverbindungen.«

»Hoffentlich hast du recht«, sagte Pandur. Er gab sich geschlagen.

Rem führte sie in das Stockwerk, aus dem sie gekommen waren. Er schien recht zu haben. Unten zweigte keine Tür in die Räume ab, die zum Containerstellplatz führten. Statt dessen verlief ein Korridor in nordöstliche Richtung, weg von den Killern, hin zum Wasser. Licht fiel durch kleine Oberlichter ein. Man konnte den Korridor gut passieren. Er war dreckig, aber der Boden schien heil zu sein. Keine Löcher, kein Wasser. Irgendwo huschten Ratten davon.

»Bis sie diesen Weg gefunden haben, sind wir draußen«, versprach der Zwerg.

»Wenn dies keine Sackgasse ist«, sagte Pandur.

Der Korridor führte in einem rechtwinkligen Knick nach rechts. Pandur erreichte den Knick als erster, bog um die Ecke, den Colt Manhunter schußbereit.

Vor ihm war eine Bewegung. Jemand verschwand am anderen Ende des Korridors hinter der nächsten Biegung. Es war so schnell gegangen, daß Pandur nicht einmal sagen konnte, ob es sich um einen Menschen gehandelt hatte. Ein Etwas von der Größe eines Menschen. Das Etwas schien verschwunden zu sein, ohne ihn wahrgenommen zu haben. Zumindest zeigte es keine Reaktion, die etwas anderes vermuten ließ.

Pandur war abrupt stehengeblieben.

»Was ist?« flüsterte Jessi nervös.

»Da vorn ist etwas«, raunte Pandur.

Er erhielt einen Schubs, weil Jessi einen Schubs von Rem bekommen hatte. Er stolperte um die Biegung. Jessi konnte gar nicht anders, als ihm zu folgen. Der Zwerg preßte sie mit aller Macht voran.

»Vorwärts!« zischte er und drückte seinen eigenen Körper um die Mauerkante. »Vorwärts, verdammt noch mal. Hinter uns sind irgendwelche Drekheads!«

»Heiliger Drek!« fluchte Pandur unterdrückt. »Vor uns ist auch jemand oder etwas. Wir sitzen in einer verdammten Mausefalle!«

»Nach vorn, nach vorn, nach vorn!« drängte der Zwerg und übernahm die Führung, pirschte den Gang entlang, die MP-5 wie einen gigantischen Penis vor sich hertragend. »Egal, was da is'! Hinter uns sind mit einiger Sicherheit die Dreks von der Yakuza.«

Jetzt hörte auch Pandur die Geräusche, die aus dem Abschnitt des Korridors drangen, den sie gerade verlassen hatten. Waffenklirren, gedämpfte Unterhaltung, leises Quäken aus einem Lautsprecher, untermalt mit Interferenzen. Das klang verflucht genauso wie vorhin, als die Yakuza-Truppe im Anmarsch war.

»Elende Kacke!« fluchte der Zwerg in seinen Bart. Man konnte ihn kaum verstehen. »Sie müssen 'nen zweiten Einstieg in den Speicher benutzt haben. Ich hatte keine Ahnung, daß sie so viele Arschlöcher auf uns hetzen. Daß sie überhaupt so viele für diesen Einsatz aufgeboten haben.«

»Träume werden wahr!« sagte Pandur bitter.

Sie mußten sich entscheiden. Entweder langsam und leise sein oder losstürmen. Langsam und leise hieß, daß die Dreks im Nacken den Korridorknick wahrscheinlich erreichten, bevor die Runner die zweite Biegung passiert hatten. Losstürmen hieß, die Yakuza-Killer sofort auf sich aufmerksam machen.

Scheißwahl! Könnte sich Herzog Jaromar Greif ausgedacht haben. Sollte er in den Katalog seiner Wetten aufnehmen.

Keine Zeit für eine demokratische Abstimmung. Es reichte nicht mal, den Antrag zu formulieren. Pandur traf die Entscheidung allein. Er glaubte sich dazu berechtigt. Ein Dutzend Jahre in den Schatten gaben ihm die Legitimation.

Er stürmte los. Preschte an dem überraschten Rem vorbei. Steckte im Laufen den Colt Manhunter in die Brusttasche. Hatte die andere Hand schon am Stutzen der Sandler. Alles oder nichts!

Seine Stiefelsohlen peitschten die Holzbohlen. Die Absätze klackten wie die Hammerschläge eines Zimmermanns.

Jessis zögerte keine Sekunde, lag im Nu neben ihm. Ihre Stiefel hämmerten im Gleichklang mit den seinen. Kürzer, schneller trommelten die Stiefel des Zwergs. Rem versuchte Anschluß zu halten, indem er die raumgreifenden Schritte der Chummer mit einer höheren Frequenz beantwortete.

Eine Sekunde lang verstummten hinter ihnen, jenseits der Korridorbiegung, die Geräusche. Dann hatten die Dreks kapiert, was ablief. Dann setzte ein Johlen ein. Dann klackten auch dort die Stiefel in frenetischem Takt. Die Meute hatte sich in Bewegung gesetzt.

Der Gang war so verflucht lang! Aber dann lag die Biegung zum Greifen nahe. Pandur sprang um die Ecke, die Sandler schußbereit. Jessi sprang um die Ecke. Auch sie reckte die Mündung ihrer MP nach vorn.

Die Meute hinter ihnen erreichte den Korridorknick. Die Dreks begannen sofort zu ballern. MP-Salven aus zwei oder drei Waffen, ohrenbetäubend laut in dem engen Korridor. Hall gab es gratis vom großen Soundmaster am Mischpult des Universums.

Es erwischte Rem zweimal im verlängerten Rücken. Guter alter Duster aus Basiliskenhaut! Der Zwerg verschwand hinter der Mauerkante.

Vor ihnen lag ein Stauraum, größer noch als jene, die

die Runner bisher durchquert hatten. Das war nicht der einzige Unterschied. In dem Raum stapelten sich Waren bis zur Decke. Alles Kartons. Alle mit Schriftzügen und Enblemen der HighTech Society versehen. Fuchi. MCT. Zeiss. ECC. Siemens.

Drek! Wir sind hier nicht allein! Wo ist der Typ, der vorhin wie ein Furz im Orkan verduftet ist, Chummer?

Die Schattenläufer stürzten der ersten Kartonreihe entgegen, den Körper zur Seite gedreht, die MPs zum Eingang gerichtet. Dort würden in wenigen Sekunden die Verfolger auftauchen. Sie brauchten Deckung. Die Kartonreihen würden sie ihnen geben. Schade um die feinen Sachen in den Kartons. Sie würden Monogramme von Ingram, H&K, Colt, Sandler und anderen honorigen Peacemakern davontragen.

»Die Dreks wollten mir doch wahrhaftig den Arsch wegschießen!« knurrte Rem empört, als er sich hinter den ersten Kartons verschanzt hatte.

Dann verstummte er. Jemand drückte ihm die Mündung eines Sturmgewehrs unter die große, knollige Nase.

»Halt die Fresse, Gartenzwerg! Und Finger vom Abzug deiner Plempe!«

Zwischen den Kartons, wie aus dem Boden geschossen, stand eine Frau neben Rem, drall, vollbusig und mit rosigen Wangen wie die Tochter eines bayrischen Metzgers. Mit dicken blonden Zöpfen hätte sie eine Maid im BDM-Kalender darstellen können. Der Rest wirkte neuzeitlicher. In jedem Nasenflügel ein dicker Klunker. Eine Stirnbuchse. Eine frische, hellrote Narbe auf der Stirn. Eine grellrote Plastjoppe. Ein Colt Sturmgewehr M22A2.

Fast im gleichen Moment legte sich ein stark behaarter Arm um Pandurs Kehle, die Mündung einer Pistole bohrte sich gegen seine Schläfe. Aus den Augenwinkeln sah er ein blasenübersätes, glubschäugiges Gesicht mit mächtigen Hauern.

Ein Ork! Ausgerechnet ein Ork! Und du hast den Kerl nicht gesehen, obwohl er direkt vor dir zwischen den Kartons gestanden hat!

Jessi wirbelte herum, als sie sah, was mit Pandur geschah. Sie konnte nicht schießen, ohne den Chummer zu gefährden. Dann schnellte aus einer Lücke zwischen den Kartons eine Faust, die in einem dicken Lederhandschuh steckte. Die Faust krachte gegen Jessis Stirn und schickte sie auf die Bretter. Bevor ihr schwarz vor Augen wurde, sah sie ein nacktes Bein mit so vielen Kunstmuskeln, daß es fast wie eine Prothese aus Dr. Frankensteins Labor aussah. An dem Bein hing ein Fuß in einem derben Schnürschuh, und dieser Fuß kickte ihre heruntergefallene MP außer Reichweite.

»Gut so! Und jetzt zu den anderen!« kam eine rauchige weibliche Stimme von weiter hinten.

»Ihr verdammten Idioten!« schrie der Zwerg. »Wir werden von der Yakuza verfolgt! Helft uns! Ich bin Rem der Zwerg! Ihr werdet von mir gehört haben!«

Am Eingang tauchten die ersten Killer der Yakuza auf. Eine Elfin und ein Norm mit Cyberaugen. Sie warfen sich links und rechts vom Durchgang zu Boden, ein Sturmgewehr, eine MP im Anschlag. Sie sahen Kartons. Dahinter schattenhafte Bewegungen. Sie begriffen nicht, was hier passierte. Sie taten das, was sie immer taten, wenn sie nichts kapierten. Sie feuerten.

Es bekam ihnen nicht gut. Weiter hinten, wo die Inhaberin der rauchigen Stimme residierte, lag ein halbes Dutzend Leute versteckt, die auch etwas trugen, das Feuer spucken konnte. Und diese Leute lagen in sicherer Deckung. Sie mußten nicht wie Kakerlaken durch die Gegend springen. Sie richteten schon seit einer halben Minute die schußbereiten Gewehre auf die Stelle, an der all die illustren Überraschungsgäste auftauchten.

Die Yakuzakiller schafften es, ein oder auch zwei Dutzend nagelneue HighEnds, VidScreens, Trids und

PCs dem Recycling zuzuführen. Dann wurden sie selbst zu Recyclingfällen für die nächstgelegene Prodep. Sofern man sie nicht den Ratten überließ.

Es tauchten noch zwei weitere Killer auf, die nicht lernfähig waren. Sie schafften nicht mal das vorgelegte Soll an ramponierter Ware, bevor sie das Schicksal ihrer Spießgesellen teilten.

Die Frau mit der rauchigen Stimme wartete, ob es Nachzügler gab, die scharf darauf waren, Elvis zu spielen und auf Fernseher zu ballern. Es ließ sich keiner mehr sehen.

»Pike!« rief sie dann. »Bring den Zwerg her! Ich will ihn sehen.«

Pike riß Rem den Südwester vom Kopf, ließ endlich seine Nase in Ruhe und richtete ihr Gewehr statt dessen gegen seinen Hinterkopf. »Du hast gehört, was sie gesagt hat.«

»So ka«, brummte Rem. »Aber wenn du mich noch mal Gartenzwerg nennst, zieh' ich dir bei passender Gelegenheit den Scheitel mit der Laseraxt nach.«

Eine eher kleinwüchsige, etwas gedrungen wirkende Elfin trat hinter der letzten Kartonreihe hervor. Sie trug einen Anzug aus blauem Wildleder, darüber ein Cape mit einem riesigen Schalkragen. Die Frau war Mitte Vierzig, besaß ein faltiges Gesicht und eine Kurzhaarfrisur, die ihre spitzen Ohren besonders markant hervorhob. In der Hand hielt sie eine Ares Predator II.

Rem mußte nur wenige Schritte tun, dann kam ein weiterer Befehl. »Das ist der Zwerg, der uns angekündigt wurde. Laß ihn in Frieden, Pike. Das gilt auch für seine Chummer. Kümmert euch um das Mädchen.«

Pandur verstand nicht, was den Sinneswandel bewirkt hatte. Es interessierte ihn im Moment auch herzlich wenig. Wichtig war allein, daß der Ork ihn aus seinem Griff entlassen und die Waffe von seiner Schläfe genommen hatte. Instinktiv wich Pandur zwei Schritte von dem Metamenschen zurück. Er unterdrückte den

Impuls, die Sandler in seine Richtung zu drehen, um gegen einen neuen Angriff gewappnet zu sein.

Dann wandte er sich Jessi zu. Der Kerl, der sie niedergestreckt hatte, kniete bereits neben ihr. Das Arschloch wollte gerade eine Mund-zu-Mund-Beatmung mit Herzmassage ausprobieren. Pandur stieß den Kerl, der mit einem roten Kopftuch und dicken Messingohrringen wie ein klassischer Pirat aussah, zur Seite und nahm Jessis Kopf in seinen Schoß. Sie kam bereits zu sich. Der geile Amateurmediziner machte sich nützlich, indem er Jessis Sandler aufsammelte und herbeischleppte. Der MP traute er auch ohne Massage zu, daß sie einwandfrei funktionierte.

Der Zwerg verhandelte bereits mit der Elfin. Dann kehrte er zu den Chummern zurück. Jessi klammerte sich noch an Pandur fest, stand aber bereits wieder auf den Beinen.

»Alles klar«, sagte Rem. »Sie nehmen uns mit.«

»Wohin?« fragte Pandur. »In die Hölle?«

»Auf ihr Schiff«, erwiderte der Zwerg. »Die Chummer sind Piraten.«

»Wäre ich nie drauf gekommen«, sagte Pandur. »Ist die Elfin der Käpt'n?«

»Die Stellvertreterin. Der Käpt'n is' an Bord geblieben.«

»Sie werden Ärger mit der Yakuza bekommen.«

Rem winkte ab. »Die Yakuza wird Ärger mit ihnen bekommen. Sachbeschädigung.«

»Fragt sich, wer stärker ist.«

»Die Yakuza hat nich' so viel Einfluß wie die Mafia. Nicht in der ADL. Außerdem sitzen die Piraten am längeren Hebel. Sie können dafür sorgen, daß den deutschen Yakuzabossen das Wasser im Arsch kocht. 'n paar gezielte Überfälle auf Yakuza-Seetransporte, und schon schicken die asiatischen Bosse bessere Leute. Dann sind in der deutschen Yakuzaleitung 'n paar Schlünde schnittreif.«

»Wieso bist du der Zwerg, der den Piraten angekündigt wurde?« fragte Pandur.

Rem grinste. »Mußt du alles wissen?«

»Ja.«

»Na gut. Wie es scheint, haben 'n paar meiner Leute in einschlägigen Kreisen rumerzählt, daß wir 'ne Passage suchen.«

Die Untertreibung des Jahres! Rems Armee der Verdammten hat zugeschlagen. Wie und wann hat er Nachrichten abgesetzt? In Celle? Hat die Krebskranke die Nachricht weitergegeben? Oder verfügt Rem über andere Methoden? Und wenn nicht Rem, dann vielleicht sein Alter ego Grusim, der Zwerg aus dem unterirdischen Reich Hvaldos?

»Was haben die Chummer sonst noch herumerzählt?«

»Einiges.« Mehr wollte der Zwerg nicht sagen. »Kommt jetzt. Wir wollen hier keinen Urlaub verbringen. Muß ja nich' sein, daß der andere Yakuzu-Trupp in unserem Beisein noch 'nen Feuerzauber veranstaltet.«

»Die Piraten lassen unseretwegen die Beute zurück?« Jessi wunderte sich.

»Sie holen den Kram später ab. Oder stellen den ganzen Krempel der Yakuza in Rechnung.«

Die drei durchquerten den Raum. Die Piraten sicherten den Eingang ab. Hinter den Kartonreihen wurde eine Doppeltür sichtbar. Sie stand offen. Draußen lag ein Schiff, an zwei Stellen am Speicher vertäut und durch einen Steg mit der Türöffnung verbunden. Ein Hovercraft-Katamaran mit eingeklinkten Wamos. Er erinnerte Pandur an die *Broken Heart*. Er las die Buchstaben am Heck.

Es war die *Broken Heart*.

Pandur fiel in ein Wechselbad der Gefühle. Er hatte gehofft, nie wieder ein solches Schiff betreten zu müssen. Die Vibrationen der Turbos hatten ihn monatelang in rastlosen Alpträumen verfolgt. Der Tribut, den er für die Zeit bei den Piraten zollen mußte. Das Rütteln und Vibrieren des Schiffes, das Surren der Turbos, das

Fauchen der Düsen. Der harte Sattel des Wassermotorrads unter dem Hintern, der Speedcontroller in der Faust. Das Warten, bis das Wamo vom Katapult geschleudert wurde. Das gnadenlose Abrubbeln der Wellen, das Hämmern der Vindicator, die ihre tödliche Fracht ausspuckte. Das alles war ihm immer wieder im Traum erschienen. Vor allem war es jedoch ein Gesicht, das nicht verblassen wollte.

Käpt'n Tupamaro. Diese elende Hure. Dieses verschissene Drecksweib. Die Frau, die dich an deinen Feind verkauft hat, Chummer. Dich und Druse. Das gibt ein freudiges Wiedersehen. Und du kannst ihr nicht einmal an den Kragen gehen, wenn ausgerechnet sie dich vor der Yakuza rettet! Ein hundsgemeiner Witz. Ha!

Pandur versuchte den inneren Aufruhr in den Griff zu bekommen, als er hinter Jessi und Rem an Bord ging. Aber seine Synapsen hörten nicht auf damit, Infos aus dem Gehirnspeicher abzurufen, Backups hochzuladen und zu aktualisieren, Prognosen abzugeben. Pandur fragte sich, wie viele aus der alten Crew noch dabei waren. Bis jetzt hatte er kein bekanntes Gesicht entdeckt. Würde Tupamaro ausrasten, wenn sie ihn sah? Einfach versuchen, ihn abzuknallen wie einen räudigen Hund? Oder ihm ein Lügenmärchen auftischen? Daß alles nur zu seinem Besten gewesen sei?

Pandur war wirklich auf alles gefaßt. Glaubte er. Aber auf den Mann mit der Hasenschartennase, der die Tür zur Brücke öffnete und ihnen grinsend entgegenkam, war er nicht vorbereitet.

Er konnte es einfach nicht glauben.

Der Mann drückte erst Rem, dann Jessi die Hand. Jessis Hand hielt er länger fest, als es nötig gewesen wäre. Und er sah ihr verdammt tief in die Augen. Dann bekam Pandur seinen Händedruck.

»Hallo Walez, lange nicht gesehen«, sagte der Mann.

Es war Druse.

9. KAPITEL

›White Light – White Heat‹

Mandrill, Großer *(Papio annisae)*
Wahrscheinlich leben im Hunsrück und Taunus etwa 20 Exemplare dieser Spezies. Angriffe auf Menschen sind nicht belegt, von den Bewohnern der Gegend werden sie auch nicht belästigt.

Mantikor *(Martichors hastae)*
Diese Monstren sind in Deutschland extrem selten, da sie eine intakte Umwelt benötigen – und die ist in der ADL eine Seltenheit. Gerüchten zufolge wurden jedoch Mantikore im Spreewald und im Harz beobachtet.

Nacktgorilla *(Gorilla rubicundi)*
Diese nichtintelligenten Tiere wurden bereits mehrfach in der Eifel, am Vogelsberg und am Kaiserstuhl gesehen. Da bisher keine Berichte über Angriffe auf Menschen existieren, werden die Nacktgorillas in Ruhe gelassen, da ihr Verhalten ein Anzeiger für seismische Aktivität sein soll.

Riesenratte *(Rattus diabolis)*
Die Riesenratte (engl. *Devil Rat*) gehörte zu den ersten Erwachten Wesen, die in Deutschland von sich reden machten. Schon in den Jahren 2012 bis 2015 hatten sich diese Tiere über die ganze Republik verteilt. Heute sind sie vor allem im Ruhrplex, in Berlin und anderen Ballungsräumen anzutreffen. Eine wasserbewohnende Variante ist in den Marschen und in Hamburg recht verbreitet.

Riesenwildschwein *(Sus singularis)*
Rotten von Riesenwildschweinen finden sich gelegentlich an der deutschen Ostgrenze, wenn sie auf Futtersu-

che aus Polen und der Ukraine die Oder überschreiten. Riesenwildschweine sind eine beliebte Beute für die letzten Freizeitjäger, die ihrerseits beliebte Beute für Ökoterroristen sind.

Säbelzahntiger *(Felis novalis)*
Obwohl diese erwachte Spezies eher einem Puma als einem Tiger ähnelt, hat sich die Bezeichnung Säbelzahntiger für diese Wesen, die vor allem im Bayerischen Wald und auf der Schwäbischen Alb zu finden sind, eingebürgert.

Schattenhund *(Canis umbrae)*
Exemplare dieser Spezies wurden vor allem in Hamburg und Berlin gesehen, aber auch im Ruhrplex und in Frankfurt sollen sie verbreitet sein. Es heißt, daß einige der Tiere Träger eines tollwutähnlichen Virus sind.

Schreckhahn *(Aveterror lapidaris)*
In Deutschland finden sich nur abgerichtete Schreckhähne im Besitz einiger Konzerne. Einige entflohene Exemplare sollen in Süddeutschland heimisch sein.

Schwarzer Bluthund *(canis auspicii)*
Neben dem Barghest sind die Schwarzen Bluthunde eine der häufigsten erwachten Hundearten in Deutschland. Sie sind jedoch bei weitem nicht so blutrünstig wie ihr Name vorgibt. Am ehesten kann man ihnen in Norddeutschland begegnen.

Seeschlange *(Pleuracanthus laci)*
Angeblich existieren zwei Tiere der Frischwasserart im Bodensee. Es gibt jedoch keine Bestätigung dieser Sichtungen.

Sirene *(Siren canori)*
Sirenen sind vor allem in Süddeutschland und am Rand der Mittelgebirge verbreitet, obwohl ihre Gesamtzahl eher gering ist.

Sox-Chimäre *(Draco chimaera lothringiensis)*
Diese drachenähnlichen Ungeheuer sind ausschließlich

auf die SOX beschränkt. Sie sehen ihren amerikanischen Vettern ähnlich, erreichen jedoch Längen bis zu 5 Metern und sind gegen Radioaktivität vollständig immmun. Die vier bisher beobachteten Tiere waren allesamt von hellbrauner Farbe.

Steinwurm *(Vermes saxi)*
Diese steinfressenden Ungetüme werden vor allem in Süddeutschland beobachtet, wo sie für einige Gebäudeeinstürze und Bergrutsche verantwortlich sein sollen. Ihre Anzahl ist insgesamt eher gering.

Sturmkrähe *(Corvus procellae)*
In ganz Deutschland verbreitet, jedoch selten in Zonen mit häufigem Smog.

Vampir
Vampirismus ist eine seuchenpolizeilich anzeigepflichtige Krankheit. Trotzdem soll es in ganz Deutschland schätzungsweise zwanzig aktive Vampire geben.

Vulkanwurm *(Draco minimalis eifeliensis)*
Diese Abart des amerikanischen Firedrake findet sich in Deutschland nur in der Eifel, wo etwa 100 dieser kleinsten bekannten Dracoform leben sollen.

Waschbär *(Procyon latri)*
Die erwachte Form hat den auch in Deutschland schon lange heimischen gewöhnlichen Waschbär fast vollständig verdrängt. Die Tiere finden sich vor allem in der Nähe des Frankfurter Ballungsraums und im Mittelrheintal.

Waldgeist *(Incola silvestris)*
Sowohl im Hunsrück als auch im Sauerland und im Harz sollen jeweils etwa ein Dutzend Familien von Waldgeistern oder Waldmenschen leben. Sie gelten als scheu und gehen Kontakten möglichst aus dem Weg.

Wassermann/Nixe *(Merhomo marina)*
Bislang existieren nur unbestätigte Gerüchte über die

Existenz mehrerer Sippen dieser Wasserbewohner, die angeblich im revitalisierten Teil der Ostsee ihr Zuhause gefunden haben und mit den pomoryanischen Elfen zusammenarbeiten sollen.

Dr. Natalie Alexandrescu:
Erwachte Wesen,
Deutsche Geschichte auf VidChips
VC 25, Erkrath 2051

Druse war Pandurs einzige Hoffnung, ins Proteusnetz zu gelangen und die Graue Eminenz zu enttarnen. Aber Pandur mußte sich eingestehen, daß er bisher keinen Gedanken daran verschwendet hatte, wie er dem Mann gegenübertreten sollte. Druse war sein Chummer gewesen, aber dieses Arschloch hatte wahrhaftig versucht, ihn an die AG Chemie auszuliefern, um seine eigenen Ziele zu verfolgen. Eines dieser Ziele hatte darin bestanden, sich an Tupamaro zu rächen. Offensichtlich war ihm dies geglückt. Mehr noch, er hatte sich bei der Gelegenheit gleich auch als Bonus die *Broken Heart* unter den Nagel gerissen.

Obwohl Druse Reue gezeigt hatte und sein Plan mißlungen war, konnte Pandur ihm nicht unbefangen in die Augen sehen. Er fühlte, wie sich sein Körper anspannte.

Lege mich ja nicht ein zweites Mal rein, du Flipparsch!

Druse war keine Verlegenheit anzumerken. Es gehörte zu seinem Naturell, die Dinge leichtzunehmen. Er winkte den Chummern mitzukommen und führte sie unter Deck in das Kapitänszimmer. Lässig wies er auf zwei Sessel und eine Sitzbank. Er selbst hockte sich Jessi gegenüber auf den Rand seiner Schlafkoje. Draußen sprangen die letzten der im Speicherhaus verbliebenen Piraten an Deck, banden die Taue los und zogen die Planke ein. Die Turbinen, algerische Saeder-Krupp-Klone, heulten auf, die Schubdüsen, asiatische Rolls Royce Special-TX-Lizenzen, wirbelten das schmutzige Wasser auf. Die *Broken Heart* setzte sich langsam in Bewegung. Offenbar führte die Elfin das Kommando und hatte Anweisung, den Hovercraft aus dem Megaplex zu steuern. Der Grenzschutz hatte sich in letzter Zeit nur noch sporadisch mit den Piraten angelegt und konzentrierte sich auf Objektschutz. Aber ein derart großes Boot mitten im Megaplex bedeutete eine Provokation.

»Uns passiert nichts«, erklärte Druse, als habe er die stumme Frage gehört. Er schaute dabei Jessi an und lächelte.

Jessi erwiderte das Lächeln.

Was ist an diesem häßlichen Kerl dran, daß alle Frauen auf ihn fliegen?

»Du warst schon immer ein gottverdammter Optimist«, sagte Pandur.

»Dieses Mal habe ich mit einem Ebbie nachgeholfen. Der Grenzschutz greift nicht ein. Vorausgesetzt, wir machen keinen Zoff und sind vor dem Dunkelwerden auf der Unterelbe.«

»Trockene Luft hier«, sagte Rem. »Hast du was für meine Kehle?«

Druse wies mit dem Daumen zum Kühlschrank. Der Zwerg bediente sich und kehrte mit zwei Dosen Bier zurück.

»Wird ja hoffentlich nich' alles sein, was du gebunkert hast?«

Druse lachte. »Dies ist ein *Schiff,* Chummer. Und eines mit absolut harten Säufern obendrein. Wir haben mehr Bier und Schnaps an Bord, als du in deinem Leben schlürfen kannst.«

»Kühne Behauptung, aber ich höre gern, daß wir offenbar 'n paar Tage gut über die Runden kommen.«

Pandur hatte den Eindruck, daß die beiden Männer nicht nur die roten Haare miteinander gemein hatten.

Sie schienen sich auf Anhieb prächtig zu verstehen. Ihm war weniger nach Harmonie zumute.

»Wir sind in den Megaplex gekommen, um dich zu suchen, Druse«, sagte er. »Und kaum sind wir drinnen, stolpern wir auch schon über dich und deine Halunken ...«

Druse lachte lauthals. »Gibt schon verrückte Zufälle, was?«

»Ich glaube nicht an Zufälle«, erwiderte Pandur.

»Ach, wirklich?« meinte Druse. »Na ja, um ehrlich zu sein, ich auch nicht.«

»Dann laß mal hören.«

Druse zuckte die Schultern und sah Rem an, der gerade den Inhalt der ersten Dose in die Kehle rinnen ließ. »Frag ihn.«

»Muß ich wirklich groß was erklären, Alter?« meinte der Zwerg und rülpste.

»Wieder deine Untergrundarmee?« fragte Pandur. Langsam wurde Rem ihm unheimlich.

»Wozu sich selbst die Hacken abrennen? Meine Chummer haben rumerzählt, daß ich 'nen gewissen Druse suche. Und die nördliche Speicherstadt als guten Ort genannt, wo man sich treffen könnte.«

Druse grinste. »Und wie ihr seht, hat dieser gewisse Druse davon gehört und sich mehr darüber erzählen lassen. Und hat sich entschieden, die Einladung anzunehmen. Ist man einem alten Chummer doch schuldig, oder? Paßte obendrein gut in unsere Pläne. Wir haben einige Lager in der Gegend. Eines davon wollten wir gerade ausräumen, als ihr aufgekreuzt seid.«

»Das ging wohl ziemlich in die Hose«, meinte Jessi.

»Ist mir die Sache wert«, gab Druse zur Antwort. »Hübsche Frauen zu retten, lasse ich mich gern etwas kosten.«

»He, auf Gesulze dieser Art stehe ich nicht«, kommentierte Jessi. Einen sonderlich verärgerten Eindruck machte sie allerdings nicht.

Pandur sah erst Druse, dann Rem an. »Alles geplant, was? Ich komme mir ziemlich verscheißert vor.«

»Nimm's nicht so tragisch, Alter«, meinte Rem. »Wollte euch keine falschen Hoffnungen machen.«

»Und die Yakuza hast du wohl für das Showprogramm engagiert? Damit alle ihren Spaß haben und ein bißchen Tempo in die Wiedersehensfeier kommt.«

»Halt die Fresse!« knurrte der Zwerg. »Die Yakuza war nich' eingeplant. Die Drekheads hätten um ein Haar alles vermasselt.«

»So ka.« Pandur lehnte sich in dem am Boden festgeschraubten Sessel zurück und schaute sich im Kapitänszimmer um. »Du hast es weit gebracht, Chummer. Als ich dich zuletzt sah, hattest du ein Messer in der Brust und hast nur noch Scheiße gelabert.«

»Ich erinnere mich dunkel daran«, meinte Druse leichthin. »Na ja, so geht das eben. Mal ist man unten, mal obenauf.«

»Ist das alles, was du zu diesem Thema zu sagen hast?«

»Soll ich dir die Füße küssen und um Vergebung flehen?«

»Scheiße noch mal, nein! Aber ein bißchen mehr könntest du schon erzählen!«

»Okay, okay. Das Messer hat mich kuriert, mir die Scheiße aus der Birne gekratzt, meine ich. Ansonsten wäre ich fast daran verreckt, aber das weißt du ja. Hätte ich vielleicht sogar verdient gehabt. Was soll's? Guten Doc gehabt. Die Russin hat mich wieder hingebogen. Ist wirklich 'ne Spitzenkraft. Und das in diesem elenden Dreckloch.«

»Und dann?«

»Dann hab' ich mir Tupamaro geschnappt.«

»Einfach so.«

»Einfach war's nicht. Sogar verdammt tricky. Die Alte war vorsichtig, gemein und kannte tausend

Tricks. Weißt du ja. Mußte mir was einfallen lassen. Hat geklappt. Hab's für dich mitgetan, Chummer.«

»Habe ich dir nicht aufgetragen, Chummer. Ich erledige meine Sachen selbst. Was zum Henker hast du ...«

»Erspar mir die Einzelheiten, Chummer. Genügt dir, daß es sehr weh getan und lange gedauert hat? Ich schwöre dir, sie hat es bereut, wirklich und wahrhaftig bereut!«

Druse hatte ihm erzählt, was er mit Tupamaro anstellen wollte. Pandur legte wirklich keinen Wert darauf, die feinen Unterschiede zwischen Theorie und Praxis erläutert zu bekommen.

»Ich halte nichts von solchen Sachen. Es hätte genügt, sie per Expreß in die Hölle zu schicken.«

»Oh, da ist sie bestimmt«, meinte Druse. »Ganz bestimmt. Falls alle Einzelteile angekommen sind.«

Pandur reichte es. »Hör zu, Chummer«, sagte er. »Wir brauchen deine Hilfe.«

»Was du nicht sagst.«

»Nicht bloß einen Gefallen, Chummer. Echte Hilfe. Kann verdammt haarig werden.«

»Worum geht es?«

»Proteus!« sagte Pandur.

Druses Gesicht erstarrte. Proteus war sein wunder Punkt. Wahrscheinlich haßte er diesen Megakon mehr, als er Tupamaro gehaßt hatte. Aber er fürchtete ihn auch mehr, als er Tupamaro gefürchtet hatte.

»Erzähl mir nicht, ihr wollt in eine der Arcologien einsteigen!«

»Genau das. Es sei denn, du kannst uns alles über Proteus erzählen, was wir wissen wollen.«

»Chummer, du ahnst gar nicht, wie die sich abgeschottet haben!«

»Aber du weißt, wie man hineinkommt! Darauf würde ich meinen Arsch verwetten!«

»Scheinst ja nicht viel von deinem Arsch zu halten, Chummer.«

Aha! Er hat nicht gesagt, daß er keinen Weg weiß.

»Also?« fragte Pandur.

»Versuchen wir es erst einmal mit dem zweiten Weg. Was willst du wissen?«

Rem mischte sich ein. »Wem gehört Proteus?«

Druse schaute zu ihm herüber. »Das weiß niemand.«

»Du warst doch Exec in dem Laden. Execs werden doch wohl wissen, wem sie dienen?« sagte der Zwerg.

»Ich war kein Exec, sondern Abteilungsleiter. Egal. Also, wenn's weiter nichts ist...« Druse machte eine wegwerfende Handbewegung. »Der Obermotz, der Koordinierende Direktor, heißt Gerold Maria Zukowsky. Alle zittern vor ihm, weil er ein absolutes Arschloch ist. Okay, er hat das Sagen, und vielleicht besitzt er auch ein paar Aktien. Aber ihm gehört der Laden nicht. Vorstandsvorsitzender ist ein Holländer, Arne van Ronzelen. Ein seniler Opa, dem der Kalk aus der Hose rieselt. Ein Strohmann. Er vertritt ein Konsortium von asiatischen Banken, an der Spitze die indonesische Privatbank Suleto & Cie. Die wiederum gehört mehreren kleinen chinesischen Banken. Zum Konsortium gehören weitere asiatische Banken aus Hongkong, Indonesien, Singapur, Taiwan, Thailand, China, Vietnam, die ganze Flöte. Hinzu kommen Briefkastenfirmen aus Liechtenstein, Monaco, Luxemburg, der Schweiz, den Bahamas, Venezuela... Hunderte. Jede davon besitzt ein paar hundert Aktien, die Banken ein paar tausend.«

»Gibt es denn keine Spur, die auf jemanden hindeutet, der dieses verschachtelte Imperium aufgebaut hat, der es mehrheitlich besitzt oder zumindest mit Sperrminoritäten kontrolliert?« fragte Pandur. »Es *muß* jemanden geben. Eine Graue Eminenz!«

»Alle Spuren verwischen sich im asiatischen Raum«, sagte Druse. »Man kriegt nichts heraus. Die lassen sich nicht in die Karten schauen. Gehört zu ihrer globalen Strategie.«

»Wer sind ›die‹?« fragte Jessi.

Druse zuckte die Schultern. »Im Fall Proteus wissen wir es nicht. Aber daß sich asiatische Kapitalisten und Konzerne abgesprochen haben, die Besitzverhältnisse zu verschleiern, ist kein Geheimnis. Wenn man fair ist, muß man zugeben, daß sie spät auf den Zug aufgesprungen sind. Sie kooperieren gegen die Arrivierten, versuchen, ein größeren Stück vom Kuchen zu ergattern.«

»Also läßt sich nur sagen, daß in Proteus vermutlich eine Menge asiatisches Kapital steckt?« faßte Pandur zusammen.

»So ist es. Nicht mehr und nicht weniger.«

»So ka«, sagte Pandur. »Es wäre auch wirklich zu einfach gewesen, es auf diesem Wege herauszubringen. Was weißt du über die Produktion von Proteus?«

»Mischkonzern. Die haben ihre Finger in vielen Töpfen.«

»Du warst doch für den Einkauf der Genetikabteilung zuständig. Welchen Stellenwert hat die Genetik für den Kon? Woran arbeitet man?«

»Grundlagenforschung. Streng geheim. Denkst du im Ernst, die Docs hätten einem Kaufmann auf die Nase gebunden, was sie für Pläne haben? Außerdem konnte ich kaum einen von ihnen verstehen. Das waren Hirnies aus aller Welt, und die meisten blieben nicht lange.«

»Du mußtest doch für sie einkaufen! Kann man aus dem verwendeten Material keine Rückschlüsse ziehen?«

Druse zuckte die Schultern. »Ich kriegte ihre Listen und bestellte. Tausende von Chemikalien, Extrakte, Nährstoffe, Versuchstiere. Daraus kannst du gar nichts entnehmen.«

»Versuchstiere? Was für welche?«

»Mäuse, Ratten, Kaninchen, Schweine, Affen.«

»Menschen?«

Druse schwieg.

»Druse, weißt du etwas von irgendwelchen Schweinereien in Afrika?« fragte Pandur eindringlich.

»Afrika? Chummer, Proteus setzt eine Arcologie nach der anderen in die Nordsee. Fängt Afrika für dich in der Nordsee an?«

Du versuchst etwas zu verbergen, Chummer!

»Was weißt du über Experimente an Menschen?«

Druse zögerte. »Sagen wir mal ... Ich hatte ein paar Vermutungen, daß man Menschen als Versuchsobjekte einsetzte oder zumindest Pläne hatte, dies zu tun. Nichts Konkretes. Nicht in Bremerhaven. Nicht zu meiner Zeit. Davon hätte ich gewußt. Das hätten sie sich nicht leisten können. Wie kommst du auf so etwas?«

Das war nicht alles, Chummer. Versuchen wir es mal hintenrum.

»Du hast Proteus gelinkt, und deshalb wollten sie dir an den Kragen. Deshalb wollen sie dir wahrscheinlich immer noch liebend gern den Arsch aufreißen. Womit hast du sie aufs Kreuz gelegt?«

Druse grinste. »Hast die Ohren gespitzt, als ich in Fredas Truck dummes Zeug gelabert habe, was? Vergiß es. Im Fieber redet man den ungeheuerlichsten Stuß.«

»Womit hast du sie aufs Kreuz gelegt?« wiederholte Pandur seine Frage.

»Okay, okay. Habe ein paar Sachen anders gebucht, als es gedacht war. Hat mir eine ... äh ... größere Summe eingebracht.«

»Ein Betrug also?«

»Häßliches Wort, aber es stimmt.«

Falsch. Es stimmt nicht. Zumindest war das nicht alles.

»Druse, du altes Arschloch«, sagte Rem gemütlich. »Ich kann dich gut leiden, und dein Bier läßt sich gut über den Knorpel brausen. Aber das ändert nichts daran, daß du ein verdammter Lügner bist! Die Megakons mögen es vielleicht nich', wenn 'n Typ wie du sie schröpfst. Dafür legen sie dich um. Versuchen es jedenfalls. Aber wenn du ihnen entwischt, verlieren sie irgendwann das Interesse. Oder sie erkennen deine Kompetenz an. Wenn du ihnen nach Jahren noch 'n Dorn im Auge bist, dann weißt du etwas, was du nicht wissen darfst! Spuck es aus, du verdammter Hurensohn!«

Druse war rot geworden. Ob aus Verlegenheit oder aus Zorn, wußte nur er allein.

»Wie war das also mit den Experimenten an Menschen?« bohrte Rem in der Wunde.

Endlich gab Druse auf. »Na schön, ihr Stinker. Wie ich schon sagte, für Menschenexperimente hatte ich keine Beweise. Aber ... so ka, ich sage es euch ja. Ich habe nach Wegen gesucht, meine Umbuchungen zu tarnen, und mir alle Dateien angeschaut, die nützlich sein konnten. Dabei bin ich durch Zufall über eine wissenschaftliche Studie gestolpert. Es ging dabei um das Problem, Cyberware und Magie miteinander zu verknüpfen. Man hat erkannt, daß die Fähigkeit, Magie anzuwenden, wie auch die Fähigkeit, Cyberware zu benutzen, auf unterschiedlichen genetischen Anlagen basiert. Die Hirnzellen sind in der Lage, entweder eine magische Wirklichkeit zu erfassen oder die virtuelle Realität abzubilden. Beides zusammen geht nicht. Oder ist extrem selten. Jedenfalls bei normalen Menschen oder Metamenschen. Die Verfasser des Dossiers empfahlen eine breit angelegte Feldstudie, bei der das Klonen von Hirnzellen, Austausch von Hirnhälften, der Einsatz von Zellmodulatoren und eine Reihe anderer Verfahren getestet werden sollten.«

Pandur schaute Jessi an. In ihren Augen sah er, was er selbst empfand. Sie sprach es laut aus. »Es paßt alles zusammen. Krumpf hat an dem gleichen Problem gearbeitet. Magie und Cyberware.«

»Genau«, sagte Pandur. »Der Drekhead wollte Cyberware für Magier entwickeln und hat sie selbst getestet.«

»Proteus suchte nach einer genetischen Lösung«, sagte Druse. »Langfristig wollte man einen neuen Menschen- oder auch Metamenschentypus entwikkeln.«

»Superman und Supergirl?« meinte Pandur.

»Wozu?« fragte Jessi. »Die wollen doch Profit machen. Wer kauft ihnen Übermenschen ab?«

»Oho, da kann ich mir aber 'ne Menge von Interessenten vorstellen«, sagte Rem. »All die Pinkel, die hochtalentierte Blagen haben wollen. Und wenn sich das Verfahren an Erwachsenen durchführen ließe, wäre der Markt gigantisch. Die meisten Knalltüten, die man durch die Gegend latschen sieht, neiden anderen ihre Fähigkeiten und Talente, sind geil darauf, auch so was zu haben.«

»Die Megakons selbst wären Abnehmer«, sagte Pandur. »Diese Neotypen müssen ja nicht auch noch superklug sein. Etwas dümmliche Drekheads, die mit einer Hirnhälfte ihre Smartgunverbindung kontrollieren und mit der anderen in den Astralraum steigen und von dort Feuerbomben werfen. Das wären die idealen Konzerngardisten. Dann könnten die Konzerne mit der magischen Szene aufräumen, vor allem mit den Schamanen, die ihnen sowieso ein Dorn im Auge sind.«

»Kann sein.« Druse zuckte die Schultern. »Aber vielleicht haben die Hirnies auch einfach nur rumgesponnen.«

»Hör auf, Druse«, sagte Pandur. »Du weißt genau, daß sie daran gearbeitet haben. Aber es war ihnen zu heiß. Vielleicht auch zu teuer. Sie wollten es nicht allein machen. Kann sein, daß die Idee nicht einmal auf ihrem Mist gewachsen ist. Vielleicht hat sie Krumpf darauf gebracht. Wußtest du, daß Proteus, MCT und die AG Chemie eine gemeinsame Tochterfirma namens

GENERA gegründet haben, die in Afrika genau diese Experimente durchgeführt hat, die von deinen Hirnies angeregt wurden? Daß dabei Hunderte krepiert sind und mehr als tausend zu Krüppeln oder Schwachsinnigen gemacht wurden?«

Druse war blaß geworden. »Nein, das wußte ich nicht.«

»Dann weißt du es jetzt, Chummer«, sagte Pandur.

»Aber du hast es geahnt, du alter Stinkstiefel«, meinte Rem, nachdem er sich Nachschub aus dem Kühlschrank geholt hatte. »Richtig?«

»Nun ...«, begann Druse.

Der Zwerg nahm ihn in die Zange. »Mich kannst du nich' verscheißern, Alter! Proteus will dir nich' die Rübe runterholen, weil du sie beklaut hast, sondern weil du ihr Geheimprojekt ausspioniert hast. Und von wem sollte Proteus wohl wissen, daß du 'ne Topsecret-Datei gelesen hast, wenn nich' von dir selbst. Mann, hat der Kerl 'ne Chuzpe! Setzt sich von Proteus ab, nachdem er kräftig abgesahnt hat, und anschließend versucht er den Brüdern mit 'ner kleinen Erpressung noch mehr Kohle aus den Rippen zu leiern. War doch so, oder?!«

»Ja, verdammt noch mal!« schrie Druse. »Sie haben mich rausgeworfen, als sie ein paar kleine Unregelmäßigkeiten entdeckten. Als sie hinterher rauskriegten, wieviel ich wirklich abgezweigt hatte, schickten sie mir einen Killer auf den Hals, der mich fast erwischt hätte. Da habe ich den Spieß umgedreht. Ich habe gedroht, alles zu verraten, wenn sie mich nicht in Ruhe lassen und mir zusätzlich einen größeren Betrag stiften. So ka, ich habe hoch gepokert, so getan, als wüßte ich mehr.«

»Da haben die wohl einen mächtig großen Schreck gekriegt und dir ganz schnell einen dicken Ebbie vorbeigebracht, oder?« spottete Pandur.

»Sie haben mich gejagt«, gab Druse kleinlaut zu. »So bin ich schließlich bei den Piraten gelandet.«

»Du hast Schwein gehabt«, sagte Rem.

»Ein Chummer hat mich gewarnt. Sonst hätte ich es nicht geschafft.«

Pandur horchte auf. »Ein Chummer bei Proteus? Ein Exec?«

»Sararimann. Aber einer mit großen Ohren.«

»Einer?«

»Eine.«

»Dachte ich es mir doch.«

»Die Geschichte ist lange vorbei.« Dieser Satz ging an Jessis Adresse.

»Eine Frau, die immer noch bei Proteus rumläuft?«

»Ich denke schon.«

»Kann sie uns helfen, bei Proteus reinzukommen?«

»Möglich.«

Pandur versuchte die Informationen zu verarbeiten. Allmählich begriff er die Zusammenhänge. Aus den Steinchen formte sich ein Mosaik.

Aber das ist nur die Oberfläche, Chummer. Es geht in diesem Spiel nicht in erster Linie um brisante Forschungen und Versuche. Es geht um die Graue Eminenz. Sie benutzt alles und jeden nur als Hebel für ... Macht. Genau das ist es. Macht. Verteilungskämpfe. Ein Stück vom ganz großen Kuchen!

Jessi sah Druse nachdenklich an. »Du müßtest eigentlich ein starkes Interesse haben, Proteus zu schädigen.«

»Ich hasse den Verein!«

»Mehr als Tupamaro?« fragte Pandur.

»Megamehr.«

»Gesunde Einstellung«, lobte der Zwerg. »Dann hilf uns, die Knilche auseinanderzunehmen und vor allem dem Großen Guru im Hintergrund den Arsch auf Null runterzuraspeln.«

»Das schaffen wir nicht«, meinte Druse.

»Möglich«, sagte Pandur. »Aber wir versuchen es. Ich bin sicher, daß es irgendwo im Proteusnetz Infos über die Graue Eminenz gibt. Ist dir jetzt klar, daß wir bei Proteus einsteigen müssen?«

Statt eine Antwort zu geben, ging Druse zum Vidkom und betätigte einen Sensor. »Brücke, melden!«

Die Elfin erschien auf dem Screen. »Aye, aye, Käpt'n.«

»Kurs Bremerhaven.«

Druse schaltete den Screen aus.

Pandur schaute aus einem der Bullaugen auf die Elbe hinaus.

Der Hamburger Megaplex lag bereits hinter ihnen. Nur die in der Abendsonne blinkenden Plexdome einiger Luxusvillen in Blankenese waren noch zu erkennen. Und natürlich die Autonome Schutzstation auf dem Süllberg mit ihren Radarreflektoren, Ultraschallsensoren, roten Laserspeeren, den Ruhrmetall Raketenwerfern GPRL-alpha und den vollautomatischen Hispano Flak-Flarak-FluSi-Türmen. Neu installiert. Die hatten sich in der vergangenen Nacht bewährt, als die neostalinistische Terrorgruppe STALINS FAUST einen Kamikazeangriff auf das Ghetto der Reichen flog. Bis auf einen wurden alle STALIN-Jockeys vor Blankenese vom Himmel geholt. Einer allerdings war mit seiner selbstgebastelten fliegenden Bombe durchgekommen und hatte ein Nobelrestaurant eingeäschert. STALINS FAUST ging es mehr um spektakuläre Aktionen als um zählbare Erfolge. Mit den Jockeys, die auf den eigentümlichen, aus alten Turbopropmotoren und Sprengbomben zusammengeschweißten Flugobjekten saßen, Soldatenmäntel der Roten Armee trugen und Russenmützen schwenkten, war ihnen ein spektakulärer Erfolg geglückt. Die Bilder gingen durch alle Medien. Allerdings wurde angenommen, daß die Gruppe nur aus höchstens dreißig Aktivisten bestand, von denen zehn bei der Aktion ins Gras gebissen hatten. Zweimal konnten sie sich solche Späße also noch erlauben. Dann würde sich ihr Gründer, der natürlich selbst nicht mitflog, weil er die ideologische Linie festlegen mußte, nach etwas anderem umsehen müssen. Vielleicht fand er einen hochdotierten Job als PR-Clown eines Megakons.

Die *Broken Heart* rubbelte die Wellen der Elbe ab. Kurs Nordwest. Sobald die Elbmündung erreicht war, würde sie auf Westkurs gehen. Ziel war die Wesermündung. Die Arcologie Bremerhaven. Proteus.

Ein Sturm mit Windstärke 8 drückte das Wasser der Deutschen Bucht in die Flußmündungen. Dem Hovercraft machten die Böen zu schaffen, aber Winddruck und Strömung waren für die starken Turbinen kein Problem. Daß Druse die *Broken Heart* nur mit halber Kraft gegen die Wellen laufen ließ, hatte nichts mit dem Sturm zu tun. Er wartete auf Unterstützung.

Der Morgen graute, als sie die Wesermündung erreichten. Sie hielten sich abseits der Schiffahrtsrouten in der Nähe der Butjadinger Küste auf. Auf das Setzen der Totenkopfflagge hatte Druse verzichtet. Die *Broken Heart* würde sich nicht als Piratenschiff zu erkennen geben.

Jessi hatte sich in ihre Kabine zurückgezogen. Sie versuchte zu schlafen. Der Zwerg soff mit der Mannschaft herum. Pandur stand neben Druse auf der Brücke. Er hatte Amphetamine eingeworfen, um wach zu bleiben. Ihm war nicht nach Schlafen zumute. Die Elfin steuerte den Hovercraft. Sie saß vorn in der Pilotenkanzel, trug einen Cyberhelm und war voll auf ihre Aufgabe konzentriert.

»Du hast kräftig investiert«, sagte Pandur. Er zeigte auf den Yamaha KL-11 Superior, einen der besten virtuellen Funkpeildecoder, der sogar die meisten Konzernleitungen von Zürich-Orbital anzapfen, entschlüsseln und in visuelle Botschaften zerlegen konnte.

Druse machte eine wegwerfende Handbewegung. »Das ist noch längst nicht alles.« Er tippte sich an die

Stirn, direkt neben die Stirnbuchse. »Hier habe ich am meisten aufgerüstet.«

»War auch verdammt nötig, Chummer.«

Druse zeigte ihm den Mittelfinger. »Ich habe mir einen Commlink-IV und einen Wirbelbrecher HD installieren lassen. Bin jetzt nicht mehr auf meine Ohren angewiesen, mein Bester. Ich kriege visuelle Bilder von den kodierten Funkbefehlen der Konzerncops. Irre, sage ich dir. Und äußerst nützlich.«

»Ich staune, Chummer. Hab' dich immer für eine ziemlich faule Sau gehalten, schwanzgesteuert und nur auf Genuß aus. Wenn ich mich recht erinnere, hast du deine Stirnbuchse früher nur benutzt, um dir SimSinn-Pornos reinzuziehen.«

»Kerl, ich könnte dich für dein respektloses Gerede über Bord werfen lassen. Weißt du das? Ich bin hier der *Chef*. Der Alleinherrscher. Ein kleiner Gott.« Er grinste. »Ach, was soll's. Man muß die Wahrheit vertragen können. Schwanzgesteuert? Na ja, ist wohl was dran. Aber ansonsten hab' ich mich ziemlich verändert. Ich habe hier eine Aufgabe. Es macht mir Spaß, den Megakons Beute abzujagen. Richtig geilen Spaß. Es ist ganz anders, als unter einer Schlampe wie Tupamaro den Lötkolben und Wamoreiter zu spielen.«

Er hat sich total mit seiner neuen Rolle als Piratenkapitän identifiziert. Es ist wirklich erstaunlich.

Druse stöpselte sich ein und ließ die Sensoren der Funkanlage tanzen.

»Was erzählt dir dein Yamaha?« fragte Pandur nach einer Weile.

»Nichts über Proteus Bremerhaven. Das beunruhigt mich.« Druse zog das Kabel ab und runzelte die Stirn. »Es ist ungewöhnlich, daß Bremerhaven mit den anderen Arcologien keinen Kontakt hält.«

»Es ist früher Morgen, Chummer. Die pennen noch.«

»Nichts da. Früher gab es die ganze Nacht hindurch

Routineabfragen der Konzernsicherheit. Ich verstehe das nicht.«

»Deine teure Headware ist im Eimer. Oder dein Yamaha stammt vom Schrottplatz.«

»Wir klauen nur beste Ware, Walez. Keine Sorge, die Geräte arbeiten einwandfrei. Ich bekomme jede Menge Müll herein, auch Funkverkehr zwischen anderen Proteus-Arcologien. Aber nichts von Bremerhaven.«

»Kannst du wenigstens deine Freundin bei Proteus erreichen?«

»Habe ich schon mehrmals versucht. Bisher ohne Erfolg. In dem Fall dürftest du recht haben. Sie schläft noch.«

»Und was ist mit der *Rasputin?*«

»Keine Probleme. Käpt'n Wolkowa ist in einer Viertelstunde hier.«

»Russin?«

»Ukrainerin. Piratin in der zweiten Generation. Ihr Alter hat sein erstes U-Boot geklaut, als die marode Schwarzmeerflotte auseinanderfiel.«

Pandur hatte davon gehört. Einige Kommandeure der Flotte hatten sich damals mit Schiffen abgesetzt und auf eigene Rechnung gearbeitet. Sie mischten als Marinesöldner in den Eurokriegen mit und hielten sich später als Piraten über Wasser. Sie besaßen zeitweise sogar einen gut ausgebauten Stützpunkt in der Karibik, bis alliierte japanische Konzernstreitkräfte die Basis und die meisten Piratenschiffe vernichteten.

»Sie hat aber nicht mehr Papas Atom-U-Boot, oder?«

»Das ist längst Schrott. Ihr Boot ist kleiner, aber effizienter. In Taiwan gebaut, aber ausgerüstet mit vier geklonten Saeder-Krupp High Power 17, Ultra-Torps und zwei wirklich durchschlagenden Ruhrmetall SF30 mit Zeiss-Laserzielwerken und doppelt vernetzten Boostern. Mehr kann man nicht tun.«

»Ist sie hübsch?«

»Die SF30?«

»Die Wolkowa, du Arsch.«

»Wie man's nimmt. Auf jeden Fall ist sie zäh und äußerst fähig.«

»Fähig zu was?«

»Zu allem. Aber im Gegensatz zu Tupamaro verrät sie keine Chummer.«

»Und im Bett?«

»Sie befindet sich auf einem anderen Schiff, Chummer. Kapiert? Zum Fernficken taugt die Headware nicht.«

Okay, Chummer. Laß es gut sein. Es geht dich nichts an, wie viele Frauen Druse beglückt. Oder doch? Druse hat immer wieder Mist gebaut, weil ihm im entscheidenden Moment Weibergeschichten wichtiger waren als alles andere. Möchte wetten, daß er Proteus betrogen und erpreßt hat, weil er Geld brauchte, um irgendeine Luxusnutte auszuhalten. Jetzt sind wir auf Druse angewiesen. Diesmal darf er keinen Mist bauen!

»Warum macht sie dann bei der Chose mit?« fragte Pandur.

»Wir arbeiten öfter im Team. Ich werde mich bei Gelegenheit revanchieren.«

Wie auch immer.

»Ich brauche hundert Pro Unterstützung.«

»Die kriegst du, Walez. Sie ist sehr professionell. Du wirst schon sehen.« Druse schüttelte den Kopf. »Was zum Henker macht dich derart sicher, daß du Hinweise auf deine Graue Eminenz im Proteusnetz finden wirst? Ich habe nicht den kleinsten Hinweis gefunden.«

»Du bist kein Decker. Die wirklich interessanten Dateien sind dir verschlossen geblieben.«

»Immerhin bin ich auf die Forschungsstudie gestoßen.«

»Weil jemand geschlafen und sie falsch abgespeichert hat.«

»Du kannst nicht erwarten daß es in den Computern des Kons Infos über den Hauptaktionär gibt, wenn dieser das Imperium von außen regiert und es darauf angelegt hat, seine Identität zu verschleiern.«

»Falsch«, erwiderte Pandur. »Die Proteus ist aus dem Nichts zu einem Megakon aufgestiegen. Innerhalb weniger Jahre. Das haben weder dieser Zukowsky noch dieser Holländer ...«

»Arne van Ronzelen«, half Druse aus.

»... aus eigenem Antrieb geschafft. Jemand hat von außen die Konzernpolitik gesteuert, und das muß sich auf irgendeine Art und Weise auf die gespeicherten Daten ausgewirkt haben. Selbst wenn die Execs strikteste Anweisungen haben, alles geheimzuhalten, rutscht irgend etwas durch. Und sei es, daß Zukowsky in regelmäßigen Abständen zum Rapport an einen ganz bestimmten Ort reist. Daß ein Korinthenkacker bei Proteus die VidKom-Gespräche als Kostenstelle führt und in einer Datei festhält, wer wie oft mit welchen Außenanschlüssen verbunden ist. Verstehst du – das sind die versteckten Hinweise, die mir weiterhelfen würden. Ich erwarte nicht, Name, Adresse, SIN-Code und VidKom-Identcode der Grauen Eminenz in der Datei ›Prokura‹ unter G zu finden.«

Druse grinste. »Bist ganz schön bescheiden geworden, Walez.«

»Überhaupt nicht, Chummer. Mein Ziel ist gnadenlos unbescheiden, ja größenwahnsinnig für einen simplen Bauern im Spiel. Ich will mir den Spieler greifen und ihn töten.«

Der Rothaarige überlegte eine Weile. »Die *Rasputin* wird für etwas Feuerzauber sorgen, aber wir können uns keine offene Feldschlacht mit den Drekheads leisten.«

»Das ist mir klar.«

»Mit sehr viel Glück bringen wir dich in die Sicherheitszone. Aber dann bist du auf dich allein gestellt.«

»Rem hat darauf bestanden mitzugehen.«

»Okay, dann seid ihr zu zweit. Nicht viel gegen einige hundert Sicherheitsleute.«

»Wir haben nicht die Absicht, uns mit ihnen zu schießen. Ich brauche für meine Stirnkabel nichts als ein Interface an einem stillen, lauschigen Örtchen.«

Druse dachte nach. »Ich weiß nicht, was sich alles geändert hat, seit ich den Laden verlassen habe. Aber ich habe eine halbwegs aktuelle Holokarte der Arcologie. Ich markiere dir darin aus dem Gedächtnis ein paar Computer, die schnell erreichbar sind und in kaum frequentierten Zonen liegen.«

»Das würde mir helfen.«

»Noch etwas«, sagte Druse. »Das Labor wurde von einem Typen geleitet, den du getrost als Grenzgänger zwischen Genie und Wahnsinn bezeichnen kannst. Ein komischer Kauz und ziemlich vergeßlich. Ich kann mir vorstellen, daß der in seinem PC Sachen gespeichert hat, die du anderswo nicht findest. Weil er Schiß hatte, er würde sie vergessen.«

»Guter Tip.«

»Riskanter Tip, nur für den Notfall geeignet. Die Laborzone wird scharf bewacht.«

Druse stöpselte sich wieder ein, kehrte den Blick nach innen, schaute in die virtuelle Welt der Funkbotschaften, die ihm seine Headware aus dem Yamaha KL-11 Superior in die Gehirnwindungen zauberte. Er zuckte die Achseln. Dann drückte er einen Sensor und gab einen Code ein. Plötzlich blitzten seine Augen triumphierend auf. Er veränderte den Code, schloß die Lider und konzentrierte sich. Nach etwa fünf Minuten stöpselte er sich aus und lehnte sich in seinem Sessel zurück.

»Ich habe meine Kontaktperson erreicht«, sagte er.

»Erzähl mir nicht, daß ihr euch telepathisch unterhalten habt.«

Druse winkte ab. »Quatsch. Aber eine VidKom-Verbindung mit ihr wäre zu riskant. Proteus ist ziemlich gut im Überwachen der Kom-Leitungen. Der Yamaha hat einen komprimierten Code abgestrahlt. Ein Modul in ihrem VidKom dechiffriert die Daten, kodiert ihre Antwort und präpariert sie für den Abruf. Ich habe ihre Antwort.«

»Hört sich nicht so an, als wäre das Ganze eine Premiere.«

»Chummer«, sagte Druse gedehnt. »Gute Connections sind in diesem Geschäft die halbe Miete. Sie hat mir schon manchen guten Tip gegeben.« Seine Miene verdüsterte sich. »Aber die Infos sind ziemlich merkwürdig. Vielleicht gut für uns, vielleicht auch nicht.«

»Raus damit.«

»Es geht etwas vor bei Proteus. Umstrukturierungen in der Produktion. Aus heiterem Himmel. Es geht das Gerücht, Proteus sei an die AG Chemie verkauft worden. Zumindest der größte Teil des Konzerns.«

»Was?« rief Pandur.

»Niemand weiß Genaues. Von Zukowsky mal abgesehen, aber der läßt nichts raus. Auf jeden Fall hat man tonnenweise Material, darunter einen Teil der Computer, weggeschafft und den Großteil des Personals abgezogen.«

»Wohin?«

»In die Arcologie Cuxhaven.«

»Dann müssen wir unsere Pläne ändern und in Cuxhaven einsteigen!«

»Ausgeschlossen. Ich kenne den Notpassiercode für Cuxhaven nicht. Da kommen wir nicht rein.«

»Verdammte Hühnerkacke!«

»Reg dich nicht auf, Chummer«, versuchte ihn Druse zu beruhigen. »Die Sache läuft erst seit ein paar Tagen. Sie können in der kurzen Zeit unmöglich das ganze Netz abgebaut haben. Begreifst du nicht, Walez? Es ist auch eine Chance. Man hat die Zahl der Konzerngardisten auf ein Minimum reduziert. Unsere Aussichten, heil aus der Sache rauszukommen, sind gestiegen. *Deine* Chancen, deinen Arsch heil aus der Arcologie rauszuziehen, sind gestiegen.«

»Warum haben sie das getan, verdammt noch mal? Als hätten sie geahnt, daß wir bei ihnen einsteigen wollen!«

»Vergiß es! Denkst du vielleicht, die verkaufen den Laden an die AG Chemie, weil sie Schiß vor dir haben? Du solltest nicht durchdrehen, Walez! Du bist für die nur ein ganz kleines Arschloch – sofern sie deine Fürze überhaupt zur Kenntnis nehmen!«

Heiliger Drek, was ergibt das für einen Sinn? Plötzlich sieht es so aus, als sei nicht die Graue Eminenz, sondern Pederson der Drahtzieher. Entweder hat Pederson das Machtspiel gewonnen, oder die Graue Eminenz verfolgt mit dem Verkauf einen hinterhältigen Plan.

Pandur überlegte, welche Konsequenzen das für ihn hatte. Er stimmte Druse zu. Die Aussichten, in Bremerhaven fündig zu werden, mochten gesunken sein. Aber dieser Weg blieb der einzig mögliche, um an die Graue Eminenz heranzukommen.

Im Grunde kann es dir egal sein, Chummer, ob Pederson oder die Graue Eminenz am Ende triumphiert. Du willst sie beide zur Hölle schicken. Pederson läuft dir nicht weg. Aber die Graue Eminenz soll nicht davonkommen. Auch dann nicht, wenn sie das Spiel verloren hat. Schnapp sie dir!

Tief in seinem Innersten war Pandur davon überzeugt, daß die Graue Eminenz keineswegs am Ende war, sondern sich mit einem verdeckten Zug anschickte, das Spiel zu gewinnen. Es vielleicht schon gewonnen hatte.

Die SF30-Zwillinge der *Rasputin* feuerten, was das Zeug hielt. Die stationären 50-mm-Geschütze der Proteus, cybergesteuerte chinesische Huang-Tuangs UZ-P, hielten wummernd dagegen. Proteus hatte den Feind längst geortet. Die roten Laserleitstrahlen der Zielwerke führten die Geschosse exakt in die Richtung des aufgetauchten U-Boots. Aber die *Rasputin* bewegte sich knapp außerhalb der Reichweite der Huang-Tuangs, während ihre Zwillinge Proteus lähmten, die Kopter am Aufsteigen und die Schnellboote am Auslaufen hinderten. Gelegentlich pustete ein Treffer der *Rasputin* Staub und einen Hagel aus abgesprengten Betonbrocken in die Weser. Eher aus Versehen. Die Wolkowa gab sich nicht der Illusion hin, die Arcologie ernsthaft beschädigen zu können. Es lag auch nicht in ihrer Absicht.

Die Informationen über den Abzug von Personal bestätigten sich. Mit einer eingespielten Wachmannschaft in Sollstärke hätten sich die Konzerngardisten nicht so schwer damit getan, den Spuk von der Platte zu fegen. Sie hätten gegen alle Widerstände ihr Material in die Luft und zu Wasser gebracht. Offensichtlich fehlte es an Gardisten, ausreichend viele Kopter und Schiffe zu bemannen, um in einem gemeinsamen Kraftakt durchzubrechen. Wahrscheinlich auch an Überblick und Kompetenz, mit solchen Situationen fertig zu werden. Pandur registrierte, daß die Konzernsicherheit nicht einmal die Alphas gegen die *Rasputin* einsetzte.

Druse hörte mit seiner Headware und dem Yamaha den Funkverkehr und die Einsatzbefehle für verdrahtete Offiziere der Konzerngardisten ab. Die Arcologie hatte die neue Proteus-Zentrale in Cuxhaven alarmiert, und dort liefen in diesen Minuten Hovercrafts und Schnellboote aus. Der Hauptscreen der Brücke wurde von einem Fuchi GS 100, einem fähigen Gefechtssimulator, gespeist. Er zeigte die Positionen der *Broken Heart*, der *Rasputin* und der gegnerischen Kräfte an und projizierte auf den kleinen Screens die voraussichtliche Entwicklung in den nächsten achtzig Minuten unter Berücksichtigung der individuellen Komponenten der einzelnen Objekte.

Der *Rasputin* blieben 4:18:24 min. Zeit zum Feuern und weitere 12:36:45 min., um das Tiefwasser der

Deutschen Bucht zu erreichen und zu entkommen. Sie würde noch exakt 3:55:14 min. die Zwillinge sprechen lassen, um im sicheren Bereich der Prognose zu bleiben, und dann abdrehen. Wenn nichts Unvorhergesehenes passierte, hatte die *Rasputin* kein Risiko zu tragen.

Mit der *Broken Heart* verhielt es sich anders. Sie beteiligte sich nicht am Gefecht, obwohl sie sich inzwischen innerhalb der 5-km-Sperrzone um die Arcologie befand und ihre Position dem Gegner bekannt war. Druse hatte den Hovercraft mit einem gefälschten Notpassiercode als Schiff der TITAN AG ausgewiesen, das vor den Piraten auf der Flucht war. Druse hatte sich von seiner Connection den aktuellen Konzernhilfecode geben lassen und ihn modifiziert. Aber der Trick würde nur so lange funktionieren, wie die Alarmstufe Rot bei Proteus galt und deren höchste Priorität alle Detailüberprüfungen blockierte.

Die große Frage blieb, ob alle aus Cuxhaven eintreffenden Schiffe die Verfolgung der *Rasputin* aufnahmen. Falls einer der Kapitäne mißtrauisch wurde und sich für eine Überprüfung des TITAN-Konzernschiffes entschied, blieb Druse nur die Flucht mit ungewissem Ausgang. Gelang Druses Plan, würde er die Sicherheitszone verlassen, außerhalb der Zone kreuzen oder vor der Küste ankern und die Chummer in 120:00:00 min. ab dem Start wieder an Bord nehmen.

Pandur beugte sich über den Lenker des Wamos und wartete auf den Katapultstart. Hinter ihm kauerte Rem und klammerte sich an ihn. Er hatte auf Duster und Südwester verzichtet, war aber immer noch schwer genug. Wamos waren für einen Reiter konstruiert, nicht für zwei. Eine kribblige Sache. Sie riskierten, daß das Gyro die Maschine nicht stabilisieren konnte, wenn die Turbine den Antrieb übernahm. Die Übergangsphase zwischen Katapult- und Düsenschub war stets ein kritischer Moment, auch für einen einzelnen Reiter. Und ein simpler Fahrfehler mochte später dazu führen, daß einer der Stabilisatoren zu tief ins Wasser tauchte und das Wamo unter die Oberfläche zog. Aber Pandur ging das Risiko gerne ein. Den Zwerg als Chummer bei sich zu haben, machte jeden Nachteil beim Fahren wett.

»Start in zwanzig Sekunden«, meldete sich Druses Stimme in Pandurs Helm. Gleichzeitig begannen an der Helmblende die Countdownzahlen zu blinken.

Pandur verriegelte den Helm. Damit sperrte er gleichzeitig die Bierfahne des Zwergs aus. Rems Helmverschluß klickte ebenfalls. Jetzt konnte er das, was ihm aus dem Hals stank, allein genießen. Pandur startete die Turbine und beugte sich noch tiefer. Seine Händen verkrampften sich. Die Maschine vibrierte.

Diese elenden Sekunden vor dem Start! Diese verfluchte Erwartung des Andrucks. Du wolltest das nie mehr erleben, Chummer. Und jetzt drückst du wieder deinen Arsch in diesen verdammten Sattel. Dir ist einfach nicht zu helfen.

Drei ... zwei ... eins ... START!

Eine Faust griff nach ihnen und schleuderte sie von sich. Gleichzeitig detonierte an Deck eine Sprengladung. Druses Werk. Zur Ablenkung.

Das Wamo hüpfte über das Wasser. Die Helmkontrollen tanzten Rock'n'Roll. In Pandurs Ohren fiepte das Warnsignal. Die Maschine hing hinten zu tief im Wasser!

Pandur drehte den Schubregler bis zum Anschlag nach vorn, steuerte mit einer Helmbewegung die Linie des künstlichen Horizonts beinahe ruckhaft nach oben. Entweder würde sich das Wamo jetzt buglastig ins Wasser bohren und überschlagen, oder es überstand die Kurskorrektur. Auf jeden Fall würden sie nicht hinten wegsacken.

Der Turbinenschub ersetzte die Katapultkraft. Das Wamo tauchte ins Wasser ein, pflügte hindurch. Ein

Schwall Wasser schlug gegen die Plexverkleidung. Einen Moment lang sah es so aus, als würden die Wellen über der Maschine zusammenschlagen und sie in die Tiefe ziehen. Dann brach das Wamo den Widerstand des Wassers, kam hoch, ruckelte eine paar Sekunden instabil. Das Gyro stabilisierte die Lage. Die Maschine lag wie ein Brett auf dem Wasser. Der nächtliche Sturm hatte sich gelegt. Ein steifer Wind wehte. Trotzdem gab es kaum Spritzer, als das Wamo die Wellen abritt.

»Geschafft!« schrie Pandur nach hinten. »Jedenfalls fürs erste.«

Der Zwerg krallte sich nur an seinen Schultern fest und sagte kein Wort. Pandur nahm an, daß Rem zum erstenmal auf einem Wamo saß. Gefragt hatte er ihn nicht. Vielleicht täuschte er sich auch. Dem Zwerg war ohne weiteres zuzutrauen, daß er eine Karriere als Seemann hinter sich hatte. Wahrscheinlich als Klabautermann. Aber warum nicht als ein moderner Klabautermann, der das sinkende Schiff auf einem Wamo verließ.

Über ihnen explodierten Blendgranaten, und es regnete Aluminiumschnipsel. Druse. Er wollte den Start des Wamos als Unfall darstellen.

Pandur hörte ihn auf der Notfrequenz.

»TITAN TS-17 an Proteus! Wir wurden von dem Piraten-U-Boot beschossen und mußten einen Treffer hinnehmen. Schaden begrenzt, aber wir haben ein Wamo verloren. Ein Container mit Heizungsisoliermaterial wurde in die Luft gejagt. Die Kerle haben uns mit einer Phosphorgranate beschossen. Das Phosphor klebt jetzt an dem Aluminium. Warnen Sie die Schiffahrt. Ortungsfehler sind möglich. Wir drehen ab und versuchen unser Küstendepot zu erreichen. Wir brauchen keine Hilfe, sondern kommen alleine klar. Ende.«

Es war eine etwas abenteuerliche Geschichte, aber Pandur hoffte, daß Proteus sie schlucken würde. Man hatte im Moment wohl kaum die Zeit, sie näher zu durchleuchten. Wichtig war allein, daß Verwirrung gestiftet und die Ortung durcheinandergebracht wurde. Daß es überhaupt eine Erklärungsmöglichkeit gab, falls man das Wamo entdeckte. Die Drekheads durften sich später dabei denken, was sie wollten. Aber sie mußten daran gehindert werden, sofort zu feuern. In zwei Minuten würden sich Pandur und Rem bereits im toten Winkel der Geschütze befinden.

Pandur benötigte seine volle Konzentration, um das Wamo durch das Wasser zu steuern. Er hielt sich nahe der Küste, was kleinere Wellen bedeutete und die Ortung erschwerte. Er tauschte diesen Vorteil gegen eine Fülle von Hindernissen ein. Das erste, die Reste des Columbus-Centers, in dem der Tungrita-Thing hauste, lag bereits hinter ihm. Aber es ragten tückisch viele Häuserskelette, Kräne, Schiffswracks und Brückenreste aus diesem Teil der Weser hervor. Dort unten lag die versunkene Stadt Bremerhaven.

Er hielt die Geschwindigkeit der Maschine im Optimum: so langsam wie möglich, aber schnell genug, um sie nicht absacken zu lassen. Vor ihm reckte sich der leicht trapezförmig abgestufte Proteus-Turm 1700 Meter in die Höhe. Positionslichter markierten die oberen Stockwerke, Radarsonden kreisten, die Huang-Tuangs UZ-P feuerten noch immer in die See hinaus. Man konnte eine der Plattformen erkennen, die als Helikopterport dienten. Mehrere Maschinen standen dort, aber keine schien startbereit zu sein.

Natürlich würde das Wamo auf einem der Screens zu sehen sein. Sie befanden sich auch längst im Bereich der Vidkameras, und es war inzwischen hell genug, das Wamo auch ohne Nachtsichtfilter und Infrarotlicht zu screenen, bei entsprechendem Zoom so groß, daß man jede Schuppe zwischen den Barthaaren des Zwergs einzeln betrachten konnte. Fragte sich nur, ob sich irgend jemand für diese Bilder interessierte. Und was dieser jemand, wenn es ihn gab, unternehmen würde.

Daß sich ein Objekt ohne Genehmigung der Arcologie näherte, ohne vorher abgeschossen oder abgefangen worden zu sein, stand in keinem Einsatzplan der Konzerngardisten. Trotzdem wäre unter Routinebedingungen in voller Mannschaftsstärke wohl spätestens jetzt ein Schnellboot aus dem Seehafen der Arcologie ausgelaufen, um das Objekt aufzubringen.

Pandur rechnete sich Chancen aus, mit dem schnellen und wendigen Wamo jedem Schnellboot davonzufahren. Er hatte es nicht nötig, diese Chancen zu testen. Proteus schickte ihnen kein Boot entgegen. Pandur hatte nichts dagegen einzuwenden.

Sie ließen die Einfahrt zum Seehafen zur Rechten hinter sich zurück und fuhren an der dem Land zugekehrten, 500 Meter langen Front des Sockels entlang. Eine häßliche graue Betonmauer ragte vor ihnen auf. Die ersten Fenster befanden sich Dutzende von Metern über ihnen und waren aus ihrer Position nicht einmal sichtbar. Sie lagen im ersten nach innen gezogenen Absatz der Pyramide.

Pandur hatte Druses Holokarte genau studiert und konnte sie sich bei Bedarf auf den Screen seines Cyberdecks projizieren. Er wußte, daß es landseitig und stromauf zwei kleinere Einschnitte im Sockel gab, die als Not- und Versorgungshäfen für Boote gedacht waren. Einen davon würden sie ansteuern. Da sich nach der Proteus-Philosophie überhaupt kein feindliches Objekt der Arcologie nähern konnte, war nicht damit zu rechnen, daß die Häfen bewacht wurden. Druse hatte dies aus seiner Erinnerung heraus bestätigt.

Pandur passierte den ersten Einschnitt, entschied sich intuitiv dagegen, erreichte die Kante des Sockels und ließ sich mit der Strömung in den zweiten Einschnitt hineindriften.

»Die Maschine wird gleich absaufen«, rief er nach hinten. »Wir sind zu langsam und zu schwer.«

»Ich bin schon durch Abwässerkanäle geschwommen, in denen sich mehr Scheiße und Ratten als Wasser befanden«, erwiderte der Zwerg. »Also werd' ich diese Brühe auch überstehen. Außerdem hilft sie mir, nüchtern zu werden.«

Sie fuhren einen schmalen Kanal hinauf, eine Art Hohlweg, der in das Fundament geschnitten war. Noch konnte Pandur das Wamo halten, aber die Stabilisatoren und das Heck tauchten schon beängstigend tief ins Wasser.

Vor ihnen erweiterte sich der Kanal zu einem Binnensee, einer in düsterer Sparbeleuchtung daliegenden Halle mit mehreren Kais. Zwei olivgrüne Boote mit Außenbordmotor und ein ehemals weißer, inzwischen rostiger Kutter lagen an zwei der Kais vertäut.

»Kein Arschloch zu sehen«, brummte der Zwerg. »Bisher verläuft alles nach Plan.«

»Und für die Rückfahrt können wir uns das Boot sogar aussuchen«, sagte Pandur zufrieden.

Er gab etwas mehr Druck auf die Düsen, aber es half nichts mehr. Das Heck sackte weg.

»Achtung, wir saufen ab!« rief er.

Rem ließ Pandurs Schultern los und platschte ins Wasser. Dann stieß sich auch Pandur von dem sinkenden Wamo ab und schwamm neben dem Zwerg auf den nächsten Kai zu.

Du müßtest eigentlich eine Prämie vom Bremer Vulcan bekommen, Chummer. Weil du den Absatz von Lloyd-Wamos ankurbelst. Das ist schon die zweite Maschine, die du versenkt hast. Drek, es soll auch die gottverdammt letzte sein! Schnauze voll von diesen Dingern!

Eine Treppe führte von der Wasserlinie zum Kai. Die Männer stiegen hinauf und schüttelten sich das schmutzige Wasser aus den Kleidern. Mehr konnten sie im Moment nicht tun. Es war warm in der Arcologie. Die Kleider würden schnell am Körper trocknen. Den Gestank würden sie eine Weile ertragen müssen. Sie würden es aushalten. Seit der Reise mit dem Ghul kam Pandur selbst der derbste Kloakengeruch wie ein kostbarer Designerduft vor.

Pandur und Rem verstauten die Helme in einem der Boote, damit sie einem zufälligen Besucher nicht gleich ins Auge fielen. Sie nahmen die Waffen und das Cyberdeck aus den wasserdichten Beuteln und überprüften die Funktionen.

Pandur deutete auf einen der zwei Meter breiten und drei Meter hohen Straßentunnel, die in das Innere der Arcologie führten. »Den nehmen wir. Nach zehn Metern müßten wir auf eine Lagerhalle stoßen. In einem der Nebenräume gibt es einen Computer.«

»Proteus is' eine einzige herbe Enttäuschung«, sagte der Zwerg und grinste. »Dem Ruf zufolge, den die Arcologie hat, müßten uns längst aus zwanzig Selbstschußanlagen die Kugeln in die Fresse fliegen. Aber offenbar ballern die nur auf alles, was sich draußen bewegt, und lassen drinnen die Mäuse auf'm Tisch tanzen.«

»Abwarten«, sagte Pandur, nahm seinen Colt Manhunter in die Faust und trabte los. Er glaubte nicht daran, daß es so einfach sein würde, ins Proteusnetz zu steigen.

Du hättest es wirklich mal verdient, ein Ziel auf einfache Art zu erreichen, Chummer. Wie es Leuten widerfährt, die nicht Bad Luck Walez heißen. Einfach hingehen, etwas tun, was getan werden muß, und sich hinterher gut fühlen. Ohne daß dir ein Haufen von schießwütigen Drekheads den Arsch aus der Hose ballern will.

Pandur konnte sich so etwas Simples schon gar nicht mehr vorstellen. Er rechnete mit allem. Daß dieser beschissene Turm in sich zusammenfiel. Daß eine Laserfalle jeden Eindringling, der größer als achtzig Zentimeter war, auf genau dieses Maß zusammenstutzte.

Daß der Hafen abgeriegelt und dann geflutet wurde. Daß Flutlichtstrahler aufflammten und die Graue Eminenz höchstpersönlich mit einem Dickmuni spuckenden Panzer hereinfuhr. Daß sich der Gang als magische Illusion erwies, die eine höchst realistisch reagierende Säuregrube verdeckte. Daß in der Lagerhalle Ricul, Boris, Steamhammer und der Butcher warteten und einen festlichen Begrüßungs-Choral anstimmten, eine Art Eigenkomposition, unterlegt mit einem schicken Trommelwirbel für vier Maschinenpistolen.

Nichts dergleichen geschah. Der Tunnel erwies sich als solide und obendrein wie ausgestorben daliegende Gasse und führte in genau jene Lagerhalle, die Pandur erwartete. Es war gerade so, als würden die Runner nicht durch die Wirklichkeit, sondern durch die virtuelle Realität des Holos stiefeln, das Pandur vor dem Wamo-Ritt studiert hatte.

Bis auf einen zusammengekehrten Haufen Müll, der hauptsächlich aus Scherben, ramponierten oder zerbrochenen Möbelstücken sowie aus Resten von Verpackungsmaterial bestand, war die Halle leer. Der nächste Raum. Leer. Der übernächste Raum. Leer.

Der Raum, in dem sich der Computer befinden sollte.

Leer.

Die Konsole gab es noch. Ein eingeknicktes Stahlregal war ebenfalls zurückgeblieben. Die Steckdose gab es noch. Die Datenbuchse auch.

Pandur stürzte zu der Buchse, verstöpselte sich mit der Buchse und seinem Cyberdeck.

Nichts. Keine Matrix.

Pandur hatte es schon geahnt. »Die Datenleitung ist unterbrochen.«

»Ihr verdammten Wichser!« machte Rem seinem Zorn Luft. »Das is' doch keine Art, sich mit Sack und Pack davonzumachen und obendrein die Leitungen zu kappen, nur weil 'n neuer Besitzer kommt!«

Du hast es gewußt, Chummer. So einfach läuft das nicht. Nicht bei Bad Luck Walez!

»Weiter!« sagte Pandur.

Sie passierten Dutzende von Räumen. Jeder einzelne wies Spuren früherer Nutzung auf. Und jeder einzelne war bis auf diesen oder jenen wertlosen Müll absolut leer.

Wieder ein Raum, in dem eigentlich ein Computer stehen sollte. Leer. Datenleitung tot.

»Es reicht!« sagte der Zwerg und deutete auf den Aufzug. »Wir fahren zur ersten Büroebene.«

Pandur nickte. Hier unten weiterzumachen, hatte keinen Zweck. Druse hatte sie davor gewarnt, nach oben zu fahren. Sie würden unweigerlich Konzerngardisten in die Arme laufen. Aber wenn ein Steckkontakt mit einem Computer und Konzerngardisten zusammengehörten, dann mußten sie wohl oder übel die Gardisten in Kauf nehmen.

Sie erreichten die Büroebene ohne Zwischenfall. Hier sah es freundlicher und sauberer aus. Unten hatte man keine Farbe verschwendet. Hier gab es pastellgetönte Wände und indirekte Beleuchtung, gelegentlich einen Blick aus einem Panoramafenster. Sah alles so aus, wie es aussehen mußte, damit Sararimänner in der Lage waren, dem Konzern ein Maximum ihrer Arbeitskraft zu widmen. Der Rahmen stimmte. Der Rest fehlte. Alle Räume waren leergeräumt. Man sah noch die Druckstellen auf den Teppichböden, wo die schweren Schreibtische gestanden hatten. Und es gab Datenbuchsen. Jede Menge. Tote Leitungen.

Pandur wollte nicht aufgeben. Er zählte die Räume nicht mehr und achtete nicht mehr auf Besonderheiten wie Druckstellen, zerbrochene Möbelstücke, zurückgelassene Kleiderhaken und Kaffeebecher ohne Henkel. Nur am Rande registrierte er Großraumbüros, mittelgroße Räume, Vorzimmer, Chefzimmer, Panoramafenster, kleinere Fenster. Er fühlte sich in eine kafkaeske

Welt versetzt. Als hätte man hier ein Heer von Bürokraten dabei ertappt, daß sie nichts anderes als nur sich selbst verwalteten, und das ganze Nest kurzerhand ausgehoben.

Wie unter einem manischen Zwang stehend, prüfte er jede Datenbuchse, die er finden konnte.

Sie können nicht ganze Stockwerke so einfach vom Netz nehmen. Es muß aktive Komleitungen geben, Leitungen, die zu den Terminals der Versorgungsanlagen führen. Du bist einfach nur zu blöde, sie zu finden, Chummer!

»Schluß!« sagte er schließlich. »Hier finden wir nichts.«

Er rief sich das Holo auf den Screen des Cyberdecks. »Scheiße! Über uns liegen Unterkünfte der Konzerngardisten. Darüber Produktionsstätten. Druse hat keine Computer mehr markiert.«

»Die Produktionsanlagen«, sagte Rem. »Die konnten sie nich' so mir nichts dir nichts in wenigen Tagen demontieren. Dort finden wir Computer!«

»Druse sagt, die Produktion wird scharf überwacht«, widersprach Pandur. »Jede Menge Vidkameras. Fiese Alarmsysteme, die auf jede autorisierte Inbetriebnahme reagieren. Vergiß es.«

Er schaute auf sein Multi-Armband. »Uns läuft die Zeit davon. Wir haben schon eine Stunde verplempert.«

»Dann fahren wir eben in die nächste Büroebene! Oder gleich zum Kopterport. Wenn es dort keinen funktionierenden Computer gibt, kippe ich mein nächstes Bier mitsamt der Dose runter.«

»Es wird kein nächstes Bier für dich geben, wenn wir so hoch nach oben fahren«, sagte Pandur. »Wenn wir von dort überhaupt wieder runterkommen, dann als Leichen im Lastenaufzug.«

»Was dann, du Neunmalkluger?«

Pandur faßte einen Entschluß. »Wir fahren nach unten!«

»Da kommen wir doch her, du Depp! Da gibt es kein gottverdammtes Interface!«

»Ganz nach unten«, sagte Pandur und schritt energisch auf den nächsten Aufzug zu. »Tiefer in den Sockel hinein. Unter dem Wasserspiegel liegt der Labortrakt!«

Rem beeilte sich, Pandur in den Aufzug zu folgen. Er rülpste, und im Nu roch es in der Kabine wie in einer Kneipe. Pandur betätigte den Sensor. Der Aufzug setzte sich zur untersten Ebene in Bewegung. Pandur war heilfroh, daß sich der Aufzug ohne Mag- oder ID-Cards bedienen ließ. Ein weiterer Hinweis darauf, wie sehr Proteus darauf setzte, daß niemand in die abgeschottete Welt der Arcologie eindrang.

Hat alles zwei Seiten, Chummer. Du hättest es zur Not geschafft, das Schloß zu knacken. Mit Rems Laseraxt wären wir an das Datenkabel herangekommen. Das hätte der Einstieg ins Netz sein können. Aber dieser verdammte Lift scheint vom Netz unabhängig zu sein.

»Mir hätte nach dem Mißerfolg auf der Lagerebene gleich der Labortrakt einfallen sollen«, sagte Pandur.

»Ich wette meinen Arsch darauf, daß das Labor besser bewacht wird als der Kopterport«, murrte der Zwerg.

»Behalte ihn«, sagte Pandur. »Ich hab' schon einen.«

Der Aufzug hielt in der zweiten Subebene. Es gab noch zwei weitere Ebenen darunter, aber nach Pandurs Erinnerung handelte es sich dabei um die Wärmestation und die Wasserversorgung der Arcologie, passierbar nur für Serviceroboter und für Handwerker, die die richtigen Passiercodes besaßen und sich dort unten auskannten. Nur wenn gar nichts anderes half, konnten sie versuchen, eines der Lesegeräte aufzubrechen, um an eine Datenleitung heranzukommen. Was ohne Frage einen Alarm auslösen würde.

Sie standen in einer Vorhalle, die so düster beleuchtet war wie die verwaisten oberen Stockwerke. Es gab einen Unterschied. Als sie aus dem Lift traten, registrierten Sensoren die Bewegung und steuerten den Helligkeitsgrad der Leuchtkörper hoch. Von der Halle führten links, rechts und geradeaus Pendeltüren in verschiedene Bereiche des Laborkomplexes.

»Geradeaus liegen die Labors, die Druse erwähnt hat«, sagte Pandur.

»Wann hat Druse irgendwelche verschissenen Labors erwähnt?«

»Als du mit der Besatzung am Saufen warst.«

»Ach so, ich dachte schon, ich würde vergeßlich.«

Pandur umklammerte seinen Colt Manhunter, der Zwerg hielt seine MP-5 schußbereit. Sie passierten die Pendeltür und schritten einen Korridor entlang. Ausgestorben. Keine Sararimänner, keine Konzerncops. Keine Geräusche, wenn man vom monotonen Summen einzelner Leuchtstoffröhren und ihren eigenen Schritten absah.

»Es stinkt«, merkte der Zwerg an. »Bist du sicher, daß es hier zu den Labors geht? Dem Geruch nach landet hier das, was oben in den Scheißhäusern produziert wird.«

»Versuchstiere«, sagte Pandur.

Rem schnupperte. »Tote Versuchstiere. Hier würde es unserem Ghul gefallen.«

Pandur mußte dem Zwerg recht geben. Es roch nicht nur nach Kot, sondern auch nach Verwesung. Er griff sich sein Medpack und legte einen Mundschutz an. »Solltest du auch tun.«

»Pah, ich bin immun. Im Lumpenloch von Zombietown riecht es auch nich' gerade nach Kölnisch Wasser.«

Eine weitere Pendeltür führte in eine mindestens 1.500 Quadratmeter große Halle. Links und rechts von breiten Längs- und Quergängen befanden sich endlose Käfigreihen, einige mit Gitterstäben, die meisten mit feinmaschigen Metallfolien abgesperrt. Es war totenstill. Zu still für lebendige Tiere.

»Keine Zoobesichtigung.« Pandur stoppte den Zwerg, der sich quer durch die Halle bewegen wollte. »Die Räume des Laborleiters. Nach links. Und Tempo.«

Sie trabten los. Pandur warf einen flüchtigen Blick in die Käfige zu beiden Seiten des Ganges. Fast alle waren leer. Offenbar hatte man die Tiere evakuiert. In einigen wenigen lagen Kadaver von Mäusen, Ratten und Kaninchen. Wahrscheinlich traute man den neuen Herren Kompetenz im Umgang mit Leichen zu.

»So stinkst du auch, Alter, wenn du den Arsch zugekniffen hast«, kommentierte Rem. »Schnupper schon mal. Später hast du keine Gelegenheit mehr dazu.«

»Ich kenne Leute, die stinken schon zu Lebzeiten so.«

»He, Chummer, du meinst doch hoffentlich nich' mich!«

»Riecht es hier etwa nach Bier? Ich dachte eigentlich mehr an den Ghul. Und an eine Messerklaue namens Steamhammer.«

Die Tür zu den Laborräumen stand offen.

»Scheiße!« fluchte Pandur, als er die verwaisten Konsolen sah, auf denen sich Apparaturen befunden hatten.

Der Zwerg rannte in den nächsten Raum. »He, Chummer, wir haben Glück! Hier steht noch einiges rum.«

Pandur eilte zu ihm. Offenbar hatte man erst einen Teil der Laboreinrichtung abtransportiert. Diesen Raum hatte man nur zur Hälfte ausgeräumt. Vielleicht reichten die Transportkapazitäten für den Rest nicht mehr aus. Einen Computer sah Pandur nicht.

Pandur rief sich das Holo ins Gedächtnis zurück. Er stürmte in den letzten der dahinter liegenden Räume. Das Heiligtum des Laborleiters.

Der Raum wirkte unberührt. Unaufgeräumter Schreibtisch mit Dutzenden von verstreuten Zetteln, Schreibstiften, VidChips, Pinzetten, Objektträgern, sogar einem uralten, aufgeschlagenen Buch. Es sah aus, als sei der Benutzer all dieser Dinge nur mal kurz aus dem Zimmer gegangen.

Auf dem Schreibtisch stand noch etwas. Ein PC. Vernetzt.

Pandur verlor weder Zeit noch Worte. Er setzte sich auf den Stuhl vor dem Schreibtisch, nahm Cyberdeck und Glasfaserkabel zur Hand, stöpselte sich in den I/O-Port ein, spürte die Aktivität des Proteusnetzes und sprang hinein.

Er jagte durch den Lichttunnel, wurde zusammengepreßt und ausgespien. Seine Finger flogen bereits über die Tastatur, luden Maskenutilities hoch. Nicht zur Tarnung. Gegen alle Vernunft wollte er Flagge zeigen. Falls sich die Graue Eminenz im Netz herumtrieb oder ein von ihr eingeweihter Decker zugegen war, sollten sie sehen, welche Laus ihnen in den Pelz gekrochen war. Er zeigte sich so, wie er sich im Jacobinetz präsentiert hatte, als Thor Walez in Gestalt eines alten Indianers.

Scheiß auf das Versteckspielen. Thor Walez ist hier. Bad Luck Walez, wie manche ihn nennen. Weil ihr mit ihm machen könnt, was ihr wollt, weil er alles hinnehmen muß. Aber das ist nun vorbei, ihr Drekheads!

Der PC des Labordocs präsentierte sich als wabenförmiges Tor. Von dieser SPU erhoffte sich Pandur am meisten. Aber zunächst wollte er sich umsehen.

Das Netz von Proteus Bremerhaven präsentierte sich so desolat wie all die leeren Räume, die Pandur in der Arcologie zu Gesicht bekommen hatte. Irgendwo in der Ferne glühte die fette, rote CPU. Es gab ein paar Dutzend kleinerer Sonnen, SPUs wie der PC im Labor. Viel zu wenige für ein so gigantisches Gebäude. Die meisten Lichtpunkte bestanden aus schwach glimmenden Slave Modules. Einige wenige Datenströme pulsierten zwischen den SPUs und der CPU, aber die meisten Ströme waren nur schmale Rinnsale. Automatischer Abgleich von Daten. Routinefunktionen. Kontrollabfragen an die Slave Modules. Der breiteste Strom floß zwischen der CPU und einer SPU, die unschwer als Gefechtscomputer zu identifizieren war.

Es dominierten Dunkelsterne, Schwarze Löcher. Tote Anschlüsse, vom Netz genommene Computer, abgekoppelte Datenleitungen. Das Proteusnetz erinnerte an eine Galaxis, die dem Ende entgegendämmerte.

Pandur ließ sich von dem Datenstrom zwischen dem Labor-PC und der CPU davontragen, glitt aber aus dem Lichttunnel heraus, bevor die CPU erreicht war. Er betrachtete die CPU.

O ja. IC, dickes, fettes IC. Barrieren-IC. Zunächst einmal. Dahinter lauerte mehr. Er konnte es nicht genau erkennen, aber er war sicher, daß Schwarzes Ice auf der Lauer lag. Killer Ice. Die CPU einer Arcologie zu zerstören, mußte der Traum eines jeden Terroristen sein. Dies hieße, der Arcologie das Lebenslicht auszublasen.

Aber gewiß doch. Ihr werdet diese dicke, fette Sonne in Ice eingewickelt haben, werdet sie schützen wie euren Augapfel. Egal wie sehr ihr euch eurer Sache sicher zu sein glaubt, daß niemand die Sicherheitszone passieren und in die Pyramide eindringen kann. Ihr müßt damit rechnen, daß einer der Hirnies, deren Ärsche ihr aus aller Welt auf eure Bürostühle verpflanzt, von GreenWar oder wem auch immer geschickt wurde.

Chummer, laß die Finger von der CPU!

Pandur dachte nach. Er überprüfte einige der toten Sonnen. Es waren SPUs. Warum wirkten sie wie tot? Sie befanden sich am Netz. Aber sie waren inaktiv. Er sprang in eine der Waben. Ein leerer Raum. Keine Betriebsprogramme. Keine Datenspeicher.

Sie lassen die Computer für die AG Chemie zurück. Aber sie haben die Speicherchips herausgenommen! Sogar die Arbeitsspeicher fehlen.

Pandur checkte der Reihe nach die aktiven SPUs durch. Den Gefechtscomputer schenkte er sich. Von dem wollte er nichts. Er ließ sich mit einem spärlichen Datenstrom in die nächste SPU treiben. Kein Ice. Er sprang in den Speicher. Lud seine Utilities hoch. Stichproben. Uninteressant. Was die Sararimänner so absonderten. Wichtig vielleicht für Proteus. Müll für Pandur.

Die nächste SPU. Datenmüll.

Noch eine. Datenmüll.

Chummer, so kommst du nicht weiter! Entweder du kopierst das ganze Zeug und suchst die nächsten zwei Jahre in diesem Müll herum. Oder du gehst zu diesem Laborcomputer und nimmst mit, was dort zu holen ist.

Zum erstenmal wurde ihm bewußt, daß er sich selbst etwas vorgemacht hatte. Es mochte in diesem Datenwust die verräterischen Reiseabrechnungen geben, die zur Grauen Eminenz führten. Aber es war die Suche nach der berühmten Nadel im Heuhaufen. Sein Cyberdeck half ihm bei dieser Aufgabe herzlich wenig. Er stand so klein und machtlos davor wie ein Rechnungsprüfer, der weiß, daß irgendwo zehn Ecu falsch abgebucht wurden, und nun herausfinden soll, in welcher der drei Millionen Rechnungen und Gutschriften dies passiert ist.

Pandur gab nicht auf. Kleine Chancen sind auch Chancen. Aber er durfte sich nicht verzetteln. Er prüfte jede der verbliebenen SPUs mit einem Rasterutility. Durch repräsentative Stichproben ordnete er jede der SPUs einer Adresse zu. Alles, was für simple Verwaltungsarbeiten von Sararimännern ausgelegt war, schied aus. Nur die Computer von Abteilungsleitern oder Execs kamen für eine nähere Überprüfung in Frage.

Ausbeute: 0,0 %. Die hochrangigen Drekheads hatten sich längst abgesetzt und ihre Datenspeicher mitgenommen.

Mehr aus Frust durchsuchte er zwei der schon aussortierten SPUs etwas genauer. Der eine gehörte zu einer Abteilung, die sich mit Kostenrechnung beschäftigte. Korinthenkackerei. Aber vielleicht ließ sich den Daten etwas entnehmen. Immerhin waren einige Aufstellungen kommentiert. Eine unvermutete Kostenexplosion beim Bau des Arcostumpfes Helgoland wurde beklagt. Nun ja.

Blöder Sararimann, was kümmert es dich? Ist doch nicht dein Geld, das dort verpulvert wird!

Pandur entschloß sich, die Qualen des Sararimannes zu würdigen und einige der Dateien zu kopieren. Die andere irgendwie bemerkenswerte SPU gehörte den Konzerngardisten. Die Einsatzdaten der Cops würden Druse vielleicht interessieren. Egal, was unter den neuen Besitzverhältnissen für die Zukunft daraus abzulesen war. Pandur kopierte auch diese Dateien.

So ka, Chummer. Du hast es wenigstens versucht. Jetzt bleibt dir nur noch der Computer des verrückten Labordocs. Wenn der nichts zu bieten hat, mußt du eine Armee anheuern und Cuxhaven sturmreif schießen. Ach Scheiße, vergiß es!

Pandur war nicht scharf auf Schwarzes Ice und andere fiese Überraschungen in der Matrix. Er wußte, wo er seinen Horrorkick bekommen konnte, wenn er meinte, darauf nicht verzichten zu können. Er mußte nur der CPU einen Besuch abstatten. Was er nicht vorhatte. Und doch stellte sich bei ihm eine gewisse Enttäuschung ein, die Enttäuschung des Deckers, der sich vom Gegner mißachtet sieht. Er dachte an Krumpf alias Vladek alias Jacobi, diesen genialen Lumpen.

Ein Arschloch von der tierisch schmutzigen Sorte. Aber der Kerl hatte Ideen. Er liebte die Matrix. Tanzende Ledermäntel über SPU-Knoten … He, Chummer, das ist Kunst.

L'arte pour l'arte. Alles was recht ist. Dagegen ist das Proteusnetz nichts weiter als gequirlte Kacke. Langweilig.

Er stieg in den Laborcomputer ein. Auch hier von Ice keine Spur. Hatte er auch nicht erwartet.

Mal sehen, was Doc Frankensteins Extrahirn für dich hat, Chummer. Wenn es stimmt, was Druse behauptet, hat der Drek sogar seine Fürze elektronisch gespeichert.

Pandur prüfte die Datenblöcke. Er hatte damit gerechnet, die perversen Schnibbeleien des Dreks an mißbrauchten Tieren in allen Einzelheiten dokumentiert zu bekommen. Er bekam sie. Zusammen mit Tausenden von Fotos der Opfer. Abartig. Daneben hatte der Doc Dutzende von SimSinn-Pornos der allerhärtesten Sorte in seinem PC gebunkert. Illegales Zeug aus dem Untergrund. Aber zum Glück interessierte er sich auch noch für ein paar andere Sachen.

Was die Pornos nicht geschafft hatten, bewirkten diese Daten. Pandur wurde heiß.

Dateien in chinesischer Schrift. Zum Glück mit angehängten Übersetzungen. Es ging um genetische Versuche mit dem Ziel, optimale Wetware-Voraussetzungen für den Einsatz von Cyberware zu schaffen. Ergebnis: Die Versuchspersonen starben an Organversagen, Gehirnfehlfunktionen oder frühzeitiger Vergreisung.

Weitere chinesische Dateien. Protokolle über Versuche, geklonte Gehirnzellen von magisch talentierten Personen auf Personen zu übertragen, die keine magischen Talente besaßen. Ergebnis: Die Versuchspersonen wurden irre, erlitten progressiven Zellverfall, vergreisten.

Ein Dossier von niemand anderem als Dr. Gregor Krumpf. Thema: Cyberware für Magier. Doc Frankensteins Anmerkung: »Versuche in dieser Richtung erscheinen riskant, aber vielversprechend.«

Ein Gedächtnisprotokoll über eine Unterredung mit Zukowsky. »KDir Z. untersagte neue Versuchsreihe unter Hinweis auf eine geplante Zusammenarbeit mit anderen Firmen, die an ähnlichen Projekten arbeiten. Meine Bitte, diese Versuche leiten zu dürfen, wurde abgelehnt. KDir Z. wörtlich: ›Ich brauche Sie hier, Dr. Strehlnitz, und nicht in Afrika.‹

Das ist dem Drekhead wie Öl runtergegangen!

Ein weiteres Gedächtnisprotokoll über eine Besprechung mit Zukowsky: »Sprach KDir Z. noch einmal auf die Versuche der GENERA an. KDir Z. wörtlich: ›Sie werden schneller wieder damit befaßt sein, als Sie denken, Dr. Strehlnitz. Rechnen Sie damit, daß wir MCT und die AG Chemie früher oder später ausbooten. Dann wird Ihnen die GENERA-Abteilung unterstellt.‹«

Die Strategie von Proteus wird immer deutlicher. Man wollte sich die Forschungsergebnisse der Konkurrenten sichern, sie an eigenen Entwicklungen hindern. Den Daumen draufhalten. Und im geeigneten Moment die anderen Konzerne ausschalten. Bei MCT scheint die Rechnung aufgegangen zu sein. Bei der AG Chemie ging es vermutlich in die Hose.

Pandur suchte weiter, aber alle anderen Dateien erwiesen sich für ihn als Müll.

Zukowsky war in die Pläne der Grauen Eminenz eingeweiht. Täuscht Druse sich? Ist Zukowsky mehr als ein Exec? Ist am Ende Zukowsky die Graue Eminenz?

Nein! Pandur verließ sich auf seine Intuition. Dieser Drekhead war damit ausgelastet, sich um die alltäglichen Geschäfte des Konzerns zu kümmern. Laut Druse war Zukowsky ein Arschloch, aber kein Supermann.

Vor allen Dingen ist er weder ein Decker noch ein Magier. Aber die Graue Eminenz muß ein ungemein fähiger Magier sein. Zukowsky geilt sich daran auf, Mitarbeiter zusammen-

zuscheißen. Vermutlich ist direkt ausgeübte Macht über andere die Erfüllung seiner Träume. Für jemanden, der ein Firmenimperium dirigiert und dem obendrein der Astralraum offensteht, wäre das ein verdammt armseliges Hobby!

Pandur kopierte die interessantesten Daten und soviel von dem wissenschaftlichen Müll, wie in seine Chips hineinpaßte. Sollten sich andere damit herumschlagen. Vielleicht genügte das Zeug dem Klabauterbund oder GreenWar, um öffentlich zu beweisen, daß Proteus, MCT und die AG Chemie tief in die GENERA-Affäre verwickelt waren. Es würde Proteus nicht stoppen, MCT nicht stoppen und erst recht nicht die AG Chemie. Aber es mochte ausreichen, um den Drekheads Knüppel zwischen die Beine zu werfen.

Pandur zog das Stirnkabel ab und schloß kurz die Augen, um den Rückkehrschock zu verringern. Er brauchte eine Weile, den Sprung aus dem virtuellen Raum in die Realität zu verarbeiten. Er würde sich nie daran gewöhnen können.

Brisantes Zeug, Chummer. Aber nichts, was wirklich neu wäre. Shit. Du wolltest nicht wissen, welchen Drek sich Doc Frankenstein und die anderen Hirnies aus der Birne gedrückt haben. Du wolltest wissen, wer hinter Proteus steht. Und das hast du nicht rausgekriegt! Die ganze Mission war für die Katz.

Jemand zupfte ihn am Ärmel, und Pandur schlug die Augen auf.

»Komm mit!« sagte der Zwerg.

Pandur begann mechanisch damit, sein Cyberdeck zu verstauen.

»Komm mit, verdammt noch mal!« schrie ihn Rem an und zerrte ihn aus dem Stuhl hoch. »Setz deinen verschissenen Arsch in Bewegung und schau dir an, worauf ich nebenan gestoßen bin!«

Pandur erhob sich unwillig. Seine Knie fühlten sich noch etwas weich an, aber das Gefühl der Unwirklichkeit ließ schnell nach. »Willst du gar nicht wissen, worauf *ich* gestoßen bin?«

»Hast du die Graue Eminenz am Haken?«

»Nein.«

»Dachte ich mir«, brummte Rem. »Erzähl mir den Rest bei Gelegenheit. Für den Moment ist das wichtiger, was ich für dich habe.«

Rem führte ihn in das halb ausgeräumte Labor und dann nach links in einen Bereich, den Pandur noch nicht zu Gesicht bekommen hatte. Der Zwerg öffnete eine Tür, die nur angelehnt war. Im Hintergrund waren Käfige mit massiven Gitterstäben zu erkennen.

Pandur prallte zurück. Vor ihm lag ein Toter. Er wäre fast über ihn gestolpert. Ein älterer Mann in einem weißen Kittel. Graues Haar, Stirnglatze, gebrochene Augen. Kopf und Schultern bildeten einen unnatürlichen Winkel. Genickbruch. Der Kerl lag auf dem Rücken, und sein schiefer Kopf starrte die Decke an, immer nur den gleichen Fleck, als gäbe es dort etwas Interessantes zu sehen. Ein Porno-Trideo zum Beispiel.

»Ist das unser Doc Frankenstein?« fragte Pandur. »Das würde erklären, warum er die Kurve nicht mehr gekriegt hat. Frankenstein hieß übrigens Strehlnitz, falls es dich interessiert.«

Pandur spürte keine große Betroffenheit. Er hatte nicht den Eindruck, daß dieser Kerl der Menschheit mit seinen Tierschlitzereien einen großen Dienst erwiesen hatte.

Rem machte eine abfällige Handbewegung. »Guck dir nicht den an. Der stinkt nur still vor sich hin.« Er stieg über den Toten hinweg und zerrte Pandur zu den Käfigen. »Da! Diese kalten Kameraden sollst du dir ansehen!«

Im ersten Käfig lagen zwei blutverschmierte Leichen. Menschen? Metamenschen? Menschenaffen?

»In den anderen Käfigen sind noch mehr«, sagte

Rem. »Insgesamt sechs. Alle erschossen. Fällt dir an ihnen was auf?«

Pandur trat näher heran. Die toten Gesichter von Greisen starrten ihn an. Unglaublich alte, runzlige, verhutzelte Gesichter. Dunkelhäutige Menschengesichter. Und zugleich schienen es Tiere zu sein. Große, spitze Ohren und eine vorgewölbte Schnauze, wie bei Schäferhunden. Die untersetzten Körper der Leichen waren unbekleidet und dicht behaart. »Was zum Teufel sind das für Wesen?«

»Wolfsmenschen, würd' ich sagen«, sagte der Zwerg. »'ne neue Spezies aus der Retorte. Designermenschen von unserm guten alten Doc Frankenstein. Willst du nachsehen, ob er ihnen sein Monogramm eingeritzt hat?«

»Sie sehen so verdammt uralt aus.«

»Aber sie sind nicht an Altersschwäche gestorben, Chummer. Ich nehm' an, unser Doc hat sie höchstpersönlich gegeekt. Ich frag' mich nur, wo er die Knarre gelassen hat.«

»Aber warum hat der Drekhead das getan?«

Rem zuckte die Achseln. »Vielleicht durfte er sein Spielzeug nich' mitnehmen.«

»Erzähl mir nicht, daß er anschließend auf einer Bananenschale ausgerutscht ist und sich das Genick gebrochen hat.«

»Kaum«, erwiderte Rem. »Schau dir mal den letzten Käfig an.«

Pandur ging hin. »Und? Der Käfig ist leer.«

»Eben. Und die Tür steht offen.«

»Willst du damit sagen ...«, begann Pandur. Er verstummte, obwohl es nicht seine Absicht gewesen war, die Frage schicksalsschwer im Raum hängen zu lassen.

Aus der Halle kam ein leises Klirren. Als habe jemand unabsichtlich mit einem Gegenstand aus Metall einen Gitterstab aus Metall gestreift.

Die Runner wirbelten herum. Griffen ihre Waffen.

Eilten lautlos durch den Labortrakt. Pirschten sich zum Eingang der Halle. Duckten sich. Sprangen mit schußbereiten Waffen durch die Tür in die Halle. Die Mündungen zuckten nach links, nach rechts, geradeaus.

Nichts.

Auf keinem der Gänge bewegte sich etwas.

Plötzlich registrierte Pandur aus den Augenwinkeln einen Lichtblitz und warf sich zur Seite. Ein waberndes Manageschoß streifte seine Schulter und explodierte an der Stelle, wo sich eben noch sein Kopf befunden hatte.

Er sah, daß Rem sich zur anderen Seite warf. Zwei Schüsse peitschten. Eine Kugel bohrte sich knapp neben Rems Kopf in den Betonfußboden. Um ein Haar wäre es fatal für ihn ausgegangen. Die andere Kugel traf einen der Käfige und zerfetzte eine Gitterfolie.

Pandur robbte einen halben Meter und preßte seinen Körper in den Spalt zwischen zwei Käfigen. Er reckte den Colt Manhunter vor und suchte sein Ziel. Er konnte den Gegner noch immer nicht ausmachen.

Rem sprang auf und feuerte aus seiner MP-5 schräg nach oben, als wollte er den Putz der Hallendecke prüfen. Im ersten Moment dachte Pandur, der unbekannte Gegner hätte den Chummer erwischt, und die MP-Garbe sei ein letzter, im Fallen abgesandter Abschiedsgruß. Aber der Zwerg brach nicht zusammen, sondern feuerte noch einmal nach oben.

Ein schwerer Körper fiel von einem der Käfige herab und knallte zu Boden. Regungslos blieb er mitten im Gang liegen. Der Zwerg hatte sein Ziel gefunden. Er eilte auf den Gegner zu und trat die Waffe zur Seite. Das Sturmgewehr landete scheppernd vor einer Käfigfront.

»Der verdammte Drekhead hat auf'm Käfig gesessen und auf uns gelauert!« fluchte Rem.

Pandur trat zu ihm und schaute auf die Leiche hinab. Sie lag auf dem Gesicht. Der Körper war dicht behaart.

»Noch einer von denen«, sagte er.

»Der Bewohner des letzten Käfigs«, ergänzte Rem. Er beugte sich zu der Leiche hinab, drehte sie auf den Rücken und sprach zu ihr. »Verdammt, wir hätten Chummer werden können! Du hast den Doc erledigt, und das war 'n verdammt guter Anfang. Das war absolut senkrecht, Chummer! Du hast mir Arbeit abgenommen. Aber der Rest war leider keine so gute Idee.«

»Rem!« Pandur deutete auf das Gesicht des toten Wesens. »Er war noch jung. Nicht so ein Greis wie die anderen.«

Als wollte ihn der Tote Lügen strafen, begann sich das starre Gesicht rapide zu verändern. Tiefe Falten und Runzeln bildeten sich. Das Gesicht vergreiste. Nach einer halben Minute sah es so alt aus wie das seiner Artgenossen.

Die Runner hatten einfach nur dagestanden und zugeschaut.

»So ka«, sagte der Zwerg und wandte sich ab. Seine Stimme klang heiser. »Progressive Vergreisung. Wie bei Pola. Nur viel schneller, wie im Zeitraffer. Gene, die ausflippen. Sag nichts. Ich kann mir schon denken, woran die in dieser Stinkbude gebastelt haben.«

Pandur ließ ihm einen Moment Zeit, die Erinnerung an Pola zurückzudrängen.

»Du hast es gewußt, nicht? Du hattest deine eigenen Gründe, bei Proteus einzusteigen.« Leise fuhr er fort. »Ist Pola aus einem Proteus-Labor geflüchtet?«

»Quatsch, Chummer«, erwiderte Rem mit rauher Stimme. »Proteus gab es damals noch nich'. Wohl aber dieses Arschloch von 'nem Strehlnitz. Er hat schon damals mit Menschen rumexperimentiert. Ja, du hast recht. Er war für Pola verantwortlich, und ich hab' rausgekriegt, daß er für Proteus arbeitet.«

Abrupt wandte er sich ab. »Die mögen hier blind und taub sein. Aber sie haben Vidkameras. Wir müssen weg, bevor sie uns 'n Fuder Kongardisten auf den Hals hetzen!«

Pandur hatte nichts dagegen, von hier zu verschwinden. Hier gab es nichts mehr für sie zu tun.

Sie rannten durch die Halle, durch den Korridor, passierten den Vorraum. Die Aufzugkabine befand sich noch auf ihrem Stockwerk. Die Türen standen offen. Pandur streifte den Mundschutz ab, warf ihn weg. Er berührte den Sensor. Die Türen schlossen sich. Sie fuhren zur Hafenebene hinauf.

»Die Drekheads hatten offenbar Erfolg mit ihren Experimenten«, sagte Rem. »Dieser Wolfsmensch hat uns fast gleichzeitig mit 'nem Manageschoß und 'nem Gewehr angegriffen.«

»Stimmt. Aber es beweist nur, daß er Magie beherrscht. Es gibt jede Menge Critter, die so etwas können. Seine Knarre war nicht verdrahtet. Ich glaube nicht, daß er in die Matrix steigen konnte. Im übrigen mußte er für das bezahlen, was der Doc mit ihm angestellt hat. Vergreisung und weiß der Henker was sonst noch für genetische Defekte. Vielleicht auch Irrsinn. Ich glaube wirklich nicht, daß Doc Frankenstein das Problem gelöst hat. Sonst würden die Typen schon bei den Konzerncops im Einsatz sein.«

Der Fahrstuhl hielt. Die Türen öffneten sich. Alles blieb still. Kein Alarm. Niemand begegnete ihnen. Die Runner bewegten sich durch das Labyrinth der Räume und Gänge. Minuten später erreichten sie den Hafen. Sie nahmen das Boot, in dem sie ihre Helme deponiert hatten. Pandur startete den Außenbordmotor. Er sprang sofort an.

Sie passierten den engen Kanal. Draußen war es bereits hell. Das schmutzige Wasser der Weser glitzerte ölig im Licht der Sonne.

Pandur steuerte das Boot gegen den Strom und nahm in einem weiten Bogen Kurs auf die Küste. Er sah nicht zurück. Wollte nicht sehen, wie sich der Schirm der Feuerleitradaranlage drehte.

Der Zwerg stand hinten im Boot. Er schaute zurück. Wütend. Trotzig. Hätte er Druses Totenkopfflagge zur Hand gehabt, wäre sie am Heck des Bootes befestigt worden. Daran hegte Pandur nicht den geringsten Zweifel, als er in Rems Gesicht schaute.

Rem behielt die Flakgeschütze, Raketenwerfer und Haubitzen im Auge. Jeden Moment konnte sich eine der Mündungen nach unten senken. Dann würde es höchste Zeit sein, aus dem Boot zu springen.

Keines der Geschützrohre senkte sich. Kein Kopter stieg auf. Kein Schnellboot verließ den Hafen. Entweder hielten die Konzerngardisten das Boot für legitimiert, oder ihre Sicherheitspläne waren den Bach hinuntergegangen.

Das Boot verließ den Hoheitsbereich der Arcologie. Pandur hielt auf eine Landzunge im Norden zu. Sie waren zwanzig Minuten über der Zeit. Er hoffte, daß Druse nicht die Geduld verloren hatte.

Hatte er nicht. Als Pandur das Boot um die Landzunge steuerte, sah er die *Broken Heart*. Der Hovercraft wartete in der Bucht.

Pandur schaltete den Motor ab und ließ das Boot an das Piratenschiff herandriften. Zwei Piraten halfen den Runnern an Bord. Einer von ihnen gab dem Boot einen Tritt. Es glitt mit der Strömung davon.

Die Elfin, Druses rechte Hand, beugte sich aus dem seitlichen Brückenfenster. »Alles klar?«

»Geht so«, sagte Pandur. »Wo ist Druse?«

»In seiner Kabine, nehme ich an.«

Die Elfin startete die Turbinen, und das Hovercraft hob sich aus dem Wasser. Langsam setzte es sich in Bewegung. Wahrscheinlich hatte Druse Befehl gegeben, nach Hamburg zurückzukehren, sobald die Runner wieder an Bord waren.

Pandur und Druse stiegen unter Deck. Pandur

klopfte kurz an die Tür der Kapitänskabine und stieß sie dann auf. »Hallo, Chummer, wir ...« Er brach ab.

»Wenn du überall so reinplatzt, ist es kein Wunder, daß dir alle Welt den Arsch abreißen will«, sagte Druse. Er kletterte aus der Koje und zog sich ohne Hast eine Hose über.

Jessi hüllte sich in das Bettlaken. Sie schaute Pandur nicht an.

»Ihr habt lange gebraucht«, sagte Druse. »Aber wie ich sehe, seid ihr heil zurückgekehrt. War es hart?«

»Hier war's offenbar härter«, meinte Rem. »Allerdings hatten wir nich' soviel Spaß dabei.«

Druse sah Pandur an. Prüfend. »He, Chummer. Ich wollte dir nicht ...«

Pandur unterbrach ihn. »Wenn du hören willst, wie es gelaufen ist, findest du uns in der Messe.« Er wandte sich Rem zu: »Wie steht es mit dir, Chummer? Ich für meinen Teil könnte jetzt eine doppelte Dröhnung vertragen.«

»Das erste vernünftige Wort von dir seit Jahren, Alter«, brummte der Zwerg.

Pandur drängte Rem aus der Kabine und warf die Tür hinter sich zu. Das mußte er haben.

Cool bleiben, Chummer. Du hast keinen Anspruch auf Jessi. Sie kann tun, was sie will.

Es tat trotzdem weh. Er wußte nicht, was er sich von Jessi erhofft hatte. Aber zur Hölle, er hatte sie jetzt zum zweitenmal mit einem anderen Kerl erwischt. Er wußte, daß es aus war. Diesmal endgültig.

Wortlos bahnte sich Pandur den Weg zur Mannschaftsmesse. Dort lungerten ein paar Piraten herum. Im Hintergrund lief der Trid, ohne sonderlich beachtet zu werden. Die Piraten unterhielten sich lautstark. Thema Nummer eins war Bumsen. Eine baumlange Piratin mit zahllosen Narben und einem billigen, schlecht angepaßten Ersatzkinn aus Skinplast und Keramik zog sich einen BTL-Chip rein und glotzte weggetreten vor sich hin.

Rem besorgte eine Flasche Whisky und setzte sich mit Pandur an einen freien Tisch. Er schien zu spüren, daß dem Chummer nicht nach Unterhaltung zumute war, und hielt die Klappe. Pandur kippte ein halbes Wasserglas Whisky herunter. Dann hatte er genug. Vom Alkohol und dem idiotischen Gequatsche der Piraten um ihn herum. Er stand auf.

»Ich gehe eine Runde pennen«, sagte er und stand auf.

»Wir seh'n uns später«, sagte Rem. »Ich werd' Druse über unsern Ausflug informieren. Das sind wir ihm schuldig.« Er nahm die Flasche und schob ab.

Pandur ging in die Kabine, die er mit Rem teilte. Ein winziger Raum mit zwei übereinander angebrachten Kojen, zwei Klappsitzen, einem Klapptisch und einem Screen für VidKom und 2DTV. Er schälte sich aus der Syntholedermontur und setzte sich auf die Kante der unteren Koje. Er fühlte sich müde, aber noch nicht müde genug, um sofort schlafen zu können. Er nahm die Fernbedienung und schaltete den 2DTV ein. Er zappte, bis er NN7 gefunden hatte. Aber er schaute kaum hin und hörte nicht zu. Er konnte sich nicht konzentrieren.

Es klopfte, und im nächsten Moment stand Jessi in der Kabine. Sie trug Shorts und ein T-Shirt, dazu ihre Beretta 200ST. Es war auf einem Piratenschiff angebracht, eine Waffe in Griffweite zu haben. Es gab Piraten, die sich in ihren animalischen Gelüsten nur wenig von Konzerncops unterschieden.

Wortlos ging Jessi durch den Raum und ließ sich auf einen der Klappsitze fallen. Eine Weile sahen sie einander nur stumm an.

»Es tut mir leid«, sagte Jessi schließlich.

»Es muß dir nicht leid tun. Du bist mir nichts schuldig.«

»Ich will versuchen, es dir zu erklären.«

»Dazu besteht keine Notwendigkeit. Ich kenne die biologischen Vorgänge.«

»Hör mir zu, verdammt noch mal!«

Pandur schwieg.

»Ich glaube, ich habe mich in Joshi verliebt«, sagte Jessi.

»Ich wußte gar nicht, daß Druse auch einen Vornamen hat.«

»Hast du nicht gehört, du verdammter Bastard? Ich sagte, daß ich mich in ihn verliebt habe.«

»Da kann man nichts machen.«

»Es tut mir leid, Pandur ... Thor. Es war sehr schön mit uns beiden, aber ich glaube, wir hätten auf Dauer doch nicht zueinander gepaßt.«

»So wird es wohl sein.«

»Es ist ein bißchen plötzlich gekommen, nicht?«

»Das stimmt. Du hast wirklich keine Zeit verloren.«

»Du weißt, ich kann sehr sehr spontan sein. War es bei uns damals nicht genauso?«

»Druse liebt keine einzelne Frau, Jessi. Er liebt die Frauen.«

»Ich weiß. Er hat mir ein bißchen über sich erzählt.«

»Was ihr in zweieinhalb Stunden alles geschafft habt ...«

Jessi ging nicht auf die Spitze ein. »Er will versuchen, sich zu ändern.«

»Na wunderbar.«

»Ich möchte es mit ihm versuchen. So lange es hält.«

»Alles Gute.«

»Du klingst bitter. Ist es sehr schlimm für dich?«

»Wir müssen alle unseren Weg gehen.«

He, Chummer. Der Spruch war tridreif.

»Verdammt, jetzt habe ich dich zum zweitenmal verlassen!« sagte Jessi in einer seltsamen Mischung aus Zorn und Trauer.

»Es ist okay.«

Pandur wandte sich ab. Jessi blieb still stehen und sagte nichts. Dann tat sie einen Schritt auf ihn zu. Einen Moment lang dachte Pandur, sie würde ihn berühren, ihn zum Abschied küssen wollen. Vielleicht hatte sie diese Absicht. Aber sie tat es nicht. Sie drehte sich um und verließ den Raum.

Pandur hörte, wie die Tür leise geschlossen wurde. Er setzte sich auf den Rand der Koje. Er fühlte sich allein. Er war wieder ein Einsamer Wolf.

So ka, Chummer. Du bist genau da, wo du angefangen hast. Frei. Ungebunden. Nur dir selbst verantwortlich. Nimm es als Vorteil. Du kannst dich ganz auf dein Ziel konzentrieren. Mach etwas daraus.

Pandur registrierte, daß der 2DTV lief.

Werbung: »... laßt euch am besten noch heute dieses eklige Glibberzeug rausreißen und von der nächsten BuMoNA oder einem unserer ambulanten Lizenz-MedDocs die tollen Zeiss Cyberaugen BD-8 einsetzen. Immer daran denken, Freunde: Gott war ganz gut, aber Zeiss ist besser!«

Es klopfte wieder. Pandur dachte schon, Jessi sei zurückgekehrt. Aber es war Rem, der den Kopf zur Tür hereinsteckte.

»Was is' los mit dir, Alter? Hast du's nicht fertiggekriegt, die Kleine umzulegen?« Er grinste, trat in die Kabine und schloß die Tür.

»Es ist eine schlechte Angewohnheit, Leute umzulegen«, sagte Pandur. »Vor allem, wenn man sie mag und man ihnen einiges zu verdanken hat.«

»He, Alter, du gehörst doch nich' etwa zu den sentimentalen, romantischen, altmodischen Burschen, denen Freundschaft noch was bedeutet?«

»Natürlich nicht. In Wahrheit hatte mein Manhunter eine Ladehemmung.«

»Klingt schon besser, Alter.«

»Sag jetzt bloß nicht, du hättest mich vor Jessi gewarnt.«

»Pah«, machte der Zwerg und setzte sich zu Pandur. »Ich hab' dich nich' vor Jessi gewarnt. Sie is' etwas flippig, aber sonst okay. Hab' nur gemeint, du solltest dich nich' so tief reinhängen. War doch 'n guter Rat, eh?«

»Verpiß dich.«

Rem dachte gar nicht daran. »Chummer, es hat alles seinen Sinn, glaub's mir.«

»Da salbaderst wie ein Pfaffe.«

»Nenn mich Blödmann oder Arschloch, aber nich' Pfaffe!«

Pandur schwieg eine Weile. Dann sagte er: »Rem, was soll ich machen?«

»Wegen Jessi?«

»Darüber komme ich hinweg. Du weißt, was ich meine.«

»Die Graue Eminenz?«

Pandur nickte. »Manchmal kommt es mir wie eine Wahnidee vor, dieses Phantom zu jagen.«

»Sie is' kein Phantom. Man kommt nur schwer an sie ran. Sie is' äußerst clever.«

»Offenbar zu clever für mich.«

»Auf jeden Fall.« Rem grinste. »Aber vergiß nich', wir sind zu zweit. Den möcht' ich seh'n, der für uns beide zu clever wär'.«

»Ich bringe mit meinem Scheiß nur andere in Gefahr. Dich, Jessi, Druse, Natalie, Festus ... Es sind ein Haufen Chummer über den Jordan gegangen, weil ich mich mit der Grauen Eminenz angelegt habe.«

»Es gibt dümmere Gründe, den Arsch an der kosmischen Garderobe abzugeben. Runner und Piraten haben Expreßtickets für die Hölle im Tornister. Das is' einfach so.«

»Was soll ich also machen?«

Rem zuckte die Schultern. »Du könntest zum Beispiel aufgeben.«

»Auf gar keinen Fall! Ich habe schon zuviel in die Sache investiert. Ich würde meine ... verdammte Scheiße, ich finde kein besseres Wort ... meine Würde und damit mich selbst aufgeben.«

»Du willst also Rache.«

»Ich will Respekt! Ich will wissen, wer mich am Haken hat, und sicherstellen, daß dieses Arschloch aufhört, mich zu benutzen. Ich will nicht mein restliches Leben darauf warten, wieder wie eine Marionette tanzen zu müssen, weil es irgendeinem Drekhead gefällt, die Schnüre zu ziehen.«

»Dann mußt du Gott persönlich werden. Sonst gibt es immer jemanden, der denkt, er kann's mit dir machen.«

»Es zu denken, es zu versuchen und es zu tun, sind verschiedene Dinge.«

»Okay, Chummer. Ich hab's kapiert. Du willst also weitermachen. Hmmm ... Wir könnten versuchen, uns diesen Zukowsky zu greifen. Er kennt die Graue Eminenz. Wir könnten ihn mit Drogen oder Magie zum Reden bringen.«

»Der Drekhead sitzt wie eine Spinne im Sicherheitsnetz der Arcologie Cuxhaven. Wahrscheinlich geht er nicht mal scheißen, ohne daß zwanzig Konzerncops ihm dabei zusehen.«

»Dann mußt du dich mit dem andern Drekhead, diesem Pederson, verbünden.«

»Niemals.«

»Dann bleiben nur die Reste des magischen Netzes, das die Graue Eminenz über dich geworfen hat. Wir organisieren die gleiche Show, die Pederson an den Externsteinen versucht hat, und kriegen heraus, wer das Netz geknüpft hat.«

»Wie denn?« sagte Pandur. »Bist du etwa auch in der Faustus Vereinigung?«

Rem lachte. »Scheiße, natürlich nich'. Aber es gibt andere ...«

Pandur hatte auf den Screen geschaut und unterbrach den Zwerg. »He, das ist interessant!«

Die Nachrichtenmoderatorin: »... schlug der überraschende Verkauf des Proteus-Konzerns an die AG Chemie ...«

Pandur stellte den Ton lauter.

»... bereits wie eine Bombe ein. Wie sich jedoch immer mehr herauskristallisiert, scheint dieser Verkauf Teil einer raffinierten Strategie gewesen zu sein, die Aktienmehrheit der AG Chemie in die Hand zu bekommen. Rüdiger, Sie haben Informationen aus erster Hand.«

Der neben ihr sitzende Moderator: »Ja, ich sprach vor einer halben Stunde mit einem Aufsichtsratsmitglied der AG Chemie, das aus verständlichen Gründen nicht genannt werden möchte. Demnach ist der Verkauf der Proteus-Aktienmehrheit an die AG Chemie im Tausch gegen ein Aktienpaket der AG Chemie erfolgt. Was zunächst nach einem sehr guten Geschäft für die AG Chemie aussah, erwies sich als Bumerang. Kurz danach meldete nämlich eine hinter Proteus stehende Interessengemeinschaft vornehmlich asiatischer Banken ihren Anspruch an, den Aufsichtsrat der AG Chemie personell neu zu besetzen, und verlangte die Einberufung einer außerordentlichen Aktionärsversammlung.«

Die Moderatorin: »Und diesem Verlangen hat der bisherige Aufsichtsrat inzwischen entsprochen?«

Der Moderator: »Ihm blieb gar nichts anderes übrig. Die Versammlung wird Mitte der nächsten Woche stattfinden. Insider wissen seit langem, daß große Aktienpakete der AG Chemie von dubiosen Anlegern aufgekauft wurden. Wie es scheint, hat die Interessengemeinschaft dieser Anleger mit dem zusätzlichen

Paket ihr Ziel erreicht. Man rechnet damit, daß sich die Asiaten auf der Versammlung mit einer klaren Aktienmehrwert als neue Herren der AG Chemie ausweisen.«

Die Moderatorin: »Wird das Konsequenzen für die Konzernpolitik der AG Chemie haben?«

Der Moderator: »Das bleibt abzuwarten. Ich tippe auf weitere Expansion der AG Chemie. Personell dürften die neuen Machtverhältnisse allerdings erhebliche Konsequenzen haben. Es kursiert das Gerücht, daß nicht nur der Aufsichtsrat komplett neu besetzt wird, sondern auch die führenden Direktoren ausgetauscht werden sollen.«

Die Moderatorin: »Danke, Rüdiger. Und wir machen weiter mit Werbung.«

Werbung: Ein paar üble Schlagetots fielen über ein hübsches, nacktes Mädchen her. Ein blonder Strahlemann erledigte das Problem mit einer Schrotflinte, die kleine Giftpfeile verschoß. »Vertrauen Sie nicht auf Politiker und deren Gerede von innerer Sicherheit. Vertrauen Sie auf Narcoject Pistolen oder Schrotflinten, um sich des Gesindels zu erwehren. Wer Sie und ihre Lieben angreift, soll selber dran glauben! Erledigen Sie das sauber und professionell. Mit dem Toxin Narcoject.«

Pandur stellte den Ton leiser.

»Also doch«, sagte er. »Die Graue Eminenz hat zugeschlagen! Offenbar wußte Zukowsky längst nicht alles. Proteus Bremerhaven zu räumen, scheint etwas voreilig gewesen zu sein.«

»Er wird seine Anweisungen gehabt haben«, meinte Rem. »Das muß kein Widerspruch sein. Vielleicht baut die Graue Eminenz die beiden Läden um, verlagert die Produktion und so. He, Chummer, hast du überhaupt kapiert, was der Coup bedeutet? Jetzt geht es dem Drekhead Pederson an den Kragen!«

»Allerdings! Wie sagte doch der alte chinesische Weise: ›Ich setze mich an den Fluß und sehe zu, wie die Leichen meiner Feinde vorübertreiben.‹ Aber es hilft mir nicht viel. Pederson wird einen anderen Job finden. Der fällt wieder auf die Füße. Und die Graue Eminenz bleibt so unerreichbar wie eh und je.«

»Nicht unbedingt. Vielleicht gibt sie sich zu erkennen.«

»Glaube ich nicht. Sie hat mit diesem Coup noch lange nicht genug. Sie bleibt im Hintergrund und zieht neue Fäden.«

Die Männer schwiegen. Der Screen zeigte Bilder von Freaks, die Hexenmasken trugen und mit zwischen den Beinen geklemmten Besen durch die Gegend hüpften. Pandur griff nach der Fernbedienung, um abzuschalten.

»Nich' abschalten!« rief Rem. »Mach den Ton lauter!«

Pandur tat ihm den Gefallen.

»... gehört der Mummenschanz zu diesem traditionellen Volksvergnügen. Die Nacht allerdings wird den wahren Hexen und Hexern gehören. Der Hohe Coven zelebriert auch in diesem Jahr die Walpulgisnachtzeremonie im Amphitheater am Hexentanzplatz in Thale. Bedauerlicherweise wurden die Medien erneut von diesem Ereignis ausgesperrt. Vidkameras sind streng verboten, und Zuwiderhandlungen werden streng geahndet. Im letzten Jahr schmuggelten bekanntlich Kollegen von Suhrkamp Pay-TV eine Vidkamera ein, und Suhrkamp strahlte den Bericht aus. Der Hohe Coven hexte daraufhin den Reportern sowie dem Leiter der News-Show eiternde Stinkfurunkel an. Die Kollegen leiden bis heute darunter und können nur noch in Suhrkamps Horrorshows auftreten. Ähnliches möchten wir uns gern ersparen. Aber jetzt zunächst wieder etwas Werbung ...«

Rem griff nach der Fernbedienung und schaltete den Screen ab.

»Das ist die Lösung!« sagte er triumphierend. »Morgen ist Walpurgisnacht!«

»Na und?«

»Magie, Alter, jede Menge Magie! Hunderte, wenn nich' Tausende von Hexen und Hexern strömen zusammen und erwecken die Kräfte dieses magischen Orts. Das ist mindestens so gut wie das Ritual an den Externsteinen!«

»Was nützt mir das? Ich hatte noch nie Bock darauf, auf einem Besen zu reiten.«

»Wart's ab«, sagte der Zwerg. »Wart's einfach ab, und du kriegst die Identität der Graue Eminenz auf einem silbernen Tablett serviert.«

10. KAPITEL

›Purple Haze‹

Von allen ›menschlichen‹ deutschen Teilstaaten ist Thüringen in der Volksmeinung am stärksten mit der Magie verbunden. Das hat vor allem zwei eng miteinander verknüpfte Ursachen: Einerseits sind schon in alten Volkssagen überraschend viele bekannte Zauberdinge dort lokalisiert (die sich nach dem Erwachen oft als real herausgestellt haben), zum anderen ist Thüringen das Land der zahlreichen kleinen Forschungsprojekte, die von dem Ruf des Gebietes angezogen wurden.

Schon in der Vergangenheit war Thüringen nur selten vereint, sondern meist auf zehn und mehr winzige Teilstaaten verteilt – was sich recht günstig auf die Kultur auswirkte, da jeder Potentat die Schlösser, Bibliotheken und Theater des Nachbarn noch übertrumpfen wollte.

Die heute noch anhaltende Entwicklung zum Standort magischer Forschungsprojekte begann allerdings erst im Jahr 2026, als die Regierung aus ESP und LDFP vor allem auf Drängen des kleineren Partners eine ›innere Föderalisierung‹ beschloß und zudem die Magieforschungsgesetze erheblich liberalisierte.

Weite Landesteile von etwa Kreisgröße sind heute faktisch selbständig und zum Teil völlig in die Hand von industriellen und soziologischen ›Großprojekten‹ übergegangen, die von den auf mehrere ›Hauptstädte‹ verteilten Regierungsbehörden kaum kontrolliert werden.

Zwei Besonderheiten sind erwähnenswert: Zum einen wird die Magie in ganz Thüringen schon in der Schule in besonders starkem Maße gefördert. Zum anderen überrascht der große Erfolg von politischen Parteien auf magisch-pantheistischer Grundlage. Bei den Wahlen von 2051 erhielt die ›Ganzheitliche Partei des Lebens‹ immerhin 8,9 % der Stimmen und bildet derzeit eine Regierung mit der ESP.

Der Harz beherbergt eines der größten Projekte Thüringens: Die ›Freie Erde Harz‹ nimmt den ganzen Ober- und Mittelharz mit dem Zentrum am Brocken ein und ist offiziell ein ›magisch-feministischer Feldversuch‹, der fast völlig vom ›BloxBergBund‹, einem Ableger des MutterErde-Poliklub, kontrolliert wird. Das Plenum des BBB tagt in Bad Harzburg, wo auch die überregional verbreiteten Magazine ›Aradia‹ und ›Bianca‹ erscheinen.

Interessanter sind allerdings einige Plätze im Harzgebirge. Der Brocken steht dabei natürlich an erster Stelle: Wie in der Sage dient er den Weisen Frauen und Hexen, wie auch den Hexenmeistern aus ganz Europa zu den vier Jahreszeitenfeiern als Fest- und Versammlungsplatz.

Auch außerhalb dieser Veranstaltungen ist der Brocken ein Ort der Magie: Es gibt zuverlässige Berichte über hier lebende freie Berg- und Waldgeister, insgesamt neun an der Zahl, die mit den Weisen Leuten des Harzes regelmäßigen Kontakt halten.

Zugleich besitzt der Harz als einst erzreichstes Gebirge Deutschlands eine Vielzahl aufgegebener Bergwerke, in denen heute allerlei Erwachte Tiere leben sollen.

Dr. Natalie Alexandrescu:
Der magische Harz,
Deutsche Geschichte auf VidChips
VC 11, Erkrath 2051

Druse setzte sie an einem versteckten Kai im Sumpfland vor Buxtehude ab. Pandur war froh, daß er die *Broken Heart* verlassen konnte. Er hoffte, nie wieder an Bord gehen zu müssen. Gleichzeitig fühlte er eine innere Unruhe. Ricul, Boris, Steamhammer, der Butcher, Pederson und seine Chemiegardisten, die Yakuza – die Zahl der Feinde und Verfolger war beträchtlich. Er war sicher, daß sie ihn früher oder später aufspürten, vielleicht schon aufgespürt hatten.

Druse und Jessi hatten angeboten, ihn und Rem zu begleiten. Pandur wußte das Angebot zu schätzen.

Aber er lehnte es ab. Er hatte das Bedürfnis, den Rest des Weges allein zurückzulegen.

Druse winkte den Runnern zu und ließ ablegen. Jessi stand an Bord und schaute mit regungslosem Gesicht zurück. Sie blieb draußen, solange Pandur die *Broken Heart* ausmachen konnte. Schließlich verschwanden die *Broken Heart*, Jessi und ein Packen von Erinnerungen in den Dunst- und Nebelschwaden, die von der Elbe aufstiegen. Pandur hatte den Eindruck, daß ein Abschnitt seines Lebens für immer in den Nebel des Vergessens davondriftete.

Mach etwas aus den Dateien, die ich dir gegeben habe, Jessi. Gib sie dem Klabauterbund oder GreenWar. Sie werden die Drekheads nicht stoppen können. Aber vielleicht können sie ihnen Knüppel zwischen die Beine werfen. Möglicherweise können sie ein paar Leute aufrütteln.

Er wandte sich dem Zwerg zu, der den Abschied respektiert und geduldig am Kai gewartet hatte.

»Hau ab, Rem«, sagte er. »Das ist mein Privatkrieg, der dich nichts angeht.«

»Du wiederholst dich, Chummer«, erwiderte der Zwerg. »Diesen Dünnschiß hast du schon Jessi und Druse um die Ohren gehauen. Bild dir bloß nich' ein, daß du mich genauso abwimmeln kannst.«

»Ich wollte nur nett sein und dir Gelegenheit für einen sauberen Abgang verschaffen. Na schön, wenn du es nicht anders haben willst: Verpiß dich! Ich habe schon genug eigenen Ärger am Hals, um auch noch Kindermädchen für ein Wichtelmännchen zu spielen.«

Rem guckte grimmig, aber seine Stimme klang eher belustigt. »Walez, du alter Sack, wenn ich dich nich' so gut kennen würde, hättest du in diesem Moment die Schneide meiner Axt in der Stirn gespürt. Auf ›Wichtelmännchen‹ steht bei mir normalerweise die Todesstrafe!«

Pandur gab auf. »Na schön, aber sag hinterher bloß

nicht, ich hätte dich in die Scheiße hineingezogen. Du hattest deine Chance auszusteigen.«

»Die Graue Eminenz hat den Drekhead finanziert, der Pola die Gene durcheinandergerührt hat. Doc Frankenstein is' hinüber, is'n stinkender Kadaver. So ka. Aber die Eminenz lebt. Die will ich auch als Kadaver seh'n. Genauso heftig, wie du es willst. Außerdem brauchst du mich, Alter. Wenn ich nich' bei Fioretta ein gutes Wort für dich einleg', wird man dich nich' in das Amphitheater lassen.«

»Okay, du Knallschote. Setz deinen Hintern in Bewegung.«

Druses Abschiedsgeschenk an sie war die Adresse eines Hehlers in Buxtehude, der ihnen einen Wagen besorgen würde. Der Kerl hieß Suki und wohnte in einem Barackenlager vor der Stadt. Die Runner fragten sich im Lager zu ihm durch. Ein mürrisch blickender Troll zeigte ihnen schließlich mit einer Daumenbewegung einen abseits gelegenen, windschiefen Holzschuppen, von dem die einstmals grüne Farbe fast völlig abgeblättert war.

Die Runner klopften an der Tür. Niemand antwortete. Pandur versuchte, die Tür zu öffnen. Sie war nicht abgeschlossen. Das Innere strafte den Eindruck Lügen, den der Schuppen von außen machte. Ein hell gestrichener, sauberer Lagerraum lag vor ihnen, in dem sich exakt gestapelte Kartons und Caddys bis zur Decke emporreckten.

Ein Magazin wurde klickend in eine Waffe geschoben.

»Pfoten hoch!« sagte jemand, der sich im toten Winkel der Tür aufhielt.

Pandur und Rem taten ihm den Gefallen.

»Druse schickt uns«, sagte Pandur und wandte sich dem wachsamen Besitzer der Konterbande zu. Der kleine, hinkende Mann mit der spitzen Nase und den flinken Augen zeigte ein dünnes Lächeln und ließ die

Ares Predator II sinken. Die Runner sahen, daß Suki neben der Tür eine Art Kabinett abgeteilt hatte. Kostbar aussehende Täbris-Teppiche waren über Stangen gelegt worden und bildeten ein mit Matratzen ausgelegtes Karree. Suki hatte den winzigen Raum mit vergoldeten Rokoko-Kaminuhren, bronzenen Jugendstilstatuetten, vernickelten Art-déco-Leuchtern und anderen Antiquitäten so vollgestopft, daß auf den Matratzen gerade noch Platz für ein VidKom und eine Lücke zum Schlafen blieb.

Suki war von Druse über den Besuch informiert worden und hatte bereits alles vorbereitet. Er führte sie durch eine Tür in den hinteren Teil des Schuppens, wo acht nagelneue Wagen standen, die meisten Luxuskarossen von Mercedes, Porsche, Mandarin und BMW.

Sie hielten sich nicht länger auf als nötig. Suki hatte seinen unauffälligsten Wagen, einen schwarzen Mercedes E160, startklar gemacht.

»Kennzeichen und Zulassungschip sind erstklassige Arbeit«, erklärte Suki. »Die bringen euch durch jede Kontrolle. Meine Kontaktleute haben für die Datensätze einen Wurm im Zentralregister untergebracht. Ihr fliegt nur auf, wenn es bei bestehendem Verdacht zu einer gezielten Einzelnachprüfung kommt.«

Pandur nickte. Was Suki als Wurm bezeichnete, war ein Smart-Frame, das Routineabfragen zu den fraglichen Datensätzen abfing und an korrekt gespeicherte Daten anderer Fahrzeuge ankoppelte. So wurde die Rechtmäßigkeit der Zulassung simuliert. Auf den Autobahnen und an vielen versteckten Punkten anderer Straßen wurden die Codes der passierenden Fahrzeuge von Sensoren erfaßt und abgeglichen. Professionell gefälschte Codes waren unverzichtbar.

Suki hatte nichts dagegen, die Runner schnell wieder von hinten zu sehen und sich in sein Antiquitätenkabuff zurückzuziehen. Pandur fuhr den Mercedes aus dem Schuppen, steuerte ihn auf die holprige Straße, die das Lager mit der Stadt verband, und nahm von dort die Allianzstraße nach Sittensen unter die Räder.

»Kein Megaplex, kein Wasser, keine Piraten«, sagte Pandur. »Wenn die Graue Eminenz weiß, wo wir rumkreuzen, wären Zeit und Ort günstig für ein kleines Attentat.«

»Was kommen muß, das kommt«, erklärte der Zwerg lakonisch. Seine Reisekleidung bestand wieder aus schußfestem Duster und Südwester, und die MP-5 lag in seinem Schoß. Er sah nicht unbedingt wie ein sonnenhungriger Tourist aus, der sich unbeschwerten Urlaubsfreuden hingeben wollte.

»Riskieren wir die Autobahn?« fragte Pandur, als sie Sittensen erreicht hatten.

»Rauf und Stoff geben«, meinte Rem. »Je eher wir in Thale sind, desto besser. Das Gewusel der Hexenweiber is' als Schutz mindestens so gut wie die Schatten im Megaplex.«

Pandur zuckte die Schultern, steuerte den Wagen auf den Zubringer und schaltete auf Autopilot. Um den Rest sollte ALI sich kümmern. Jedenfalls bis Bad Harzburg. Dort endete die Autobahn. Die letzten vierzig oder fünfzig Kilometer bis Thale würden sie auf Landstraßen zurücklegen. Falls sie überhaupt so weit kamen.

Los, Graue Eminenz, pack deine Trickkiste aus. Was ist es diesmal? Wie wär's mit ein paar netten Bomben, die uns aus einem Kopter auf die Birne fallen? Oder mit einem Lenkwaffenangriff? Eine saubere Luft-Boden-Rakete mit automatischer Laser-Zielführung? Wo sind überhaupt deine Magier? Und warum greifst du selbst nicht ein? Keine Kampfmagie drauf, Alter?

Pandur wurde übel, wenn er daran dachte, was alles unverhofft auf sie herabregnen oder, sauber aus dem Astralraum dirigiert, mitten in ihrem Kopf platzen konnte. Wenn dies alles nicht passierte, zeigte es schlicht und einfach, daß auch die Mittel der Grauen Eminenz begrenzt waren.

Du mußt erst mal wissen, wo das Opfer steckt. Sonst kannst du dir dein Waffenarsenal in den Hintern schieben. Für magische Angriffe gilt dies in noch schärferer Form. Für den Einsatz von Kampfmagie muß der Magier sein Ziel sehen. Dann allerdings wird es schnell fies und gemein.

Der Zwerg schien ähnlichen Gedanken nachzuhängen. »Dieser Arsch, den du Graue Eminenz nennst«, sagte er, »ist nich' wirklich darauf eingerichtet, Krieg zu führen. Er verfügt nich' über eine schnelle Eingreiftruppe, wie das bei Pederson der Fall is'. Die Graue Eminenz hat sich zu sehr drauf eingestellt, im verborgenen zu lavieren. Sie hält sich irgendwo versteckt und will nich' den Feldherren spielen. Wär' es anders, hätte sie uns längst von der Platte geputzt. So beschränkt sie sich auf freie Mitarbeiter, Messerklauen zum Beispiel.«

»Was das angeht, hat sie sich allerdings eine richtige kleine Horrorgarde zusammengestellt.«

»Und wenn schon. Das sind effiziente Killer, aber keine Soldaten, die man gedrillt hat, sich in 'n Räderwerk einzufügen und wie 'ne gut geölte Maschine zu funktionieren. Eigentlich erstaunlich. Ein Spieler sollte dran interessiert sein, seine Züge mit Präzision zu führen, und die Ausführung nich' von Zufällen abhängig machen.«

Pandur dachte darüber nach. »Ein echter Spieler liebt die Unwägbarkeiten. Ich hatte hin und wieder den Eindruck, daß mir die Graue Eminenz einen gewissen Spielraum läßt, sich daran ergötzt, wenn ich mich wehre. Manchmal hat sie mir sogar geholfen, wenn es für mich nicht gut lief. Glaube ich jedenfalls. Ich bin ziemlich sicher, daß diese Wasserhexe Tungrita eher durch die Graue Eminenz als durch den Runenthing gesteuert wurde.«

»Aber jetzt müßte die Graue Eminenz eigentlich begriffen haben, daß der Bauer aufmüpfig is' und gefährlich werden könnte. Jetzt müßte sie zuschlagen. Aber sie tut es nich'.«

»Beschwöre es bloß nicht!«

»Vielleicht rächt sich jetzt, daß sie nich' für solche Fälle vorgesorgt hat. Die starken Gegner werden den Mächtigen nur selten zum Verhängnis. Meistens is' es die eigne Arroganz, die ihnen den Garaus bereitet.«

Mehrmals während der Fahrt umklammerten die Runner ihre MPs, verrenkten den Hals, starrten nach oben oder zoomten die Bilder, die von den beiden Vidkameras hereinkamen und vom Bordcomputer auf den Screen gelegt wurden. Koptergeräusche direkt über ihnen waren die Ursache. Aber jedesmal verschwanden die Geräusche nach kurzer Zeit in der Ferne.

Wo steckt Pederson? Hat der Drekhead aufgegeben? Geht ihm die Muffe, weil er um seinen Job fürchtet? Lähmt ihn das so sehr, daß er auf dich verzichtet, Chummer? Oder will er dich jetzt erst recht schnappen?

»Ich frage mich, ob Pederson Grips genug hat, die Lage richtig einzuschätzen«, sagte Pandur. »Bisher wollte er den Dieb der AG Chemie-Daten erwischen, um hinter dessen Motive zu kommen. Jetzt hat die Graue Eminenz zugeschlagen und bedroht Pedersons Job, seine Macht über die Sararimänner, über die Konzerncops, über den ganzen beschissenen Megakon. Meine Fresse, das wird ein grandioser Abstieg werden. Wenn ich Pederson wäre, würde ich alles daransetzen, die Graue Eminenz zu enttarnen und auf Onkel Lucifers Grill zu schicken. Oder sie zwingen, die Aktien der AG Chemie zu verkaufen. Und er muß schnell handeln. Bis zur Aktionärsversammlung muß das asiatische Bankenkonsortium einen Teil der Macht abgeben oder zumindest führerlos sein.«

»Was zerbrichst du dir die Rübe dieses Arschlochs?« brummte Rem. »Oder willst du jetzt doch mit ihm zusammenarbeiten?«

»Niemals. Er ist für Natalies Tod verantwortlich.«

»Würde er für dich als Partner in Frage kommen,

wenn Natalie nich' durch seine Killer in die Grube geschubst worden wäre?«

»Auch dann nicht«, erwiderte Pandur. »Dieser Drekhead steht für alles, was ich hasse. Genauso wie die Graue Eminenz. Sich mit einem der beiden zu verbünden, hieße Lucifer mit Beelzebub auszutreiben.«

»Ich find' es gar nich' so schlecht, wenn die Höllenärsche sich gegenseitig fetzen«, meinte Rem. »Man muß nur aufpassen, daß man nich' zwischen die Fronten gerät.«

Der Mercedes erreichte Bad Harzburg und damit das Ende der Autobahn. Pandur übernahm die Lenkung, während Rem sich Straßenkarten auf den Screen holte. Er dirigierte Pandur auf die Allianzstraße, die nach Blankenburg führte.

»Es bleiben uns kaum Alternativen, wenn wir einigermaßen flott durch die Landschaft kommen wollen« sagte er.

Sie befanden sich bereits im Gebirge. Zur Linken erstreckten sich die Ausläufer und bildeten eine hügelige Landschaft, während zur Rechten rauhe und zerklüftete Höhen des Oberharzes das Bild bestimmten. Die meisten Berge wirkten kahl, schroff und abweisend, aber an einigen Hängen hatten sich Reste des Bergwaldes erhalten.

Rem döste vor sich hin, nachdem er die letzte Dose Bier aus einem unterwegs erstandenen Vorrat geleert, zusammengeknüllt und in den Fond des Wagens gefeuert hatte. Er schien keine Lust auf Unterhaltung zu haben.

Der Mercedes war nicht gepanzert und besaß nicht einmal schußsichere Scheiben. Pandur musterte unbehaglich die vorspringenden Felsschollen.

Wie geschaffen für einen Killer, der in sicherer Deckung auf sein Opfer lauert. Ein einziger Schuß aus einem Walther MA 2100 Scharfschützengewehr mit Laserzielfernrohr. Oder ein Präzisionspfeil, der von einem Kompositbogen abgeschossen wurde. Und das war's dann.

Auf der Strecke von Blankenburg nach Thale engten die Berge das Blickfeld von beiden Seiten ein, und die möglichen Verstecke für Todesschützen mehrten sich. Pandur fuhr so zügig, wie die kurvenreiche Strecke und der sonstige Verkehr dies zuließen. Es waren nur wenige Fahrzeuge unterwegs. Die Teilnehmer an der Walpurgisnacht schienen längst an Ort und Stelle zu sein, oder sie benutzten andere Zufahrtsstraßen. In Rage brachte ihn nur der schlafmützige Fahrer eines EMC Serena, der vermutlich Rennschnecken gelenkt hatte, bevor er auf ein Auto umgestiegen war. Dieser Kerl gurkte auf einem zwei Kilometer langen Streckenabschnitt vor ihm, auf dem wegen der vielen Kurven und einem Truckkonvoi auf der Gegenspur an Überholen nicht zu denken war. Pandur mußte die Rückansicht des vergammelten Serena ertragen, bis er endlich an einer übersichtlichen Stelle vorbeiziehen konnte.

Pandurs unbehagliche Gefühle hatten wenig mit Angst zu tun. Die Angst war ein ständiger Begleiter in den Schatten. An die hatte man sich zu gewöhnen. Das war es nicht. Und er hing nicht so sehr am Leben, um bei dem Gedanken an einen plötzlichen Tod eine panisch flatternde Muffe zu bekommen. Aber er wünschte sich, dem Tod ins Auge blicken zu können, eine Chance zu haben, ihm doch noch von der Schippe zu springen. Hinzu kam, daß er auf seltsame Art spürte, der Lösung seiner Probleme auf der Spur zu sein. Er glaubte immer stärker daran, daß die Magie des Hohen Coven die Identität der Grauen Eminenz enthüllen würde. Er wollte es einfach glauben. Weil es seine letzte Chance war.

Es wäre ein Witz, so kurz vor dem Ziel den Löffel abgeben zu müssen. Aber der Designer der kosmischen Matrix liebt solche Späße, Chummer. ›Er hätte es beinahe geschafft‹, könnte auf dem Prodep-Label jedes zweiten Schattenläufers stehen, der Onkel Lucifer auf die Gabel gefallen ist. ›Er hätte es beinahe geschafft‹, kreischen wahrscheinlich auch die Harpyien, wenn sie ihre Reißzähne in den Kadaver schlagen.

Und plötzlich stellte Pandur fest, daß sie Thale erreicht hatten. Ein Betonklotz mit ALDI REAL und Aldiburger, direkt gegenüber die Konkurrenz von Blockburger, eine Tankstelle, eine Straßenzeile mit VidCentern, Bordellen, SimSinn-Schuppen und Kneipen eröffneten den Reigen. Dann schlossen sich einige enge Gassen mit historischen Fachwerkhäusern an, in denen noblere Geschäfte und Lokale sowie jede Menge Souvenirläden untergebracht waren, in denen VidChips und Holos von den Umgebung sowie Hexenporno-BTLs angeboten wurden.

Pandur mußte im Schrittempo fahren. Auf den Straßen schlenderten Hunderte von Typen, meistens Frauen, die lange Röcke, Kopftücher und Hexenmasken trugen. Andere, vor allem Männer, hatten nur Hexenmasken angelegt oder sich mit schwarzen Mänteln, Umhängen und Hüten als Hexenmeister ausstaffiert. Straßencafés, Kneipen und Imbißstände waren umlagert. Einige Hexen alberten herum und hüpften mit ihren Reisigbesen über die Fahrbahn. Die Bilder glichen dem, was NN7 gezeigt hatte. Dazwischen bewegten sich ein paar unmaskierte Randalekids, schubsten zur Seite, was ihnen in den Weg kam, griffen jungen Frauen an die Brüste oder versuchten, Chipkarten oder Schmuck zu klauen. Einer der Knirpse krümmte sich, weil ihm eine der belästigten Frauen einen Tritt in die Hoden versetzt hatte. Er richtete sich auf, zog der Frau ein Messer durch das Gesicht und rannte davon. Jemand schrie nach einer Ambulanz. Wenig später beugte sich ein Straßendoc im weißen Kittel, der irgendwo in der Nähe auf Kundschaft gelauert hatte, über die blutende Frau. Von solchen Randerscheinungen des Festes war in der Nachrichtenshow nichts zu sehen gewesen.

»Dieser Karneval hat mir gerade noch gefehlt«, fluchte Pandur.

»Das sind nur alberne Touristenfuzzies«, erwiderte der Zwerg. »Mit denen werden wir nich' viel zu tun haben. Stell die Kiste irgendwo ab. Den Rest machen wir zu Fuß.«

»Ich hoffe, du weißt, wen und was wir suchen.«

Rem grinste. »Aber sicher doch, Alter. Dachte allerdings, du wüßtest es auch. Die Graue Eminenz natürlich.«

»Arschloch.«

Pandur folgte Wegweisern zu einem Parkgelände. Nach einigem Suchen in endlosen Reihen von Limousinen, Landrovern, Pick-ups, Turbinenrädern und Elektrobussen fand er eine Lücke und parkte ein. Seine Erwartung, hier seine Probleme lösen zu können, war beim Anblick des Mummenschanzes rapide gesunken. Er wußte, daß die Pinkel mit den Masken nur Trittbrettfahrer waren, die von den magischen Zeremonien ausgesperrt blieben. Aber sein Vertrauen in die Künste der Magier, die sich der Hexerei verschrieben hatten, schien einen Dämpfer bekommen zu haben.

Die Runner verließen den Parkplatz. Rem übernahm die Führung. Sie durchquerten das Zentrum der Stadt und bahnten sich ungerührt ihren Weg durch die maskierte Menge. Die meisten Pinkel wichen zurück, sobald sie die schwerbewaffneten Männer aufkreuzen sahen. Niemand wagte es, sie zu berühren und Späße mit ihnen zu treiben. Pandur hörte auch keine spöttische Bemerkung, die dem Zwerg und seinem Südwester galt, nicht einmal von Typen, die weiter hinten in der Menge auf Anonymität hoffen konnten. Zu deutlich war die Sprache, die Streitaxt, Laseraxt und MP-5 verkündeten, zu grimmig war Rems Miene.

Die Abendsonne versank hinter den Bergen. Es war noch hell genug, um den Weg zu finden. Außerdem stand die Scheibe des Vollmonds bereits am Himmel.

Wenig später flammte am Rande der Stadt gleißendes Licht an Flutlichtmasten auf und leuchtete ein Areal in den Felsen aus. Pandur hielt es für überflüssig, Rem zu fragen, ob dieses Areal ihr Ziel war. Es verstand sich von selbst.

Es ging steile, verwinkelte Gassen und schmale Treppen hinauf und hinab. Endlich hatten sie die Altstadt und damit den größten Teil der Maskierten hinter sich gelassen.

Rem blieb stehen. »Okay, Chummer. Jetzt lassen wir die Waffen verschwinden und geben uns 'n friedliches Aussehen. Ich hab' irgendwie im Urin, daß wir gleich 'n paar Arschlöchern begegnen, die der idiotischen Meinung sind, sie allein dürften dicke Plempen tragen.«

Pandur zuckte die Achseln. Sein Colt Manhunter steckte in der Brusttasche und war auf den ersten Blick nicht zu erkennen. Aber er wußte beim besten Willen nicht, wie er die Sandler MP unter der Synthojacke verstecken sollte.

»Gib her«, sagte Rem. Er hatte den Duster aufgeschlagen, sein Waffenarsenal darunter verstaut und hängte sich auch noch die Sandler um, bevor er den Mantel wieder verschloß. Er sah jetzt wie ein reichlich korpulenter, buckliger Zwerg aus. Der Kundige würde jedoch leicht erraten, daß unter der Hülle nicht nur Fleisch verborgen war.

»Und wenn diese Typen, die beim Anblick von Plempen in Ohnmacht fallen, dich auffordern, den Mantel zu öffnen?« fragte Pandur.

»Dann werd' ich ihnen sagen, daß sie mir nich' hübsch genug sind«, erwiderte Rem. »Auch 'n Exhibitionist hat Anspruch darauf, sich die Leute auszusuchen, denen er seinen Schwanz zeigt.«

»Das könnte den Typen vielleicht nicht gefallen.«

»Pah.« Der Zwerg machte eine wegwerfende Handbewegung. »Im Ernst, Alter. Es geht nur darum, nich' offen mit Waffen rumzulaufen und zu provozieren. Du wirst sehen.«

Wenig später stießen sie auf eine Straßensperre. Der Zwerg hatte den richtigen Riecher gehabt. Mannschaftswagen der Thüringischen Landespolizei parkten entlang der Straße. Die Fahrbahn selbst wurde durch spanische Reiter blockiert. Ein Stück weiter oben standen Polizeiposten vor provisorisch aufgebauten Gittern. Die Bullen trugen Helme, Schutzkleidung und Maschinenpistolen, als würden sie mit Aufruhr, gewalttätigen Demonstrationen oder terroristischen Aktionen rechnen. Neben ihnen befanden sich zwei Norms und ein Elf in normaler Straßenkleidung, aber mit Armbinden, die sie als Ordner auswiesen.

Instinktiv sah sich Pandur nach einer Möglichkeit um, die Sperre zu umgehen. Er konnte keine entdecken. Zumindest nicht an dieser Stelle. Zwei Felsen schnürten die Straße zu einem Hohlweg zusammen. Die Felsen ohne Ausrüstung zu erklettern, schien kaum möglich zu sein. Obendrein wurden sie von Scheinwerfern angestrahlt, die sich auf den Dächern der Mannschaftswagen befanden. Wer versuchte, dort hochzuklettern, würde unweigerlich die Aufmerksamkeit der Bullen erregen.

»Sieht aus, als würde der Papst erwartet«, sagte Pandur.

»Würd' ich ihm nich' raten«, meinte der Zwerg. »Viele der Hexen und Hexer sind ziemlich traditionsbewußt und kennen sich in der Geschichte aus. Sie könnten auf die Idee kommen, ihn 'ner hochnotpeinlichen Befragung mit anschließender Papstprobe zu unterziehen.«

Während Pandur stehengeblieben war, stiefelte der Zwerg ungerührt weiter. »Los, Chummer, schwing die Haxen. Wir müssen Fioretta finden, bevor die Zeremonie beginnt.«

Pandur schloß zu ihm auf. »Was bringt dich auf die Idee, daß wir durch die Absperrung kommen?«

»Mein untrüglicher Instinkt«, sagte Rem.

Die Runner ernteten ein paar mißtrauische Blicke, als sie die spanischen Reiter und die ersten drei Bullen passierten, wurden aber nicht angehalten.

Rem ging schnurstracks auf den Elfen mit der Ordnerbinde zu. »Wir müssen dringend zu Fioretta, Großmeisterin und Erwählte des Hohen Coven.«

Der Elf war wahrscheinlich in Pandurs Alter, wirkte auf den ersten Blick aber älter und ein wenig dämonisch, da er die Augenhöhlen schwarz ausgemalt hatte und einige grellrote, gezackte Linien wie züngelnde Flammen von der Stirn bis zu den Wangen verliefen. Er trug einen enganliegenden dunkelgrünen Anzug aus Wildleder und eine Kappe, ebenfalls aus Wildleder, an der eine Hahnenfeder befestigt war. Am Gürtel baumelten mit Fell überzogene kleine Stöcke oder Knöchel. Wahrscheinlich Kraftfokusse.

Der Elf musterte erst Rem, dann Pandur. »Ihr seid keine Magier, und noch weniger folgt ihr dem schamanistischen Pfad. Ihr dürft nicht hinein. Redet morgen mit Fioretta.«

Die beiden Norms, beides Frauen, hatten sich zu dem Elfen gesellt. Auch diese beiden waren geschminkt und auf den ersten Blick als Hexenschamaninnen zu erkennen. Die Gesichtsbemalung sowie die Mond- und Fruchtbarkeitssymbole auf der Kleidung machten deutlich, daß die eine Frau die Mondin, die andere die Erdmutter als Göttin gewählt hatte. Sie standen stumm da und äußerten sich nicht zu dem Problem. Aber ihre Mienen drückten Ablehnung aus.

»Elf!« sagte der Zwerg, und es klang wie eine Anklage. »Wir können nich' bis morgen warten. Unser Anliegen an Fioretta kann nur heute erfüllt werden. Sage Fioretta, daß Grusim sie sprechen will und daß es äußerst dringend is'. Und mach schnell, sonst beiß' ich dir höchstpersönlich deine spitzen Ohren ab!«

Dann fügte Rem einen Satz in einer Sprache hinzu, die Pandur nicht beherrschte. Und doch war er sicher, sie schon einmal gehört zu haben. Es klang wie eine Mischung aus mittelalterlichem Deutsch und Latein.

Hvaldos! Rem hat die Sprache des unterirdischen Zwergenreiches benutzt.

Der Elf erstarrte. Ein geistesabwesender Ausdruck trat in seine Augen. Seine Lippen begannen sich lautlos zu bewegen. Pandur dachte schon, Rem hätte den Bogen überspannt, und der Metamensch würde sich auf einen üblen Zauber konzentrieren. Als er sich wieder rührte, verbeugte er sich leicht vor dem Zwerg. Pandur war überrascht.

»Du kannst passieren«, sagte er leise. »Dein Chummer auch. Ihr findet Fioretta an der Roßtrappe.«

»Na also.«

Rem nickte Pandur zu. Die Runner gingen auf die Lücke im Stahlgitter zu, vor der vier Behelmte mit ihren MPs Wache hielten. Der Elf gab ihnen ein Zeichen. Die Bullen wichen zur Seite und ließen die Runner passieren.

»Was hast du zu dem Elfen gesagt?« fragte Pandur, als sie die Sperre hinter sich gelassen hatten. »Muß ja ungeheuren Eindruck auf ihn gemacht haben.«

»Daß er sich 'ne zweite Hose für sein verschissenes Arschgesicht besorgen soll«, sagte Rem und grinste. »Er hat mich sowieso nich' verstanden. Aber manche schamanistischen Elfen wissen, daß es 'ne alte Zwergensprache gibt, und werden dann vorsichtig. Jedenfalls hat er sich mit jemandem in Verbindung gesetzt, der sein Okay gegeben hat. Hiermit.« Rem tippte sich an die Stirn.

»Gedankenverbindung?«

»Was sonst? Oder hast du gesehen, daß er 'n Kom benutzt hat?«

»Hat er sich mit dieser Fioretta unterhalten?«

»Kaum. Sie steht über dem organisatorischen Schnickschnack. Ich denke mir, daß er mit jemandem in Verbindung steht, der den Laden hier in Schwung hält. Schließlich können sie nich' jedesmal einen reitenden Boten losschicken, wenn etwas Ungewöhnliches vorfällt.«

Die gepflasterte Straße endete vor einem Lokal. An den Tischen auf der Terrasse saßen Männer und Frauen, darunter eine Reihe von Metamenschen, die unschwer als schamanistische Magier zu erkennen waren. Einige von ihnen hatten sich als Hexen oder Hexenmeister verkleidet und geschminkt, aber niemand trug eine Pappmaske wie die Typen, die im Ort feierten. Pandur entdeckte auch einige Norms mit Stirnbuchsen und ohne magische Utensilien. Offenbar legte man zwar Wert darauf, nur geladene Gäste einzulassen, bestand aber nicht auf einer exklusiven Veranstaltung für Magiekundige. Da man das Gebiet weiträumig abgesperrt hatte, würde man auch kaum verhindern können, daß sich das Personal der Gastwirtschaft und Bewohner aus den wenigen umliegenden Häusern als Zaungäste einfanden.

Und wer weiß, wer sich sonst noch eingeschlichen hat.

Hinter dem Lokal führte ein Wanderweg den Berg hinauf. Das von den Flutlichtstrahlern beleuchtete Areal lag jenseits der Bergkuppe.

Rem ging zu den Tischen und fragte ein Mädchen, das sich als Hexe verkleidet hatte, nach dem Weg zur Roßtrappe. Mit ihren langen blonden Haaren und ihrem hübschen Gesicht erinnerte sie Pandur an Jessi. Sie zeigte zum Pfad und erklärte Rem, wie es hinter der Kuppe weiterging. Rem nickte und kehrte zu seinem Chummer zurück.

Der Weg beanspruchte die Beinmuskeln, bot aber sonst keine Probleme. Steilere Passagen waren als

Treppen ausgebaut. Die Dämmerung hatte eingesetzt, aber der Weg war gut ausgeleuchtet.

»Wieso findet die Zeremonie eigentlich in Thale und nicht am Brocken statt?« fragte Pandur. »Ich denke, die Hexen sind früher in der Walpurgisnacht dort herumgeschwirrt.«

»Das werden sie auch heute tun, mein Bester«, sagte Rem.

»Dann sind wir am falschen Ort. Der Brocken liegt zwanzig Kilometer oder mehr entfernt.«

»Richtig«, sagte Rem. »Sonst würde es sich ja nich' lohnen, auf den Besen zu steigen. Keine Sorge, Alter, wir sind da, wo die Magie is'. Hier is' der Hexentanzplatz. Hier geht es rund. Wart's nur ab.«

Sie überquerten die Bergkuppe. Das Flutlicht am Hexentanzplatz und das Mondlicht reichten aus, Konturen der Umgebung aus den Schatten zu schälen.

Pandur schaute den Berg hinab. Vor ihm erstreckte sich als Halbrund ein in den Fels gehauenes Amphitheater. Daran schloß sich ein Plateau an, das mit zusätzlichen Scheinwerfern ausgeleuchtet wurde. Ohne Frage der Hexentanzplatz. Hinter dem Plateau ging es steil in die Tiefe. Unten schlängelte sich, gerade noch erkennbar, ein Fluß durch das Tal. Auf der anderen Seite befand sich ebenfalls ein Steilhang.

Die Plätze des Amphitheaters waren schon zu zwei Dritteln besetzt. Weitere Besucher drängten auf mehreren Pfaden heran. Pandur schaute den Pfad hinab, den sie benutzt hatten. Die Gäste des Lokals, darunter das blonde Mädchen, machten sich ebenfalls an den Aufstieg.

Rem deutete auf eine zweite, kleinere Plattform am Steilhang. »Das muß die Roßtrappe sein. Der Sage nach is' eine böhmische Königstochter auf der Flucht vor 'nem Drekhead dort mit ihrem Gaul abgesprungen und sicher auf der gegenüberliegenden Seite gelandet. Nur die Krone is' ihr dabei von der Birne in den Fluß gefallen. Muß 'n verdammt guter Gaul gewesen sein. Alles was recht is'.«

»Wahrscheinlich ein Critter«, meinte Pandur nach einem skeptischen Blick zum anderen Ufer. »Oder ein verchipter Fury mit Kunstmuskeln.«.

»Bleib hier und warte«, sagte Rem. »Ich steig' mal runter und schau', ob ich Fioretta finde. Wahrscheinlich meditiert sie dort vor ihrer großen Show. Wir sehen uns.«

Rem verschwand. Eine Weile später sah Pandur den Kopf des Chummers ein Stück weiter unten in einer Senke, dann tauchte er wieder weg. Pandur stand am oberen Eingang des Amphitheaters und wartete. Müßig glitt sein Blick über die Versammelten. Norms und Metamenschen. Insgesamt weitaus mehr Frauen als Männer. Vielen sah man sofort an, daß sie Magie ausübten. Die am häufigsten vertretenen Symbole wiesen auf den Gehörnten, die Erdmutter, Diana, die Mondin, den Drachentöter und den Wilden Jäger hin. Es gab aber auch einige Schamanen, die keiner Gottheit folgten, sondern von Totems wie der Katze, der Elster oder der Schlange erwählt waren. Daß die Versammlung kein schamanistischer Kongreß war, sondern die Walpurgisnacht gefeiert werden sollte, machten viele durch dämonische Bemalung deutlich. Andere hatten folkloristische Insignien des Hexenwesens dabei. Man sah Stöcke, Reisigbesen, Heugabeln und sogar ein paar zahme Raben. Einige hatten sich künstliche Warzen ins Gesicht geklebt. Insgesamt wirkten die Versammelten weniger grell und bunt als die Maskenträger, die Pandur in der Stadt begegnet waren. Die Pinkel in der Stadt kokettierten mit einer magischen Kraft, die sie nicht verstanden. Die Leute hier besaßen eine ganz andere Einstellung zur Magie. Sie war ein Bestandteil ihres Lebens geworden. Sie spürten die magische Kraft und hatten die Fähigkeit, sie anzuwenden.

Pandurs Blick blieb an der Gestalt einer Frau hängen, die ihn seltsam berührte, ihm auf rätselhafte Art vertraut vorkam. Die Frau trug eine schwarze Kutte, aber die Umrisse ließen einen knabenhaft schlanken Körper vermuten. Ihr Gesicht war nur für Sekunden in der Kapuzenöffnung sichtbar. Schmal, ein kleiner Mund, eine zierliche Nase, die eine Spur unsymmetrisch verlief, extrem kurzgeschnittenes, pechschwarzes Haar, eine Stirnbuchse. Große dunkle Augen, die ein bißchen verletzbar, ein bißchen traurig und ein bißchen verträumt aussahen und dem Gesicht eine ganz besondere Note verliehen.

Pandur erstarrte.

Natalie? Das kann nicht sein! Natalie ist tot!

Jemand bahnte sich an ihm vorbei den Weg zu den Sitzreihen. Für einen Moment war Pandur die Sicht genommen. Als er wieder zu der Stelle schauen konnte, wo er die Frau entdeckt hatte, war sie verschwunden.

Pandur schüttelte benommen den Kopf. Die Ähnlichkeit mit Natalie war wirklich verblüffend gewesen.

Was ist los mit dir, Chummer? Erst dieses Mädchen, das dich an Jessi erinnert hat. Jetzt eine Frau, in der du Natalie zu erkennen glaubst. Bist du auf dem besten Wege durchzuknallen?

Auf den Rängen des Amphitheaters herrschte diffuses Licht. Die auf den Hexentanzplatz gerichteten Scheinwerfer erzeugten bizarre Schatten und verzerrten die Proportionen. Zwielicht und Schatten. Die ideale Kombination für trügerische Sinneseindrücke und Illusionen. Vage Ähnlichkeit formt sich zu einem Wunschbild.

Die Wiederaufnahme der längst beendeten Beziehung zu Jessi. Das abrupte Ende dieser zweiten Episode. Die Einsamkeit des Wolfes. Die Sehnsucht nach Natalie, die vor Burg Königsberg starb. Die Erinnerung an eine kurze, heftige Liebe, aus der viel mehr hätte werden können. Dies alles läßt dich Gespenster sehen, Chummer.

Pandur zwang sich, nicht mehr an die Frau in der Kutte zu denken und auch nicht nach ihr Ausschau zu halten. Er sah zu den vordersten Reihen des Halbrunds herab. Dort saßen fast nur junge Frauen. Alle trugen lange Röcke, und jede von ihnen hatte einen Besen, einen Stock oder eine Gabel dabei. Pandur entdeckte auch das blonde Mädchen, das eine gewisse Ähnlichkeit mit Jessi besaß. Offensichtlich war es kein Zufall, daß diese jungen Magierinnen beieinander saßen.

Pandurs Vermutung bestätigte sich. Die jungen Hexen erhoben sich von ihren Plätzen und begaben sich zum Hexentanzplatz. Drei ältere Frauen in langen, lilafarbenen Gewändern lösten sich aus den Schatten am Rande des Platzes und gesellten sich zu den jungen Mädchen. Das Gemurmel im Amphitheater erstarb.

Irgendwo im Schatten, links und rechts vom Tanzplatz, hockten fünf oder sechs Gestalten, die Pandur nur schemenhaft erkennen konnte. Um so besser waren sie jetzt zu hören. Sie schlugen auf lauten und dumpfen Trommeln einen schwerfälligen Rhythmus.

Die jungen Hexen warfen Besen, Stöcke und Gabeln auf einen Haufen, faßten sich an den Händen und bildeten einen Kreis um die älteren Frauen in den lila Gewändern. Intuitiv erfaßte Pandur, daß die drei Frauen zu den dreizehn Mitgliedern des Hohen Coven gehörte. Er hoffte nur, daß Fioretta nicht zu jenen gehörte, die sich dort im Kreis aufhielten. Sonst wäre Rems Suche nach ihr vergeblich und die Hoffnung, sein Anliegen vorzubringen, aussichtslos.

Die jungen Hexen begannen im Rhythmus der Trommeln einen Ringelreigen, drehten sich langsam um die älteren Hexen. Letztere wandten die düster bemalten Gesichter den Versammelten zu. Eine von ihnen, eine grauhaarige Elfin, hob die Hand. Das Trommeln wurde eingestellt, aber die jungen Hexen drehten sich weiter im Kreis. Die Elfin begann damit, einen Vers zu skandieren, und wechselte sich dabei Zeile um Zeile mit den beiden anderen Hexen ab.

»Du mußt verstehn!
Aus Eins mach Zehn,
Und Zwei laß gehn,
Und Drei mach gleich,
So bist du reich.
Verlier die Vier!
Aus Fünf und Sechs –
So sagt die Hex –
Mach Sieben und Acht,
So ists vollbracht:
Und Neun ist Eins,
Und Zehn ist keins.
Das ist das Hexen-Einmaleins!«

Das Trommeln setzte wieder ein, diesmal hektischer. Der Kreis der jungen Hexen drehte sich schneller und schneller. Nach einer Weile hob die Elfin erneut die Hand, das Trommeln erstarb, die Mädchen drehten sich weiter. Die alten Hexen wiederholten den Vers.

»Du mußt verstehn!
Aus Eins mach Zehn ...«

Jemand drückte Pandur kaltes Metall in den Nacken.

»Langsam umdrehen, Walez!« sagte eine kalte Stimme.

Pandur mußte den Kerl nicht sehen, um zu wissen, wer es war. Von allen seinen Feinden hatte er ihn am wenigsten an diesem Ort erwartet.

»Wo sind denn die Drekheads, die sonst das Grobe für dich erledigen, Pederson?« sagte er, während er sich dem Exec zuwandte.

»Keine unüberlegte Bewegung!« herrschte ihn Pederson an. Er hielt ihm die Mündung einer Walther Secura jetzt unter die Nase.

Pandur starrte in die kalten Augen des Mannes, sah das Glitzern des in die Wange implantierten Logos der Burschenschaft.

Pederson tastete Pandur mit der freien Hand ab. Er spürte die Konturen des Colt Manhunter, öffnete Pandurs Synthojacke, zog die Waffe aus der Brusttasche und warf sie im hohen Bogen fort. Pandur hörte sie erst nach einiger Zeit aufschlagen und dann zusammen mit losem Gestein wegrutschen.

Ade. Weiß der Henker, wo die gelandet ist. Die finde ich im Leben nicht wieder.

Pederson schien ganz gut zu wissen, wo seine Cops ihre Waffen versteckten. Er fand auch das Messer, das in Pandurs Stiefelschacht steckte. Es bekam ebenfalls eine Luftreise spendiert und verschwand in irgendeiner Felsspalte.

»... Und Neun ist Eins,
Und Zehn ist keins.«

»Mitkommen«, sagte Pederson.

Der Exec drückte Pandur den Lauf der Secura gegen die Wirbelsäule und schob ihn vor sich her. Er dirigierte ihn ein Stück des Pfades hinunter, den die Runner benutzt hatten, um das Amphitheater zu erreichen, zwang ihn dann jedoch, einen anderen Weg zu nehmen, der zurück in die Felsen führte. Zu Pandurs Enttäuschung war es nicht die Richtung, in die Rem verschwunden war. Er hatte gehofft, der Zwerg würde von der Roßtrappe zurückkehren und ihm helfen.

»Da hinauf!« Pederson zwang ihn, den Pfad zu verlassen.

Das Flutlicht vom Hexentanzplatz und das Mondlicht sorgten für ausreichend Helligkeit. Sie kletterten über eine Felsscholle. Pandur wartete auf seine Chance. Eine Unaufmerksamkeit des Execs. Ein Ausrutscher. Eine schwierige Stelle, an der Pederson beide Hände zum Klettern benutzen mußte. Aber der Exec verhielt sich erstaunlich geschickt. Und er hatte sich für den Trip ins Gebirge vorbereitet. Er trug Kletterstiefel, die ihm einen besseren Halt verschafften als Pandur. Er hatte sogar eine Kniebundhose und eine enganliegende Lodenjacke angezogen. Kein Frack heute. Waidmannsheil war angesagt. Aber natürlich stilvoll.

»Da hinein!« Der Exec wies auf eine Nische im Gestein.

Pandur schob sich in die Nische und wartete ab. Er hatte keine Ahnung, was der Drekhead von ihm wollte. Aber er setzte auf das ökonomische Denken des Execs. Es wäre unsinnig gewesen, ihn an diese Stelle zu entführen, wenn Pederson nichts anderes im Sinn hatte, als ihm eine Kugel zu verpassen. Das hätte er am Amphitheater einfacher haben können, und das Risiko wäre nicht größer gewesen. Die Trommeln dröhnten laut genug, um Schüsse zu übertönen. Und dort hätte er schnell ungesehen verschwinden können.

Pederson hockte sich auf einen Felsen vor der Nische, die Secura in der Hand, aber jetzt nachlässiger zielend.

Zu weit entfernt, um die Distanz mit einem plötzlichen Sprung aus dem Stand zu überwinden. Scheiße.

Das Trommeln in der Ferne riß ab. Die Hexen deklamierten neue Verse, diesmal in altertümlichem Deutsch.

»Sieh wie die teufflisch Hexen-Rott /
Nachdem sie hat verleugnet GOTT /
Ganz schrecklich bey naechtlicher Zeit /
Suchet hie ein elende Freud /
Bald auff ein Berg bald in ein Thal /
In oeden Oertern ueberall /
Da ihn der Teuffel samt den seinen /
So schrecklich scheußlich thut erscheinen.
Daß man sich billich fuerchten solt /
Und solchem Spiel werden abhold.«

Das Trommeln setzte wieder ein.

»Okay«, sagte der Exec. »Ich will Ihre Frage von vorhin beantworten. Ich weiß, wozu der Hohe Coven in der Lage ist, wenn man den Walpurgis-Firlefanz stört. Es wäre keine gute Idee gewesen, Helikopter zu schicken. Was nicht heißen soll, daß meine Leute nicht in der Nähe sind. Aber ich hielt es für eine gute Idee, mich selbst um die Sache zu kümmern.«

Pandur lachte. »Hast du überhaupt noch Leute, Pederson? Der Arsch ist bald ab, oder?«

Pederson Augen glitzerten im Mondlicht. »Aha, jemand schaut sich Nachrichtenshows an. Ganz schön beachtlich für Leute Ihresgleichen. Hätte ich Ihnen nicht zugetraut.«

»Die Graue Eminenz wird dir den Stuhl vor die Tür setzen, Drekhead. Wer weiß, vielleicht begegnen wir uns bald irgendwo in den Schatten. Wie wär's mit 'ner Karriere als Messerklaue? Mit deinem Sadismus könntest du es weit bringen in dem Job.«

Pederson ließ sich zu keiner unbedachten Reaktion hinreißen. »Keine Sorge, Walez. Im Gegensatz zu Ihnen werde ich es niemals nötig haben, nach der Pfeife anderer Leute zu tanzen!« Er schien sich auf das zu besinnen, was ihn an diesen Ort geführt hatte. »Wir mögen einander nicht, Walez. Aber wir haben einen gemeinsamen Feind. Vielleicht finden wir doch noch zu einer Übereinkunft.«

Pandur spuckte aus.

»Okay, Walez, unser letztes Zusammentreffen verlief nicht sehr erfreulich. Das gilt übrigens für beide Seiten. Vergessen wir das einfach. Ich komme auf das Angebot zurück, das ich Ihnen in Berlin machte. Und ich lege gern noch etwas drauf.«

Er wartete, aber Pandur würdigte ihn keiner Antwort.

»Ich weiß, was Sie hier suchen, Walez. Sie wollen genau das, was mir die Magier an den Externsteinen enthüllen sollten. Die Identität des Gegners, den Sie zutreffend Graue Eminenz nennen.«

Pandur zuckte die Schultern. »Ich arbeite nicht mit Natalies Mörder zusammen.«

»Natalie ist nicht tot.«

»Ich habe ihre Leiche mit eigenen Augen gesehen, Drekhead!«

»Man kann nicht alles glauben, was man sieht, Walez ...«

»Leck mich.«

»Gut, lassen wir das Thema. Walez, wenn Sie erfahren, wer Sie manipuliert hat, werden Sie Hilfe benötigen. Die Graue Eminenz wird ein harter Brocken sein. Jemand aus der ersten Garnitur, einer, der schon ziemlich weit oben im Machtgefüge der Welt steht und drauf und dran ist, nach den Sternen zu greifen. Glauben Sie im Ernst, Sie können mit dem fertig werden? Sie und der Müll, den Sie in den Schatten zusammenkehren mögen? Die Graue Eminenz ist ein paar Nummern zu groß für Sie, mein Guter.«

»Schon möglich. Aber sie ist auch ein paar Nummern zu groß für dich, du Arschloch.«

Pandur wußte, daß er mit seinem Leben spielte. Aber er wußte auch, daß Pederson ihn brauchte. Und er war seiner Sache sicher, daß sich Pederson beherrschen konnte, wenn er ein Ziel verfolgte.

»Gut.« Die Stimme verriet, daß ihm die Beherrschung schwerfiel. »Der unbekannte Gegner ist auch für mich ein harter Brocken. Aber ich habe die Mittel, ihn zu zerschmettern. Noch. Überlegen Sie sich das, Walez. Sie können mit einem Schlag ihre sämtlichen Probleme lösen. Sie bekommen von mir einen dreifach beringten Kredstab mit einem Guthaben, das Ihnen für den Rest Ihrer Tage ein unbeschwertes Leben ermöglicht. Dazu eine neue Identität, um diese Tage unbehelligt genießen zu können. Und vor allem, Walez, die absolute Gewißheit, daß meine Konzerntruppen die

Graue Eminenz aufstöbern und vernichten werden, wo immer sie sich aufhalten mag. Das sollte genügen, um Animositäten und frühere Differenzen vergessen zu lassen.«

Du verdammter Drekhead! Animositäten und Differenzen nennst du es, wenn du meine Chummer umbringst und versuchst, mich in den Orkus zu blasen.

Auf dem Hexentanzplatz verstummten die Trommeln. Deutlich war der Sprechgesang der Hexen zu hören.

»Seind ihr doch viel / ja ganze Schaaren /
So ungestuem zusammen fahren /
Etlich auf Gabeln in der Lufft /
Fahren ueber hohe Berg und Klufft /
Andre kommen daher auff Drachen /
Etlich auff Bock sich reitend machen /
Ein die Ander lockt herbey /
Da man sie lehrt die Zauberey /
Dies lehrt das Gift bereiten /
Ein andere viel Zeichen deuten /
Etliche bringen zu die Nacht /
Mit fressen / sauffen ueber Macht …«

Erneut setzten die Trommeln ein.

»Was ist, Walez? Schlagen Sie ein! Es ist uns beiden damit gedient, und für Sie ist es ein verdammt gutes Geschäft!«

In diesem Moment fiel ein Schuß. Er kam von einem Felsen in der Nähe. Pederson taumelte, stolperte und verlor die Secura. Pandur dachte schon, es habe ihn erwischt. Aber der Kerl fing sich ab. Er schien unverletzt zu sein. Wenn die Kugel ihn getroffen hatte, dann war sie in seiner Schußweste steckengeblieben. Er glitt in eine Felsspalte und war wenig später wie vom Erdboden verschwunden. Leise Geräusche, die sich entfernten, verrieten, daß er einen Fluchtweg gefunden hatte.

»Rem?« Pandur trat aus der Nische, kniete nieder und suchte nach der Walther Secura. Sie mußte irgendwo in der Nähe liegen, aber er konnte sie nicht finden.

Eine Gestalt löste sich aus der Deckung eines Felsens. Sie trug ein Gewehr, eine leichte Waffe, vielleicht ein Ruger 100 Sportgewehr. Die Gestalt war entschieden zu groß für einen Zwerg. Pandur kam ein schrecklicher Verdacht.

»He, Walez!« rief die Stimme eines Mannes. »Aufstehen, du Arsch!«

O Scheiße. Vom Regen in die Traufe. Chummer, du bist offenbar die Zielscheibe für jeden Drekhead, der hier im Mondlicht herumspaziert.

Pandur erhob sich und sah Ricul ins Gesicht. Er fragte sich, warum der Mafioso ihn nicht längst über den Haufen geschossen hatte. Oder wollte er ihm ebenfalls ein Geschäft anbieten?

Ricul schaute ihn mit einem tückischen Grinsen an. Pandur hatte ihn lange nicht mehr so nahe gesehen. Er sah den mächtigen Schnauzbart und die tiefen Kerben der rituellen Kreuznarben auf den Wangen, die ihn als Mafioso auswiesen. Das vage Mondlicht, die Reflexe aus dem Amphitheater, die vielen Schatten. Das alles verzerrte die Wirklichkeit. Und doch konnte Pandur sich nicht helfen. Riculs Gesicht wirkte abnormal. Es spiegelte Fanatismus und Wut. Vor allem jedoch eines. Irrsinn.

Ein zweiter Schatten näherte sich von der anderen Seite. Er hatte das Mondlicht im Rücken, und Pandur konnte wirklich nur die Konturen erkennen. Aber sie genügten. Er hatte den Kerl oft genug in jeder nur denkbaren Beleuchtung gesehen. Er erkannte ihn auch als Silhouette. Die struppig aufgerichteten Haare und die spitzen Ohren sprachen eine deutliche Sprache. Vor allem aber der schußbereite Bogen.

Jetzt haben sie dich am Arsch, Chummer. Hier kommst du

nicht mehr raus. Es war dir bestimmt, in der Walpurgisnacht den Löffel abzugeben. Scheiße. Aber einmal muß es ja sein.

»Worauf wartest du noch, du Blödmann?« sagte Boris. »Leg ihn um! Oder soll ich es für dich tun?«

»Rühr ihn nicht an!« schrie Ricul. »Er gehört mir, allein mir!«

Der Killerelf blieb stehen. »Dann beeil dich gefälligst!«

Pandur suchte verzweifelt nach einer Möglichkeit, Ricul zu überwinden oder wenigstens abzulenken. Ihm wollte nichts einfallen. Die verdammte Felsnische gab ihm keinen Schutz, hinderte ihn jedoch in seiner Bewegungsfreiheit. Vergeblich suchten seine Augen das Gestein vor der Nische ab.

Irgendwo muß die verdammte Walther Secura doch liegen! Aber wo?

Wieder hatte das Trommeln ausgesetzt, und der rhythmische Sprechgesang der Hexen wehte herüber.

»Ja andere seyn so gar verrucht /
Treiben mit dem Teuffel Unzucht.
Die Ubrigen sind bey dem Reyen /
Und sich mit Tantzen thun erfreuen.
Bey ihnen auch stetig auffwart /
Scheußlicher Thier mancherley Art /
Als Katzen / Schlangen / Kroeten und Eul /
So machen ein schrecklich Geheul.
Solchs ist ihr Lust / biß sie nach Jahren /
Zur Hoellen mit dem Teufel fahren...«

»Walez«, hob Ricul die Stimme gegen das einsetzende Trommeln an. »Ich habe mir geschworen, dich aus nächster Nähe abzuknallen wie einen räudigen Hund, und genau das werde ich auch tun. Aber zuvor sollst du wissen, warum ich dich geeke.«

»Mach schon!« forderte Boris. »Sonst entwischt uns der andere Drekhead noch.«

»Schnauze!« fuhr ihn Ricul an. »Ich bin noch nicht fertig.«

Er wandte sich wieder Pandur zu, das Gewehr schußbereit an der Hüfte. Pandur wußte, daß Ricul gern aus dieser Position schoß. Und er stand zu nahe, um sein Ziel verfehlen zu können.

Diese irre Funkeln in den Augen! Fast so wie bei Vladek oder besser Krumpf. Als sei damals in Prag ein Virus von dem verrückten Magier auf den Mafioso übergesprungen.

»Walez, du Drecksack!« schrie ihn Ricul an. Seine Stimme überschlug sich beinahe. »Du gehörst zu den Leuten, die für den Tod meiner Mutter verantwortlich sind! Deshalb werde ich dich geeken!«

Irrsinn! Komplett durchgeknallt!

Pandur wußte jetzt, daß er den Mafioso anspringen würde, egal ob er damit etwas erreichte. Um noch eine Galgenfrist herauszuschinden und Ricul vielleicht etwas näher zu locken, fragte er: »Deine Mutter? Ich weiß nicht einmal, daß deine Mutter tot ist, du Blödmann! Wie sollte ich da für ihren Tod verantwortlich sein?«

»Ihr alle habt ihr den Tod gebracht!« brüllte Ricul. Wäre nicht das Trommeln gewesen, hätte man seine Stimme bis ins Amphitheater hören müssen. »Pederson! Natscha! Du! Ich habe mir geschworen, euch alle umzulegen. Ich habe lange gewartet, mich lange beherrscht, um an euch heranzukommen. Aber jetzt ist es soweit. Dich hasse ich besonders, Walez! Aber einen hasse ich noch mehr!«

Ricul riß das Gewehr plötzlich zur Seite und feuerte auf Boris. Dreimal drückte er ab, und jeder der Schüsse traf.

Der Killerelf brach zusammen. Ohne ein Wort zu sagen. Ohne die Chance zu haben, seinen tödlichen Bogen noch einmal einzusetzen.

Pandur glaubte seinen Augen nicht trauen zu dürfen, als er den verhaßten Elfen fallen und sterben sah.

Aber im nächsten Moment schwenkte Ricul die Waffe herum und richtete sie gegen Pandurs Bauch.

»Er hat auf Mutter geschossen«, sagte Ricul. »Deshalb mußtest du ihm den Vortritt lassen. Aber jetzt bist du dran!«

Pandur warf sich nach vorn. Ein einzelner Schuß fiel, aber Pandur fühlte das Geschoß nicht in seinen Körper eindringen. Er konnte nicht glauben, daß Ricul ihn verfehlt hatte. Der Verzweiflungssprung konnte ihn unmöglich aus der Schußbahn befördert haben.

Zum Nachdenken blieb kein Zeit. Er prallte gegen den Mafioso und stürzte mit ihm zu Boden. Er bekam seinen Hals zu packen und begann ihn zu würgen.

Ricul leistete keinen Widerstand. Nach einer Weile merkte Pandur, daß er eine Leiche würgte und daß seine Hände blutbesudelt waren. Als seine Rechte etwas höher glitt, versank sie in einer weichen Masse. Ricul fehlte am Hinterkopf ein Stück Schädel. Ein Geschoß hatte es abgesprengt.

In einer instinktiven Reaktion stieß Pandur den Mafioso von sich. Ricul kippte zur Seite. Direkt neben seinem Kopf lag das fehlende Stück am Boden. Dreißig Zentimeter weiter entdeckte Pandur die Walther Secura, die er die ganze Zeit gesucht hatte. Mechanisch griff er danach.

Einen verrückten Moment lang dachte Pandur, die Waffe sei von allein losgegangen. Aber sie konnte dieses große, häßliche Loch nicht verursacht haben.

Pandur stand auf und sah sich suchend um.

»Rem?« fragte er, leiser als beim ersten Mal.

Der Zwerg war nirgendwo zu sehen. Nichts war zu sehen, was auf das Versteck des unbekannten Schützen hindeutete.

In der Ferne hörte Pandur die Stimmen der Hexen.

»Wenn aber komt der Hanen Gschrey /
So fahren sie wieder heim ohne Scheu /

Uber hohe Berg und tieffe Thal /
Biß daß sie kommen allzumal /
Ein jede Hex an ihren Orth /
Wie man solches wol hat mehr gehort.
Treiben also ohn allen Scheu /
Ihr Hexenwerck und Zauberey.«

Nahe am Amphitheater entdeckte Pandur eine Bewegung. Eine dunkle Gestalt huschte für den Bruchteil einer Sekunde durch das Mondlicht und verschwand dann wieder in den Schatten. Eine zierliche, schlanke Gestalt in einer Kutte. Der winzige Moment im Mondlicht hatte Pandur den vagen Eindruck eines Gesichts beschert.

Es war die Illusion aus dem Amphitheater. Das Gespenst, das die Züge und die großen, traumverlorenen Augen von Natalie trug.

Pandur schüttelte den Kopf.

Spuk! Hexenwerk! Walpurgisnacht!

Er sah auf Ricul hinab, nahm sein Ruger 100 Sportgewehr.

Aber das ist real! Der Drekhead ist wirklich und wahrhaft mausetot. Lucifer hat einen fetten Brocken auf den Spieß bekommen. Zwei fette Brocken!

Mit dem Ruger 100 im Anschlag ging er zu der Stelle, an der Boris zusammengebrochen war. Er stieß den Killerelf mit dem Fuß an, drehte den Körper auf den Rücken. Drei tiefe häßliche Löcher hatten ihm die Brust zerfetzt. Das eine befand sich direkt über dem Herzen. Der Elf lag in einer Blutlache.

Natschas Mörder! Wie oft hast du dir gewünscht, diese Bestie zur Hölle senden zu können. Jetzt ist der Killerelf tot, und du fühlst nicht einmal Genugtuung. Nur Erleichterung. Er kann dir nichts mehr tun, Chummer. Er ist nur noch ein Kadaver, der bald anfängt zu stinken. Ein Fall für eine Prodep, falls sie das in Thale nicht anders handhaben. Ein Fall für die Harpyien. Oder für einen Ghul. Oder auch nur für ein paar hungrige Ratten. Was sonst noch von ihm geblieben sein mag, wird sich der besonderen Aufmerksamkeit Onkel Lucifers erfreuen dürfen.

Pandur hörte ein leises Rascheln. Er fuhr herum, richtete das Gewehr auf den Pfad, von dem das Geräusch ausging. Jetzt waren deutlich Schritte zu hören. Steine lösten sich unter den Sohlen und rollten klickend davon.

»He Chummer!« rief eine Stimme. »Bist du dort oben? Was soll das verdammte Versteckspiel? Fioretta is' bereit, uns zu helfen. Sie wird den Hohen Coven um Erlaubnis bitten. Beweg deinen Arsch, sonst kommen wir zu spät!«

Als Rem ein paar Schritte näher herankam, sah er die Bescherung. Grimmig ging er von einer Leiche zur anderen, kickte dagegen, bis er die Gesichter sehen konnte. Er pfiff leise durch die Zähne. »Ich dachte schon, du würdest hier draußen deine Zeit verplempern, Alter. Aber wie ich sehe, hast du sie überaus sinnvoll genutzt. Die Pest hat zwei dicke Bazillen verloren.«

»Das ist nicht mein Verdienst«, sagte Pandur. »Ein Unbekannter hat mir geholfen.« Pandur verzichtete darauf, dem Zwerg Einzelheiten zu schildern. Er verschwieg, daß er einen Geist gesehen hatte – und wer dieser Geist gewesen war. Er wollte nicht, daß Rem an seinem Verstand zu zweifeln begann. Aber er erzählte ihm von der Begegnung mit Pederson und von dessen Angebot.

»Du kennst meine Einstellung dazu«, sagte der Zwerg. »Nutz den Höllenarsch für deine Zwecke aus, bevor er dich benutzt.«

»Ich kann nicht.«

»Dann verpflichte mich als Manager. Ich regle das für dich. Wir zieh'n dem Drekhead das Fell über die Ohren und geben ihm anschließend die Kugel.«

Pandur wich aus. »Ich habe noch nichts, was ich verkaufen könnte. Wie war das mit Fioretta?«

Der Zwerg hatte den Kompositbogen des Killerelfen in die Hand genommen und eingehend betrachtet. »Mehr wert als der Mistkerl, der ihn benutzt hat«, meinte er. »Aber was soll's? Such Brunhildes Krone!«

Er warf den Bogen über die Felsscholle. Dieser verschwand im Abgrund und platschte Sekunden später in die Bode. Rem wandte sich Pandur zu. »Ah ja … Fioretta. Was soll ich dir sagen? Sie is' ein nettes Mädchen. Sehr hilfsbereit. Aber sie kann es nich' allein entscheiden. Nun komm schon. Ich erzähl' es dir unterwegs.«

Die Runner stiegen über die Felsen auf den Pfad zurück. Von Pederson war weit und breit nichts zu sehen. Aber es gab hier viele Verstecke, und das spärliche Licht machte die Räume eng. Allerdings glaubte Pandur nicht ernsthaft daran, dem Exec noch einmal zu begegnen, bevor das Geheimnis der Grauen Eminenz gelüftet war. Im Grunde hatte Pederson alles gesagt, was zu sagen war, als ihn Ricul zum Rückzug zwang.

Sie erreichten die Weggabel und stiegen wieder den Pfad hinauf, der zum Hexentanzplatz führte. Die Trommeln aus dem Amphitheater dröhnten lauter und hektischer.

»Der Hohe Coven formiert sich«, sagte Rem. »Es dauert nich' mehr lange, bis die Magie fließt. Sie nähern sich allmählich dem Höhepunkt. Nun zu Fioretta und dir. Wie gesagt, sie will uns helfen. Aber es steht nich' allein in ihrer Entscheidung. Der Hohe Coven gewährt einzelnen Bittstellern Hilfe. Aber die Zeremonie darf dadurch nich' gefährdet werden. Die Aufmerksamkeit einzelner Mitglieder darf also nich' zu lange auf andere Dinge gerichtet sein.«

»Und das heißt?« fragte Pandur. Er umklammerte das Ruger 100 fester, als er in der Ferne ein Geräusch hörte. Aber es kam nichts nach. Wahrscheinlich war es nur ein Tier gewesen, das sich durch die Nacht bewegte, auf der Pirsch oder aufgeschreckt durch den Lärm.

»Das heißt, daß es für Bitten dieser Art feste Regeln gibt. Regel eins lautet, die Zeremonie darf nich' gestört werden. Regel zwei besagt, daß die eingesetzte Magie nich' Zielen dienen darf, die den Interessen der Hexen und Hexenmeister entgegengesetzt sind. Über diese beiden Fragen entscheidet der Hohe Coven als Ganzes. Eine einzige Gegenstimme genügt, um das Ersuchen abzuschmettern. Das größte Hindernis dürfte jedoch sein, daß Fioretta die magischen Kräfte nich' allein kontrollieren kann. Sie benötigt Hilfe. Ein anderes Mitglied des Hohen Coven muß sich bereit erklären, ihr zu assistieren.«

»Daran wird es scheitern«, sagte Pandur.

»Möglich«, antwortete Rem. »Die Mitglieder des Hoven Coven sind Eigenbrötler. Jeder hält sich selbst für den Größten. Es gibt keine Freundschaften und Fraktionen. Hinzu kommt, daß Fioretta die einzige Zwergin im Coven is' und damit nich' auf Zwergensolidarität hoffen kann.«

Pandur war überrascht. »Du hast nicht erwähnt, daß sie eine Zwergin ist.«

»Hättest du dir aber denken können, Alter! Welche Connections sollte ich sonst wohl zur Hexerei haben, he?«

»Ich habe längst den Überblick über Art und Zahl deiner Connections verloren, Chummer.«

Rem grinste nur.

Die Runner betraten das Amphitheater. Unten tanzten immer noch die jungen Hexen zum Rhythmus der Trommeln. Die drei älteren Hexen hatten sich aus dem Kreis zurückgezogen. Pandur entdeckte sie in einer Gruppe von Hexen und Hexern, die sämtlich lila Gewänder trugen und sich am Fuße des Hexentanzplatzes versammelt hatten. Er zählte die lila Roben. Dreizehn. Der Hohe Coven war vollständig versammelt.

Die Hexen und Hexer steckten die Köpfe zusammen und tuschelten miteinander.

Die Runner schienen im richtigen Moment gekommen zu sein. Die kleinste der lilagewandeten Hexen hatte sie entdeckt. Eine Zwergin, jünger als Rem. Sie hatte ein rundes Gesicht. Muntere, fast schelmisch wirkende kleine Augen widersprachen der düsteren Bemalung und ließen es freundlich erscheinen. Das mußte Fioretta sein. Die Zwergin löste sich ein paar Schritte von der Gruppe und winkte die Schattenläufer heran.

Pandur und Rem bahnten sich einen Weg nach unten. Sie mußten sich an Teilnehmern des Konvents vorbeidrängen oder über sie hinwegsteigen. Viele hatten auf den Sitzbänken keinen Platz mehr gefunden und blockierten die Gänge. Pandur hielt das Gewehr vor der Brust, die Mündung dem Himmel zugewandt, und versuchte, einen aggressiven Eindruck zu vermeiden.

Endlich hatten sie den Hexentanzplatz erreicht. Gerade setzte das Trommeln aus. Die jungen Hexen lösten den Kreis auf, griffen die vorher abgelegten Besen, Stöcke und Gabeln und begannen darauf herumzuhüpfen. Diesmal waren sie es, die als vielstimmiger Chor einen Text skandierten.

»Boeckereiten / Gabelfahrn / Unzucht-Tantze /
Adlers-Klauen /
Baerentatzen / Loewenmaehn / Teuffels-Larven
sind zu schauen.
Sehet wie die Koenigin / gelben Gifft zum Fest
muß kochen /
Und das alte Hexen-Volck / zeiget kleiner Kinder
Knochen ...«

Fioretta nahm die Chummer zur Seite. Pandur beugte sich herab, um sie besser verstehen zu können.

»Der Hohe Coven hat keine Einwände«, sagte sie.

»Aber es ist mir noch nicht gelungen, jemanden zu finden, der mir hilft. Ich weiß nicht, wen ich noch ansprechen soll. Alle, die ich etwas besser kenne, haben abgelehnt.«

»Shit!« fluchte Rem. »Hilft es vielleicht, mit 'nem Ebbie nachzuhelfen?«

Fioretta schüttelte heftig den Kopf. »Das wäre der sicherste Weg, das Ganze zu verhindern. Schon eine Andeutung in dieser Richtung könnte als Beleidigung aufgefaßt werden und tödliche Konsequenzen haben.«

»Mein Manager!« stöhnte Pandur. »Du hättest uns satt hineingeritten, Chummer!«

Als Pandur aufsah, entdeckte er einen lilagewandeten Hexer, der zu ihnen herüberblickte. Ein Elf mit einer Fülle prächtiger Locken. Gesicht und Haltung drückten eine Art aristokratischer Würde aus, vielleicht gepaart mit einer Spur Arroganz. Pandur war sicher, den Hexer schon einmal irgendwo gesehen zu haben, aber ihm wollte nicht einfallen, bei welcher Gelegenheit das gewesen sein mochte.

Der Elf schlenderte zu ihnen herüber.

»Neues Spiel, neues Glück, Walez?« fragte er mit einem spöttischen Lächeln.

Plötzlich fiel es Pandur wie Schuppen von den Augen. Rügen, Herzogtum Pomorya. Herzog Jaromar Greif!

»Sie gehören dem Hohen Coven an?« fragte Pandur verblüfft.

Jaromar zuckte die Achseln. »Ich bin bei manchem Spiel dabei. Im übrigen hat der jeweilige Herzog von Pomorya Anspruch auf einen Platz im Hohen Coven. Das ist Tradition und nicht mein Verdienst.«

Fioretta hatte erstaunt aufgesehen. »Ihr kennt euch?« Ein Hoffnungsschimmer trat in ihre Augen.

»Es wäre ein Wunder gewesen, wenn wir uns bei diesem Spiel nicht begegnet wären«, sagte Jaromar mit einem rätselhaften Lächeln.

Er wandte sich ab und begab sich gemessenen Schritts wieder zu den anderen. Auf halbem Wege drehte er den Kopf zur Seite und sagte knapp: »Der Bitte kann entsprochen werden. Ich unterstütze dich, Fioretta.«

Pandur hatte kaum noch zu hoffen gewagt. Ein Stein fiel ihm vom Herzen. Er spürte, daß die Zwergin seine Hand packte und sie drückte. Ihre Augen funkelten.

»Wartet hier und unternehmt nichts«, sagte sie. »Es wird eine Weile dauern, weil die anderen Dinge Vorrang haben.« Sie blickte Pandur an. »Sei unbesorgt. Es wird dir nichts geschehen. Wenn es soweit ist, wirst du es spüren. Laß es zu, und wehre dich nicht dagegen. Wenn dein Bewußtsein sich sperrt, machst du es Jaromar und mir nur unnötig schwer. Es kann sein, daß wir dich dann für eine Weile in das Reich der Träume senden müssen. Aber das ist wirklich das einzige, was dir passieren kann. Was du von uns erwartest, wird nicht einfach sein. Wir müssen aus den Resten des Netzes rekonstruieren, wie es einmal ausgesehen hat, als es geknüpft wurde. Es läuft auf eine magische Zeitreise hinaus. Wir müssen Energien aufspüren, die in der Vergangenheit des Astralraums verwurzelt sind. Aber ich denke, wir werden es schaffen.«

Sie wandte sich abrupt um und reihte sich neben Jaromar in die Gruppe der Dreizehn ein.

Wenig später begann sich der Hohe Coven zu formieren. Ein Regisseur im Hintergrund schaltete Rotfilter vor das Flutlicht und die auf den Hexentanzplatz gerichteten Spots. Ein gespenstische Atmosphäre breitete sich aus.

Die grauhaarige Elfin, die schon bisher die Zermeonie geleitet hatte, führte die Männer und Frauen in den lila Roben auf den Hexentanzplatz. Sie ging allein voran. Die anderen folgten paarweise. Fioretta und Jaromar bildeten den Abschluß der Prozession.

Die Trommeln schwiegen. Die jungen Hexen hörten

auf zu tanzen, wichen respektvoll zurück, bildeten eine Gasse und ließen sich links und rechts davon erschöpft zu Boden fallen. Im Auditorium war es so still geworden, daß man das Rauschen der Gewänder hören konnte.

Die Dreizehn traten bis an das Ende des Plateaus und bildeten einen Halbkreis, der zum Abgrund hin geöffnet war. Die Elfin begann zu skandieren und sprach die ersten drei Zeilen. Dann wurde sie Zeile um Zeile von einem anderen Mitglied des Hohen Coven abgelöst.

»Es schweigt der Wind, es flieht der Stern,
Der trübe Mond verbirgt sich gern.
Im Sausen sprüht der Zauberchor
Viel tausend Feuerfunken hervor.

Es trägt der Besen, trägt der Stock,
Die Gabel trägt, es trägt der Bock;
Wer heute sich nicht heben kann,
Ist ewig ein verlorner Mann!

Die Salbe gibt den Hexen Mut,
Ein Lumpen ist zum Segel gut,
Ein gutes Schiff ist jeder Trog:
Der flieget nie, der heut nicht flog!

Und wenn wir um den Gipfel ziehn,
So streichet an dem Boden hin
Und deckt die Heide weit und breit
Mit eurem Schwarm der Hexenheit!«

Mit dieser letzten Zeile wandten sich die Dreizehn zu den jungen Hexen um, wichen zurück und bildeten eine Gasse. Die jungen Frauen sprangen auf, rissen sich wie besessen die Kleider vom Leib, rannten nackt zum Abgrund und schwangen sich auf ihre Reisigbesen, Heu- und Mistgabeln oder Stöcke. Die erste Hexe stürzte sich hinab.

Dann geschah das Unfaßbare. Pandur glaubte seinen Augen nicht zu trauen, obwohl ihm Magie vertraut war und er mit etwas Ähnlichem gerechnet hatte. Die Hexe fiel nur einen halben Meter in die Tiefe. Dann schwang sie sich aus dem Abgrund hervor, ritt auf ihrem Besen wie die Jünger von STALINS FAUST auf ihren Raketen und kreischte vor Vergnügen.

Im nächsten Moment stürzten sich weitere Hexen in den Abgrund, darunter die Blonde, die nackt noch mehr Ähnlichkeit mit Jessi besaß als zuvor. Sie hatte einen makellosen, schlanken, jugendlichen Körper mit festen, wohlgeformten Brüsten. Jauchzend tauchten die jungen Frauen wieder auf und glitten auf ihren merkwürdigen Fluggeräten durch die Luft. Im Nu war der Großteil der Hexen in der Luft, und bald hatte auch die letzte von ihnen den Tanzplatz verlassen. Lachend, kreischend und jubelnd kurvten die Hexen über dem Amphitheater. Dann, wie auf einen geheimen Befehl hin, schraubten sie sich höher, verließen in einer langen, gewundenen Kette den Hexentanzplatz und verschwanden im Dunkel. Frenetischer Jubel des Auditoriums begleitete sie.

»Jetzt fliegen sie zum Brocken«, sagte Rem. »Sie werden die ganze Nacht um den Berg herumfliegen und erst am Morgen zurückkehren.« Er grinste. »Allerdings warten dort Hunderte von männlichen Magiern. Der Brocken is' genauso hermetisch abgesperrt wie der Tanzplatz, nur daß man dort erst recht keine uneingeladenen Gäste duldet. Wie es heißt, sind die Hexen keineswegs die ganze Nacht in der Luft, sondern pflegen auch die anderen Bräuche der Walpurgisnacht. Und zwar auf das heftigste. Du kannst davon ausgehen, daß oben auf dem Brocken gehörig gerammelt wird. Mit Magie geht es bekanntlich am besten.«

Rem schien mit seiner mehr oder weniger begründeten Vermutung nicht ganz schiefzuliegen. Pandur fiel auf, daß das Auditorium in Unruhe geriet. Vornehmlich jüngere Männer erhoben sich von ihren Plätzen und strebten den Ausgängen zu. Wahrscheinlich war ihnen eingefallen, daß sie noch dringende Geschäfte am Brocken zu erledigen hatten. Sie würden sich allerdings der allgemein gebräuchlichen Verkehrsmittel bedienen müssen, denn das Fliegen auf Besenstielen schien den jungen Hexen vorbehalten zu sein.

Pandur spürte seine innere Unruhe anwachsen. Er fühlte die Magie nicht, die diesen Ort umwaberte, aber er wußte, daß sie vorhanden war. Sie steckte im Boden und war durch das Tanzritual, die skandierten Verse, die als Kraftfokus dienten, und nicht zuletzt durch die magischen Talente der Anwesenden geweckt worden. Anders war der Ritt der Hexen nicht zu erklären. Levitation. Die Antwort der Magie auf die Gesetze der Physik. Auf die Gesetze der materiellen Welt.

Die magischen Ströme bildeten ein Band zwischen dem Hexentanzplatz und dem Brocken, umlagerten die beiden Stätten, hüllten sie ein und durchdrangen alles, was sich dort befand.

Pandur wußte, daß seine Stunde gekommen war. Er hoffte inständig, daß damit auch das Ende seiner jahrelangen Suche nach der Grauen Eminenz bevorstand. Zugleich ging ihm das unerwartete Wiedersehen mit Herzog Jaromar durch den Kopf.

Chummer, kann es sein, daß sich hier der Bock zum Gärtner gemacht hat? Dieser rätselhafte Jaromar… Wenn er nun selbst die Graue Eminenz ist… Er wäre genau am richtigen Fleck, um seine Enttarnung zu verhindern.

Dann spürte er, worauf er schon die ganze Zeit gewartet hatte. Sanfte Finger griffen nach seinem Geist. Es war wie damals, als Manda Alexandrescu, Natalies Mutter, ihr Totem angerufen und der Wolf seine schnüffelnde Nase in seine Gedanken gesteckt hatte.

Er ließ es geschehen. Es war nicht mehr als ein immaterieller Hauch, ein Nichts, das sich in einer anderen Dimension definierte.

Es wäre vielleicht eine gute Idee gewesen, die Augen zu schließen und an nichts zu denken. Aber niemand hatte ihm geraten, dies zu tun. Wahrscheinlich hätte er den Rat auch nicht befolgt. Er war ein Schattenläufer. Runner schließen die Augen, wenn sie allein sind und schlafen wollen. Oder wenn sie spüren, daß der Absprung zur Großen Flatter unmittelbar bevorsteht. Aber nicht auf dem Run.

Nicht wenn Geier wie Pederson in der Nähe sind. Oder Steamhammer. Oder der Butcher. Mit ihnen mußt du rechnen, Chummer. Der Grauen Eminenz wurden zwei Spitzenkräfte geklaut, für Lucifer abgeworben. Aber sie ist noch längst nicht am Ende. Sie kann die kleine Horrorbrigade jederzeit wieder auffüllen. Es gibt viele wandelnde Misthaufen, die nach einer Beschäftigung suchen.

Pandurs Blick wanderte über den Hexentanzplatz, suchte Fioretta und Jaromar. Die Dreizehn hatten einen Kreis gebildet und sich bei den Händen gefaßt. Sie schienen wie in Trance versunken. Pandur nahm an, daß sie die magischen Energien formten und kontrollierten, auf denen die jungen Hexen um den Brocken flogen. Sofern sie nichts anderes zu tun hatten. Wie die Zwergin und der Elf.

Pandur sah die beiden. Sie waren konzentriert wie die anderen. Sie formten und kontrollierten die magischen Energien wie die anderen. Aber sie lenkten einen kleinen Teilstrom in eine andere Richtung. In seinen Kopf.

Pandurs Blick glitt weiter nach rechts, wo der Hexentanzplatz die ersten Reihen des Amphitheaters berührte. Er sah Gestalten auf den Rängen sitzen. Die meisten Gäste harrten aus. Ihre Gesichter strahlten die gleiche Ferne aus wie die Gesichter der Dreizehn. Vermutlich beteiligten sie sich nach ihren Kräften an der Kontrolle der Energien. Oder sie badeten darin. Pandur hatte nur eine vage Vorstellung von dem, was ein Magier empfand, wenn er den Kräften des Astralraums gegenübertrat.

Inmitten der in sich versunkenen Gestalten gab es eine einzige, die nicht in den Astralraum schaute. Statt dessen blickte sie zu ihm herüber.

Eine schlanke Gestalt in einer Kutte. Ein schmales Gesicht mit großen, warmen Augen, eingerahmt von einer schwarzen Kapuze.

»Natalie!« rief Pandur.

Unwillkürlich versteifte er sich, obwohl Fioretta ihn davor gewarnt hatte. Er konnte nicht anders. Er spürte den fremden Geist zurückweichen.

Der Zwerg schob sich in Pandurs Gesichtsfeld. Die Frau in der Kutte war verschwunden.

»Was ist los, Alter?« fragte Rem besorgt.

»Chummer, ich verliere den Verstand«, stöhnte Pandur. »Ich sehe Gespenster. Ich sehe … ich sehe Natalie.«

Der fremde Geist schob erneut einen tastenden Finger vor, energischer diesmal. Der Finger berührte irgend etwas in Pandurs Kopf. Es tat nicht weh. Es war nicht einmal unangenehm. Es war nichts als eine Berührung.

Pandur spürte, daß er das Bewußtsein verlor. Aber bevor er in das Nichts hinabtauchte, hörte er die Stimme des Zwergs.

»Du bist nicht verrückter als sonst, Thor Walez. Du siehst keine Gespenster. *Natalie lebt, verdammt noch mal!*«

Dann war nichts mehr.

Als er erwachte, lag er auf dem Felsboden vor dem Hexentanzplatz. Sein Kopf war höher gebettet. Er lag auf etwas Weichem.

Er öffnete die Augen.

Und sah Natalie. Sie hatte die Kapuze zurückgeschlagen. Er erkannte sogar die lange Narbe, die über ihren Hals verlief. Es konnte überhaupt kein Zweifel daran bestehen, daß es sich um Natalie handelte.

Sie lächelte ihn an, beugte sich zu ihm herab und küßte ihn auf den Mund.

Kein Gespenst, Chummer. Eine Frau.

»Ich habe dich vermißt, Thor«, sagte sie leise und strich über sein Haar.

»Natalie ...«, flüsterte er und richtete sich auf. Er erkannte, daß Natalie seinen Kopf in ihren Schoß gebettet hatte.

Sie stand auf und half ihm, auf die Füße zu kommen. Pandur sah Rem auf einem Felsbrocken sitzen. Er grinste.

»Wie ist das möglich?« sagte Pandur verwirrt. »Natalie, ich habe dich sterben sehen ...«

»Du hast meine Mutter sterben sehen«, gab Natalie zur Antwort. »Illusionsmagie. Weißt du, sie wollte mich unbedingt wieder in die Sippe einbinden. Für dieses Ziel war ihr jedes Mittel recht. Sie hat versucht, die Drekheads loszuwerden, indem sie meine Gestalt annahm und ihnen den Chip und dich auslieferte. Sie hat nicht wirklich verstanden, daß die Killer vor allem den Auftrag hatten, mich zu töten.«

Walez schüttelte benommen den Kopf. Für ihn brach eine Welt zusammen. Natalie in diesen letzten Minuten vor der Höhle. Diese Minuten, die sich in ihn eingebrannt hatten. Ihr Verrat und ihr Tod. Diese Natalie war eine Illusion gewesen.

Natalie hat dich nicht verraten! Natalie lebt! Es war Manda Alexandrescu, diese verdammte Natter, die dir das Gift in den Geist geträufelt hat!

»Sie war ... sehr überzeugend«, sagte er mühsam.

»Illusionsmagie gehörte zu ihren besonderen Talenten«, erwiderte Natalie. »Sie verstand sich darauf, gleichzeitig zwanzig und mehr Personen zu kontrollieren und ihnen Trugbilder vorzugaukeln. Ich habe es als Kind oft miterlebt.«

»Aber ... wie konnte sie die Magie über ihren Tod hinaus ausüben? Ich habe dich mit einem Pfeil in der Kehle gesehen, zerfetzt von der Salve aus einer MP ...«

Natalie sah ihm in die Augen. »Bist du dir sicher? Hast du ihr ... mein ... Gesicht gesehen, als sie tot war?«

Pandur schüttelte den Kopf. »Ich konnte es nicht über mich bringen. Ich war wie gelähmt. Außerdem war Ricul bei ihr und hat mich fortgejagt ...«

Plötzlich verstand er alles.

Ricul! Er hat sie im Arm gehalten. Er hat *ihr Gesicht gesehen. Er hat seine Mutter erkannt. Er wußte, was geschehen war. Vermutlich war er in den Plan eingeweiht. Es erklärt alles. Seine Andeutungen. Seinen Haß auf Natalie. Er wußte ja, daß sie lebte. Er hat sie für den Tod seiner Mutter verantwortlich gemacht. Und mich. Und Pederson. Und Boris. Er hat den Plan gefaßt, uns alle zu vernichten. Hat sich bei Boris und Pederson eingeschlichen. Im Auftrag der Grauen Eminenz. Und in eigener Mission. Aber bevor er Boris, Pederson und mich tötete, wollte er Natalie finden ...*

»Wo hast du so lange gesteckt, Natscha?« sagte er. »Warum hast du mich nicht gesucht?«

»Was glaubst du wohl?« fragte sie. »Zunächst hat Ricul versucht, Mutters Plan in die Tat umzusetzen. Er hat dich vertrieben. Du glaubtest, ich sei tot. Mich hat er dagegen glauben lassen, die Killer hätten nicht nur Mutter, sondern auch dich getötet. Als er zurückkehrte, hatte er Mutter begraben. Angeblich auch dich. Aber Mutters Plan, mich an die Sippe zu binden, hat nicht funktioniert. Ich bin eine Woche geblieben und dann geflohen. Ich wußte, daß Ricul mich nicht hätte gehen lassen.«

»Er hat dich für den Tod seiner Mutter verantwortlich gemacht«, sagte Pandur. »Aber richtig gehaßt hat er dich wohl erst, als du die Sippe verlassen hast. Da hat er sich entschlossen, dich zu töten. Uns alle zu töten.«

Natalie nickte nur.

»Du hast meine Frage noch nicht beantwortet, Natalie. Wo hast du die drei Jahre gesteckt?«

Sie lächelte. »Ist das so schwer zu erraten? Ich glaubte, dich verloren zu haben. Ich hatte die Schatten satt. Ich hatte alles satt.«

»Du warst doch nicht etwa in Hvaldos?«

»Erraten.«

»Und dieser Schweinehund von Rem hat dir nicht gesagt, daß ich lebe?«

Rem fühlte sich angesprochen. »Der Schweinehund weiß erst seit drei Wochen, daß es 'ne Natalie gibt und sich dieser nette Chummer ausgerechnet für 'nen Stinkstiefel namens Thor Walez interessiert.«

»Und dann habt ihr euch verschworen, mich zu verarschen!«

»Halt die Klappe, Chummer«, sagte der Zwerg. »Bedank dich lieber bei Natalie. Sie hat mich dazu gebracht, Informationen über dich zu sammeln und dir zu helfen.«

Pandur legte den Arm um Natalie, und sie kuschelte sich an ihn.

»Ihr habt mich an der Nase herumgeführt«, sagte Pandur zu Natalie. »Ich wette, du wußtest über jeden meiner Schritte Bescheid.«

»Nur in groben Zügen«, gab Natalie zur Antwort. »Rem wollte nicht, daß ich eingreife.«

Rem nickte. »Das war meine Bedingung.« Er sah Pandur scharf an. »Ich wollte, daß du 'nen klaren Kopf behältst und das Ziel nicht aus den Augen verlierst. Und ich wollte gewisse Komplikationen vermeiden.«

Pandur verstand sehr gut, was er meinte. Er sah Natalie an. »Und dann hast du doch eingegriffen. Ohne dich wäre ich jetzt reif für die Kiste. Oder die Prodep.«

»Reiner Egoismus«, meinte Natalie. »Ich wollte dich

nicht gleich wieder hergeben. Ich brauchte mal wieder 'n Kerl fürs Bett, das war alles. Bilde dir also nichts darauf ein.«

»Du hast deinen Halbbruder erschossen!«

Natalies Züge wurden hart. Jetzt war sie wieder fast die Zigeunerin, die Schattenläuferin, die mit ihm bei Renraku eingestiegen war. Es fehlten nur noch die verspiegelte Brille und die Knarre. Oder eine Laseraxt. »Ich bereue es nicht. Er war ein Drekhead und hat den Tod mehr als verdient. Im übrigen konnten wir uns noch nie leiden. Wir waren einfach zu verschieden.«

»Darüber bin ich allerdings froh«, meinte Pandur. »Ich hätte mir kaum vorstellen können, mit Ricul ins Bett zu gehen.«

Der Zwerg räusperte sich. »He, Alter, schwebst du jetzt in den Wolken wie diese Hexen? Kannst du nur noch an das denken, was sie auf dem Brocken treiben? Oder interessiert dich auch noch was anderes? Möchtest du rein zufällig vielleicht wissen, wer hinter der Grauen Eminenz steckt? Oder ist dir das jetzt völlig schnurz?«

Pandur kehrte auf den Teppich der Realität zurück. Er konnte nicht einfach mit Natalie in irgendeinem Loch verschwinden. Er hatte eine Aufgabe zu erledigen. Auch wenn Natalie nicht zu den Opfern gehörte, hatten eine Menge Chummer ihr Leben verloren, weil es entweder der Grauen Eminenz oder Pederson oder beiden so gefiel. Und die Graue Eminenz hatte ihn zu einem Werkzeug erniedrigt, zu einem Spielzeug, das man benutzen und wegwerfen konnte.

Seine Augen verengten sich. »Dann ist das Rätsel endlich gelöst? Wer ist es? Wer ist der verdammte Drekhead?«

»Langsam, Chummer, langsam«, sagte Rem. »Ich hab' nur gefragt, ob du noch Interesse hast. Im Moment wissen wir nich' mehr als du.«

Der Zwerg wandte sich dem Hexentanzplatz zu.

Fioretta und Herzog Jaromar hatten sich aus dem Kreis der Dreizehn entfernt. Sie standen am Rande der Plattform und tuschelten miteinander. Auch einige andere Mitglieder des Hohen Coven legten eine Pause ein. Offenbar genügte es, wenn vier oder fünf Magier im Kreis blieben. Einmal geweckt, floß die Magie auch ohne ihr Zutun und konnte von wenigen im Zaume gehalten werden.

Fioretta sah, daß die Runner auf sie warteten. Sie löste sich von Jaromar und eilte herbei. Neugierig betrachtete sie Natalie.

Dann blickte sie Pandur ins Gesicht.

»Es war noch schwerer als erwartet«, sagte sie. »Aber auch sehr interessant. Eine neue Erfahrung für mich und Herzog Jaromar.«

Sie macht es spannend!

»Dieses magische Netz, das dich einmal mit deinem Gegenspieler verbunden hat, Thor Walez«, fuhr Fioretta fort, »war äußerst kunstvoll und kompliziert gewoben, aber wir konnten es zurückverfolgen, nicht nur in die Vergangenheit, sondern von dort zurück ins Heute.«

Sie macht es verdammt spannend!

Fioretta machte eine Pause.

Pandur wartete.

»Thor, du hast einen machtvollen Gegner«, sagte Fioretta. Ihre sonst fröhlich und freundlich wirkenden Augen drückten Besorgnis aus. »Ich kann dir und Rem nur raten, euch nicht mit ihm anzulegen. Ihr werdet ihm nicht gewachsen sein.«

»Wer ist es?« platzte Pandur heraus.

»Wir konnten seinen Namen nicht in Erfahrung bringen, aber er kommt aus Asien. Er hält sich seit Jahren in der ADL auf. Wir konnten einen winzigen Moment durch seine Augen sehen. Dann hat er uns bemerkt und die Verbindung gekappt. Er lebt an einer Küste oder auf einer Insel. Er kann aus einem riesigen Fenster herausschauen. Dann sieht er das Meer, Teile einer roten Felswand und eine vorgelagerte Felsnadel aus dem gleichen roten Gestein.«

»Helgoland!« platzte Pandur heraus. »Es kann sich nur um die Insel Helgoland draußen in der Deutschen Bucht handeln!«

Der Zwerg nickte grimmig. »Das würde passen. Proteus hat auf einer Sandbank vor Helgoland einen Arcostumpf errichtet.«

Helgoland! Chummer, du hast in Bremerhaven im Computer etwas über Helgoland gefunden, das dir bedeutungslos erschien. Jemand beklagte die unverhältnismäßig hohen Kosten. Wir haben die Graue Eminenz! Sie hat sich auf dem Arcostumpf vor Helgoland verschanzt!

»Ihr solltet noch etwas wissen«, sagte Fioretta ernst. Sie machte eine lange Pause.

Pandur, Natalie und Rem warteten.

Fioretta sah sie der Reihe nach an. Dann ruhte ihr Blick wieder auf Pandur. »Euer Gegner ist ein Drache.«

Die Chummer erstarrten.

»Du bist dir deiner Sache sicher?« fragte Rem schließlich.

»Daran kann es keinen Zweifel geben«, sagte die Zwergin. »Ich habe es mit Herzog Jaromar noch einmal durchgesprochen. Er studiert die verschiedenen Strukturen und Praktiken der Magie von Menschen, Metamenschen und Crittern und ist ein Experte für nichtmenschliche Magie. Die Art und Weise, wie das Netz gesponnen wurde, ist eine Art Monogramm. Nur ein Drache wendet solche Magie an. Nur ein Drache ist überhaupt fähig zu dieser besonderen Art von Magie. Die Knoten dieses Netzes sind unverkennbar die astrale Handschrift eines Drachen.«

Chummer, da hast mit dem größten Drekhead des Universums gerechnet, mit dem Urvater aller Magier, sogar mit dem Höllenfürst höchstpersönlich. Aber nicht mit einem Drachen!

Rem erholte sich als erster von dem Schock. »So ka, die Kanaille is' also ein Drache. Und wenn schon? Sind Drachen vielleicht unsterblich? Nicht daß ich wüßte. Also werden wir diesem verdammten Drachen den Arsch abhobeln. Oder seine Kloake. Oder wie immer er das Ding nennt, das um sein Arschloch rumgebaut ist.«

»Rem, du kannst einem Drachen nicht so einfach den Arsch abhobeln«, sagte Natalie. »Du kommst nicht einmal in seine Nähe. Drachen sind unglaublich starke Magier! Der verbrutzelt uns zu verkokelten Strichmännchen, bevor wir auch nur hallo sagen können.«

»Ein Grund mehr, gar nich' erst hallo zu sagen, sondern gleich loszuballern.« Rem wandte sich Pandur zu. »Begreifst du jetzt, daß wir auf Pedersons Konzerngardisten nich' verzichten können?«

Natalie zuckte zusammen, als der Name ihres Ex-Mannes fiel, aber sie sagte nichts.

Pandur hatte seine Meinung nicht geändert. »Ich will mit dem Schwein nichts zu tun haben!«

»Herrje, wie kann man nur so stur sein!« explodierte der Zwerg. »Okay, du mußt ja nich' mit ihm paktieren. Pfeif auf den dreifach beringten Ebbie, pfeif auf die neue Identität. Aber laß ihn die Drecksarbeit verrichten! Laß seine Cops Helgoland sturmreif schießen! Wir fliegen hinterher und schnappen uns beide. Den Drachen, falls von ihm noch was übrig ist, und Pederson. Na los, Alter! Laß mich das einfädeln. Wir haben keine andere Wahl!«

Rem hat recht, Chummer. Es gibt nur diesen Weg, um die Graue Eminenz loszuwerden. Und mit etwas Glück auch Pederson.

Pandur sah Natalie an. »Ich hasse deinen Ex genausosehr wie die Graue Eminenz. Ich will mit Pederson nicht gemeinsame Sache machen. Aber er besitzt Machtmittel, über die wir im Leben nicht verfügen werden. Entscheide du. Dir hat der Dreksack mehr angetan.«

Natalie sagte nichts. Ihre Züge hatten sich wieder verhärtet. Sie führte die Hände in den Nacken, griff die Kutte, streifte sie sich über den Kopf und ließ sie achtlos zu Boden fallen. Unter der Kutte war sie mit einen dunkelroten Overall bekleidet, so wie damals, als sie mit ihm durch die Schatten lief. Eine Ceska vz/120 und eine Laseraxt hingen im Gürtel.

Natalie griff in die Brusttasche, zog eine Spiegelbrille hervor und setzte sie auf. Die warmen, verletzlichen, träumerischen Augen sah man nicht mehr. Sie wirkte wieder unnahbar und tödlich effizient. Eine Schattenläuferin und Riggerin. Professionell und kompetent. Wie geschaffen für die Schatten, denen sie doch so verzweifelt entfliehen wollte.

»Ich habe noch immer den Geheimcode des Drekheads, mit dem ich leider mal liiert war«, sagte sie tonlos. »Ich glaube nicht, daß er ihn geändert hat. Ich werde mich bemühen, den VidScreen nicht anzuspucken, und dem Kerl sagen, wo er seinen Gegenspieler finden kann.«

»Ich werde ebenfalls 'n VidKom-Gespräch führen«, sagte der Zwerg. »Mit jemandem, den ich als Kind einmal kennengelernt habe. Hätte nie gedacht, daß ich mich an ihn wenden würde. Aber schließlich brauchen wir jede Art von Hilfe, die wir bekommen können, oder?«

Mit wem er reden wollte, ließ er sich nicht entlocken.

»Was schaut ihr mich an?« fragte Pandur. »Soll ich auch jemanden anrufen? So ka. Ich krame mal den Geheimcode von Onkel Lucifer aus dem Speicher und frage ihn, ob die neuen Gäste es auch schön warm haben. Und er soll Platz für Nachschub schaffen.«

11. KAPITEL

›When the Music's Over‹

Hermetische Magie ist in der ADL praktisch akademische Magie: Auch nach dem Erwachen sind echte Magier eher rar, so daß sämtliche deutsche Schulbehörden ein aufmerksames Auge auf alle Kinder geworfen haben, die kurz vor der Pubertät stehen – dem Alter, in dem sich magische Begabung gewöhnlich zeigt. In den eifrigsten Ländern (Thüringen, Brandenburg) sind allmonatliche Untersuchungen auf aurale Hinweise üblich.

Zeigt ein Kind magische Begabungen, wird es in der Regel sofort von einem Schwarm eifriger Werber umlagert: Neben den Staatlichen Magieschulen einiger Länder gibt es noch mindestens acht Internate in Konzernhand, die mit besonderen Leistungen locken, um fähigen Nachwuchs zu finden.

Unabhängig von der magischen Begabung kann man sich daneben noch mit der theoretischen Seite beschäftigen: An Thüringer Gymnasien etwa kann man problemlos Magietheorie als Leistungskurs ins Abitur nehmen, ohne einen Funken magischer Kraft zu besitzen.

Die gründliche Untersuchung aller Kinder führt dazu, daß kaum ein Magiebegabter unerkannt bleibt und auch geringere Talente ausgebildet werden – was den weltweit höchsten Anteil an magischen Adepten (›Halbmagiern‹) in der ADL erklärt.

Ebenso erklären sich dadurch auch die häufigen Streitigkeiten um das Sorgerecht, falls die Erziehungsberechtigten einem Naturkult anhängen: Obwohl das neue Hexentum gesellschaftlich weitgehend anerkannt ist, neigen in manchen Ländern die Behörden (und natürlich die Konzerne) dazu, ein magiebegabtes Kind eher ›zu seinem eigenen Besten‹ in ein hermetisches Internat zu bringen, damit seine Kraft nicht an die Magie der Natur ›vergeudet‹ wird.

An eine entsprechende Schulbildung schließt sich dann fast immer ein Studium und später eine Karriere in der Forschung an – nur wenige Magier entziehen sich dem immer größer werdenden Leistungsdruck der Universitäten und Konzerne (die die Universitäten meist nicht unerheblich durch Drittmittel fördern).

Bei der Einrichtung Magischer Fakultäten standen in Deutschland die großen und traditionellen Universitäten an erster Stelle: Auf den Pionier, die Universität Heidelberg (2024), folgten rasch Göttingen, Tübingen, Marburg, Köln und Berlin.

Erst später zogen Anfang der dreißiger Jahre die jüngeren Neugründungen nach, die dritte Welle kam nach den Eurokriegen und erfaßte die Fachhochschulen, die mehr praxisbezogene Thaumaturgie vermitteln.

Ohne die konzerneigenen Forschungsinstitute existieren in der ADL heute 67 magische Fakultäten oder Fachbereiche an 46 Unis und 21 FHs.

Auch heute noch kann man in Deutschland mit einem hochtrabenden akademischen Titel rasch Ansehen gewinnen – ein Wunsch, von dem auch Magier nur selten frei sind. Im Jahre 2032 wurde daher bundesweit ein System von akademischen Graden geschaffen, die diesem Verlangen Rechnung tragen.

Ein ›Dr. mag. herm.‹ (oft einfach ›Dr. mag.‹) ist demnach ein Gelehrter der Hermetischen Magie, außerdem verleiht die Neue Universität Erfurt noch den ›Dr. utr. mag.‹ (beider Magieschulen, also der Hermetik und des Schamanismus – was sich natürlich nur auf das theoretische Wissen bezieht). Daneben gibt es eine unendliche Fülle von Magister- und Baccalaureusgraden, die kaum etwas über die praktische Beherrschung des Stoffes aussagen. Für eine solide Praxis bürgen dagegen die ›Dipl.-Mag.‹, wie sie von einigen Fachhochschulen verliehen werden.

Die deutsche Praxis unterscheidet sich von der amerikanischen und japanischen vor allem dadurch, daß es die großen konzerneigenen Institute kaum gibt – in der ADL geschieht die Forschung immer noch an den staatlichen Hochschulen.

Eine Ausnahme stellen die in Deutschland angesiedelten Einrichtungen ausländischer Konzerne dar: So unterhält etwa Aztechnology Labors in den Alpen, an der Nordseeküste und bei Heidelberg. Von ultrageheimen Kampfmagielaboren anderer Konzerne wird viel gemunkelt, es gibt aber keine zuverlässigen Angaben.

Den Schwerpunkt der deutschen Forschung bilden eindeutig die Alchimie und verwandte Gebiete: Das Verzaubern, der Umgang mit magischen Materialien und Artefakten, steht sowohl wegen seiner besonderen ›technischen Nutzbarkeit‹ wie auch wegen seiner relativen Verwandtschaft zu den exakten Naturwissenschaften eindeutig auf dem ersten Platz der thaumaturgischen Forschungsthemen.

Zur Zeit wird deshalb vor allem in Heidelberg und Köln an der wirtschaftlichen Umsetzung derartiger magischer Phänomene geforscht.

Es wird vor allem in zwei Richtungen geforscht: In der einen bemühen sich zur Zeit unzählige Magier, die alten Rezepte zum Goldmachen auf reale Anwendbarkeit zu überprüfen. Bislang haben sich derlei Versuche aber allesamt als unergiebig erwiesen, so daß sich heute eher einzelne Okkultisten in Hinterhoflaboren damit befassen, während sich die großen Institute mit der Erforschung der magischen Prozesse bei der Fokusherstellung beschäftigen.

Das Hauptproblem für die Konzerne besteht aber nach wie vor darin, daß fast alle Fokusse und Fetische ausschließlich die Magie unterstützen – ein wirklicher Durchbruch auf dem Markt wäre erst mit Substanzen erreichbar, die auch von der nichtmagischen Bevölkerungsmehrheit nutzbar sind.

Die Erfolge auf diesem Gebiet sind dünn gesät – eine Vorstufe wurde allerdings von der AG Chemie auf der letzten InterMag in Gestalt eines Elixiers präsentiert, dessen Einnahme zum äußerst kurzfristigen Besitz magischer Energie führt. Die drohenden körperlichen Gefahren, die aufwendige Herstellung und nicht zuletzt die

Kosten lassen das Produkt aber noch weit entfernt von der Marktreife erscheinen.

Dr. Natalie Alexandrescu:
Magie und Gesellschaft,
Deutsche Geschichte auf VidChips
VC 22, Erkrath 2051

Die Schlacht tobte seit vierzig Minuten, und sie war blutig. Pederson hatte drei Schnellboote, achtzehn Hornissen, zwei MK Albatross und einen Zeppelin LZ-2040/mi2 aufgeboten. Alle signalisierten mit fetten roten Buchstaben, welcher Megakon zum Privatkrieg geblasen hatte: AG CHEMIE.

Proteus schickte keine Luft- und Seestreitkräfte. Das hatte der Exec der AG Chemie verhindert, indem er den Proteus-Exec Gerold Maria Zukowsky unter Druck setzte und die Komleitungen von Proteus blockierte. Selbst die Proteus-Konzernfrequenzen von Zürich Orbital wurden durch ein derart massives Funksperrfeuer gestört, daß die konzerninterne Verständigung zusammenbrach. Zukowsky und die anderen Execs von Proteus waren ohnehin verunsichert und wußten nicht, ob sie noch eigenständig handeln konnten oder schon dem Diktat der AG Chemie unterlagen.

Aber Proteus Helgoland erwies sich auch ohne Unterstützung der anderen Arcologien als ein dicker Brocken. Der Arcostumpf war gespickt mit cybergesteuerten Huang-Tuangs UZ-P 50, Ruhrmetall GPRL-alpha Raketenwerfern, einer Ruhrmetall L712-CM Selbstfahrlafette mit einer 100-mm-Kanone, von ordinären Raketenwerfern und Flakgeschützen gar nicht zu reden.

Der Ausgang der Schlacht schien zunächst völlig offen zu sein. In der ersten Angriffswelle hatten die Chemiegardisten aus den Koptern Raketen abgeschossen und Bomben geworfen. Sie verloren zwei Hornissen und einen Albatross, erwischten aber eine der beiden Feuerleitzentralen, zwei Alphas und mehrere Geschütze. Seither ging es Zug um Zug. Die Geschütze hatten nacheinander zehn Hornissen vom Himmel geholt, eines der Schnellboote in Brand geschossen und die Kopter auf Distanz gezwungen. Dafür schalteten die Chemiegardisten Geschütz um Geschütz aus. Sie schafften das mit weitreichenden Luft-Boden-Raketen, die von den Schnellbooten und vor allem vom Zeppelin abgefeuert wurden. Die meisten wurden abgefangen und zerstört, aber manchmal drang eine bis an ihr Ziel vor. Die ausgefallene Feuerleitzentrale hatte die Abwehr entscheidend geschwächt. Die Zerstörung der zweiten Feuerleitzentrale schien denn auch das nächste Etappenziel der Angreifer zu sein.

Der Zeppelin erwies sich trotz fehlender Wendigkeit als strategischer Glücksgriff. Er war gut gepanzert und hatte einige Flaktreffer mühelos weggesteckt. Er stand in großer Höhe über Helgoland, unerreichbar für die schweren Geschütze, und feuerte eine Rakete nach der anderen ab. Pandur hatte den Eindruck, daß die Operation von diesem Luftschiff aus geleitet wurde.

Nichts zeigt die Schwäche des Staates so deutlich wie dieses Gefecht vor Helgoland. Der Grenzschutz und die Marine ducken sich in den Häfen und trauen sich nicht einzugreifen! Konzernrecht geht vor ADL-Recht!

Die Runner hielten sich mit ihrem MK Kolibri außerhalb der Reichweite der Geschütze und warteten ab. Die frühe Morgensonne gleißte auf den Plexscheiben und den Aluminiumstreben des Kopters. Sie hatten sich die Maschine auf einem Port in Goslar angeeignet. Pandur war es im Handumdrehen gelungen, mit einem seiner Cyberdeckutilities den Startcode zu entschlüsseln und zu simulieren. Natalie hatte sich mit dem Bordcomputer verdrahtet und flog den Kolibri mit der sicheren Routine einer erfahrenen Riggerin. Ihr Gesicht war unter dem Cyberhelm versteckt.

Wie in alten Zeiten, als sie den Carrona gesteuert hat. Als hätte es die letzten drei Jahren nicht gegeben.

»Ich frage mich, ob Pederson an der Schlacht teilnimmt«, sagte Pandur, der neben Natalie saß. »Normalerweise hält ein Exec seinen Arsch aus Sachen raus, bei denen es brenzlig wird.«

»Er is' bestimmt in der Nähe«, erwiderte der Zwerg. Er saß hinter Natalie. »Er pokert hoch und kann es sich nich' erlauben, die Zügel schleifen zu lassen. Er muß seine Leute antreiben. Die sind bestimmt nich' begeistert, 'nen Konzernkrieg führen zu dürfen.«

»Außerdem will er gewinnen und seinen Sieg genießen« ergänzte Natalie. »Life, nicht zu Hause auf dem Screen. Er mag es, wenn der Gegner vor ihm im Staub liegt. Ich wette, er sitzt in einem der Kopter oder dem Zeppelin und ist dabei, wenn ein Luftlandetrupp abgesetzt wird, um den Drachen zu greifen.«

Ein greller Blitz, gefolgt von einer dicken Qualmwolke und in alle Himmelsrichtungen aufwirbelnden Metallteilen, wahrscheinlich auch einer Menge Wetwareklumpen.

»Volltreffer«, stellte Pandur lakonisch fest. »Die zweite Feuerleitzentrale ist hinüber. Ich schätze, jetzt hat der Drache verspielt.«

Die beiden Huang-Tuangs feuerten noch, aber die Selbstfahrlafette schien keine Lust mehr zu haben. Der Ziellaser malte wirre Lichtbahnen. Die Lafette bewegte sich konfus hin und her, gab ab und zu einen Schuß ab, aber die Geschosse landeten irgendwo im Meer. Eines detonierte sogar auf der Plattform des Arcostumpfes. Die L712-CM wurde zu einer größeren Gefahr für Proteus als für den Gegner.

Die Chemiegardisten setzten zur Offensive an. Der Zeppelin ging tiefer und feuerte ununterbrochen Raketen ab. Die beiden verbliebenen Schnellboote schossen ebenfalls Raketen ab und nahmen die Plattform mit ihren Ruhrmetall SF-40 Zwillingen unter Dauerbeschuß. Eine der beiden Huang-Tuangs detonierte, und die Munitionsvorräte gingen in die Luft. Die Druckwelle der Detonation war so gewaltig, daß selbst der Kolibri davon erfaßt wurde und Natalie ihr ganzes Können aufbieten mußte, um ihn nicht ins Trudeln geraten zu lassen. Eine der Hornissen, die sich zu weit vorgewagt hatte, wurde von der Druckwelle und der hoch in die Luft schießenden Feuersäule erfaßt und stürzte ins Meer. Die zweite Huang-Tuang erwischte den letzten Albatross und fetzte ihn auseinander. Kurz danach schwieg auch die Selbstfahrlafette.

Der AG Chemie blieben jetzt noch fünf Hornissen, das Luftschiff und die Schnellboote. Pederson setzte alles auf eine Karte. Er ließ die Hornissen dicht über das Wasser auf die Plattform zurasen und gleichzeitig den Zeppelin weiter herabsinken. Die zweite Huang-Tuang sprach nicht mehr. Ein einziges Flakgeschütz leistete noch Gegenwehr. Es erwischte eine weitere Hornisse, dann wurde es von einer Rakete für den Schrottplatz präpariert.

Ein Hagel von Blendgranaten ging nieder, gefolgt von Splitterbomben. Die Hornissen und das Luftschiff landeten und spien etwa hundert behelmte und schwergepanzerte Gardisten aus, die zeigten, daß man ihnen auf der Konzernschule beigebracht hatte, wo sich der Abschußbügel eines Sturmgewehrs befand. Es gab Gegenwehr, aber die Chemiecops waren nicht aufzuhalten. Sie trieben die Verteidiger von der Plattform und setzten nach. In den unteren Geschossen begann das große Aufräumen.

Natalie hatte den Kolibri nahe an die Plattform herangesteuert. Unter ihnen lag eine zerschossene Betonwüste. Zwischen den Einschußkratern ruhten der Zeppelin und die vier Hornissen, bewacht von einer Handvoll Gardisten. Einer der Drekheads schoß auf den Kolibri, richtete aber nichts aus. Natalie kannte Reichweite und Zielgenauigkeit eines Colt M22A2 und steuerte die Maschine so, daß der Cop nur auf einen Zufallstreffer hoffen konnte. Er gab die Ballerei bald auf, als er keinen Erfolg hatten.

»An denen müssen wir vorbei, wenn wir unten mitmischen wollen«, sagte Rem.

»An denen kommen wir vorbei, wenn wir uns anstrengen«, meinte Pandur. »Aber was ist mit den Drekheads, die unten herummetzeln? Es sind einfach zu viele.«

»Dann warten wir eben, bis Pederson mit dem Kopf des Drachen erscheint und blasen ihn dann in den Orkus«, meinte Rem.

Pandur überlegte.

Irgend etwas ist falsch ... Chummer, denk nach, verflucht noch mal. Dieser bescheuerte Arcostumpf kann nicht das Quartier des Drachen sein. Wenn er seit eh und je in einer Arcologie gehaust hätte, wäre er nicht die Graue Eminenz, sondern nur ein besonders gut geschützter Exec gewesen!

Plötzlich hatte er es.

»Hoch mit der Kiste!« rief er Natalie zu. »Das da unten ist die falsche Adresse!«

Wortlos ließ Natalie den Kolibri aufsteigen und zog ihn damit vollends aus der Reichweite der Chemiegardisten.

»Du hast vielleicht Nerven, Chummer!« schimpfte Rem. »Willst du damit sagen, du hast dich geirrt? Die Graue Eminenz sitzt nich' auf Helgoland? Es war alles für die Katz? Mann, das darf doch wohl nich' wahr sein!«

»Immer mit der Ruhe«, sagte Pandur. »Die Gegend stimmt. Nur die Hausnummer ist verkehrt.«

»Du mußt mir schon sagen, wohin ich den Kopter steuern soll!« meldete sich Natalie.

»Rüber zur Insel«, sagte Pandur. »Zur Nordspitze. Zur Langen Anna.«

Der Zwerg starrte ihn an. »Laß uns nicht zappeln, du Arsch!«

Pandur hatte ein Einsehen. »Erinnert ihr euch daran, was Fioretta gesagt hat? Die Graue Eminenz schaut aus einem großen Fenster auf das Meer, sieht Teile einer roten Felswand und eine vorgelagerte Felsnadel. Letzteres kann nur die Lange Anna sein.

Aber wie zum Teufel soll der Drache die Lange Anna sehen können, wenn er im Arcostumpf auf der Helgoländer Düne sitzt? Kapiert? Er hat sich auf der Insel selbst verschanzt, und zwar in der Nähe der Langen Anna.«

»Verdammt!« fluchte Rem. »Dann haben wir die AG Chemie in die falsche Richtung geschickt!«

»Würde ich nicht sagen«, antwortete Pandur. »Die Insel ist seit der Evakuierung von 2033 unbewohnt und Konzernterritorium. Inzwischen gehört sie Proteus. Warum wird der Arcostumpf mit Klauen und Zähnen verteidigt, wenn nicht aus dem Grund, das Domizil des Drachen zu schützen? Wahrscheinlich wissen die Proteusgardisten nicht einmal etwas von der Anwesenheit der Grauen Eminenz auf der Insel. Aber ich kann mir gut vorstellen, daß sie den Auftrag haben, den ganzen Komplex zu schützen. Ohne die Attacke der AG Chemie hätte Proteus uns bestimmt längst vom Himmel geholt.«

»Das Ganze hat noch einen Vorteil«, sagte Natalie. »Wir haben jetzt die Chance, den Drachen selbst zu erwischen. Ich kann mir nicht vorstellen, daß seine Behausung ähnlich gut verteidigt wird wie der Arcostumpf.«

»Abwarten.« Pandur war skeptisch. »Aber du hast recht, wir sollten unsere Chance nutzen. Wenn Pederson den Drachen im Arcostumpf nicht findet, wird er seine Schlüsse ziehen.«

»Und den Überlebenden die Scheiße aus dem Leib prügeln«, ergänzte der Zwerg. »Selbst wenn sie keine Ahnung haben, was Sache is', werden ihnen Ungereimtheiten aufgefallen sein. Früher oder später werden wir das Exec-Arschloch im Nacken haben, zusammen mit der ganzen Flöte seiner Konzerncops.«

Natalie kurvte über der Langen Anna und flog dann die Westküste der Insel ab.

»Da ist es!« sagte sie und schaltete mit ihren Riggerinnen das Bild ihrer Front-Vidkamera auf den Hauptscreen. Sie zoomte einen Ausschnitt. Ein in den Felsen hineingebauter Bungalow mit einer riesigen, mindestens vierzig Meter langen und zehn Meter hohen Front aus Panzerglas. Unzugänglich auf halber Höhe der Steilküste. Nur auf dem Luftweg zu erreichen. Das Dach war als Kopterport ausgebaut. Ein MK Albatross und ein Dornier Intercity, beides Privatmaschinen ohne Logo, parkten dort.

Nichts rührte sich in dem Bungalow. Natalie ließ den Kolibri steigen, um aus dem Blickfeld der Glasfront zu gelangen. Innen war nichts zu erkennen. Das Glas war polarisiert oder beschichtet. Man konnte von außen nicht hindurchsehen.

Der Kolibri stand hundert Meter senkrecht über dem Kopterport des Bungalows. Natalies Riggerutilities zoomten den Port Meter für Meter auf den Screen.

»Vidkameras!« sagte Pandur. »Getarnte Geschützöffnungen!«

»Hinter der Blende steht 'ne Zwillingsflak«, meldete Rem.

»Okay«, meinte Natalie. »War wohl nichts mit dem friedlichen Ferienhaus. Ich gehe trotzdem runter, so ka?«

»Macht euch bereit abzuspringen, falls wir beschossen werden«, sagte Pandur. »Natalie, schaffst du es, dich rechtzeitig auszustöpseln und rauszuspringen?«

Natalie nickte. »Ich glaube schon.«

»Wie geht man mit diesen gottverdammten Fallschirmen um?« fragte Rem. »Zwerge sollten sich in Höhlen aufhalten und nich' in der Luft.«

»Einfach die Leine ziehen und abwarten«, meinte

Pandur. »Du kannst gar nichts verkehrt machen. Entweder du schaffst es, oder du schaffst es nicht. Es gibt nur diese beiden Möglichkeiten. So einfach ist das.«

»Danke für den Schnellkurs, Alter. Du warst mir 'ne große Hilfe.«

Natalie ließ den Kolibri wie einen Stein an der Steilwand entlang nach unten sacken. Wer immer sie im Bungalow auf dem Screen hatte, sollte keine Chance bekommen, sich komplizierte Sachen auszudenken. Entweder er versuchte, den Kopter in Stücken runterzuholen, oder er gab seinen Segen, daß er in einem Stück landete.

Die Geschützrohre und die Zwillingsflak bewegten sich nicht. Natalie fing den Kolibri im letzten Moment ab, ließ ihn den Schwung auspendeln und landete hart am Felsen auf dem Kopterport. Ihre Riggerkontrollen schalteten den Rotor aus. Sie stöpselte sich aus und warf den Cyberhelm nach hinten.

Noch immer keine Reaktion.

Die Runner warfen die Fallschirmpacks ab und ließen sich aus dem Kopter gleiten. Der Zwerg hielt die MP-5 im Anschlag, Natalie die Sandler, Pandur das Ruger 100. Geduckt rannten die Schattenläufer über die Freifläche zur Felswand, wo sich ein überdachter Niedergang befand.

Sie stürmten die Treppe nach unten und befanden sich in einem hell erleuchteten Tunnel, der tief in den Felsen hineinführte. Links befand sich eine weitere Treppe.

»Tiefer!« sagte Pandur. »Wir müssen zur Sohle des Bungalows.«

Sie betraten die Treppe. Alarmsirenen heulten auf. Offenbar hatten sie eine Lichtschranke oder sonstige Sensoren passiert. Sie ließen sich nicht davon beeindrucken und rannten weiter die Stufen hinab.

»Der Tanz geht bestimmt gleich los!« schnaufte Rem. »Mal sehen, was die Eminenz für'n Showprogramm zu bieten hat.«

Sie standen in einem quadratischen Raum von vier Metern Kantenlänge. An zwei Seiten befanden sich massive Stahlschiebetüren, schwer und solide wie Türen an einem Fahrstuhlschacht. Sie waren verschlossen, und es gab nirgendwo Sensoren, Tasten oder Schlösser. Sie einzige sichtbare Art von Elektronik befand sich an der Decke. Das Auge einer Vidkamera.

Rem nahm es unter Feuer. Es zersplitterte.

»Heilige Scheiße!« Pandur gab die Suche nach einem verborgenen MagSchloß auf. »Hier geht man nicht einfach hinein, sondern wird eingelassen. Oder abgeholt.«

»Wir sitzen in der Falle!« stieß Natalie hervor. »Schnell wieder nach oben!«

Es war bereits zu spät. Eine verborgene Stahltür glitt aus der Wand und sperrte die Treppe ab.

Shit, jetzt erwischt es uns doch noch! Und das ein paar Meter vor dem Ziel!

Eine sonore, freundliche Männerstimme kam aus einem verborgenen Klangwürfel. Sie war deutlich und klar akzentuiert, wie die eines Schauspielers oder Nachrichtensprechers. »Es war nicht nett und auch nicht nötig, die Kamera zu demolieren, Leute. Ich habe andere Mittel, euch zu beobachten. Aber ich schreibe die Tat eurer Erregung zu und werde sie nicht ahnden. Da ich annehme, daß ihr euch mit mir unterhalten wollt, werde ich die Tür öffnen. Ich mache euch jedoch darauf aufmerksam, daß ihr von meinem Sicherheitspersonal erwartet werdet. Ich darf euch verraten, daß es hinreichend gegen den Einsatz eurer Waffen geschützt ist. Ich überlasse es eurer Entscheidung, ob ihr eure Waffen freiwillig übergebt oder es vorzieht, daß man euch die Waffen abnimmt, bevor man eure Leichen ins Meer wirft. In diesem Fall müßtet ihr allerdings auf eine Unterredung mit mir verzichten.«

»Verdammt noch mal!« schrie Pandur. »Wer spricht da?«

»Der, den du schon lange suchst, Thorbjörn Walez«, gab die Stimme freundlich zur Antwort.

Der Zwerg richtete seine MP-5 gegen die größere der beiden Türen, von der er annahm, daß sie in den Bungalow hineinführte.

»Nicht, Rem!« sagte Pandur. »Wenn sie uns über den Jordan schicken wollen, dann werden sie es tun. Sie werden sich hinter schußsicheren Barrieren verschanzt haben. Wir würden nicht einmal die Chance haben, ein paar von ihnen mitzunehmen.«

»Ich lasse mich nicht gern filzen«, sagte Rem. »Ich bin kitzlig.« Aber er ließ die Waffe sinken.

Ohne Waffen haben wir immer noch eine kleine Chance. Ohne Arsch haben wir gar keine.

Die kleinere der beiden Türen glitt auf. Die Runner wirbelten herum. Vor ihnen lag ein weiterer quadratischer Raum ohne Einrichtung, etwa doppelt so groß wie der andere. Es war so, wie Pandur vermutet hatten. Behelmte Sicherheitscops in dunkelgrünen Panzerwesten standen hinter schußsicheren Panzerplastschirmen und reckten ihnen durch schmale Schießscharten die Mündungen ihrer MPs entgegen. Pandur zählte insgesamt zwölf Figuren

»Waffen hinlegen!« schnauzte einer der Behelmten. Pandur konnte wenig von seinem Gesicht erkennen, aber die gedrungene Gestalt und die mächtigen Hauer wiesen ihn als Ork aus.

Den Runnern blieb nichts weiter übrig, als dem Befehl zu gehorchen. Pandur legte sein Ruger 100 auf den Boden, Natalie ließ ihre Sandler TMP folgen. Nach einem winzigen Moment des Zögerns trennte sich Rem schließlich auch von seiner MP-5.

»Schon besser«, sagte der Ork. »Jetzt die kleinen Sächelchen.«

Tragisch, Chummer, wirklich tragisch. Wenn sich später tatsächlich jemand in den Schatten an dich erinnern sollte, wird er sagen: ›Und dann, Chummers, hat er kurz vor der

Großen Flatter peinlicherweise auch noch vor einem verdammten Ork gekuscht.‹

Er legte die Walther Secura, Pedersons Waffe, auf den Boden. Natalie packte ihre Ceska vz/120 und ihre Laseraxt dazu. Der Zwerg steuerte seine beiden Äxte bei.

»Na also«, sagte der Ork und trat hinter dem Panzerplastschirm hervor. Er trug die gleiche Waffe, die Rem besessen hatte, eine Heckler & Koch MP-5 TX, und hielt sie weiter im Anschlag.

Wieso zum Henker kommt dir die Stimme eines verschissenen Orks bekannt vor?

Auf einen Wink des Orks legten drei seiner Leute ihre Waffen zur Seite und durchsuchten die Chummer auf weitere Waffen. Sie beförderten allerlei Rotormesser, Dolche und viele andere Goodies zu Tage. Es landete alles auf dem großen Haufen.

Der Kerl, der Pandur filzte, wollte ihm auch das Cyberdeck abnehmen.

»Finger weg«, sagte Pandur. »Ist das vielleicht eine Waffe?«

Dreizehn Jahre deines Lebens, Chummer. Da sollte es auch in deinen letzten Minuten dabei sein.

Der Kerl blickte zu seinem Anführer. Der schickte ihn mit einer Daumenbewegung ins Glied zurück. Das Deck besaß für Pandur einen hohen materiellen, vor allem jedoch symbolischen Wert. Aber eine Waffe war es wirklich nicht. Zumindest nicht in der realen Welt. In der Matrix verhielt es sich anders.

»Etwas mager, Walez«, sagte der Ork und nahm den Helm ab. »Als ich noch für deine Waffen gesorgt habe, warst du besser ausgerüstet.«

Pandur traf beinahe der Schlag, als er das Gesicht sah. Er hatte den Ork eine Ewigkeit nicht mehr gesehen, aber er erkannte ihn sofort wieder. Es war einer der wenigen Orks, die er zu seinen Freunden gezählt hatte. Zu seinen besten Freunden.

Du dreckige Ratte! Jetzt ist mir endlich klar, wie Krumpf vor dem Renraku-Run mein Versteck und meine Sachen gefunden hat! Warum er so gut über mich Bescheid wußte!

»Du bist ein verdammter Verräter, Pjatras!«

Der Ork zuckte gleichmütig die Achseln. »Man muß sich umtun, Chiphead. Es wurden gute Leute gesucht, und ich bin nun mal einer der Besten.«

Der Zwerg hatte Pjatras ebenfalls erkannt. »Ah, 'n alter Bekannter aus Zombietown«, setzte er im Plauderton an, aber es gelang ihm dann doch nicht, seine Wut zu unterdrücken. »Laß dich da bloß nich' wieder sehen, wenn du deinen Arsch heil aus dieser Sache raushieven solltest! Vom verpißten Bettler über die miesesten Randalekids bis hin zur wildesten Messerklaue wird jeder scharf darauf sein, dir deine Beißerchen ohne Betäubung zu ziehen!«

Der Ork lachte. »Halt lieber die Fresse, Rem. Sonst könnte es schnell passieren, daß ich deine Dackelbeine noch ein bißchen kürzer mache.«

Seine Leute räumten die Waffen weg. Sie verschwanden in Wandschränken, die sich hinter den Panzerplastschirmen befanden.

»Hast 'ne Menge Glück gehabt, Walez«, sagte Pjatras. »Ich hätte nicht gedacht, daß du so lange durchhältst. Aber jetzt ist es damit vorbei. Jetzt bist du wieder Bad Luck Walez. Du hättest nicht herkommen sollen! Der ehrwürdige Chong-chao ist sehr großzügig. Und du bist nur ein Wurm gegen ihn. Er hätte dich vielleicht gar nicht weiter beachtet. Aber jetzt wird er dich zertreten.«

Chong-chao! Die Graue Eminenz hat einen Namen. Chong-chao, der Drache, der aus Asien zu uns kam. Chong-chao, der Marionettenspieler.

»Chong-chao? Is' das der Name des Großen Fliegengottes, des Schutzpatrons der Scheißhaufen, den alle Orks anbeten?« höhnte der Zwerg.

»Treib es nicht zu weit, Zwerg!«

Pjatras schlug ihm wie beiläufig die flache Seite seines Schutzhandschuhs durch das Gesicht. Rems Nase blutete. Er wischte das Blut nicht ab, sondern sah den Ork nur mit einem mörderischen Blick an.

»Du scheinst eine Menge über mich zu wissen, Granauskas«, sagte Pandur. Er konnte sich nicht erinnern, den Ork jemals mit seinem Nachnamen angeredet zu haben, aber den Vornamen brachte er nicht mehr über die Lippen. Der Stachel saß zu tief.

»Ich organisiere die persönliche Sicherheit des ehrwürdigen Chong-chao«, gab der ehemalige Staatspolizist selbstgefällig zur Antwort. »Da bleibt es nicht aus, daß ich in manches eingeweiht bin.«

Er trat einen Schritt zurück und richtete seinen Blick auf die größere der beiden Türen. »Die Gefangenen stehen zu Ihrer Verfügung, ehrwürdiger Chong-chao.«

Die große Tür glitt auf.

»Da hinein«, sagte Pjatras und deutete mit der Waffe zur Tür.

Rem ging als erster. Natalie drängte sich an Pandur. Er legte den Arm um ihre Hüfte. Sie traten gemeinsam durch die Tür. Pjatras folgte in einigem Abstand, wachsam, die MP-5 weiter im Anschlag.

Es war heiß. Knallheiß. Mindestens vierzig Grad, mit und ohne Schatten.

Zwei grinsende Gesellen erwarteten sie. Schoben ihnen die Mündungen eines Sturmgewehrs und einer MP entgegen. Eine knallrot lackierte vz 88V. Eine Ingram Smartgun. Am Gürtel des einen hing ein Morgenstern. Auf dem hageren Schädel thronte ein schwarzer Zylinder. Der Dicke ließ die Kunstmuskeln spielen. Er schwitzte wie ein Stier. Aber das tat er immer. Der andere war kühl und weiß wie der Tod. Auch das war nichts Neues. Pandur hatte sich schon gefragt, wo sie stecken mochten. Liebe alte Bekannte. Der Stinker und der Sensenmann. Steamhammer und der Butcher.

Drek! Und du hast keine Waffe, Chummer.

»Hallo Jungs, wir haben euch schon vermißt«, sagte Rem. »Ihr hättet auf der Prodep bleiben sollen. Da paßt ihr besser hin.«

»Sehr witzig«, erwiderte Steamhammer mit schleppender Zunge. »Wir lachen darüber, wenn es bei eurer Seebestattung zu langweilig wird.«

»Oho«, meinte Rem. »Das Arschgesicht kann richtige Wörter formulieren. Ich dachte, es könnte nur furzen.«

»Schnauze, alle beide!« befahl Pjatras und hinderte Steamhammer daran, auf den Zwerg einzudreschen.

Die Messerklauen traten zur Seite, behielten die Runner aber im Auge. Pjatras stieß die Gefangenen mit der MP an und nötigte sie, ein Stück weiter in den Raum zu treten. Hinter ihnen schloß sich zischend die Tür.

Der Raum wirkte nicht nur riesig, er war es auch. Jede Wand maß vierzig Meter, wobei die Außenwand durchsichtig war und aus genau jenem Panzerglas bestand, das die Runner im Anflug auf den Bungalow gesehen hatten. Das Glas war so polarisiert, daß man von innen ungestört hinausschauen konnte. Man sah genau das, was Fioretta geschildert hatte: das grenzenlose Meer, ein Stück roter Felswand und jenen isolierten Felsen, der den Namen Lange Anna trug. Unwillkürlich fühlte sich Pandur an die Externsteine erinnert.

Der Raum, eigentlich eine Halle, war zehn Meter hoch. Ein Viertel des Raumes war mit dicken Polstern ausgelegt, und an den Wänden befand sich ein riesiges Terminal mit ungezählten Monitoren. An der dem Fels zugekehrten Wand standen eine Reihe von Behältern mit Palmen. Mitten im Raum befand sich ein Pool mit kristallklarem Wasser. In dem Pool räkelte sich ein Drache.

Chong-chao, die Graue Eminenz!

Als Pandur sich das Wesen genau anschaute, erkannte er, daß es nicht zu den Großen Drachen gehörte. Vielmehr zählte es zu einer der kleineren Dracoformen. Was nichts daran änderte, daß es sich um eine eindrucksvolle, furchterregende Kreatur von etwa zehn Metern Länge handelte, den mächtigen Schwanz nicht gerechnet, der weitere zehn Meter brachte. Pandur wußte, daß Große Drachen etwa 7500 Kilogramm wogen. Chong-chao schätzte er auf gut 5000 Kilogramm. Fünf Tonnen Lebendgewicht.

Die Schuppen des Drachen schimmerten in Farbschattierungen, die von Braun über Rostrot bis Feuerrot reichten. Zwei dolchartige spitze Hörner ragten aus dem Schädel, und der gezackte Kamm bestand aus nachtschwarz schimmernden Hornplatten.

Chong-chao ließ ihnen Zeit, ihn ausgiebig zu betrachten. Er schien es sogar zu genießen. Er steckte den Kopf unter Wasser, kam wieder hoch und schnaubte. Er wälzte sich im Wasser, rollte den schweren Körper um die eigene Achse und präsentierte dabei den weißen Bauch. Dann wandte er ihnen den Kopf zu, öffnete leicht das Maul und ließ einen Rachen mit vierzig Reißzähnen sehen, spitz und bedrohlich wie die eines gigantischen Killerkrokodils. Die vier Eckzähne sahen wie die gebogenen Zähne eines Säbelzahntigers aus. Aber Pandur wußte sehr gut, daß diese Zähne nach den Maßstäben des Drachen eine eher bescheidene Waffe darstellten. Magie war die Domäne des Drachens. Magie war die Waffe, mit der er sie jederzeit zerschmettern konnte. Das zumindest wurde von Drachen behauptet.

Wenn er genügend Zeit hat, sie einzusetzen! Sein Schuppenpanzer ist nicht gefeit gegen die Feuerwaffen der Menschen. Erst recht nicht der ungeschützte Bauch. Chong-chao mag gigantisch wirken, aber ein einziger gezielter Treffer aus einem Scharfschützengewehr könnte sein Ende bedeuten. Erst recht eine Salve aus einer Maschinenpistole. Und er weiß es!

»Was ist?« sagte Chong-chao schließlich und lachte leise. »Noch nie einen nackten Drachen gesehen?«

Es war die gleiche wohltönende Männerstimme, die sie vorhin aus dem Klangwürfel gehört hatten.

Das war zu erwarten gewesen. Cyber-Speech. Der Drache hat sich einen internen Stimmodulator implantieren lassen.

Nichts an der Szene wirkte lächerlich. Der Drache trug keinen Frack und keinen Zylinderhut. Er steppte auch nicht und rauchte keine Zigarre. Er war einfach nur ein Drache, und das genügte. Er sah aus wie ein Tier, ein Critter, ein Ungeheuer aus grauer Vorzeit. Nichtsdestotrotz verbarg sich unter diesem Schädel ein leistungsfähiges, präzise arbeitendes Gehirn mit einem messerscharfen, analytischen Verstand. Einem amoralischen Verstand.

Man gewöhnt sich an alles, Chummer. An Ghuls und Drachen. Sogar daran, daß schwerbewaffnete Orksöldner durch die Straßen marschieren oder dich an Drachen verraten ...

Der Zwerg schien von den dreien die geringsten Probleme zu haben, den Drachen als das anzunehmen, was er war. Als Feind. Als Drekhead.

»Kann nich' behaupten, daß mich der Anblick sonderlich aufgeilt«, sagte er. »Drache, du hast dich in unser Leben eingemischt! Besonders meinem Chummer hast du übel mitgespielt. Das mögen wir nich' so gern! Bist du aus einem richtigen Ei geschlüpft, oder hat deine Mutter aus Versehen einen ihrer Scheißhaufen ausgebrütet, Drekhead?«

Pjatras hob die MP-5 an, als warte er auf den Befehl, die Runner zu erledigen. Aber der Befehl kam nicht.

»Es ist immer wieder erfrischend zu sehen, wie sich diese winzigen Drekwürmer aufblähen«, sagte Chong-chao statt dessen. »Bevor sie von einem Drachen zertreten werden.«

Pandur hatte den Eindruck, daß es Zeit wurde für ein Statement, das vor dem kritischen Auge etwaiger

Chronisten bestehen mochte. *Sterben müssen wir sowieso. Was soll's also?*

»Ich bin gekommen, um dich zu töten«, sagte er.

»Mit bloßen Händen?« Chong-chao lachte. »Eine amüsante Idee. Möchtest du es versuchen?«

»Wenn wir es nicht tun, werden es andere tun!« rief Natalie.

Chong-chao ging nicht darauf ein. »Ihr könnt euch glücklich schätzen, daß ich euch empfangen habe. Wißt ihr, warum ich das getan habe? Weil ich neugierig war. Ihr seid mir ähnlich. Besonders du, Walez. Du hast einen Plan gefaßt und ihn gegen alle Widerstände durchgesetzt. Ich weiß das zu schätzen. Es ist die Art, wie ich selbst zu Werke gehe. Ich plane und setze meine Pläne in die Tat um. Immer.«

Pandur fragte, was er seit drei Jahren fragen wollte, ohne dafür einen Adressaten zu haben. »Warum ich, Drache? Warum zum Teufel hast du ausgerechnet mich für deine Pläne mißbraucht?«

Chong-chao lachte. »Du fragst, warum du? Frage besser, warum du nicht! Denkst du etwa, du warst der einzige? Denkst du, ich hätte dein Versagen nicht einkalkuliert gehabt? Ich habe Dutzende von deinesgleichen getestet und einige von ihnen ein Stück geführt. Dem einen oder anderen bist du sogar begegnet. Wie nannte sich dieses Weib, mit dem du durch die Schatten gelaufen bist? Spiderqueen? Sie stand auch unter meinem Einfluß. Oder dieser Magier, Axa. Patrick und Rote Wolke habe ich für kleinere Hilfsdienste eingesetzt. Sogar Krumpf diente mir, obwohl er meinte, seinen eigenen Interessen zu folgen.«

Das erklärt einiges, Chummer! Deshalb hat die Spiderqueen das Trugbild von Roberti gesehen! Axa hat dich verzaubert, als du in der Renraku-Matrix warst! Patrick glaubte, einen Run für GreenWar zu organisieren, und Rote Wolke verwies dich an ihn. Die Graue Eminenz hat es ihnen eingeflüstert! Und Krumpf, der dir zuerst als irrer Magier begegnete? Vielleicht wußte er nicht einmal, daß er die Maske von Roberti trug. Oder er wußte es und glaubte, einem obskuren eigenen Plan zu folgen, wurde in Wahrheit aber von Chong-chao gesteuert! Das Geflecht war dichter, als du dir das jemals vorgestellt hast!

»Du hättest mich davon abhalten können, hier zu erscheinen«, sagte Pandur. »Du hättest mir alles mögliche einflüstern können. Warum hast du es nicht getan und mir statt dessen Killer auf den Hals geschickt?«

»Ein Spiel, mehr nicht«, erklärte Chong-chao. »Ich habe es nur dann gespielt, wenn ich Zeit und Lust dazu hatte. Manchmal, wenn es mir gefiel, habe ich die Schraube angezogen. Manchmal habe ich deine Gegner gehindert.«

»Am Ende willst du mir noch einreden, du hättest mir den Wunsch eingepflanzt, mich an dir zu rächen!« stieß Pandur wütend hervor.

»Das war tatsächlich deine eigene Idee, Walez«, erwiderte der Drache. »Aber ich fand die Idee amüsant. Ich habe mich entschieden, dir eine kleine Chance zu lassen, mich zu finden. Du hast diese Chance genutzt. Ihr drei habt sie genutzt. So ka, ihr habt mir geschadet, aber ich will darüber hinwegsehen und großzügig sein. Ich biete euch an, für mich zu arbeiten.«

»Leck mich, Drache!« sagte Rem.

Natalie schüttelte heftig den Kopf.

Pandur spuckte aus. »Eher würde ich sterben!«

»Das wirst du, Walez!« sagte der Drache. »Zusammen mit deinen Chummern. Mein Angebot war ernst gemeint, denn ich kann fähige Leute gebrauchen. Allerdings habe ich vorausgesehen, daß ihr es ablehnt. Glaubt ihr im Ernst ...«

Draußen knatterten die Rotoren von Helikoptern. Die Silhouetten von Helikoptern wurden sichtbar. Die vier Hornissen waren im Anflug auf den Bungalow. Hoch über ihnen schwebte der Zeppelin. Hovercraft-Turbinen dröhnten. Die beiden Schnellboote umkurvten die Lange Anna und nahmen Kurs auf die Felswand.

Verdrehte Welt, Chummer. Das hättest du dir im Leben nicht träumen lassen. Konzerncops der AG Chemie greifen an, und du freust dich darüber!

Der Drache schaute auf den anrückenden Feind. Er machte keinen sonderlich besorgten Eindruck.

»Kümmere dich darum!« sagte er zu Pjatras.

Der Ork wandte sich um und rannte los. Vor ihm öffnete sich die Tür, ließ ihn hindurch und schloß sich wieder.

Die Messerklauen rückten näher. Sie machten keinen Hehl daraus, daß sie Pjatras Rolle übernommen hatten.

Die Kopter nahmen die Frontscheiben des Bungalows mit ihren Bordkanonen unter Beschuß, aber die Geschosse konnten dem Panzerglas nichts anhaben. Sie prasselten wie dicke Hagelkörner gegen das Glas, prallten ab und fielen in die Nordsee. Sie verursachten spinnennetzähnliche Feinrisse, konnten die Scheiben jedoch nicht zertrümmern.

Großmolekulares, phasenverschoben kristallisiertes Zeiss-ES16-Glas, mehrfach geschichtet und mit Molybdänfäden durchsetzt. Tierisch teuer, aber auch tierisch gut.

Pandur bezweifelte, daß die Scheiben einem Beschuß aus nächster Nähe oder großkalibrigen Geschossen gewachsen waren. Doch im nächsten Moment sprachen die Waffen der Grauen Eminenz. Wie sich herausstellte, hatten die Chummer bei ihrem Anflug längst nicht alle verborgenen Geschütze entdeckt. Links, rechts, oben und unten ballerten Kanonen und Flakgeschütze. Eine der Hornissen wurde getroffen und förmlich auseinandergerissen. Die brennenden Wrackteile stürzten ins Meer.

Die anderen Flugmaschinen stiegen höher und verschwanden außer Sicht. Die Schnellboote hielten sich auf Distanz, erwiderten aber weiterhin das Feuer. Ein Krachen auf dem Kopterport, gefolgt von einer Explosion, verriet, daß sie etwas getroffen hatten. Vielleicht einen der parkenden Kopter. Oder ein Geschütz.

Wenn die Konzerncops schlau sind, landen sie auf der Insel und seilen sich von oben ab. Das ist die Achillesferse des Stützpunkts.

Pandurs Euphorie beim Anblick der Konzernmaschinen war verflogen. Der Angriff verschaffte ihm und seinen Chummern nur einen Aufschub. Sie hatten von Pederson nichts Besseres zu erwarten als von dem Drachen.

Warum setzt der Drekhead seine Magie nicht ein? Entweder nimmt er die Chemiegardisten nicht ernst, oder er beherrscht keine weitreichende Kampfmagie!

Nach und nach verstummten die Geschütze. Statt dessen ratterten auf dem Dach des Bungalows Maschinenpistolen und entfachten einen Höllenlärm. Offenbar lieferten sich die Chemiegardisten einen offenen Schlagabtausch mit Pjatras Truppe. Zweimal fielen zerschossene Leiber direkt an der Scheibe vorbei in die See. Lucifers Grill bekam reichlich Nachschub.

Die Messerklauen begannen nervös zu werden. Ihre Waffen klirrten. Aber sie rührten sich nicht vom Fleck.

Der Drache schien einer inneren Stimme zu lauschen. Entweder setzte er Magie ein, oder er benutzte Cyberware, um sich über die Lage auf dem laufenden zu halten. Anzeichen von Panik ließ er noch immer nicht erkennen.

Pandur beobachtete Steamhammer und den Butcher. Er suchte verzweifelt nach einer Möglichkeit, eine der Messerklauen zu überwältigen und eine Waffe an sich zu reißen. Aber sie standen zu weit von den Runnern entfernt, ließen sich trotz ihrer Nervosität nicht ablenken und zielten mit ihren MPs auf die drei.

Dann ging alles in Windeseile vonstatten. Das Rattern der Maschinenpistolen erstarb. Hastige Schritte auf dem Dach und draußen in den Gängen. Eine heftige Detonation. Metallteile flogen durch die Gegend.

Die Runner warfen sich zu Boden. Instinktiv verkürzten sie den Abstand zu den Messerklauen, Steamhammer und der Butcher waren im gleichen Moment gesprungen.

Im nächsten Moment rollten sie sich ab, hatten die verdrahteten Waffen schon wieder in Schußposition und zielten auf die Schattenläufer.

Wo sich die Tür befunden hatte, klaffte ein riesiges Loch. Durch das Loch taumelte Pjatras. Ohne Waffen und ohne Helm. Jemand hatte ihn hindurchgestoßen.

»Nicht schießen!« schrie er.

Im gleichen Moment bellten die MPs der Messerklauen. Volle fünf Sekunden lang. Entweder waren sie zu dämlich, ihren Irrtum zu erkennen, oder es stand eine alte Rechnung zwischen ihnen und dem Ork offen. Vielleicht hatte er mal die Nase gekräuselt, als Steamhammer vorbeiging. Oder sich auf den Zylinder des Butcher gesetzt.

»Aufhören!« befahl der Drache.

Hat lange gedauert. Gab es auch eine offene Rechnung zwischen dem Drachen und Pjatras? Hat er seinem Herrn und Meister die Schuppen zu hart gebürstet? Oder war das die Strafe für Erfolglosigkeit?

Die Messerklauen stellten das Feuer ein.

Pjatras blutete wie ein Schwein. Trotz seiner Schutzkleidung sah er aus wie ein Sieb, durch das von der anderen Seite Erdbeersirup gepreßt wurde. Er knallte hin. Einen Meter von Pandur entfernt.

Achtung, Orkhölle! Ofen anheizen!

Pjatras kündigte beim ehrwürdigen Chong-chao und trat in die Dienste eines dunkleren Herrn. Pandur starrte in die gebrochenen Augen des Orks, den er einmal für einen verläßlichen Chummer und Freund gehalten hatte.

Konzerngardisten stürmten durch das Loch in den Raum, Sturmgewehre und MPs im Anschlag. Insgesamt waren es zehn oder zwölf, nicht mehr. Sie schienen den Befehl zu haben, nur im Notfall zu schießen. Sie verteilten sich im Raum.

Der Notfall trat ein. Steamhammers Flohgehirn kämpfte einen Konflikt aus. Sein Herr hatte ihm befohlen, mit dem Schießen aufzuhören. Offensichtlich waren die Cops aber keine Freunde seines Herrn. Und er war ein Bodyguard seines Herrn. Bodyguards schützten ihren Herrn. Aber sein Herr sagte nichts. Was also tun?

Er handelte mit Verzögerung. Riß seine knallrote vz88V hoch. Ballerte. Rannte los wie eine Dampfwalze. Schickte drei Konzerncops über den Jordan. Dann wurde sein fetter Wanst zu schwer für das viele Metall, das die Gardisten in ihn hineinpumpten. Er fiel hin und blieb liegen. Das Glimmen in den Cyberaugen erlosch. In einem letzten Reflex fuhren die Schnappklingen aus den Unterarmen. Eine Lache bildete sich unter und neben seinem Körper.

Ziemlich ruhmloses Ende für einen Großen Dicken Bösen Buben. Darmverschlingung und Darmverschluß haben ihn sein Lebtag bedroht. Aber Hirnverschlingung und Hirnverschluß waren sein Verderben.

Der Butcher hatte diese Probleme nicht. Er war der schnellere Denker und der konsequentere Söldner. Er stellte sich auf die neue Lage ein. Er ließ die Ingram Smartgun fallen und hob die Hände.

Sehr clever, Drekhead. Und sehr beherrscht. Was dir fehlt, ist ein bißchen Chaos im Kopf…

Die Ergebenheitsadresse wurde von den neuen Herren akzeptiert. Der Butcher ließ langsam die Hände sinken. Es wurde ihm gestattet. Die Waffe traute er sich noch nicht anzurühren.

Chong-chao registrierte die Desertation mit Amüsement. »Aha, langer Kerl, du streichst dich selbst von meiner Gehaltsliste. Ich weiß nicht, ob das klug war. Nein, nein, ich weiß es wirklich nicht. Wer schon wie ein Gerippe aussieht, sollte nicht auf dem Grabesrand tanzen. Alte chinesische Weisheit. Konfuzius oder Mao oder Bruce Lee. Ich kenne mich mit euren historischen Sprücheklopfern nicht so gut aus.«

»Es genügt, daß Sie sich in anderen Dingen gut auskennen«, sagte Pederson, der gerade im aufgesprengten Eingang erschienen war. Er trug den Kampfdress eines Chemiegardisten, darüber eine Schutzweste. Den Helm hatte er gerade abgenommen. Er warf ihn achtlos zu Boden. »Zum Beispiel im Finanzwesen.«

Natalie machte eine instinktive Bewegung. Es sah aus, als wollte sie in die Brusttasche ihres Overalls greifen. Sie vollendete die Bewegung nicht. Ihr wurde bewußt, daß sie ihre Ceska abgegeben hatte.

Pederson hatte die Bewegung bemerkt. Ein dünnes Lächeln erschien auf seinen Lippen. »Welche Überraschung, dich zu sehen, meine Liebe. Danke für den Tip. Er war mies in den Details, aber die Richtung stimmte. Aber du weißt ja, daß ich kein besonders dankbarer Mensch bin.«

»Wenn du das Wort Mensch durch Ratte ersetzt, dann stimmt es«, erwiderte Natalie.

»Mit dir werde ich mich später beschäftigen«, zischte Pederson. »Ich garantiere dir, daß ich heute noch eine Menge Spaß mit dir haben werde, bevor ich dich meinen Leuten und anschließend den Fischen überlasse.«

Es muß eine Möglichkeit geben, den Bastard umzubringen! Es muß!

»Sie kommen spät, Pederson«, sagte Chong-chao. »Ich hatte damit gerechnet, daß Sie früher mit meinem Personal fertig werden würden.«

»Sie scheinen nicht überrascht zu sein, mich zu sehen, Mr. Chong-chao«, erwiderte Pederson. Er deutete auf Pjatras. »Ihr Mitarbeiter war übrigens so freundlich, mir Ihren Namen mitzuteilen.«

»Natürlich bin ich nicht überrascht. Ich wohne auf dieser Insel, aber ich weiß durchaus, was in der Welt vor sich geht.«

»Dann wissen Sie auch, daß ich jenes Unternehmen repräsentiere, das Sie auf kaltem Wege übernommen haben«, stellte Pederson fest.

»Allerdings. Und ich weiß auch, daß Sie hier sind, um Ihrer Kündigung zuvorzukommen.«

»Ich hoffe, Sie haben Verständnis dafür, daß ich diese Entwicklung nicht einfach hinnehmen konnte«, sagte Pederson.

»Nicht nur Verständnis«, antwortete Chong-chao, »sondern auch Sympathie. Um ehrlich zu sein, ich hatte nichts anderes von Ihnen erwartet.«

Pandur glaubte seinen Ohren nicht zu trauen.

Du mußt im falschen Tridprogramm sein, Chummer! So ausgesucht höflich unterhalten sich Todfeinde, die einander geeken wollen?

Pederson ließ die Katze aus dem Sack. »Ich könnte Sie töten lassen, Mr. Chong-chao.«

Der Drache blieb gelassen. »Sie könnten es zumindest versuchen, mein Freund.«

»Ich würde es ungern tun, Mr. Chong-chao. Ich bin hier, um Ihnen ein Angebot zu machen.«

Für Pandur brach eine Welt zusammen.

Dieser elende Misthaufen! Da hast mit allem gerechnet, Chummer, nur mit einem nicht. Daß deine beiden Todfeinde sich verbünden könnten!

Der Drache war die personifizierte Liebenswürdigkeit. »Ich weiß, daß Sie deshalb hier sind, Pederson. Und daß ich Ihnen erlaubt habe, zu mir vorzudringen, zeigt Ihnen, daß ich geneigt bin, mir dieses Angebot anzuhören.«

Dieses intrigante Riesenkrokodil ist wahrlich der Vater aller Heuchler! Der smarteste aller Haie, der jeden Nachteil in einen Vorteil umzuwandeln weiß. Oder ... He, Chummer, ist dir eigentlich schon mal der Gedanke gekommen, daß Chong-chao gar nicht improvisiert? Daß der Große Spieler diese Variante eingeplant hat?

»Ihr Aufstieg ist beispiellos, Mr. Chong-chao«, sagte

Pederson. »Und ich bewundere die Art, wie Sie sich in den Besitz von Proteus und der AG Chemie gebracht haben. Aber Sie können nicht alles alleine machen. Sie brauchen fähige Partner. Verbünden wir uns. Sie bleiben die Graue Eminenz, der Herrscher im Hintergrund, der sein Imperium ausdehnt. Und ich führe Ihre Unternehmungen als Exekutiver Direktor. Ich garantiere Ihnen dafür, daß Gewinne gemacht werden. Schlagen Sie ein, Mr. Chong-chao. Gemeinsam sind wir nicht zu stoppen!«

Der Drache räkelte sich in seinem Pool. Nichts schien ihn zu überraschen, nichts schien ihn zu beunruhigen.

Es ist wahr, Chummer. Er hat seine Entscheidung längst getroffen. Er hat alles so geplant. Oder zumindest hat sich eine seiner Varianten erfüllt. Er hatte uns alle an der Leine. Sogar Pederson. Und Pederson hat es bis heute nicht kapiert.

»Ein sehr vernünftiger Vorschlag, Pederson«, sagte Chong-chao. »Ich nehme Ihr Angebot grundsätzlich an. Die Details werden unsere Anwälte ausarbeiten.«

Pederson sah sich triumphierend um. Sein Blick fiel auf die Runner. »Was machen wir mit diesem Gesindel?«

»Was fragen Sie mich?« sagte der Drache. »Sie sind mein Exekutiver Direktor. Ich nehme doch an, daß Ihnen eine geeignete Lösung einfällt. Wenn ich Ihnen eines raten darf, dann dieses: Handeln Sie so schnell und konsequent, wie es bisher Ihre Art war, und verzichten Sie auf primitive Rachegelüste. Auch gegenüber der Frau. Schnelle Entscheidungen, schnelle Tatsachen. Das sollten unsere Geschäftsprinzipien sein.«

Pandur war in höchstem Maße alarmiert. Es lief auf Exekution hinaus. Er sah, daß Natalie sich ebenfalls anspannte.

Wenn wir die Große Flatter machen, dann im Flug und nicht am Boden!

Der Butcher stand nahe genug, damit Pandur ihn

anspringen konnte. Und seine Ingram Smartgun lag noch immer vor ihm am Boden.

»Wirf dich hin, wenn ich losspringe!« zischte Pandur Natalie zu.

Rem hatte die ganze Zeit geschwiegen, obwohl das sonst nicht seine Art war. Er wirkte abwesend und schaute aus dem Fenster.

Aber jetzt wandte er sich um. Er sah die Anspannung der Chummer und schüttelte kaum merklich den Kopf.

»Noch nich'«, raunte er.

»Ich bin ganz Ihrer Meinung ...«, begann Pederson.

Pandur rechnete jederzeit mit dem Kommando, sie zu erschießen.

»Ruhe, jetzt red' ich!« schrie Rem ihn nieder.

Bevor Pederson irgendeine Entscheidung treffen konnte, reagierte Chong-chao. »Rede, Zwerg. Ich höre dir zu.«

»Die beiden größten Scheißhaufen der Erde haben sich also zusammengetan«, sagte Rem. »So ka, es hat wohl so kommen müssen. Aber kann es nich' eventuell sein, daß ihr die Rechnung ohne den Wirt gemacht habt?«

Der Drache lachte. »Wer soll denn wohl dieser Wirt sein, kleiner Mann? Du?«

»Nein«, sagte der Zwerg. »Aber es gibt diesen Wirt. Ich bluffe nich'. Denk darüber nach, Drekhead, und triff eine weise Entscheidung. Vielleicht kannst du dein verschissenes Leben noch retten.«

Der Drache lachte noch lauter und peitschte vor Vergnügen mit dem Schwanz das Wasser.

»Was soll die Vorstellung?« herrschte Pederson den Zwerg an. »Willst du dich uns als Hofnarr empfehlen? Die Narrenkappe hast du ja schon!«

Rem versucht Zeit zu gewinnen. Aber es hat keinen Sinn. Wir werden keine bessere Chance bekommen.

Pandur spannte die Sehnen und Muskeln. Er wollte

gerade abspringen, als er eine leichte Bewegung des Butcher wahrnahm. Wie unabsichtlich stellte der Killer den rechten Fuß leicht nach vorn.

Nicht, du verdammter Idiot! Der Drekhead hat dich beobachtet. Er weiß, was du vorhast. Der Kerl ist bis unter die Haarwurzeln verdrahtet. Vielleicht bis in seinen Zylinder hinein. Du hättest eine Zwanzig-Prozent-Chance, wenn er abgelenkt wäre. So hast du überhaupt keine!

Er sah die Augen des Killers und las in ihnen Enttäuschung.

Er hat damit gerechnet, daß du ihn anspringst. Er hätte dich routiniert umgebracht und damit Punkte gutgemacht.

»Ich habe mit deinem Boß geredet, du Arschloch«, wandte sich Rem an Pederson. »Misch dich gefälligst nich' ein! Aber gut, weißt du eigentlich, was dein Konkurrent Zukowsky in diesem Moment macht?«

Es war offensichtlich, daß Rem Zeit herausschinden wollte. Aber wozu?

»Zukowsky?« höhnte Pederson. »Von dem erwartest du Hilfe, du Penner? Von einem Versager? Einem Kretin?«

Pandur schaute immer noch zum Butcher. Da war etwas in diesen widerlichen Metzgeraugen.

Angst.

Er ist zutiefst verunsichert. Er hat die Fronten gewechselt. Und jetzt stellt sich heraus, daß sein ehemaliger Arbeitgeber der starke Mann geblieben ist. Er ist nicht blöd. Er weiß, daß er kaum eine Chance hat, diesen Raum lebendig zu verlassen. Das ist die Lösung, Chummer! Nutze seine Angst!

»He, Butcher!« rief er. »Willst du wirklich abwarten, bis sie dich abknallen? Kämpfe auf unserer Seite!«

Mit diesen Worten rannte er los. Nicht in die Richtung, wo der Butcher stand. Sein Ziel war Pederson. Aus den Augenwinkeln sah er, daß sich Natalie und Rem zu Boden warfen.

Pederson stand zehn Meter von Pandur entfernt und

griff bereits nach seiner Walther Secura. Pandur wußte, daß er keine Chance hatte, wenn der Butcher sich nicht auf ihre Seite schlug.

Der Butcher hatte seine Entscheidung getroffen. Er warf sich nach vorn. Auf seine Ingram Smartgun. Im nächsten Moment hatte er die Schulterstütze am Jochbein. Ein Spinnenfinger der rechten Hand krümmte sich um den Abzug. Er feuerte. Der linke Arm richtete sich nach vorn. Der Butcher stellte die Hand gerade. Und feuerte aus einer Öffnung des Handballens.

Teufel noch mal! Wie hat der Dreckhead in seinem dürren Arm Platz für eine Fichetti Cybergun gefunden?!

Der Butcher zielte auf Pederson. Der Exec warf sich zu Boden. Die Ingram Smartgun erwischte einen Konzerngardisten, der direkt hinter ihm gestanden hatte.

Pedersons Sturz rettete Pandur das Leben. Der Exec schoß im Fallen, aber er verzog. Die Kugel pfiff über Pandurs Kopf hinweg. Im nächsten Moment sauste Pandurs Handkante auf das Handgelenk des Execs und hieb ihm die Secura aus der Faust. Sie schlug auf dem Boden auf. Ein Schuß löste sich, aber das Geschoß bohrte sich in den Fußboden.

Der Butcher feuerte wie besessen auf die Chemiegardisten, traf ein dutzend Mal oder öfter. Aber die Gardisten trugen solide Panzer und Helme. Zwei kippten um. Die anderen steckten die Treffer weg, warfen sich hin und feuerten zurück.

Pandur stürzte sich auf den am Boden liegenden Exec. Er drückte gegen seine Schultern und versuchte, seine Kehle zu packen. Pederson trieb ihm das Knie in den Bauch. Pandur mußte seinen Griff lockern. Der Exec drehte sich zur Seite und wollte nach der Secura greifen. Pandur war schneller. Er packte den Arm des Execs und riß ihn zurück.

Im nächsten Moment gab Pederson der Waffe einen Tritt. Sie flog zwei Meter davon. Aber Pandur hatte die besseren Chancen, sie zu erreichen. Er setzte alles auf eine Karte. Ließ den Exec los. Hechtete sich auf die Waffe. Packte sie. Sah Natalie. Sie war herangerobbt und hätte sich die Waffe im nächsten Moment geschnappt.

Sie schaute mit schreckgeweiteten Augen nach vorn. »Vorsicht, Thor!« schrie sie.

Pandur warf sich herum, die Secura im Anschlag.

Ein Stück weiter lag Pederson. Hinter der Leiche des Konzerngardisten, den der Butcher getötet hatte. Der Exec riß das Colt Sturmgewehr des Gardisten an die Schulter. Die Mündung zeigte nicht auf Pandur.

Er zielt auf Natalie! Der Drekhead weiß, daß er verschissen hat. Er will Natalie mitnehmen. Um sich an ihr zu rächen. Und an dir. Du sollst ein Einsamer Wolf bleiben.

Pandur drückte ab. Und wieder. Und wieder. Und noch einmal. Zehnmal. Schoß die Waffe leer.

Pederson kam nicht mehr dazu, den Abschußbügel des Sturmgewehrs durchzudrücken. Pandurs erster Schuß drang in seine Schläfe ein und schickte ihn auf der Stelle mit einem heißen Empfehlungsschreiben zu Lucifer. Die anderen Schüsse deformierten die vergoldete Stirnbuchse, zerfetzten das Platinlogo der Burschenschaft, machten aus dem Managerschädel einen Brausekopf. Nur drei Kugeln gingen daneben.

Die Befreiung. Erster Akt.

Der Butcher feuerte noch immer. Er hatte wieder zwei Chemiecops ausgeschaltet, aber in der Tür tauchten sechs weitere Gardisten auf.

Rem rannte an den Chummern vorbei. Geduckt. Die Chemiegardisten feuerten auf ihn. Erwischten ihn am Südwester. Am Duster. Noch mal am Duster.

Die Dinger müssen wahrhaftig aus Basiliskenhaut sein!

Der Zwerg ließ sich neben einem der toten Gardisten nieder, nahm dessen Sturmgewehr und feuerte zurück.

Natalie rutschte zu Pedersons Leiche, nahm das Colt Sturmgewehr an sich. Pandur robbte zu ihr. Sie verschanzten sich hinter den Leichen. Die Kübel von zwei

Palmen gaben ihnen zusätzliche Deckung. Pandur durchsuchte Pedersons Taschen, fand ein paar Streifen Muni und lud die Secura nach.

Natalie beteiligte sich an dem Gefecht. Sie schoß auf die Konzerncops an der Tür, hielt sie auf Distanz, zwang sie in Deckung.

Pandur verzichtete. Zu weit weg. Keine Chance. Er schaute zu dem Drachen hinüber. Chong-Chao folgte dem Kampf interessiert. Er wirkte in keiner Weise beunruhigt. Er gab auch keine Ratschläge. Er wartete einfach nur ab.

Den verdammten Drekhead bringt nichts aus der Ruhe!

Wütend gab Pandur einen Schuß auf den Drachen ab. Die Kugel prallte von einer unsichtbaren Barriere ab und sauste als Querschläger durch den Raum. Als Pandur genau hinschaute, sah er vor dem Pool des Drachen ein leichtes Flimmern in der Luft.

Magie! Kein Wunder, daß die Graue Eminenz gelassen bleibt!

Der Butcher blutete aus mehreren Wunden. Er traf eine Entscheidung. Sprang auf. Ballerte im Stehen. Rannte zur Tür. Schoß über den Haufen, was sich dort bewegte. Die Ingram Smartgun versagte. Der Butcher warf sie weg. Zog mit rechts eine Ares Predator II. Ballerte. Zog mit links eine zweite Predator. Ballerte.

Dann erwischte ihn etwas im Rücken. Die Messerklaue klappte zusammen. Eine der beiden Predator II rutschte ihm aus der Hand. Die zweite schleuderte er von sich. Noch einmal raffte er sich auf. Warf einen Vibrostern. Ein Konzerncop griff sich röchelnd an die Kehle. Der Butcher griff den Morgenstern. Kroch auf den letzten Gardisten im Eingang zu. Holte aus. Wurde wieder getroffen. Brach zusammen. Begrub den Morgenstern unter sich. Rührte sich nicht mehr.

Aber etwas bewegte sich noch. Knirschend, Knochen knackend. Im Körper des Butchers. Durch ihn hindurch. Sterbend hatte die Cyberware der Messerklaue die Satelliten des Morgensterns aktiviert. Die Fräsen auf Touren gebracht. Sie abgesetzt. Sie tauchten auf. Alle. Die Rotoren kamen zum Stillstand. Kleine Kugeln mit Messerköpfen. Blutiger Edelstahl auf durchlöchertem schwarzen Samt.

Du warst eine Straßenratte, Sensenmann. Eine von der schlimmsten Sorte. Sie werden in Italien ein rauschendes Fest feiern, wenn sie von deinem Ableben erfahren. Besonders die Hinterbliebenen deiner Opfer. Du hast ein dreckiges Leben geführt. Aber dein Abgang hatte einen gewissen Stil. Das muß man dir lassen.

Die Gardisten konzentrierten sich jetzt darauf, die Runner unter Feuer zu nehmen.

»Wir müssen zur Tür!« sagte Natalie.

Pandur nickte.

Pederson ist bei Lucifer. Die Graue Eminenz wird mir erhalten bleiben. Sie ist nicht zu packen.

»Rem!« schrie Pandur.

Der Zwerg sah zu ihm herüber. Pandur machte eine Kopfbewegung in Richtung Tür. Rem schüttelte energisch den Kopf. Er deutete zum Fenster.

Was soll das? Dort kommen wir nicht raus!

»Feuer einstellen! Sofort!« sagte Chong-chao freundlich, aber bestimmt. Er hatte den Stimmodulator hochgefahren. Mühelos übertönte er den Kampfeslärm.

Nach und nach verstummten die Waffen.

»Walez, du hast mir ins Handwerk gepfuscht!« sagte der Drache mit deutlich leiserer Stimme. »Pederson war ein guter Mann. Ich hatte Großes mit ihm vor.«

»Leck mich am Arsch, Drache!« schrie Pandur.

»Ihr werdet alle sterben!« meinte Chong-chao in beiläufigem Tonfall. »Alle. Der Zwerg, die Frau, die Soldaten. Ich kann keine Zeugen gebrauchen. Du stirbst als letzter, Walez. Du sollst Gelegenheit haben zu bereuen. Du sollst deinen Größenwahn erkennen. Deine Blasphemie, dich mit mir messen zu wollen.«

Die Chemiegardisten reagierten auf die neue Situation. Zögernd. Verstört. Einer der Konzerngardisten feuerte auf den Drachen. Weitere schlossen sich an. Die Geschosse prallten von der magischen Barriere ab.

Chong-chao lachte.

Das Feuer ebbte ab, verstummte schließlich.

Einer der Konzerngardisten sprang auf und versuchte zu fliehen.

Der Drache öffnete das Maul und schickte eine Feuerlohe durch den Raum. Sie durchdrang mühelos die magische Barriere. Erfaßte den Gardisten. Fraß ihn auf. Ein schwarzer Strunk war alles, was von ihm blieb.

Natalie umklammerte Pandurs Arm. »Thor!«

Er war überrascht, daß sie der Tod des Gardisten so berührte. Er sah zu ihr hin. Sie schaute nicht auf das, was von dem Konzerncop übriggeblieben war. Sie starrte zum Fenster.

Einige der Gardisten blickten in die gleiche Richtung. Rem ebenfalls. Er grinste.

Pandur wandte sich um. Sah zu der riesigen Front aus Panzerglas.

Draußen war etwas. Hoch oben am Himmel. Eine dunkle Silhouette. Kein Helikopter. Kein Flugzeug. Kein Luftschiff. Superman war es auch nicht. Ein fliegendes Irgendwas. So unförmig, daß es eigentlich am Himmel nichts zu suchen hatte.

Es kam rasend schnell näher.

Ließ sich aus dem Himmel steil herabfallen.

Ein Ding mit Flügeln. Mit einem riesigen Schwanz.

Ein fliegender Drache.

Vom Kopf bis zum Schwanzende dreißig Meter lang.

Acht Tonnen schwer.

Der Drache kam im Sturzflug herunter.

Krachte mit ohrenbetäubendem Lärm durch die Front aus Panzerglas.

Das Glas brach und riß wie Klarsichtfolie. Die Molybdänfäden wurden zerfetzt. Die Stützpfeiler knickten ein.

Gewaltige Flügel aus Knochen und durchscheinender Haut flatterten. Messerscharfe Flügelspitzen aus Horn reckten sich wie Dolche hervor. Mächtige Tatzen krallten sich in den Boden. Der massige, grüngelbe Leib kam zur Ruhe. Drei schwarzrot geringelte Hörner reckten sich herausfordernd in die Luft.

Die verbliebenen Konzerngardisten rannten in kopfloser Panik davon. Schrien. Kreischten. Warfen die Waffen weg. Stürzten durch den aufgesprengten Eingang. Kletterten über die Reste der Tür und die Leichen. Waren im nächsten Moment verschwunden.

Chong-chao war mitten in seinem Pool erstarrt. Die Graue Eminenz, die alle und jeden manipulierte, jeden möglichen Schachzug des Gegners vorausberechnete und in den eigenen Plänen berücksichtigte, war überrascht. Vielleicht zum ersten Mal in seinem Leben war Chong-chao total überrascht. Und handlungsunfähig. Es sollte zugleich das letzte Mal in seinem Leben sein.

Das einzige, was ihm noch gelang, war das Senken der Hörner. Als wollte er den anderen, sehr viel größeren Drachen aufspießen. Zum Einsatz seiner Magie kam er nicht mehr.

Der große Drachen öffnete das Maul. Sein Nackenkamm vibrierte, pulsierte, gloste in den Farben der Hölle. Ein riesiger gelbroter Feuerball bildete sich vor dem Maul des Drachen. Wuchs an. War bald so groß wie Chong-chao. Hellblaue Energieblitze liefen über den Feuerball. In dieser Kugel steckte nicht nur Feuer.

Der Große Drache schloß das Maul. Der Energieball setzte sich unaufhaltsam in Bewegung. Erfaßte Chong-chao. Hüllte ihn ein. Verschlang ihn. Hob ihn ein Stück in die Luft.

Chong-chao, die Graue Eminenz, der Puppenspieler, der große Manipulator, quiekte wie ein Schwein.

Der Ball implodierte. Verpuffte. Kein lauter Knall. Nur ein schwaches Knistern. Ein dumpfes Schnalzen. Wie der magere Furz eines großen Tieres.

Mit diesem Knistern, Schnalzen, Furzen starb Chong-chao.

Aus zwei Metern Höhe fiel ein verkohltes Gerippe in den Pool. Das Wasser spritzte auf. Das Gerippe sank auf den Grund. Staub und ein paar halbverbrannte Schuppen rieselten hinterher. Ein intensiver Ozongeruch lag im Raum. Außerdem roch es nach verbranntem Horn. Und es war brütend heiß, kaum kühler als in der Hölle.

Die Runner waren nicht geflüchtet. Unfähig, sich zu rühren, hatten sie Chong-chaos Ende miterlebt. Pandur war nicht mal in der Lage, Genugtuung zu empfinden. Er spürte, daß ihm die Haare zu Berge standen. Er war nicht sicher, ob es nur an der energetischen Aufladung des Raums lag.

Der Große Drache bewegte den Kopf und sah die Runner an. Sein Kamm pulsierte noch immer. Er musterte einen nach dem anderen. Dann blieb sein Blick an Rem hängen.

»Grusim«, sagte er mit einer vollen, tiefen Stimme. »Es herrscht ein altes Einverständnis zwischen uns und dem Kleinen Volk, nicht wahr?«

»Du kommst spät, Nachtmeister«, erwiderte der Zwerg. »Beinah zu spät.«

Nachtmeister! Der Große Finanzdrache! Du hättest ihn erkennen müssen, Chummer. Du hast ihn Dutzende Male im Trideo gesehen. Das also war der Unbekannte, den Rem in Thale angerufen hat! Deshalb hat er versucht, Zeit zu schinden.

»Ich wurde aufgehalten.« Der Drache sah zu dem verkohlten Gerippe am Boden des Pools. »Er hat uns alle zum Narren gehalten. Ein kleiner Drache aus China, der glaubte, die Welt aus den Angeln heben zu können. Und wer weiß? Vielleicht wäre es ihm gelungen.«

»Hätte das die Welt verändert?« fragte Rem. »Zum Besseren oder zum Schlechteren?«

Nachtmeister lachte. »Nicht für dich und deine Chummer, Grusim. Nur die Finanzwelt. Meine Welt.«

Er wandte sich um und bewegte sich auf seinen kurzen, stämmigen Beinen zu der offenen Seite des Bungalows. Er hob die zusammengefalteten Flügel an, breitete sie aus. Dann drehte er noch einmal den Kopf zu ihnen. »Der Tip war gut, und ich weiß ihn zu schätzen. Aber ich rate euch gut: Mischt euch nie wieder in Drachengeschäfte ein!«

»Laßt uns in Ruhe, dann lassen wir euch in Ruhe!« rief Pandur.

Nachtmeister ließ nicht erkennen, ob er Pandurs Antwort noch gehört hatte. Er schwang sich hinauf in die Lüfte. Die durchsichtigen Flügel allein konnten den Koloß bestimmt nicht tragen. Pandur nahm an, daß Magie im Spiele war.

Keinem der Chummer war nach Reden zumute. Stumm betrachteten sie den Ort der Verwüstung, die Reste der Bastion der Grauen Eminenz. Erst allmählich wurde Pandur bewußt, daß es ausgestanden war.

Die Fäden sind endgültig gekappt. Die Graue Eminenz ist zu einem schwarzen Gerippe geworden. Sie ist ein für allemal nicht mehr in der Lage, dich zu benutzen. Du hast gewonnen, Chummer. Irgendwie, mit ein bißchen eigenem Zutun, mit der Hilfe deiner Chummer und mit einer Menge Glück, hast du gewonnen.

Die Befreiung. Zweiter und letzter Akt.

Du bist wieder Thor Walez, Chummer.

Thors Blick glitt über die auf dem Boden liegenden Toten. Acht oder neun Konzerngardisten. Steamhammers Leiche. Pjatras' Leiche. Die Leiche des Butcher. Pedersons Leiche.

Es wird eng in der Hölle.

Thor spürte, wie eine schmale Hand in die seine glitt. Er zog Natalie an sich.

Bad Luck Walez? Das kannst du vergessen, Chummer!

»So ka«, sagte Rem. »Wir hauen jetzt ab! Na los,

Leute, fühlt selber nach, wenn ihr es nich' glauben könnt. Wir haben unsere Ärsche noch. Und Ärsche sollten bewegt werden!«

Sie verließen den Raum, ohne noch einmal zurückzusehen. Nichts hielt sie mehr an diesem Ort, aber Rem bestand darauf, nicht ohne seine Waffen zu gehen. Die Tür zu dem Raum mit den Wandschränken stand offen. Sie nahmen sich, was ihnen gehörte. Dann eilten sie die Treppe hinauf zum Dach des Bungalows.

Von den Konzerngardisten war weit und breit nichts zu sehen. Der Dornier Intercity lag in Trümmern. Der Albatross war ausgebrannt. Aber der Kolibri stand als einziger Kopter noch immer auf der Landefläche. Offenbar unbeschädigt. An den Felsen geschmiegt und geschützt durch die vor ihm stehenden größeren Maschinen. Einladend. Die Chummer überprüften ihn. Keine versteckten Überraschungen. Er war sauber. Sie kletterten hinein. Natalie riggte sich ein, setzte den Cyberhelm auf, checkte die Funktionen, reckte den Daumen. Startbereit.

Sie hoben ab. Helgoland fiel unter ihnen zurück. Im Osten bewegten sich zwei Punkte über den Screen. Pedersons Schnellboote. Sie kehrten zu ihrer Basis zurück. Es gab andere Punkte, die sich durch die See zu den Häfen bewegten. Containerschiffe, U-Tanker, Hovercrafts. Vielleicht lauerten irgendwo dort unten Druse und Jessi mit der *Broken Heart* auf Beute.

Von den Hornissen und dem Zeppelin war nichts mehr zu sehen. Natalie legte den Kurs des Autopiloten fest. Süd-Südwest. Küste. Ohne eine Arcologie von Proteus zu überfliegen. Mußte nicht sein.

Sie stöpselte sich aus, nahm die Spiegelbrille ab und lächelte Thor zu. Die harten Züge der Zigeunerin lösten sich auf. Natalies warme Augen dominierten das Gesicht.

»Wo soll ich dich hinbringen, Rem?« fragte sie nach hinten.

»Bring mich nach Hause«, sagte der Zwerg.

»Nach Hvaldos?« fragte Natalie. »Da kann ich nicht hinfliegen.«

»Nach Hause«, wiederholte Rem. »Nach Zombietown.«

Natalie nickte. »So ka.«

»Wohin geht ihr?« fragte der Zwerg.

Natalie blickte Thor an.

Thor sah in ihren Augen eine unausgesprochene Hoffnung. Er schwieg ein paar Sekunden lang.

»Nach Hvaldos«, sagte er dann.

Natalie lächelte.

Thor lehnte sich zurück. Lauschte dem Knattern der Rotorblätter. Spürte das leichte Schwanken der Kabine im Wind. Unter ihnen lag das Meer. Wenig später das Land. Unter ihnen lag die ADL. Das Zerrissene Land. Unter ihnen lagen die Toten und die Lebendigen. Wenzel, Cracker und die Spiderqueen. Tojo und Pola. Axa, Rommel, Dr. Mabuse, die Molotowa und Rose. Manda Alexandrescu. Druse, Tupamaro, der Tungrita-Thing und sein Erster Sprecher. Juri, Freda, Rote Wolke und Patrick. Festus. Und Jessi ... Professor Magnus, Tassilo und Imogen. Rabbi Loew und der Golem. Herzog Jaromar. Cisco und Fioretta. Pjatras. Boris und die anderen Killerelfen. Ricul. Delmario und Jonski. Steamhammer und der Butcher. Krumpf/Vladek/Jacobi ... Pederson ... Chong-chao, die Graue Eminenz ... Die Konzerngardisten, die Execs, die Pinkel, die Sararimänner. Die Mafiosi, die Yakuzakiller, die Randalekids. Die Messerklauen und die Runner. Metamenschen, Critter und Drachen. Heilige, Spinner, Freaks und Irre. Fremde, Feinde, Chummer. Die Erwachte Sechste Welt. Die Megakons. Und die Schatten.

Nach Hvaldos. Zumindest für eine Weile, Chummer. Oder auch für immer. Wir werden sehen. Die Matrix des Computers Zukunft ist ein weißer, leerer, unerforschter Raum. Terra incognita.

ADL – Abkürzung für **A**llianz **D**eutscher **L**änder, Nachfolgestaat der Bundesrepublik Deutschland. Die ADL hat wesentliche Hoheitsrechte an die einzelnen Mitgliedstaaten sowie an die Megakonzerne abgegeben. Weltweit ist staatliche Macht und Autorität im Schwinden, und lose Staatengebilde wie die ADL sind oft der letzte Versuch, totaler Zersplitterung und staatlicher Ohnmacht einen Riegel vorzuschieben. Der Erfolg ist selten ermutigend.

Arcoblocks – Spezielle Arcologien (siehe dort).

Arcologie – Abkürzung für **Arc**hitectural **Ecology**. Gigantische, turmartige Bauwerke, die faktisch konzerneigene Städte sind, da die Megakonzerne als einzige die nötigen Investitionen für derartige Projekte aufbringen können. Arcologien vereinen alle Bedürfnisse eines Megakonzerns in geballter Konzentration, von der Produktion über die Verwaltung bis hin zu den Wohnungen der Mitarbeiter, Vergnügungsstätten, Parks, Freizeitanlagen etc. Arcologien findet man als Trabantenstädte in Ballungszentren, aber auch als komplette Stadtneugründungen. Eine der bekanntesten deutschen Arcologien ist die Saeder-Krupp-Arcologie in Essen-Bredeney, in der bereits 60 000 Menschen leben, obwohl sie erst zur Hälfte fertiggestellt ist. Sie wird allerdings auch nach der Fertigstellung nicht ausreichen, allen Fertigungsaktivisten und allen Mitarbeitern Raum zu geben, so daß rund um die Arcologie weitere Trabanten des Konzerns entstanden sind. Weitere Arcologien wurden als Neugründungen der untergegangenen deutschen Städte Emden, Bremerhaven, Cuxhaven, Wilhelmshaven sowie der Insel Helgoland in Form von 1700 Meter hohen Arcoblocks errichtet, die sich ebenfalls in der Hand von Megakonzernen befinden.

BTL-Chips – Abkürzung für ›**B**etter **T**han **L**ife‹ – besser als die Wirklichkeit. Spezielle Form der SimSinn-Chips, die dem User (Benutzer) einen extrem hohen Grad an Erlebnisdichte und Realität direkt ins Gehirn vermitteln. BTL-Chips sind hochgradig suchterzeugend und haben chemische Drogen weitgehend verdrängt.

Chiphead, Chippie, Chipper – Umgangssprachliche Bezeichnung für einen BTL-Chip-Süchtigen.

chippen – umgangssprachlich für: einen (BTL-)Chip reinschieben, auf BTL-Trip sein usw.

Chummer – Umgangssprachlich für Kumpel, Partner, Alter usw.

Cyberdeck – Tragbares Computerterminal, das wenig größer ist als eine Tastatur, aber in Rechengeschwindigkeit, Datenverarbeitung jeder Ansammlung von Großrechnern des 20. Jahrhunderts überlegen ist. Ein Cyberdeck hat darüber hinaus ein SimSinn-Interface, das dem User das Erlebnis der Matrix in voller sinnlicher Pracht ermöglicht. Das derzeitige Spitzenmodell, das *Fairlight Excalibur,* kostet 990 000 Nuyen, während das Billigmodell *Radio Shack PCD-100* schon für 6200 Nuyen zu haben ist. Die Leistungsunterschiede entsprechen durchaus dem Preisunterschied.

Credstick – Siehe Kredstab.

Cyberware – Im Jahr 2050 kann man einen Menschen im Prinzip komplett neu bauen, und da die cybernetischen Ersatzteile die ›Leistung‹ eines Menschen zum Teil beträchtlich erhöhen, machen sehr viele Menschen, insbesondere die Straßensamurai, Gebrauch davon. Andererseits hat die Cyberware ihren Preis, und das nicht nur in Nuyen: Der künstliche Bio-Ersatz zehrt an der Essenz des Menschlichen. Zuviel Cyberware kann zu Verzweiflung, Melancholie, Depression und Tod führen.

Grundsätzlich gibt es zwei verschiedene Arten von Cyberware, die **Headware** und die **Bodyware.**

Beispiele für Headware sind **Chipbuchsen,** die eine unerläßliche Voraussetzung für die Nutzung von **Talentsofts** (und auch BTL-Chips) sind. **Talentsofts** sind Chips, die dem User die Nutzung der auf den Chips enthaltenen Programme ermöglichen, als wären die Fähigkeiten seine eigenen. Ein Beispiel für ein gebräuchliches Talentsoft ist ein Sprachchip, der dem User die Fähigkeit verleiht, eine Fremdsprache so zu benutzen, als sei sie seine Muttersprache.

Eine **Datenbuchse** ist eine universellere Form der Chipbuchse und ermöglicht nicht nur Input, sondern auch Output. Ohne implantierte Datenbuchse ist der Zugang zur Matrix unmöglich.

Zur gebräuchlichsten Headware zählen die **Cyberaugen.** Die äußere Erscheinung der Implantate kann so ausgelegt werden, daß sie rein optisch nicht von biologischen Augen zu unterscheiden sind. Möglich sind aber auch absonderliche Effekte durch Gold- oder Neon-Iris. Cyberaugen können mit allen möglichen Extras wie Kamera, Lichtverstärker und Infrarotsicht ausgestattet werden.

Bodyware ist der Sammelbegriff für alle körperlichen Verbesserungen. Ein Beispiel für Bodyware ist die **Dermalpanzerung,** Panzerplatten aus Hartplastik und Metallfasern, die chemisch mit der Haut verbunden werden. Die **Smartgunverbindung** ist eine Feedback-Schaltschleife, die nötig ist, um vollen Nutzen aus einer Smartgun zu ziehen. Die zur Zielerfassung gehörenden Informationen werden auf die Netzhaut des Trägers oder in ein Cyberauge eingeblendet. Im Blickfeldzentrum erscheint ein blitzendes Fadenkreuz, das stabil wird, sobald das System die Hand des Trägers so ausgerichtet hat, daß die Waffe auf diesen Punkt zielt. Ein typisches System dieser Art verwendet ein subdermales **Induktionspolster** in der Handfläche des Trägers, um die Verbindung mit der Smartgun herzustellen.

Jeder Straßensamurai, der etwas auf sich hält, ist mit **Nagelmessern** und/oder **Spornen** ausgerüstet, Klingen, die im Hand- oder Fingerknochen verankert werden und in der Regel einziehbar sind.

Die sogenannten Reflexbooster sind Nervenverstärker und

Adrenalin-Stimulatoren, die die Reaktion ihres Trägers beträchtlich beschleunigen.

decken – Das Eindringen in die Matrix vermittels eines Cyberdecks.

Decker – Im Grunde jeder User eines Cyberdecks.

DocWagon – Das DocWagon-Unternehmen ist eine private Lebensrettungsgesellschaft, eine Art Kombination von Krankenversicherung und ärztlichem Notfalldienst, die nach Anruf in kürzester Zeit ein Rettungsteam am Tat- oder Unfallort hat und den Anrufer behandelt. Will man die Dienste des Unternehmens in Anspruch nehmen, benötigt man eine Mitgliedskarte, die es in drei Ausführungen gibt: Normal, Gold und Platin. Je besser die Karte, desto umfangreicher die Leistungen (von ärztlicher Notversorgung bis zu vollständigem Organersatz). Das DocWagon-Unternehmen hat sich den Slogan eines im 20. Jahrhundert relativ bekannten Kreditkartenunternehmens zu eigen gemacht, an dem, wie jeder Shadowrunner weiß, tatsächlich etwas dran ist: Never leave home without it.

Drek, Drekhead – Gebräuchlicher Fluch; abfällige Bezeichnung, jemand, der nur Dreck im Kopf hat.

EC (auch **Ecu**) – Die europäische Standardwährung mit fester Parität zur Weltstandardwährung Nuyen und deshalb eigentlich der Nuyen in europäischer Ausgabe.

ECM – Abkürzung für ›Electronic Countermeasures‹; elektronische Abwehrsysteme in Flugzeugen, Panzern usw.

einstöpseln – Bezeichnet ähnlich wie **einklinken** den Vorgang, wenn über Datenbuchse ein Interface hergestellt wird, eine direkte Verbindung zwischen menschlichem Gehirn und elektronischem System. Das Einstöpseln ist die notwendige Voraussetzung für das Decken.

Exec – Hochrangiger Konzernmanager mit weitreichenden Kompetenzen.

Fee – Abwertende, beleidigende Bezeichnung für einen Elf. (Die Beleidigung besteht darin, daß im Amerikanischen mit ›Fee‹ auch Homosexuelle, insbesondere Transvestiten bezeichnet werden).

geeken – Umgangssprachlich für ›töten‹, ›umbringen‹.

Goblinisierung – Gebräuchlicher Ausdruck für die sogenannte Ungeklärte Genetische Expression (UGE). UGE ist eine Bezeichnung für das zu Beginn des 21. Jahrhunderts erstmals aufgetretene Phänomen der Verwandlung ›normaler‹ Menschen in Metamenschen.

Hauer – Abwertende Bezeichnung für Trolle und Orks, die auf ihre vergrößerten Eckzähne anspielt.

IC (auch **ICE** oder **Ice**) – Abkürzung für Intrusion Countermeasure, Intrusion Countermeasure Equipment, im Deckerslang auch ›Ice‹ (Eis) genannt. Grundsätzlich sind **ICE** Schutzmaßnahmen gegen unbefugtes Decken. Man unterscheidet drei Klassen von Eis: **Weißes Eis** leistet lediglich passiven Widerstand mit dem Ziel, einem Decker das Eindringen so schwer wie möglich zu machen. **Graues Eis** greift Eindringlinge aktiv an oder spürt ihren Eintrittspunkt in die Matrix auf. **Schwarzes Eis** (auch Killer-Eis genannt) versucht, den eingedrungenen Decker zu töten, indem es ihm das Gehirn ausbrennt.

Jackhead – Umgangssprachliche Bezeichnung für alle Personen mit Buchsenimplantaten. Darunter fallen zum Beispiel Decker und Rigger.

Knoten – Konstruktionselemente der Matrix, die aus Milliarden von Knoten besteht, die untereinander durch Datenleitungen verbunden sind. Sämtliche Vorgänge in der Matrix finden in den Knoten statt. Knoten sind zum Beispiel: I/O-Ports, Datenspeicher, Subprozessoren und **Sklavenknoten**, die irgendeinen physikalischen Vorgang oder ein entsprechendes Gerät kontrollieren.

Konzil von Marienbad – Der ADL und der Tschechischen Republik assoziiertes Gebilde aus oft bizarren und chaotischen Kleinstaaten zwischen Bayrischem Wald, Erzgebirge und Böhmerwald. Hier leben wie im Trollkönigreich Schwarzwald sowie im Herzogtum Pomorya besonders viele Metamenschen.

Kredstab (auch **Credstick**) – Elektronisches Zahlungsmittel, das an die Stelle von Kreditkarten und Schecks getreten ist und Papiergeld bzw. Münzen stark zurückgedrängt hat. Kredstäbe können mit Computern gelesen werden und ermöglichen direktes Abbuchen bzw. Gutschreiben von Beträgen. Der in den Kredstäben implantierte Chip ist mit ID-Daten gekoppelt, und die Benutzung erfolgt in der Regel zusammen mit dem ID-Nachweis durch ID-Chip. Aus diesem Grund sind Fälschungen äußerst schwierig. Im Wirtschaftsleben – und als Bezahlung für Schattenläufer – sind auch (oft mehrfach) beglaubigte Kredstäbe im Umlauf, die ohne ID-Chip verwendet werden können. Zur Sicherheit des rechtmäßigen Besitzers wird lediglich dessen Daumenabdruck gespeichert und bei Zahlungen verlangt. Die finanzielle Transaktion betrifft in diesem Fall nur die beteiligten Konten, was die nachträgliche Identifikation des Besitzers eines solchen beglaubigten Kredstabs erschwert bzw. unmöglich macht.

Matrix (auch **Gitter** oder **Netz**) – Die Matrix ist ein Netz aus Computersystemen, die durch das globale Telekommunikationsnetz miteinander verbunden sind. Sobald ein Computer mit irgendeinem Teil des Gitters verbunden ist, kann man von jedem anderen Teil des Gitters aus dorthin gelangen.

In der Welt des Jahres 2050 ist der direkte physische Zugang zur Matrix möglich, und zwar vermittels eines ›Matrix-Metaphorischen Cybernetischen Interface‹, kurz Cyberdeck genannt. Die sogenannte **Matrix-Metaphorik** ist das optische Erscheinungsbild der Matrix, wie sie sich dem Betrachter (User) von innen darbietet. Diese Matrix-Metaphorik ist erstaunlicherweise für alle Matrixbesucher gleich, ein Phänomen, das mit dem Begriff **Konsensuelle Halluzination** bezeichnet wird.

Die Matrix ist, kurz gesagt, eine informationselektronische Analogwelt.

In Deutschland ist die Matrix das Telekomnetz, bestehend aus der Verbindung von Vidphon, Telefon, Faxdienst, Kabeltrideo, Kabel-SimSinn sowie der Datenvernetzung der Computer.

Messerklaue – Umgangssprachliche Bezeichnung für einen Straßensamurai.

Metamenschen – Sammelbezeichnung für alle ›Opfer‹ der UGE. Die Gruppe der Metamenschen zerfällt in vier Untergruppen:

a) **Elfen:** Bei einer Durchschnittsgröße von 190 cm und einem durchschnittlichen Gewicht von 68 kg wirken Elfen extrem schlank. Die Hautfarbe ist blaßrosa bis weiß oder ebenholzfarben. Die Augen sind mandelförmig, und die Ohren enden in einer deutlichen Spitze. Elfen sind Nachtwesen, die nicht nur im Dunkeln wesentlich besser sehen können als normale Menschen. Ihre Lebenserwartung ist unbekannt.

b) **Orks:** Orks sind im Mittel 190 cm groß, 73 kg schwer und äußerst robust gebaut. Die Hautfarbe variiert zwischen Rosa und Schwarz. Die Körperbehaarung ist in der Regel stark entwickelt. Die Ohren weisen deutliche Spitzen auf, die unteren Eckzähne sind stark vergrößert. Das Sehvermögen der Orks ist auch bei schwachem Licht sehr gut. Die durchschnittliche Lebenserwartung liegt zwischen 35 und 40 Jahren.

c) **Trolle:** Typische Trolle sind 280 cm groß und wiegen 120 kg. Die Hautfarbe variiert zwischen Rötlichweiß und Mahagonibraun. Die Arme sind proportional länger als beim normalen Menschen. Trolle haben einen massigen Körperbau und zeigen gelegentlich eine dermale Knochenbildung, die sich in Stacheln und rauher Oberflächenbeschaffenheit äußert. Die Ohren weisen deutliche Spitzen auf. Der schräg gebaute Schädel hat 34 Zähne mit vergrößerten unteren Eckzähnen. Trollaugen sind für den Infrarotbereich empfindlich und können daher nachts unbeschränkt aktiv sein. Die durchschnittliche Lebenserwartung der Trolle beträgt etwa 50 Jahre.

d) **Zwerge:** Der durchschnittliche Zwerg ist 120 cm groß und wiegt 72 kg. Seine Hautfarbe ist normalerweise Rötlichweiß oder Hellbraun, seltener Dunkelbraun. Zwerge haben unproportional kurze Beine. Der Rumpf ist gedrungen und breitschultrig. Die Behaarung ist ausgeprägt, bei männlichen Zwergen ist auch die Gesichtsbehaarung üppig. Die Augen sind für infrarotes Licht empfindlich. Zwerge zeigen eine erhöhte Resistenz gegenüber Krankheitserregern. Ihre Lebensspanne ist nicht bekannt, aber Vorhersagen belaufen sich auf über 100 Jahre.

Darüber hinaus sind auch Verwandlungen von Menschen oder Metamenschen in Paraspezies wie **Sasquatche** bekannt.

Metroplex – Ein Großstadtkomplex, auch **Megaplex** oder **Sprawl.**

Norddeutscher Bund – Mitgliedstaat der ADL, entstanden aus den flutgeschädigten Resten der ehemaligen Länder Schleswig-Holstein, Niedersachsen und Mecklenburg-Vorpommern.

Norm – Umgangssprachliche, insbesondere bei Metamenschen gebräuchliche Bezeichnung für ›normale‹ Menschen.

Nuyen – Weltstandardwährung (New Yen, Neue Yen).

Paraspezies – Paraspezies sind ›erwachte‹ Wesen mit angeborenen magischen Fähigkeiten, und es gibt eine Vielzahl verschiedener Varianten, darunter auch folgende:

a) **Barghest:** Die hundeähnliche Kreatur hat eine Schulterhöhe von knapp einem Meter bei einem Gewicht von etwa 80 kg. Ihr Heulen ruft beim Menschen und vielen anderen Tieren eine Angstreaktion hervor, die das Opfer lähmt.

b) **Sasquatch:** Der Sasquatch erreicht eine Größe von knapp drei Metern und wiegt etwa 110 kg. Er geht aufrecht und kann praktisch alle Laute imitieren. Man vermutet, daß Sasquatche aktive Magier sind. Der Sasquatch wurde 2041 trotz des Fehlens einer materiellen Kultur und der Unfähigkeit der Wissenschaftler, seine Sprache zu entschlüsseln, von den Vereinten Nationen als intelligentes Lebewesen anerkannt.

c) **Schreckhahn:** Er ist eine vogelähnliche Kreatur von vorwiegend gelber Farbe. Kopf und Rumpf des Schreckhahns messen zusammen 2 Meter. Der Schwanz ist 120 cm lang. Der Kopf hat einen hellroten Kamm und einen scharfen

Schnabel. Der ausgewachsene Schreckhahn verfügt über die Fähigkeit, Opfer mit einer Schwanzberührung zu lähmen.

d) **Dracoformen:** Im wesentlichen wird zwischen drei Spezies unterschieden, die alle magisch aktiv sind: Gefiederte Schlange, Östlicher Drache und Westlicher Drache. Zusätzlich gibt es noch die Großen Drachen, die einfach extrem große Vertreter ihres Typs (oft bis zu 50 % größer) sind.

Die Gefiederten Schlangen sind von Kopf bis Schwanz in der Regel 20 m lang, haben eine Flügelspannweite von 15 m und wiegen etwa 6 Tonnen. Das Gebiß weist 60 Zähne auf.

Kopf und Rumpf des Östlichen Drachen messen 15 m, wozu weitere 15 m Schwanz kommen. Die Schulterhöhe beträgt 2 m, das Gewicht 7,5 Tonnen. Der Östliche Drache hat keine Flügel. Sein Gebiß weist 40 Zähne auf.

Kopf und Rumpf des Westlichen Drachen sind 20 m lang, wozu 17 m Schwanz kommen. Die Schulterhöhe beträgt 3 m, die Flügelspannweite 30 m und das Gewicht etwa 20 Tonnen. Sein Gebiß weist 40 Zähne auf.

Zu den bekannten Großen Drachen zählt auch der Westliche Drache *Lofwyr*, der mit Gold aus seinem Hort einen maßgeblichen Anteil an Saeder-Krupp Heavy Industries erwarb. Das war aber nur der Auftakt zu einer ganzen Reihe von Anteilskäufen, so daß seine diversen Aktienpakete inzwischen eine beträchtliche Wirtschaftsmacht verkörpern. Der volle Umfang seines Finanzimperiums ist jedoch unbekannt.

Persona-Icon – Das Persona-Icon ist die Matrix-Metaphorik für das Persona-Programm, ohne das der Zugang zur Matrix nicht möglich ist.

Pinkel – Umgangssprachliche Bezeichnung für einen Normalbürger.

Rigger – Person, die Riggerkontrollen bedienen kann. Riggerkontrollen ermöglichen ein Interface von Mensch und Maschine, wobei es sich bei den Maschinen um Fahr- oder Flugzeuge handelt. Der Rigger steuert das Gefährt nicht mehr manuell, sondern gedanklich durch eine direkte Verbindung seines Gehirns mit dem Bordcomputer.

Sararimann – Japanische Verballhornung des englischen ›Salaryman‹ (Lohnsklave). Ein Konzernangestellter.

Schmidt (auch **Herr Schmidt** oder **Frau Schmidt**) – Die gängige Bezeichnung für einen beliebigen anonymen Auftraggeber oder Konzernagenten. In anderen Ländern gelten adäquate Bezeichnungen (etwa **Mr. Johnson** in den UCAS).

SimSinn – Abkürzung für **Sim**ulierte **Sinn**esempfindungen, d. h. über Chipbuchsen direkt ins Gehirn gespielte Sendungen. Elektronische Halluzinogene. Eine Sonderform des SimSinns sind die BTL-Chips.

SIN – Abkürzung für **S**ystemidentifikations**n**ummer, die jedem Angehörigen der Gesellschaft zugewiesen wird.

So ka – Japanisch für: Ich verstehe, aha, interessant, alles klar.

Soykaf – Kaffeesurrogat aus Sojabohnen.

Sprawl – Wuchernder Großstadtkomplex, auch **Megaplex** genannt.

Straßensamurai – So bezeichnen sich die Muskelhelden der Straßen selbst gerne.

Trid(eo) – Dreidimensionaler Video-Nachfolger.

Trog, Troggy – Beleidigende Bezeichnung für einen Ork oder Troll.

Verchippt, verdrahtet – Mit Cyberware ausgestattet, durch Cyberware verstärkt, hochgerüstet.

UCAS – Abkürzung für ›**U**nited **C**anadian & **A**merican **S**tates‹; die Reste der ehemaligen USA und Kanadas.

Wetware – In zynischer Ergänzung zu Hardware und Software die Bezeichnung für biologische Organismen, z. B. Menschen.

Wetwork – Mord auf Bestellung.

Yakuza – Japanische Mafia.

SHADOWRUN 2.01D

Das Cyberpunk-Rollenspiel

Shadowrun, 2.01 D: Das Rollenspiel, das zum ersten Mal Cyberpunk und Fantasy zu einer unvergleichlichen Einheit integrierte. Deutsche Ausgabe des Bestsellers, der 1989 den amerikanischen Rollenspielmarkt revolutionierte. Hervorragende grafische Aufmachung. 320S., davon 40 Farbtafeln, A4 Hardcover.
ISBN 3-89064-700-6 **DM 65,00**

Silver Angel, 2.01 D: Auf in die Schatten von Seattle. Kurzabenteuer, Connections, Charakterbögen, Spielfiguren und Spielleiterschirm.
ISBN 3-89064-701-4 **DM 29,80**

Straßensamurai-Katalog, 2.01 D: Waffen und Ausrüstung für das urbane Raubtier.
ISBN 3-89064-702-2 **DM 29,80**

Asphaltdschungel: Alle Örtlichkeiten, die man im Jahre 2050 kennen oder meiden sollte.
ISBN 3-89064-704-9 **DM 36,00**

Mercurial: Wie kam Maria Mercurial aus der Gosse an die Spitzen der Charts?
ISBN 3-89064-705-7 **DM 26,80**

DNA/DOA: Nur, wer sich mit den Orks gutsteht, gelangt in die geheimen Labors von Aztechnology - leichter gesagt als getan!
ISBN 3-89064-703-0 **DM 24,80**

Flaschendämon: Ein Artefakt von enormer Macht, für das einige bereit sind, ihr Leben zu geben - und mehr!
ISBN 3-89064-707-3 **DM 24,80**

Dreamchipper: Auf der Jagd nach den Dreamchips. Jeder will sie - wer hat sie?
ISBN 3-89064-711-1 **DM 24,80**

Queen Euphoria: Was man beim Kidnapping beachten sollte...
ISBN 3-89064-712-X **DM 24,80**

Deutschland in den Schatten: "Good old Germany" im Jahre 2053. Der Topseller! 200 Seiten, Softcover, 12 Farbtafeln.
ISBN 3-89064-708-1 **DM 49,80**

Grimoire 2.01 D: Magie! Was steckt dahinter? Wie bekommt man die Macht? Wie übt man sie aus? Die langerwartete Regelergänzung.
ISBN 3-89064-706-5 **DM 39,80**

Schlagschatten: Shadowrun im Rhein-Ruhr-Megaplex und im Hamburg des Jahres 2053. Welterstveröffentlichung. Drei Abenteuer und und ein Quellenteil.
ISBN 3-89064-709-X **DM 36,00**

Erhältlich im Fachhandel oder direkt bei
Fantasy Productions GmbH
Postfach 14 16
40674 Erkrath
0211/924 22 42

Gesamtkatalog anfordern! Bitte Schutzgebühr (3,00 DM) in Briefmarken beilegen

HEYNE BÜCHER

Shadowrun

06/5483

Eine Auswahl:

Nyx Smith
Jäger und Gejagte
Band 19
06/5384

Nigel Findley
Haus der Sonne
Band 20
06/5411

Caroline Spector
Die endlosen Welten
Band 21
06/5482

Robert N. Charrette
Gerade noch ein Patt
Band 22
06/5483

Carl Sargent
Schwarze Madonna
Band 23
06/5539

Mel Odom
Auf Beutezug
Band 24
06/5659

Heyne-Taschenbücher

HEYNE BÜCHER

Douglas Adams

Kultautor & Phantast

01/9404

Einmal Rupert und zurück
Der fünfte »Per Anhalter durch die Galaxis«-Roman
01/9404

Per Anhalter durch die Galaxis
DER COMIC
01/10100

Douglas Adams
Mark Carwardine
Die Letzten ihrer Art
Eine Reise zu den aussterbenden Tieren unserer Erde
01/8613

Douglas Adams
John Lloyd
Sven Böttcher
Der tiefere Sinn des Labenz
Das Wörterbuch der bisher unbenannten Gegenstände und Gefühle
01/9891

Heyne-Taschenbücher